KÖRPE

Aus dem Amerikanischen von Ralf Chudoba

DAVID GRAND

RFLUCHTEN

ROMAN · TROPEN VERLAG

Reihe Trojanische Pferde 9

1. Auflage 2003

www.tropen-verlag.de

Die amerikanische Originalausgabe erschien 2002 unter
dem Titel »The Disappearing Body« bei Nan A. Talese, New York.

Reihengestaltung nach Entwurf von Sean McDonald, New York

Gesamtherstellung: Wiener Verlag, Himberg
Printed in Austria
ISBN 3-932170-59-8

Ist es einem Menschen vorherbestimmt zu ertrinken,
dann wird er auch in einem Löffel voll Wasser ertrinken.

DIE AKTEURE

Victor Ribe: Ehemaliger Häftling, nach fünfzehn Jahren vorzeitig aus dem Gefängnis entlassen

Freddy Stillman: Waffen- und Munitionsexpedient bei Fief Munitions

Evelyn: Freddy Stillmans Exfrau

Harry Shortz: Leiter der Rauschgiftbehörde, Kandidat für ein Senatorenamt, im Ersten Weltkrieg Agent der Spionageabwehr

Beverly Shortz: Harry Shortz' Ehefrau, Edward Kellys Tochter

Edward Kelly: Ehemaliger Finanzminister, Harry Shortz' Schwiegervater

Ira Dubrov und Pally Collins: Shortz' engste Mitarbeiter

Maurice Klempt: Shortz' Stellvertreter, ermordet

Boris Lardner: Krimineller Apotheker, ermordet

Sidney Lardner: Boris' Bruder

Gloria Lime: Animierdame in einem Nachtclub

Janice Gould: Mieterin im Beekman Frauenhotel

Johnny Mann und Jerzy Roth: Gangsterbosse, Eigentümer des Nachtclubs Triple Mark, das »R« und »M« im REM-Rauschgiftsyndikat

Elias Eliopoulos: Griechischer Salonlöwe, Inhaber von American Allied Pharmaceuticals, das »E« im REM-Rauschgiftsyndikat

Lawrence Tines: Chefermittler der Untersuchungsbehörde

Reynolds und Shaw: Polizeibeamte, die in einem mutmaßlichen Mordfall ermitteln

Julius Fief: Eigentümer von Fief Munitions

Max Waters und Henry Capp: Führende Vertreter der Arbeitergewerkschaft von Fief Munitions

Paulie Sendak: Vorarbeiter bei Fief Munitions, Gewerkschaftsmitglied

Gerald Kravitz: Rechtsanwalt der Arbeitergewerkschaft von Fief Munitions

Murray Crown: Eigentümer von Crown Crackers, Kronzeuge, Komplize von Mann und Roth

Genie »Bubbles« Crown: Murrays bombige Ehefrau

Faith Rapaport: Junge, aufstrebende Journalistin beim Lokalressort des Globe

Sam Rapaport: Faiths toter Vater, legendärer Kolumnist des Globe

Marty Volman: Chefredakteur des Lokalressorts beim Globe

Celeste Martin: Erbin, Grande Dame der besseren Gesellschaft und Immobilienhändlerin

Richard Martin: Celestes wortkarger Bruder

Noel Tersi: Immobilienmagnat, Celestes langjähriger Lebensgefährte

Steven: Celestes Koch

Aleksandr und Nicol: Celestes Gehilfen

Byron Sands: Nicols Sohn

Dr. Joseph Gamburg: Angestellter von Leslie's Auktionshaus

Dr. Jerome Brilovsky: Ehemaliger Eigentümer von American Allied Pharmaceuticals, früherer Vorsitzender der Kommunistischen Brigade

Arthur Brilovsky: Jerome Brilovskys ältester Sohn

Sheldon Price: Jerome Brilovskys Geschäftspartner und Weggefährte

Elaine (Price) Brilovsky: Shelly Prices Tochter, Arthur Brilovskys Ehefrau

Joshua Brilovsky: Elaines Sohn

Professor Mikhail Tarkhov: Russischer Kunsthistoriker, Experte für sowjetische Avantgardekunst

Katrina Lowenstein: Einwohnerin von Ten Lakes

Sylvia Lowenstein: Katrinas Mutter

Daniel Greely: Autor von Drehbüchern und Trivialromanen

Claude Fielding: Beamter im Außenministerium, im Ersten Weltkrieg Agent der Spionageabwehr

Zelda: Harry Shortz' Sekretärin

Shlomo Feldman: Der Dicke

Stu Zawolsky: Der Auftragskiller

Die grauhaarigen Männer: Die grauhaarigen Männer

Benny Rudolph: Der Mann, der überall ist

[1]

Am frühen Morgen eines eisigen Donnerstags im Januar 193– erschien, irgendwann zwischen der vierten und fünften Stunde, ein müde wirkender Gefängniswärter mit einem Paar Fuß- und Handschellen vor Victor Ribes Zelle. Der Wärter, ein stämmiger Mann, dessen graue Wolluniform sich an Schultern und Oberschenkeln spannte, klopfte mit seinem Schlagstock auf Victors Bettkante und befahl diesem, sich anzuziehen. Victor, der seine Kleider während der Wintermonate nicht ablegte, schlug die zerschlissene Decke zurück und zog sich Stiefel und Mantel an. Der Wärter wies mit dem Schlagstock zum Zellenschließer, woraufhin Victor vor die Gitterstäbe trat, die Arme an den Körper angelegt, die Handflächen nach außen gekehrt. Das Dröhnen und Kreischen der zurückweichenden Tür hallte durch den Zellenblock. Nachdem das schmerzhafte Geräusch abgeklungen war, schwang der Wärter den Schlagstock in Victors Richtung, als wolle er das Symbol für Unendlichkeit in die Luft zeichnen. »Los, raus«, sagte er und ließ die Ketten auf den Boden fallen.

Victor machte mit vorgestreckten Händen einen großen Schritt aus der Zelle heraus und legte die Schellen mit geübtem Griff um seine Fußknöchel und Handgelenke. Einmal an ihrem Platz, beugte sich der Wärter hinunter und schloß sie zu. Dann stellte er sich vor Victor, dicht vor sein Gesicht, so dicht, daß Victor nicht an ihm vorbeiblicken konnte.

»Gibt es dort drinnen etwas, ohne das du nicht leben kannst?« fragte der Wärter leise, beinahe vertraulich.

»Warum?« fragte Victor zurück.

»Gibt es dort drinnen etwas, ohne das du nicht leben kannst?« wiederholte der Wärter, dieses Mal mit Nachdruck. Er fuhr fort, mit der Spitze seines Schlagstocks langgezogene Achten zu beschreiben.

»Unter der Matratze«, sagte Victor zögernd und ebenso leise wie der Wärter. »Am Kopfende, unter der Matratze.«

Der Wärter trat in Victors Zelle und zog unter der Matratze am Kopfende des Bettes eine alte Fotografie hervor, die von den vielen Berührungen gelb und dünn geworden war. Das Bild war vor der billigen Kulisse eines Karussells aufgenommen worden, ein Bild von Victor, auf dem er viel jünger und kräftiger aussah und eine junge schlanke Frau im Arm hielt. Die beiden machten einen sorglosen, glücklichen, unbefangenen Eindruck. Der Wärter steckte das Foto respektvoll in Victors Manteltasche und ging dann um ihn herum.

»Vorwärts«, befahl er.

Victor Ribe, der das fünfzehnte Jahr einer fünfundzwanzigjährigen Haftstrafe verbüßte, ging mit dem Wärter durch den Zellenblock, durch dessen klamme, dahinrostende Gänge. Sie liefen nach draußen, folgten einem schmalen, gefrorenen Rasenstreifen, der sie über den Hof zum Gefängnistor führte, wo ein mürrisch blickender Hilfssheriff und ein Gefangenentransporter mit laufendem Motor warteten. Victor schaute über die Schulter zurück. »Was ist los?«

»Augen geradeaus«, befahl der Wärter.

Der Hilfssheriff öffnete die Hintertüren des Transporters und zog einen Holztritt heraus. »Da rein«, befahl er Victor. Victor stieg auf den Holztritt und in das fensterlose, metallene Gehäuse des Wagens. Der Wärter murmelte dem Hilfssheriff etwas Vertrauliches zu, blickte zu Victor auf, hob die Hand und tippte an seinen Hut. Victor, der nicht wußte, was er davon halten sollte, biß die Zähne zusammen, nickte und setzte sich auf die am Boden festgeschraubte Bank. Der Hilfssheriff schob den Holztritt wieder hinein und schlug die Türen zu. Das Vorhängeschloß schnappte ein, im Wageninnern wurde es stockdunkel, dann fuhr der Hilfssheriff ihn etwa drei Stunden lang über holprige Straßen, nur begleitet von dem anhaltenden Rasseln seiner Ketten.

Als die Sonne über dem Horizont aufgestiegen war und sich das Farbspektrum in hellem Weiß verloren hatte, kroch ein dünner Lichtstrahl durch einen schmalen Schlitz in einer Metalleiste, die Fahrerkabine und hinteren Wagenteil voneinander trennte, an Victors Mantelärmel hinab. So leise wie möglich schob sich Victor an die Leiste heran, legte die großen Hände um sein Gesicht und preßte ein Auge an den Schlitz. Durch den kleinen Spalt konnte er erkennen, daß sie durch Long Meadow fuhren, durch die Stadt, in der Victor aufgewachsen war. Er konnte erkennen, daß die Straßen belebter waren, als er sie in Erinnerung hatte, daß viele der Gebäude, die er aus seiner Kindheit bestens kannte, verschwunden waren, daß die Geschäftigkeit der Stadt stark zugenommen zu haben schien. Anstelle der Souvenirgeschäfte, in denen einst Kunsthandwerk und Vogelfigurinen aus dem Ort angeboten worden waren, anstelle der kleinen Boutiquen, gab es nun Verkaufsstellen für Waffen und Munition. Als sie sich der Fabrik näherten, in der sein Vater als Maschinist arbeitete, konnte er sich all das etwas besser erklären, da statt dem Namen der Firma »Barkley & Sons«, die früher Vogelfigurinen und Vogelhäuser hergestellt hatte, nun »Fief Munitions« zu lesen war. Kalksteinmauern, so hoch wie jene Mauern, die Victors Gefängniszelle umgeben hatten, waren um die Fabrik herum errichtet worden. Diese, vormals nur in zwei Häuserblöcken angesiedelt, war um viele Blöcke gewachsen.

Als sie den Eingang der Fabrik erreichten, wurde Victors schweigsamer Morgenausflug plötzlich von etwas gestört, das durch die dünnen Metallwände des Gefangenentransporters drang wie das Gebrüll von Soldaten auf einem Schlachtfeld. Der Lärm kam aus allen Richtungen. Als er die Ursache dafür herauszufinden versuchte, sah er einen großen Mann mit einem Gewehr über der Schulter rückwärts auf die Straße treten. Der Hilfssheriff machte eine Vollbremsung, und im nächsten Moment erhob sich Victor wieder vom Boden und preßte sein Auge abermals an den Schlitz in der Leiste. Ein wütender Mob von Männern, die Waffen und Schlagstöcke bei sich trugen, hatte sich jetzt vor ihnen versammelt. Victor konnte spüren, wie die Körper gegen den Wagen drängten; ihm schien, als könnte er die Wut in ihren aufgebrachten Stimmen mit Händen greifen.

»Was geht hier vor sich?« fragte Victor.

»Sie stürmen die Fabrik«, antwortete der Hilfssheriff leise.

»Und wieso?«

»Sieht aus, als wollten sie sie besetzen.« Victor sah, wie die schlanken, feingliedrigen Finger des Hilfssheriffs nervös auf das Lenkrad trommelten.

»Warum?«

»Vorgestern gab es in einer der Maschinenhallen eine Explosion. Ich nehme an, ihnen mißfällt die Vorstellung, daß ihre Leute in die Luft fliegen.«

»Ist dabei jemand ums Leben gekommen?«

Die Finger des Hilfssheriffs trommelten weiterhin auf das Lenkrad, langsamer und bedächtiger als zuvor. »Dein Vater«, sagte er, als sich die Menge vor ihnen zu lichten begann, »er ist unter den Toten. Dein Vater und fünf weitere Männer.«

Für einen kurzen Moment wurde Victor schwarz vor Augen. »Ist das der Grund, warum ich hergebracht wurde?«

»Ich weiß nur, daß dein Vater tot ist, und daß ich gestern spät nachts den Befehl erhielt, dich abzuholen. Mehr nicht.«

»Wohin bringen Sie mich?«

»Wir werden früh genug dort sein.«

Der Hilfssheriff schob den Riegel vor, so daß der Spalt, durch den Victor hatte blicken können, nun vollständig geschlossen war. Er befand sich wieder im Dunkel des Wagens, allein mit der Nachricht vom Tod seines Vaters. Victor hatte seinen Vater seit dem Tag seiner Verurteilung, in den ganzen fünfzehn Jahren Haft, weder gesehen noch gesprochen.

Als der Gefangenentransporter die Menschenmenge hinter sich gelassen hatte, beschleunigte er seine Fahrt. Victor merkte, wie der Wagen nach links abbog. Durch die Vibration der klappernden Sitzbank konnte er das schnelle, monotone Hämmern der Motorkolben spüren. Des Kettengerassels überdrüssig, zog er sie an seinen Körper und überlegte, wohin man ihn wohl bringen würde. Wenn er sich nicht irrte, ging es stadtauswärts nach Norden, an den Wäldern und Wiesen und Bächen und Flüssen des Palisades Parkway vorbei, mitten hinein in das Naturreservat, dem Long Meadow seinen Namen verdankte.

Etwa fünfzehn Minuten lang rasten sie geradeaus. Nachdem der Wagen angehalten hatte und der Motor abgestellt worden war, ging der Hilfssheriff nach hinten und öffnete die Türen. Wie durch ein Kaleidoskop brach von einer vereisten Reklametafel am Straßenrand ein zinnoberrot gefärbtes Licht in die Dunkelheit. »Kardinalsvögel« stand darauf. »Kardinalsvögel im Juli«. In beiden Richtungen des Palisades Parkway waren in Abständen von einer halben Meile Reklametafeln aufgestellt, um Touristen aus der Stadt darüber zu informieren, welche Vogelarten in dem Vogelschutzgebiet von Long Meadow zu finden waren. Die eine Hand am Pistolenhalfter, in der anderen zwei große, in braunes Packpapier gewickelte Bündel, bedeutete der Hilfssheriff Victor, aufzustehen. »Hände nach vorn«, sagte er.

Victor, dessen Hände durch Ketten mit den Fußfesseln verbunden waren, hob die Arme.

»Umdrehen«, befahl der Hilfssheriff, als er vortrat und in den Wagen stieg.

»Kennen wir uns nicht?« fragte Victor, während er dem Hilfssheriff den Rücken zudrehte.

»Wir sind zusammen zur Schule gegangen«, erwiderte der Hilfssheriff und legte die Bündel auf den Boden. Er nahm einen Schlüsselbund vom Gürtel und befreite Victor von den Ketten, ein Schloß nach dem anderen aufschließend. »Unsere Mütter haben zusammen gearbeitet, bevor ...«

»Richtig«, sagte Victor. »Jetzt erinnere ich mich.« Während er mit dem Gesicht des Hilfssheriffs vor Augen die Wagenwand anstarrte, fiel ihm mit einem Mal ein, wie dieser als kleiner Junge ausgesehen hatte.

»Zieh dich um«, sagte der Hilfssheriff. »Ich warte draußen.«

Victor öffnete die Pakete. Sie enthielten die Kleider, die er am Tag seiner Verurteilung getragen hatte, sowie einen löchrigen Schal und einen Mantel. Im eisigen Wind stehend, der in den Transporter drang, legte er die Gefängniskleidung ab und zog sich zügig wieder an. Als er Krawatte und Schuhe zugebunden hatte, nahm er das Foto von der Frau und sich aus dem Sträflingsmantel und schob es behutsam in die Brusttasche seines Jacketts. Dann stieg er aus dem Wagen hinaus auf eine von dichtstehenden Bäumen gesäumte Straße.

»Du fährst mit ihnen«, sagte der Hilfssheriff zu Victor und deutete auf ein Auto, das auf der gegenüberliegenden Straßenseite parkte. Zwei grauhaarige Männer in eng gegürteten Mänteln und Filzhüten, denen beiden eine Zigarette aus dem Mundwinkel hing, winkten ihn zu sich. Es waren düstere Gestalten, unrasiert und hauptsächlich dadurch voneinander zu unterscheiden, daß einer vergnügt wirkte und der andere nicht. In Erwartung einer Aufmunterung blickte Victor zum Hilfssheriff, doch dieser schwieg. Ohne Victor ein weiteres Mal anzuschauen, stieg er zurück in den Gefangenentransporter und fuhr davon.

»Setz dich hier zu mir nach vorne«, sagte der mit dem sonnigen Gemüt zu Victor, als er den Männern entgegenging. Victor folgte der Aufforderung. Er setzte sich auf den Beifahrersitz, und gemeinsam fuhren die drei Männer die Straße hinunter.

»Was soll das Ganze?« fragte Victor erneut.

»Spielst du gerne Karten?«

»Sicher, warum?«

Während er fuhr, zog der Mann neben ihm ein Kartenspiel aus der Tasche und hielt es Victor auf offener Handfläche entgegen. »Hoch gewinnt«, sagte er. Zögernd nahm Victor eine Handvoll Karten vom Stapel. Er zog die Herzneun. Der Mann neben ihm drückte Victor die Karten in die Hand, dann zog er einen einäugigen Kreuzbuben. Er hielt die Karte in die Höhe, damit Victor sie sehen konnte, damit der Mann auf dem Rücksitz sie sehen konnte, und setzte ein Grinsen auf. »Ich denke, wir werden gut miteinander klarkommen, du und ich.« Der Mann schnappte sich die Karten aus Victors Hand und steckte sie wieder in die Tasche.

»Ihr seid auch nur im Auftrag unterwegs, oder?« fragte Victor.

Die beiden grauhaarigen Männer schwiegen. Wortlos fuhren sie die Allee entlang, bis Victor vor ihnen am Straßenrand die ausladenden Kotflügel einer schwarzglänzenden Ford-Limousine erblickte.

»Mach die Augen zu und sei still«, sagte der Mann auf dem Rücksitz zu Victor.

»Wozu?«

»Tu, was ich dir sage.«

Victor schloß die Augen. Er spürte, wie ihm der Mann auf dem Rücksitz einen weichen Stofflappen über Stirn und Nase legte und festband. Dann zog er ihm einen muffigen Leinensack über den Kopf. Als der Sack sich über Victors Schultern legte, fuhr der Wagen an den Straßenrand und hielt an.

»Bleib sitzen«, befahl der Mann auf dem Rücksitz. Die Fahrertür wurde geöffnet und wieder geschlossen. Die Hintertür wurde geöffnet und blieb offen, so daß kalte Luft in den Sack drang und an Victors Hals hinaufströmte. Er konnte hören, wie sich auf dem Kies Schritte näherten, der Wagen wackelte, die Tür schlug zu, dann sprach ihn eine ruhige, bedächtige Stimme vom Rücksitz her an; sie klang feucht und kehlig und nicht ganz gesund.

»Haben Sie eine Ahnung, warum Sie hier sind, Mr. Ribe?«

»Nein, habe ich nicht«, antwortete er und konnte seinen naßkalten Atem riechen, der zwischen seinem Gesicht und dem kratzigen Sackleinen hing.

»Hat Ihnen jemand erzählt, was Ihrem Vater zugestoßen ist?«

»Der Sheriff. Er hat es mir gesagt.«

»Eine Schande ist das«, sagte der Mann. »Mein Beileid.«

»Was wird hier eigentlich gespielt?«

Der Mann auf dem Rücksitz zündete ein Streichholz an. Victor konnte es aufflammen hören.. Dann der Geruch von Schwefel und brennendem Tabak. »Ihr Vater und ich, wir hatten eine Abmachung. Ich erfülle meinen Teil dieser Abmachung.«

»Ich verstehe nicht.«

»Das werden Sie schon noch, alles zu seiner Zeit. Aber erstmal möchte ich Ihnen einen Vorschlag unterbreiten.«

»Wer sind Sie?«

Der Mann holte schwerfällig Atem, was klang wie das Peitschen der dünnen, blattlosen Birkenzweige draußen im kalten Wind.

»Ich höre«, sagte Victor.

»Sollten Sie sich bereit erklären, mir zu helfen, werden Sie als freier Mann aus diesem Wagen steigen und auf die Beerdigung ihres Vaters gehen können.«

»Wieso sollte ich Ihnen das glauben?«

»Weil ich es Ihnen sage.«

Plötzlich fiel Victor ein, auf welcher Straße sie sich befanden. Er erinnerte sich an den Kirschblütenhain, der stets im Frühling blühte. Er erinnerte sich, wie er mit seiner Jugendliebe barfuß an einem der vielen Bäche entlanggelaufen war, die den Fluß speisten. Er erinnerte sich an das Stück Land neben dem Feld, auf dem man seine Mutter begraben hatte, nachdem sie an der Spanischen Grippe gestorben war. Er stellte sich vor, wie der Priester am Grab seines Vaters auf ihn wartete. Ihm fiel ein, daß die Leute seines Vaters alle in der Fabrik waren und der Priester höchstwahrscheinlich allein dort stehen würde, wenn er jetzt nicht aussteigen und die Straße hinunterlaufen würde. »Was muß ich tun?«

»Helfen Sie mir, zu vollenden, was Ihr Vater begonnen hat. Helfen Sie mir, die Männer zur Strecke zu bringen, die Boris Lardner ermordet haben.«

Wie nach der Nachricht vom Tod seines Vaters, brauchte er auch jetzt einen Moment, um zu verstehen. Dann glitten die Worte heraus wie ein Stein, der übers Wasser springt. »Sie meinen, Sie glauben nicht, daß ich ihn getötet habe?«

»Ich weiß mit Sicherheit, daß Sie es nicht waren.«

»Mit Sicherheit?« Als Victor es wiederholte, trat eine Melancholie in seine Stimme, die der Traurigkeit von fünfzehn Jahren gleichkam. »Und mein Vater?«

»Er wußte es ebenfalls.«

»Woher?« fragte Victor, in dessen Stimme noch immer Melancholie mitschwang.

»Ich habe Beweise.«

»Wofür brauchen Sie mich dann? Wofür haben Sie meinen Vater gebraucht?«

»Um mir dabei zu helfen, die Beweise vorzubringen.«
»Woher weiß ich, daß ich Ihnen trauen kann?«
»Das können Sie nicht wissen.«
Victor schwieg. Er lauschte dem schwerfälligen Atem des Mannes. Er stellte sich vor, wie sein Vater im Sarg in der gefrorenen Erde lag, die Hände über der Brust gefaltet, wie er es zu Lebzeiten niemals getan hätte. »War es mein Vater, der die Explosion in der Fabrik verursacht hat?«
Der Mann schwieg.
»Warum antworten Sie mir nicht?«
Der Mann schwieg weiterhin.
Victor begann durch die Wärme seines schlechten Atems unter dem Sack zu schwitzen. »Was geschieht mit mir nach der Beerdigung?« fragte er.
»Die Jungs werden Sie zum Fuller House in der Innenstadt bringen. Sie haben alles für Sie vorbereitet. Sie bleiben dort, bis Sie gebraucht werden.«
Eine Weile hörte Victor dem Rauschen des Windes zu. Er lauschte dem Wind, und das einzige, woran er denken konnte, war, wie er in der kleinen, feuchten Zelle sitzt, dem heulenden Wind lauscht, ohne die rauschenden Bäume jenseits der Gefängnismauer sehen zu können. Er dachte an das Bild von der Frau und sich vor der Kulisse des Karussells. Er sah sie als junges Mädchen vor sich, wie sie ihn durch das Fenster ihres Schlafzimmers anstarrte, während er im kalten Regen stand. Er wendete den Kopf in Richtung des Mannes hinter ihm. »Ich werde Geld brauchen.«
»Es sind bereits fünfhundert Dollar bei der First City Bank auf Ihren Namen eingezahlt worden.«
»Fünfhundert?«
»Ganz richtig.«
»Was kann man sich heutzutage wohl für fünfhundert Dollar kaufen?« fragte sich Victor laut.
»In diesem Fall den Seelenfrieden.«
»Aha«, erwiderte Victor, der nicht wußte, was er sonst hätte sagen

sollen. »In Ordnung«, fügte er nach einer weiteren Pause nachdenklich hinzu, »ich werde alles tun, was Sie verlangen.«

»Wir bleiben in Kontakt«, sagte der Mann knapp. Und mit diesen Worten öffnete sich die Tür, der Wagen schaukelte, und Victor konnte Schritte auf dem unbefestigten Randstreifen hören. Nachdem er einige Augenblicke regungslos dagesessen hatte, vernahm er, wie ein Motor angelassen wurde und das andere Auto sich entfernte. Dann spürte er, wie die beiden grauhaarigen Männer wieder ihre Plätze einnahmen.

»Du kannst das Ding vom Kopf nehmen«, sagte der Griesgram auf dem Rücksitz.

Der Sonnenschein vorn startete den Motor, fuhr hinter ein nahegelegenes Gebüsch und parkte. »Steig aus. Wir werden dich von den Bäumen aus beobachten. Und wenn du fertig bist, komm zurück auf die Straße.«

Victor ließ die Augenbinde und den Sack auf den Sitz fallen, öffnete die Tür und stieg aus. Einen Moment lang blickte er zurück. »Geh schon«, sagte der Sonnenschein. Er zeigte an einer Baumgruppe vorbei zu einer Lichtung hinüber. Victor ging zu den Bäumen und von den Bäumen aufs Feld hinaus. Er konnte den Priester und die Totengräber auf dem kleinen Friedhof stehen sehen, dessen äußere Grenze entlang des Vogelschutzgebietes verlief. Victor ging zu der Grabstätte und schaute auf den Sarg seines Vaters hinunter, schaute über die gefrorene Erde, die sich bis zum Abhang des Steilufers erstreckte, schaute auf den eisigen Strom des Westbend Flusses am Fuße der gewaltigen Steilhänge. Am anderen Ufer konnte er das unermeßliche Gitternetz der Großstadt erkennen, der Inselstadt, die sich wie eine Fortsetzung der Grabsteine auf dem Friedhof in die Ferne erstreckte. Die Insel selbst erschien wie eine gewaltige Platte, die ostwärts in den grauen Industriedunst trieb und dort Victors Blick entschwand.

GLOBE METRO REPORT, 23. APRIL 192–

RIBE SCHULDIG! STRAFMASS VERSETZT GERICHTSSAAL IN AUFRUHR!

SAM RAPAPORT

BUNDESGERICHTSHOF – Nach einer zwanzigminütigen Beratung, mit der am heutigen Morgen einer der kürzesten und unstrittigsten Mordprozesse der Stadtgeschichte zu Ende gegangen sein dürfte, befand die Jury Victor Ribe des kaltblütigen Doppelmordes an dem Untersuchungsbeamten der Alkohol- und Rauschgiftbehörde Maurice Klempt sowie an dem zwielichtigen Apotheker Boris Lardner für schuldig.

Der orientierungslose Ribe, der an den starken Schmerzen eines Heroinentzugs litt, lehnte bei der Urteilsverkündung wie eine durchgeschüttelte Stoffpuppe an seinem Pflichtverteidiger Lenny Shapiro.

Eine spürbare Welle der Erleichterung lief durch den Zuschauerraum. Die seitens der Freunde und Familien der Opfer ausgestoßene Zustimmung hätte in ihrer Heftigkeit ausgereicht, um einen Heißluftballon nach China zu befördern.

Der unvoreingenommene Richter John Selby blickte vom Richterstuhl auf Ribe herab und fuhr fort das Strafmaß zu verkünden: 25 Jahre lebenslänglich, zu verbüßen im Staatsgefängnis von Farnsworth.

Für den Verfasser dieser Zeilen war es keine Überraschung, daß die im Gerichtssaal versammelte Zuschauermenge in einen Tumult ausbrach, als ihr die geforderte Höchststrafe verwehrt wurde.

Sid Lardner, der Bruder des ermordeten Boris Lardner, stürzte sich auf Ribe und erwischte ihn um ein Haar mit dem Totschläger eines Gerichtsdieners. Von überall her ertönten lautstarke Proteste der Beamten der Alkohol- und Rauschgiftbehörde. Auch Behördenleiter Harry Shortz, offiziell ein Gegner der Todesstrafe, verlor völlig die Fassung und verunglimpfte Richter Selby mit Ausdrücken, die für den Abdruck nicht geeignet sind.

Die einzigen, die nicht nach dem Leben Ribes schrien, so schien es, waren sein Verteidiger, der Richter und Ribes Vater, der, sobald er das

Strafmaß seines Sohns vernommen hatte, wortlos aufstand und den Gerichtssaal verließ.

Da die Beamten des Farnsworth-Gefängnisses um ihre eigene Sicherheit fürchteten, legten sie Ribe hastig in Ketten und führten ihn hinaus zu einem wartenden Gefangenentransporter.

Unter Zwischenrufen und Hohngelächter wies Richter Selby die Gerichtsdiener an, den Saal zu räumen. Er selbst zog sich daraufhin in die Amtszimmer zurück.

Auf den Treppenstufen des Gerichtsgebäudes schwor Sid Lardner Rache, derweil die Polizeimeister Ira Dubrov und Pally Collins von der Alkohol- und Rauschgiftbehörde ihre Bestürzung zum Ausdruck brachten. Harry Shortz weigerte sich, eine Stellungnahme abzugeben.

Ribes Verurteilung für den Mord an Lardner – Ribes altem Kriegskameraden und persönlichem Heroinhändler – schien sich weitgehend auf die Zeugenaussage von Abraham (Shuffles) Levy zu stützen, einem verurteilten Drogenschmuggler aus dem South End.

Levy behauptete, gesehen zu haben, wie sich ein verzweifelter Ribe mit Lardner vor dem Klaviergeschäft auf der Proctor Street gestritten habe. Die beiden Männer seien angeblich in eine hitzige Auseinandersetzung um Geld verwickelt gewesen.

Der undurchsichtige Levy sagte unter Eid aus, Ribe habe Lardner bewußtlos geschlagen und anschließend kaltblütig durch das Schaufenster des Klaviergeschäfts geworfen.

Levys Mangel an Glaubwürdigkeit wurde durch die Aussagen mehrerer Mitglieder des Es-lebe-die-Temperenz-Vereins aufgewogen, die das Geräusch von splitterndem Glas vernahmen, während sie vor Loveys Schnapstreff auf der Proctor Street Pamphlete verteilten.

Wenngleich kein Mitglied des Temperenzvereins Ribes Streit mit Lardner gehört oder gesehen hatte, sagten sie aus, sie hätten Ribe vor Schweitzers Klaviergeschäft angetroffen, als er sich über den Leichnam beugte und dessen Taschen plünderte. Anschließend hätten sie beobachtet, wie Ribe zur Hochbahnstation Shrine Street flüchtete.

Zwei auf die Bahn wartenden Zeugen zufolge widersetzte sich Ribe dem stellvertretenden Behördenleiter Klempt, als dieser ihn zu verhaften versuchte, woraufhin es zu einer gewaltsamen Auseinandersetzung kam.

Sie gaben zu Protokoll, der flach auf dem Rücken liegende Ribe habe Klempt gegen die Brust getreten und vor die einfahrende Bahn gestoßen.

Pflichtverteidiger Shapiro, der darauf beharrte, daß Ribe nicht verhandlungsfähig gewesen sei, kündigte an, Berufung einzulegen.

[2]

Als Kleinstadt am Rand einer Metropole war Long Meadow schon seit jeher dafür bekannt gewesen, auf hartnäckige Weise engstirnig und eigensinnig zu sein. Mehr als sechzig Jahre lang hatten die Bewohner beharrlich sämtliche Angebote zur Eingemeindung in die große Stadt abgelehnt. Auf dem Höhepunkt der Industriellen Revolution sahen sie von ihrem Ufer des Westbend Flusses aus zu, wie sich die Großstadt zu einer Wolke aus Staub und Rauch aufplusterte. Sie wurden Zeugen, wie die saftig grünen Felder und die Bauernhöfe, die sanften Hänge und Wiesen der oberen Halbinsel eingeebnet und mit Kopf- und Ziegelsteinen gepflastert wurden. Kalkstein und Sandstein, Granit und Marmor wurden in nahegelegenen Steinbrüchen abgebaut, und es wuchsen bescheidene und später weniger bescheidene, in den Himmel ragende Gebäude empor. Die zurückbleibenden Freiräume wurden bald darauf mit Stahl und Beton gefüllt, und die konischen Wassertürme erhoben sich höher und höher über die Dächer. Als der Raum knapp wurde, als die Immobilienpreise der Stadt stiegen, als der Schiffsverkehr auf dem Fluß zunahm, erhöhte sich auch die Nachfrage nach den Grundstücken am Ufer des Westbend. Jahrelang versuchten Geschäftsleute und Bankiers aus der Stadt erfolglos, sich in Long Meadow einzukaufen. Die Anlegestellen, das Land entlang des Steilufers und ein nicht unerheblicher Teil der Immobilien im Zentrum von Long Meadow befanden sich jedoch im Besitz der Familie Barkley. Und die Familienmitglieder der Barkleys, ergebene Anhänger von Denkern wie Fourier und Thoreau, zeigten sich leidenschaftlich und stur zugleich, wenn es um ihr Land ging. Sie waren begeisterte Vogelfreunde und -beobachter und, soweit das Familiengedächtnis zurückreichte, die Hüter der Wälder und Wiesen und der Tier- und Pflanzenwelt, die an den dortigen Ufern ungestört gedeihen konnten. Während die Großstadt die jahrhundertelange Expansion fortsetzte, entwickelte sich Long Meadow zu einer Zufluchtsstätte für eine Vielzahl von Vogelarten, die sich auf ihren Frühjahrs- und Herbstwanderungen befanden. Die Bewohner der Großstadt entflohen dem Gedränge überfüllter Straßen und nahmen die Barkley-Fähren am North End, um dem Schauspiel beizuwohnen; sie kamen in Scharen, um vom Gipfel der Landspitze aus zu beobachten, wie sich der Himmel verdunkelte und mit Lerchen und Drosseln füllte, mit Rohrsängern und Kardinalsvögeln, Grasmücken und Stärlingen, Eichelhähern und Silberreihern, Enten und Gänsen.

Durch eine Gruppe renommierter Ornithologen bestärkt, rüsteten Theodore Barkley und seine Söhne zur Jahrhundertwende eine brachliegende Eisenhütte an der Hauptstraße um und begannen kleine Vogelfigurinen und Vogelhäuschen herzustellen. Sie verkauften ihren Zierrat zusammen mit Drucken von John James Audubon in einem Geschäft nahe der Anlegestellen. Bald darauf rüsteten sie die Eisenhütte für die Produktion von Feldstechern und Teleskopen um. Sie errichteten einen Kutschenstall und stellten einige Bewohner von Long Meadow ein, um Exkursionen entlang des Palisades Parkway zu führen. Von dem Erfolg ihrer Unternehmungen begeistert, nahmen Theodore Barkley und seine Söhne eine Hypothek auf ihre Ländereien auf, um Restaurants und Gasthäuser, Geschäfte für Kunsthandwerk, Gewächshäuser und Familienfarmen zu finanzieren; außerdem ließen sie die Gebäude mehrerer Schulen renovieren, deren Schwerpunkt darauf ausgerichtet war, das Interesse der Schüler an der Natur zu wecken.

Über mehr als fünfundzwanzig Jahre machte der durch die Barkleys geförderte bescheidene Handel den Großteil der Einkünfte von Long Meadow aus. Doch dann geschah etwas Unvorhergesehenes. Vielleicht änderte sich die Windrichtung, vielleicht ließ die Menge der Besucher, die überall im hohen Gras der Wiesen lagen, die Landschaft bedrohlich erscheinen; möglicherweise wurde aber auch der Freiraum für die Vögel, die um einen Nistplatz in Long Meadow kämpften, zu eng, ganz so, wie einst der Freiraum für die Menschen in der Großstadt knapp geworden war; was auch immer der Grund gewesen sein mag, innerhalb nur weniger Jahre verschwanden viele der Vogelarten, die die Felder im Frühjahr und Herbst besucht hatten, vom Himmel über dem idyllischen Parkway. Statt dessen begannen sie zu Theodore Barkleys großem Entsetzen in der Stadt zu nisten, auf den Dächern und Terrassen der Bürotürme und Apartmentgebäude, von wo aus sie auf herumliegende Müllhaufen herabstießen, auf den Abfall der Menschen.

Als die Vögel vom Himmel über Long Meadow verschwanden, ließ auch die Anzahl der Touristen nach. Sie schlenderten nicht mehr durch das Einkaufsviertel, kauften die in der Fabrik hergestellten kleinen Figurinen und Vogelhäuschen nicht mehr und auch keine Feldstecher und Audubon-Drucke. Schließlich säumten lange Reihen leerer Kutschen die Straße, und den Touristenführern blieb nichts anderes übrig, als den Pferden dabei zuzusehen, wie sie mit ihren Schwänzen nach den Fliegen schlugen, die ihre Hinterteile umschwirrten. Die Barkleys hatten sich zu ihrer eigenen Bestürzung finanziell übernommen; zum ersten Mal seit über acht Generationen liefen sie Gefahr, daß die Bank ihr Land pfänden würde, und so drohte Long Meadow zu verarmen.

Als die Barkleys und die Stadt am Rande des Ruins standen, trat Julius Fief, Eigentümer von Fief Munitions, an sie heran, dessen in die Krise geratene Waffen- und Munitionsfabrik kurz zuvor vom staatlichen Ausschuß für Bauvorhaben einen Zuschuß bewilligt bekommen hatte, um ein Waffendepot für militärische Übungszwecke anzulegen. Fief, der während des Ersten Weltkrieges zu beachtlichem Reichtum gekommen war, hatte seine Büros im Zentrum der Großstadt und konnte sich fünfzig Meilen flußaufwärts in der Kleinstadt Broadbent mit der Herstellung leichter Waffen und entsprechender Munition kaum über Wasser halten. Mit der Zusage von Regierungsgeldern in der Tasche und Aussicht auf zukünftige Subventionen, plante er, den Sitz der Produktionsstätten näher an die Stadt und damit in die Nähe der Hauptgeschäftsstelle zu verlegen, und so war er auf der Suche nach einem Standort, der seinen Bedürfnissen entsprach. In der Stadt selbst hatte er nicht genügend Produktionsflächen und Schiffsanlegestellen ausfindig machen können; in Long Meadow hingegen fand er alles, was man sich nur wünschen konnte – zwei Meilen unbebautes Uferland, ein nutzbares Fabrikgelände und eine angeschlagene Stadt, die dringend Arbeitsstellen benötigte.

Im Gegensatz zu anderen, die vor ihm gekommen waren, schlug Fief, der um Theodore Barkleys Ruf wußte, der Familie Barkley und dem Gemeinderat von Long Meadow vor, daß er einen kleinen Prozentsatz des Firmenprofits zum Schutz der Auen und Felder zur Verfügung stellen würde, sollte er seine Waffen in ihrer Stadt herstellen dürfen; davon ausgenommen wäre eine halbe Meile Uferland. Außerdem würde er sich für die Dauer von dreißig Jahren vertraglich dazu verpflichten, die Bewohner von Long Meadow bei der Vergabe von Arbeitsplätzen auswärtigen Bewerbern vorzuziehen. Im Gegenzug müßte sich Long Meadow bereit erklären, sämtliche anfallenden Kosten zu tragen, die bei der Umrüstung der Fabrik Barkley & Sons, dem Bau der Anlegestellen und allen anderen für die Munitions- und Waffenauslieferung nötigen Baumaßnahmen nicht mit Fiefs Regierungszuschuß gedeckt werden könnten.

Wenngleich Theodore Barkley große Bedenken hatte, mit einem Waffenfabrikanten Geschäfte zu machen, erkannte er doch, daß der Gemeinderat dafür war und seine Stimme in dieser Angelegenheit herzlich wenig Gewicht hatte. Angesichts des Mangels an freien Stellen, angesichts all der Männer und Frauen, die verzweifelt nach Arbeit suchten, kam Theodore Barkley zu dem Schluß, daß die Art der Arbeit vielleicht nicht so maßgeblich für die Menschen war, solange ihnen das Uferland zur Erholung und geistigen Entspannung erhalten bliebe. Nicht ohne vorher seinen Vorbehalten in den Sitzungsräumen des Gemeinderats Ausdruck verliehen zu haben, stimmte Theodore Barkley den Vertragsbedingungen Fiefs zu. Nachdem ein Kredit für die Bauvorhaben bewilligt worden war, breitete sich die Stadt über ein Jahr lang beständig aus. Die Fabrik wurde überholt und mit neuen Maschinen bestückt; Anlegestellen für große Frachtschiffe wurden gebaut; für die Lastwagen, die die schweren Waffen und die Artillerie transportierten, wurden private Zufahrtswege zu den Docks und zum Bahnhof angelegt; hohe, mit schmiedeeisernen Spitzen bewehrte Kalksteinmauern wurden rings um die Fabrik errichtet; und bald darauf kontrollierten bewaffnete Wachposten von Aussichtstürmen aus das vormals malerische Einkaufsviertel von Long Meadow.

GLOBE METRO REPORT, 25. NOV. 191-

HARRY SHORTZ ZUM LEITER DER ALKOHOL- UND RAUSCHGIFTBEHÖRDE ERNANNT

SAM RAPAPORT

REGIERUNGSPRÄSIDIUM – Senator Thomas O'Connell verkündete heute, daß die Befugnis der Rauschgiftbehörde entsprechend der Prohibitionsgesetze ausgeweitet werden soll, welche vorigen Monat verabschiedet wurden und sowohl die Existenz unserer Lokale gefährden als auch unsere Alkoholvorräte auszutrocknen drohen. Leiter der neuen Alkohol- und Rauschgiftbehörde – so der offizielle Name, der heute nachmittag bekannt gegeben wurde – wird der ehemalige Geheimagent der Spionageabwehr Harry Shortz.

Shortz, ein großer, schwerfälliger Mann mit voller Baßstimme und dem Brustumfang einer Betonmischmaschine, wurde von Senator O'Connell enthusiastisch eingeführt: »Er ist der einzige Mann, der dem Job gewachsen ist. Ich kann mir niemanden vorstellen, der geeigneter wäre, das Amt zu übernehmen, wenn im Januar die Prohibition offiziell in Kraft tritt.«

Der 29jährige, aus der Bergarbeiterstadt Portsmith stammende Harry Shortz war bis zu seiner heutigen Ernennung in politischen Kreisen ein unbeschriebenes Blatt. Jedoch nur, wenn man darüber hinwegsieht, daß er der Schwiegersohn von Finanzminister Edward Kelly ist.

Mr. Kelly, ein wohlhabender Finanzier, der sich damit gebrüstet hatte, Senator O'Connell maßgeblich zum Wahlsieg verholfen zu haben, ließ heute aus seinem Büro im Finanzministerium verlauten, Mr. Shortz habe den neuen Posten als Leiter der Alkohol- und Rauschgiftbehörde aufgrund seiner außergewöhnlichen Befähigung erhalten.

Mr. Kelly, der im Krieg zufälligerweise auch Mr. Shortz' kommandierender Offizier war, erklärte, wie bereits Senator O'Connell vor ihm, Shortz sei zweifelsohne »der einzige Mann, der dem Job gewachsen ist«.

Mr. Kelly fügte hinzu: »Es gibt dort draußen niemanden, der hartgesottener wäre als Harry, niemanden, der ausdauernder und unvoreingenommener wäre, niemanden, der gerissener und intelligenter wäre, niemanden mit einer größeren moralischen Integrität. Tatsache ist, daß der Mann den Job gar nicht wollte. Allein seine bedingungslose Ergebenheit gegenüber der Staatspflicht konnte ihn zur Zusage bewegen. Und ich werde Ihnen noch etwas erzählen«, schmetterte der offenherzige Mr. Kelly weiter, »die Menschen sind besser dran mit einem Mann, der seine Hände nicht in den Taschen jedes Ganoven und Gangsters und Politfunktionärs hatte. Merken Sie sich meine Worte.«

Mr. Kelly bezog sich mit diesen Worten zweifellos auf den früheren Leiter der Rauschgiftbehörde Chester Debs, der sich im Parteiapparat des South End hochgearbeitet hatte. Mr. Debs wurde letzten Monat unehrenhaft aus dem Amt entlassen, nachdem der Leiter der Untersuchungsbehörde Lawrence Tines ihn wegen des Verdachts verhaften ließ, in der gesamten Stadt die Inhaber von Opiumhöhlen um einen Anteil ihrer Gewinne erpreßt zu haben. Mr. Debs verbüßt gegenwärtig eine sechsmonatige Haftstrafe in Farnsworth, im Norden des Bundesstaates.

Mr. Shortz kündigte an, seine erste Amtshandlung würde darin bestehen, eine gründliche Untersuchung der kriminellen Machenschaften von Mr. Debs durchzuführen und die Behörde einer Neuordnung zu unterziehen. »Niemand wird verschont werden«, versprach Mr. Shortz.

Der frisch ernannte Behördenleiter wird alle Hände voll zu tun haben. Dennoch zeigte sich der selbstbewußte und nüchterne Shortz heute unbeeindruckt von den Skeptikern. Als Antwort auf Gerüchte, denen zufolge Gangster aus dem South End bereits begonnen hätten, immense Alkoholvorräte für den Verkauf an illegale Clubs anzulegen, spielte Mr. Shortz auf seinen bekanntesten Coup im Krieg an, bei dem er sich als österreichischer Beamter ausgegeben und sich so Zugang zum engsten Kreis um Kaiser Wilhelm verschafft hatte. »Wenn ich es fertiggebracht habe, mich ins Schloß des Kaisers einzuschleichen«, sagte er, »dann werde ich es auch schaffen, ein paar Kellertüren einzuschlagen.«

[3]

Während Victor Ribe im Gefangenentransporter von Farnsworth nach Long Meadow unterwegs war, begaben sich kurz vor Tagesanbruch sechs Polizeibeamte der bundesstaatlichen Untersuchungsbehörde am Kai des North End an Bord einer Barkley-Fähre und hinaus aufs eiskalte Wasser des Westbend. Nachdem die Fähre in der Mitte des Flusses gehalten hatte, um einige Schlepper und Frachter vorbeizulassen, setzte sie ihren Weg zum Kai von Long Meadow fort. Dort angekommen, jagten die Beamten jeweils zu dritt in zwei schwarzen Ford-Limousinen den Landungssteg hinunter.

Dröhnend preschten sie die kurvige Straße zum Palisades Parkway hinauf und fuhren ein paar Meilen den Steilhang in Richtung Norden entlang, bis sie auf einen Grasweg stießen, der wieder zum Fluß führte. Die Wagen rasten den Weg zu einer etwa hundert Meter vom Ufer entfernt liegenden Fischerhütte hinunter. Mit Schrotflinten und Taschenlampen bewaffnet, stiegen die sechs Männer aus ihren Autos, gingen zur morschen Holztür der Hütte und traten sie ein.

Helle Lichtkegel streiften durch den dunklen Raum, bis alle auf einem Klappbett mit einer darübergebreiteten Patchworkdecke zusammentrafen. Einer der Beamten beugte sich hinunter, hob die Decke an und zog unter dem Klappbett eine angelaufene, mit »MW« beschriftete Metallkiste hervor. Während sich die übrigen Männer um ihn herum versammelten und mit den Taschenlampen die Kiste beleuchteten, öffnete der Beamte sie und zog acht Dynamitstangen hervor, die in eine zwei Tage alte Ausgabe des Globe gewickelt waren.

Der Beamte legte das Sprengstoffbündel zurück in die Kiste, verließ mit den anderen im Gefolge die Hütte und trug die Kiste vorsichtig zu einem der Wagen. Während die Männer gemeinsam am Steilufer entlang in Richtung Long Meadow fuhren, stieg die Sonne über den Wolkenkratzern der Großstadt auf.

Als sie das Zentrum von Long Meadow erreichten, nahmen die

Wagen getrennte Wege und hielten vor zwei ähnlich aussehenden schindelgedeckten Häusern an der Hauptstraße. Während sie gegen die Haustüren hämmerten, zogen die Männer ihre Revolver aus den Schulterhalftern.

Max Waters und Henry Capp, die Gewerkschaftsführer von Fief Munitions, trugen noch ihre Pyjamas, als sie die Türen öffneten. Sie wurden zu Boden geworfen, gefesselt und unter dem Geschrei ihrer Frauen und Kinder abgeführt. Beide wurden mit der Fähre ins Gefängnis von Delacort gebracht, das auf einer kleinen Insel im Hafenbecken gelegen ist. Dort steckte man sie in getrennte Zellen und schuldigte sie der Sabotage und des Totschlags an.

Nur wenige Minuten nach der Festnahme von Waters und Capp verbreiteten sich die Neuigkeiten in Long Meadow, und ein Mob von Gewerkschaftlern, gerade erst aufgestanden, aber mit Schußwaffen und Schlagstöcken bewaffnet, strömte vor dem Fabrikgelände zusammen. Als sie die Nachricht vernahmen, öffneten die Wächter die Fabriktore und ließen die Männer herein. Diese drangen in die Fabrikanlagen, das Waffenlager und die Büroräume vor. Anschließend klemmten sich die Anführer des Mobs in den Büros hinter die Telefone und riefen die Zeitungen und Radiosender an. Sie teilten der Presse mit, daß sie die Fabrik zerstören und ihre Waffen auf jeden richten würden, der versuchte, sie daran zu hindern, sollten Waters und Capp nicht bis zum Abend wieder auf freiem Fuß sein. Dann riefen sie Harry Shortz an, den Leiter der Rauschgiftbehörde.

Der Anruf der Arbeitergewerkschaft von Long Meadow erreichte Harry Shortz, als er gerade Murray Crown, Eigentümer von Crown Crackers und Vertriebsmann des REM-Rauschgiftsyndikats, im Hanover Hotel einen Kontrollbesuch abstattete. Crown sollte im Rahmen einer Vereinbarung mit der Rauschgiftbehörde und dem Generalbundesanwalt am nächsten Morgen vor der Anklagejury gegen die Anführer des Syndikats aussagen. Harry wollte einen kurzen Blick auf Crown werfen, bevor er seinen Arbeitstag begann. Ihm behagte nicht, was er zu sehen bekam. Crown befand sich in einer jämmerlichen Verfassung. Er wirkte aufgequollen, wie mit Laudanum vollgepumpt.

Als das Telefon klingelte, nahm Sergeant Pally Collins ab; er wollte den Hörer an Harry weiterreichen, der von der Bettkante aus den niedergeschlagenen, zigarrerauchenden Crown dabei beobachtete, wie er eine Patience legte. »Für dich, Harry«, sagte Pally.

»Wer ist dran?« fragte der, noch immer Crowns gequältes Gesicht betrachtend.

»Zelda.«

»Was will sie?«

»Er möchte wissen, was du willst«, sagte Pally Collins in den Hörer. »... dich, sie möchte mit dir sprechen.«

»Ich weiß, daß sie mit mir sprechen möchte. Was will sie?«

»Ich bitte Sie«, protestierte Crown schwach, mit einem feuchten, schläfrigen Glanz in den Augen.

»Sag Zelda, ich rufe sie vom Foyer aus zurück«, brummte Harry, während er Crown zusah, wie er mit der schwindenden Energie einer durchbrennenden Glühbirne eine Karte umdrehte.

»Er ruft dich gleich zurück«, sagte Pally ins Telefon. »... ja, ich sag's ihm.«

»Sag ihm was?«

»Es ist dringend.«

»Zehn Minuten.«

»Zehn Minuten, sagt er«, gab Pally weiter und legte auf.

»Warum nehmen Sie ihn nicht mit«, murmelte Crown, immer noch auf die Karten konzentriert. »Der da geht mir auf die Nerven.«

»Welche Nerven?« meinte Harry zu sich selbst. An Pally gewandt fragte er: »Wo ist die Toilette?«

»Gleich da hinten«, antwortete Pally.

Nachdem er Pally mit einer Handbewegung zu verstehen gegeben hatte, er solle auf den Flur hinaustreten, ging Harry ins Badezimmer.

»Falls du irgend etwas brauchst ...«, sagte Pally zu Murray Crown gebeugt, die Lippen nah an dessen Ohr.

»Falls ich irgend etwas brauche …«, sagte Crown zu den Karten.
»Falls dir ein Zahn gezogen werden muß oder …«
»Falls ich eine Brücke brauche?«
»Wie wär's, wenn ich Bubbles anrufe, zur Unterhaltung?«
»Wie wär's, wenn ich die Aussage verweigere?«
»Du wirst wieder verlieren, Murray.«
Murray drehte sich leicht, so daß die schlaff über seine Stirn hängende graue Haarsträhne beinahe Pallys Nasenspitze berührte. »Proctor Street«, flüsterte Murray mit Zigarrenatem. »Wir werden sehen, wer was verliert, wenn ich morgen erzähle, was ich über die Proctor Street weiß.«
»Das war kein cleverer Zug, den du da gerade gemacht hast.«
Murray wandte sich wieder den Karten zu. »Ich weiß, was ich tue«, fuhr Murray flüsternd fort. »Ich weiß, was ich weiß.«
»Ich dachte, ich hätte dich gebeten, auf den Flur zu gehen«, sagte Harry zu Pally, als er aus dem Badezimmer zurückkam.
»Ich bin dann auf dem Flur«, sagte Pally kühl an Murray gewandt.
Harry wartete, bis Pally verschwunden war. »Ich werde morgen früh vorbeikommen, um Sie zum Gericht zu bringen.«
»Ich freu mich schon drauf«, sagte Crown mit einer Stimme, die so säuerlich und saftlos klang wie eine ausgequetschte Zitrone.
»Lassen Sie den Kopf nicht hängen, Murray.«
Harry machte Anstalten, aufzubrechen.
»Hey, Mr. Commissioner …«
»Was gibt's?«
»Falls mir irgendwas zustoßen sollte …«
»Ihnen wird nichts zustoßen, Murray.«
»… dann sagen Sie Bubbles, daß ich sie liebe.«
»Ihnen wird nichts passieren. Sie haben mein Wort«, versprach Harry, als er auf den Gang hinaustrat und die Tür hinter sich zuzog.
Neben der Tür saßen Pally Collins und sein Partner Ira Dubrov auf Klappstühlen. Pally und Ira waren beide kräftige Männer mit vollen Wangen. Sie trugen blankpolierte Oxfordschuhe, taillierte Nadelstreifenanzüge und redeten mit einem starken South-End-Akzent

zwischen den oberen Schneidezähnen hindurch, wodurch sie den Eindruck erweckten, als hätte man ihnen Miniaturfäuste in den Mund implantiert. Wie Harry waren sie großgewachsene Männer, mit tiefen Stimmen, riesigen Händen, breiten Brustkörben; aber anders als Harry waren sie rüpelhaft, nicht besonders attraktiv und so temperamentvoll wie zwei jugendliche Straftäter. Um ihr derbes Aussehen und ihre ungehobelten Manieren etwas zu übertünchen – im Zuge eines mißglückten Versuchs seitens Harry, sie zumindest seriöser wirken zu lassen (der Versuch wurde unternommen, als die Zeitungen begannen, Dubrov und Collins als Harrys Schlägertruppe zu bezeichnen) –, ließ sich Ira einen akribisch gepflegten, bleistiftdünnen Oberlippenbart wachsen, während Pally für gewöhnlich eine leuchtende Gewächshausnelke am Revers trug. Doch beides stand ihnen nicht besonders. Ungewollt erinnerte dieser Aufzug an Requisiten aus einem schlechten Kostümstück und verlieh ihnen das Aussehen eben jener Elemente, von denen sie die Stadt zu befreien suchten. Dessen ungeachtet waren Ira und Pally gerissen und einfallsreich, weshalb sie in all den Jahren, die sie inzwischen für Harry arbeiteten, seine Dolmetscher für die dunklen Seiten der Stadt geworden waren, seine Augen und Ohren, seine engsten Mitarbeiter, deren Einfluß auf die Behörde wahrscheinlich ebenso groß, wenn nicht sogar größer war als Harrys eigener.

»Bläst er die ganze Zeit Trübsal, seit er hier ist?« fragte Harry.

»Ja«, erwiderte Ira. »Jammert. Legt Patiencen. Eine nach der anderen nach der anderen nach der anderen. Manchmal die ganze beschissene Nacht hindurch. Wir haben ihm angeboten, zur Abwechslung mal eine Partie Poker mit ihm zu spielen …«

»… aber er hält einfach nicht sein Maul«, sagte Pally. »Der ist so was von trübsinnig, dieser Typ. Alle fünf Minuten fragt er laut, warum er sich nicht einfach umbringt. Redet ständig so'n Zeug wie: ›*Was glaubt ihr Penner eigentlich, wer ihr seid? Glaubt ihr, ihr seid so gottverdammt unbezwingbar, daß ihr Johnny und Jerzy davon abhalten könntet, mich zu schnappen?*‹ Vergiß es, lieber sitze ich hier draußen mit Ira und werfe Pennies.«

»Er hat Angst«, sagte Harry.

»Er ist eine Nervensäge«, entgegnete Ira. »Unangenehm. Ich weiß nicht, wie seine Frau es mit ihm aushält. Wie kann sich eine so schöne Frau nur für einen solchen Penner interessieren?«

»Hast du den Schmuck gesehen, den er ihr gekauft hat?« fragte Pally bewundernd. »Sie leuchtet heller als ein Silvesterfeuerwerk.«

»In einer stürmischen Nacht«, fügte Harry hinzu.

»Was hast du gegen Bubbles, Harry?«

»Nichts. Ich habe nichts gegen Bubbles, Ira.«

»Nach was Besserem kannst du lange suchen, glaub mir.«

Harry lächelte beim Anblick von Iras Gorillagesicht, das ganz in Gedanken an Bubbles Crown versunken war. »Wie auch immer«, sagte Harry, »ich will wissen, welchen Weg ihr für den besten haltet, um ihn morgen früh ohne Spektakel zum Gerichtsgebäude zu bringen.«

»Schlage vor, wir rufen Klein an, damit er die Details ausarbeitet«, meinte Ira.

»Ja, Klein«, stimmte Pally zu. »Der hat ein Köpfchen für so was.«

»Weil sein Kopf so verdammt groß ist«, lachte Ira. »Hast du je einen größeren Kopf gesehen, außer in den beschissenen Freakshows?«

Harry schüttelte mit gespielter Resignation den Kopf. »Wer ruft ihn an?«

»Ich«, sagte Ira. »Ich ruf ihn an. Ich halt es nicht mehr länger aus, diese Wand anzustarren.«

Als Harry und Ira das Foyer des Hanovers betraten, kam die Empfangsdame auf Ira zu, um ihm mitzuteilen, daß er am Telefon verlangt werde. Mit den Händen am Jackettrevers entschuldigte sich Ira bei Harry und folgte der Frau zu einem Apparat an der Rezeption.

»Ja, Dubrov hier«, sagte Ira, als die Empfangsdame gegangen war.

»Es dürfte Sie interessieren, Mr. Dubrov«, sagte eine krächzende Stimme am anderen Ende der Leitung, »daß Victor Ribe aus dem Gefängnis entlassen wurde.«

»Wer spricht da?«

»Sie werden ihn in Jacks Kellertaverne antreffen ...«

»Wo?« fragte Ira, während er hastig Notizblock und Stift herauszog.

»In Jacks Kellertaverne, um vier Uhr, sechsundfünfzig West dreiundachtzigste Straße.«

Die Leitung wurde unterbrochen. Für einen Augenblick hielt Ira den Telefonhörer regungslos am Ohr, die komischen Falten seines fetten Gesichts glätteten sich ein wenig, während er sich im Foyer umsah, ob ihn jemand beobachtete. Es schien ihm, als hätte ihn jemand im Visier. Er schaute umher, bis er Harry entdeckte, der ihn von einer Telefonkabine aus ansah. Dann wandte sich Ira wieder dem Apparat zu und ließ sich mit Klein verbinden.

Nachdem Harry seine Sekretärin angerufen und erfahren hatte, was in Long Meadow vorgefallen war, und daß die Gewerkschaftsvertreter ihn gebeten hatten, als Vermittler zwischen ihnen und der Untersuchungsbehörde zu agieren, rief Harry umgehend Chefermittler Lawrence Tines in dessen Büro an.

»Er ist drüben in Delacourt, Mr. Commissioner«, sagte Tines' Sekretärin.

»Kann ich ihn dort erreichen?«

»Ich werde ihn für Sie anrufen. Bleiben Sie dran.«

Ein paar Minuten später meldete sich die Sekretärin zurück. »Was möchten Sie dem Chefermittler mitteilen, Mr. Commissioner?«

»Sagen Sie ihm, daß die Arbeitergewerkschaft von Long Meadow Fiefs Fabrik besetzt hat.«

Harry hörte, wie die Sekretärin die Nachricht weitergab.

»Er ist darüber informiert, Mr. Commissioner.«

»Sagen Sie ihm, daß ich gebeten wurde zu vermitteln, und daß ich mich gleich nach unserem Telefonat auf den Weg machen werde.«

Die Sekretärin übermittelte die Nachricht. »Machen Sie nur«, sagte sie anschließend.

»Sagen Sie ihm, daß ich den Männern gern ein paar Neuigkeiten überbringen würde, um sie zu beruhigen.«

»Sonst noch etwas?«

»Sagen Sie ihm, ich glaube, daß ich die Leute dort ohne weitere Zwischenfälle herausbekomme, wenn er es arrangieren kann, Waters und Capp bis zum Mittag anzuklagen und unter Vorbehalt weiterer Ermittlungen auf Kaution freizulassen.«

Die Nachricht wurde übermittelt.

»Er sagt, sie würden innerhalb der nächsten Stunde freikommen, Mr. Commissioner.«

»Das hat er gesagt?« Harry klang überrascht.

»Jawohl, er sagt, er habe sie bereits zum Gericht bringen lassen.«

»Haben sie gestanden?«

Die Frage wurde weitergegeben.

»Nein, das haben sie nicht.«

»Sei's drum ... danken Sie ihm von mir.«

Der Dank wurde ausgerichtet.

»Er sagt, keine Ursache.«

Harry hängte den Hörer ein und trat aus der Telefonkabine, noch immer irritiert darüber, wie einfach es gewesen war.

»Warum so erstaunt?« fragte Ira, als ihm Harry von der Kabine entgegenkam.

»Ich erkläre es dir später«, sagte Harry. »Was hat Klein gesagt?«

»Er meinte, er würde sich mit seinem Riesenkopf an die Arbeit machen.«

»Von wem war der andere Anruf?«

»Von meiner Frau«, sagte Ira. »Pally hat ihr gesagt, daß sie mich hier erreichen kann.«

»Wie geht's Claudia?« fragte Harry, in Gedanken immer noch bei Tines.

»Gut, sehr gut. Reitet auf mir herum wie ein Jockey mit Poloschläger. Ich hätte eine Braut mit kleineren Fäusten heiraten sollen.«

»Vielleicht beim nächsten Mal«, sagte Harry, während er sich von Ira abwandte und in Richtung Tür ging.

Jerzy Roth, Elias Eliopoulos und Johnny Mann, die drei Anführer des REM-Rauschgiftsyndikats, vor Gericht zu stellen, war der letzte Punkt auf Harry Shortz' Liste unerledigter Angelegenheiten für seine restliche Amtszeit als Leiter der Rauschgiftbehörde. Solange Harry das Amt innehatte, war ihm das Syndikat ein Dorn im Auge gewesen. Ganz egal, was die Behörde unternahm, nie konnten genügend Beweise zusammengetragen werden, um gegen das Syndikat Anklage zu erheben. Abgesehen davon hatte Harry tadellose Ergebnisse vorzuweisen. Im Laufe seiner Amtszeit als Vorsitzender der Alkohol- und Rauschgiftbehörde – der längsten seit der Einrichtung des Postens – hatte es Harry wie durch ein Wunder geschafft, die in hohem Maße unpopulären Prohibitionsgesetze durchzusetzen, ohne dabei selbst an Popularität einzubüßen. Auch nachdem die Prohibition außer Kraft gesetzt worden war, wuchs sein Ansehen als Leiter der erneut umbenannten Rauschgiftbehörde stetig. Er genoß eine Beliebtheit, die von kaum einem anderen Staatsbeamten – weder bei der Polizei noch in den übrigen Bereichen – übertroffen wurde. Er hatte sich als Mann des Volkes erwiesen, als Freund des kleinen Mannes, der Unterprivilegierten. In Zeiten der Wirtschaftskrise, in denen Sonderkommissionen den korrupten politischen Apparat zerschlugen und mißliebige Personen scharenweise in den Ruhestand versetzten, bedeutete das einiges. Es bedeutete, daß sich Harry Shortz prächtig entwickelte. Er hatte sich nichts zu Schulden kommen lassen, und er hatte geschickt agiert. Er war so weit gekommen, weil er die kleinen Leute verschont hatte. Während der Prohibition übersah er geflissentlich die unscheinbaren Ginlokale und die gewöhnlichen Schnapsbars, statt dessen machte er sich wie ein bescheidener Superheld aus einem Kindercomic einen Namen, indem er sich öffentlich mit den übermächtigen Gangstern aus dem South End anlegte, die die großen Flüsterkneipen, die Spielsalons, Drogenhöhlen, Schmuggelgeschäfte und Bordelle betrieben; er trat gegen die Schläger aus der Nachbarschaft an, die dutzendfach Morde begingen, wöchentlich Tausende erpreßten und täglich unbescholtene Menschen ans Messer lieferten, um selbst im Geschäft zu bleiben. Unter Mithilfe von Ira und Pally rief Harry Shortz schon bald dieselbe Angst und Ehrfurcht bei den Gangstern hervor, die diese in den Straßen der Stadt verbreiteten. Die Behörde hob Nachtclubs aus, konfiszierte Alkohol, führte Razzien in den Drogenhöhlen durch und stellte geschmierte Polizisten, käufliche Richter und korrupte Politiker mit heruntergelassenen Hosen und umgestülpten Taschen zur Schau.

Harry Shortz war nicht nur auf höchst undankbarem Posten einem Sympathieverlust entgangen, sondern in den Jahren der Wirtschaftskrise sogar so populär geworden, daß er von der Liberalen Partei für die anstehenden Wahlen im Herbst zum Kandidaten für das Senatorenamt nominiert worden war. Auf seinem Ruf und seiner seit langem gehegten und allgemein bekannten Sympathie für die unteren Klassen aufbauend, begann er noch am Abend seiner Nominierung, ein soziales Reformprogramm auszuarbeiten, in welches auch die uralten Geschichten einflossen, nach denen er in seiner Heimatstadt Portsmith an der Seite von unterbezahlten Bergarbeitern aufgewachsen war. Allem Anschein nach war der Ruf von Harrys Anteilnahme am täglichen Elend der Arbeiter und Arbeiterinnen bis ans Ufer von Long Meadow vorgedrungen.

Nachdem Harry das Hanover verlassen hatte, brachte ihn sein Fahrer zu den Kais im North End, von wo aus sie eine Fähre nahmen. Sobald sie abgelegt hatten, stieg er hinauf zum Passagierdeck, um etwas Luft zu schnappen, und wurde von einem plötzlichen Blitzlichtgewitter geblendet. Er war umringt von Reportern. Mit den Händen die zugekniffenen Augen abschirmend, schrie er über den Lärm hinweg, als würde er einen Boxkampf ankündigen.

»Meine Damen und Herren! Ich bitte Sie!«

Er ließ die Arme sinken und schaute über das zur Ruhe kommende Deck, sah den Reportern mit festem Blick in die Augen. Für alle Anwesenden klar vernehmlich sagte er: »Die Gewerkschaft von Long Meadow hat mich gebeten, in der Angelegenheit Max Waters und Henry Capp als Vermittler zu fungieren. Wie Sie sehen können, bin ich hier und habe der Bitte somit entsprochen. Mehr habe ich Ihnen zum gegenwärtigen Zeitpunkt beim besten Willen nicht mitzuteilen. Und da ich schließlich nicht hier bin, um mit Ihnen zu reden, zumindest nicht in diesem Moment, würde ich Sie bitten, mich die restliche Fahrt über den Fluß genießen zu lassen.«

Harry drehte sich um und machte sich auf den Weg zum unteren Deck, zurück zu seinem Wagen, als ein Reporter vom Herald rief: »Wollen Sie nicht ein paar Fragen über das Syndikat beantworten, Mr. Commissioner?«

Harry wandte sich wieder um. »Was möchten Sie wissen, Spike?«

»Mich würde interessieren, wie Sie das Syndikat zu zerschlagen gedenken, wo doch seit Crowns Verhaftung ein halbes Dutzend toter Insider aufgetaucht ist und sich der Rest auf der Flucht befindet.«

»Ich habe erst kürzlich gehört, daß Tote nicht allzu viele Schwierigkeiten machen.«

»Was ist mit den anderen, die wieder in die Stadt zurückkommen werden, sobald Gras über die Sache gewachsen ist?«

»Wer sagt, daß Gras über die Sache wachsen wird?«

»Der Winter dauert nicht ewig.«

»Da kann ich nicht folgen. Wissen Sie, was er meint?«

»Winter … Gras …«

»Nett, Spike«, sagte Harry. »Sehr nett.«

»Haben Sie herausgefunden, in welcher Verbindung Crown zu Eliopoulos und American Allied Pharmaceuticals steht?« rief ein anderer Reporter dazwischen.

»Ja.«

»In welcher?«

Harry sah sich nach weiteren Fragen um.

»Würden Sie uns wenigstens sagen, wann Sie mit den ersten Verhaftungen rechnen?« fragte Caruthers von der Times.

»Sobald Crown ausgesagt hat.«

»Das kommt Ihnen sehr gelegen, nicht wahr, Mr. Commissioner?«

»Das kommt uns allen gelegen, Mr. Caruthers.«

»Das meinte ich nicht.«

»Ich weiß, was Sie meinten, Mr. Caruthers.«

»Geht man bei der Gewerkschaft davon aus, daß Sie deren Anliegen unterstützen werden?« rief eine Frauenstimme hinter der Gruppe von Männern. Harry konnte das Gesicht der Frau nicht ausmachen. Er lächelte bloß in die Menge hinein und behielt das Lächeln bei. »Wir sehen uns wieder, wenn ich mich mit der Gewerkschaft getroffen habe.«

»Einen Augenblick noch, Mr. Commissioner ...«

»Wo glauben Sie, werden Sie ...«

»Nur noch eine letzte ...«

Harry hob die Hand, als würde er den Straßenverkehr regeln, wandte sich dann von den Reportern ab und ging die Treppe zu seinem Wagen hinunter. Er nahm hinter dem Fahrer Platz und starrte aus dem Fenster, über das Wasser hinweg zur wogenden Betriebsamkeit, die den Kai von Long Meadow erfüllte.

Wenige Minuten später klopfte Faith Rapaport, eine Reporterin vom Lokalteil des Globe, vorsichtig an Harrys Fenster. Als Harry das Fenster herunterkurbelte, sagte sie: »Die Gewerkschaft geht davon aus, daß Sie deren Anliegen unterstützen, nicht wahr?«

»Ich wußte, daß die Frage von Ihnen kam, Miss Rapaport.«

»Geben Sie mir eine Antwort?«

»Ich habe bereits erklärt, daß ich nichts sagen werde. Nicht, solange ich nicht mit den Leuten geredet habe.«

»Durchaus verständlich.«

»Würden Sie mich jetzt alleine lassen?«

»Sicher«, sagte Faith. »Ich werde mich nur in meinen Wagen setzen, falls Sie nichts dagegen haben.«

»Was immer Sie wollen.«

Faith lächelte Harry an und öffnete die Hintertür des Wagens, der direkt neben Harrys stand.

»So ist das also.«

»Ganz recht, so ist das.«

Faith stieg ein, schloß die Tür ihres Hupmobils und kurbelte das Fenster herunter. »Es ist schrecklich kalt.«

Harry drehte seine Augen langsam zu ihr hin.

»Kann man sich mit Ihnen nicht mal über das Wetter unterhalten?«

»Ganz recht, Miss Rapaport – es ist kalt, es ist verdammt kalt.«

»Wissen Sie, Mr. Commissioner …«

»Sie sind im Zeitungsgeschäft groß geworden, nicht wahr, Miss Rapaport?«

»Das ist richtig.«

»Ihr Vater ist ganz schön herumgekommen, Sam kannte sich aus.«

»Dafür war er bekannt.«

»Er wußte immer sehr genau, wo er zustechen mußte, wenn er einen vor den Augen der ganzen Welt festgenagelt hatte. Er konnte einem gehörig wehtun, wenn er die richtige Stelle traf.«

»Mein guter alter Vater, hat er Sie auch erwischt?« fragte Faith mit einem ironischen Lächeln.

»Oh ja«, antwortete Harry und erwiderte Faiths Lächeln, während er das Fenster hochkurbelte, »das hat er.«

GLOBE METRO REPORT, 14. OKT. 192-

KLEINBETRÜGER UNTER SICH

SAM RAPAPORT

SOUTH END – Die gesuchten Kleinbetrüger Marla Darden und Frank Diggs wurden gestern Nacht wegen des Verdachts auf Körperverletzung festgenommen, kurz nachdem die Polizei sie zufällig dabei erwischte, wie sie einen halbnackten, bewußtlosen Mann aus dem Sullivan Arms Hotel auf die Proctor Street schleiften.

Als sie gefragt wurden, was in Gottes Namen sie da täten, ließen sie den Mann im Rinnstein liegen und ergriffen die Flucht. Die Polizei nahm unverzüglich die Verfolgung auf und verhaftete die beiden.

Während die Beamten die Aussagen von Darden und Diggs aufnahmen, erwachte der Waffenexpedient Freddy Stillman im St.-Agatha-Ann-Hospital, erblickte seine beschämte Ehefrau und wünschte sich plötzlich, mehr als nur die granatengroße Beule am Kopf davongetragen zu haben.

Der Polizei zufolge lernten sich Mr. Stillman und Miss Darden im Hinterzimmer von Loveys Tabakladen kennen, den sie nach Aussage des Türstehers Arm in Arm verließen, wobei sie den Eindruck erweckten, als wären sie mehr als nur angeheitert und voneinander angetan.

Mr. Stillman eskortierte die freizügige Miss Darden zum Sullivan Arms Hotel, wo sie fünfundzwanzig Cents für einen einstündigen Aufenthalt bezahlten. Nur wenige Schritte dahinter folgte Mr. Diggs.

Als Cecile Taylor, der Empfangschef im Sullivan Arms, bemerkte, daß Mr. Diggs dem Pärchen folgte, lief er auf die Straße, um einen Streifenpolizisten zu benachrichtigen.

Den Worten von Mr. Taylor zufolge kannte er Mr. Diggs von einem früheren Vorfall und hatte nicht die Absicht, »nachher wieder die Sauerei wegzuwischen«.

Da er keinen Polizisten finden konnte, ging Mr. Taylor ins Büro zurück, holte seine Waffe heraus und machte sich auf den Weg nach oben.

Doch er kam zu spät. Als er die Zimmertür öffnete, hatte Mr. Diggs den halbnackten Stillman bereits mit einem Beutel voller Kieselsteinen niedergeschlagen und war gerade dabei, Stillman den Ehering abzunehmen.

Diggs war beim Anblick der Waffe selbstverständlich überrascht und flehte Mr. Taylor an, er solle sich seinen Anteil nehmen.

Doch Mr. Taylor wollte mit der Sache nichts zu tun haben und entgegnete: »Ich führe ein anständiges Etablissement.« Er befahl Diggs und Darden zu verschwinden und ihre Beute mitzunehmen.

Die Schöne und das Biest luden Stillman auf die Schultern und trugen ihn die Treppe hinunter auf die Straße, wo, wie es das Schicksal wollte, schon ein Polizeibeamter wartete.

Mr. Stillman wurde mit einer schweren Gehirnerschütterung ins Krankenhaus eingeliefert.

Gegen Marla Darden und Frank Diggs wird am heutigen Nachmittag Anklage erhoben.

[4]

Dritter Bezirk? ... Das Problem? Jemand wurde umgebracht ... Im Beekman Frauenhotel ... Ich sagte, im Beekman Frauenhotel ... Achte Etage, Südseite, mittleres Apartment ... Nein, ich habe keine Zimmernummer ... Nein, ich bin nicht am Tatort ... Von meinem Bürofenster aus ... Gegenüber vom Lüftungsschacht des Fief-Gebäudes ... Ja, ich bin Angestellter ... Wozu brauchen sie meinen ... Ja, in Ordnung, gut. Stillman. Freddy Stillman ... Midtown neun acht sieben, Durchwahl drei ... Gut ... Gut ... Danke schön.«

Nervös legte Freddy Stillman den Hörer auf und zog eine Zigarette aus der Jackettasche. Er zündete ein Streichholz an und führte die Flamme zu seinen Lippen. Als er spürte, wie der besänftigende Rauch seine Lungen füllte und in seinen Kopf stieg, holte er ein Fernglas aus der obersten Schublade des Schreibtischs hervor und schob die beiden Rohre langsam in einen kleinen Spalt zwischen dem heruntergelassenen Rollo und dem Fensterpfosten. Während er dort stand und auf die Ankunft der Polizei wartete, lauschte Freddy auf das Stimmengewirr vor seinem Büro, das rastlose Treiben der Füße, die ihren Platz zu suchen schienen. Einäugig in eines der kurzen Guckrohre spähend, schaute er in das Apartmentfenster auf der gegenüberliegenden Seite des Lüftungsschachts, in die kalten Augen eines jungen Mannes mit schmallippigem Lächeln und einer krummen Nase. Es war ein gemaltes Porträt, das in einem großen barocken Blattgoldrahmen eingefaßt war. Der Rahmen hing über einer schlichten Kommode, auf der sich ein Spiegel, Parfümflakons, Kosmetika und eine Haarbürste mit Perlmuttgriff befanden. Gelbe Schraffuren und rötlichbraune Schattierungen beschrieben die Kinnkonturen des jungen Mannes, die Wirbel seines Haars, die unter das Kinn gestemmte Faust. Die breiten Pinselstriche gingen ineinander über, so daß die Gesichtszüge des Mannes in der Nahsicht beinahe zur Unkenntlichkeit verschwammen – mit Ausnahme der Augen. Die

Augen waren kalt und stechend und schmal wie sein Lächeln. Freddy starrte das Gemälde gebannt an und hatte plötzlich das Gefühl, als würde er diesen Mann oder zumindest jemanden, der ihm ähnlich sah, kennen. Jemand von früher vielleicht. Oder aber jemand, den er hin und wieder auf der Straße gesehen hatte.

Freddy rührte sich nicht vom Fleck, während er das Porträt und die Gegenstände auf der Kommode betrachtete. Dann betraten zwei Polizisten in Uniform die Szene. Beide waren groß und hatten breite Schultern, sahen sich insgesamt beängstigend ähnlich. Es waren Beamte mit voluminösen Brustkörben und breiten Kinnladen; sie waren glatt rasiert, hatten dunkle, kurzgeschorene Haare und trugen lange schwere Mäntel, die sich über die Griffe ihrer Pistolen und Knüppel legten. Sie durchsuchten das Apartment oberflächlich, machten sich ein paar Notizen, blickten auf und musterten das Porträt des jungen Mannes über der Kommode. Als die Durchsuchung beendet schien, drehten sie sich zum Lüftungsschacht um und drückten ihre langen Nasen gegen das Fenster, die sich als kleine dampfende Dreiecke abzeichneten. Freddy konnte spüren, wie die beiden zu ihm herüberschauten, wie sie ihn direkt anblickten, aber er war sich nicht sicher, ob sie ihn auch wirklich sehen konnten. Völlig überrascht und paralysiert stand er da, die Augenhöhle fest ans Okular des Fernglases gepreßt. Einer der Beamten versuchte vergeblich, das Fenster zu öffnen, daraufhin der andere, dann verschwanden beide aus dem Blickfeld. Als sich Freddy sicher war, daß die beiden das Apartment verlassen hatten, ging er zum Schreibtisch, legte das Fernglas zurück in die oberste Schublade, betrachtete es eine Weile gedankenverloren und verschloß anschließend die Schublade. Er drückte die abgebrannte Zigarette im Aschenbecher aus und nahm erneut den Hörer von der Gabel.

»South End drei neun acht … Vielen Dank … Evelyn? … Ja, ich bin es … Ich wollte nur wissen, wie es dir und dem Baby geht … Komm schon, sag mir einfach, daß es dir gut geht, und ich lege auf … Ich wollte einfach nur was Schönes hören, das ist alles … Nein, mir geht es gut … Mir geht's blendend … Ich sag dir doch, mir geht's blendend ... Ich weiß, daß ich nicht anrufen soll ... Ich wollte nur ... Ich weiß ... Werde ich nicht, ich verspreche es dir ... Komm schon, Evelyn, ich wollte doch nur wissen, ob es dem Baby gut geht, in Ordnung? ... Das ist alles, was ich will, Evey ... Siehst du, war doch gar nicht so schwer, oder? ... Werde ich nicht ... Ich sagte, werde ich nicht ... Ja, werde ich ... Ja ... Ja ... Bis dann.«

Freddy legte auf.

Kaum hatte er aufgelegt, da öffnete ein alter Bürogehilfe, dessen Namen Freddy sich nicht merken konnte, ohne anzuklopfen die Tür zu seinem Büro. »Sie sind da, Freddy«, sagte er wichtigtuerisch, während er sich Freddys Schreibtisch näherte. Sein Gesicht war fahl und zerfurcht, unter den Augen zeigten sich gelblichviolette Ringe. »Sie sind eingetroffen. Ich weiß, du hattest keine mehr, aber jetzt sind sie da. Du hast Geduld bewiesen. Ich weiß das zu schätzen. Wirklich.« Der Bürogehilfe stellte einen braunen Pappkarton neben den Aschenbecher auf Freddys grüne Schreibunterlage. Auf dem Karton klebte eine Karte. Darauf stand:

FIEF MUNITIONS

Freddy Stillman, *Expedient*

Midtown 987, Apparat 3

Wir halten das Monopol auf den inneren Frieden!

Der Werbeslogan am unteren Kartenrand sprudelte als Sprechblase aus dem Mund des Firmensignets – einem Infanteristen mit kantigem Kinn und rot-weiß-blauem Funkeln in den Augen.

»Vielen Dank«, sagte Freddy und strich geistesabwesend mit der Hand über den Karton.

»Gern geschehen«, erwiderte der Bürogehilfe. Er machte auf dem Absatz kehrt und ging, ohne Freddys Bürotür geschlossen zu haben, langsam durch den Schauraum, zwischen Grüppchen geschäftig umherlaufender Techniker hindurch, die die Vermarktung eines freischwebenden Mobiles aus den neuesten Torpedomodellen vorbereiteten. Freddy verfolgte, wie der namenlose Bürogehilfe schlendernd den Marmorboden überquerte, vorbei an Handkarren mit Torpedogehäusen und Spulen mit Hochspannungsdraht, mitten durch eine regelmäßig angeordnete Kolonne aus marmornen Infanteristen, die auf marmornen Sockeln thronten – metallische Granaten an den Hüften, Minenwerfer zu ihren Füßen und Munitionsgürtel über den Brustkörben. Freddy, der mittlerweile im Türrahmen stand, blickte dem Bürogehilfen nach, bis dieser auf der gegenüberliegenden Seite des Saals durch eine Tür verschwand.

Die ersten Strahlen der Morgensonne fielen spitzwinklig durch die Scheiben der glasüberdachten Rotunde ins achte Stockwerk und warfen ein grelles Licht auf die Helme und Schultern, die Gesichter und Oberkörper der Infanteristen, hoben deren raubtierhafte Gesten noch hervor. Während Freddy beobachtete, wie sich das Licht über die Statuen, den Fußboden und die Säulen ausbreitete, verspürte er kurzzeitig ein Gefühl der Ruhe, das jedoch abrupt verflog, als er seinen Vorgesetzten George Ludlow bemerkte, der sich, zusammen mit den beiden Polizeibeamten, die auf Freddys Anruf hin gekommen waren, entschlossenen Schrittes durch den Schauraum näherte.

George Ludlow, ein dienstbeflissener Mann mit Quadratschädel, anschwellendem Körperumfang sowie einer schwer zu ergründenden Mimik, wirkte außergewöhnlich nervös. Seine Mundwinkel brachten ein gewisses Unbehagen zum Ausdruck, kaum erkennbare, sehr unscheinbare, sehr feine Falten. Nichtsdestotrotz blieb diese kaum wahrnehmbare Veränderung an George Ludlows undeutbarem Gesichtsausdruck den Technikern nicht verborgen, was sie in Anwesenheit der Polizeibeamten zum Schweigen brachte und zu einem wirren Tableau still gaffender Schaulustiger werden ließ. »Diese Beamten sind gekommen, um mit Ihnen zu sprechen«, sagte George zu Freddy, als er die Tür seines Büros erreichte. Aus der Nähe konnte Freddy erkennen, daß George nicht nur nervös, sondern auch verärgert war. Er reckte den Kopf, um über Freddys Schulter einen Blick in dessen Büro zu werfen. Als er sich davon überzeugt hatte, daß es dort nichts Ungewöhnliches zu sehen gab, machte er einen Schritt zur Seite und ließ die Beamten nähertreten. Die beiden Beamten folgten der Aufforderung und ließen sich von George ins Büro schieben. Ohne ein Wort zu sagen, ohne Freddy eines Blickes zu würdigen, schloß George hinter sich die Tür und marschierte hörbar davon. Sobald die Tür geschlossen war – und Georges wütende Schritte verklungen waren –, setzten im Schauraum wieder die gedämpften Stimmen und Geräusche ein. Einer der Beamten ging um Freddys Schreibtisch herum zu dem heruntergelassenen Rollo, streckte die Hand danach aus und ließ es hochschnellen.

»Mr. Stillman«, sagte er und zeigte hinaus, »waren Sie es, der uns angerufen hat?«

Freddys Blick wanderte zum Apartment auf der gegenüberliegenden Seite des Lüftungsschachts.

»Ja«, antwortete er vorsichtig. »Das war ich.«

Die beiden Beamten setzten sich auf die Stühle vor seinem Schreibtisch. Nun, da sie vor ihm saßen, konnte Freddy keine Ähnlichkeit mehr zwischen den beiden Männern ausmachen. Sie glichen einander ebensowenig wie Kaktus und Birne. Sie waren von gleicher Größe und Statur und hatten eine ähnliche Haarfarbe, doch das Gesicht des einen war breiter als das des anderen, und während der eine glatte Haut hatte, war die des anderen voller Flecken und Bartstoppeln.

»Ich nehme an, Sie wollen uns so gut Sie können helfen?« fragte derjenige, auf dessen Schild der Name Reynolds stand – der stachelige.

»Natürlich will ich Ihnen helfen, so gut ich kann.«

»Natürlich möchten Sie das. Die Hilfsbereiten sind immer am leichtesten zu verstehen.«

»Damit kenne ich mich nicht aus«, erwiderte Freddy, dem Reynolds auf Anhieb unsympathisch war.

»Was war der Grund für Ihren Anruf, Mr. Stillman?« unterbrach der andere Beamte. Er trug den Namen Shaw.

»Wie bitte?«

»Was war der Grund für Ihren Anruf?«

»Die Frau.«

Reynolds lächelte und hob bedeutungsvoll die Augenbrauen in Freddys Richtung.

»Die Frau?« wiederholte Freddy. »Gegenüber?«

»Gegenüber sind nur Frauen«, bemerkte Reynolds. »Es ist ein Hotel für Frauen.«

Freddy nickte zustimmend, wartete ab.

»Was war mit der Frau?« fragte Shaw.

»Wie ich der Vermittlung bereits sagte, als ich Sie benachrichtigen ließ, die Frau wurde ermordet.«

»Was hat Sie zu diesem Schluß kommen lassen?«

»Als ich heute morgen zur Arbeit kam, setzte ich mich hier an meinen Schreibtisch, und als ich aufblickte, sah ich, wie sie erwürgt wurde, direkt dort drüben, direkt hinter dem Fenster.«

Reynolds verlagerte sein Gewicht auf dem Stuhl. »Wer? Wer hat sie erwürgt?«

»Das weiß ich nicht.«

»Sie sagten, Sie sahen, wie sie erwürgt wurde.«

»Das habe ich. Aber ich konnte nicht sehen, wer sie erwürgt hat.«

»Groß, klein, dick, dünn?«

»Das weiß ich nicht.«

»Was wissen Sie denn? Was haben Sie gesehen?«

»Ich sah ein großes Paar Hände. Hände und Arme, die Ärmel eines Mantels, einen Hutrand, der zwischen den Vorhängen hervorschaute, und die Frau.«

»Und das ist alles?«

»Ja, das ist alles.«

»Nun, Sie sagen, Sie hätten gesehen, wie dort drüben eine Frau erwürgt wurde, aber es gibt dort drüben keine erwürgte Frau«, sagte Reynolds. »Es gibt keine Leiche, keine Spuren eines Kampfes, keine Anzeichen, daß in das Zimmer eingebrochen wurde.«

»Wie ist das möglich?«

»Vielleicht haben Sie Halluzinationen? Vielleicht hatten Sie einen Tagtraum?«

»Das war kein Traum«, protestierte Freddy und schüttelte entschieden den Kopf.

Reynolds kicherte kurz. »Tja, bleibt immer noch das kleine Problem, daß es drüben keine Leiche gibt.«

»Vielleicht hat er sie mitgenommen«, schlug Freddy vor.

»Genau, ist mit ihr einfach auf den Central Boulevard rausmarschiert. Mitten in der Hauptverkehrszeit und mit einer Leiche über der Schulter.« Reynolds kicherte noch lauter.

»Ist er immer so?« fragte Freddy an Shaw gewandt.

»Wie wäre es mit einer Personenbeschreibung, Mr. Stillman?« entgegnete Shaw.

»Von der Frau?«

»Ja, von der Frau.«

Freddy setzte sich ein wenig auf. »Sie war, nun ja, vielleicht Anfang Zwanzig? Sie hatte eine schmale Taille ... Ich erinnere mich an ihre schmale Taille, weil die Taille mich an ihren Hals erinnert hat. Sie hatte eine schmale Taille, langes rotbraunes Haar, ein volles rundes Gesicht und ... und das ist alles, was mir einfällt.«

»Sonst noch etwas?«

»Sie hat sich gern zurechtgemacht«, erinnerte sich Freddy sofort. »Mit Schminke und solchen Sachen. Sie war immer schick angezogen.«

Die Beamten wechselten einen Blick und ließen wortlos einen Moment verstreichen.

»Nun, Mr. Stillman«, sagte Reynolds mit einem süffisanten Lächeln, »kennen Sie die Frau, die dort drüben wohnt? Miss ... wie war noch gleich der Name, den uns die Empfangsdame gegeben hat?« fragte er Shaw.

»Gould«, antwortete Shaw, auf seinen Notizblock schauend. »Janice Gould«, sagte er und blickte wieder Freddy an.

»Nein«, sagte Freddy und zeigte auf das Fenster. »Darüber hinaus nicht.«

»Sind Sie sich da sicher?«

»Ja, bin ich«, erwiderte Freddy, der mit einem Mal nicht mehr so sicher klang.

»Ihre Beschreibung klingt so, als würden Sie diese Janice Gould recht gut kennen.«

Freddy schwieg. Er schaute auf seine Hände hinunter, auf die Schreibunterlage, und ihm fiel auf, daß seine Finger schwitzten, daß er feuchte Fingerabdrücke auf der dünnen grünen Schreibunterlage hinterließ.

»Läßt sie die Vorhänge häufig offen, Mr. Stillman?« fragte Reynolds.

Freddy spürte, wie sein Gesicht rot anlief. »Ja, in Ordnung«, sagte er und wischte sich die Hände an den Hosenbeinen ab. »Ich weiß, worauf Sie hinauswollen und … ja, in Ordnung.«

»Darf ich das als ein ›Ja‹ auffassen?«

»Ja, ich sagte ja. Sie läßt ihre Vorhänge offen. Aber ich habe sie vorher erst ein- oder zweimal gesehen. Sie hat noch nicht lange dort gewohnt.«

»Was hat sie heute getragen?«

»Einen Morgenmantel«, antwortete Freddy widerwillig.

»Hatte der Morgenmantel eine Farbe?«

»Taubenblau.« Freddy lächelte nun verlegen. »Taubenblau. Die Schärpe war rosa.«

»Also gut«, sagte Shaw, »sie war eine schlanke Frau mit einem runden Gesicht, langem rotbraunem Haar, einem schlanken Hals und einer schmalen Taille. Sie trug einen taubenblauen Bademantel und machte sich gerne zurecht.«

»Ja«, sagte Freddy.

»Und sie wurde von zwei großen Händen erwürgt«, fügte Reynolds hinzu, der sich eine Hand vor den Mund hielt und weiteres Gekicher vernehmen ließ.

»Ja«, sagte Freddy.

»Immerhin.« Shaw sah seinen Partner an.

»Wirklich, sehr schön«, sagte Reynolds mit einem lüsternen Grinsen und blickte zum Luftschacht hinüber. »Ein sehr schönes Plätzchen haben Sie hier, Mr. Stillman.«

Freddy entgegnete nichts darauf. Er rührte sich nicht einmal. Er saß einfach da und spürte, wie die Hitze von seinem Körper abstrahlte.

»Wir sollten uns bei der Empfangsdame noch ein paar Informationen über Miss Gould besorgen«, sagte Shaw zu seinem Partner. »Mal sehen, ob wir sie nicht doch noch aufspüren können.«

»Genau«, stimmte Reynolds zu und musterte Freddy ein letztes Mal. »Das ist eine gute Idee.«

Die beiden Polizisten erhoben sich von ihren Stühlen. Beide blickten auf den Karton mit den Visitenkarten auf Freddys Schreibtisch.

»Darf ich?« fragte Shaw.

Mit zitternder Hand öffnete Freddy den Karton. »Nehmen Sie sich, so viele Sie wollen.«

Shaw nahm sich eine, Reynolds ebenso.

»Hier haben Sie meine. Wir bleiben in Kontakt.« Shaw legte seine Karte auf Freddys Schreibtisch.

Freddy begleitete die Polizeibeamten Shaw und Reynolds zur Tür und sah ihnen nach, wie sie durch den Schauraum gingen. Als sie unter der Glaskuppel entlangliefen, wurde es abermals völlig still im Raum. Die Polizisten marschierten ebenso entschlossen davon, wie es die marmornen Infanteristen getan haben würden. Als sie den Schauraum verlassen hatten, richteten sich alle Augen auf Freddy und musterten ihn mißtrauisch. Freddy erwiderte kurz ihre Blicke, dann zog er sich in sein Büro zurück, schloß die Tür und ließ das Rollo herunter. Er holte einige Papiere aus dem Aktenschrank, setzte sich an den Schreibtisch, schaute auf die Versandformulare und dachte an seine Nachbarin in dem taubenblauen Morgenmantel, wie sie an der Kommode vor ihrem Schminktisch stand, unter dem Porträt des jungen Mannes, der mit kaltem Blick und einem anzüglichen Grinsen auf sie hinabstarrte. Dann versuchte er zu arbeiten.

[5]

Als Harry Shortz in sein Büro zurückkehrte, sprach seine Sekretärin gerade ins Telefon: »Mr. Shortz ist außer Haus … Das ist richtig … Das ist richtig … Wenn es Ihnen nicht gefällt, Freundchen …« Die Sekretärin stieß ein kurzes Lachen mit scharfem Unterton aus. »In Ordnung, wie Sie wollen, tun Sie sich keinen Zwang an.« Sie knallte den Hörer auf die Gabel und drehte sich zu Harry um. »Das Telefon klingelt schon den ganzen Morgen. Alle wollen wissen, was Sie in Long Meadow gemacht haben.« Erneut begann das Telefon zu klingeln. Sie schaute es an, als wollte sie es aus dem Fenster werfen.

»Solange es nicht Tines oder Crowns Anwalt ist, bin ich für niemanden zu sprechen.«

Zelda, eine schlanke, energische Frau, die sich wie ein Vogel bewegte, wollte Harry einen Stapel mit Notizen überreichen.

»Behalten Sie die erst einmal bei sich.«

Wieder klingelte das Telefon. Zelda verzog den Mund und starrte es feindselig an.

»Gehen Sie ran, Zelda.«

Zelda hob den Hörer ab und legte eine Hand über die Sprechmuschel. »Ihre Frau wartet drinnen.«

Harry trat in sein Büro, wo er seine Ehefrau Beverly antraf, die vor einem Wandspiegel stand und ihr Make-up auffrischte. Sie trug einen karierten Wollrock und eine hellblaue Seidenbluse mit breitem Kragen, der gerade weit genug geöffnet war, um die Mulde am Halsansatz hervorschauen zu lassen. Nach allem, was man in der Stadt zu hören bekam – in den Klatschspalten, den Modemagazinen oder aber von jenen Autoritäten, die darüber entschieden, mit wem man sich sehen lassen sollte –, war Beverly Shortz elegant, vornehm im Auftreten, stets geschmackvoll gekleidet, geistreich, temperamentvoll, unabhängig, modern und trotz ihres mittleren Alters nach wie vor eine Frau, nach der sich junge Männer umdrehten. Als Harry sie dort stehen sah, verspürte er den Drang, sie zu berühren.

»Ich dachte, ich springe auf dem Nachhauseweg rein und sage hallo«, lächelte sie ihn im Spiegel an.

»Auf dem Nachhauseweg von woher?« Harry ging zu Beverly hinüber und faßte sie bei den Hüften, strich ihr mit der Nasenspitze das Haar beiseite und küßte sie auf den Hals. Er blieb bei ihr stehen.

»Dad und ich haben heute morgen zusammen gefrühstückt.«

»Und wie war es?«

»So gut, wie ein Frühstück mit meinem Vater sein kann.«

»Bist du genervt?«

»Sollte ich eigentlich: Wir haben die meiste Zeit über dich geredet.«

»Ich weiß nicht, wie ich das finden soll.«

»Manchmal kommt es mir vor, als hätte er dich selbst zur Welt gebracht.«

»Ich bin mir ziemlich sicher, daß es meine gute alte Mutter war, die mich in die Welt geworfen hat.«

»Wie auch immer, ich soll dir sagen, daß er eine Dinnerparty drüben im Haus ausrichten will, um die Geldgräberei zu eröffnen.«

»Seine Worte?«

»Nein«, sagte sie lächelnd, »meine.«

»Sag ihm, daß ich ihm gerne dabei helfen werde.«

»Ich werde es ihm ausrichten«, sagte Beverly, während sie Harrys Finger von ihren Hüften löste und hinter ihn trat. Sie nahm ihm den Mantel ab und trug ihn zu einem Wandschrank gegenüber von seinem Schreibtisch. »Und wo warst du?« fragte sie und lehnte sich gegen die Schranktür.

»In Long Meadow.«

»Was hat dich denn dorthin geführt?«

»Ein kleiner Mann mit einer ungesunden Gesichtsfarbe.«

»Verkehrst du neuerdings mit Trollen?«

»Paulie Sendak – Gewerkschaftler bei Fief Munitions. Ein kleiner Mann mit einer ungesunden Gesichtsfarbe. In gewisser Weise ein

Troll, ja. Er hatte die Idee, mich anzurufen, damit ich einen Streit zwischen der Gewerkschaft und Tines schlichte.«

»Wo liegt das Problem?«

»Nun, in einer Fischerhütte irgendwo am Fluß wurde Dynamit gefunden, das Tines zufolge zwei Gewerkschaftsführern gehört. Nach Aussage der Gewerkschaft wurde das Dynamit vom Eigentümer der Waffenfabrik in der Fischerhütte deponiert.«

»Oh, richtig«, sagte Beverly, ihre Fingernägel musternd. »Die Explosion neulich.«

»Genau«, sagte Harry, dessen Aufmerksamkeit auf Beverlys Hände gelenkt wurde. »Die Explosion.«

»Und, hast du schon mit Tines geredet?«

»Ja, habe ich.«

»Und du hast alles zugunsten der Gewerkschaft regeln können?«

»So weit es mir möglich war ... Und dann bin ich nach Long Meadow gefahren, um den kleinen Mann mit der ungesunden Gesichtsfarbe zu beschwichtigen. Ihn und seine bewaffneten Leute.«

»Warum waren sie bewaffnet?«

»Sie hatten die Fabrik besetzt.«

Beverly sah von ihren Nägeln auf und blickte Harry verdrossen an. »Ich wünschte, du würdest mir diese Dinge nicht erzählen.«

»Besser, du erfährst es von mir als aus den Zeitungen.«

»Hast du sie dazu bewegen können, die Waffen niederzulegen?«

»Habe ich.«

»Ohne Zwischenfall?«

»Ohne Zwischenfall.«

»Gut.« Beverly, die nun erleichtert wirkte, ging zu Harry hinüber, ließ ihn auf dem Sofa Platz nehmen und setzte sich auf seinen Schoß. »Als ich heute morgen aus dem Restaurant kam, bin ich Hope Drummond über den Weg gelaufen«, sagte sie in einem unbeschwerteren Tonfall.

»Wie geht's der alten Schachtel?« fragte Harry mit deutlichem Desinteresse.

»So jung wie immer ... Ich kann mich nicht mehr erinnern, Harry.

Habe ich dir erzählt, daß die Martins am Samstagnachmittag auf ihrem Landsitz eine private Auktion veranstalten?«

»Nein, hast du nicht. Worum geht es?«

»Das wirst du nie erraten.«

»Da bin ich mir sicher.«

»Sowjetkunst«, sagte sie, die Silben langsam und sorgfältig betonend, als hätte sie »Die Königin von England« gesagt. »Und zwar aus der Revolutionszeit.«

»Ist das wahr?«

»Kannst du dir das vorstellen? Celeste Martin und Noel Tersi? Die sind ebenso sehr Kommunisten, wie Herbert Hoover einer ist.« Beverly lachte. »Kannst du dir die beiden vorstellen, wie sie sich als Lumpenproletarier auszugeben versuchen? Als Leute des Volkes? Irgendeines Volkes? Ich bitte dich. Aber sie waren schon immer exzentrisch, das muß man ihnen lassen. Vor allem Celeste hat sich immer die größte Mühe gegeben, Aufsehen zu erregen. Schon, als sie und meine Mutter noch zur Schule gingen.«

»Ich bin sicher, wenn Noel Tersi dahinter steckt, geht es um viel Geld.«

»Zusammen mit den Kunstwerken haben sie anscheinend auch noch einen renommierten russischen Kunsthistoriker importiert«, fuhr Beverly fort, offensichtlich völlig von dem Thema in Anspruch genommen, »damit er vor der Auktion einen Vortrag hält – Tarovski oder so ähnlich. Wie auch immer, Hope hat mir erzählt, daß sie damit angeben, einige der prominentesten Mitglieder der kommunistischen Partei Amerikas eingeladen zu haben, wie zum Beispiel«, und sie machte eine Pause, holte aus für die Pointe, »Jerome Brilovsky.«

»Dr. Jerome Brilovsky? Der ehemalige Anführer der Brigade?«

»So ist es.«

»Den Namen habe ich schon lange nicht mehr gehört.«

»Es scheint so, als wollten sie alle dazu bewegen, auch ja zu kommen. Ich finde das befremdlich, du etwa nicht?«

»Ich nehme an, wir wurden nicht eingeladen? Ist das der Grund, warum du dich plötzlich so dafür interessierst?«

»Nein, wir wurden eingeladen. Wir haben die Einladung vor ein paar Wochen per Post erhalten. Ich habe bloß gedacht, daß es keinen Sinn macht, dir davon zu erzählen. Ich dachte, es würde dich eh nur verärgern.«

»Warum in aller Welt ...«

»Und ich hätte auch jetzt nicht davon angefangen, wenn mich nicht Hope heute morgen daran erinnert hätte. Ich habe zu ihr gesagt: ›Erwarten die wirklich, daß mein Mann in seiner Position, mit einer Senatorenwahl vor der Tür, zu einer noch größeren Zielscheibe für Lawrence Tines werden möchte, als er es ohnehin schon ist?‹«

»Das hast du gedacht?«

»So linksgerichtet wie er jetzt schon denkt, und sich dann noch in Dr. Jerome Brilovskys Gesellschaft begeben?«

»Verstehe.«

»Ich habe gesagt: ›Es war zum Teil auch Harrys Verdienst, ihn für den Mord an diesem armen Mädchen ins Gefängnis zu bringen. Das kann doch nicht dein Ernst sein‹.«

»Es war nicht mein Verdienst, Beverly. Und du weißt, daß ich keine Bedenken habe, mit jemandem zusammen im gleichen Zimmer zu sein, Dr. Brilovsky eingeschlossen.«

»Ja, ich weiß.«

»Warum hast du die Einladung dann abgelehnt?«

»Weil ich mich in der Nähe von Leuten wie Dr. Brilovsky und seinesgleichen unwohl fühle.«

»Aber jetzt, wo du weißt, daß Hope hingeht ...«

»Sie ist fest entschlossen. Genau wie alle anderen. Es ist plötzlich *das* Ereignis. Hope meinte, jeder, der etwas von moderner Kunst versteht, müsse kommen. ›Die Russen sind schließlich die Vorläufer der Avantgarde, wie könnte man sich so etwas entgehen lassen?‹ hat Hope zu mir gesagt. Ich weiß nicht, Liebling. Es scheint, als hätte der Sittenverfall bereits eingesetzt.«

»Neidisch?«

»Was könntest du bloß damit meinen?« Beverly warf Harry ein kapitulierendes Lächeln zu, als wollte sie sagen, sie wüßte genau, was er meinte. »Was mich bei der ganzen Sache am meisten beunruhigt«, fuhr sie im Tonfall eines schmollenden Mädchens fort, während sie mit einem seiner Hemdknöpfe spielte, »– und sag mir, wenn du mich hysterisch findest –, ist die Tatsache, daß sie im Namen der Kunst all diese gutmütigen Leute anlocken, die am Ende für ein Bild zahlen werden, von dessen Erlös ein Teil in Stalins grausamen Händen landen wird. Glaubst du nicht auch, Liebling?«

»Wahrscheinlicher ist, daß das Geld in Tersis altersschwachen Händen landen wird.«

»Aber möglich wäre es?«

»Alles ist möglich.«

»Gut. Zumindest werde ich heute abend etwas zu erzählen haben, wenn ich ins Theater gehe.«

»Du gehst heute abend ins Theater?«

»Ja, erinnerst du dich nicht? Agnes Carlyle nimmt mich zur Premiere von *Gefesselter Prometheus* mit.«

»Wie passend.«

»›Harry meinte, es wäre sehr wahrscheinlich‹, werde ich erzählen«, fuhr Beverly fort, ohne Harry zu beachten.

»Wie bitte?«

»Heute abend im Theater.«

»Ach ja.«

»Ich werde sagen: ›Harry meinte, es wäre sehr wahrscheinlich.‹«

»Das habe ich nicht gesagt.«

»Auf jeden Fall wird es mir gelingen, wenigstens ein paar vernünftige Leute davon abzuhalten, hinzugehen.«

»Warum gehen wir nicht einfach hin, wenn du dich ausgeschlossen fühlst?«

»Ich habe die Einladung bereits abgelehnt, Harry.«

»Ganz abgesehen davon, daß du wahrscheinlich mit allen deinen Freundinnen darüber sprichst, seit du die Einladung erhalten hast.«

»Ich würde wie eine Idiotin und Heuchlerin dastehen, wenn ich jetzt hingehen würde.«

»Du hast vielleicht Probleme. Du und dein blaues Blut, ihr müßt ja regelrecht kochen.«

»Du liebst jeden einzelnen Tropfen davon.«

»Was soll ich nur dagegen machen?«

»Auf jeden Fall werde ich es ein wenig herumerzählen, Harry, und versuchen, ein bißchen Aufsehen zu erregen«, sagte sie, während sie selbstbewußt ihre geschwungenen Augenbrauen hob und mit dem Finger glattstrich.

Harry umarmte Beverly und gab ihr einen zärtlichen Kuß auf den Mund. Er half ihr, sich von seinem Schoß zu erheben, und nahm den Pelzmantel vom anderen Ende des Sofas. Er legte ihn um ihre Schultern und begleitete sie zur Tür.

»Und fort geh ich in die kalte kalte Kälte.«

»Wir sehen uns heute nacht, Liebling«

»Ja, heute nacht, in der Falle, ich werde dort sein.«

Nachdem Harry die Tür hinter Beverly geschlossen hatte, setzte er sich einigen gerahmten Fotografien gegenüber an den Schreibtisch. Auf einer davon waren Beverly, er selbst sowie seine beiden elf und neun Jahre alten Söhne Eric und Harry Jr. zu sehen. Daneben stand ein Foto von Harrys Eltern, aufgenommen in ihrem Haus, das auf einem kleinen Grundstück in Portsmith stand, wo seine Mutter und sein Vater, belgische Emigranten, die meiste Zeit ihres Lebens für ein Bergbauunternehmen gearbeitet hatten. Neben diesem Bild stand ein Foto von Harrys Schwiegereltern, Clarissa und Edward Kelly, auf dem sie vor einem weitaus vornehmeren Hintergrund standen, der Gartenanlage ihres Landhauses. An den Wänden hingen Auszeichnungen für Rettungsmissionen und einige Ehrenplaketten von Temperenzvereinen, die seine Verdienste würdigten, sowie Aufnahmen von ihm neben mehreren Präsidenten.

Auf dem Papierstapel in seinem Eingangspostfach bemerkte Harry jetzt einen Manilaumschlag, den er dort am Morgen noch nicht gesehen hatte. Er griff danach. »Harry Shortz« stand darauf, einen Absender gab es nicht. Als er ihn öffnen wollte, klopfte Zelda an die Tür und steckte den Kopf herein. »Ein Mr. Gerald Kravitz von der Arbeitergewerkschaft Long Meadow möchte Sie sehen. Er sagt, er hätte einen Termin.«

»Schicken Sie ihn herein«, sagte Harry. Er legte den Umschlag zur Seite und stand auf, um seinen Besuch zu begrüßen. »Wie geht es Ihnen, Mr. Kravitz?«

»Danke, gut.«

»Legen Sie ab und setzen Sie sich.«

Gerald Kravitz, ein schnell redender Mann mit einer fiebrigen Röte auf den Wangen, arbeitete als Maschinist und war zugleich Anwalt der Gewerkschaft. Er zog den Mantel aus und hängte ihn zusammen mit dem Hut an einen Kleiderständer neben der Tür. Dann nahm er gegenüber von Harry Platz und öffnete seinen Aktenkoffer.

»Gibt es Neuigkeiten von Waters und Capp?« fragte Harry.

»Es ist alles glatt gelaufen, dank Ihrer Hilfe.«

»Wurde ein Termin für die Vernehmung angesetzt?«

»In drei Wochen.«

»Nicht viel Zeit.«

»Zeit genug, wenn sich Chefermittler Tines kooperativ zeigt.«

»Ich hoffe, das wird er tun.«

»Ich schätze, es wird schwierig werden.«

»Warum?«

»Tines ist ihnen wegen gewisser Jugendsünden auf den Fersen.«

»Was haben sie angestellt?«

»Sie haben vor langer Zeit ein paar hitzköpfige Anmerkungen zu einigen heißen Themen geschrieben.«

Mr. Kravitz griff in seinen Aktenkoffer und überreichte Harry Artikel, die Waters und Capp verfaßt hatten.

Harry las. »Sie klingen ziemlich feindselig.«

»Das ist zwanzig Jahre her.«

»Dennoch«, erwiderte Harry, »es wird die Sache nicht einfacher machen.«

»Nein«, sagte Kravitz, »das sicher nicht.«

»Nicht bei Tines' Einstellung gegenüber Sympathisanten.«

»Und Sie? Wie denken Sie darüber?«

»Das hat mit dieser Sache schlicht und ergreifend nichts zu tun.«

»Ich bin erleichtert, das zu hören.«

»Nun, Mr. Kravitz«, sagte Harry und lehnte sich ein wenig nach vorn, »der Grund, warum ich Mr. Sendak gebeten habe, Sie heute morgen herkommen zu lassen, ist, daß ich gerne wissen würde, welchen Anlaß jemand neben Waters und Capp haben könnte, in der Fabrik eine Explosion zu verursachen.«

Mr. Kravitz griff in den Aktenkoffer, holte einige Papiere heraus und reichte sie Harry. »Ich denke, die Antwort auf diese Frage ist irgendwo zwischen den Zeilen dieser Übereinkunft zu finden, die Fief mit Long Meadow hat.«

»Was heißt das?« fragte Harry, während er die Papiere vor sich auf den Schreibtisch legte.

»Einfacher ausgedrückt: Fief will die Fabrik für Arbeiter von auswärts öffnen. Er will die Löhne drücken. Er behauptet, mit der gegenwärtigen Politik der geschlossenen Türen nicht länger konkurrenzfähig zu sein.«

»Ist da was Wahres dran?«

»Vermutlich schon.«

»Hat er nicht damit gerechnet, daß sich die Gewerkschaft widersetzen würde?«

»Natürlich hat er das. Darin lag ja der Sinn des Abkommens. Es war ein dreiseitiges Kooperationsabkommen zwischen Fief, Long Meadow und der Regierung. Fief befand sich zu jener Zeit auf dem absteigenden Ast. Die Regierung hat ihm einen Knochen hingeworfen, damit er sich über Wasser halten konnte. Long Meadow hat im Gegenzug für Arbeitsplatzgarantie und das Recht auf Gehaltsverhandlungen den Großteil der Bauarbeiten an der Fabrik bezahlt. Insofern war es ein lukratives Geschäft für Fief. Jetzt, wo das Unternehmen floriert und es so aussieht, als würde sich die Lage weltweit zuspitzen und somit Fief weitere Jahre der Hochkonjunktur bescheren, juckt es ihn, uns rauszudrängen.«

»Und was hat die Explosion in der Fabrik damit zu tun?«

»Wenn ein Gericht befindet, daß die Gewerkschaft sich ihm gegenüber feindselig verhält und ihn daran hindert, seinen Geschäften nachzugehen, dann könnte er sich aus diesem Abkommen herauswinden. Eine Anklage wegen Sabotage und Totschlags würde seinen Interessen mehr als entgegenkommen. Verstehen Sie, was ich meine?«

»Ja, natürlich«, antwortete Harry und rieb sich das Kinn.

»Und Tines?« fuhr Gerald Kravitz fort, wobei er Tines' Namen beinahe ausspuckte. »Er will die Malocher bis zum Hals in der Scheiße stecken sehen. Es ist nicht der Kommunismus, den er bekämpft, nein, hinter gewöhnlichen Arbeitern wie uns ist er her. Hinter uns und hinter der Regierung, die Fief jene Fördergelder zugebilligt hat, die dazu beigetragen haben, daß es uns überhaupt gibt.«

Harry, der sich immer noch das Kinn hielt, lächelte Kravitz leicht belustigt an. »Aber verraten Sie mir eines. Warum bietet Ihnen Fief nicht einfach eine Schlichtung an?«

»Weil er die Fabrik mit allem, was darin steckt, verlieren würde. Sie würde an uns gehen, um unsere Forderungen zu decken. Das kann er sich nicht leisten.«

»Insofern hat er Sie am Hals.«

»Und umgekehrt. Und er wird noch einiges mehr am Hals haben, denn wie ich meine Jungs kenne, werden sie zustimmen, die Fabrik ab heute nacht lahmzulegen. Zufälligerweise stehen zur gleichen Zeit, zu der auch die Gerichtsverhandlung beginnen soll, unsere alljährlichen Vertragsverhandlungen an, und unabhängig davon, was wir für ein Bild dabei abgeben, werden wir Fief klarmachen, daß er uns nicht verarschen kann, ohne sich selbst zu schaden.«

»Das ist in der Tat ein Zufall, nicht wahr?« gab ihm Harry recht.

»Ein großer.« Kravitz nickte kurz.

»Aber wenn Sie in Streik treten, befürchten Ihre Männer dann nicht, daß es nach einer weiteren Feindseligkeit aussehen könnte, die zu den anderen Feindseligkeiten paßt? Glauben Sie nicht, daß Sie Fief damit geradewegs in die Hände spielen?«

»Offen gesagt, die Gewerkschaftler sind zu wütend, um so zu denken. Sie sind starrköpfig, Mr. Commissioner, und sie mögen Fief nicht. Und ich kann es ihnen nicht verübeln. Ich verstehe Ihren Einwand, aber Sie müssen auch die Position der Gewerkschaft bedenken. Wenn es darum geht, die neuen Vertragsbedingungen auszuhandeln, müssen wir Fief zeigen, daß wir ein eisernes Rückgrat haben. Wenn wir uns den Einschüchterungsversuchen von Fief und Tines beugen, sind wir so gut wie geliefert.«

»Aber Ihnen ist klar, daß es mir im Falle eines Streiks so gut wie unmöglich sein wird, auf Tines einzuwirken, Waters und Capp eine faire Chance zu geben.«

»Nichts für ungut, Mr. Commissioner, aber Sie und ich, wir wissen beide, daß Sie Tines nicht dazu bewegen könnten, die beiden laufenzulassen. Wir erhoffen uns lediglich, daß Sie uns verstehen und dabei helfen, einen Kampf aufzuziehen, der zumindest den Eindruck erweckt, als hätten wir eine Chance.«

»Und wie denken Waters und Capp darüber?«

»Ich bin sicher, sie haben Angst, aber sie werden die Männer nicht zurückhalten.«

»Und die Männer werden sich auch nicht wegen Waters und Capp zurückhalten?«

Gerald Kravitz zog die Mundwinkel nach unten und schüttelte den Kopf.

»Wollen Sie damit sagen, daß man die beiden einfach opfern wird?«

»Wie hilflose kleine Lämmer.«

»Warum dann das Spektakel heute morgen?«

»Kriegsgeschrei. Wir setzen ein, was wir haben.«

Harry lehnte sein ganzes Körpergewicht in den Stuhl zurück und zuckte mit den Schultern. »Ich werde tun, was in meiner Macht steht«, sagte er ohne große Begeisterung.

»Das ist alles, worum wir Sie bitten, Mr. Commissioner. Ich danke Ihnen, daß Sie mich empfangen haben.«

Gerald Kravitz schloß seinen Aktenkoffer und nahm sich Mantel und Hut. »Einen schönen Tag noch«, sagte er zu Harry und schüttelte ihm die Hand.

Nachdem Gerald Kravitz das Büro verlassen hatte, nahm Harry wieder den Umschlag zur Hand, den er beiseite gelegt hatte, und öffnete ihn.

Falls Sie nicht wollen, daß die Öffentlichkeit von Sylvia und Katrina Lowenstein erfährt, dann steigen Sie bis Samstagnachmittag aus dem Rennen um den Senatorenposten aus. Wenn Sie nicht aufpassen, wird mehr als nur Ihre Karriere auf dem Spiel stehen.

Neben der Nachricht enthielt das Kuvert noch den Durchschlag einer vor wenigen Monaten auf Harrys Namen ausgestellten Übertragungsurkunde für ein Haus, desweiteren einen Ring sowie die Fotografie eines alten Landhauses, das auf der einen Seite an ein abgeerntetes Feld grenzte, auf der anderen an einen Obstgarten mit Apfelbäumen. Harry saß wie betäubt da und starrte das Foto an.

»Zelda!« knurrte er laut zur Tür hin, und der Klang seiner eigenen Stimme irritierte ihn. Er hörte, wie Zelda aufsprang.

»Was ist los?« fragte sie, als sie die Tür öffnete.

»Wer hat das geschickt?« entgegnete er und hielt den Umschlag hoch.

»Das? Das kam per Bote, als Sie in Long Meadow waren.«

»Wer hat das geschickt?«

»Eine Sekunde.« Zelda lief zu ihrem Schreibtisch und kam wieder zurück.

»Wer?«

»Hier steht … Lowenstein. Katrina Lowenstein.«

Harry war sprachlos.

»Es ist keine Anschrift angegeben«, sagte Zelda einen Augenblick später. »Nur der Name.«

»Ist gut«, sagte Harry in einem ruhigeren Tonfall.

»Ist alles in Ordnung, Mr. Commissioner?« Sie wirkte blaß.

»Ja, alles wunderbar«, erwiderte Harry nachdenklich. »Ganz wunderbar.«

»Sie haben mich erschreckt«, sagte Zelda gekränkt, als sie die Tür hinter sich zuzog.

Harry blieb wie benommen sitzen, nicht in der Lage, zu durchschauen, welchen Sinn das alles ergeben sollte. Er versuchte eine Weile, die Einzelteile zusammenzufügen, dann stand er wutentbrannt auf, sammelte die Papiere und die Fotografie ein und ging zu dem Wandschrank hinüber, in den Beverly seinen Mantel gehängt hatte. Hinter den Kleidungsstücken befand sich ein kleiner Safe. Harry stellte die Kombination ein, öffnete die Tür, legte die Sachen hinein und verschloß den Safe wieder. Er nahm den Mantel vom Bügel, zog ihn über und ging zurück zum Schreibtisch, wo er nach dem Ring griff. Er war aus Gold, mit einem großen, eingefaßten Amethyst. Er hielt den Amethyst gegen das Licht, und während er ihn betrachtete, überkam ihn ein Gefühl von Sehnsucht und Wut zugleich. Er stürmte aus dem Büro und sagte Zelda, daß er für den Rest des Nachmittags außer Haus wäre.

[6]

Celeste Martin, die am Samstag die Auktion für Sowjetkunst auf ihrem Landsitz ausrichten würde, befand sich zur selben Zeit auf dem geräumigen Dachboden der Nummer 319 West 83rd Street und durchsuchte einen Schrankkoffer nach einem Kästchen mit alten Fotografien. Neben dem Ruf als alternde Grande Dame der besseren Gesellschaft, die sich in der letzten Dekade mit der trunksüchtigen Oak-Street-Clique herumgetrieben hatte, kannte man Celeste Martin in erster Linie als die Immobilienbaronin der Gravesend Avenue. Von vielen gefeiert, von ebenso vielen angefeindet, aber allen Ehrfurcht einflößend, erwarb sich Celeste den Ruf einer Stadtlegende, als sie nach dem Krieg ohne mit der Wimper zu zucken drei historische, von ihrem Vater geerbte Häuserblöcke niederreißen ließ – von der dreiundachtzigsten Straße Ecke Langore Square bis zur dreiundachtzigsten Ecke Gravesend Avenue. Nur zwei Häuser – Nummer 319 und 322 – blieben verschont. Nummer 319 war das Geburtshaus ihrer Mutter und Nummer 322 sowohl das Sterbehaus ihres Vaters als auch das Zuhause, in dem Celeste aufgewachsen war und in dem sie nun mit ihrem Bruder Richard sowie ihrem betagten Lebensgefährten, dem erfolgreichen Häusermakler Noel Tersi, residierte.

Auf Noel Tersis Anraten hin hatte Celeste den visionären Architekten Raymond Montgomery damit beauftragt, eine Reihe eigenwilliger Gebäude zu erschaffen, dreiundzwanzig Stockwerke hoch und in prächtigem neogotischen Stil gehalten, die sich bis zu den Häusern ihrer Mutter und ihres Vaters erstreckten und von Wasserspeiern gekrönt wurden, die nach dem Bilde von Celestes kroatischem Gehilfen Aleksandr gestaltet waren. Aleksandr, Sohn eines Baumeisters und selbst in dieser Kunst geschult, stellte, nach allem was man hörte, die Inspirationsquelle für dieses gewagte Unternehmen dar. Den Zeitungen zufolge wurde Celeste Martin eines frühen Sonntagmorgens auf ihrem Heimweg nach einer strapaziösen Nacht in der Stadt von einer Vision überwältigt. Vom Rücksitz ihres Wagens aus sah sie etwas, das sie für das Gesicht einer christlich-orthodoxen Ikone hielt, eingerahmt von der buntgläsernen Eingangspforte der Langore-Square-Kirche. Sobald sie erkannte, daß die eingesunkenen Augen, das fliehende Kinn, die ausgezehrten Wangen und die schmalen wohlgeformten Lippen dieses selig betrübten Gesichts ihrem Gehilfen gehörten, und daß das Kind auf seinem Arm nicht das Jesuskind, sondern Aleksandrs kleine Tochter war, spürte sie die ergreifende Anwesenheit Gottes. Als Aleksandr verloren in dieser demütigen und trostlosen Pose dastand und dabei so verlassen und zerbrechlich wirkte, erschien er Celeste wie ein Heiliger der Immigranten, dessen Abbild, wie sie dachte, in einem die Zeit überdauernden Wahrzeichen verewigt werden müsse.

Aus einer Eingebung heraus befahl Celeste ihrem Fahrer anzuhalten, sprang aus dem Wagen auf die Straße, drängte Aleksandr von seiner Frau und seinen Kindern fort und flehte ihn an, umgehend damit zu beginnen, sich selbst in Form einer Skulptur nachzubilden. Dies tat sie mit solch großer Leidenschaft, daß ihr Gesicht dunkelrot anlief. »Tu es der Nachwelt zuliebe«, erklärte sie ihm atemlos. »Und für alle, die wie du sind und nach dir kommen werden. Und weil ich dich dafür großzügig bezahlen werde. Großzügig.«

Die Abgüsse für das, was letztendlich sehr trübsinnig dreinblickende Grotesken werden sollten, wurden von Aleksandrs Vater im kroatischen Split, im Schatten des zweitausend Jahre alten Palastes des römischen Kaisers Diokletian angefertigt. Zu Hunderten trafen sie in strohgepolsterten Holzkisten ein und wurden in einem Lagerhaus im South End aufbewahrt, bis das Gebäude endgültig fertiggestellt war. Zusammen mit Raymond Montgomery sah Celeste zu, wie die Statuen auf den Dachvorsprüngen verankert wurden, und als die Arbeit schließlich beendet war, standen Hunderte von Aleksandrs verteilt über die gesamte dreiundachtzigste Straße, den Blick nach unten gerichtet und die Arme ausgestreckt, als würde jeder einzelne von ihnen mit dem Gedanken spielen, Selbstmord zu begehen.

Als Celeste das Kästchen mit den Fotografien gefunden hatte, schloß sie den Schrankkoffer, verließ vorsichtig den Dachboden und ging die Treppe hinunter, dann über die Straße zu ihrem Wohnhaus. Celestes Stadthaus war ein fünfstöckiges Gebäude aus braunem Sandstein. Die Fenster im Erdgeschoß waren mit elfenbeinfarbenen Vorhängen versehen, die seit zwanzig Jahren nicht mehr geöffnet worden waren, seit jenem Tag, an dem Celestes Vater Benjamin Martin auf dem Diwan gegenüber der Staffelei, auf welcher er seinen letzten Fliederstrauß gemalt hatte, entschlafen war. Dieses abgedunkelte Zimmer hatte ihm als Salon gedient, das Zimmer, in welches Celeste als kleines Mädchen jedes Frühjahr mit einem großen Strauß Blumen hineingestürmt war, die sie stets von den Büschen im Hinterhof gepflückt hatte. Sie hatte die Sträuße in riesigen Urnen arrangiert, die ihr Vater aus Ägypten hatte einschiffen lassen. In Erinnerung an den verstorbenen Vater wurde der Salon so belassen, wie er am Tag von Benjamin Martins Tod vorgefunden worden war. Das unvollendete Blumenbukett auf der Staffelei, die getrockneten Farbkleckse auf der Palette, der über den Diwan drapierte Kittel, den er getragen hatte.

Nachdem Celeste die Haustür hinter sich geschlossen hatte, ging sie leise um eine Mahagonitreppe herum ins Speisezimmer, wo ein Porträt von Benjamin und Rosemary Martin über der Kamineinfassung hing. Vor deren ehrwürdigen Augen schwebten feine Schwaden von Zigarrenrauch, die zum Dekor des Kronleuchters hinaufzogen und sich auf dem Weg zur vergilbten Decke um die einzelnen Kristalle legten. »Laßt euch nicht stören«, sagte Celeste zu Noel Tersi, Dr. Joseph Gamburg und ihrem Bruder Richard, die sich am Tisch niedergelassen hatten und die letzten Vorbereitungen für das samstägige Ereignis besprachen. Sie stellte das Kästchen vor Richard auf den Tisch und flüsterte ihm ins Ohr: »Ich habe es gefunden, Liebling. Aber leider ist es verschlossen. Ich werde versuchen, den Schlüssel zu finden.« Richard nickte seiner Schwester zu und richtete seine Aufmerksamkeit dann wieder auf Noel, der mit einer Zigarre auf Dr. Gamburg zeigte, einen Kurator von Leslie's Auktionshaus. Dr.

Gamburg, ein bescheiden gekleideter Mann mittleren Alters mit vollem schwarzen Haar und wenig Falten im Gesicht, starrte konzentriert auf die tiefen Furchen, die sich um Noel Tersis Mund bildeten.

Richard Martin schaute zu, wie sich Noel und der Doktor in ein Gespräch vertieften, doch in Gedanken war er anderswo. Mit seinen dreiundsiebzig Jahren der älteste der drei, war er von angeschlagener Gesundheit und interessierte sich kaum für Kunst oder die gesellschaftlichen Kreise, aus denen die Kunstwelt sich rekrutierte. Als Jugendlicher war er vor den Familiengeschäften geflohen, um sich den Erwartungen seines Vaters zu entziehen. Schüchtern doch abenteuerlustig wie er war, bereiste er ferne Länder, in der Absicht, über alle Begebenheiten, die ihm exotisch erschienen, Bücher zu schreiben. Letzten Endes schrieb er kein einziges. Statt dessen verlebte er viele Jahre als vagabundierender Reisender, bis sein Vater starb und er zu seiner Schwester heimkehrte, um ihr bei der Verwaltung des Nachlasses zur Hand zu gehen. Wie an so vielen Tagen der letzten Jahrzehnte, die seit seiner Rückkehr verstrichen waren, saß er auch heute auf seinem Stuhl, ohne die geschäftlichen Angelegenheiten Noel Tersis zu kommentieren.

»Was genau wollte Chefermittler Tines?« Dr. Gamburg brüllte beinahe, während er seinen Stuhl näher an Noel Tersi heranrückte.

»Was?«

»Was wollte Chefermittler Tines?!!!«

Noel Tersi war schwerhörig, und das erheblich stärker, als er sich eingestehen wollte. Er sprach sehr laut und benutzte einen abgehackten, manchmal unzusammenhängenden Satzbau, der auch jetzt wieder einen konsternierten Gesichtsausdruck bei Dr. Gamburg hervorrief. »Er hat gewisse Bedenken.«

»Bedenken?!«

»Hinsichtlich der Art der Veranstaltung. Bedenken hinsichtlich der Veranstaltung.«

»Wie kommt er dazu, sich derart ...!!!«

»Er mag Tarkhov nicht. Tarkhov hat eine Vergangenheit.«

»Eine Vergangenheit?! Wir alle haben ...«

»Nichts weiter als Starrköpfigkeit. Tines ist ein Dickschädel, das ist er. Ein echter Esel auf Kreuzzug.«

»Noel, was genau wollte er?«

»Wie bitte?«

»Ich fragte, was sollen wir für ihn tun?!«

»Kleinigkeiten. Protokolle. Unfug.«

»Wa...?!« Dr. Gamburg schüttelte den Kopf, als wäre er verwirrt. Das laute Sprechen ermüdete ihn.

»Protokolle. Er will Protokolle über alles, was verkauft wird. An wen und so weiter.«

»Das ist gesetzwidrig.«

»Hmm?«

»Das ist gesetzwidrig!«

»Es war eine Bitte«, sagte Noel ruhig, und seine Augen weiteten sich, während er an seiner Zigarre zog. »Er hat uns höflich darum gebeten.«

»Was hast du ihm gesagt?!«

»Vor oder nach seiner Drohung, ein paar seiner Leute zum Landsitz zu schicken?«

»So ist das also.«

»Wie?«

»Ich sagte, so ist das also!!!«

»Jawohl«, sagte Noel, aschte ab und klemmte sich die Zigarre in den Mundwinkel.

»Noel, ich brauche dir nicht zu sagen, daß ich große Mühen auf mich genommen habe, um sehr einflußreiche Leute für diese Veranstaltung zu gewinnen! Einige sehr einflußreiche und gutbetuchte Leute möchten gerne am Samstag der Auktion beiwohnen, und sie werden nicht kommen, wenn sie das Gefühl haben, daß Untersuchungsbeamte in ihren Angelegenheiten herumschnüffeln!«

»Und du hast wirklich verdammt gute Arbeit geleistet.«

»Hast du mich verstanden?!«

»Hmm?«

»Ich glaube kaum, daß diese Leute ...!« Dr. Gamburg holte tief

Luft. »Ich glaube kaum, daß diese ...« Er schaute hilfesuchend zu Richard hinüber. Richard hatte die Augen geschlossen. Er war auf seinem Stuhl eingeschlafen.

»Hör mal«, sagte Noel Tersi ernst. »Mach dir keine Sorgen. Laß uns einfach so tun, als hätte ich gar nichts gesagt, falls du dich dann besser fühlst.«

»Du wirst sicher einsehen, daß ich bei der ganzen Sache den Ruf von Leslie's und den unserer Kunden zu bedenken habe! Ich kann nicht ... Ich kann nicht einfach so tun, als ... Wir können uns einen solchen Skandal einfach nicht leisten!!!«

»Bist du dir da so sicher?« fragte Noel verschmitzt und lehnte sich zu Dr. Gamburg hinüber.

»Worauf willst du hinaus?«

»Hmm?!«

»Ich fragte: WORAUF WILLST DU HINAUS?!!!«

»Siehst du denn nicht, welchen Nutzen wir daraus ziehen könnten?«

»Nein!« sagte Dr. Gamburg, wobei sich zugleich ein kleines »Ja« auf seinem Gesicht abzuzeichnen begann.

Noel Tersi lächelte, seine gelben Zähne glänzten im schummerigen Licht des Zimmers. »Je mehr Wirbel es um die Sache gibt? Desto mehr ...« Noel zeichnete mit dem Zeigefinger kleine Kreise in die Luft.

Dr. Gamburg lehnte sich in seinem Stuhl zurück und betrachtete Noels Augen. Sie waren voller Freude und Verschmitztheit. »Noel?!« fragte er und beugte sich über den Tisch, »Aus reiner Neugier ...«

»Hmm?«

»Aus reiner Neugier! Weißt du zufällig, wer Tines den Tip mit unserer Veranstaltung gegeben hat?!!!«

Noel lächelte weiter.

»So ist das also.«

»Hmm?«

Dieses Mal wiederholte sich Dr. Gamburg nicht. Er ließ sich alles noch einmal durch den Kopf gehen.

»Hör mal«, sagte Noel in einer Weise, die darauf hindeutete, daß er sich nicht sicher war, ob Dr. Gamburg ihn verstanden hatte. »Überlaß es mir, wer über was verärgert sein wird, in Ordnung? Sei du einfach ein guter Junge, fahre zum Landsitz raus und behalte diesen Klatsch für dich, wenn du es für das beste hältst. Aber wenn du den alten Hund hier fragst, ich würde ...« Noel Tersi ließ seine Finger mechanisch zusammenschnappen, als wäre seine Hand der Mund einer tollwütigen Bauchrednerpuppe.

»Du listiger alter Fuchs«, sagte Dr. Gamburg.

»Wie bitte?«

»Ich sagte, ich werde in der Sache vorerst nichts unternehmen, wenn das für dich in Ordnung ist.«

»Wie du willst.« Noel zuckte mit den Schultern und nahm noch einen Zug von der Zigarre. »Aber man kann nicht erwarten, daß so etwas geheim bleibt.«

»Ich glaube kaum!«

»Guter Junge.«

Dr. Gamburg gab ein komplizenhaftes Lachen von sich. »Ich denke, ich sollte zum Landsitz fahren, um die Vorbereitungen für den Professor zu treffen, und das hier überlasse ich dir ...!« Dr. Gamburg ließ seine Finger zusammenschnappen, wie Noel es getan hatte.

»Eine gute Idee.«

»Ja«, sagte Dr. Gamburg nickend. »In Ordnung.«

Kaum hatte er das ausgesprochen, betrat Celeste das Eßzimmer und rüttelte Richard sanft wach. »Ich habe ihn, Richard«, sagte sie. Sie wandte sich an Noel. »Ist das nicht wundervoll, Noel?!!«

»Ja, mein Liebling, das ist es«, sagte Noel und erhob sich. »Dr. Gamburg, ich werde Sie hinausbegleiten.«

»Ja, ich brenne darauf anzufangen! Es war mir ein Vergnügen, Sie wiederzusehen, Celeste! Richard!«

»Kein Grund, uns anzuschreien, mein Lieber«, sagte Celeste freundlich.

»Tut mir leid, ich wollte nur ...«, stammelte Dr. Gamburg errötend. »Ich wollte nur ...«

»Wir sehen uns am Samstag«, sagte Celeste im Flüsterton. »Ich freue mich darauf. Alle, mit denen ich darüber geredet habe, freuen sich darauf. Wußten Sie, daß die Untersuchungsbehörde ebenfalls Interesse gezeigt hat?« fragte Celeste unschuldig.

»Schön zu hören«, entgegnete Dr. Gamburg, verwundert den Kopf schüttelnd.

»Das ist alles sehr aufregend, nicht wahr?«

Dr. Gamburg ließ das Kopfschütteln in ein Nicken übergehen und winkte ungelenk mit der Hand, während er Noel in den Flur folgte.

»Dies hier hat mich so lange aufgehalten«, sagte Celeste zu Richard, als das Geräusch der schweren Männerschritte verhallt war. Sie hielt den Schlüssel an das Kästchen. »Ich konnte mich beim besten Willen nicht erinnern, wo ich ihn hingetan hatte. Schließlich ist mir doch noch eingefallen, daß er an einem Haken oben im Flur hing. Als Staubfänger ... er muß dort seit deiner Rückkehr gehangen haben.«

Richard lächelte Celeste an, während sie den Schlüssel umdrehte. Als das Schloß offen war, klappte sie den Deckel vorsichtig auf und holte einen Stapel Fotografien heraus. Das oberste Foto war eine Aufnahme von Celeste und Richard aus dem Jahr, in dem Richard zurückgekehrt war. Die beiden standen auf einem Hügel im Park, hinter ihnen waren Passanten zu sehen, gestochen scharfe Gestalten, die dunkle Anzüge und Hüte trugen.

[7]

An jenem Tag, an dem Celeste und Richard mit dem Fotografen verabredet waren, um ein Porträt anfertigen zu lassen, ging auch Arthur Brilovsky durch den Park. Er war in großer Eile und bemerkte das Paar überhaupt nicht, nicht einmal, als er auf dem kleinen Hügel an ihnen vorbeihastete. Etwas Entsetzliches war soeben geschehen und das Blut raste durch seinen Körper, so daß man das Pochen der Adern an seinen Schläfen erkennen konnte. Er sprach leise vor sich hin, eine Rechtfertigung vor seinem Vater, einen Plan, Überlegungen, die es ihm schwer machten, klar zu denken. Auf dem Foto deutete allerdings absolut nichts auf Arthurs Bedrängnis hin. Die Aufnahme zeigte einen mittelgroßen Durchschnittsbürger; sein Gesicht war etwas verwischt, gerade so, daß man seine Anspannung auch leicht für Euphorie hätte halten können – zumal er die Arme in die Luft erhoben hatte und sie im Sonnenlicht badete. In dieser Pose wirkte er, als flehe er den wolkenlosen Himmel und die frisch erblühten Magnolienknospen, die in der rechten oberen Ecke in den Bildausschnitt rankten, um Erbarmen an. Es war das Porträt eines spirituellen Erwachens, ein Anblick, den Celeste und Richard erstaunt bewundert hatten, als sie das Bild zum ersten Mal betrachteten.

Arthur Brilovsky war auf diesem Foto zweiundzwanzig Jahre alt, ein angehender Arzt und Sohn von Dr. Jerome Brilovsky, einem angesehenen Mediziner, Unternehmer und politischen Radikalen. Die Brilovskys waren eine Familie gebildeter russisch-jüdischer Emigranten, die, als sie noch in St. Petersburg lebten, ihre Stimmen gegen den Zaren und dessen Armee erhoben hatten und für die Zerschlagung des Regimes eingetreten waren. Im Gegenzug für derart freimütige Glaubensbekenntnisse wurden zwei Attentate auf Arthurs Vater verübt, und voller Schmerz mußte er den niederträchtigen und feigen Mord an seinem Bruder Lev hinnehmen, dem man, während er am Eßzimmertisch ein Honigbrot zu sich nahm, in den Kopf schoß. Dr. Jerome Brilovsky gelobte auf diesen Anschlag hin, er werde die Aristokratie in seinem Heimatland vernichten. Er floh nach Amerika, in die Großstadt, in der er auf der Elsworth Street eine Arztpraxis eröffnete und mit American Allied, einem in der Hafengegend des South End gelegenen Pharmaunternehmen, reüssierte. Hierdurch erwarben die Brilovskys ein beträchtliches Vermögen, mit dem sie die seinerzeit stärkste Oppositionsbewegung gegen den Zaren finanzierten, die berüchtigte Brigade, die größte amerikanische Organisation, die Gelder für revolutionäre Aktionen zur Verfügung stellte.

Eine Woche bevor der Fotograf von Celeste und Richard Arthur dabei festhielt, wie er eiligen Schrittes durch den Park lief, betrat eine junge elegante Frau im Alter von etwa neunzehn Jahren das Büro von Dr. Brilovskys Praxis, wo Arthur sie hinter dem Schreibtisch sitzend empfing. Die junge Frau trug ein gelbes, an Taille und Schulterpartie enganliegendes Seidenkleid. Ihr Gesicht war gepudert, so daß ihre braunen Augen in dem späten Nachmittagslicht, das durch das Fenster der Praxis fiel, glitzerten. Sie trug eine strenge Frisur, die sich auf Kinnhöhe stark wellte und vor ihrem Gesicht auffächerte, als sie sich über den Schreibtisch beugte, um Arthur die Hand zu reichen. Arthur, der gerade eine Rede seines Vaters las, die dieser am Abend vor den Mitgliedern der Brigade halten sollte, legte die Blätter beiseite, stand auf und schüttelte der jungen Frau die Hand. Sie hatte einen festen Händedruck und lächelte nicht; sie sah sich im Büro um, horchte zu den offenstehenden Türen der Untersuchungszimmer hinüber. Niemand sonst war zu diesem Zeitpunkt mehr in der Praxis. Die Sprechstundenhilfe war bereits nach Hause gegangen und Arthurs Brüder hatten sich zu ihrem Vater begeben.

»Mir wurde gesagt, daß Sie Abtreibungen vornehmen«, sagte die Frau unverblümt. Ihre Stimme klang tief und emotionslos, war jedoch so entschieden, daß Arthur vermutete, sie habe diesen Satz zu Hause vor dem Spiegel eingeübt.

»Ich fürchte, da wurden Sie falsch informiert«, antwortete ihr Arthur mit Bestimmtheit.

»Shelly Price sagte mir, hier würden Abtreibungen vorgenommen«, beharrte die Frau.

»Shelly Price hat Ihnen das erzählt ... Woher kennen Sie ihn?«

»Er ist mein Vater. Ich bin seine Tochter, Elaine.«

Arthur sah sie einen Moment lang an, betrachtete sie genauer, die brünetten Haarsträhnen, die auf ihre Wangen deuteten und am feuchtgewordenen Gesichtspuder haften blieben.

»Ich verstehe«, sagte er.

Es war richtig, daß Arthurs Vater gelegentlich Abtreibungen vornahm, und Arthur hatte ihm schon häufig dabei assistiert. Tatsächlich hatte auch Arthur selbst schon einige Abtreibungen vorgenommen. Was Shelly Price anging, so war dieser ein Geschäftspartner seines Vaters, den Arthur nur wenige Male zum Essen getroffen hatte, den er jedoch sehr mochte.

»Ihr Vater hat Ihnen gesagt, daß Sie hierher kommen sollen?«

»Er hat darauf bestanden.«

Arthur räumte der Antwort die ihr angemessene Stille ein. Im Verlauf dieses stillen Moments schien sich die Entschiedenheit, die Arthur in Elaine Prices Händedruck gespürt hatte, aus ihrem Körper und ihrer Stimme zu verlieren. In ihrem gelben Kleid sank sie auf dem Holzstuhl gegenüber dem Schreibtisch in sich zusammen. »Er hat darauf bestanden, daß ich komme«, wiederholte sie leise. Sie rückte ihre Knie aneinander, preßte die Lippen zusammen und umklammerte ihre mit schwarzen Perlen besetzte Handtasche. Sie blickte Arthur an, dann schaute sie zum Fenster hinaus. »Ich möchte Sie bitten, den Eingriff so schnell wie möglich vorzunehmen, sobald es sich einrichten läßt«, sagte sie und blickte wieder zu Arthur.

Arthur stellte keine Fragen. Er schaute bloß in ihre tiefen braunen Augen, um ihr zu bedeuten, daß er in der Lage war, sich um ihr Anliegen zu kümmern. Er setzte sich, streckte die Hand über die vollgestellte Schreibtischplatte, schob die Rede seines Vaters beiseite und begann durch den Terminkalender zu blättern. Er trug ihren Namen ein und sagte ihr, sie solle am Montag der kommenden Woche gleich morgens wiederkommen.

An diesem Abend wandte sich Dr. Jerome Brilovsky, ein energischer und ehrfurchtgebietender Mann mit dichtem rotgekrausten Haarschopf, im Lagerhaus von American Allied an Shelly Price und mehr als hundert Mitglieder der Brigade, um ihnen mitzuteilen, daß American Allied Pharmaceuticals unerwartet hohe Gewinne erzielt habe und somit der größte amerikanische Geldgeber der provisorischen Regierung Rußlands sei. Zu diesem feierlichen Anlaß erfülle es ihn mit Stolz, verkünden zu dürfen, daß Kerensky um ein Treffen mit ihm gebeten habe und er am Monatsende nach Rußland reisen würde, um dort zu besprechen, was die Brigade zusätzlich leisten könne, um die Revolution weiter zu beschleunigen und die Hungersnot zu mildern, unter der das russische Volk leide.

Als er seine Rede beendet hatte und alle die guten Neuigkeiten auf sich hatten wirken lassen, wurde gegessen. Dr. Brilovsky saß an diesem Abend am Kopfende der Tafel. Zu seiner Rechten saß Shelly Price, zur Linken Arthur, der sich zu seiner großen Überraschung Elaine gegenüber wiederfand. Elaine, die nicht geahnt hatte, daß Arthur der Sohn von Dr. Jerome Brilovsky war, vermochte nicht in seine Richtung zu blicken; genausowenig konnte sie ihren Vater ansehen, der in ein Gespräch mit dem Doktor vertieft war. Arthur bemühte sich, Elaine zu ignorieren, und konzentrierte sich auf die Unterhaltung seines Vaters mit Shelly Price. Sie diskutierten vertraulich die Dauerkrise der lokalen Gewerkschaften sowie den Streik der Southside-Dockarbeiter, der für die kommende Woche angesetzt war. Anschließend überlegten sie, was man Kerensky in Petrograd offerieren könnte. Shelly Price, neben Dr. Brilovsky der größte Gesellschafter von American Allied, schlug vor, weiterhin finanzielle Unterstützung zu gewähren und zusätzlich an amerikanische Industrielle heranzutreten, die daran interessiert waren, neue Märkte in Übersee zu erschließen.

Arthur hörte ihrer Unterhaltung zu, wartete auf eine Andeutung, daß Shelly Price seine Tochter an diesem Nachmittag in die Praxis geschickt hatte. Doch es wurde mit keinem Wort erwähnt. Das einzige Anzeichen dafür, daß sich Mr. Price überhaupt der Anwesenheit seiner Tochter bewußt war, bestand darin, mitten im Satz oder beim Trinken den Blick auf sie zu richten, die Stirn gedankenverloren in Falten zu legen und leicht die Nase zu rümpfen, als würde er etwas Unangenehmes riechen.

Erst als einige Gewerkschaftsmitglieder der Southside-Docks am Kopfende der Tafel erschienen, um mit Shelly und Jerome einige Angelegenheiten wegen des anstehenden Streiks zu besprechen, wandte sich Arthur an Elaine mit der Frage, ob sie ihn nach draußen an die frische Luft begleiten wolle. Mit einem verhaltenen Kopfnicken willigte sie ein und ging vor Arthur durch den Rauch und die lärmenden Stimmen hindurch. Als sie aus dem Sitzungssaal traten und die Tür hinter sich schlossen, wurden die Stimmen leiser, und sie konnten ein schwaches elektrisches Surren aus den nahegelegenen Fabriken und das Wiehern der Pferde aus den Kutschenställen hören. Ihnen gegenüber wurden die Überreste einer Eisenhütte vom Licht des Halbmondes in einen grünlichen Schleier gehüllt. Gelegentlich pfiff eine Brise durch die gewundenen Gänge aus Metallschrott und trug den Geruch von Dünger und Öl zu ihnen herüber. Ein untersetzter Mann in einem Schutzanzug, der eine mit dunkler, zähflüssiger Masse gefüllte Schubkarre vor sich herschob, ging an ihnen vorbei.

Arthur zog seine Jacke aus und legte sie auf die Stufen vor dem Lagerhaus. Er nahm Platz und forderte Elaine auf, sich neben ihn zu setzen. Elaine, anfangs noch ein wenig scheu, kauerte sich neben ihn, so daß Arthur ihren Schweiß und den Zigarrenrauch riechen konnte, der sich mit dem Duft ihres parfümierten Haars mischte. Ihre Schulter drückte leicht gegen seine, was in Arthurs Leistengegend ein flattriges Gefühl hervorrief. In diesem Moment hatte er ihr unangenehmes Treffen vom Nachmittag wie auch ihre Schwangerschaft und Verzweiflung beinahe vergessen. Ein ungehobelter und schamloser

Teil von ihm wollte ihre Hand nehmen und in seinen Schoß legen. Zumindest, bis sie ihren Blick auf ihn richtete.

»Er ist kein schlechter Mensch«, versuchte Elaine zu erklären.

»Nein«, sagte Arthur, dem klar war, daß sie von ihrem Vater sprach.

»Was ich getan habe, war falsch, sehr falsch.« Sie war nun gelassener und sprach, als würde sie mehr zu Gott reden als mit Arthur. »Er ist noch nicht einmal ein Mensch mit besonders strengen Moralvorstellungen«, fuhr sie fort. »Er denkt einfach praktisch. Er will nicht, daß ich alleine mit dem Kind dastehe, und den Gedanken, daß ich mit dem Mann zusammenlebe, von dem ich schwanger bin, könnte er nicht ertragen.«

»Lieben Sie ihn?« fragte Arthur unschuldig. »Den Mann?«

»Er liebt mich über alles.«

»Lieben Sie ihn?« fragte Arthur noch einmal.

»Er ist ein guter Mensch. Er ist freundlich und lieb, aber ... ein wenig hilflos. Und ... ach, ich weiß nicht. Aber ich weiß, daß Vater recht hat.« Sie nickte kurz. »Er hat recht.«

»Ja, da bin ich sicher.«

Arthur und Elaine blieben eine geraume Weile auf den Treppenstufen sitzen. Als Elaine schließlich in Tränen ausbrach, nahm sie, ohne ihn anzusehen, seine Hand und legte sie auf das weiche Fleisch ihres Bauches.

An dem Morgen, als bei Elaine Price die Abtreibung vorgenommen werden sollte, saßen die beiden grauhaarigen Männer an einem Picknicktisch im Park. Sie hatten soeben einem Jungen mit vorstehenden Schneidezähnen und einem lahmen Bein ihr erstes Kartenspiel abgekauft, das sie für ein ausgedehntes Rommésspiel benutzen wollten. An diesem Tag im Park lag der Spielstand noch bei null zu null – noch gab es keinen Gewinner und Verlierer, kein mit Zahlen gefülltes schwarzes Büchlein. Beide Männer waren sehr zuversichtlich. An diesem Tag saßen sie unter zwei Ahornbäumen, deren blattlose Äste sich über einem Vogelbecken verschränkten. Gelbe Grasmücken, die im Sommer nach Norden zogen, badeten und trällerten darin und pickten in dem ungeschnittenen, aus den Zementrissen des Bassins sprießenden Gras nach Sämlingen und Würmern. Die Vögel verfolgten freilaufende Hunde, die über die große Wiese flüchteten. Nur wenige Zentimeter über die wogenden Hunderücken hinwegfliegend, zauberten die Vögel ein Lächeln auf die unrasierten Gesichter der grauhaarigen Männer. Die beiden hatten eben erst einen Auftrag erfolgreich abgeschlossen. Sie hatten sich für Mitglieder der Southside-Gewerkschaft ausgegeben, eine Handvoll Streikbrecher an der Streikpostenkette vorbeigeschleust und im Zuge dessen ein paar Köpfe aneinandergeschlagen, eine Reihe kräftiger Schläge eingesteckt und einen kleinen Aufruhr angezettelt. Einer der angeworbenen Streikbrecher mußte mit einem gebrochenen Bein ins Krankenhaus eingeliefert werden, ein anderer wurde ins Koma geprügelt, ein dritter verlor drei Zähne und ein vierter, ein arglos Streikender, der versucht hatte, seinen streikbrechenden Cousin zu retten, starb an Stichverletzungen. Nach Einschätzung der beiden grauhaarigen Männer war es ein gelungener Morgen gewesen. Sie waren gut bezahlt worden. Obschon es erst Vormittag war und für beide ein wenig zu früh, waren sie in eine der Flüsterkneipen eingebrochen, hatten sich zwei Bierkrüge gezapft, eine Tüte Erdnüsse mitgenommen und waren in den Park gegangen.

Etwa zu der Zeit, als es sich die beiden grauhaarigen Männer an dem Picknicktisch gemütlich machten, traf Dr. Brilovsky in seiner Praxis ein. Arthur war bereits dort, lief geschäftig hin und her und bereitete das Operationszimmer vor. Eine Russin mit dunklen Haaren, die ein kurzes schwarzes Kleid trug und ein Silberkreuz umfaßt hielt, saß im Wartezimmer auf einem Holzstuhl und stieß nervös einen Fuß gegen das spitze Ende ihres hochhackigen Schuhs. Arthur betrachtete das angespannte Gesicht der Frau, als das Telefon klingelte und die Frau noch fester gegen ihren Schuh zu treten begann, so fest, daß der Absatz schließlich von der Schuhsohle brach. Arthurs Vater, der nichts davon bemerkte, ging ans Telefon. »Hallo ... Ja, ich bin es ... Sheldon ... Sheldon ... Keine Sorge, ich bin gleich da.« Jerome Brilovsky legte den Hörer auf. Wortlos, ohne seinen Sohn oder den Terminkalender zu konsultieren, lief er hastig aus der Praxis und sprang auf eine vorbeifahrende Straßenbahn auf.

Arthur blieb zurück. Er lehnte an einem geöffneten Fenster der Praxis, das zu der Terrakottafassade des gegenüberliegenden Gebäudes hinausging, an welcher Männerbüsten mit Helmen spanischer Eroberer angebracht waren. Im Schatten unter dem Vordach der Eingangspforte entdeckte er Elaine neben einem hochgewachsenen, schlaksigen Mann, der einen Anzug trug und einen Strauß weißer Rosen in der Hand hielt. »Bitte, Victor, ich möchte das alleine tun. Laß mich gehen und versuche zu verstehen«, hörte Arthur Elaine sagen. Dem Mann hatte es die Sprache verschlagen. »Wir dürfen nicht schlecht voneinander denken. Niemals. Versprichst du mir das?« Der Mann schwieg noch immer. Elaine nahm seine freie Hand, drückte ihr Gesicht gegen seine Brust, machte sich dann abrupt von ihm los und ging auf Dr. Brilovskys Praxis zu. Der Mann sah Elaine nach, roch an den Blumen, drehte sich um und drückte den Strauß in die Hand eines Portiers, der in einer der beiden Rundbogenpforten hinter ihm stand.

Victor Ribe, jung und unbescholten, ging am Häuserblock entlang zum Parkeingang, fort von Elaine Price, seiner großen Liebe. Mit den Händen gestikulierend und mit sich selbst redend, lief er an Pärchen und Angestellten vorbei, die sich in kleinen Gruppen an den Straßenecken versammelt hatten. Er lief an ihnen vorbei, ohne sie wahrzunehmen. Als er den Parkeingang erreicht hatte, bog er in einen frischgemähten Grasweg ein, an dem sich zu beiden Seiten violette Tulpen zum Himmel öffneten. Der Anblick ihrer dicken saftgrünen Stengel und ihrer feinen pflaumenblauen Blütenblätter erinnerte ihn an die Blumen, die er gerade erst dem Portier in die Hand gedrückt hatte. Mit diesem Gedanken im Kopf schwenkte er vom Weg in die Blumenbeete. Er zertrat jede Tulpe, die ihm in die Quere kam. Er zerstampfte die feinen Blütenblätter, so daß der austretende Tulpennektar an den Schuhsohlen kleben blieb, wenn er seine schweren Füße hob. Zurück blieb das dünne, zermalmte Fleisch der Blumen, dessen violette Adern auf die kürzlich aufgetaute Erde bluteten, die gerade erst die richtige Temperatur angenommen hatte, um die Blüten sprießen und aufgehen zu lassen.

Frauen jeglichen Alters bedachten ihn mit Schmährufen und wütenden Blicken. »Schämen Sie sich nicht?« Victor stellte sich vor, wie der Doktor Elaines Beine öffnete, wie er sie auseinanderspreizte und in Elaine hineingriff, um nach dem kleinen zerbrechlichen Etwas zu suchen, das er in ihr zurückgelassen hatte. Er war noch jung und sensibel genug, um fest an das Versprechen der Zukunft zu glauben. Für ihn war die Zeit noch nicht gekommen, in der er gezwungen sein würde, Bajonette in die Brustkörbe anderer Männer zu stoßen, bis nichts als sprudelnde, sich in Gräben ergießende Wunden zurückblieben, und er sich Nadeln in den Arm stechen würde, um sein Herz in Vergessen zu ertränken.

Victor lief auf die freie Rasenfläche, kletterte auf einen großen Felsblock und stellte sich an dessen gesplitterten Rand. Er blickte hinüber zu den beiden grauhaarigen Männern, die inzwischen Karten spielten, hinunter auf die hundejagenden Grasmücken, auf den Fotografen, der soeben eingetroffen war, das Stativ aufbaute und hin und wieder auf seine Taschenuhr blickte. Doch Victor nahm nichts von alledem wahr. Es war nur noch eine Frage von Minuten, bis Richard und Celeste in ihren vornehmsten Kleidern eintreffen würden. Und nicht wesentlich mehr Zeit sollte vergehen, bis Arthur Brilovsky blindlings über die Wiese gelaufen käme, dabei ins Bild treten und die Spitze dessen bilden würde, was ein perfektes gleichseitiges Dreieck darstellte – Victor, die beiden grauhaarigen Männer und Arthur – Richard und Celeste Martin irgendwo in der Mitte. Während die grauhaarigen Männer Rommé spielten, während sich das Pärchen der besseren Gesellschaft verewigen ließ, während sich

Victor auf dem Felsen sonnte und zur Ruhe kam, blieb Arthur von panischer Angst erfüllt; voller Verzweiflung betete er, dachte sich Erklärungen für den Vater aus, schabte sich trocknendes Blut unter den Fingernägeln weg und bereitete sich darauf vor, dem Doktor einen äußerst folgenschweren Fehler zu beichten, den er soeben begangen hatte.

GLOBE METRO REPORT, 17. DEZ. 191–

RAZZIA IN BÜROS DER BRIGADE, AMERICAN ALLIED AN SALONLÖWEN VERKAUFT

SAM RAPAPORT

SOUTHSIDE-DOCKS – Am heutigen Nachmittag führte Chefermittler Lawrence Tines von der Untersuchungsbehörde mit einer gerichtlichen Verfügung in der Tasche sowie einer Gruppe von Untersuchungsbeamten an seiner Seite eine Razzia in den Büros der Brigade im Hafengebiet der Southside durch. Der allseits bekannte revolutionäre Apparat der kommunistischen Brigade stand schon seit längerem unter Verdacht, den Sowjets moralische und finanzielle Unterstützung zu gewähren. Als die Razzia begann, wurden die im Lagerhaus von American Allied Pharmaceuticals untergebrachten Büros der Brigade von deren Mitgliedern gerade demontiert.

Chefermittler Tines wurde heute morgen eine gerichtliche Verfügung ausgestellt, sämtliche Akten der Brigade zu beschlagnahmen. Zuvor hatte der frisch ernannte Leiter der Alkohol- und Rauschgiftbehörde Harry Shortz – in seinem eigenen und Tines' Interesse – vor dem Richter John Deaver ausgesagt, daß die Ermittlungen in Sachen Geschäftspraktiken von American Allied Pharmaceuticals gefährdet seien, sollte es der Brigade gelingen, das Beweismaterial, das mit dem Rohopiumhandel von American Allied in Zusammenhang steht, zu vernichten. Die Alkohol- und Rauschgiftbehörde hat Grund zu der Annahme, daß American Allied Opiumderivate, einschließlich Heroin und Laudanum, auf den Schwarzmarkt gelangen ließ.

Tines' Razzia erfolgte gut achtzehn Monate, nachdem Dr. Jerome Brilovsky, der Führer der Brigade, zu sieben Jahren Haft im Gefängnis von Delacort verurteilt worden war, weil er eine illegale Abtreibung an der Ehefrau eines ehemaligen russischen Diplomaten vorgenommen hatte, die das frühzeitige Ableben der Frau zur Folge hatte.

Angesichts der gründlichen Untersuchungen, der die Brigade sowie

American Allied nach Dr. Brilovskys Verhaftung durch die Vollzugsbeamten unterzogen worden waren, erklärten sich vorigen Monat die Familie Brilovsky sowie die Mitglieder der Brigade einverstanden, ihre Vermögenswerte aufzulösen und in Übersee neu zu investieren.

Als dem in Griechenland geborenen Salonlöwen und Eigentümer der Southside-Hafenimmobilien Elias Eliopoulos zu Ohren kam, daß American Allied Pharmaceuticals zum Verkauf stand, erwarb er das Unternehmen von den mehrheitlich beteiligten Gesellschaftern.

Unbestätigten Berichten zufolge sind Dr. Brilovskys Sohn Arthur und dessen Frau Elaine – Tochter eines hochgestellten Förderers der Brigade – mit ihrem Baby sowie einem beträchtlichen Anteil des Vorschusses von Mr. Eliopoulos in der letzten Woche nach Petrograd abgereist.

[8]

Komm um 4 Uhr nachmittags in Jacks Kellertaverne, 56 West 83rd Street

Victor fand die Nachricht in seinem Zimmer vor, nachdem ihn die beiden grauhaarigen Männer am Fuller House abgesetzt hatten. Es war ein kleiner, dunkler Raum, nicht größer als seine Zelle in Farnsworth, in dem es einen Stuhl, ein Bett und ein schmales vergittertes Fenster gab, das zu einem alten Seemannsfriedhof hinausging. Die Nachricht lag auf dem Kopfkissen. Er steckte sie in die Manteltasche und ging die Treppe hinunter ins Untergeschoß des Fuller House. Auf dem Weg ins Hotel war ihm ein Schild aufgefallen: *Erwecke deine Seele zu neuem Leben und du wirst deinen Weg finden.* Was er vorfand, war ein alter stammelnder Priester, der vor drei zerzausten, in schmutzige Schutzanzüge gekleideten Männern die Messe hielt. Als er sich abwenden und gehen wollte, traf sich Victors Blick mit dem des Priesters, der ihn mit einer Armbewegung aufforderte, zusammen mit den anderen die Kommunion zu empfangen. Victor zögerte zunächst, ging dann aber an den Kirchenbänken vorbei und kniete vor dem gemusterten Saum des Priestergewandes nieder. Er hob sein Kinn, öffnete den Mund und empfing Hostie und Segnung. Während sich die Hostie in seinem Mund auflöste, sah er in Gedanken, wie die hochaufragende Steinmauer vor seiner Gefängniszelle immer dünner und durchscheinender wurde und schließlich den Blick auf die Bäume dahinter freigab.

Nachdem Victor sein Gebet beendet hatte, folgten ihm zwei gutgekleidete Männer, die die Treppe hinuntergekommen waren, während er vor dem Altar gekniet hatte, wieder hinauf durch die alte braunlackierte Eingangshalle des Fuller House und auf die Pearlmutter Lane hinaus. Im Schatten der Stadtsilhouette gingen sie den Häuserblock entlang und durch eine enge Gasse hindurch, in der es nach den Eingeweiden des Meeres roch. Sie schlängelten sich durch die Menschenmenge auf dem Pearlmutter-Fischmarkt hindurch, vorbei an den Verkaufstischen, an den mit Fischinnereien gefüllten Eimern und den dick eingepackten Verkäufern, die die frisch ausgenommenen Fische auf eisbedeckte Karren klatschten. Victor vergrub die Nase im Schal, er spürte die Luftstöße von den auf das Eis treffenden Fischen an seinen Schläfen. Als sie das Eckcafé erreichten, nahmen er und die beiden Männer an der Theke Platz. Victor griff in seine Manteltasche und zog die Fotografie von der Frau und sich vor dem Karussell heraus. Er bestellte sich von dem Taschengeld, das ihm die grauhaarigen Männer gegeben hatten, einen Kaffee und ein Brötchen und starrte auf die Frau hinunter, wobei er gelegentlich die von seinen Lippen herunterfallenden Brotkrümel von ihrem Haar strich.

Nach dem Frühstück ging Victor zum Fluß, in die Nähe des Lagerdistrikts der Southside-Docks, wo er die Frachter, die den Fluß hinauf- und hinabglitten, beobachtete. Seine Augen folgten dem Kielwasser der Schiffe, wann immer er durch die Gassen, zwischen den rußgeschwärzten Lagerhallen und Fabriken, zwischen den Schrott- und Abfallhaufen und dem Stacheldraht hindurch einen Blick auf sie erhaschen konnte. In all den Jahren, die er seit dem Krieg in den Docks gearbeitet und später im Gefängnis verbracht hatte, hatte es die M. J. Morris Büroklammerfabrik nicht fertiggebracht, die Einzäunung zu reparieren. Victor zwängte sich durch die alte verrostete Öffnung hindurch und schlenderte einen schmalen, von Pier zu Pier verlaufenden Transportweg am Flußufer entlang. Von diesem Weg aus hatte er freien Blick auf die Mündung des Hafens, und vom Hafen aus weiter auf den Ozean, und von dort, wo sich das Süßwasser des Hafens mit dem Salzwasser vermischte, auf die feine Wölbung des Horizonts. Während er die Szenerie betrachtete, blickten auch seine beiden Schatten, rund hundert Meter von ihm entfernt unauffällig am Wegrand stehend, auf den Fluß hinaus. Wiederum hundert Meter hinter ihnen bemerkte Victor eine weitere Person, die ebenfalls unauffällig zu wirken versuchte, eine Frau, die für die Docks unangemessen gekleidet war und insgesamt sehr deplaziert wirkte. Mit der gleichen Versonnenheit wie die Männer blickte die Frau zum Horizont, und während Victor sie dabei beobachtete, wandte er sich von seinen Verfolgern ab und setzte den Weg nach Norden fort.

Er schlenderte weiter am Fluß entlang und schaute dabei immer wieder über die Schulter zur aufragenden Skyline empor. Schließlich ging er zurück in die Straßen der Stadt, durch die Menschenscharen im Finanzdistrikt, fortwährend die schlanken Bauten und Uhrentürme bestaunend, die vergoldeten Turmspitzen und Kuppeln, welche in den Jahren des wirtschaftlichen Aufschwungs erbaut worden waren, während derer er im Gefängnis gesessen hatte. Hin und wieder blieb er stehen, um einen Blick in die höhlenartigen und prunkvoll verzierten Eingangshallen der Bürogebäude und auf die riesigen, über ihm emporsteigenden Beton- und Stahlflächen zu werfen. Als er in die Gesichter der vorbeieilenden Männer und Frauen blickte, schien es ihm jedoch, als wären diese Gebäude, die auf ihn so beeindruckend und kraftvoll wirkten, in den Augen dieser gutbetuchten Passanten bereits uralte Relikte, als wären der Optimismus und die Schöpferkraft, die diese Konstruktionen erst ermöglicht hatten, bereits vor langer Zeit verblaßt.

Victor konnte sich nicht erklären, warum, doch irgendwie fühlte er sich in den Straßen der Stadt, inmitten dieser ernsten abgestumpften Gesichter wohler als in den Jahren nach dem Krieg. Es war, als hätte die Welt eine Wandlung erfahren, nach der sie nun geschmeidiger in Victors Tasche paßte. Diese Menschen hatten etwas verloren. Der Ausdruck ihrer Augen hatte die Sehnsucht nach dem, was verloren gegangen war, überwunden. Sie blickten nicht zurück, sondern richteten sich auf das, was sie besaßen.

Als Victor zum Adams Square im Herzen des jüdischen Viertels kam, klopfte er an die Tür eines vormals gepflegten, nun allerdings heruntergekommenen Wohnhauses. Ein alter Mann in einem abgetragenen braunen Wollanzug, ebenso ungepflegt wie das Haus, öffnete die Tür. Victor, der diesem Moment all die Jahre, die er inhaftiert gewesen war, entgegengefiebert hatte, wußte nun nicht, was er sagen sollte.

»Was wollen Sie?« fragte der Mann mit starkem jiddischen Akzent. Sein Tonfall ließ darauf schließen, daß er Victor nicht erkannt hatte.

»Mr. Price, ich bin es, Victor Ribe.«

»Victor Ribe ... ist das möglich?«

Victor fiel nichts besseres ein, als aus seiner Tasche die Fotografie hervorzuholen, die er von sich und Sheldon Prices Tochter aufbewahrt hatte. Er reichte Mr. Price das Bild. Der alte Mann zog eine Brille aus der Westentasche und setzte sie auf. Er beäugte Victors altmodische Kleidung, seine schwieligen Hände, doch als er das Foto sah, erstarrte er. »Victor«, sagte er wieder, doch diesmal, als spräche er den Namen eines Gespenstes aus. Er musterte Victors Gesicht, und noch im selben Augenblick, in dem er erkannte, daß tatsächlich Victor Ribe vor ihm stand, nahm sein eigenes Gesicht einen besorgten Ausdruck an, der ihn weit älter aussehen ließ, als er zunächst gewirkt hatte. Noch immer Victors Foto in der Hand haltend, trat er von der Tür zurück und ließ Victor eintreten, als gäbe es dafür einen Grund, der stärker war als er selbst.

Die Räume waren schmutzig und verstaubt; Bücher und Zeitungen stapelten sich ungeordnet in den Ecken, auf Tischen und Stühlen; überall lagen verdorbene Essensreste herum und verbreiteten einen unangenehmen Geruch. Der alte Mann führte Victor ins Wohnzimmer und räumte ihm auf dem Sofa einen Sitzplatz frei. Dann setzte er sich in einen Sessel, in dem er häufiger zu sitzen schien, und, weiterhin das Bild von Victor und seiner Tochter betrachtend, begann er, mit den Fingern auf die Armlehne zu trommeln. »Ich nehme an, du bist gekommen, um herauszufinden, wo sie sind?« fragte er nachdenklich.

»Ja.«

»Ich verstehe.« Der alte Mann fuhr fort, mit den Fingern auf die Lehne zu trommeln. »Wenn dich nach all den Jahren ein Mann wie du aufsuchen würde, um nach deiner Tochter und deinem Enkel zu fragen«, dachte Mr. Price laut nach, »was würdest du ihm antworten, Victor?«

»Ich würde mich hüten, überhaupt etwas zu sagen, Sir.«

»Ja«, sagte Mr. Price, den Blick noch immer auf das Bild gerichtet. Nun kam eine Traurigkeit über sein eingefallenes Gesicht, und für einen Augenblick schien er sich aus dem Zimmer und von der Unterhaltung zu entfernen. »Es ist bedauerlich …«, sagte er ganz in Gedanken, »es ist bedauerlich, was aus manchen Leuten wird, wenn sie denjenigen Menschen verlieren, der ihnen am wichtigsten war.« Mr. Price hob den Kopf und schaute sich im Zimmer um, blickte auf das Durcheinander, das ihn und Victor umgab. »Nicht wahr, Victor?«

»Ja, Sir. Ja, das stimmt.«

»Es gibt nichts, was ihn ersetzen könnte.«

»Nein, nichts.«

Der alte Mann richtete den Blick plötzlich auf den aschgrauen Kamin gegenüber seinem Sessel. Victor sah, wie sich Sheldon Price in Gedanken abermals von der Unterhaltung entfernte, und er erinnerte sich, wie Mr. Price als junger Mann zu einer Schar von Arbeitern reden und sie dazu bringen konnte, die Köpfe ihrer Bosse zu fordern.

»Wenn ich dir sage, wo du sie finden kannst, mußt du mir versprechen, dich wie ein Gentleman zu benehmen«, sagte Mr. Price nach einer Weile.

»Ich verspreche es«, erwiderte Victor, neuen Mut schöpfend.

»Sollte ich erfahren, daß du Schwierigkeiten gemacht hast, werde ich dir große Kopfschmerzen bereiten. Laß dich von alledem hier nicht täuschen.« Er deutete auf die Wohnung, auf sich selbst, auf das Durcheinander. »Du kennst mich von klein auf, und du weißt, solange ich lebe, werde ich in der Lage sein, jede Menge Ärger zu verursachen.«

»Ich versichere Ihnen, ich habe nicht die Absicht, Schwierigkeiten zu machen.«

Der alte Mann griff nach einem Stift, der auf dem Tisch lag, und riß eine Seite aus einem Buch. »Also, hier gehst du hin. Du wartest im Foyer. Du wartest und dann wirst du schon sehen. So läuft es, hast du mich verstanden?«

»Ja, ich habe verstanden«, erwiderte Victor leise.

»Genau wie du, sind sie erst vor kurzem in die Stadt zurückgekehrt. Ich würde eine Weile warten, bevor du dich zeigst. Gib ihnen etwas Zeit zum Eingewöhnen.«

»Vielleicht ist das besser.«

»Jetzt geh, du weißt ja, wo die Tür ist, und mach dich auf den Weg.«

Victor erhob sich vom Sofa. Vorsichtig nahm er den Papierfetzen und das Foto aus der Hand des alten Mannes entgegen, und ohne ein weiteres Wort zu verlieren, ging er, erleichtert über Mr. Prices Hilfsbereitschaft, auf die Straße hinaus. Als er sich wieder in Richtung Norden aufmachte, folgten ihm auch die beiden Männer und die Frau, die, wie er bemerkte, alle drei in der Kälte zitterten. Zusammen nahmen sie die Untergrundbahn zur Stadtmitte und stiegen auf der Ostseite aus. Nachdem sie einen Häuserblock weit gelaufen waren, betrat Victor das Foyer des Ansonia Hotels und setzte sich. Die beiden Männer folgten ihm und begaben sich in das Hotelrestaurant. Die Frau überquerte die Straße, ging in ein Café und setzte sich an einen Tisch am Fenster. Die Fahrstuhltüren des Hotels öffneten und schlossen sich, die Drehtür zur Straße drehte ihre Runden, das Telefon klingelte, der Portier rief Namen von Frauen und Männern aus, und Victor wartete voller Ungeduld, und bei jedem, der hereinkam und hinausging, bei jedem Wort, das gesprochen wurde, zog sich seine Brust erwartungsvoll zusammen.

Nachdem Victor fast eine Stunde lang gewartet hatte, trat eine Frau Ende Dreißig in Begleitung eines jungen Mannes, der kaum älter als zwanzig war, aus dem Fahrstuhl. Als Victor ihr Profil sah, als er die helle Haut und die überdurchschnittliche Größe des Jungen bemerkte, und ihm vor allem sein längliches Gesicht und seine Art zu gehen auffielen, da wußte er, daß sie es waren. Die Frau und der Junge durchquerten das Foyer und gingen an ihm vorbei, als wäre er unsichtbar. Victor, die beiden Männer und die mysteriöse Frau folgten den beiden durch die überfüllten Straßen.

Victor sah die Frau vor sich hergehen und erinnerte sich, wie er vor vielen Jahren mit ihr zusammen über die Felder von Long Meadow gelaufen war. Er konnte nicht glauben, daß dieser Moment Wirklichkeit war; er fühlte sein Herz schneller schlagen; er spürte seinen Puls in den Ohren pochen, in den Handflächen und Fußsohlen. Er hatte sich nicht vorstellen können, daß sie ihm immer noch so schön erscheinen würde, und niemals hätte er sich vorstellen können, daß der Junge ihm ähneln würde, so groß und blaß wie er, so gutaussehend und kräftig. Er folgte ihnen bis zum Eingang des Kaufhauses Zeligman auf der achtunddreißigsten Straße, und da er noch nicht riskieren wollte, von ihnen gesehen zu werden, schaute er ihnen bloß nach, wie sie hinter den Türen verschwanden.

[9]

Ungeduldig vertrieb sich Freddy Stillman den restlichen Morgen, indem er die Versendung von Granatenzündvorrichtungen und Sprengkapseln, Gewehrläufen und Spannhähnen bewilligte, jedes Auftragsdokument zusammengerollt in einen zylindrischen Behälter steckte und durch die pneumatische Röhre neben dem Schreibtisch in die dritte Etage zum Abteilungsleiter schickte. Dieser leitete die Bestellungen telefonisch an das Waffenlager der Fabrik in Long Meadow weiter, wo die Waffen und die Munition kontrolliert, in Kisten verpackt und auf Frachter, Flugzeuge und Züge verladen wurden, um zu militärischen Anlagen im ganzen Land, in der ganzen Welt transportiert zu werden.

Kurz nach zwölf, als Freddy hörte, wie die Techniker in die Mittagspause aufbrachen und den Schauraum verließen, zog er Mantel, Schal und Handschuhe an, setzte sich den Homburg auf und trat aus seinem Büro. Die Etage war menschenleer und ruhig. Das fast fertiggestellte Torpedo-Mobile hing vom Scheitelpunkt der Glaskuppel herab und schaukelte umher wie ein Windrädchen aus Fischen, die ihren Schwanzflossen nachjagen. Freddy nahm den Fahrstuhl in die Eingangshalle und ging durch die Drehtür hinaus ins Gewühl der Passanten auf dem Central Boulevard.

Es war der bislang kälteste Tag des Winters, ein so frostiger Tag, daß er jeden Gedanken an den Frühling zunichte machte. Die Kälte drang durch die dichteste Wolle und den dicksten Pelz zur innersten Wärme des Körpers vor. Es war eine eisige Kälte, an der sich auch die abgehärtetste Haut wundscheuern mußte. Schon seit einigen Wochen trug ein stetiger Wind dieses lähmende Wetter aus dem Norden herunter. Der Wind blies gegen die Rücken und Brustkörbe der Männer und Frauen, die sich über die meilenlangen Boulevards zur Arbeit und nach Hause kämpften. Er wehte durch die hellsten Stunden des Tages, durch das strahlendste Kobaltblau des Himmels; er fegte so heftig um die Bürotürme herum, daß sich das schimmernde Nachmittagslicht im aufgewirbelten Unrat der Stadt brach. Farbige Staubwolken verwandelten sich in Nebelwinde aus Katzengold. Und dennoch, dem Wetter zum Trotz gingen die fliegenden Händler auf die Straße, standen die Obdachlosen in langen Reihen für die brackige Suppe und das harte Brot an, pulverisierten Preßlufthammer den Boden, wurde Stahl geschweißt und aufeinandergestapelt, wurden Rohre herangeschleppt und verlegt. Die Züge und Straßenbahnen fuhren rund um die Uhr, und bis in die frühesten Morgenstunden hinein glitten Frachter und Liniendampfer durch die vereiste Landenge des Hafens zu ihren Anlegestellen. Die Theater und Tavernen waren wie immer mit Menschen gefüllt, und auch in den Nachtclubs und Lasterhöhlen ging es so stimmungsvoll und belebt zu wie eh und je. Hätten die Menschen zu dieser Zeit, vor so vielen Jahren, vom Weltraum aus auf ihre Stadt blicken können, dann würde sich ihr Gefühl bestätigt haben, im Zentrum des Universums zu leben. Hätten sie diesen Ort nur in dem Moment, in dem sich die Erde um die eigene Achse drehend von der Sonne abwandte, von außerhalb der Atmosphäre betrachten können, dann wäre ihnen diese Stadt vorgekommen wie ein heller, in den Erdboden eingebetteter Himmelskörper, um dessen Anziehungskraft alles – die Dunkelheit wie die Wolkendecke – in einem immerwährenden Strudel kreiste.

Mit einer Hand den Hut ins Gesicht ziehend, mit der anderen den Mantelkragen zuhaltend, kämpfte sich Freddy gegen den Wind zur flatternden Markise des Beekman Frauenhotels vor. Er warf einen kurzen Blick durch die Fenster, doch da er im Foyer außer der Empfangsdame niemanden entdecken konnte, setzte er seinen Weg im Strom der Menschen fort. Er lief an einer Reihe konkurs gegangener Kurzwarenläden und Boutiquen für Damenmode vorbei und trottete dann hinter einer Phalanx dahinrollender Kleiderständer über die neununddreißigste Straße. Als die Angestellten die Ständer durch den Eingangsbereich des Kaufhauses Zeligman schoben, blieb Freddy stehen, zündete sich eine Zigarette an und sah zu, wie die Masse der anonymen verhüllten Gesichter auf dem Weg zum Mittagessen an ihm vorüberzog. Er warf einen prüfenden Blick auf die Straße, die er gerade erst entlanggekommen war, betrat die Eingangshalle vom Zeligman, ging an den Aufzügen und der Herrenabteilung vorbei und durch den Hinterausgang hinaus auf die achtunddreißigste Straße. Er wechselte die Straßenseite und lief, nicht ohne dabei eingehend sein Spiegelbild zu betrachten, das vom Glas der Schaufenster verzerrt zurückgeworfen wurde, an den ebenerdigen Boutiquen des exklusiven Gable Hotels entlang. Er überquerte den Central Boulevard und ging weiter Richtung Innenstadtgrenze nahe des Eastbend-Ufers, wo er in eine Seitenstraße einbog und Grimes Feinkostrestaurant betrat, ein schmales Ladenlokal mit ein paar Tischen im hinteren Bereich. Außer einem Mann, den Freddy nur als Feldman kannte, war niemand sonst in dem Restaurant.

Feldman, einer jener fetten, glattrasierten Typen mit süßlicher Alkoholfahne und Dreifachkinn, saß an einem Tisch im hinteren Teil des Raumes. Seine kurze Krawatte wurde von seinem Bauch so fest gegen die Tischkante gepreßt, daß sämtliche Gewürze auf dem Tisch wackelten und die Essigsoße um ein Haar umgefallen wäre, als er aufzustehen versuchte, um Freddy die Hand zu reichen.

»Schön, dich zu sehen«, sagte er, als er Freddys Hand ergriff.

Freddy nickte und setzte sich. Er legte weder Mantel noch Hut ab. Er drehte den Stuhl herum, so daß er Feldman gegenübersaß und von hinten nicht gesehen werden konnte. Eine Kellnerin mit weißer Schürze, deren Kleid überdimensionale Petunienmuster schmückten, trat an den Tisch und fragte Freddy, was sie ihm bringen könne. Ohne aufzuschauen, bestellte Freddy ein Rindfleischsandwich und ein Bier.

»Ich war mir nicht sicher, ob du kommen würdest, nachdem du mich heute morgen nicht angerufen hast«, sagte Feldman, als die Kellnerin fort war.

»Ich bin gekommen, obwohl ich eigentlich gar nicht hier sein sollte. Du solltest nicht mehr versuchen, mich zu kontaktieren.«

»Was ist in dich gefahren?«

»Wie soll ich sagen? … Ich traue dir nicht. Ich traue dem Ganzen nicht.«

»Ich sag dir das nur äußerst ungern, aber hier geht es nicht mehr um Vertrauen, Freddy. Und ich glaube, du weißt das.«

»Ich will aussteigen«, sagte Freddy leise.

»Geht es um Geld? Willst du, daß ich zu ihnen gehe und sie um mehr Geld bitte?«

»Nein.«

»Worum zum Teufel geht es dann?«

»Hör zu ...«, sagte Freddy.

»Nein, du hörst jetzt zu«, unterbrach Feldman ihn schroff. »Bislang hast du alles richtig gemacht. Du hast angerufen und deine Geschichte erzählt. Das ist erledigt. Ich hab die Polizei kommen und wieder gehen sehen. Alle, auf die es ankommt, wissen, daß sie da waren. Das einzige, was du jetzt noch zu erledigen hast, ist ein bißchen Papierkram.«

Freddy schüttelte den Kopf.

Feldman verzog sein Gesicht und entspannte es gleich wieder. Freddy rechnete mit einem Wutausbruch, doch zu seiner Überraschung sagte Feldman statt dessen: »Sieh mal, es ist ja dein gutes Recht. Aber ich halt es für meine Pflicht, dich zu warnen, daß es nicht gerade klug ist, was du da tust. Glaub mir«, fuhr er fort und lehnte sich dabei so weit wie möglich über den Tisch, »je mehr du darüber nachdenkst, um so klarer wird dir werden, daß die ganzen Fehlentscheidungen, die du in deinem Leben getroffen hast, im Vergleich zu dieser hier noch harmlos waren.«

Feldman kaute einen Augenblick lang auf seiner Zunge herum. »Na ja, wenn du dir selbst schon keinen Gefallen tun willst, dann denk doch wenigstens an Janice und die Situation, in die sie das bringen wird.«

»Was willst du damit sagen, Feldman?«

»Ich glaube, du weißt, was ich damit sagen will, Freddy. Ich glaube, du weißt ganz genau, was ich damit sagen will.«

»Ihr würdet Janice nichts antun. Ich weiß, daß ihr das nicht tut.«

»Bist du dir da so sicher? Deinetwegen ist sie doch schon so gut wie tot, zumindest für die Cops.«

»Nein«, sagte Freddy und klopfte nervös mit den Fingern auf den Tisch. »Ihr werdet Janice nicht noch einmal benutzen, um mich zu kriegen. Nicht schon wieder.«

Feldman kaute erneut auf seiner Zunge herum. »Du weißt, daß ich nichts tun kann, um aufzuhalten, was du hier ins Rollen bringst, oder?«

»Tu mir einfach den Gefallen und sag deinen Leuten, daß ich mit ihnen fertig bin.«

Feldman wirkte, als täte ihm Freddy ein wenig leid. Der mitleidige Ausdruck auf Feldmans Trauermiene gab Freddy das Gefühl, als hätte er mit diesen letzten Worten einen Vertrag unterschrieben, von dem er nicht mehr zurücktreten konnte. Sein Blick schweifte unruhig umher und sein Atem ging schneller, als er bedachte, was er gerade im Begriff war zu tun.

Abrupt stand er auf, um zu gehen.

»Mach das nicht«, sagte Feldman in einem liebenswürdigen Ton und hielt Freddy am Arm fest, doch sein einfühlsamer Gesichtsausdruck war jetzt verschwunden. Er rückte den Tisch ein wenig von sich ab und stand auf. »Ich werde gehen. Du bleibst.« Er zwinkerte. »Ich hab schon gegessen. Laß du es dir gutgehen, solange du noch kannst.«

Freddy spürte, wie ihm ein Schauer über den Rücken lief. Er setzte sich wieder, während Feldman, immer noch darum bemüht, liebenswürdig zu erscheinen, seine Krawatte richtete, so daß sie flach über dem aufgeblähten Bauch lag, und dann anfing, die Brusttasche seines Jacketts zu tätscheln. Mit Daumen und Zeigefinger griff er in die Taschenfalte und zog einen handtellergroßen Manilaumschlag heraus. »Nur für den Fall, daß du deine Meinung ändern solltest. Hier drin findest du, was wir brauchen.« Feldman legte Freddy den Umschlag hin, streifte den übergroßen Mantel über, setzte sich den Hut auf und wünschte ihm einen schönen Nachmittag. Er schlenderte den schmalen Gang von Grimes Feinkostladen entlang, wobei seine pralle Gestalt an Wand und Ladentheke entlangstreifte, und trat hinaus auf die Straße. Als die Tür sich schloß, schob die Kellnerin

Freddys Rindfleischsandwich auf den Tisch und stellte das Bier neben den Umschlag.

»Darf es sonst noch was sein?«

»Nein«, antwortete Freddy ohne aufzublicken. Er sah auf den Umschlag – ein einfaches braunes Kuvert, so einfach, wie es nur sein konnte. Die Kellnerin entfernte sich, und Freddy ließ den Umschlag in seine Manteltasche gleiten.

Als Freddy in die achte Etage des Fief-Gebäudes zurückkehrte, stellte er zu seiner Erleichterung fest, daß der Schauraum noch immer leer war. Er ging in sein Büro, verschloß die Tür, hängte Hut und Mantel auf und zog den Umschlag heraus, den Feldman ihm gegeben hatte. Er legte ihn auf den Schreibtisch, auf die Schreibunterlage, und holte aus derselben Schublade, in der auch das Fernglas lag, einen rotfarbenen Brieföffner aus Bakelit heraus, mit dem er den Umschlag auftrennte. Als die Lasche offen war, ließ er drei gefaltete Papierblätter herausgleiten. Auf ihnen befand sich eine umfangreiche Liste von Bestandteilen, aus denen man Granaten, Minenwerfer, panzerbrechende Bomben und rückstoßfreie Gewehre bauen konnte: Waffenläufe und Verschlußringe, Ausgleicher und Rückstoßschlitten, Schießschäfte und Verschlußsicherungen, Bleikugeln, Schlagbolzen, Treibladungszünder, Basisstecker, Federn, Abzüge, Griffe. Alles Artikel, die Freddy verwaltete, und mit einem Zeitaufwand von rund einer Stunde hätte er vermutlich an jedem beliebigen Nachmittag die Bestellung aufgeben können, ohne daß es jemandem aufgefallen wäre.

Freddy steckte die Papiere in den Umschlag zurück, und diesen wieder in die Manteltasche. Das Stimmengemurmel und das Schlurfen der Schritte im Schauraum hatten wieder eingesetzt. Freddy spürte, wie die Geräuschkulisse seine Haut einhüllte, sie wie mit einer dünnen Plastikfolie umwickelte. Als der Lärm lauter wurde, bekam Freddy Kopfschmerzen. Es war ein vertrauter Schmerz. Ein Schmerz, der sich wie ein knarrender Dielenboden unablässig den Weg durch

Brust, Magen und Kopf bahnte. Der Schmerz dauerte noch an, als an seine Bürotür geklopft wurde. Wer es auch sein mochte, die Person mußte feststellen, daß die Tür verschlossen war.

»Einen Augenblick«, murmelte Freddy. Mit wenigen Schritten war er an der Tür und entriegelte sie. Herein trat Harvey Brace, ein Büroangestellter mit leiser Stimme, der regelmäßig das Bedürfnis verspürte, seine Kollegen daran zu erinnern, daß er mit nur einem intakten Lungenflügel lebte – als Folge eines erlittenen Senfgasangriffs.

Harvey war kaum im Büro und die Tür hinter ihm geschlossen, da klingelte das Telefon. Harvey schaute betreten zum Apparat hinüber. »Das ist George«, sagte er.

Freddy sah Harvey eigenartig an, dann sah er mit demselben Blick auf den Telefonapparat. Er hob den Hörer ans Ohr. »Ja?«

»Stillman?«

»Ja.«

»Ist Harvey da?«

»Er steht direkt neben mir.«

»Gut. Hör zu. Angesichts dessen, was heute morgen vorgefallen ist, angesichts dessen, was ich gehört habe, Stillman, halte ich es für das beste, wenn du dir heute ein wenig Zeit für dich nimmst. Um nachzudenken. Darüber, was das alles zu bedeuten hat. Um darüber nachzudenken, wie du dich zukünftig in diesem Büro zu verhalten gedenkst.«

»Wie bitte, George?«

»Harvey wird solange deine Arbeit übernehmen.«

»Ich verstehe nicht, George.«

»Da gibt es nichts zu verstehen, Stillman. Du nimmst dir den Nachmittag frei, und Harvey wird dich auf dem laufenden halten.«

»Ich ...«

»Treib es besser nicht zu weit, Freddy. Ich bin sicher, du willst lieber nicht wissen, was ich denke. Du tust, was ich dir sage.«

George legte auf.

Freddy ließ den Hörer langsam auf die Gabel niedersinken und blickte Harvey an. »Hat er irgendwas zu dir gesagt?«

Harvey schüttelte den Kopf. »Nur, daß ich herkommen und deinen Papierkram erledigen soll … Er ist in einer miesen Stimmung.« Harvey trat vorsichtig um Freddy herum ans Fenster und lehnte sich an die Fensterbank.

»Was hat ihm denn so die Laune verdorben?«

»Die Sache heute morgen in der Fabrik. Das blockiert den ganzen Betrieb.«

»Was ist passiert?«

»Zwei Gewerkschaftsführer sind wegen Sabotage verhaftet worden.«

»Sabotage?«

»Die Untersuchungsbehörde behauptet, die Explosion wäre ein abgekartetes Spiel der Gewerkschaft gewesen.«

»Das ist doch wohl nicht dein Ernst.«

»Das behaupten sie zumindest.«

»Werden sie streiken?«

»Tja, nachdem ihre Leute verhaftet wurden, haben sie die Fabrik besetzt und damit gedroht, sie zu zerstören.«

»Und sind sie noch drinnen?«

»Ja, aber sie haben sich beruhigt und sind wieder an die Arbeit gegangen.«

»Also werden sie vielleicht noch streiken.«

»Davon haben sie bislang nichts gesagt, aber ich glaube, das ist genau das, was George befürchtet.« Harvey zuckte mit den Schultern und sah sich in Freddys Büro um. »Ich werde mit deinen Sachen vorsichtig sein, Freddy. Ich werde alles in Ordnung halten.«

»Das ist nett von dir, Harvey. Ich bin sicher, ich kann dir da vertrauen.«

»Ich werde mal gehen und nachsehen, ob neue Bestellungen in deinem Fach liegen.« Bevor er sich aufmachte, zog er das Rollo hoch. »Ich kann bei diesem Licht nicht so gut sehen«, sagte er und ging um Freddy herum in den Schauraum hinaus.

Freddy rührte sich unterdessen nicht vom Fleck. Was er sah, beunruhigte ihn. Janice Goulds Apartment auf der anderen Seite des

Lüftungsschachts war leer. Das Porträt des jungen Mannes war verschwunden, die Kommode und alles, was darauf gestanden hatte, war verschwunden, die marineblauen Vorhänge, die einmal vor dem Fenster gehangen hatten, waren verschwunden. Das Apartment war leergeräumt. Er hatte keine Ahnung, was das bedeuten sollte, falls es überhaupt etwas zu bedeuten hatte, aber es vertrug sich nicht mit seinem Magen.

Freddy stellte seinen Aktenkoffer auf den Schreibtisch, öffnete ihn und legte das Fernglas aus der Schublade und einige persönliche Gegenstände hinein – darunter auch eine kaputte Taschenuhr seines Vaters, eine Brosche seiner Mutter und eine Krawattennadel, die Evelyn ihm zu ihrem zehnten Hochzeitstag geschenkt hatte. Sorgfältig legte er diese Dinge in ein Fach des Aktenkoffers und verschloß dessen Klappe.

Harvey kehrte mit einem Stapel Papier zurück, den er auf Freddys Schreibtisch legte. »Wie gesagt, ich werde alles in Ordnung halten.«

»Danke.« Freddy zog den Mantel an, setzte den Hut auf und wickelte sich den Schal um. »Bis bald«, sagte er zu Harvey.

Mit dem Aktenkoffer in der Hand trat er in den Schauraum. Er sah sich nicht um, ob ihn jemand anstarrte. Er konnte hören, wie die Gespräche aussetzten, wie alle in ihrer Arbeit innehielten, doch es kümmerte ihn nicht. Er ging zum Fahrstuhl und fuhr hinunter zur Eingangshalle. Er stellte den Mantelkragen auf, zog den Hut herunter, so daß er fest auf dem Kopf saß, und trat wieder in das geschäftige Treiben des Central Boulevard hinaus.

Eine dunkle Wolke auf und ab hüpfender Hüte trieb gleichmäßig über den schattigen Gehweg, durch Streifen kraftloser Wintersonnenstrahlen hindurch, die ostwärts auf die schmalen Straßen der Stadt fielen. Freddy drängte sich in den Strom der Körper und lehnte sich mit jedem Schritt gegen die heftigen Windstöße. Seit er draußen war, stürmten die Böen sogar noch heftiger in den Häuserschluchten, und mit zunehmendem Wind wurde auch die Kälte schneidender. Während er sich zu dem warmen gelblichen Leuchten vorkämpfte, das von der Südspitze der Insel ausstrahlte, fühlte er sich, als wäre er Teil eines riesigen Leichenzuges, der verfrüht seinen eigenen Tod betrauerte. Er fühlte sich, als würde er jeden Moment fortgeweht und in die Luft geschleudert werden. Er stellte sich vor, wie er mühelos und von der Menge unbemerkt über der Straße schwebte.

Zusammengekrümmt und durchgefroren lief Freddy fast eine Stunde lang weiter. Als er die heruntergekommenen Häuser des Franklin-Field-Viertels im South End erreichte, hatte seine blasse Gesichtsfarbe ein beißendes Rot angenommen, und die vom Wind getrockneten Tränen hatten dünne Salzkrusten hinterlassen, die sich wie Mäander auf seinen Wangen hinunterschlängelten. Er hatte insgesamt dreiunddreißig Blöcke hinter sich gelassen, als er Cuccios Bäckerei auf der Dunleavy Street betrat.

Mrs. Cuccio, eine dunkelhaarige, großmütterliche Frau, stand hinter der Ladentheke. Als sie Freddy erblickte, verzog sie das Gesicht. »Das ist das letzte Mal, Mister«, sagte sie. »Danach nie wieder, ich schwöre es.« Sie bekreuzigte sich und sah zu dem Relief aus Kruzifixen hoch, das in die zinnblecherne Ladendecke eingelassen war. Freddy zog seine Brieftasche heraus und legte eine Eindollarnote auf den Ladentisch. Widerwillig streckte Mrs. Cuccio ihre Hand aus und nahm das Geld. »Das letzte Mal«, sagte sie etwas weniger energisch und wandte sich ab. Sie zog eine rosa Schachtel aus einem der Regale und füllte sie mit Miniatureclairs, einer Auswahl von Keksen und einer Charlotte russe. Sie band die Schachtel mit einer Schleife zu und zog ihren Mantel über. Freddy sah ihr vom Ladenfenster aus nach, als sie in den Wind hinaustrat, die ruhige Allee überquerte, und auf der anderen Seite im Erdgeschoß eines Wohnhauses klingelte. Einige Augenblicke vergingen, dann öffnete sich die Haustür, und Freddy konnte dort im Vorraum Evelyn stehen sehen, ihr langes schmales Gesicht und ihre braunen Locken. Er konnte sehen, wie ihre Wangen erröteten, sobald die kalte Luft sie berührte, und er beobachtete, wie sie beim Anblick von Mrs. Cuccios rosa Schachtel freudig zu lächeln begann. Er schaute zu, wie Mrs. Cuccio ihr sein Geschenk und die Nachricht überbrachte. Sie sagte Evelyn, sie habe an sie und das Baby denken müssen und sich gedacht, sie wolle vielleicht etwas Süßes im Haus haben. Evelyn bedankte sich bei ihr, berührte sanft ihren Handrücken und verschwand im Dunkel des Hausflurs.

Noch bevor Mrs. Cuccio zurück im Laden war, öffnete Freddy die Tür und ging die Dunleavy Street hinunter, zurück zum Central Boulevard, wo er sich wieder ins Gedränge der Körper einreihte und nun mit dem kalten, stechenden Wind im Rücken in Richtung Norden lief.

[10]

Byron Sands, ein gutaussehender junger Schwarzer in einem brandneuen Anzug und Mantel, beugte sich über das Lenkrad seines Lastwagens, während sich das siebenstöckige Passagierschiff, die Bethlehem, majestätisch einen Weg durch die glitzernden Eisschollen zum South-End-Pier 17 bahnte. Er schaute zu, wie die enormen Trossen des Schiffs aus Löchern in Bug und Heck in kleine Männerhände herabglitten, die bereit waren, sie um die Poller zu legen. Als das Schiff vertäut war, wurde die Landungsbrücke heruntergelassen, und Hunderte von Männern und Frauen in Pelzmänteln und Überziehern schlenderten gemächlich auf den Kai hinunter. Als die ersten Passagiere den Parkplatz erreichten, stieg Byron mit einem Schild aus dem Lastwagen, auf welchem »Professor Tarkhov« stand. Dutzende Passagiere und Gepäckträger liefen an ihm vorbei, doch dann trat aus einer Gruppe ein kleiner stämmiger Mann mittleren Alters mit einem dichten graumelierten Bart und einer randlosen Brille auf ihn zu, gefolgt von vier käseweißen Gepäckträgern, die große hölzerne Kisten und einige Gepäckstücke vor sich herschoben.

»Ich bin Tarkhov«, verkündete der Mann Byron mit starkem russischen Akzent. Seine Augen waren blutunterlaufen und wirkten müde und ein wenig mißtrauisch. »Und wer, bitteschön, sind Sie?« Die Frage klang wie eine Anschuldigung.

»Ich?« Byron, der das Schild an seine Hüfte sinken ließ, sah etwas verwirrt aus.

»Wer hat Sie geschickt?« fragte der Professor streng und blinzelte mit den Augen, während er in Byrons schmales dunkles Gesicht schaute.

Durch Tarkhovs Schroffheit wie vor den Kopf geschlagen, zögerte Byron, bevor er antwortete. »Mr. Tersi, Sir.«

Tarkhov starrte Byron weiterhin abweisend an.

»Mr. Tersi«, wiederholte Byron mit größerer Selbstsicherheit, »er hat mir gesagt, ich soll Sie abholen und zum Anwesen bringen.«

Byron sah, wie die jungen Gepäckträger miteinander tuschelten, während sie seinen Aufzug musterten, seine blitzblank polierten Schuhe und seine Lederhandschuhe.

»Dr. Gamburg erwartet Sie dort, Sir«, sagte er, als würde er versuchen, ein Kind in die Badewanne zu locken. Er neigte den Kopf ein wenig, drehte den Trägern den Rücken zu und flüsterte Tarkhov ins Ohr: »Ich bin nicht hier, um Sie zu beklauen, Sir, falls Sie das denken. Ich bin nur gekommen, um Sie abzuholen.«

Tarkhov, der sich noch immer nicht ganz sicher zu sein schien, wandte seinen Kopf von Byron ab und den Gepäckträgern zu. »Bitte, Gentlemen, in den Laster hier. Sehr, sehr vorsichtig.«

»Jawohl, Sir«, sagte der erste Träger und warf Byron ein selbstgefälliges Lächeln zu. Unter der Aufsicht des Professors begannen die Männer den Lastwagen zu beladen. Kaum waren sie damit fertig, kletterte Tarkhov unbeholfen auf die Pritsche und überprüfte gewissenhaft, daß jede Kiste und jedes einzelne Gepäckstück auch sicher stand und festgezurrt war.

»Ich danke Ihnen, Gentlemen«, sagte er, als alles erledigt war. Er kletterte auf den Beifahrersitz des Lastwagens und zog die Tür zu.

Byron, der an der Fahrerseite lehnte, während die Träger gearbeitet hatten, griff in seine Hosentasche und holte ein paar Münzen hervor. Mit dem gleichen selbstgefälligen Lächeln, das ihm zuvor der erste Träger zugeworfen hatte, hielt er das Geld auf der Innenfläche seines Handschuhs hin und wartete ab. Der erste Träger ging auf ihn zu und riß ihm mit finsterer Miene die Münzen aus der Hand. Ohne sich zu bedanken, machte er sich mit den anderen wieder auf zum Schiff.

»Wir müssen sehr langsam fahren«, sagte Tarkhov zu Byron, nachdem dieser zum Professor in die Fahrerkabine gestiegen war.

»Ja, Sir.«

»Sehr langsam und vorsichtig«, sagte Tarkhov mit derselben Bestimmtheit, mit der er Byron begrüßt hatte. »Das ist mein ganzes Leben«, sagte er. »Das Leben meiner Familie«, betonte er, »was Sie da hinten geladen haben. Verstehen Sie?«

»Ich werde Sie und alles andere sicher und wohlbehalten zum

Landsitz bringen«, versprach Byron. Er zog den Choke und startete den Motor.

»Gut«, sagte Tarkhov und blickte sich zum Kai um, als würde er jemanden suchen. »Es war eine so lange Reise, voller Sorgen«, murmelte er vor sich hin. »Von Leningrad nach Moskau, zurück nach Leningrad und dann nach Helsinki, durch das Baltikum, ein Unwetter im Nordatlantik, in London die Gemälde einsammeln ... Ich kann Ihnen sagen ...«

Byron schwieg. Er hörte dem Gemurmel des Professors zu, während er den Lastwagen zurücksetzte, den Gang wechselte und langsam den Weg zur Schnellstraße entlangfuhr.

Als Byron Sands und Professor Tarkhov das Landgut der Martins in der Nähe des verschlafenen Städtchens Rainskill Falls erreichten, erwartete sie Dr. Gamburg am Ende des Privatweges, der zu ihrem Anwesen führte. Ein halbes Dutzend Träger aus Leslie's Auktionshaus stand neben ihm mit Handkarren bereit.

»Professor Tarkhov«, sagte Dr. Gamburg enthusiastisch, als Tarkhov aus der Fahrerkabine des Lastwagens stieg. »Joseph Gamburg.«

»Ja, sehr erfreut, Sie kennenzulernen«, entgegnete Tarkhov nicht besonders überzeugend, als dieser seine Hand ergriff. Er schaute an Dr. Gamburg vorbei zur herrschaftlichen Tudorvilla der Martins.

»Ich hoffe, Sie hatten eine angenehme Fahrt.«

»Ja, angenehm.«

»Bedauerlicherweise mußte ich mich hier um einige Dinge kümmern – sonst hätte ich Sie persönlich abgeholt.«

»Das macht nichts«, sagte Tarkhov. »Die vorbeiziehende Landschaft hat mir sehr gute Gesellschaft geleistet.«

Dr. Gamburg winkte die Gruppe der Träger zur Ladefläche und wandte sich daraufhin an Byron, der nun neben Tarkhov stand. »Byron, würdest du bitte das Gepäck des Professors auf sein Zimmer bringen und uns anschließend in der Galerie treffen. Wir könnten deine Hilfe gebrauchen.«

Byron nickte und ging zur Ladefläche.

»Ein durchaus beeindruckendes Anwesen«, sagte Tarkhov, während er Dr. Gamburg den kurzen Treppenaufgang zur Haustür hinauf folgte.

»Es ist kein Palast«, sagte Gamburg trocken, »aber ich wage zu behaupten, daß sich die russische Zarenfamilie in einem solchen Gebäude mit so viel ungenutztem Raum mehr als wohl gefühlt hätte.«

Tarkhov verzog ein wenig das Gesicht. »In der Tat.«

»Ja, nun gut«, murmelte Gamburg, »wichtig ist, daß uns einstweilen ein Teil dieses ungenutzten Raumes zur Verfügung steht.«

Tarkhov nickte unmerklich, während sie die Eingangshalle betraten und langsam durch den langen geräumigen Gang schritten. Die Halle war der gesamten Länge nach mit einem orientalischen Läufer ausgelegt. An den Wänden hingen zahlreiche Porträts von Männern und Frauen, die in puritanische Roben gekleidet waren. Neben mehreren Bildern von Offizieren der verschiedensten Dienstgrade, die im Unabhängigkeitskrieg und im Bürgerkrieg auf Seiten der Unionsstaaten gedient hatten, gab es Porträts von Richtern, Geistlichen und Geschäftsleuten. Zwischen den Porträts verteilt hingen naturalistische Landschaftsgemälde vom Westbend-Tal, auf denen die mehrere hundert Jahre umfassende Besiedelungsgeschichte und Gestalten wie Trapper, Indianer, afrikanische Sklaven und deren Herren dargestellt waren. In der Abfolge der Bilder wurden die Wälder deutlich kahler, die Bäume zerhackt und aufgestapelt zu Blockhütten und Feuerholzklaftern. Der Professor blickte mit großem Interesse auf die Kunstwerke, ließ seinen Blick jedoch nie zu weit von Dr. Gamburg fortschweifen.

»Von den Malern, die aus den postimpressionistischen Bewegungen hervorgegangen sind«, sagte Dr. Gamburg, während sich die Träger langsam mit den Kunstwerken an ihnen vorbeischoben, »haben mich, das kann ich nicht deutlich genug sagen, die Arbeiten Rodhinskys am meisten beeindruckt.«

»Sie kennen Bilder von Rodhinsky?«

»Nur ein paar seiner frühen Gemälde.«

»Ich verstehe.«

»Aber die wenigen Gemälde, die ich gesehen habe, haben mich davon überzeugt, daß seine Bilder das moderne Rußland wahrheitsgetreu widerspiegeln.«

»Ja, er war, nun ja, er *war* ein Visionär.«

»Kannten Sie ihn?«

»Ja, natürlich, ich kannte ihn.« Tarkhovs Reserviertheit schien sich zu verlieren. »Er war ein Mann, den man nur schwerlich nicht kennen konnte. Er hatte, um es gelinde auszudrücken, eine sehr ungestüme Art an sich. Interessant ist, daß er seine ungezügelte Persönlichkeit, für die er berüchtigt war, fast während seiner gesamten Karriere vollkommen unter Kontrolle hatte, sobald er malte. Als Mann war er ein Barde, ein Volksheld, ein Enfant terrible. Als Maler eher ein Intellektueller, ein emotionaler Intellektueller, ja, aber dennoch, ein berechnender Geist, mit einer berechnenden Vorstellungskraft.«

»Aber ich erinnere mich, daß ich in seinen Bilder viele Emotionen gespürt habe. Sie sind abstrakt, aber sie haben Gefühl.«

»Ja, ja, natürlich haben sie das. Besonders die späteren Bilder, die ich mitgebracht habe, die Bilder, die sich am direktesten mit seinen beiden Hauptthemen Tod und Vergänglichkeit auseinandersetzen.«

»Stimmt es wirklich, daß er so gestorben ist, wie man es sich erzählt?«

»Ob es stimmt oder nicht, kann niemand mit absoluter Gewißheit sagen, aber man sieht in seinen Arbeiten, wie er vermutlich gestorben ist, am augenfälligsten in dem letzten Bild, das er gemalt hat.«

»›Körperfluchten‹?«

»Sie kennen dieses Bild?«

»Ich habe nur Gerüchte darüber gehört. Wollen Sie etwa andeuten, daß Sie es mitgebracht haben?«

»Ja.«

»Wie – wenn ich fragen darf – haben Sie es geschafft, an dieses Bild heranzukommen? Ich dachte, es wäre nach Rodhinskys Tod auf rätselhafte Weise verschwunden?«

»War es auch.«

»Wie haben Sie es dann ...«

Tarkhov lächelte und schüttelte den Kopf. »Es gibt bestimmte Dinge, die man in Situationen wie dieser besser nicht fragt oder beantwortet.«

»Der Sammler zieht es vor, anonym zu bleiben – ich verstehe vollkommen. Aber ich bitte Sie, Sie müssen es mir auf der Stelle zeigen.«

»Ja, selbstverständlich.«

Erwartungsvoll führte Dr. Gamburg Professor Tarkhov zum Ende der Halle und weiter in die Galerie, in der Byron und die Träger bereits die Kisten öffneten. Die Galerie war in einem Raum mit hoher Gewölbedecke und gebohnertem Parkettboden untergebracht, der früher als Empfangssaal gedient hatte. Eine Reihe von Fenstern war über die Länge des Raumes verteilt und gewährte Ausblick auf den Skulpturengarten, der durch eine halbkreisförmig angeordnete Gruppe von Ahornbäumen begrenzt wurde. Durch die Mitte des Raumes verlief eine Trennwand, an die die Bilder gehängt werden sollten und an deren oberer Kante geschwungene Messinglampen angebracht waren, die jedes einzelne Bild beleuchten würden. Der Professor ging zu einer Kiste, die mit EP 001 gekennzeichnet war.

»Byron, bitte ...«, sagte Dr. Gamburg und winkte Byron zu sich. »Bring die Werkzeuge mit und öffne diese Kiste hier für uns.«

Byron kam mit Hammer und Stemmeisen zu ihnen. Mit wenigen Handgriffen öffnete er die Kiste und zog Rodhinskys großformatiges Gemälde heraus, das zwischen zwei Latten befestigt war. Mit der Hilfe eines Trägers hängte er es an die Trennwand. Die anderen Träger hielten in ihrer Arbeit inne und versammelten sich um das Gemälde.

»Wie Sie sehen«, sagte der Professor mit ausgestrecktem Arm, »knüpft diese Arbeit wieder ganz an die gegenständliche Malerei an, eine Malerei, von der sich Rodhinsky in seiner Jugend so entschieden abgewandt hatte. Es ist das realistischste Bild, das Rodhinsky jemals gemalt hat. Es ähnelt eher Caravaggio als Rodhinsky. Es ist ein schlichtes, aber sorgfältig ausgearbeitetes Selbstporträt, das derart frei von Verstellung und Künstlichkeit ist, daß es einem, auch im Hinblick auf seine Todesumstände, kalt den Rücken herunterläuft, wenn man bedenkt, wie sehr ihn die Unausweichlichkeit seines eigenen Todes gequält haben muß, wie da jeder dieser mühevollen Pinselstriche sein Schicksal barg, vollkommen und zur Wirklichkeit geworden. Evgeny Rodhinsky über einer zwischen die Dielenbretter geklemmten Spitzhacke stehend, dort, in der Privatsphäre seines Ateliers, aber hier, im Buntglas des Fensters, können Sie en miniature die typischen Formen Rodhinskys erkennen – überschattet durch den brutalen Realismus des Porträts. Hier finden wir die einzigen Hinweise, die das Bild mit ihm verbinden – mit seinem früheren Schaffen, mit seinem revolutionären Stil –, hier zeichnet es sich im Fenster ab wie ein Requiem. Das ist äußerst bewegend und gibt zu denken, besonders, wenn es stimmen sollte, daß er mit diesem Steinhauerwerkzeug im Herzen aufgefunden wurde und die Polizei nur Minuten von seiner Wohnung entfernt war.«

»Warum hat er das getan?« fragte Byron.

»Ja, warum?« wiederholte Tarkhov und sah Byron an, dessen Blick gebannt auf das Gemälde gerichtet war. »Weil er das Gefühl hatte, seinen Platz in der Welt verloren zu haben, würde ich vermuten.«

Byron trat näher an das Bild heran, um den gequälten Ausdruck in Rodhinskys Gesicht zu betrachten.

»Aber selbst, wenn es nicht so war …«, sagte Dr. Gamburg.

»Spielt das eine Rolle? Entscheidend ist, was die Leute glauben.«

Dr. Gamburg starrte Professor Tarkhov ehrfürchtig an. »Das ist alles sehr aufregend.«

»Ja, das ist es«, stimmte ihm der Professor zu und verzog wieder sein Gesicht.

»Ich denke, es wird großen Eindruck machen.«

»Sie und der Besitzer dieser Bilder werden ordentlich daran verdienen, das steht fest«, murmelte der Professor zu sich selbst.

»Wie bitte?« fragte Dr. Gamburg.

»Es wird eine sehr anregende Veranstaltung werden.«

»Hoffen wir es«, sagte Dr. Gamburg. »Ich bin sehr zufrieden.«

»Der Sammler war sich sicher, daß Sie es sein würden.« Professor Tarkhov legte die Hand auf die Schulter des Doktors und lächelte.

»Und nun, Dr. Gamburg, da ich Ihnen den Rodhinsky gezeigt und diese wunderschöne Galerie gesehen habe, würde ich mich, sofern Sie nichts dagegen haben, gern eine Weile ausruhen. Mein Körper ist so erschöpft, daß ich ihn kaum mehr spüre.«

»Ich werde Sie zu Ihrem Zimmer begleiten«, sagte Dr. Gamburg und führte den Professor am anderen Ende der Galerie hinaus. Die beiden Männer gingen durch ein Raucherzimmer zu einem Treppenaufgang und hinauf zum Gästezimmer. »Schlafen Sie, solange Sie wollen«, sagte Dr. Gamburg jovial. »Sie sollten ausgeruht sein für das, was vor Ihnen liegt.« Und mit diesen Worten drehte sich Dr. Gamburg um und ging wieder die Treppe hinunter.

Professor Tarkhov zog sich in das Zimmer zurück und schloß die Tür. Es war geräumig wie alle Zimmer in diesem Haus. In ihm befand sich ein großes Bett auf vier Pfosten, mehrere Teppiche, ein Schrank im Kolonialstil sowie ein Schreibtisch. Auf dem Schreibtisch lagen ein Stapel Papier, ein Stift, daneben stand ein Telefon, ein Krug Wasser, ein Glas und ein Tablett mit Gurkensandwichs und Pralinen. Vor dem Tisch gab ein Fenster mit Spitzengardinen den Blick frei auf den Skulpturengarten und die Baumgruppe. Alles war geschmackvoll und komfortabel eingerichtet. So sehr dem Professor auch die Örtlichkeit gefiel, er konnte sie nicht einen Augenblick genießen.

Er zog den Mantel aus, legte ihn über das Bett und setzte sich an den Schreibtisch. Er berührte eines der krustenlosen Sandwichs mit den Fingern, drehte sich dann zum Telefon und nahm den Hörer ab. Er griff in die Jackettasche und zog ein Stück Papier heraus. »Midtown neun fünf acht, das Ansonia Hotel, bitte.«

Der Professor hörte auf das Freizeichen.

»Zimmer drei null neun, bitte.«

Wieder wartete er, wieder hörte er auf das Freizeichen.

»Arthur Brilovsky, bitte ... Ja, ich bin gut angekommen und werde dich wie vereinbart treffen ... Nein, ich glaube nicht, daß du dich freuen solltest, mich zu sehen«, sagte der Professor barsch und legte auf. Er nahm das Gurkensandwich, roch daran und ließ es angewidert zurück auf das Tablett fallen.

[11]

Während Harry Shortz in einem Zug in nördlicher Richtung nach Ten Lakes saß und zusah, wie die blattlosen Bäume an dem Abteilfenster vorbeirauschten, versuchte er, sich an Sylvia Lowensteins Gesicht zu erinnern. Er war immer noch außer sich über den Erpresserbrief, im Geiste sah er seine Zukunft ins Trudeln geraten wie ein chinesisches Jo-Jo, das vom Faden springt. Der Zeitpunkt der Drohung hätte kaum besser gewählt sein können, um ihm deutlich zu machen, daß ihm ein tiefer Fall bevorstand; ein Fall, so fühlte er, den er vermutlich kaum verhindern konnte. Er wäre ruiniert und blamiert, und er mochte gar nicht daran denken, wie Beverly und die Kinder die Nachricht aufnehmen würden. Von seinem Schwiegervater ganz zu schweigen.

Harry hatte die Erinnerung an Sylvia und Katrina Lowenstein seit so langer Zeit in seinem Innersten begraben, daß es ihm nun, da er ihre Namen in dem Erpresserbrief gelesen hatte, erschien, als sei die Vorstellung von ihrer Existenz wie aus dem Schatten eines lang vergessenen Traums hervorgetreten. Mit Ausnahme eines Mannes, der über sein Geheimnis gestolpert war und schon lange nicht mehr lebte, war es Harry gelungen, seine Beziehung zu Sylvia und Katrina vor der Welt geheimzuhalten. Nie hatte er es irgend jemandem gestanden – nicht ein einziges Mal in neunzehn Jahren, auch nicht seinen engsten Vertrauten –, daß er in den ersten Jahren seiner Ehe mit Beverly eine längere Affäre mit einer jungen Prostituierten aus Ungarn gehabt hatte. Er hatte sie eines Nachts, kurz nachdem er aus dem Krieg zurückgekehrt war, in einer Bar kennengelernt. Anfangs war ihre Beziehung rein geschäftlich gewesen, doch dann, mit der Zeit, verliebte sich Harry in sie, und die Vorstellung, sie mit anderen teilen zu müssen, gefiel ihm nicht mehr. Mit dem Geld und den Beziehungen der Familie seiner Frau, verhalf er Sylvia Lowenstein zu einem neuen Anfang, holte sie aus dem Bordell, in dem sie arbeitete und lebte, quartierte sie in einem Zimmer im West End ein und vermittelte ihr eine Stelle als Sekretärin in einer Werbeagentur. Anschließend verhalf er ihr ungewollt zu einer Schwangerschaft. Als sie sich weigerte, das Kind abzutreiben, und keine Anstalten machte, ihn aus seiner Verantwortung zu entlassen, tauschte Harry voller Scham und Reue Sylvias Schweigen und einen gewissen Abstand zu ihr gegen ein Landhaus in einem Ferienort in den Bergen ein, das etwa eine Stunde von der Stadt entfernt im Nordwesten lag.

Harry war sich nicht sicher, was ihn in Ten Lakes erwarten würde, doch er wußte, daß er auf den Brief hin nicht untätig in seinem Büro hätte sitzen bleiben dürfen; er mußte versuchen, Sylvia Lowenstein gegenüberzutreten und herauszufinden, was in aller Welt sie vorhatte, und mit wem genau sie gesprochen hatte.

Als der Zug in den Bahnhof von Ten Lakes einfuhr, war die Erde schneebedeckt, und der Wind hatte an Stärke zugenommen, so daß das eisige Pulver, mit dem auch die Schindeldächer und Geschäftsfassaden auf der Hauptstraße bedeckt waren, wie Windhosen in der Wüste spiralförmig in die Luft gewirbelt wurde. Im Bahnhof neben dem Ausgang saßen ein paar Taxifahrer auf Bänken und lasen schweigend Zeitung. Harry zog den Hut ein wenig tiefer in die Stirn, den Schal über das Kinn und ging zu ihnen hinüber. Ein älterer Mann mit einer erloschenen Zigarre zwischen den Zähnen blickte als erster von seiner Zeitung auf.

»Sind Sie frei?« fragte ihn Harry.

»Wo wollen Sie hin?«

»Pine Valley. Overlook Road. Hin- und Rückfahrt.«

»Aber sicher.« Der Mann stand auf, knöpfte sich den Mantel zu und zog sich die Klappen seiner Biberpelzmütze über die Ohren. Harry folgte ihm hinaus zu einem rostigen grauen Packard und ließ sich auf den Rücksitz fallen. Sie verließen die Stadt auf einer zweispurigen Straße, die um den Abilene Lake herumführte. Zwischen den Bäumen am Ufer konnte Harry sehen, wie der Schnee sanft von den Stränden her über die zugefrorene Oberfläche des Sees strich, als würde ihn ein unsichtbarer Besen vor sich hertreiben. Die beiden Männer fuhren schweigend über einen flachen Hügelpaß in ein Tal hinunter. Sie fuhren an einigen Häusern und einem Straßencafé vorbei und dann entlang einer Wiese, die in Morast überging.

»Das nächste Haus links ist es«, sagte Harry. Sie näherten sich einem zweistöckigen Haus, das dringend einen neuen Anstrich und ein neues Dach benötigte. Aus einem der Schornsteine stieg Rauch empor, der zur Wiese zog und über dem Schnee hing wie Nebel über einem Sumpf.

»Oh, das alte Haus«, sagte der Fahrer. »Ich weiß nicht mehr genau in welchem Monat, aber die Frau, die dort gelebt hat, ist im vorigen Jahr verstorben. Herzanfall, glaube ich. Hatte auf jeden Fall was mit dem Herzen zu tun.«

»*Was zum Teufel* ...«, glaubte Harry nur zu sich selbst gesagt zu haben.

»Das tut mir leid.«

»Meinen Sie wirklich die Frau, die in diesem Haus gelebt hat?«

»Ja, die meine ich. Ich hab ein paar Männer aus der Stadt zur Beerdigung rausgefahren. Sie haben sie ein bißchen weiter die Straße hoch an dem Aussichtspunkt unter ein paar Platanen begraben. Ich erinnere mich auch an die Tochter ... sie hat bis vor kurzem in dem Haus gewohnt, dann aber doch die Stadt verlassen. Komisch, daß mir ihre Namen nicht einfallen wollen.«

»Lowenstein?« fragte Harry. »Sylvia und Katrina?«

»Ja, das sind sie. Sylvia und Katrina Lowenstein.« Der Mann stoppte den Wagen vor dem Haus und betrachtete es. »An die Tochter Katrina kann ich mich gut erinnern. Es hat sie ganz schön mitgenommen. Eine echte Schönheit ist sie. Wie ihre Mutter. Aber ich kann mir nicht vorstellen, daß sie es einfach hatte als Tochter ihrer Mutter.«

»Warum?«

»Man kann nicht gerade behaupten, daß die Mutter besonders beliebt gewesen wäre bei den Frauen hier, wenn Sie wissen, was ich meine. Sie war eine ziemlich hübsche Frau, und, na ja, sagen wir mal, sie konnte sich nicht beklagen.«

»Ich verstehe«, sagte Harry, der sich immer noch nicht von der Neuigkeit erholt hatte. »Wissen Sie was … warum fahren Sie nicht zurück zu dem Café und holen mich in, sagen wir mal, rund zwanzig Minuten wieder ab?« Harry griff in seine Hosentasche und zog den Geldklipp heraus. Er bot dem Mann zwei Dollarnoten an. »Bestellen Sie sich, was Sie wollen.«

»Es wäre schön, aus der Kälte herauszukommen«, sagte der Mann mit einem Blick auf das großzügige Trinkgeld. Er nahm die zwei Dollar aus Harrys Hand. »Ich bin bald zurück.«

»In Ordnung«, sagte Harry.

Er sah zu, wie der Mann den Wagen wendete und die Straße zurückfuhr. Dann stand er draußen vor dem Haus und betrachtete es, die abblätternde Farbe, die herunterhängenden Fensterläden und Fliegengitter, das zerbrochene Geländer der Veranda. Er erinnerte sich, daß vor all den Jahren, als er Sylvia hierhergefahren hatte, um das Haus zu besichtigen, die Blumenbeete vor Narzissen überquollen, und der kleine Apfelbaumgarten in voller Blüte stand.

Harry stieg die Treppenstufen zur Veranda hinauf. Er öffnete die Fliegengittertür und klopfte mehrere Male an. Ein mürrisch dreinschauender Mann, unrasiert und ungekämmt, erschien in dem Fenster neben der Tür. Er trug einen abgewetzten Marinepullover und eine ausgebeulte hellbraune Hose.

»Was kann ich für Sie tun?« Der Mann wirkte auf Harry, als wäre er nur halb lebendig. Er sah erschöpft aus.

»Ich suche Katrina Lowenstein.«

Der Mann trat vom Fenster zurück und öffnete die Tür. »Soweit ich weiß, lebt sie schon eine ganze Weile nicht mehr hier.«

»Wissen Sie zufällig, wo sie sich aufhält?«

»Nein, ich miete dieses Haus nur für den Winter. Worum geht es?«

»Mein Name ist Carl Reese. Ich arbeite für die Reliance Bank. Meine Bank besitzt die Hypothek auf dieses Haus, und der Besitzer ist in Verzug. Ich bin hier, um den Wert der Immobilie zu bemessen.

Haben Sie etwas dagegen, wenn ich kurz reinkomme und mich umsehe?«

»Nein«, sagte er kopfschüttelnd. »Mein Tag ist eh schon ruiniert. Ich kann ihn genauso gut offiziell für verloren erklären.« Der Mann trat von der Tür zurück und ließ Harry eintreten.

Die beiden Männer standen in der Küche, einer geräumigen Landhausküche mit holzgefeuertem Herd und einem Ahorntisch, auf dem sich eine tragbare Schreibmaschine, ein Stapel Papier sowie ein paar Zigarettenpackungen befanden.

»Miss Lowenstein scheint eine Menge unerledigter Dinge am Hals zu haben«, sagte der Mann, während er nach einer Zigarette griff. Nachträglich bot er auch Harry eine an.

»Nein, danke«, sagte Harry.

»Ich habe schon seit zwei Nächten keinen Strom mehr.« Der Mann zündete sich die Zigarette an und blies den Rauch über seine Schulter. »Ich habe die meiste Zeit des Morgens damit verbracht, das Stromunternehmen ausfindig zu machen. Ich hätte nie gedacht, daß es so schwer sein kann, ein Stromunternehmen zu ermitteln. Aber jetzt, wo Sie da sind, ergeben die Dinge langsam etwas mehr Sinn.«

»Tut mir leid zu hören, daß Sie solche Unannehmlichkeiten haben.«

Der Mann drehte Harry den Rücken zu und ging zur Spüle. »Kann ich Ihnen etwas zu trinken anbieten?«

»Nein, vielen Dank.«

Der Mann nahm eine Teetasse aus dem Regal über der Spüle und stellte sie auf den Herd. Er goß sich heißes Wasser aus einem dampfenden Teekessel ein und preßte ein Zitronenstück aus, das auf einem angeschlagenen Keramikteller lag.

»Ich weiß, es macht nicht viel her, aber es beruhigt meine Nerven.«

»Wie war noch gleich Ihr Name?« fragte Harry.

»Daniel. Daniel Greely.«

Harry holte einen Stift und einen kleinen Notizblock aus der Innentasche heraus, die direkt auf seinem Pistolenhalfter auflag.

»Schriftsteller?« fragte Harry, auf die Schreibmaschine und den Papierstapel deutend.

»Ja.« Daniel Greely blickte zur Schreibmaschine und dem Papierstapel hinüber und erbleichte, als er Harry schreiben sah. »Was schreiben Sie da?«

»Ich notiere mir nur Ihren Namen, das ist alles.«

»Wofür?«

»Für etwaige Nachfragen, falls ich Sie noch einmal bezüglich Miss Lowenstein kontaktieren muß. Es ist wichtig, daß wir mit ihr in Verbindung treten, bevor wir die Hypothek verfallen lassen.«

»Mir wäre lieber, Sie würden mich da heraushalten.« Die Falten in Daniel Greelys Gesicht vertieften sich ein wenig.

»Ich werde nur im äußersten Notfall auf Sie zurückkommen, Mr. Greely.«

Greely nahm einen Schluck von dem heißen Zitronenwasser und neigte den Kopf, als würde er auf die Waffe unter Harrys Arm, unter seinen Mantel spähen.

»Was schreiben Sie?« fragte Harry.

»Dieses und jenes.« Greely hob den Kopf wieder. »Meistens Romane.«

»Irgend etwas, von dem ich gehört haben könnte?«

»Das bezweifle ich. Die meisten davon sind Schundromane.«

»Sie werden erstaunt sein. Ich reise viel und lese viel im Zug.«

»Ich möchte nicht wirklich darüber reden, wenn Sie nichts dagegen haben.«

»Natürlich, kein Problem.«

Daniel Greely wischte sich die Nase am Ärmel ab. »Bitte«, sagte er zu Harry, während er mit zitternder Hand die Teetasse abstellte, »schauen Sie sich um, solange Sie wollen. Ich bin gleich zurück.«

Harry sah dem sonderbaren Mann nach, wie er ins Wohnzimmer verschwand. Er hörte eine Tür quietschend aufgehen und dann zuschlagen. Als im Haus nichts mehr zu hören war, holte Harry die Pistole heraus, steckte sie in die Manteltasche und drehte vorsichtig ein Blatt des Papierstapels auf dem Tisch herum. »... *wenn ich dich mit dem Stiel einer Axt verprügle, dann wage bloß nicht, mit der Wimper zu zucken, denn die Zitronenscheiben, die ich in dein Lächeln ramme, und die Zitrusschalen, mit denen ich deine Augen aufstemmen werde, sollen dir zu keiner Zeit bedeuten, daß ich in irgendeiner Weise angesäuert wäre, sondern lediglich, daß ich genauso grausam bin wie alle Männer, die dich allein der skrupellosen Kunst zuliebe bei lebendigem Leibe mit einem Schälmesser ausweiden möchten …«*

Harry, der das Gefühl hatte, als würde ihn dieser Mann irgendwie durch die Wände hindurch beobachten, gab weiter seine Farce eines Bankangestellten zum besten. Während er sich in der Küche umsah, schrieb er auf den Notizblock: *Holzgefeuerter Herd aus Jaspis, Küchentisch, kleiner Geschirrschrank, Geschirr, Eisschrank.* Als er ins Wohnzimmer hinüberging, tauchte Daniel Greely wieder in der Kellertür auf und ging hinter das Sofa.

»Es erscheint mir etwas ungewöhnlich und strapaziös, sich in dieser Jahreszeit hier aufzuhalten«, sagte Harry freundlich, als er ihn sah. »Macht Ihnen das nicht gelegentlich zu schaffen?« Harry schrieb auf den Notizblock: *Sofa, Sessel, Schreibtisch, Läufer, Lampen (3).* Das Haus war immer noch mit den selben Möbeln eingerichtet, die er Sylvia zum Einzug gekauft hatte. Allerdings waren das Sofa und die Sessel mittlerweile abgenutzt und voller Flecken.

»Ich mag es so, wie es ist«, erwiderte Daniel. »Die Kälte stört mich nicht im geringsten.«

»Sind Sie aus der Stadt?«

»Nein, ich bin aus dem Westen hierher gekommen. Ich habe dort für Filmstudios gearbeitet.«

»Verstehe.« Harry ging zum Kaminsims hinüber und nahm ein Foto von Sylvia in die Hand, auf dem sie älter, aber noch immer jugendlich aussah, die dunklen ungarischen Augen voller Warmherzigkeit und Verschmitztheit. Am Arm hielt sie eine junge Frau, die eigentlich nur Katrina sein konnte. Sie war fast das genaue Ebenbild von Sylvia, etwas größer und stämmiger als ihre Mutter, aber immer noch schlank und feminin. Während Harry das Foto in der Hand hielt, fiel ihm etwas ein.

»Können Sie mir sagen, Mr. Greely, wer für dieses Grundstück zuständig ist?«

»Ja«, sagte er. »Ich habe die Vereinbarungen mit Donello & Sons getroffen. Auf der Main Street Nummer siebenundvierzig, glaube ich.«

»Gibt es einen bestimmten Ansprechpartner?«

»Frank Donello.«

»Sehr gut.« Harry schrieb sich Namen und Adresse auf. Dann schaute er kurz ins Arbeitszimmer und notierte sich die wenigen Sachen, die sich darin befanden: *Radio, Couch, Eßtisch.* »Ich werfe nur noch einen Blick nach oben, dann bin ich auch schon wieder weg.«

»Ich bin in der Küche und arbeite«, sagte Greely.

Harry stieg die Treppe in den ersten Stock hoch, wo es zwei Schlafzimmer und ein Bad gab. In einem der Schlafzimmer stand eine leere Staffelei, um die eine Palette und Farbtuben verstreut lagen. Der Schreibtisch neben der Palette zog seine Aufmerksamkeit auf sich, und er begann, einen Stapel von Papieren durchzusehen. Unten im Stapel fand er einen Zettel, auf dem der Name Benny Rudolph neben einer Telefonnummer notiert war. Harry brauchte einen Moment, bis ihm einfiel, woher er den Namen kannte, da es schon eine Weile zurücklag, seit er ihn das letzte Mal gehört hatte, doch dann erinnerte er sich, daß Pally und Ira Rudolph wegen Erpressung im Auftrag des Syndikats geschnappt hatten; Rudolph hatte die Apotheker der Stadt so lange verprügelt, bis sie sich einverstanden erklärten, das Heroin des Syndikats unterm Ladentisch zu verkaufen.

Harry war verblüfft. Seine Verblüffung steigerte sich noch, als er an den Zettel geheftet ein altes, abgegriffenes Foto entdeckte, auf dem er mit Sylvia abgebildet war. Sie hatten das Foto gemacht, während sie zusammen auf einem Kurzausflug außerhalb der Stadt gewesen waren. Die beiden mit Farbe beschmierten Gestalten waren durch eine schwarze Linie getrennt. Harry nahm den Zettel und das Foto und steckte beides in die Tasche seines Jacketts. Dann blätterte er den Papierstapel noch einmal sorgfältig durch, konnte jedoch nichts finden, was ihm wichtig erschienen wäre. Er fragte sich, was Katrina wohl mit Rudolph zu tun hatte und woher sie sich kannten.

Unten saß Greely wieder in der Küche vor der Schreibmaschine und tippte, zwischen den Lippen eine glänzende Zitronenscheibe. Als er Harry sah, spuckte er, ohne seine Arbeit zu unterbrechen, das ausgelutschte Zitronenstück auf den Tisch. »Fertig?« fragte er über das Geklapper der Tastenanschläge hinweg.

»Ja«, antwortete Harry und steckte den Notizblock in die Tasche. »Vielen Dank, daß Sie mich hereingelassen haben. Sie haben mir sehr geholfen.«

»Keine Ursache«, sagte Greely und unterbrach das Tippen für einen Moment.

Harry blickte aus dem Fenster und sah, daß das Taxi zurückgekommen war. Er wollte sich gerade verabschieden und das Haus verlassen, als er sich noch einmal zu Greely umdrehte. »Fast hätte ich den Keller vergessen.«

»Fast hätte er den Keller vergessen«, sagte Greely zur Schreibmaschine.

»Es wird nur eine Sekunde dauern«, versprach Harry und blickte Greely erwartungsvoll an. Doch Greely saß dort wie versteinert, während ihm die Zitronensäure Tränen in die dunklen Augen trieb.

Harry ging zur Kellertür, schaltete das Licht ein und stieg die Treppe hinunter. Von unten konnte er durch den Dielenboden hindurch das kraftvolle Klappern von Daniel Greelys Getippe hören. Es war ein Keller mit unbefestigtem Boden, an dessen Wänden sich Klafterholz stapelte. Daneben lagen ein paar metallene Waschzuber, ein alter verrosteter Rasenmäher und ein Haufen Mausefallen. An der Wand, die zur Straße hin lag, hing von einem Deckenbalken eine an Metallhaken befestigte Bootsplane bis auf den Boden herab. Als Harry zu der Plane hinübergehen wollte, hörte Greely plötzlich zu tippen auf. Harry konnte das dumpfe Geräusch des zuschlagenden Schreibmaschinenkoffers hören, das zuschnappende Schloß. Er hörte Greely ins Wohnzimmer gehen und wieder zurück in die Küche, dann öffnete sich die Haustür, das Fliegengitter knallte gegen den Türpfosten und knackte wie ein gefrorener Ast, der im Sturm bricht. Mit der geöffneten Tür strömte ein kalter Luftzug zwischen den

Dielenbrettern hindurch in den Keller, und die Plane bewegte sich quietschend an den Haken. Harry, den ein ungutes Gefühl überkam, zog seine Pistole aus der Manteltasche, näherte sich vorsichtig der Plane, streckte die Hand danach aus, schob die Plane beiseite und fand dahinter etwa fünfzig an der Wand aufgestapelte Kisten vor, auf denen das Gesicht von Murray Crown prangte: »Crown Saltcrisp Crackers«.

Crown Crackers, nur wenige Meter von American Allied entfernt in den Southside Docks gelegen, war Murray Crowns offizielles Unternehmen. Neben der Herstellung von Morphin, das an Krankenhäuser, Apotheken und Arztpraxen geliefert wurde, versorgte American Allied auch Johnny Mann und Jerzy Roth mit Heroin, Laudanum und Rauchopium, das über das landesweite Netzwerk der Gangster an die erpreßten Apotheken verteilt wurde. Crowns Lastwagenflotte besorgte die Auslieferung.

Harry, der für die Presse schon häufiger vor großen Stapeln konfiszierter Crown-Crackers-Kisten posiert hatte, wußte sehr gut, was ihn erwartete. Er öffnete eine der vor ihm stehenden Kisten und stellte fest, daß sie mit verkaufsfertigen Heroinpäckchen gefüllt war. Er hob den Griff der Pistole an den Kopf und begann auf und ab zu laufen. Er wußte nun, warum die Eigentumsurkunde auf seinen Namen übertragen worden war.

Harry steckte die Waffe zurück ins Halfter und stieg die Treppe hoch. Der Küchentisch war leergeräumt, die Fliegengittertür schlug im Wind schwingend gegen das Haus. Harry trat nach draußen und schloß die Tür hinter sich. Er konnte sehen, daß die Fußabdrücke von Daniel Greely in den schneebedeckten Morast führten.

»Sind Sie soweit?« fragte der Taxifahrer, als sich Harry auf dem Rücksitz niederließ.

»Ja«, antwortete Harry, als hätte man ihm gerade erst mit einem Holzknüppel auf den Kopf geschlagen.

»Merkwürdig, daß ein Mann mit Schreibmaschine und einer großen Tasche ausgerechnet in diese Richtung läuft.«

Harry schwieg. Ihm war nicht nach Plaudern zumute.

»Muß wohl einen Bekannten auf der anderen Seite des Hügels haben.«

Harry blieb stumm.

»Wohin möchten Sie?« fragte der Taxifahrer.

»Zurück in die Stadt. Zu Donello & Sons auf der Main Street.«

»Kein Problem.« Der Taxifahrer setzte aus der Einfahrt zurück und fuhr los. Während sie an der Wiese entlangfuhren und das Haus hinter ihnen kleiner wurde, verschwand die Fassade schon bald im herumwirbelnden Schnee.

»Ich dachte, Sie hätten vielleicht Lust auf eine Tasse heißen Kaffee«, sagte der Taxifahrer zu Harry und reichte ihm eine Thermoskanne nach hinten. »Ich hab sie aufgefüllt, also bedienen Sie sich nur. Der Becher ist sauber.«

»Danke.« Harry hielt die warme Thermoskanne einfach nur auf seinem Schoß umfaßt. Alles, woran er denken konnte, war, daß man ihm etwas anzuhängen versuchte, daß sich Katrina und Benny Rudolph kannten und daß die ganze Sache noch viel schlimmer aussah, als er anfangs befürchtet hatte.

»Während ich im Café auf Sie gewartet habe, bin ich mit Peggy ins Gespräch gekommen«, sagte der alte Mann, während sein Blick auf die Straße gerichtet blieb. »Sie hat mir erzählt, daß Katrina vor rund drei Monaten Ten Lakes verlassen hat.«

»Hat sie sonst noch etwas gesagt?«

»Nur, daß zwei wirklich große Kerle dagewesen seien und sie in einem schicken Wagen abgeholt hätten. Die beiden hätten auf dem Weg zum Haus im Café haltgemacht. Sie hätten in einer Ecke gesessen und sich über ein Kartenspiel oder sowas gestritten. Sie sagte, sie könne sich deshalb so gut an den Tag erinnern, weil sie eine starke Grippe gehabt hätte und daher früher zugemacht habe ... Was hat sie sonst noch erzählt? Sie meinte nur, daß man Sylvia hier übel mitgespielt habe, und daß sie es einfach nicht verdient hätte, so schlecht behandelt zu werden. Das war alles.«

»Vor drei Monaten also.«

»Ganz genau.«

Als die beiden Männer wieder im Zentrum von Ten Lakes angelangt waren, ließ der Taxifahrer Harry vor dem Immobilienbüro Donello & Sons aussteigen. Harry gab dem Mann die Thermoskanne zurück, bezahlte ihn und verabschiedete sich. Das Büro von Donello & Sons war in einem kleinen, schlichten Ladenlokal untergebracht, an dessen Schaufensterfront einige am Seeufer gelegene Häuser und Ferienvermietungen angeboten wurden. Als Harry durch die Eingangstür trat, ertönte das Klingeln einer an der Türklinke befestigten Glöckchentraube, und ein kleiner korpulenter Mann Mitte Fünfzig, der eine Marinejacke und eine dunkle Hose trug, kam Harry mit einem aufgesetzten Lächeln entgegen.

»Schönen guten Tag. Wie geht es Ihnen?«

»Danke, gut. Sind Sie vielleicht Frank Donello?«

»Ja, der bin ich. Was kann ich für Sie tun?«

»Nun, ich komme gerade von dem Haus der Lowensteins, und der Mann, der dort wohnt, erzählte mir, daß Sie für das Grundstück zuständig seien. Ist das richtig?«

»Ja.« Das Lächeln verschwand plötzlich von Frank Donellos Gesicht, das nun einen leicht verwirrten Ausdruck annahm. Er musterte Harrys maßgeschneiderten Anzug und seinen teuren Hut. »Sind Sie an dem Haus interessiert?«

»Nein«, erwiderte Harry, nun seinerseits lächelnd. »Nein. Ich versuche, Katrina Lowenstein in einer dringenden Angelegenheit ausfindig zu machen und habe mich gefragt, ob Sie eventuell ihre Adresse haben?«

»Oh, ich verstehe«, sagte der Mann. »Aber sicher, ich habe sie. Ich schicke ihr jeden Monat den Scheck zu. Warten Sie, ich hole sie.« Frank Donello ging zu seinem Schreibtisch und zog eine Karte aus einem Karteikasten. Er schrieb die Adresse auf einen Zettel und kam dann zu Harry zurück. »Bitteschön, hier ist sie«, sagte er, hielt den Zettel jedoch seitlich an seinen Oberschenkel. »Worum geht es denn bei dieser dringenden Angelegenheit, wenn ich fragen darf?«

Harry, der keine Geduld für so etwas hatte, streckte seine Hand nach der Adresse aus.

»Kenne ich Sie nicht von irgendwoher, Mister?« fragte Mr. Donello.

»Ich glaube kaum«, entgegnete Harry.

»Sie kommen mir schrecklich bekannt vor. Kommen Sie aus der Stadt?«

»Ja.«

»Meine Frau und ich verbringen im Winter viel Zeit in der Stadt, bei ihrer Schwester.«

Harry schüttelte den Kopf.

»Wenn ich es mir recht überlege, sehen Sie verdammt so aus, wie ...«

Während Mr. Donello redete, hob er zögerlich den Arm. Er wollte gerade Harrys Namen aussprechen, da nahm der ihm den Zettel ab. »Vielen Dank, Mr. Donello«, schnitt Harry ihm das Wort ab.

Frank Donello war völlig perplex. »Ja«, sagte er. »Keine Ursache.«

»Einen schönen Tag noch, Mr. Donello.« Harry verließ das Büro. Als er draußen war, las er die Adresse, die Frank Donello ihm aufgeschrieben hatte: *Beekman Frauenhotel. 470 Central Boulevard. Zimmer 8F.* Er steckte den Zettel in die Tasche und machte sich auf den Weg zum Bahnhof. Er stapfte durch den Schnee, sank darin ein und spürte seine Beine unter ihm nachgeben. Er hatte das Gefühl, als bestünde er nicht aus Fleisch und Knochen, sondern aus etwas Unbeständigerem wie Lehm oder Wachs. Er konnte sich nicht helfen, doch er spürte, wie sich die Materie, die ihn zu dem hatte werden lassen, was er war, zersetzte, wie sie sich von dem Zustand, der aus ihm erst einen Menschen machte, zügig in etwas verwandelte, das aus einem Menschen ein geringeres Wesen werden ließ.

[12]

Nachdem Freddy Stillman Cuccios Bäckerei verlassen hatte, lief er eine Zeitlang ziellos durch die Straßen. Als er die arktischen Winde und das Gefühl der beißenden Kälte in Fingern und Zehen nicht mehr ertrug, machte er sich auf den langen Abstieg zur Bahnstation am Central Boulevard. Über dem Bahnsteig hing ein Kachelmosaik mit unscheinbaren, in mehreren Reihen zusammengedrängt dastehenden Gestalten, die ruhig und mit leerem Blick warteten. Freddy zwängte sich in die schmale Lücke zwischen der Menschenmenge auf dem Bild und der Menschenmenge auf dem Bahnsteig. Er rückte so weit vor, bis die unbeweglichen Körper vor ihm dermaßen stark gegen seinen Rücken, seine Schultern und seine Brust drückten, daß ihm nichts anderes übrigblieb, als ruhig stehen zu bleiben und mit leerem Blick zu warten.

Als die Bahn einfuhr, strömten die Körper vom Bahnsteig wie durch ein Sieb in die Waggons, wobei sie sich bewegten wie kleine, in traditionelle Kimonos gezwängte Japanerinnen. Freddy schob seine Hand in eine der rissigen Lederschlaufen, und während er gegen die gleichen Leute stieß, an die er sich schon auf dem Bahnsteig gedrängt hatte, dachte er über den Druck nach, den die Lederschlaufe auf sein nacktes Handgelenk ausübte. Ein Stück gespannten rosa Fleisches. Es erinnerte ihn an das Blut, das von seinem Herzen aus durch seine Beine gepumpt wurde. Es erinnerte ihn an das Aussehen eines toten Körpers, wenn das Blut auslief, wenn der Körper sein gesamtes Blut verlor und in der Sonne steif wurde. Er sah, wie die Gesichter in den schiefergrauen Fenstern dunkel zu ihm zurückgeworfen wurden, ohne Detail und ohne Empfindung. Seines war das dunkelste von allen. Er war ohne Augen und Mund, vornübergebeugt. Sein Bild schleifte an der stählernen Verkehrsader entlang, die parallel zur Bahnstrecke verlief. Plötzlich zeichnete sich vor seinen Augen das Bild ab, das er im Kopf gehabt hatte, als er mit den Polizisten gesprochen hatte, das Bild der Hände, die Janice im Fenster auf der anderen Seite des Luftschachts erwürgten. Er sah den taubenblauen Morgenmantel mit der offenen Schärpe, den kleinen Streifen nackter Haut an ihrem Bauch, eine rotbraune Haarlocke, die vor ihrer Nase hing. Und er sah mit einem Mal sich selbst in diesen Händen, sah auf der anderen Seite des Luftschachts seinen eigenen Hals im Griff dieser Händen.

Als sich die Türen an der Station Fünfundachtzigste Straße öffneten, zwängte er sich durch die Menge der Passagiere hindurch und trat auf den Bahnsteig. Sein Körper bewegte sich kaum, während er die Treppe hinaufstieg, und seine Gedanken waren so still wie der karge Mond, der ihm am Parkrand entlang folgte. Das Mondlicht verlor sich in der Atmosphäre, im schwächer werdenden Nachmittagslicht, und verschwand, als Freddy Jacks Kellertaverne in der dreiundachtzigsten Straße betrat.

Während der Prohibition kannte man Jacks Kellertaverne unter dem Namen Porter Club, eine noble Flüsterkneipe mit Spieltischen, die in die Wände eingebaut waren, und einer makellosen Theke aus Rosenholz, mit Messinglampen, Glasvitrinen, Buntglas und einer Reihe von in den Fußboden eingelassenen Safes. Inzwischen war die Bar etwas heruntergekommen, und die aus der Wand ausziehbaren Spieltische waren durch Holztische ersetzt worden, in deren dicken Schellack im Laufe der Jahre etliche Initialen eingeritzt worden waren.

»Du bist früh dran«, sagte Jack zu Freddy, während er die Theke mit einem feuchten Lappen abwischte. Jack, ein stämmiger Mann mit verlebtem Gesicht, hatte den Porter Club früher geleitet, mittlerweile gehörte ihm der Laden. Er legte den Lappen beiseite, drehte ein grüngetöntes Glas um und schenkte Freddy einen doppelten Bourbon ein.

»Ich rede heute nicht«, erwiderte Freddy, als er den Whisky von der Theke nahm und einem alten mürrischen Pärchen, das er flüchtig kannte, am anderen Ende der Theke zunickte.

»Jedem das Seine«, gab Jack zurück. »Jedem das Seine.«

Jack lehnte sich zu Freddy hinüber, woraufhin der sich höflichkeitshalber über die Theke beugte, um ihm auf halbem Wege entgegenzukommen.

»Sie haben Victor entlassen«, flüsterte Jack. »Er sitzt da drüben.«

»Ist das wahr?« fragte Freddy sichtlich überrascht.

»Überzeug dich selbst.«

Freddy folgte der vorgegebenen Richtung von Jacks Finger und entdeckte in der äußersten Ecke des Raumes Victor Ribes regungslosen Hinterkopf. Freddy hätte den Hinterkopf seines alten Kumpels und Kriegskameraden überall auf der Welt erkannt. Sein weiches, braunes, flauschiges Haar stand stets in Büscheln ab, als wäre es schaumig geschlagen worden. Ohne Victors Hinterkopf aus den Augen zu lassen, ging Freddy zum gegenüberliegenden Ende des leeren Schankraumes, zu einer der hinteren Sitzecken neben den Toiletten, wo es nach Zedernholzspänen und abgestandenem Bier roch. Er fühlte sich noch nicht bereit, hallo zu sagen.

»Na, Freddy, wenn das keine Überraschung ist?«

Freddy drehte sich zu der vertrauten Stimme um und sah Gloria Lime aus der Damentoilette kommen. Ihre tiefen Grübchen und zerbrechlich wirkenden blaßgrünen Augen schimmerten im gelblichen Licht der Bar.

»Gloria? Wie kommt es, daß ...«

»Hast du was dagegen, wenn ich ...« Gloria nahm ihren Drink vom Tisch neben Freddy und lehnte sich zu ihm hinüber.

Freddy stockte kurz und schüttelte dann den Kopf. Damit hatte er nicht gerechnet. »Nein, überhaupt nicht. Natürlich nicht.«

Gloria schob Freddys Sachen beiseite, rutschte mit ihrer fülligen Figur über die Lederbank der Sitznische und machte es sich bequem. Sie nahm Freddys freie Hand und zog sie zu sich heran. »Hast du Victor gesehen?« flüsterte sie.

»Ja, ich habe ihn gesehen.«

»Ich hab ihn nicht angesprochen. Ich konnte mich nicht überwinden. Ich sag dir, Freddy, er jagt mir ganz schön Angst ein.«

»Weißt du Genaueres? Wie kommt es, daß er ...?«

»Auf Bewährung entlassen ... Ich hab ihn mit Jack reden hören.«

»Verstehe.« Freddy streichelte über Glorias Hand und ließ sie dann los. »Ich schätze, das kommt hin. Es ist lange her.« Er nahm einen Schluck aus seinem Glas und sah Gloria nicken. Er fühlte sich von ihr gleichermaßen angezogen wie abgestoßen.

»Ja, das ist lange her«, sagte Gloria nachdenklich und wandte sich ab. Sie sah zu Victor hinüber, dann wieder zu Freddy. »Ich weiß nur, daß er damals unheimliches Glück gehabt hat, nicht auf dem Stuhl gelandet zu sein.« Gloria hob ihre Stimme ein wenig, und Freddy spürte Wut in sich aufsteigen. »Verdammt großes Glück.«

»Sag mal«, setzte Freddy an, der ganz offensichtlich das Thema wechseln wollte, »wohnst du immer noch dort?«

»Ja.« Gloria griff graziös nach dem Strohhalm und nahm einen Schluck von ihrem Drink. »Ich wohne immer noch dort und arbeite auch immer noch im Club. Ich kann wirklich nicht behaupten, daß sich viel verändert hat, seit wir uns das letzte Mal gesehen haben.«

»Aber bei dir ist alles in Ordnung?« Zu Freddys eigener Überraschung klang seine Stimme liebevoll.

»Eigentlich kann ich mich nicht beklagen«, antwortete sie und reagierte auf den Klang von Freddys Stimme mit einer kurzen Pause. »Du weißt ja, wie das ist, Freddy. Einige Sachen werden kompliziert, und andere, nun ja, andere halt nicht.«

»Stimmt«, pflichtete ihr Freddy bei, dem mit einem Mal die ganze Verworrenheit seines Lebens bewußt wurde.

»Wie steht's mit dir?«

»Du kennst mich. Die Dinge könnten immer ein bißchen besser laufen.«

»Hast du Evelyn in letzter Zeit gesehen?«

»Nein.« Freddy drehte das Glas in der Hand.

»Ich hab gehört, sie hat geheiratet und ein Kind bekommen.«

Freddy drehte weiterhin das Glas in der Hand. Er wollte mit Gloria nicht darüber reden. Nicht mit Gloria.

»Es tut dir noch immer weh, nicht wahr?«

»Nicht mehr so sehr«, log Freddy. In dem Spiegelbild, das sich in seinem Glas brach, konnte er sehen, wie Glorias Gesicht einen traurigen Ausdruck annahm. »Ich habe andere Sachen im Kopf.«

»Ist das wahr?«

Freddy blickte vom Glas auf und schaute auf die Locken ihres blonden, schulterlangen Haars. Er haßte sie. Er haßte alles an ihr. »Ich bin ein paarmal im Club gewesen, gar nicht lange her.«

»Wirklich?«

»Aber du warst irgendwie nie da.«

Gloria beugte sich ein wenig zu Freddy hinüber. »Du hättest einfach bei mir zu Hause vorbeischauen sollen.«

»Ich schätze, das hätte ich tun sollen«, sagte Freddy und sah wieder auf den Tisch hinunter, auf die Leerräume zwischen Glorias Fingern. So war es immer mit Gloria und ihm. Egal, wo sie sich befanden, egal, wie sehr sie sich auch bemühten, einander nicht begehrenswert zu finden, es zog sie zueinander hin.

Gloria hob ihre Hand und legte sie um Freddys Kinn. »Um ehrlich zu sein, ich hab dich ganz wahnsinnig vermißt.«

Freddy lächelte beinahe. Ihre Hand berührte ihn noch, als er sich, ohne es eigentlich so zu meinen, sagen hörte: »Ich habe dich auch vermißt.« Direkt danach überkam ihn ein schlechtes Gewissen. Doch so schuldig er sich auch fühlte und so unerwartet ihm Gloria Lime begegnet war, Freddy spürte überraschenderweise, wie sich etwas in ihm ausbreitete, als hätte sich ein kleiner Fallschirm in seiner Brust geöffnet. »Ich wollte anrufen, aber … ich meine, das ist schon komisch, dich hier so zufällig zu treffen.«

»Hör zu«, sagte Gloria, Freddys Gesicht musternd. »Was hältst du davon, wenn du mich morgen abend ausführst? Im Castaway läuft ein neuer Film, den ich gerne sehen würde. Wir essen was und sehen uns den Film an.«

»Ich kann nichts … ich sollte nichts … versprechen, Glory. Aber ich werde dich anrufen. Was meinst du?«

»Ich meine, daß du immer noch der alte Freddy bist, wie ich ihn kenne, das meine ich.« Glorias Stimmung schlug um. Ihr Gesicht nahm einen niedergeschlagenen Ausdruck an, sie wollte aufstehen.

»Warte einen Moment, Glory, warte.« Freddy griff nach ihrer Hand und packte sie so fest, als würde sie ihn davor bewahren, von einer Klippe zu stürzen. »Um wieviel Uhr?«

Gloria sah auf seine Hand, nahm sie zärtlich und legte sie zurück auf den Tisch. Ihr Gesicht hellte sich wieder auf. »Wir treffen uns um sieben im Café neben dem Kino.«

»In Ordnung. Ich werde da sein.«

»Das ist wohl das mindeste, was du tun kannst.«

Freddy versuchte Gloria freundlich anzulächeln, war sich jedoch nicht sicher, ob es ihm gelang. Gloria leerte ihr Glas, packte sich warm ein und verabschiedete sich.

Auf ihrem Weg nach draußen wurde Gloria die Doppeltür von zwei korpulenten Männern aufgehalten, die Freddy noch nie zuvor gesehen hatte. Einer der beiden trug einen schmalen Oberlippenbart, der andere hatte eine leuchtend rote Nelke im Knopfloch seines Mantels stecken. Als Gloria an ihnen vorbei die Treppe hinaufstieg und mit ihrem im Kragen vergrabenen Gesicht in die dampfende Kälte hinaustrat, bewunderten die beiden ausgiebig ihre bestrumpften Waden. Mit offenkundiger Befriedigung, welche sich in hochgezogenen Augenbrauen und heruntergezogenen Mundwinkeln äußerte, ließen sie die Türen los und stolzierten zur Theke, wobei ihre Bäuche aus den geöffneten Mänteln hervorquollen.

Während die Männer Drinks bestellten, ließ sich Freddy noch einmal die Unterhaltung, die er am Mittag mit Feldman geführt hatte, durch den Kopf gehen, und ihn überkam die Befürchtung, daß der Drink, den er gerade zu sich nahm, sein letzter sein könnte. Das durfte er nicht hinnehmen. Er wollte gründlich besoffen sein, wenn seine Zeit gekommen wäre. Er wollte gründlich besoffen die Behaglichkeit seiner Wohnung genießen. Und im selben Moment hatte er sich entschieden, ohne Umschweife damit zu beginnen.

Als Freddy jedoch aufstehen und die Bar verlassen wollte, drehte sich Victor um und starrte quer durch den Schankraum in seine Richtung. Victors langer Unterkiefer und seine eingefallenen Augen hätten manch einem bedrohlich erscheinen mögen, doch auf Freddy wirkte Victor einfach nur müde. Er sah so traurig aus wie eine Klarinette mit gesplittertem Rohrblatt und trockenen, rissigen Fingerklappen, alt, verwittert und verbraucht. Mit seinem langen Oberkörper erhob sich Victor von der Bank und ging auf Freddys Sitznische zu. Die beiden Männer an der Theke drehten sich um, folgten Victor mit den Augen, während er den Raum durchquerte.

»Hast du was dagegen, wenn ich mich zu dir setze, Freddy?« fragte Victor und zeigte auf die Sitzbank.

»Nein«, sagte Freddy in schneidendem Ton.

Als Victor sich setzte, fiel ihm eine Haarsträhne in die Stirn. Er strich sie mit den Fingern zurück und betrachtete Freddy. »Hör zu«, sagte er mit Widerwillen in der Stimme, »egal, was passiert ist, du und ich, wir kennen uns, nicht wahr?«

»Wenn ich mich recht entsinne«, entgegnete Freddy nun freundlicher, »hast du mir mindestens ein- oder zweimal das Leben gerettet ... Schön, daß du draußen bist.«

»Danke.«

»Ich habe gehört, man hat dich auf Bewährung entlassen.«

»Wer hätte das gedacht«, sagte Victor und verzog das Gesicht zu einem kaum wahrnehmbaren Lächeln. Er kratzte sich am Daumen und wandte sich langsam zur Theke um, zu den zwei Männern, die beide gleichzeitig ihre Gläser an die Lippen hoben.

»Tut mir leid, daß ich dich nie besucht habe«, sagte Freddy, »aber Evelyn gefiel die Vorstellung nicht, ganz und gar nicht. Und, na ja, ich war nicht gerade gut darin, mit ihr zu streiten.«

»Wie geht es ihr, Evelyn?«

»Um die Wahrheit zu sagen, ich weiß es nicht.«

»Was ist passiert?«

»Sie hat letztes Jahr Schluß gemacht, ist in die Innenstadt gezogen.«

»Tut mir leid zu hören.«

»Braucht dir nicht leid zu tun. Sie ist glücklich. Sie hat wieder geheiratet und ein Kind bekommen.«

»Ihr beiden habt zusammen immer glücklich gewirkt«, brachte Victor heraus.

Freddy zuckte mit den Schultern. »Ich habe bekommen, was ich verdiene«, sagte er trübsinnig.

»Na ja, jedenfalls hatte Evelyn recht damit, dich nicht zu mir zu lassen. Ich habe mich euch gegenüber nicht anständig benommen, nachdem ich abhängig geworden war. Ihr hattet guten Grund, euch von mir fernzuhalten.«

»So war das nicht.«

»Vielleicht hast du es nur vergessen.«

»Vielleicht habe ich das«, sagte Freddy nachdenklich. »Aber glaub mir, was auch immer damals geschehen ist, es ist längst vergangen.«

»Wenn du es so siehst.«

»Ja, so sehe ich es.« Freddy leerte den Drink, und als er zu den beiden Männern schaute, die ihn von der Theke aus musterten, wurde sein großer Durst noch größer. »Wo wohnst du?«

»Im Fuller House. Bis ich wieder auf die Beine komme.«

»Was hat dich hierher geführt?«

Victor blickte über seine Schulter, dann wieder zurück zu Freddy. »Hast du die beiden da schon mal gesehen?«

»Nein, noch nie. Warum?«

»Ich habe nur so ein ungutes Gefühl.«

»Ja«, sagte Freddy, »ich weiß genau, was du meinst.« Er schaute auf das leere Glas, schaute zu den beiden an der Theke und dann zu Victor. »Was hältst du davon, wenn wir zu mir gehen. Ich habe eine volle Flasche zu Hause. Wir gönnen uns ein paar Drinks und erzählen, was alles passiert ist.«

»Einverstanden, warum nicht.«

Freddy und Victor standen auf, streiften sich die Mäntel über und machten sich nach draußen auf. Doch bevor sie die Tür erreichten, stellten sich ihnen die beiden Männer in den Weg.

»Victor Ribe«, erklärte der mit dem Oberlippenbart. Bevor Victor antworten konnte, standen die Männer neben ihm, und der mit der Nelke im Knopfloch schob Freddy sachte mit einer Hand auf der

Brust zurück in Richtung Schankraum. Sobald Freddy weit genug entfernt war, zupfte er sich schnell die Nelke aus dem Knopfloch und legte sie auf die Theke. Ob Victor sich zu wehren versuchte, als ihn die zwei Männer am Arm nahmen, war nicht zu erkennen. Jedenfalls überwältigten ihn die beiden Kolosse. Mühelos zogen sie ihn aus Jacks Taverne heraus, die Treppe hinauf und auf die Straße.

»Wer sind die beiden?« fragte Freddy Jack, als die Tür sich schloß.

Jacks hartes Gesicht blieb ungerührt. »Rauschgiftfahndung.«

»Was glaubst du, werden sie mit ihm machen?« Freddy fühlte sich plötzlich erleichtert, daß es nicht ihn erwischt hatte.

Jack machte keine Anstalten zu antworten.

Freddy trat ans Fenster, konnte jedoch nichts sehen. »Meinst du, ich sollte versuchen, einen Polizisten zu finden?«

»Es sind Polizisten.«

Freddy stand besorgt da, wartete auf ein Zeichen, daß es vorüber war.

Ein paar Minuten darauf kamen die dicken Männer wieder die Treppe hinunter, wobei sie sich die Fingerknöchel rieben und ihre Mäntel glattstrichen. Als sie die Bar betraten, steckte sich der Nelkenmann seine Blume zurück ins Knopfloch, während der andere Jack ein paar Münzen in die Hand drückte. Beide atmeten schwer auf ihrem Weg nach draußen, und obwohl sie ruhig und gelassen wirkten, hatten sie weitgeöffnete Augen und zitterten leicht.

Freddy wollte ihnen nach draußen folgen.

»Freddy«, rief Jack.

Freddy drehte sich um.

»Den wirst du brauchen können.« Jack warf ihm von der Bar aus einen Lappen zu.

»Danke.«

Freddy trat auf die Straße hinaus, in den Dunst der Frühwinterdämmerung, und sah Victors Beine zwischen einer Ansammlung von Mülltonnen herausragen.

GLOBE METRO REPORT, 23. MAI 192-

VICTOR RIBE SCHILDERT SEINE VERSION

EIN EXKLUSIVBERICHT VON SAM RAPAPORT

FARNSWORTH – Nachdem er einen Monat seiner 25jährigen Haftstrafe im Gefängnis von Farnsworth verbüßt hatte, wirkte Victor Ribe, der im April für den Doppelmord an dem Ermittler der Alkohol- und Rauschgiftbehörde Maurice Klempt sowie dem Drogenhändler Boris Lardner verurteilt worden war, alles andere als angeschlagen. Als er schließlich Gelegenheit bekam, die Vorfälle aus seiner Sicht zu schildern, waren seine Augen klar, seine Sprache präzise und seine Konzentration hundertprozentig. Victor Ribe war in Hochform.

Das hatte noch völlig anders ausgesehen, als sich Ribes Verteidiger Lenny Shapiro vorigen Monat nicht darauf einließ, Ribe aussagen zu lassen. Und wer hätte es dem Verteidiger verdenken wollen? Der drogenabhängige, unter einem kalten Entzug leidende Ribe hatte nicht ein einziges klares Wort hervorbringen können. Heute hingegen sprudelte es nur so aus ihm heraus.

Den Worten Victor Ribes zufolge nahmen die blutigen Vorfälle, die sich im Schatten der Hochbahn an der Ecke Proctor Street und Shrine Avenue ereigneten, ihren Anfang, als Victors Blick zufällig nach oben zu den Bahngleisen wanderte. Im gleichen Augenblick sah er seinen alten Kriegskameraden und persönlichen Drogenhändler Boris Lardner in dessen weißen Apothekerkittel durch die Luft fliegen.

Ribe konnte zunächst nicht glauben, was er sah. Er hatte auf Lardner gewartet, weil er dringend einen Schuß brauchte. Im ersten Augenblick dachte Victor, das Ganze wäre eine Halluzination, die sich auflösen würde, sobald er sich die Augen rieb.

Daraus wurde nichts. Victor blinzelte einige Male, doch Boris Lardners fliegender Körper verflüchtigte sich nicht. Er setzte seinen Sturz fort, trudelte auf Victor zu, bis er über dessen Kopf hinwegsegelte und in die Glasscheibe von Schweitzers Klaviergeschäft krachte.

Glassplitter ragten aus Boris' Körper heraus. Größer werdende Blutlachen schimmerten in dem Licht, das durch die Bahngleise fiel.

Victor trat durch das zerschlagene Schaufenster in das Klaviergeschäft und beugte sich über den bebenden Körper seines alten Freundes. In der geballten Faust Lardners steckte eine braune Lederbrieftasche.

»Den hier«, stieß Lardner schmerzerfüllt und mit einem auf die Brieftasche gerichteten blutigen Auge aus. »Finde den hier.«

Victor mußte Boris' Finger beinahe auseinanderbrechen, um ihm die Brieftasche abnehmen zu können. Anschließend durchsuchte er dessen Taschen nach dem Heroin. »Wo hast du es hingetan?« schrie er unterdessen.

Doch Victor hatte nicht bemerkt, daß Boris zu atmen aufgehört hatte und ihm nicht mehr antworten konnte. Ebensowenig bemerkte Victor, daß sich eine Gruppe von Frauen aus dem Es-lebe-die-Temperenz-Verein, die am anderen Ende der Straße vor einer Reihe von Flüsterkneipen demonstriert hatte, um ihn herum versammelt hatte und ihn beobachtete. Mit offenem Mund starrten die Damen Victor an, während der mit blutigen Händen Boris' Taschen durchwühlte.

»Wo hast du es hingetan?« rief Victor wieder und wieder. »Wo hast du es hingetan?«

Alles, was er bei Boris fand – einen Schlüsselbund, eine leere Phiole, einen silbernen Flachmann – stopfte er sich in die Taschen, bis seine schäbige Tweedjacke mit Blutspuren übersät war.

Als Victor auch Boris' letzte Tasche durchsucht hatte, blickte er auf und bemerkte die offenstehenden Münder der Temperenzlerinnen. Ein langes Schweigen folgte, während dem Victor mit großen verquollenen Augen in die vielen Gesichter blickte. Dann zeigte plötzlich eine der Frauen mit dem Finger auf Victor und schrie: »Mörder!«

Wie es der Zufall wollte, hatte diese Frau eine Trillerpfeife um den Hals hängen, in die sie nun zu blasen begann. Auch die anderen Frauen hatten Trillerpfeifen um ihren Hals hängen, und als die erste in die Trillerpfeife blies, taten sie es ihr nach.

Der Trillerpfeifenalarm hallte durch das Klaviergeschäft und die Straße hinunter. Einige Betrunkene wankten aus den Flüsterkneipen, um nachzuschauen, was es zu sehen gab. Victor spürte, wie die Schar der Schaulustigen näherrückte. Er blickte auf Boris' leblosen Körper und sprang dann durch die zersplitterte Schaufensterscheibe auf die Damen zu.

Er rannte mitten durch die Gruppe hindurch. Er lief unter der Hochbahntrasse her und die Straße hinunter. Er konnte sehen, wie sich die Konturen des Stadtexpresses nicht allzu weit entfernt in der Kurve abzeichneten. Den toten Freund verfluchend, stürzte er wie wildgeworden den Treppenaufgang zum Bahndamm hinauf. »Wo hast du es hingetan?« sagte er immer wieder laut vor sich hin. »Wo hast du es hingetan?«

Als er den oberen Treppenabsatz erreicht hatte, blieb Ribe stehen und zog die Jacke aus. Er legte sie über den Arm, so daß man die Blutflecken nicht sah, dann näherte er sich langsam der kleinen auf die Bahn wartenden Menge.

Er zog die Brieftasche, die Lardner umklammert gehalten hatte, aus der Hosentasche und durchsuchte sie. Er fand ein paar Dollar und eine alte Fotografie von einem breitschultrigen korpulenten Mann mit ernstem Gesicht, der eine selbstbewußt wirkende junge Frau im Arm hielt.

Während er sich das Foto etwas genauer ansah, bemerkte er, daß der Mann mit dem ernsten Gesicht, der in diesem Moment auf ihn zukam und nicht mehr als zwei Schritte von ihm entfernt war, der Mann auf dem Bild war. »Was hast du damit gemacht?« fragte Victor den Mann. »Was hast du mit ihm gemacht?«

Der Mann griff in den Mantel und sagte etwas zu Victor, das dieser allerdings nicht verstand. Die Bahn hatte die Station fast erreicht. Als Victor nicht antwortete, zog der Mann eine Pistole, beugte sich vor und schlug Victor mit dem Griff auf die Schläfe.

Benommen fiel Victor hintenüber und stieß mit dem Kopf gegen einen Metallrost. Als ihm wieder klar vor Augen wurde, sah er, wie sich der Mann über ihn beugte und mit der Waffe auf sein Gesicht zielte. In der Befürchtung, daß dieser ihn erschießen wollte, zog Victor die Beine an und trat ihm gegen die Brust, was den Mann rückwärts taumeln ließ.

Victor lehnte sich auf den Ellbogen und sah hilflos zu, wie der Mann auf die Gleise und in den Weg der einfahrenden Bahn fiel.

Die Leute auf dem Bahnsteig begannen zu kreischen, während der Zugführer auf die Bremse trat, doch vergebens. Der Kopf des Mannes wurde glatt abgetrennt. Er fiel durch einen Spalt zwischen den Schienen und hatte von der Bahn einen solchen Schwung bekommen, daß er in hohem Tempo die gesamte Proctor Street hinunterkugelte. Er landete schließlich vor der Tür von Loveys Tabakladen, auch bekannt als Loveys Schnapstreff.

Da war Victor schon wieder auf den Beinen. Er rannte die Treppe hinunter, die Straße zurück und abermals durch die Gruppe der Temperenzlerinnen hindurch. Diesmal bog er in eine staubige Gasse und rannte so lange weiter, bis er zu Boris Lardners Wohnung auf der anderen Seite der Stadt kam.

Fast hätte er die Tür eingeschlagen, bevor es ihm schließlich doch noch gelang, den Schlüssel ins Schloß zu stecken. Ohne zu zögern steuerte er auf ein kleines Metallkästchen im Hinterzimmer zu, aus dem er eine Phiole mit Morphium hervorholte.

Er setzte sich an Boris' Schreibtisch und verpaßte sich einen Schuß. Er kippte vornüber auf ein Foto, das ihn und Boris, nur wenige Tage vor der Einschiffung an die Front, vor einem Bordell stehend zeigte.

Als Victor wieder zu sich kam und die Augen öffnete, sah er sich im Gefängnis einigen schwitzenden Chinesen gegenüber, die man erst vor kurzem aus einer Opiumhöhle gefischt hatte. Es stellte sich heraus, daß er sich in einer Zelle befand und ihm die Anklageerhebung wegen des Doppelmordes an Boris Lardner und dem Ermittler der Alkohol- und Rauschgiftbehörde Maurice Klempt bevorstand.

[13]

Als die Sonne unterging, traf Harry Shortz wieder in der Station am Central Boulevard ein. Ohrenbetäubende Windböen schlugen ihm entgegen, während er im Gleichschritt mit der Feierabendmenge den Central Boulevard zum Beekman Frauenhotel hinunterging.

Im Hotelfoyer herrschte friedvolle Ruhe. Alles, was Harry vernahm, war das tröpfelnde Geräusch von Wasser, das neben den Füßen einer nachgebildeten Venus von Milo austrat, die über einem kleinen Marmorbrunnen im Wartebereich stand. Er legte den Hut ab, strich sich das Haar glatt und ging um den runden Brunnen herum zur Empfangsdame – einer jungen Frau, schlank, mit langem Hals und glattem schwarzen Haar, das sich über ihrem Kopfwirbel in einem zylindrischen Dutt hinaufwand. Sie saß regungslos da wie eine blauäugige Hieroglyphe, den Kopf ins Halbprofil gedreht. Sie trug eine Hornbrille, die an einer Silberkette befestigt war, und eine schwarzgraue Strickkombination, unter der sich ein hübscher fester Busen abhob, der über dem Gästebuch des Hotels schwebte. Als Harry an sie herantrat, hob sie langsam den Kopf, und als sie ihr Kinn so weit gestreckt hatte, daß sich die Haut ihres Halses über der Bluse spannte, nahm sie die Brille ab und klimperte mit den Wimpern.

»Würden Sie bitte Katrina Lowenstein anrufen und ihr sagen, daß sie Besuch hat?«

»Lowenstein?« Die junge Frau überflog mit dem Zeigefinger die Namen im Gästebuch. »Tut mir leid«, sagte sie und schüttelte den Kopf. »Bei uns ist niemand unter diesem Namen abgestiegen.«

Harry holte den Zettel mit Katrinas Adresse hervor. »Mir wurde gesagt, ich könne sie in Zimmer 8F finden.« Er zeigte der Frau den Zettel.

Ein zwischen Mißtrauen und Neugier kaum zu unterscheidender Ausdruck trat auf das Gesicht der Frau. »Nein«, sagte sie, während sie sich zu erinnern versuchte, »ich bin mir so gut wie sicher, daß sie anders hieß.« Sie schaute noch einmal kurz auf das Gästebuch und schüttelte erneut den Kopf. »Nein, in 8F, das war Janice Gould.« Sie drehte das Gästebuch herum, so daß Harry den Namen neben der Zimmernummer lesen konnte. »Was auch gut so ist«, fügte sie hinzu, »falls Miss Lowenstein jemand ist, der Ihnen am Herzen liegt.«

»Warum?«

»Jemand hat heute morgen den Mord an Miss Gould gemeldet.«

»Wie bitte?«

»Anscheinend hat ein Mann im Gebäude nebenan von seinem Bürofenster aus beobachtet, wie sie erwürgt wurde, aber ...«

»Aber ...«

»Aber als die Polizei eintraf, konnten sie die Aussage nicht bestätigen, da Miss Gould nirgends aufzufinden war.«

Harry wirkte merklich betroffen. Die Muskulatur seines straffen Gesichtsfleisches schien zu erschlaffen.

»Ist alles in Ordnung mit Ihnen?« fragte die Empfangsdame.

Harry schweifte in Gedanken kurz ab, bevor er nachhakte. »Wissen Sie zufällig die Namen der Polizisten, die mit dem Fall beauftragt wurden?« Harry holte seine Dienstmarke und seinen Ausweis hervor, um der Frau zu zeigen, wer er war.

»Nein«, antwortete sie. Sie warf einen ausgiebigen Blick auf Harrys Marke und Ausweis. Sie schien nun weniger mißtrauisch, dafür aber um so interessierter an dem Fall zu sein. »Harry Shortz? Der Harry Shortz, der für den Senatorenposten kandidiert?«

Harry nickte.

Die Frau lächelte und musterte Harry weiter, während sie sprach. »Ich fürchte, mir wollen die Namen der Beamten nicht einfallen, aber ich bin mir ziemlich sicher, daß sie vom dritten Revier kamen.«

»Haben Sie mit ihnen geredet?«

»Ja, kurz. Sie schienen der Ansicht zu sein, daß es sich bei dem Ganzen um eine Art Scherz handelte.«

»Das verstehe ich nicht.«

»Die Beamten genausowenig. Sie hatten angedeutet, daß irgendwas mit dem Mann nicht stimmte, der sie hergerufen hatte … Wenn Sie möchten, kann ich ihnen ausrichten, sich mit Ihnen in Verbindung zu setzen, falls sie noch einmal vorbeikommen sollten.«

»Das wird nicht nötig sein«, sagte Harry nachdenklich. »Allerdings wäre es eine große Hilfe, wenn Sie mir den Schlüssel zu 8F geben könnten, damit ich mir ein eigenes Bild machen kann.«

»Ja, natürlich«, sagte sie. »Aber ich fürchte, es gibt nicht viel zu sehen.«

»Warum?«

Die Empfangsdame nahm einen Schlüssel aus einem hölzernen Kästchen unter dem Tresen und führte Harry zu den Fahrstühlen. »Das Merkwürdige an der Geschichte ist«, sagte sie, während sie nebeneinander hergingen, »daß Miss Gould heute morgen an der Rezeption die Nachricht hinterlassen hat, daß sie sofort ausziehen wolle und ein Umzugsunternehmen damit beauftragt habe, sich um ihre Sachen zu kümmern. Die Möbelpacker sind gegen Mittag gekommen, kurz nachdem die Polizeibeamten da waren.«

Die Empfangsdame legte ihre Hand auf Harrys Mantelärmel und wandte sich an den Fahrstuhlführer. »Achter Stock«, wies sie ihn an, wobei sie ihre Hand auf Harrys Ärmel ließ. Aus den Augenwinkeln heraus spähte Harry auf den burgunderroten Lack ihrer Fingernägel, der in der dunklen Wolle seines Mantels fast verschwand.

»Sie wissen nicht zufällig, wie das Umzugsunternehmen hieß?« fragte Harry, immer noch auf die Hand der jungen Frau blickend.

Die Empfangsdame ließ ihre Finger langsam an Harrys Mantelärmel hinabgleiten. »Wenn Sie möchten, kann ich an der Rezeption nachschauen, bevor Sie gehen«, sagte sie in einem leicht verführerischen Tonfall.

»Ich danke Ihnen. Sie sind sehr freundlich.« Harry spürte, wie sein Herzschlag sich beschleunigte, und wandte den Blick von der Empfangsdame ab, hin zu dem schwarzen Zeiger über der Fahrstuhltür. Er sah zu, wie er sich im Uhrzeigersinn bis zur Nummer 8 drehte.

Der Fahrstuhl schwankte, als er anhielt. Der Fahrstuhlführer zog das Gitter beiseite und drückte die Tür auf. Harry und die Empfangsdame gingen den Flur entlang, über einen marineblauen Teppich mit einer Bordüre aus gelb-grünem Rebengeflecht. Als sie Zimmer 8F erreicht hatten, holte die Empfangsdame den Schlüssel aus einer kleinen Hüfttasche ihres Pullovers und schloß die Tür auf. Sie betraten gemeinsam das geräumige und leere Apartment. Ohne zu wissen, wonach er suchte, begann Harry sogleich, die Kommoden, Wandschränke und Schubladen zu durchstöbern.

Die Frau folgte Harry und sah still zu, wie er die wenigen noch vorhandenen Gegenstände untersuchte – eine zersprungene Glühbirne, ein paar Papierfetzen, ein auf dem Badezimmerboden liegendes ausgeleiertes Paar Seidenstrümpfe. Als sie Harry auf das Schrankbett im Schlafzimmer zuhalten sah, ging sie ihm voraus und setzte sich. Sie zog ihren Rock ein wenig hoch, schlug die Beine übereinander und beobachtete Harry, wie er seine Finger an den unteren Rändern der nach süßem Parfüm riechenden Matratze entlanglaufen ließ.

Harry warf der Frau gelegentlich einen Blick zu, während er die Nähte der Matratze nach zufällig hineingeratenen Dingen absuchte. Der Anblick der auf der schmutzigen Matratze sitzenden Frau löste plötzlich ein Gefühl von Übelkeit bei ihm aus. Als er die Stelle erreichte, wo sie saß, stand die Empfangsdame auf und ging zum Fenster hinüber. Harry folgte ihr mit den Augen und bemerkte, daß sich in dem Büro auf der anderen Seite des Luftschachts etwas bewegte.

Harry trat höflich um die Frau herum ans Fenster, von wo aus er einen hageren Mann mit schütterem Haar und schiefen Gesichtszügen am Schreibtisch sitzen und einen Papierstapel sortieren sah.

»War es der Mann in diesem Büro, der die Anzeige gemacht hat?« fragte Harry.

»Das würde ich vermuten«, antwortete die Frau.

Harry sah die Empfangsdame an und blickte dann auf die andere Seite des Luftschachts hinüber. Während er den Mann beobachtete, überkam ihn ein Schwindelgefühl, als wäre das Beekman Hotel urplötzlich in die Erde hinabgesunken. »Was für ein Gebäude ist das dort drüben?«

»Das Fief-Gebäude.«

Harrys Herz fühlte sich an, als wäre es bis zum Bersten mit Blut gefüllt; er spürte, wie sein Körper von einem Schock durchzuckt wurde. »Ich habe vorerst genug gesehen.«

Die Empfangsdame betrachtete Harry besorgt und folgte ihm aus dem Zimmer und den Flur entlang zum Fahrstuhl. Harry fragte sich, warum er darauf nicht eher gekommen war. Wäre er von Süden und nicht von Norden gekommen, dann wäre ihm früher aufgefallen, wo er sich befand. Er drückte den Fahrstuhlknopf. Während er zusah, wie sich der Zeiger über der Fahrstuhltür bewegte, wurde er von einer plötzlichen Einsamkeit erfaßt, die er so noch nie zuvor verspürt hatte, von dem Gefühl, mitten in einem unlösbaren Paradoxon gefangen zu sein.

»Die Treppe, wo ist die Treppe?« fragte er die Empfangsdame in einem dringlichen Tonfall.

»Direkt dort«, antwortete sie und zeigte auf eine Doppeltür neben dem Fahrstuhl. »Aber der Aufzug wird jeden Moment hier sein, Mr. Commissioner.«

Ohne ein weiteres Wort zu verlieren, ließ Harry die Empfangsdame am Fahrstuhl stehen und machte sich mit vor Panik gerötetem Gesicht auf den Weg die Treppe hinunter. In seiner Hast erschrak er drei Frauen, die im dritten Stock das Treppenhaus betraten. Ohne eine Entschuldigung lief er weiter ins Foyer und auf die Straße hinaus. Er ging den kurzen Weg zum Fief-Gebäude hinüber, betrat die Eingangshalle, und nahm nach einem Blick auf den Gebäudeplan den Fahrstuhl in den achten Stock. Dort angekommen, folgte er der Rundung des Schauraums und bog in einen Gang, der zum Büro von Julius Fief führte.

Während er auf Julius Fiefs Sekretärin zuging, holte er Dienstmarke und Ausweis heraus. »Bitte sagen Sie Mr. Fief, daß Harry Shortz ihn in einer geschäftlichen Angelegenheit sprechen möchte.«

»Es tut mir leid, Mr. Shortz, aber Mr. Fief ist nicht da.«

Harry lehnte seinen massigen Oberkörper über den Schreibtisch. »Richten Sie ihm aus, daß ich hier bin.«

Die Sekretärin erhob sich merklich eingeschüchtert von ihrem Stuhl und wich ein paar Schritte zurück. »Wie ich Ihnen sagte, er ist nicht da.«

Harry ging am Schreibtisch der Sekretärin vorbei und trat in Julius Fiefs Büro ein. Auf Sockeln standen verschiedene Produkte der Firma Fief im Raum verteilt, an den Wänden hing, einem taxonomischen System von Schmetterlingskokons gleich, der Größe nach sortierte Munition von Metallhaken herab. Bilderrahmen unterschiedlichster Form stellten Fotografien von Kriegsszenen zur Schau, stacheldrahtgesäumte Schützengräben, Gasmasken, explodierende Minen, Soldaten, die auf Schlachtfeldern und durch Flüsse und Bäche marschieren; verwundete Soldaten, die an Leichenbergen, Massengräbern und mit weißen Kreuzen bedeckten Feldern vorbeimarschieren; Marschierende nach dem Befreiungskampf, Marschierende bei Siegesparaden, Marschierende auf Schiffen; Marschierende aus der Antike, feine Kupferstiche von daumengroßen, handtellergroßen Marschierenden, die in Troja einfallen.

Wie seine Sekretärin gesagt hatte, Julius Fief war nicht anwesend.

Harry drehte sich um und lief in stiller Wut an Fiefs Sekretärin vorbei. Er nahm den Fahrstuhl in die Eingangshalle hinunter und begab sich auf den Weg zu seinem Büro, durch das Gedränge der Menschen hindurch, die auf die Straße strömten und um einen Platz auf dem Gehweg kämpften wie verängstigte Tiere aus dem Zoo, die sich außerhalb ihrer schutzbietenden Käfige fürchteten.

[14]

Als Gloria Lime von Jacks Kellertaverne nach Hause kam, stand Boris Lardners Bruder Sidney, ein ungepflegter Mann mit einem Dreitagebart und einer gelockerten, kaffeebefleckten Krawatte um den Hals, an der Eingangstür ihres Apartments und las »Die Katze des Kaisers – Kriegserinnerungen« von Harry Shortz.

»Ich hab das Buch vor kurzem erst im Schaufenster gesehen«, sagte Gloria, als sie nähertrat und sah, was Sydney las. »Stimmt es, daß der Kaiser seine Katze um Rat fragte?«

»Wenn er nur mit seiner Katze geredet hätte, dann wäre Shortz nicht der Mann, der er heute ist, und Hitler wäre wahrscheinlich irgendein zweitklassiger Handlanger.«

»Versteh ich nicht«, sagte Gloria. »Stimmt es oder stimmt es nicht?«

»Es stimmt. Außer, daß die Katze nicht die Katze war. Die Katze war Harry Shortz.«

»Harry Shortz war die Katze?«

»Die Katze, Glory. Die Katze. Die schlaue Katze, die den Kaiser an der Nase herumgeführt hat.«

»Was? Harry Shortz ist auf einmal ein Schwindler?«

»Ja, ein Schwindler, ein Spion, wie du ihn auch nennen willst.«

»Die Katze?«

Sidney nickte, indem er sein Kinn auf die Brust fallen ließ und die Hände ein wenig anhob.

»Jetzt begreif ich – *die Katze* ... Aber ich versteh immer noch nicht, was er mit Hitler zu tun haben soll.«

»Vergiß es.«

Gloria schloß die Tür auf und ließ Sidney Lardner hinter sich eintreten. Sidney steuerte direkt aufs Sofa zu. Gloria wohnte in einem kleinen Zweizimmerapartment über dem Süßwarenladen ihrer Schwester und ihres Schwagers. Immer, wenn sie Besuch von Sidney erwartete, hielt sie in einer Schüssel einen üppigen Vorrat an schokoladenüberzogenen Kirschen parat. Sidney naschte gerne. Er hatte einen großen Appetit.

»Nimm dir von den Pralinen, Sid. Ich bin gleich zurück.«

Sidney stopfte sich eine ganze Kirsche in den Mund und wischte sich die Finger an der Hose ab. »Verstehst du, so ist das immer«, sagte er, während Gloria in das Zimmer nebenan ging und sich auszog. »Nie erwähnen sie den unsichtbaren Mann. Sie reden nur von denen, die einen ehrenhaften Posten innehatten und nicht getötet wurden. Nie sprechen sie von den schmutzigen Befehlen. Von diesen Sachen, die sie einmal aussprechen und dann für immer verheimlichen.«

»Wovon redest du?« fragte Gloria hinter der halbgeöffneten Tür.

»Ich sagte, dieses Buch ist nichts weiter als ein Haufen Lügen. Um aus dem Saukerl einen Helden zu machen, damit er gut dasteht. Damit es, wenn er für den Senatorenposten kandidiert, ein großes Tamtam gibt.«

Gloria kam in einen schwarzen Kimono gekleidet wieder, an dessen Ärmeln sich goldene Drachen schlängelten. Sie setzte sich Sidney gegenüber auf einen Stuhl, zündete sich eine Zigarette an und schlug die Beine übereinander.

»Drüben, in Übersee, da akzeptieren sie unsichtbare Leute«, fuhr Sidney schmatzend fort. »Der Nachbar nebenan ist ein Unsichtbarer. Der Milchmann ist ein Unsichtbarer. Ganze Gruppen von Menschen sind Unsichtbare.«

»Sidney, wovon redest du?«

»Ich sage, daß sie daran gewöhnt sind. Sie sind daran gewöhnt, daß die Menschen nicht so sind wie sie erscheinen. Die Menschen reden doppelzüngig. Sie versprechen dir, was für dich zu tun, und dann lassen sie dich verhaften oder entführen oder umbringen. Ich meine ganz normale Leute, aber dort drüben ist man sich bewußt, daß die Menschen so sind.«

»Ich bitte dich, Sidney – komm zum Punkt.«

»Das ist der Punkt. Hier ... hier bei uns ist es genauso, aber wir *glauben*, es wäre anders, verstehst du. Hier glauben wir, daß wir sagen können, was wir wollen, aber die Wahrheit ist … die Wahrheit ist, daß ein Typ wie Harry Shortz – Kriegsheld – große Nummer – einfach vorbeikommen und dich zu etwas machen kann, das du nicht sein willst. Ich meine, mein Bruder, und versteh mich nicht falsch … mein Bruder war etwas durcheinander, aber Harry Shortz, der *Herr* Behördenleiter, hat aus ihm ein noch größeres Rätsel gemacht, als er es ohnehin schon war.«

Gloria Lime hob ihre Augenbrauen, als wollte sie sagen: Erzähl mir zur Abwechlung mal was, das ich nicht schon tausendmal gehört habe. »Ich will das heute abend nicht hören, Sidney. Ich kenne die Geschichte. Ich will sie nicht hören. Nicht heute abend. Wirklich nicht!«

»Ja, ja«, sagte Sidney weinerlich und winkte ab. »Aber wie ich gesagt hab, ohne Shortz wäre er nicht so durcheinander gewesen. Er hätte sich niemals mit Typen wie Roth und Mann eingelassen, wenn man ihn nicht dazu gezwungen hätte. Wenn er nicht gezwungen worden wäre, einer von Shortz' Blindenhunden zu werden, hätte er das nicht getan.«

»Das kannst du nicht beweisen, Sidney, und das weißt du auch.«

»Ich kann es nicht beweisen, aber ich kannte meinen Bruder. Er war durcheinander, aber er war gerissen.«

»Komm schon, Sidney, selbst wenn ich dich nicht dazu bringen kann, den Mund zu halten, mittlerweile ist es einfach zu lange her, um immer noch darüber zu jammern. Und abgesehen davon weißt du, daß ich kein Wort von dem glaube, was aus deinem Mund kommt. Du willst nicht sehen, was sich direkt vor deiner Nase abspielt. Vergiß dieses unsichtbare Zeug.«

»Nein, jetzt hörst du mir zu. Mein Bruder war nicht so, wie sie ihn in den Zeitungen dargestellt haben.«

»Woher willst du das wissen? Woher weißt du, wie jemand in Wirklichkeit ist?«

»Ich kannte meinen Bruder. Er war kein drittklassiger Handlanger, der sich an Typen wie Mann und Roth ranschmeißt, selbst dann nicht, wenn ihm Leute wie Shortz im Nacken sitzen. So dumm war er nicht. Er hatte den Durchblick, schon als wir klein waren.«

»Du kennst mich auch von klein auf, nicht wahr? Glaubst du, du kennst mich?«

Sidney machte eine Pause und sah durch den Zigarettenqualm hindurch in Glorias Gesicht. »Das will ich doch meinen, Glory.«

»Nimm mal an, ich würde dir erzählen, daß ich große Sympathien für die Kommunisten hege? Stell dir vor, ich würde das sagen?«

»Du hegst Sympathien für die Kommunisten?« fragte Sidney, wobei sich seine Stimme beim Wort »Kommunisten« überschlug.

»Das hab ich nicht gesagt, Sidney. Ich meine nur, mal angenommen. Was dann? Zu was würde mich das machen? Zu was würde mich das in deinem verkorksten Kopf machen, Sidney?«

Sidney schwieg. Er sah Gloria nur mit seinen traurigen Augen an. Sidney hatte traurige Augen, große einfältige Augen.

»Herrgott, Sidney! Du bist der idiotischste …« Gloria drückte die Zigarette aus und ging in die Küche. Sie holte eine Flasche aus dem oberen Fach des Eisschranks, schenkte sich einen Drink ein und ging zurück ins Wohnzimmer.

»Hör zu«, sagte sie, mit dem Drink in der Hand vor Sidney stehend, »du willst wissen, was passiert ist, oder?«

»Klar will ich wissen, was passiert ist«, erwiderte Sidney. »Warum wär ich sonst hier? Aber Glory … Glory, du bist keine Kommunistin, nicht wahr?«

»Nein, Sidney, ich bin keine Kommunistin. Ich bin Gloria Lime. Ich wohne in der Bauer Street über dem Süßwarenladen meiner Schwester, und ich hab seit über einem halben Jahr kein Rendezvous mehr gehabt. Das bin ich, Sidney, ein einsames Mädchen, das über einem Berg von Kirschpralinen wohnt, in Ordnung?«

»Du hattest seit über einem halben Jahr kein Rendezvous mehr?« fragte Sidney, als hätte es ihm das Herz gebrochen.

»Nein, ich hatte seit über einem halben Jahr kein Rendezvous mehr. Und damit ist das Thema auch schon wieder beendet, danke schön.«

»Ich werd dich irgendwohin ausführen, Glory.«

»Sidney! Du hast gehört, was ich gesagt habe.«

»Ja, schon gut.«

»Na ja, jedenfalls ... Wo war ich?«

»Du warst noch nirgends.«

»Ich war heute morgen im Fuller House, da war ich, als ich Victor die Treppe herunterkommen sah.«

»Hat er dich gesehen?«

»Nein, er hat mich nicht gesehen. Ich stand im Hauseingang, wie du es mir geraten hast, und hab Abstand gehalten ... Aber ich war nicht die einzige, die ihm gefolgt ist. Da waren noch zwei große Schafsköpfe hinter ihm her. Ich glaube, er hat sie bemerkt.«

»Wer war das?«

»Woher soll ich das wissen? Zwei dämlich aussehende Kerle in Anzügen. Sie hatten Ambosse anstelle von Köpfen. Ich hab sie noch nie zuvor gesehen.«

»Haben sie dich bemerkt?«

»Ich weiß es nicht, Sid. Ich bin mir ziemlich sicher, daß ich nicht so unsichtbar bin, wie die Phantome in deinem Hirn. Aber sie sind ihm gefolgt, also bin ich ihnen auch gefolgt.«

»Und wo seid ihr vier hingegangen?«

»Steht alles hier drauf.« Gloria setzte sich, griff nach ihrem Portemonnaie und holte einen Zettel heraus, auf dem alle Zwischenstops vermerkt waren.

Sidney überflog die Liste.

»Er ist zu Jack gegangen?«

»Ja, ich auch.«

»Du hast dich dort gezeigt?«

»Ja, ich hab mich dort gezeigt. Ich hab mir den Hintern abgefroren, während dieser verrückte Penner wie ein Zombie durch die klirrende Kälte gelaufen ist ... Abgesehen davon kennt mich Jack. Jeder kennt mich da. Es ist nicht besonders verdächtig, wenn ich mich nachmittags auf einen Drink blicken lasse.«

»Was ist aus den Typen geworden, die ihm gefolgt sind?«

»Ich hab keine Ahnung, was aus denen geworden ist. Sie sind plötzlich verschwunden. Aber dann tauchten diese anderen beiden Trottel auf, gerade als ich weg bin, um dich zu treffen.«

»Wie haben sie ausgesehen?«

»Cops. Drogenfahnder. Ich hab sie schon mal im Club gesehen.«

»Hast du ihre Namen aufgeschnappt?«

»Nein.«

»Haben sie mit ihm geredet?«

»Keine Ahnung. Wie gesagt, ich war auf dem Weg nach draußen.«

»Hast du mit ihm gesprochen?«

»Nein, ich hab nicht mit ihm gesprochen. Aber ich hab Freddy Stillman getroffen.« Gloria schlug ihre Beine übereinander und lächelte. »Mit Freddy hab ich geredet.«

»Was hat Victor gemacht?«

Gloria rollte mit den Augen. »Nichts. Er saß einfach nur da. Mehr hat er den ganzen Tag über nicht gemacht. Er ist rumgelaufen. Er hat geredet. Er ist rumgelaufen. Er hat dagesessen. Ende der Geschichte.«

Sidney saß breitbeinig da, die Hände auf den Oberschenkeln, und schüttelte den Kopf. »Das ist alles? Mehr hast du nicht zu erzählen?«

»Was … bist du enttäuscht?«

»Ich weiß bloß nicht, was ich davon halten soll. Der alte Mann, die Cops, die Frau und der Junge?« Sidney drückte sich die Nase mit den Fingern zusammen.

»Ich weiß nicht, was du erwartet hast, Sid. Das arme Schwein ist gerade erst raus. Er hat eine Menge nachzuholen. Du wirst es schon erfahren, da bin ich mir sicher. Leg in der Zwischenzeit einfach das Geld auf den Tisch und zisch ab. Ich möchte noch was schlafen, bevor ich arbeiten gehe.«

»In Ordnung«, sagte Sidney und griff in seine Hosentasche. »In Ordnung. Da, nimm das Geld. Mach schon.« Zögernd ließ er etwas Bargeld auf den Tisch fallen.

»Wenn du dich so ungern von deinen Moneten trennst, Sidney, dann frag ich mich, warum du es nicht selber gemacht hast.«

»Ich hab meine Gründe.« Immer noch auf sein Geld starrend, erhob sich Sidney. »Was hatte Freddy zu erzählen?«

»Nichts, was der Rede wert wäre.«

»Er hat gar nichts gesagt? Du meintest doch, ihr hättet geredet?«

»Er führt mich morgen abend aus, wenn du es unbedingt wissen willst.«

»Das hab ich mir schon gedacht.«

»Abendessen und ein Film im Castaway.«

»Sieh mal einer an.«

»Es war *meine* Idee.«

»Also bist du nach der ganzen Zeit immer noch hinter ihm her?«

»Das geht dich nichts an, Sid.«

»Trotz dieser Exfrau, die er noch mit sich rumschleppt? Trotz des ganzen Ärgers, den du ihm beschert hast? Nachdem du seine Ehe ruiniert hast?«

»Was kratzt dich das?«

»Ich an deiner Stelle wäre etwas vorsichtiger.«

»Mir scheint eher, du bist eifersüchtig.«

»Darf ich etwa nicht eifersüchtig sein?«

»Komm schon.« Gloria lachte. »Du und ich, Sid? Schlag dir das endlich aus dem Kopf. Darauf kannst du lange warten. Und abgesehen davon, würde ich niemals zwischen all die unsichtbaren Männer passen, die in deinem Kopf herumspuken.«

»Schön, in Ordnung, lach du nur, Glory.« Sidneys Augen wurden feucht. »Aber eines Tages ... eines Tages wirst du zur Vernunft kommen.« Er kämpfte mit den Tränen.

»Oh, Sid«, sagte Gloria mit etwas mehr Mitgefühl. »Wirklich, du mußt dir das aus dem Kopf schlagen, Schatz. Du quälst dich doch nur. Mit mir. Mit Boris ...« Sie hielt inne und sah ihn besorgt an. »Das muß doch nicht sein.«

»Ich bin wie ich bin«, sagte Sidney. »Ich kann nichts für meine Gefühle.« Er wandte sich von Gloria ab und ging zur Tür. »Bis bald, Glory.«

»Bis bald, Sidney. Gute Nacht.«

Gloria sah ihm nach, wie er die schwach beleuchtete Treppe hinunterging, bis er aus ihrem Blickfeld verschwunden war. Dann schloß sie die Tür, streckte sich auf dem Sofa aus, schob sich die letzte Kirschpraline in den Mund und zählte das Geld.

Nachdem Sidney vor das dunkle Schaufenster des Süßwarenladens unter Glorias Apartment hinausgetreten war, lief er die ruhige, baumgesäumte Bauer Street bis zur Ecke hinunter, wo er in Ledigs Café auf einem Barhocker Platz nahm. Im selben Moment erhob sich von einem der Nachbartische ein dicker Mann mit schwerfälligen Gesichtszügen, um sich neben ihn zu setzen.

Der Mann war elegant gekleidet und hatte gepflegte Hände. Sein Haar war mit einer gehörigen Portion Brillantine zurückgekämmt, was ihn aussehen ließ, als trüge er eine schwarze Lederkappe auf dem Kopf.

Er legte einen Umschlag auf die Theke und lächelte Sidney an. Als Sidney bemerkte, daß er ihm zulächelte, wirbelte er auf dem Hocker herum, um zu sehen, ob noch jemand hinter ihm war. Dann blickte er dem Mann wieder ins Gesicht. »Haben Sie mich angerufen, um mir zu sagen, daß Ribe aus dem Gefängnis ist?« fragte Sid.

»Das habe ich«, erwiderte der Mann mit einer auffallend feuchten und kehligen Stimme. »Benny Rudolph.«

Sid schüttelte ihm die Hand. »Sie klingen angeschlagen.«

»Das höre ich nicht zum ersten Mal.«

»Sie meinten, daß Sie mir was Interessantes über Boris' Mord zu erzählen haben?«

»Das habe ich wohl«, sagte Benny Rudolph. Mit durchdringendem Blick musterte er Sidneys Gesicht abschätzig. »Aber eins nach dem anderen. Magst du Donuts? Die Donuts hier sind gut. Möchtest du einen?«

Sidney kniff die Augen zusammen.

»Ich werde dir einen Donut und Kaffee bestellen. Ich denke, du könntest einen Donut und einen kleinen Kaffee gebrauchen, bevor wir anfangen. Miss ...« Benny winkte zur Kasse am Thekenende hinüber. Eine alte Kellnerin mit mürrischem Gesichtsausdruck und einem großen Haarknäuel auf dem Kopf kam herüber. »Bringen Sie uns ein paar Schokoladendonuts ... Kaffee?« fragte er Sid.

Sid nickte.

»Und zwei Kaffee.«

»Wer sind Sie?« fragte Sid, während sich die Kellnerin ihren Stift ins Haar steckte und davonging.

»Mach dir darüber mal keine unnötigen Gedanken«, entgegnete Benny Rudolph lächelnd.

»Warum denn nicht, wenn ich Ihnen glauben soll, was Sie mir erzählen?«

»Weil das, was ich dir zu sagen habe, nichts weiter von dir erfordert, als zuzuhören und deinen gesunden Menschenverstand zu benutzen, darum. Es würde die Sache nur komplizierter machen, wenn du wüßtest, wer ich bin. Verstanden?«

Die Kellnerin brachte die Donuts und den Kaffee. Sidneys Gesicht verzog sich zu einer Grimasse, als er versuchte, sie anzulächeln. Er riß einen der Donuts entzwei und begann zu essen.

»Heute ist ein großer Tag, Sid«, sagte Benny wieder lächelnd, diesmal mit leicht feierlichem Zug. »Es ist so ein Tag, an dem sich urplötzlich alles, woran du glaubst, die ganze Wahrheit, die dir am Herzen liegt, in etwas verwandelt, das du nicht mehr wiedererkennst.« Benny gestikulierte mit den Händen, als polierte er ein Auto. »Es ist in etwa so, als wäre eine Rose doch keine Rose, als wären alle Möbel in deiner Wohnung umgestellt worden und du könntest dein Lieblingskissen nicht mehr finden, um den Kopf darauf zu legen.«

»Lassen Sie das Gerede und kommen Sie zum Punkt, ja?«

»Sag mir«, fuhr Benny nun ernsthafter fort, »was würdest du tun, wenn ich dir beweisen könnte, daß nicht Victor Ribe deinen Bruder umgebracht hat, sondern Shortz hinter der ganzen Sache steckt?«

»Shortz?« fragte Sid und befingerte das Buch in seiner Hand. »Wie kommen Sie darauf?«

»Willst du mir erzählen, daß du ihn die ganzen Jahre über niemals verdächtigt hast? Bei allem, was du über Shortz weißt?« Der Mann wies mit dem Kinn auf das Buch und nahm einen Bissen von seinem Donut.

»Der Gedanke ist mir noch nie ernsthaft in den Sinn gekommen. Ich meine, ich hatte schon immer das Gefühl, daß er was damit zu tun haben könnte, aber nicht in der Weise.«

»Warum interessierst du dich dann so für ihn? Wie kommt es, daß ich das ansprechen will, und du spazierst hier plötzlich mit dem Buch in der Hand herein?«

»Zufall?« sagte Sid. »Weil ich mich dafür interessiere?«

»Sicher«, sagte Benny mit einem Grunzen, »wenn du meinst.«

Sid tunkte den Donut in den Kaffee und nahm einen weichen, schwammigen Bissen. »Vielleicht verdächtige ich ihn, vielleicht auch nicht.«

»Nehmen wir an, du verdächtigst ihn nicht.«

»In Ordnung«, sagte Sid zögernd, »nehmen wir das an.«

»Die Frage ist, was würdest du tun, wenn ich dich davon überzeugen könnte? Obwohl du keine Ahnung hast, wer ich eigentlich bin.«

»Ich weiß es nicht«, erwiderte Sid, nachdem er einige Augenblicke darüber nachgedacht hatte. »Bislang ist das rein hypothetisch.«

»Du wärst doch an einer Wiedergutmachung interessiert, nicht wahr?«

»Wenn Sie es mir beweisen können, sicher.«

»Glaubst du, daß du den Mut hättest, das Richtige zu tun, wenn es soweit wäre?«

»Darauf können Sie wetten.«

Benny ließ ein breites Grinsen erkennen. »Das ist genau das, was ich von dir hören wollte, Sid.«

»Schön, dann sehen Sie zu, daß Sie Ihren Teil erfüllen.«

»Wo wirst du morgen nachmittag sein?«

»In meiner Schusterwerkstatt, in der Eingangshalle des Prescot.«

»In Ordnung, sieh zu, daß du auch wirklich da bist.«

»Wer sind Sie? Ein Cop?«

Benny Rudolph lachte. »Der war gut.«

»Was wollen Sie eigentlich von mir?« fragte Sid. »Falls Sie auf Geld aus sind, ich hab keins zu verschenken.«

»Wie gesagt, ich bin nur daran interessiert, die Dinge zurechtzurücken.«

»Aber eins sollten Sie wissen, ich laß nicht mit mir scherzen.«

»Das hätte ich auch niemals angenommen, mein Freund ... Sei einfach morgen nachmittag in deinem Laden. Dann wirst du mehr erfahren, als du wissen willst.«

Sid musterte Benny Rudolph ein weiteres Mal. »Ich werd da sein«, sagte er. »Ich werd den ganzen Tag über da sein.«

»Und wenn nicht. Nur keine Sorge«, sagte Benny, »ich finde dich schon.« Es klang beinahe wie eine Drohung.

Benny Rudolph setzte seinen Hut auf und stieß sein Körpergewicht von der Theke ab. Er klemmte sich den Briefumschlag unter den Arm, stopfte sich den Rest des Donuts in den Mund und ging mit einem Augenzwinkern hinaus.

Sid sammelte seine Sachen zusammen und bezahlte die Rechnung. Er schlenderte die ruhige, leere Straße zum Süßwarenladen zurück, wo er vor der herzförmigen Auslage mit roten Zuckerpralinen stehenblieb. In der Hoffnung, einen Blick auf ihre Silhouette zu erhaschen, starrte er zu Glorias reglosen Spitzengardinen hinauf und fragte sich, wie schlimm es wohl wäre, wenn er bei ihr klingelte. Er hätte gern noch mehr Zeit mit ihr verbracht. Er hätte gern mit ihr in einem Zimmer zusammengesessen, sie im Kimono auf dem Sofa liegen sehen und sie noch einmal auf ihn wütend gemacht. Wenn eine Rose keine Rose mehr war, dann konnte Sidney nur um so weniger in Worte fassen, wie sehr er Gloria Lime liebte.

[15]

Soll ich dich ins Krankenhaus bringen?« fragte Freddy Victor, nachdem er ihn auf der Straße vor Jacks Taverne zwischen den Mülltonnen entdeckt hatte. Die beiden Männer, die Victor aus der Bar geschleift hatten, hatten sein Gesicht gegen eine Ziegelsteinmauer gerammt und ihm die Nase zertrümmert. Victors Nasenflügel, seine Wangen, die Lippen, das Haar, der Mantelkragen und der Schal waren blutüberströmt. Das weiche Fleisch unter den Augen begann anzuschwellen und sich schwarz zu verfärben.

»Nein«, sagte Victor zu Freddy, während er sich aufzusetzen versuchte, »es wird schon gehen.«

»Wie du meinst.« Freddy zog Victor an den Schultern hoch und lehnte ihn gegen die Mauer. Er kniete sich neben ihn und tupfte sein Gesicht behutsam mit dem nassen Lappen ab, den Jack ihm auf dem Weg nach draußen zugeworfen hatte. Nachdem er das Blut so gut wie möglich von Victors Hals, Wangen und Mund gewischt hatte, wrang er den Lappen aus und reichte ihn Victor. Victor legte den Kopf in den Nacken und preßte sich den blutgetränkten Lappen an die Nase.

Freddy Stillman bewohnte ein paar Häuserblöcke weiter auf der dreiundachtzigsten Straße Ecke Gravesend Avenue ein Erdgeschoßapartment im Geburtshaus von Celeste Martins Mutter. Während sich Freddy und Victor auf der dreiundachtzigsten Straße der Nummer 319 näherten, strömte aus dem Mansardenfenster ein warmer gelblicher Lichtschleier auf den dunklen Teil der Straße. Sie hatten gerade das Tor zu dem Grundstück erreicht, da wurde das Licht plötzlich gelöscht, und die beiden standen im Dunkeln. »Jack meinte, es wären Drogenfahnder gewesen, die dir das angetan haben«, sagte Freddy, an das Tor gelehnt.

»Ich bin mir nicht ganz sicher, aber ich glaube, es könnten die beiden gewesen sein, die mich verhaftet haben.«

»Woher wußten sie, wo du zu finden bist?«

»Ich weiß es nicht.« Während er das sagte, blickte Victor über Freddys Kopf hinweg zum Ende des Häuserblocks auf den im Dunkeln liegenden Fluß hinaus. Das eisige Wasser spiegelte die Lichter des gegenüberliegenden Steilufers von Long Meadow. Während Victor noch zum Uferdamm seines früheren Zuhause hinübersah, stieg Freddy zum oberen Treppenabsatz hinauf. Dort angekommen wäre er um ein Haar wieder hinuntergestürzt, da plötzlich die Tür aufschwang, Celeste Martin hinaustrat und mit dem Rücken gegen seine Brust stieß. Sie wirbelte herum und grüßte Freddy mit einem erschrockenen Lächeln.

»Herrje! Hast du mir einen Schrecken eingejagt, Freddy.« Celeste klimperte mit den Wimpern. »Ich war gerade oben auf dem Speicher, in Gedanken versunken, ja, ziemlich gedankenverloren.« Unter ihrem Arm trug sie einen Stapel Briefe, der mit einer Schnur zusammengebunden war. »Ich wollte eigentlich nur einen kurzen Moment bleiben und etwas in einer von Moms alten Kisten verstauen, als ich auf diese alten Briefe von Dad stieß, die er an Richard geschrieben hat, als der auf Reisen war.« Wieder lächelte Celeste in Freddys Gesicht, das im flackernden Licht der Portallampe aufgeschwemmt und müde aussah. Celeste hatte eine Art zu reden, die man von einer Prinzessin erwarten würde. Sie sprach in einem singenden Tonfall und hatte eine präzise Aussprache und Ausdrucksweise. Obschon eine Frau von dreiundsechzig Jahren, war ihre Stimme so erstaunlich sanft und jugendlich wie die eines Schulmädchens.

»Entschuldigen Sie, Miss Martin«, sagte Freddy. »Ich wollte Sie nicht erschrecken.«

»Es geht schon wieder, Freddy. Wirklich.« Gefaßt, blickte Celeste die dunkle Treppe hinunter zu Victor. »Und wen haben wir da?« fragte sie. »Du hattest schon seit Ewigkeiten niemanden mehr zu Besuch, Freddy.« Bevor Freddy antworten konnte, stieg Celeste die Treppe hinunter und trat vor Victor. Sie schaute kurz auf dessen schemenhafte Umrisse und ergriff dann den Aufschlag seines Mantels, um ihn ins Licht zu ziehen. Während Celeste Victor mit sich zog, konnte Freddy aus der Ferne das dumpfe Motordröhnen eines vorbeiziehenden Lastkahns hören, und über dem Dröhnen ihren Ausruf. »Herrje!« rief Celeste im gleichen erschrockenen Tonfall, in dem sie auch Freddy begrüßt hatte.

»Sie können sich doch an Victor Ribe erinnern, nicht wahr, Miss Martin?« fragte Freddy, der sie zu beruhigen versuchte.

»Victor?«

»Victor Ribe. Er hat vor Jahren viel Zeit mit mir und Evelyn verbracht.«

»Oh ja. Ja, jetzt erinnere ich mich.« Celeste wandte sich wieder Victor zu. »Hallo, Victor.«

»Hallo, Miss Martin.«

»Was ist dir denn zugestoßen, wenn ich fragen darf?« Celeste hielt nach wie vor Victors Ärmelaufschlag fest und blickte konzentriert auf die Schwellung, die sich auf seinem Nasenrücken gebildet hatte, auf die gefrorene Blutkruste, die den Mantelkragen und seine Ohren überzog.

»Nicht der Rede wert«, sagte Victor. »Ich bin auf einer Eispfütze ausgerutscht und unglücklich gefallen.« Gutmütig ließ er seinen Arm in Celestes sanftem Griff ruhen.

»Bitte, Miss Martin«, sagte Freddy, »wenn Sie erlauben, werde ich ihn in mein Apartment bringen und verarzten.«

»Nein«, sagte Celeste sofort. »Nein.« Ihre Augen leuchteten entschieden auf. »Warum lassen wir Steven nicht einen Blick darauf werfen. Er weiß, wie man sich darum kümmert.« Sie streckte sich so weit wie möglich, um Victor in die geschwollenen Augen blicken zu können. »Bist du damit einverstanden, mein Lieber?«

Victor drehte den Kopf zu Freddy. Doch Freddy ließ sich nicht anmerken, was er davon hielt. Er wußte, daß es Celestes Art war, Leuten zu helfen, und daß es sie kränkte, lehnte man diese Hilfe ab. Mit derselben Großzügigkeit hatte sie auch Freddy – damals ein Fremder auf einer Parkbank, frisch verheiratet, ohne Arbeit und gerade erst aus dem Krieg zurückgekehrt – das Erdgeschoßapartment im früheren Zuhause ihrer Mutter angeboten.

»Nun komm.« Celeste nahm Victors Hand, klemmte sie unter ihren Arm und führte ihn über die Straße. Freddy folgte ihnen zum Eingang von Celestes Wohnhaus.

Als Celeste die Haustür öffnete, drang aus einem Zimmer hinter der Mahagonitreppe der Lärm streitender Stimmen sowie der intensive Geruch von Hühnersuppe. Celeste führte Victor um den Treppenaufgang herum in die Küche, in der Aleksandr, der bereits erwähnte Gehilfe, Nicol, ein weiterer Gehilfe haitianischer Herkunft mit einem dichten graumelierten Schnurrbart, und Steven, der Koch aus Hongkong, um den Tisch herum vor leeren Tellern saßen. Sie sprachen ein für die englischsprachige Welt derart einzigartiges Englisch, daß es aller Wahrscheinlichkeit nach nur von den um den Tisch herum Versammelten verstanden werden konnte. Beim Anblick des verletzten, blutbeschmierten, mit Schwellungen übersäten Mannes, der Arm in Arm mit Miss Martin eintrat, brachen die Männer ihre Unterhaltung abrupt ab und saßen mit offenem Mund da.

Steven, Aleksandr und Nicol standen schließlich auf, nahmen Victor am Arm und setzen ihn ans Kopfende des Tisches. Steven nahm vorsichtig den blutigen Lappen aus Victors Hand und warf ihn in den Mülleimer neben einer mit Hühnerfett und Grünzeug bedeckten Arbeitsplatte. Nicol und Aleksandr zogen Victor behutsam den Mantel aus und legten ihn beiseite.

»Steven, wärst du so freundlich und würdest etwas Eis aus der Kammer holen und schauen, ob du diesen Mann wieder herrichten kannst. Er ist ganz böse gestürzt.«

»Ja, in Ordnung«, erwiderte Steven in seinem abgehackten Akzent. Steven, der nur ein Jahr jünger war als Celeste, hatte eine dürre Figur, fleckige Haut, hängende Backen und einen frommen Gesichtsausdruck. Als er auf Celestes Bitte hin bestätigend die Hand bewegte, erzitterten seine Backen wissend. Dann nahm er einen Eispickel zur Hand und machte sich zur Speisekammer auf.

»Und Steven?«

»Ja, Miss Martin.« Steven blickte sich noch einmal zu Celeste um.

»Wenn du mit ihm fertig bist, sorge doch bitte dafür, daß Freddy und er einen Teller heißer Suppe erhalten.«

»Ja, in Ordnung.« Er wandte sich zum Gehen.

»Und Steven?« rief sie, wobei sie diesmal seinen Namen betonte, als wäre er eine Idee, die ihr plötzlich eingefallen war.

»Was denn?« fragte er mit dem Rücken zu ihr.

»Gib Victor einen von Mr. Tersis alten Anzügen. Und einen seiner alten Mäntel und Hüte.« Celeste wandte sich an Victor. »Ich habe ein sehr gutes Auge für derlei Dinge. Ich weiß, sie passen alle, ganz gleich welcher. Hast du mich gehört, Steven? Sie passen alle.«

Diesmal nickte Steven bloß und strich sich auf dem Weg zur Speisekammer mit der Hand übers Ohr.

Freddy, der währenddessen im Türrahmen gestanden hatte, wurde nun von Celeste in die Küche gewunken, auf einen freien Stuhl zwischen Nicol und Aleksandr, die Freddy mit einer selbstverständlichen Vertrautheit begrüßten und ihre Stühle beiseite rückten, um ihm Platz zu machen. Die beiden Männer wohnten auf der anderen Straßenseite über ihm. Nicol und seine Familie bewohnten den ersten Stock und Aleksandr mit seiner Familie den zweiten. Die beiden schauten Victor mit eisigem Schweigen an, die Köpfe leicht zur Seite geneigt. Sie schienen nicht zu wissen, was sie von ihm halten sollten. Victor starrte durch die zugeschwollenen Augenschlitze zurück.

»Habt ihr beiden am Samstag schon etwas vor?« fragte Celeste rhetorisch. »Wenn nicht, dann seid ihr zu einer Party auf unserem Landsitz eingeladen. Möchtet ihr kommen? Jedenfalls denke ich, daß ihr die Gästeliste ganz wunderbar ergänzen würdet.«

»Ich kann nicht …«, setzte Freddy an.

»Ihr braucht euch jetzt nicht zu entscheiden, ihr Lieben. Falls ihr kommen möchtet, schließt euch einfach Nicol und Aleksandr an. Sie werden irgendwann morgen abend losfahren. Ihr fahrt mit ihnen und bleibt über Nacht.«

»Vielen Dank, Miss Martin«, sagte Freddy. »Wir werden versuchen zu kommen.«

»Das hoffe ich sehr.«

Victor lächelte Celeste an, als sie mit den Briefen hinausging und die Männer mit den Geräuschen der köchelnden Suppe und des zischenden Gases alleine ließ.

Als Steven mit dem Eis aus der Speisekammer zurückkam und das getrocknete Blut abtupfte, das hartnäckig an Victors Lippen und seinem stoppeligen Kinn klebte, herrschte völlige Stille in Celestes Küche. Er wickelte etwas Eis in zwei dünne weiße Spültücher und ließ sie in Victors Hände fallen. Victor ergriff das Eis und neigte den Kopf zu Steven. »Danke sehr«, sagte er und nickte leicht, während seine Pupillen langsam an den geschwollenen Lidern entlangfuhren. »Keine Ursache«, entgegnete Steven schnell, während er mit den rostfarbenen Tupfern vor Victors Gesicht herumfuchtelte und sein Kinn ruckartig anhob. Victor preßte die beiden kalten Bündel auf die zugeschwollenen Augen, legte den Kopf in den Nacken und ließ sie neben seinen Nasenflügeln ruhen. Nicol und Aleksandr atmeten hörbar aus und entspannten ihre Gesichter. Obwohl sie zu zweit normalerweise kaum zu erschüttern waren, hatten sie sich vor Victor doch spürbar nervös und verunsichert gezeigt. Nun, da dessen Augen verdeckt waren, wirkten sie gelassener. Steven warf die blutigen Tupfer in den Mülleimer und seifte sich unter dem Wasserhahn die Hände ein. »Hühnersuppe unterwegs«, sagte er und schrubbte sich mit kräftigen und gleichmäßigen Bewegungen die Hände. »Hühnersuppe«, wiederholte er und gab dem Wort einen singenden Klang.

»Was ist das für eine Party, die Miss Martin auf dem Landsitz plant?« fragte Freddy.

»Es ist keine richtige Party«, sagte Nicol.

»Sie machen Ausstellung, eine Auktion«, erklärte Aleksandr.

»Ein russischer Professor«, sagte Nicol. »Er kam heute nachmittag mit den Bildern im Hafen an.«

»Wir sind gerade fertig geworden, zu bauen Galerie in Landhaus für ihn – Tarkhov ist sein Name, ich glaube –, um aufzuhängen seine

Bilder«, sagte Aleksandr stolz. »Nicht *seine* Bilder ... ich meine Bilder, die er mitbringt. Rodhinsky, ein Maler, der vor ein paar Jahren gestorben ist, es sind seine Bilder.«

»Ja, Tarkhov«, bestätigte Nicol.

»Ein Russe?« fragte Freddy.

»Ja, ein Russe. Und dieser Rodhinsky – er war berühmter russischer Maler.«

»Aleksandr«, sagte Nicol, mit dem Daumen auf Aleksandr deutend, »hat ihn mal getroffen.«

»Ja, als ich Kind war. Er besuchte Split auf Rückweg nach Rußland von Italien und blieb kurz in Kirche, an der mein Vater gearbeitet hat, um etwas über Maurerhandwerk zu lernen.«

»Und das ist noch lange nicht alles«, ergänzte Nicol und drängte Aleksandr, immer noch mit dem Daumen herumfuchtelnd, fortzufahren.

»Ja, nun ... er war sehr netter Mann, mir immer eingegossen Gläser Wein. Ein paar Jahre nach der Revolution, als er verhaftet werden sollte wegen einer dummen Bemerkung, die er zu hohem kommunistischen Funktionär gemacht hat, nahm er Spitzhacke, die mein Vater ihm geschenkt hatte, um sich zu töten.«

»Und wie?«

»Glaub es oder nicht, indem er mit seinem ganzen Gewicht auf Hackenspitze fällt.« Aleksandr breitete seine Arme aus und beugte den Oberkörper vor. »Er steckte Hacke zwischen zwei Dielenbretter und fiel nach vorn. Die Hackenspitze, sie bohrte sich durch seine Brust, direkt in sein Herz.«

»Das glaube ich nicht«, sagte Freddy und stellte sich vor, wie der Mann auf die Spitze des Werkzeugs stürzt. Er fragte sich, was einen Menschen dazu bringen konnte, dem eigenen Körper etwas derart Grauenhaftes anzutun.

»Es ist wahr«, sagte Nicol.

»Ja, es ist wahr«, bestätigte Aleksandr. Ein Lächeln trat auf sein Gesicht. »Und heute, sagen sie, bewahren sie genau diese Spitzhacke in Kremlgruft in Moskau auf.«

»Warum hat er das getan?«

»Um irgendwie eine Aussage zu machen, würde ich schätzen. Was es war, weiß ich nicht. Ich weiß nur, daß mein Vater – ohne Schadenfreude gegenüber diesem armen Mann – sehr stolz darauf ist, daß es seine Hacke war.«

Freddy stellte sich vor, er würde über der Hacke stehen, er würde auf sie hinunterschauen und konnte beinahe spüren, wie die Spitze sich in sein Brustbein bohrt.

»Ein sehr komisches Vermächtnis für einen alten Mann, ich weiß«, sagte Aleksandr, »aber so sind die Sehnsüchte von alten Männern.« Er zuckte mit den Schultern.

»Da ist sie«, sagte Steven, während er zwei dampfende Suppenteller vor Freddy und Victor hinstellte. »Nur zu«, forderte er Victor auf. »Probier von Suppe. Wird dich ablenken von Schmerz.« Victor neigte den Kopf nach vorn und legte die Eisbündel auf seinen Schoß. Dann nahm er den Suppenlöffel und tauchte ihn genußvoll in den Dampf ein. Während Steven weiter auftrug, folgte Freddys Blick den Dampfschwaden zur gegenüberliegenden Wand. Das dort hängende Gemälde einer gelben Birne und einer danach greifenden grünlichen Hand erinnerte ihn an das finstere Porträt des Mannes gegenüber von seinem Büro, an jenes Bild, das über Janice Goulds Kommode gehangen hatte. Als er den Mund öffnen und den ersten Löffel Suppe zu sich zu nehmen wollte, verging ihm mit einem Mal der Appetit.

Freddy und Victor traten in das Licht auf dem oberen Absatz der braunen Sandsteintreppe und durch die Haustür von Nummer 319. Victor trug nun einen von Mr. Tersis alten Mänteln, einen dicken, pelzgefütterten Wollmantel mit Fischgrätenmuster, und über seinem Arm hingen ein Anzug und ein Hut von Mr. Tersi. Freddy schloß die Tür hinter sich und führte Victor durch einen schmalen Flur in den hinteren Teil des Hauses, durch eine weitere verschlossene Tür in einen großen Raum, der mit Möbeln aus der Zeit des Bürgerkrieges eingerichtet war.

Als Evelyn auszog und die Möbel in ihre neue Wohnung mitnahm, bekam Celeste Mitleid mit Freddy und hatte Nicol und Aleksandr angewiesen, ein Sofa, einen Eßtisch und Stühle, einen Schreibtisch, eine Zweiercouch sowie einige Beistelltische vom Speicher herunterzuholen. Das Zimmer sah aus wie der Salon einer alten Dame. In Miss Martins Almosen inbegriffen waren ein Teekessel, ein Teewärmer, ein Satz alter Teetassen sowie an den Wänden hängende, kaum erkennbare Aquarelle der weiten Landschaft und Wälder von Rainskill Falls, wo die Martins ihren Landsitz hatten.

Hinter einer Tür mit eingesetzten Buntglasfeldern befand sich Freddys Schlafzimmer. Das Schlafzimmer wie auch das Wohnzimmer waren sauber und sahen kaum bewohnt aus. Der einzige Ort im ganzen Apartment, der belebt wirkte, war ein kleiner Bereich am Hinterfenster des Schlafzimmers, wo auf einem Stativ ein elegantes Metallteleskop stand. Daneben befanden sich ein paar schmutzige Teller, eine Flasche Bourbon mit einer über den Hals gestülpten Teetasse sowie ein Aschenbecher, in dem sich Zigarettenstummel türmten.

Freddy warf seinen Mantel und den Aktenkoffer über die Armlehne des Sofas. Er ging ins Schlafzimmer, hob die Bourbonflasche vom Boden auf und stellte sie auf den Tisch. Er holte einen leeren Aschenbecher aus einer Schublade, eine zweite Teetasse vom Schreibtisch und füllte sie randvoll. Victor nahm die Tasse entgegen und nippte daran.

»Darf ich dich was fragen, Victor?«

»Was denn?«

»Etwas, woran ich denken mußte, als wir drüben waren.«

»Was denn?«

»Erinnerst du dich an die Zeit, als wir im Krieg in Frankreich auf dem Land festsaßen?«

»Ja, natürlich erinnere ich mich.«

Victor erinnerte sich an die sehr einfache Frau und das sehr einfache Kind und an die kleine Scheune, in der er, Freddy und Boris die Nacht verbracht hatten. Er erinnerte sich an Freddys Gesicht, als er die Frau und das Kind im Gemüsegarten entdeckte, schlaff und gekrümmt, das Blut aus ihren durchgeschnittenen Kehlen stand in den Furchen der bestellten Erde. Freddy erspähte den Soldaten, der das getan hatte, und als er ihn gestellt hatte, feuerte er sein Gewehr in das Gesicht des Mannes ab.

»Glaubst du, er wäre mir dankbar, daß ich ihm ein Leben mit bösen Erinnerungen erspart habe?« fragte Freddy.

»Ich weiß nicht«, antwortete Victor und mußte an die schmerzverzerrten Gesichter der Männer denken, die er in den Schützengräben umgebracht hatte.

»Er war der erste, der erste, den ich von nahem sah, bevor ich ihn getötet habe.«

»Du hast viele Männer getötet«, sagte Victor müde. »Wir alle haben viel getötet.«

»Das Merkwürdige daran ist, daß ich sein Gesicht nicht gesehen habe, bevor ich ihn erledigte ... er fiel mit dem Gesicht voran in den Schlamm, als er zu fliehen versuchte.«

»Er hat bekommen, was er verdient hat, Freddy.«

»Mag sein, aber ich sage dir, von ihm träume ich am häufigsten.« Freddy wandte sich von Victor ab und schaute auf eines der verschwommenen Aquarelle des Landguts der Martins. »Ich glaube, der Geruch vom Blut der Frau und des Mädchens hat sich bei mir festgesetzt. Nachdem ich den Schützengräben entkommen war, dem Gestank des verwesenden Fleisches, konnte ich das Blut wirklich riechen, als wir sie begruben.« Freddy schüttelte den Kopf und zündete sich eine Zigarette an. »Es ist seltsam, aber seit Evelyn fort ist, sehe ich ihr Gesicht vor mir wie das des Soldaten. Es ist nicht so gräßlich wie seines, aber es ist einfach überall. Wohin ich auch blicke, sehe ich sie, als wäre sie eine Erscheinung.«

Victor wußte nicht, was er darauf antworten sollte. Er starrte Freddy an, als hätte sein Geist für einen Augenblick seinen Körper verlassen. Er erinnerte sich an die Leere, die er in seiner Zelle empfunden hatte, die Sehnsucht, von einem anderen Menschen berührt zu werden, die wohlgehüteten Erinnerungen an Elaine Price und sich, als sie noch jung waren und immer die Fähre zwischen der Stadt und Long Meadow genommen hatten.

»Ich weiß, es ist noch früh«, sagte Freddy, »aber vielleicht solltest du schlafen.«

Victor nickte. »Es war ein langer Tag.«

»Willst du hier übernachten?«

»Würde es dir was ausmachen?«

»Komm schon, ich bring dich nach unten.«

Freddy drückte die Zigarette aus und ging in den Flur, der zur Küche führte. Victor erhob sich von seinem Stuhl und folgte ihm. Während sie durch den Flur gingen, wirkte Freddy auf Victor wie der an die Wand gepreßte Schatten eines Mannes, der in sich zusammenzufallen drohte.

Freddy öffnete die Tür neben dem Herd, machte Licht und stieg ein paar Steinstufen in den Keller hinunter. Der Keller war ein großer, niedriger Raum, der sich über das gesamte Fundament des Hauses erstreckte. Zur Hälfte war er mit Rohren, Eisenwaren, einigen kaputten Messingbettgestellen und an Säulen lehnenden Gartengeräten vollgestellt. In der anderen Hälfte des Raumes befanden sich ein Kanonenofen, ein großer mit Kohlebriketts gefüllter Metalleimer, ein Tisch und ein Stuhl. Auf dem Tisch stand ein Kurzwellenempfänger, aus dessen Rückseite ein Draht herausführte, der die Wand hinauf und durch ein kleines Loch in der Fensterscheibe nach draußen verlief. Neben dem Tisch befanden sich ein Klappbett, ein voluminöses Kopfkissen sowie eine große graue Wolldecke. Trotz der Unordnung war der Raum sauber und trocken, das tiefe und konstante Sauggeräusch des Ofens erfüllte die Luft.

Freddy setzte sich vor das Radio und knipste einen Schalter an, um kurz reinzuhören, um für einen Moment etwas zu hören, das von draußen kam. Ein flüchtiges, gedämpftes Rauschen ertönte und wurde unversehens von dem Knistern des Ofens aufgezehrt. Während sich hin und wieder von fern eine Stimme über die Stille erhob, legte sich Victor, ohne Noel Tersis Mantel abzulegen, auf das Klappbett, starrte zu den dicken Deckenbalken hinauf und lauschte den Worten, die an sein Ohr drangen. »… ein Ruck am Heck …« Rauschen »… lange Reise, in der Tat sehr lang …« Rauschen »schön, zu …« Rauschen »schön, zu …« Freddy beobachtete, wie sich Victors Augen schlossen und seine Atemzüge regelmäßiger wurden. Er schaute Victor an, bis dieser eingeschlafen war. Dann zog er ihm die Decke über die Beine, hoch bis zur Brust.

[16]

Nach seinem Besuch im Fief-Gebäude machte sich Harry Shortz eiligen Schrittes auf den Weg in sein Büro. Als er einige Häuserblöcke weit gegangen war, wurde jedoch aus dem zügigen Schritt ein Schlendern, das schließlich ganz zum Stillstand kam. Mitten im Feierabendgedränge blieb Harry plötzlich an Ort und Stelle stehen, seine Füße schienen mit dem Gehweg verwurzelt. Jedes seiner Körperteile fühlte sich an, als würde es festklemmen. Die Menschen machten einen Bogen um ihn und stießen gegen seine schlaffen Arme, wie gegen die Äste eines Baumes, der aus dem Bett eines Flusses emporragt. Regungslos blieb er im eisigen Gegenwind stehen, bis Nase und Wangen vor Schmerz wie betäubt waren und schließlich ein Mann von Harrys Größe versehentlich gegen ihn stieß und ihn herumwirbelte. Harrys Beine begannen sich wieder in Bewegung zu setzen, und nun, da er nach Norden ging, von seinem Büro weg in Richtung seines Zuhause, merkte er, daß dies der Ort war, wo es ihn hinzog.

Harry und Beverly Shortz bewohnten ein zweigeschossiges Haus im East End auf der dreiundsechzigsten Straße zwischen Grand und Shrine Avenue. Im Haus brannte kein Licht, als Harry eintrat. Beverly war im Theater und die Jungen aßen bei den Kellys zu abend. Die Dunkelheit kam seiner Stimmung entgegen, und so beließ er es dabei. Er hängte Mantel und Hut in den Dielenschrank und ging geradewegs zur Bar im Vorzimmer. Er spritzte ein wenig Selters in ein Glas und fügte einen sehr großen Schuß Scotch hinzu.

»Ich wußte nicht, daß du so gerne trinkst, Harry«, hörte er jemanden hinter sich sagen. Als er nach seiner Waffe griff, rutschte ihm die Scotchflasche aus der Hand und fiel zu Boden.

»Was machst du denn da, Harry?«

»Wer ist da?« fragte Harry barsch, während er die Waffe in die Dunkelheit richtete, auf einen Sessel in der Ecke neben dem Fenster.

»Ich bin es, Claude.«

»Herrgott nochmal.« Harry steckte die Waffe zurück ins Halfter und hob die Flasche vom Boden auf.

Claude Fielding und Harry hatten im Krieg gemeinsam für die Spionageabwehr gearbeitet. Mittlerweile bekleidete Claude einen hochrangigen Posten im Außenministerium. Beverly war mit Claudes Frau befreundet. Claudes Kinder waren im gleichen Alter wie Harrys. Die beiden Männer waren zwar nicht eng befreundet, kannten sich aber gut.

»Was zum Teufel fällt dir ein?« fragte Harry, der Licht machen wollte.

»Laß das Licht aus, Harry.«

»Warum?«

»Laß uns nach hinten gehen, weg von der Straße, und ich werde dir erzählen, warum. Und falls noch etwas in der Flasche ist, schenk mir doch auch einen ein, wo du gerade dabei bist.«

Harry grummelte ein wenig, während er zusah, wie sich Claudes dunkle Gestalt aus dem Sessel erhob und auf den Türrahmen zubewegte. Als er Claude und sich vom verbliebenen Rest Scotch einschenkte, zitterte seine Hand noch von dem Schreck. Harry ging zur Tür hinüber und führte Claude in die Bibliothek im hinteren Teil des Hauses; er stellte die Drinks auf einen niedrigen Tisch und zog die schweren Samtvorhänge vor das Fenster.

»In Ordnung«, sagte Harry und machte Licht, »red schon.«

Claude Fielding war ein schmächtiger Mann mit einem kahlen, eiförmigen Kopf und einem Mund von der Größe eines Garagentors. Er hatte eine Baritonstimme, die seinem überdimensionalen Adamsapfel entsprach. Er trug eine Aktentasche bei sich und wirkte im schummerigen Licht der Bibliothek leicht gelbsüchtig.

»Tut mir leid, dich erschreckt zu haben.«

»Was soll die Rumschnüffelei?«

»Ich habe vertrauliche Neuigkeiten für dich.«

»Worum geht es?«

»Warum setzt du dich nicht und trinkst erst mal einen Schluck.«

Harry bemühte sich, so zu klingen, als wäre alles in Ordnung, doch es gelang ihm nicht besonders gut. Seine Stimme klang angeschlagen. Harry reichte Claude Fielding eines der Gläser, und umgeben von den Bücherregalen, die an den Wänden entlangliefen, setzten sich die beiden Männer einander gegenüber.

»Folgendes«, sagte Claude mit düsterer Mine. »Du befindest dich in großen Schwierigkeiten, und ich würde gerne dafür sorgen, daß sie dir erspart bleiben, zumindest, soweit es in meiner Macht steht.«

»Wie kommst du darauf, daß ich in Schwierigkeiten stecke?« fragte Harry, der sich mit einem Mal nicht mehr so sicher war, ob er Claude vertrauen konnte.

Claude öffnete die Aktentasche und schaute Harry in die Augen. »Dieser Teil der Unterhaltung muß unter uns bleiben, Harry. Solltest du jemals behaupten, ich hätte dir etwas erzählt, werde ich es leugnen.«

»Wenn du nicht bereit bist, zu dem zu stehen, was du zu sagen hast, warum erzählst du es mir dann überhaupt?«

»Weil mir die Vorstellung nicht gefällt, daß man dich auf diese Weise ins Messer laufen läßt, und weil ich glaube, daß du es nicht verdient hast, den Rest deines Lebens in der Ungewißheit zu verbringen, warum es geschah und wer dahinter steckt. Aber ich bin auch nicht bereit, mein Leben dafür aufzugeben, in Ordnung?«

Harry schwieg. Er starrte Claude bloß an und dachte, daß er ein Feigling ist.

»Verstehen wir uns?« fragte Claude.

»Ja«, erwiderte Harry, »Ich habe verstanden.«

»Nun denn.« Claude holte ein Foto heraus und reichte es Harry. »Erkennst du diesen Mann?«

»Ja«, sagte Harry. »Ich habe ihn heute morgen zum ersten Mal in Long Meadow getroffen.«

»Paulie Sendak«, sagte Claude, »Vorarbeiter der Waffenfabrik, der Mann, der heute morgen in deinem Büro angerufen hat, damit du zu ihnen kommst.«

»Das stimmt«, sagte Harry und besah sich das Foto von dem kleinen rundlichen Mann mit dem pockennarbigen Gesicht.

»Er war auch derjenige, der die Leute dazu angestiftet hat, die Fabrik zu besetzen.« Claude zog ein weiteres Foto aus der Aktentasche und reichte es Harry. »Von diesem Mann erhält er seine Instruktionen.«

»Wer ist das?«

»Du erkennst ihn nicht?«

»Nein.«

»Sein Name ist Benny Rudolph. Ein ehemaliger Privatdetektiv. Hat auf beiden Seiten des Gesetzes gearbeitet.«

Harry sah sich das Foto genauer an und mußte kurz an seine Fahrt nach Ten Lakes und das Heroin im Keller der Lowensteins denken. »Das Gesicht ist mir unbekannt, aber ich kenne den Namen«, sagte Harry. »Zwei meiner Männer haben ihn vor langer Zeit wegen verbrecherischer Erpressung in den Knast gebracht.«

»Tja, zur Zeit erledigt er inoffiziell einige schmutzige Geschäfte für Tines.«

Harry blinzelte ein paarmal irritiert mit den Augen. »Was hat Tines damit zu tun?«

»Rudolph hat auf Tines' Anweisung hin Sendak dazu veranlaßt, das Trara von heute morgen zu inszenieren. Er hat ihm auch aufgetragen, dich zu Rate zu ziehen. Außerdem hat er Sendak dazu gebracht, Dynamit in der Hütte von Waters und Capp zu deponieren.«

»Welche Rolle spielt Sendak dabei?«

»Er hilft Tines, die Gewerkschaft zu zerschlagen.«

»Seine eigene Gewerkschaft?«

»Er wird dafür bezahlt, Harry.«

»Du willst mir erzählen, daß Tines zu derart illegalen Mitteln greift, um die Gewerkschaft zu zerstören?«

»Es hängt davon ab, wie man die Sache betrachtet.«

»Wie meinst du das?«

»Du mußt das verstehen, Harry. Wenn die Gewerkschaft stark genug ist, die Waffenproduktion zu stoppen, wann immer sie will, was wird dann passieren, wenn wir in einen Krieg hineingezogen werden? Was, wenn die Waffenfabriken genauso eingenommen werden wie die Stahlhütten im letzten Jahr? Es gibt im Augenblick eine Menge Leute, die sich diese Fragen stellen.«

»Ist das auch deine Meinung, Claude?«

»Nein, aber das ist mir zu Ohren gekommen. Die Vorstellung, daß die Arbeitergewerkschaft einer Waffenfabrik agiert, wie ihr beliebt, macht die Leute nervös, und diese Leute haben Tines die Vollmacht gegeben, nach eigenem Gutdünken zu handeln.«

»Du meinst Leute aus dem Außenministerium.«

Claudes Adamsapfel machte eine lange Abwärtsbewegung.

»Was sonst noch?« fragte Harry mit wütender Stimme.

»Vergiß nicht, Harry, ich bin als Freund gekommen«, erwiderte Claude, dem Harrys Tonfall nicht entgangen war.

»Was sonst noch?« beharrte Harry mit der gleichen Wut. »Was hat Long Meadow mit mir zu tun?«

Auf Claudes eiförmiger Stirn bildeten sich einige Falten, die ihn aussehen ließen, als würde er jeden Moment aufplatzen. »Soweit ich informiert bin, ist Tines damit betraut worden, die Fabrikationsstätte von Fief Munitions zu verlegen, und es scheint, als wollte niemand riskieren, daß du dich diesem Plan mit deinen arbeiterfreundlichen Ansichten in den Weg stellst.«

»Also hetzt mir Tines diesen Schläger Rudolph auf den Hals, um mir Angst zu machen, damit ich aus dem Rennen aussteige?«

»Das ist wohl der Sinn des Ganzen, ja.«

Harry hielt sein Glas so fest umschlossen, daß es eigentlich hätte zerspringen müssen. »Und wie genau stellen sich deine Kollegen im Außenministerium vor, könnte ich ihnen im Weg stehen?«

»Einige Leute gehen davon aus, daß du die Wahl gewinnst. Du bist ein beliebter Mann, Harry. Ein ehrlicher Mann. Ein Mann, der hält, was er verspricht. Ihnen gefällt diese Vorstellung nicht. Kein bißchen. Sie glauben, daß deine Loyalität den Arbeitern gilt und nicht dem Land.«

»Warum glauben sie, daß die Loyalität eines einfachen Arbeiters nicht dem Wohle seines Landes gilt? Sie sind es doch, die das verdammte Land überhaupt erst aufbauen. Warum glauben diese Leute, die Arbeiter wollten sich das, was sie aufgebaut haben, wieder aus den Händen reißen lassen?«

Claude machte sich nicht die Mühe, zu antworten.

»Und was denken diese Leute, sollte ich tun? Das ist doch der eigentliche Grund, warum du hier bist, nicht wahr, Claude? Um mir zu sagen, was ich tun soll.«

»Ich bin nicht gekommen, um dir zu sagen, was du tun sollst, Harry. Ich bin nur hier, um dir zu sagen, daß dein Fall kurz bevorsteht, wenn du nicht aufpaßt. Und wie Tines die Sache angeht, wird es ein tiefer Fall sein.«

Harry kratzte sich im Gesicht und begann an seinem Ohr zu zupfen. »Sollte er das versuchen, dann wird er auf nichts anderes als einen rechtschaffenen Polizisten stoßen.«

»Alles, was an deiner Vergangenheit fragwürdig ist«, sagte Claude mit Nachdruck, »alles, was in deinem jetzigen Leben anstößig erscheint, wird er heranziehen, um dich zu zerstören.« Er schüttelte den Kopf und sah Harry mit einem Ausdruck in die Augen, der wie echtes Bedauern wirkte. »Das einzige, was dir übrigbleibt, ist, dich zu verbeugen und von der Bühne abzutreten.«

»Nicht mit mir.«

»Ich finde, du solltest darüber nachdenken«, sagte Claude und erhob sich. Er streckte die Hand aus und nahm die Fotos von Sendak und Rudolph, die Harry auf den Tisch gelegt hatte. »Gerade du, Harry, solltest nicht so naiv sein und denken, daß die Guten nicht genauso hart aufschlagen können wie die Bösen.«

Harry schüttelte angewidert den Kopf. »Und daran glaubst du, Claude?«

»Wäre ich sonst hier?«

»Warum hilfst du mir dann nicht?«

»So einer bin ich nicht, Harry, und das weißt du.« Claude wandte sich von Harry ab. »Ich muß los.«

»Ich werde dich hinausbegleiten.«

»Ich finde schon allein raus.«

»Hier geht's lang«, sagte Harry.

[17]

Während Victor unten im Keller schlief, saß Freddy ein Stockwerk höher in seinem Bett, trank und rauchte Zigaretten. Aus der Schublade des Nachttisches holte er einen Schreibblock und einen Stift sowie einen alten Zeitungsausschnitt heraus, eine Miss-Lonelyhearts-Kolumne, die er vor Monaten im Globe entdeckt und schon Dutzende Male gelesen hatte.

Liebe Miss Lonelyhearts,
vor ein paar Jahren wurde ich bei der Arbeit von einem Stahlträger in den Rücken getroffen und dabei so schwer verletzt, daß ich nun bettlägerig bin. Ich hatte keine Versicherung und verfüge auch sonst über kein Geld, und um dem ganzen die Krone aufzusetzen, hat mich meine Frau nach dem Unfall verlassen, weil sie der Meinung war, ich wäre ein undankbarer Maulheld und Nichtsnutz. Nachdem meine Frau fortgegangen war, kümmerte sich eine alte Dame in meinem Haus um mich, aber sie ist letzte Woche an Herzversagen gestorben, Gott hab sie selig. Sie hat mir Essen gekocht und saubergemacht und ihre Katze bei mir gelassen, wenn sie einkaufen ging. Seit die alte Dame tot ist, habe ich meine Frau täglich angerufen, aber meine Frau sagt, ich hätte das verdient, und daß sie nichts mehr mit mir zu tun haben möchte und kein bißchen Mitleid mit einem armseligen Schwein wie mir hat, wo sie sich doch für ihre nächste Mahlzeit in der Armenküche anstellen muß. Ich bin so traurig und wütend darüber, in so einer jämmerlichen Lage zu sein und mich nicht selbst versorgen zu können, daß mir nichts anderes übrigbleibt, als Frieden zu schließen und mich zu verabschieden. Ich kenne meine Frau, sie liest Deine Kolumne jeden Tag, und ich wollte sie nur wissen lassen, daß es keine Hoffnung mehr für mich auf dieser Welt gibt und es nun an der Zeit ist abzutreten.

Bitte laß mich nicht im Stich, Miss Lonelyhearts. Bitte druck diesen Brief ab, denn wenn Du ihn erhältst, werde ich nicht mehr am Leben sein, und ich möchte sicher gehen, daß meine Frau weiß, daß ich sie trotz ihrer Kaltherzigkeit liebe.

Mit lieben Grüßen,
ohne Hoffnung und voller Reue

Freddy legte den Zeitungsausschnitt zurück in die Nachttischschublade, und während er Schluck um Schluck die Flasche leerte, brütete er für den Rest der Nacht über einem kurzen Brief an Evelyn.

Liebe Evelyn,
es hat keinen Zweck, Dir zu sagen, wie schlecht es mir ohne Dich ergangen ist. Ich weiß, daß Du es weißt, und ich wünschte, es besser vor Dir verbergen zu können. Aber wie wir beide wissen, ist mein Elend meine eigene Bürde, und Deine Hingabe für mich in all den Jahren, in denen ich Dich so schlecht behandelt habe, hätte niemals etwas an meinen Fehlern ändern können. Ich bereue sehr, Dich all die Jahre so behandelt zu haben, und ich möchte nur, daß Du weißt, wie dankbar ich Dir bin, es so lange mit mir ausgehalten zu haben. Das möchte ich Dir sagen, und auch, wie leid es mir tut. Nach all der Zeit, die mittlerweile vergangen ist, nach all der Zeit, in der ich darüber nachdenken konnte, was mich bedrückt hat, erkenne ich nun, wie unglücklich ich bin.

Außer, um mich bei Dir für all den Kummer und den Ärger zu entschuldigen, den ich Dir über die Jahre verursacht habe, schreibe ich Dir, weil ich glaube, ein für allemal einen Weg aus diesem Elend gefunden zu haben. Die Einzelheiten sind unwichtig. Wichtig ist, daß ich, wenn Du diesen Brief erhältst, Frieden mit mir geschlossen haben werde. Obwohl es Dir nicht gefallen mag, daß so etwas von mir kommt, habe ich eine Versicherungspolice beigefügt, die Dich und das Baby zu den Begünstigten erklärt. Wenn alles so verläuft, wie ich glaube, dann wirst Du dem

Baby einen guten Start in die Zukunft ermöglichen können. Bitte nimm es an und mache davon Gebrauch. Das ist seit Jahren das erste Mal etwas, worauf ich stolz bin. Ich werde Dich immer lieben und bitte Dich eindringlich, meinetwegen nicht mehr traurig zu sein.

In ewiger Liebe,
Freddy

Als er den Brief beendet hatte, griff Freddy unter seinem Bett nach einer Hutschachtel der Sterling Company, in der er die Versicherungspolice aufbewahrte, die er wenige Monate zuvor zugunsten von Evelyn und dem Baby abgeschlossen hatte. Er nahm die gefalteten Papiere aus der Schachtel und steckte sie zusammen mit dem Brief in einen Umschlag, den er an Evelyn auf der Dunleavy Street adressierte. Freddy legte den Umschlag auf den Nachttisch und ließ den Kopf auf die Kissen sinken. Er war betrunken, betrunken genug, um einzuschlafen. Trotzdem lag er wach, dachte nicht mehr an Evelyn, dafür an die Frau, die auf der gegenüberliegenden Seite des Luftschachts im Beekman Frauenhotel gewohnt hatte.

Er hatte die Polizisten angelogen. Er kannte Janice Gould. Er hatte sie drei Monate zuvor kennengelernt. Er hatte auf dem Gehweg vor dem Fief-Gebäude gestanden, eine Zigarette geraucht und Richtung Norden zum Park geschaut, wo er ein orangefarbenes Herbstleuchten sehen konnte, das von den Baumwipfeln ausstrahlte und den Abendhimmel erfüllte. Hinter sich hörte Freddy jemanden sagen: »*Sag mal, Schätzchen, wärst du so lieb und würdest mir mit diesem Ding hier behilflich sein?*« Er brauchte einen Moment, bis er merkte, daß er der Angesprochene und das »Schätzchen« war, doch dann drehte er sich langsam um und erblickte eine junge Frau, die neben einer Kommode stand und ihn zu sich herüberwinkte. »*Der Portier ißt gerade zu Abend. Wenn ich das Ding nicht reinbekomme, muß ich mich draufsetzen und den Verkehr regeln.*« Sie war genau so, wie Freddy sie den Polizisten beschrieben hatte – jung, mit einem vollen runden Gesicht, einem schlanken Hals, einer schmalen Taille, langem rotbraunen Haar, schick gekleidet, wunderschön, umwerfend. »*Du hilfst mir*«, sagte sie, »*und ich hab genug Geld bei mir, um dich zu einem ordentlichen Drink einzuladen. Was sagst du dazu?*« Freddy sagte: »Unter diesen Umständen.« »*Ich wußte doch, daß du ein Mann bist, der gerne trinkt.*« Als Freddy spürte, wie seine Knie bei ihrem Anblick, bei der Aussicht auf sie, weich wurden, stemmte sie eine Hand in die Hüfte und fragte: »*Worauf wartest du noch?*« Das orangefarbene Herbstlicht umfing das lange rotbraune Haar der Frau und schien es jeden Moment in Brand setzen zu wollen. Freddy ging lässig zu Janice hinüber, legte seine Arme um das schwere, unhandliche Möbelstück und folgte ihr, die Kommode mühsam aufrechthaltend, ins Foyer. Er stellte die Kommode neben zwei karierte Handkoffer und ein Gemälde, auf dem ein junger Mann mit einem schmalen Lächeln und einer krummen Nase zu sehen war. »Dein Freund?« scherzte Freddy. »*Nein, du Schafskopf, das da ist mein Vater. Als er jung war.*« Sie wirkte verärgert. »Ich wollte mich nicht darüber lustig machen.« »*Meine Mutter hat es kurz vor ihrem Tod gemalt. Wie findest du es?*« »Schön«, sagte Freddy. »*Du hältst nicht viel davon, hab ich recht?*« »Nein, ich finde es gut, wirklich.« »*Schon gut, Schätzchen, ich weiß schon, wie es ist. Ich hab ihn einfach gern bei mir, damit er mich an mein glückliches Zuhause erinnert, weißt du.*« »Wenn du meinst.« »*Du hast kurz gedacht, ich wäre sauer auf dich, hab ich recht? … Nein, sag jetzt nichts dazu. Sag mir lieber – wo nehmen wir den Drink, den ich dir versprochen habe?*«

Sie gingen um den Häuserblock herum in das Hotel Trouville und setzten sich an die Bar. »*Nobler Laden*«, sagte sie und warf einen prüfenden Blick über ihre Schulter. »*Kommst du oft hierher?*« »Nein«, sagte Freddy. »Ich bin hier zum erstenmal in meinem Leben.« »*Was zum Teufel haben wir dann hier verloren?*« »Ich dachte mir, da du bezahlst, könnte man es ja mal versuchen.« »*Ein Drink und dann gehen wir. Dann führst du mich irgendwohin, wo es gemütlich und billig ist, damit wir uns ordentlich vollaufen lassen können.*« Freddy sah sie an, als hätte er es mit einer Erscheinung zu tun. »*Was? Du hast doch wohl nicht schon was anderes vor, oder doch?*« »Nein«, sagte Freddy. »*Das hätte mich auch überrascht.*« Sie tranken im Trouville jeder einen Highball und nahmen anschließend ein Taxi zu Jacks Kellertaverne. »*Hier ist es schon besser*«, sagte sie. »*Der hier geht auf dich, Liebling.*«

Die mürrisch dreinblickenden Männer in Jacks Taverne, Jack inbegriffen, sahen Freddy eifersüchtig dabei zu, wie er sich mit der Frau in der hintersten Ecke des Schankraumes betrank. Nach der fünften Runde saß sie neben ihm in der Sitznische und drückte ihre gerötete Nase gegen seinen Hals. »*Die Sache ist*«, sagte sie leise, »*daß mein Ehemann nicht mal das Zeug für meinen kleinen Finger hat, vom Rest ganz zu schweigen. Kannst du vergessen.*« »Also hast du gepackt und bist gegangen.« »*Viermal hab ich ihn schon verlassen. In zwei Jahren.*« Sie hielt vier Finger in die Höhe. »*Viermal hat er mir einen Schnüffler nachgeschickt, und viermal ist er auf Knien gerutscht und hat mich angebettelt, ich meine wirklich angebettelt, zu ihm zurückzukommen.*« »Und du bist viermal zu ihm zurückgekehrt.« »*Viermal. Aber nicht noch mal, Freundchen, hab ich das letzte Mal zu ihm gesagt. Nichts zu machen. Du kannst mir die gesamte Armee nachschicken, aber diesmal werd ich nicht zu dir zurückkommen, hab ich ihm gesagt. Diesmal ist es endgültig.*« »Gut«, sagte Freddy. »*Das kann ich mir vorstellen, daß du das gut findest.*« »Wie meinst du das?« »*Das werd ich dir zeigen, das werd ich dir zeigen.*«

Sie zeigte es ihm. Freddy wachte am nächsten Morgen mit Janice Goulds weicher rotbrauner Mähne über seiner Brust auf. Er konnte kaum seine Beine bewegen, derart verdreht waren sie. »*Eine Sache, die ich von meiner armen verstorbenen Mutter gelernt habe*«, sagte sie mit in Freddys Brusthaaren vergrabenem Gesicht, »*ist, daß es sich für keinen Herzschmerz lohnt, ins Grab zu steigen, mein Junge.*« »Hatte sie ein schwaches Herz, deine Mutter?« »*Nein, mein Schatz, sie hatte ein ausgezeichnetes Herz. Ihr Herz war so erstklassig, daß sie so lange um einen Stümper getrauert hat, daß es so aussah, als wollte sie es gleich für beide schlagen lassen. Als sie dann mit dem ganzen Gerangel fertig war, hat sie ihr Leben in zwei Hälften zerschnitten wie ein dünnes Stück Papier.*« Freddy warf ihr ein trauriges Grinsen zu, als sie sich von ihm erhob. »*Mach dir keine Sorgen, mein Junge*«, sagte sie mit einer gewissen Entschiedenheit, als sie Freddys Gesicht sah, »*ich hab nicht das Herz meiner Mutter. Meins schlägt nur für mich und sonst keinen.*«

In den nächsten Wochen wachte Freddy morgens auf, erschöpft und verkatert, einen Arm über die weiche Wölbung ihres Bauches gelegt, das Gesicht an ihre mandarinengroßen Brüste gepreßt, und hörte ihr beim Reden zu. Wie gern sie redete. »*Was meinst du, Freddy, glaubst du, meine Titten sind zu klein, um es in die Varietés zu schaffen? Die Männer müssen nach ihnen schreien! Schreien, sag ich dir.*« »Mich hast du soweit gekriegt, daß ich nach ihnen schreie, oder etwa nicht?« »*Schon, aber du, du bist ein Kinderspiel. Ich meine, wenn du mich das erste Mal mit dieser Brust auf der Bühne gesehen hättest, hätte es dir den Atem verschlagen?*« »Wie ich dir sagte ...« »*Ich weiß, was du gesagt hast, aber, ich meine, ich muß ihnen den Atem rauben, direkt aus den Lungen raus, damit sie es hier spüren*«, sagte sie und griff sich an die nackte Leiste, während sie sich vor Freddy aufs Bett stellte. »*Verstehst du nicht, Freundchen, ich will, daß es sie von den Sitzen reißt und sie nach mir brüllen, als könnte keiner von ihnen ohne mich leben.*« »Sie sind gut genug«, versuchte ihr Freddy zu versichern, als sie sie von ihm wegdrehte. »Sie sind die besten, an die ich mich erinnern kann.« »*Kein Witz?*« »Kein Witz.« »*Oh, Freddy*«, gurrte sie und blickte zu ihm zurück, die Hüfte halb gedreht, »*ich hätte nicht gedacht, daß du es so faustdick hinter den Ohren hast.*« »Was meinst du?« »*Du lügst wirklich gut.*« »Ich lüge nicht.« »*Darum ist es ja so gut.*« Freddy schaute sie leicht verdutzt an. »*Es werden die Beine sein, nach denen sie schreien werden. Ich hab umwerfende Beine*«, sagte sie, während sie sich auf den Hintern klatschte und eine Hand an der Hinterseite ihres Oberschenkels hinuntergleiten ließ. Freddy, dem sich ihr Po wie ein gespaltener Pfirsich präsentierte, krabbelte auf allen Vieren an den Bettrand und drückte seine Nase in die Spalte ihres Hinterns. »Gott sei Dank«, sagte er. »*Wie war das, Schätzchen?*« »Ich sagte, ›Gott sei Dank‹.« »*Das ist genau das, was sie sagen sollen.*«

Nach ein paar Wochen erfolglosen Vorsingens erzählte Janice Gould Freddy, daß sie im Triple Mark einen Job als Hutgarderobiere angenommen habe, und daß sie hoffe, sich in die Varietévorstellungen hocharbeiten zu können. Das Triple Mark war bekannt für sein Varieté, für die Messerwerfer und tanzenden Pekinesen, für Verushka, die vollbusige Taktstockmajorette, die zu einem längeren Trommelwirbel mehrere Gläser mit rotem Tischwein zwischen ihren spärlich verhüllten Brüsten balancieren konnte. »Du weißt, was dort vor sich geht, nicht wahr?« fragte Freddy Janice zaghaft, als sie ihm von dem Job erzählte. »*Wirst du jetzt mir gegenüber fürsorglich, Freddy?*« »Ich wüßte nicht wie.« »*Wem willst du was vormachen, Tarzan? Du hast genug vom Affen in dir, um eine ganze Bananenplantage zu entwurzeln. Du bist ein regelrechtes Tier ... Herrgott nochmal, komm und gib Janey einen Kuß.*« So bekannt das Triple Mark für die Vorstellungen war, so auch dafür, die Kundschaft in den oberen Räumen zu verwöhnen: Gangster, Polizisten, Politiker, Geschäftsleute und natürlich auch den einfachen ehemüden Durchschnittsmann, der begierig und betrunken genug war, um den Arbeitslohn einer Woche für ein Revuegirl draufgehen zu lassen. Freddy hatte das mehr als nur einmal getan, als er noch mit Evelyn verheiratet gewesen war.

In der Zeit, als Janice ihre Stelle antrat, begann sie sich ein wenig von ihm zu entfremden. Sie arbeitete bis spät in die Nacht hinein, schlief nicht mehr bei Freddy, sondern blieb in ihrem Zimmer im Beekman Hotel. Auf der gegenüberliegenden Seite des Luftschachts konnte Freddy dann am späten Vormittag sehen, wie Janice mit offenem Bademantel halbnackt vor ihrem Fenster stand und Freddy in seinem Anzug bei der Arbeit anstarrte. Freddy starrte zurück und wünschte sich zuweilen, noch einmal so jung zu sein.

Es war in einer Donnerstagnacht in Jacks Taverne, als Freddy zum ersten Mal Feldman traf. Feldman arbeitete für Mann und Roth im Triple Mark. Er war anstelle von Janice gekommen. »*Sie wollte, daß ich runterkomme und dir sage, daß du dir keine Sorgen zu machen brauchst.*« »Sorgen worüber?« »*Über die Sache mit dem Ehemann. Du weißt von der Geschichte mit dem Ehemann, nicht wahr?*« »Ja, natürlich.« »*Tja, Janice hat vorhin ein bekanntes Gesicht draußen vor dem Beekman gesehen, irgendeinen Schnüffler.*« »Geht's ihr gut?« »*Ihr geht's gut. Johnny Mann kümmert sich persönlich um sie. Und wenn er sich nicht um sie kümmern kann, dann kümmere ich mich um sie.*« »Sie und Johnny Mann ...?« »*Er paßt einfach auf die Kleine auf*«, sagte Feldman. »*Er behandelt sie wie ein Heiligtum. Er glaubt, sie hat Talent, von ihrer Courage ganz zu schweigen. Außerdem hat sich rausgestellt, daß er ihre Mutter kannte.*« »Woher?« »*Ich glaube, sie hat vor langer Zeit mal für ihn gearbeitet.*« »Was du nicht sagst.« »*Das hab ich zumindest gehört.*«

Freddy mochte Feldman. Er war etwas plump, so plump, wie dicke schwere Männer nun mal sind; und selbstironisch, so selbstironisch wie dicke Männer ebenfalls sind. Außerdem gefiel Freddy für eine Weile die Vorstellung, seine Zeit mit einem von Manns und Roths Leuten zu verbringen. »*Ich bin mir nicht sicher, ob ich die beiden überhaupt kennengelernt hätte*«, erzählte Feldman Freddy, als der ihn fragte, wie er an Mann und Roth geraten war, »*wenn ich nicht so groß und pummelig wäre. Ich bin eine Art Gesprächsthema, so was wie ein Denkmal der Organisation, ihr persönliches Taj Mahal.*« Feldmans rechter Mundwinkel hob sich langsam, bis seine Backe die Form eines hübschen rosarunden Fleischbällchens angenommen hatte. »*Sie haben mich angeguckt und angefangen zu lachen. Sie haben mich gerne um sich, weil ich sie zum Lachen bringe. Schick den Dicken rüber, so reden sie über mich. Der Dicke wird das Kind schon schaukeln. Mal sehen, was deren Dicker gegen unseren Dicken ausrichten kann. Wir haben den Dicksten aller Dicken. Feldman, das ist der Dickste im Geschäft. Du hast ein Problem mit einem der Mädchen? Schick den Dicken rein und laß ihn einen Mädchenplausch mit ihr führen. Die Mädchen fühlen sich wohl, wenn der Dicke mit ihnen Mädchengespräche führt ... Sie haben Tausende von Sprüchen über mich auf Lager. Was soll ich sagen? Meine Mutter hat mich gut gefüttert. Und ich esse gerne. Ich mag es, viel zu essen.*«

In den darauffolgenden Wochen begann Feldman, der gesagt hatte, er fühle sich wohl in Freddys Gesellschaft, im Jacks vorbeizuschauen und mit Freddy in einer der hinteren Sitznischen des Schankraumes herumzusitzen. Sie kamen auf Freddys Leben zu sprechen, auf das wenige, was es darüber zu erzählen gab, und irgendwann kamen sie auch auf seine Arbeit zu sprechen, auf die Waffensorten, die er für Fief versandte, darauf, wie der Papierkram abgewickelt wurde, wer ihn nachprüfte, wie die Telefonate mit der Fabrik geführt wurden, wer die Verladung in den Docks von Long Meadow beaufsichtigte. Eines Abends erzählte Feldman dann von einem neuen Nachtclub, den Johnny Mann und Jerzy Roth in Tanger eröffnen wollten. »*Sie haben da irgendeine noble Ferienkolonie oder so was. Wo jede Menge Geld reinkommt. Und Leute mit viel Geld wissen verdammt nochmal einfach nicht, was Spaß bedeutet, bis Typen wie Johnny und Jerzy ihnen zeigen, was Spaß ist. Ich meine, schau dir zum Beispiel diesen Eliopoulos an, den Baron, wie er sich selber nennt. An fünf Abenden in der Woche kommt er ins Triple Mark, mit der Crème de la Crème an seinem Arm; er hat sich oben ein Privatzimmer gemietet; er hat einen eigenen Tisch. Diese High-Society-Typen langweilen sich einfach zu Tode. Und wer kann es ihnen verdenken? In den Kreisen, in denen sie verkehren? Johnny und Jerzy haben sich überlegt, warum sich nicht ein Monopol auf diese Langeweile sichern und ein bißchen Amüsement exportieren. Alles, was jetzt noch zu tun bleibt, ist, da drüben die richtigen Hände mit der richtigen Währung zu schmieren und schon sind wir drin.*«

»*Ich werde mit Johnny nach Tanger gehen*«, sagte Janice zu Freddy, als sie beim nächsten Mal zusammen in seinem Bett lagen. »*Er sagt, daß er eine berühmte Tänzerin aus mir machen wird, wenn ich mit ihm komme. Ich hab ihm klar und deutlich gesagt, daß ich nicht seine Gangsterbraut sein werde. Entweder du läßt mich tanzen, oder ich greif mir irgendeinen Heini aus der Königsfamilie, hab ich ihm gesagt. Er hat's verstanden. Freust du dich für mich, Freddy?*« »Ich freu mich für dich«, sagte Freddy in einem enttäuschten Tonfall. »*Schon gut, mein Schatz, ich werd dich auch vermissen. Aber diesen Schnüffler, der mir nachspioniert, werd ich nicht vermissen. Ich hoffe nur, daß ich aus der Stadt verschwunden bin, bevor mich mein Ehemann aufspürt.*«

Etwa zu dieser Zeit tauchte Feldman eines Tages nach Freddys Feierabend in Jacks Taverne auf und erzählte Freddy, daß er mit

Johnny und Jerzy über ihn geredet habe. »*Sie klangen sehr interessiert*«, sagte Feldman. »Ich verrichte die Arbeit eines Holzkopfs, Feldman. Was kann daran schon interessant sein?« »*Um ehrlich zu sein, Freddy, waren sie eher an der Möglichkeit interessiert, daß du etwas für sie tun könntest.*« Und da gab Feldman sich zu erkennen. »*Schau mal, es ist folgendermaßen. Johnny und Jerzy wollen drüben in Tanger Geschäfte machen, aber wie ich schon sagte, es gibt da ein paar Politiker, die sich ihnen in den Weg stellen, und, nun ja …*« Freddy konnte es kommen sehen wie einen Meteoriten, der vom Himmel fällt. »*Du besorgst uns, was wir brauchen, und hast für den Rest deines Lebens ausgesorgt, mein Freund.*«

Freddy wußte nicht, was er sagen sollte, doch ihm gefiel die Vorstellung. Ihm gefiel die Vorstellung, nicht mehr arbeiten zu müssen, mehr Zeit im Jacks verbringen zu können, über sein Leben nachzugrübeln, zu trinken, genug Geld und Zeit zu haben, um sich, wenn er denn wollte, zu Tode zu trinken. Ihm gefiel die Vorstellung verdammt gut, doch er sagte, er müsse es überdenken. Feldman entgegnete, er solle sich Zeit lassen, aber nicht zu viel Zeit, da sie keine Zeit hätten. Feldman gab ihm einen Tag.

Am Abend desselben Tages fand Freddy Janice Gould mit blutigen Lippen und zerrissenen Kleidern auf dem Treppenabsatz vor seiner Tür. Freddy nahm sie mit hinein und setzte sie auf einen Stuhl. »Wer hat dir das angetan?« »*Er kam aus dem Nichts*«, sagte sie wütend und schüttelte heftig den Kopf. »*Kannst du dir das vorstellen? Er hat mich von hinten angesprungen, dieser lausige, nichtsnutzige Feigling. Er sprang mich von hinten an, weil er wußte, daß ich mich gewehrt hätte.*« Sie fing an zu weinen. Freddy ging ins Badezimmer und kam mit einem feuchten Waschlappen zurück. »*Die Stufen zur Untergrundbahn hat er mich runtergeschubst*«, schluchzte sie, während Freddy ihr vorsichtig das Gesicht mit dem nassen Lappen abtupfte. »*Ich wette, er hätte mich dort auf der Stelle umgebracht, wenn ihn nicht jemand zurückgehalten hätte.*« »Was ist mit ihm passiert?« »*Er hat sich losgerissen und ist weggerannt.*«

Freddy ließ ihr ein heißes Bad ein. »*Ich will nicht mehr allein da raus gehen, Freddy*«, sagte sie zu ihm, als er neben ihr auf dem Toilettendeckel saß. »Heute nacht bleibst du hier.« »*Nimm es mir nicht übel, Freddy, du hebst zwar ein schweres Möbelstück wie ein Profi, aber ich glaub, ich würde mich dennoch wohler fühlen, wenn du Feldman anrufen würdest.*« »Du bist hier sicher, Janice.« »*Lektion eins in gutem Benehmen, Freddy*«, sagte sie gereizt, »*wenn deine Freundin von ihrem Ehemann die Treppe runtergeworfen wurde, dann widersprichst du ihr nicht, egal was sie sagt, verstanden?*« Zwanzig Minuten später saßen Feldman und Freddy zusammen in Freddys Apartment und tranken, während Janice auf der Couch lag und hin und wieder weinte.

Erst als die beiden zum ersten Mal zusammen in seinem Apartment waren, fiel Freddy auf, daß irgend etwas an der ganzen Geschichte nicht stimmte. »*Ich will ihn ein für allemal loswerden*«, sagte Janice. »*Ich würde alles tun, damit er aus meinem Leben verschwindet, alles, außer ihn umzubringen … Nein, das nehme ich zurück. Ich würde ihn auch töten. Ich würde ihn auch töten lassen.*« »*Wenn es das ist, was du willst, Janice …*«, sagte Feldman. Es war die Art, wie Feldman diese acht Worte sagte, die Freddy die Augen öffnete. Feldman spielte mit einem Mal eine Rolle. Er sagte diese und alle darauffolgenden Worte, als hätte er sie erst kürzlich auswendig gelernt. Es war die Art, wie er Janice unbewußt einen Blick zuwarf, um sich ihrer zu vergewissern. Freddy merkte, daß Janice ihn zu den Proben gedrängt hatte. Er konnte sie vor sich sehen, wie sie gemeinsam probten. Oder hatten sie keine Zeit zum Proben gehabt? Dann fragte er sich, ob es nicht Feldman war, der Janice durch diese Theaternummer führte. Ihm fiel ein, wie Janice und er sich kennengelernt hatten, wie schnell sie zu einem Teil seines Lebens geworden war, wie leicht Feldman einen Weg in sein Vertrauen gefunden hatte, und dann wußte er, daß die beiden da waren, weil sie noch etwas von ihm wollten.

Feldman ließ die Katze aus dem Sack. »*Ich hab eine Idee*«, sagte er im Brustton der Überzeugung. »*Was denn für eine, Feldman?*« fragte Janice ausdruckslos. »*Warum beseitigen wir nicht dich, statt deinen Ehemann umzulegen.*« »*Sehr witzig, Dickerchen.*« »*Nicht für immer, nicht wirklich, nein, nein, wir täuschen es nur vor. So, daß der Schnüffler es uns abkauft. Dir kann es doch egal sein, Kleine, du nimmst danach einfach einen Künstlernamen an. Du denkst dir die ganze Geschichte von A bis Z aus, wie eine Theaterrolle.*« »*Mensch*«, erwiderte Janice, durch ihren Text stolpernd, »*das – ist – ja – gar – keine – schlechte – Idee – Feldman.*« »*Wenn wir die Anzeige gemacht haben, schicken wir dich nach Tanger.*« Janice drehte sich zu Freddy um. »*Was hältst du davon, Freddy?*« Freddy konnte nicht glauben, wie schlecht das Ganze vor seinen Augen aufgeführt wurde, und er wollte es ihnen auch sagen, doch Feldman war rund zweihundert Pfund schwerer als er und trug außerdem eine Waffe bei sich. Alles, was ihm einfiel, war: »Wenn du es so willst, mein Schatz.« Janice nahm die Idee auf, als wäre es das beste, was sie jemals in ihrem Leben gehört hatte. »*Eigentlich*«, sagte Feldman, »*könnten wir es sogar am selben Tag machen, an dem Freddy diese Bestellung für Johnny aufgibt.*« »*Was – für – eine – großartige – Idee – Feldman. Was – für – eine – großartige – Idee.*«

[18]

Während Freddy schließlich in den Schlaf fand, verpackten in den Southside Docks mehrere Dutzend Männer hinter verschlossenen Türen und in beinahe völliger Dunkelheit die gesamten Produktionsanlagen von American Allied Pharmaceuticals in Kisten. Benny Rudolph befand sich oben in Eliopoulos' Büro. Er saß hinter dessen Schreibtisch aus der Zeit Ludwig XIV., rauchte eine seiner Zigarren und trank Brandy aus einem seiner Kognakschwenker. Durch einen Schlitz in der Jalousie schaute er hinaus auf die Ladezone, wo Eliopoulos unter Zuhilfenahme eines jadebesetzten Spazierstocks unbeholfen auf den Rücksitz seiner Limousine kletterte. Der Chauffeur schloß die Tür, setzte sich ans Steuer und fuhr in Richtung Crown-Crackers-Fabrik davon. Während Benny zusah, wie der Wagen zum entgegengesetzten Ende der Docks fuhr, klingelte das Telefon auf Eliopoulos' Schreibtisch. Benny schwang mit dem Stuhl herum und nahm den Hörer ab.

»Hallo?« fragte er mit seiner gebrochenen Stimme.

Weiter nördlich, im Keller des Triple-Mark-Nachtclubs, standen die beiden grauhaarigen Männer vor Johnny Mann und Jerzy Roth. Mann und Roth waren beide bewußtlos, geknebelt und mit verbundenen Augen an Stühle gefesselt. Neben den beiden grauhaarigen Männern stand Feldman, auf dessen Stirn und Nacken sich Schweiß gesammelt hatte. Er hatte Johnny und Jerzy allein aus Johnnys Büro im ersten Stock über die Hintertreppe in den Keller hinuntergeschleppt. Der grauhaarige Mann mit dem sonnigen Gemüt war am Telefon und sagte nun zu Benny: »Sie sind bewußtlos. Aber sie müßten jeden Augenblick zu sich kommen.«

»Haben sie Dubrov und Collins angerufen, bevor ihr sie ausgeschaltet habt?« fragte Benny, während er wieder mit dem Stuhl herumschwang, um aus dem Fenster zu schauen. Ein Mann und eine Frau kamen, eingezwängt zwischen zwei von Rudolphs Leuten, über den schmalen Kiesweg, der von Crown Crackers zum Haupteingang von American Allied führte, auf ihn zu.

»Ja, es ist alles erledigt.«

»Was ist mit ihren Leuten?«

»Wir haben Feldman hier. Um die anderen haben wir uns gekümmert.«

»Gut. Sagt Feldman, was ihm morgen früh bevorsteht. Sagt ihm, daß er besser eine gute Vorstellung abliefern soll.«

»Ich glaube, er wird es kapieren, Boß.«

»Sorgt dafür, daß er es wirklich begreift.«

Als Benny den Hörer auflegte, klopfte es an der Tür. Sie öffnete sich quietschend und ein Mann mit länglichem Kinn steckte seinen Kopf ins Zimmer. »Sie sind hier, Boß.«

»Schick sie rein und warte auf dem Gang«, sagte Benny vom Schreibtisch aus. Der Mann und die Frau, die Benny zuvor auf die Lagerhalle hatte zugehen sehen, betraten das dunkle Büro von Elias Eliopoulos. »Du hast mich enttäuscht, Katrina«, sagte Benny und blickte dabei den Mann an.

»Das war nicht Daniels Idee, Benny«, entgegnete Katrina Lowenstein, als sie sah, wie Benny Daniel Greely musterte. Sie nahm die Kapuze ab, schüttelte ihr rotbraunes Haar und ließ den Mantel von den Schultern gleiten, während sie sich Benny gegenüber auf eine kleine Ledercouch setzte. »Ich hab ihn dazu angestiftet.«

»Daran habe ich keinen Zweifel.« Benny schnalzte mit der Zunge, während er den Kopf zwischen Katrina und Greely hin- und herwandern ließ.

»Komm schon, Benny, ich meine, was hast du erwartet?« fuhr Katrina flapsig fort, die Beine übereinandergeschlagen, so daß ihr geschlitztes Kleid die glatten, schlanken Oberschenkel sehen ließ. »Du hast ein kleines Vermögen an Heroin im Keller meines Hauses liegengelassen. Daniel konnte sich seinen Teil denken, und, na ja, da hab ich gedacht …«

»Ja«, sagte Benny. »Da hast du falsch gedacht, Kleine.«

»Ich dachte, für das, was ich durchgemacht habe«, erwiderte

Katrina schnippisch und ohne die Fassung zu verlieren, »hätte ich eine anständige Starthilfe verdient.«

»Du hast wirklich eine Veranlagung fürs Dramatische, nicht wahr … Sie schreiben doch gerade an einem Drama, Greely? Mit der Rolle einer abgebrühten jungen Dame, die auf Schwierigkeiten aus ist?«

»Es ist eine Komödie«, gab der zerzauste Greely achselzuckend von sich. »Mit einem ungelösten Mordfall … eine Art Verwechslungskomödie.«

»Und welche Rolle spielt sie dabei?«

»Sie spielt den Mörder.«

»Den Mörder also?« Benny zog mit einem seiner manikürten Finger die Haut unter einem Auge herunter und sah Katrina an.

»Wem willst du hier was vormachen, Benny? Du bist nicht sauer. Ich weiß, daß du nicht sauer auf mich bist.« Katrina stand auf, ging zu Eliopoulos' Schreibtisch hinüber und setzte sich drauf. »Ich weiß, daß du eine Schwäche für mich und Greely hast. Warum läßt du uns dann nicht gehen, he? Betrachte es einfach als kleinen Extrabonus. Ich hab einen kleinen Extrabonus verdient, findest du nicht auch? Ich hab dir besorgt, was du brauchtest. Ich hab dir Stillman geliefert, eine tote Janice Gould, ich hab Feldman im Auge behalten …«

»Ich mußte dir nicht gerade den Arm verrenken, um dich dazu zu bewegen, Schwester.«

»Sicher«, räumte Katrina ein, »es war für eine gute Sache, du und ich, wir können uns beide an Harry Shortz rächen, aber …«

»… wenn ich mich recht entsinne, hast du bereits ein hübsches Sümmchen Bares erhalten …«

»… aber der arme Greely hier, er liebt mich und mußte mit der Vorstellung leben, daß ich mit diesem traurigen Stillman ins Bett gehe. Sollte Greely nicht dafür, daß er das aushalten mußte, einen Teil abbekommen? Er ist sehr intelligent und hat einen sensiblen Charakter«, sagte Katrina auf Greely weisend. »Er kann den Gedanken nicht ertragen, mich mit einem anderen Mann zusammen zu wissen.«

»Er sollte sich besser daran gewöhnen«, sagte Benny und sah zu

Greely hinüber. »So, wie ich das sehe, und ich habe mehr als genug gesehen, wird es nicht das letzte Mal gewesen sein.«

»Also wirst du uns gehen lassen?« fragte Katrina und blickte Greely mit einem Lächeln an.

Benny schwieg einen Moment lang. »Nein«, sagte er. »Das kann ich nicht.«

Katrina glitt vom Schreibtisch herunter, ging zur Couch zurück und ließ sich auf ihren Mantel fallen. Greely ging hinüber und setzte sich neben sie. »Was werden Sie mit uns machen?« fragte Greely.

»Was hattet ihr mit dem Heroin vor?« fragte Benny Katrina.

»Wir wollten es verkaufen.«

»An wen?« fragte Benny an Greely gewandt.

»Wir wollten es in kleinere Portionen aufteilen«, antwortete Greely. »Auf dem Weg nach Westen.«

»Feldman wollte mitkommen«, sagte Katrina

»Das wollte er?«

»Er besaß eine Liste aller Apotheken des Syndikats. Den Gewinn wollten wir teilen.«

Benny nickte stumm und begann mit den Fingern zu trommeln. »Gib Mr. Greely einen Kuß und sag ihm auf Wiedersehen«, sagte Benny zu Katrina.

Katrina sah Greely an, dann blickte sie zu Benny. »Was wirst du mit ihm machen?«

»Verabschieden Sie sich, Mr. Greely. Gehen Sie durch diese Tür und zeigen Sie dem Mann draußen, wo er Ihren Lastwagen findet.«

Greely biß sich auf die Lippe, während Benny ihm mitteilte, was er zu tun habe. Dann wandte er sich an Katrina und schaute ihr in die Augen. Katrina wollte etwas sagen, doch Greely preßte seine Lippen auf die ihren, stand auf und verließ das Zimmer.

»Was hast du vor, Benny?« fragte Katrina, als hätte sie immer noch nicht den Ernst der Lage begriffen.

»Ich mag es nicht, wenn man mich betrügt.«

»Es war nicht persönlich gemeint«, seufzte Katrina. »Warum stellst du es so dar, als hätte ich dich damit verletzen wollen?«

Benny holte ein Taschentuch aus seiner Jackettasche, spuckte ein wenig Blut hinein und steckte es zurück. »Du wußtest, daß das Heroin im Haus sein mußte. Du wußtest, daß wir das Grundstück auf Shortz übertragen haben. Du wußtest ...«

»Ich wußte, daß du mehr als genug gegen ihn in der Hand hast, um alles zu bekommen, was du willst«, sagte Katrina ohne nachzugeben. »So wenig ich auch mitbekommen habe, Benny, ich weiß, daß du diese Kisten bloß durch andere zu ersetzen brauchst, und das war's dann. Du kannst Greely und mich ruhig am Leben lassen.«

Benny schwieg.

»Du bringst es doch nicht übers Herz, uns umzulegen, Benny. Du würdest es dein restliches Leben lang bereuen und von Alpträumen verfolgt werden.«

Benny schwieg weiter. Er beugte sich über den Schreibtisch und stützte das Kinn in die Hände.

»Abgesehen davon, kannst du mich nicht zweimal töten, Benny. Du kannst mich nicht einfach als Janice Gould umbringen und dann als Katrina Lowenstein. Irgend jemand wird dahinter kommen.«

»Weißt du nicht, wann es Zeit ist, den Mund zu halten?«

»Warum ist es überhaupt so wichtig, daß Janice Gould tot ist?«

Benny strich sich über das Gesicht. »Mein Klient wollte eine tote Verführerin.«

»Ich bin keine Unbekannte«, warf Katrina ein.

»Da hast du recht. Hier in dieser Gegend bist du Janice Gould. Solltest du tot aufgefunden werden, wärst du Janice Gould.«

»Was ist mit Greely?«

»Was soll mit ihm sein?«

Katrinas Kühnheit begann zu schwinden. Sie wollte sich ihre Angst nicht anmerken lassen, statt dessen wirkte sie verärgert. Unschöne Gedanken drängten sich ihr auf, und in ihrer Wut drohte sie Benny mit dem Finger.

Benny erhob sich und ging zur Tür. Der Mann mit dem länglichen Kinn stand dahinter bereit. »Macht es, wie ich gesagt habe«, befahl Benny. »Achtet darauf, daß ihr sie ordentlich herausputzt.«

»Okay, wird erledigt, Boß.«

Benny wandte sich wieder an Katrina. »Du gehst mit ihm. Er wird sich um dich kümmern.«

»Wohin bringt er mich?«

»Schön, dich kennengelernt zu haben, Kleine.«

»Wohin bringt er mich?«

»Das wirst du herausfinden, wenn du dort bist.«

Benny packte Katrina an den Schultern, schob sie auf den Gang hinaus und schubste sie zu dem Mann mit dem länglichen Kinn. Als sie noch etwas zu ihm sagen wollte, schloß er die Tür und setzte sich wieder an Elias Eliopoulos' Schreibtisch.

GLOBE METRO REPORT, 17. MAI 192-

STAR-REPORTER DES GLOBE SAM RAPAPORT TOT AUFGEFUNDEN

MARTY VOLMAN

WEST END – Zu unserer großen Bestürzung müssen wir heute das Ableben eines unserer Kollegen vermelden. Sam Rapaport, dessen unnachahmliche Stimme die Seiten des Globe Metro Reports mehr als 25 Jahre lang mit seinem Witz und Verstand gefüllt hat, starb heute im Alter von 48 Jahren. Er wurde am Nachmittag in seinem Apartment auf der 34th Street mit einer tödlichen Schußwunde am Kopf aufgefunden.

Mr. Rapaport hinterläßt eine 15jährige Tochter, Faith, die ihren Vater an seinem Schreibtisch entdeckte, eine Pistole in der Hand, eine leere Flasche schwarzgebrannten Whiskeys zu seinen Füßen und in der Schreibmaschine einen Abschiedsbrief, der privat bleiben soll.

Der Polizei zufolge wird Mr. Rapaports Todesursache noch untersucht, doch alle Anhaltspunkte, so hieß es, deuteten auf Selbstmord.

Sam Rapaport, dessen Verdienste für den Globe kaum in Worte gefaßt werden können, wird auf diesen Seiten schmerzlich vermißt werden, sein Platz sicherlich für immer unausgefüllt bleiben. Er hat berichtet, was er sah, er hat gelebt, was er berichtete, und stand immer für die Wahrheit in all ihren Schattierungen ein. Sam Rapaport war ein absolutes Original, eine Reporterlegende aus eigener Kraft.

Der öffentliche Gedenkgottesdienst findet morgen abend um sechs Uhr im Blue Room statt.

[19]

Wenige Stunden nachdem die Produktionsanlagen von American Allied Pharmaceuticals in Kisten verpackt und am Ladeplatz auf Lastwagen verfrachtet worden waren, lag Faith Rapaport noch in ihrem Bett und schlief. Sie war bis zwei Uhr morgens im Globe-Gebäude gewesen, um einen zweiteiligen Artikel fertigzustellen: Ein Interview mit Max Waters und Henry Capp über deren angebliche Rolle bei dem Bombenanschlag sowie einen Bericht über eine Versammlung der Arbeitergewerkschaft von Fief Munitions, die im Keller der St. Francis Kathedrale in Long Meadow abgehalten worden war. Wie von Gerald Kravitz vorausgesehen, hatten die Arbeiter dafür gestimmt, am Montagmorgen in Streik zu treten, falls Fief ihre Forderungen nicht erfüllen sollte.

Faith hatte so tief geschlafen, daß sie sich gar nicht mehr daran erinnern konnte, den Hörer abgenommen zu haben. Aber der Telefonhörer lag in ihrer Hand, auf ein weiches rosa Kopfkissen gebettet, und sie sprach mit einem Mann, der eine ausgesprochen feuchte, kehlige Stimme hatte.

»Spreche ich mit Faith Rapaport?«

»Wer möchte das wissen?«

»Ich habe East End neun vier vier gewählt. Ist da East End neun vier vier? Faith Rapaport. Ich möchte Faith Rapaport sprechen.«

Faith döste wieder ein.

»Ist da Faith Rapaport, Sammy Rapaports kleine Tochter?«

»Wie spät ist es?«

»Vier, halb fünf.«

»Sam ist tot. Schon seit langem.«

»Ja, allerdings. Deswegen rufe ich an.«

»Hat Ihnen schon mal jemand gesagt, daß Sie eine merkwürdige Stimme haben, Mister? Hört sich an, als hätte jemand Ihren Kehlkopf zwischen den Zähnen. Es klingt so, als wäre er undicht.«

»Wie aufgeweckt Sie doch sind.«

»Ja, ja, das bin ich.«

Faith döste wieder ein.

»Sind Sie noch da?«

Faith stieß ein Ächzen aus.

»Besitzen Sie einen Wagen, Miss Rapaport?«

»Geht es um meinen Wagen?«

»Nein, es geht nicht um Ihren Wagen. Es geht darum, daß Sie in Ihr Auto steigen und damit fahren sollen. Wie ich bereits sagte, es geht um Ihren Vater. Es geht um Ihren Vater und um die Tatsache, daß die Anhörung vor der Anklagejury, über die Sie heute berichten sollten, nicht stattfinden wird.«

»Mein Vater? Mein Vater ist tot.«

»Das hatten wir bereits.«

»Richtig. Was ist mit der Anhörung?«

»Jetzt hör mir mal gut zu, Mädchen ...«

»Haben Sie ›Mädchen‹ gesagt?«

»Jetzt hören Sie mir mal zu. Wenn Sie wissen wollen, was mit Ihrem Vater passiert ist, wenn Sie wissen wollen, warum Murray Crown heute morgen nicht vor Gericht aussagen kann ...«

»Murray Crown ... mein Vater ... heute morgen vor Gericht?«

»Wenn Sie wissen wollen, warum Murray Crown es heute nicht zum Gericht schaffen wird, wenn Sie wissen wollen, was Murray Crown mit Ihrem Vater zu tun hat, dann hören Sie zu. Fangen Sie nicht an nachzudenken, schlafen Sie nicht ein, denn sonst verpassen Sie Ihre Chance.«

»Wer ist denn da?«

»Hören Sie einfach zu, denken Sie nicht weiter nach und wachen Sie endlich auf. Öffnen Sie Ihre zarten verschleierten Augen und reißen Sie sich zusammen.«

»Was wissen Sie?«

»Ihr Vater war kein Selbstmörder, das weiß ich.«

Faith schwieg, doch jetzt war sie wach, hatte die Augen geöffnet und starrte ins Dunkel ihres Schlafzimmers, das lebendig zu werden schien, wenn man nur etwas zu lange hinsah. »Wer ist da?« fragte sie noch einmal.

»Southside Docks. Die Fabrik von Crown Crackers. Unter dem Schild neben der Schnellstraße finden Sie eine Garage. Das Schloß ist auf. Gehen Sie nach oben und schauen Sie sich kurz um.«

»Wonach soll ich mich umschauen?«

»Nach einem Schlüssel. Auf dem Schreibtisch liegt ein Schlüssel.«

»Was für ein Schlüssel?«

»Das werden Sie wissen, wenn Sie ihn sehen. Wie ich schon sagte, fangen Sie nicht an, darüber nachzudenken. Wenn Sie länger als ein paar Minuten nachdenken, wird Ihre Zeit schnell abgelaufen sein. Sie haben weniger als eine Stunde, bevor die Cops kommen. Holen Sie den Schlüssel.«

Es klickte und die Stimme verstummte. Kaum hatte Faith aufgelegt, da klingelte das Telefon erneut.

»Ja?« fragte sie. »Was gibt es?«

»Ich würde Ihnen empfehlen, sämtliche Artikel rauszusuchen, die Ihr Vater über Victor Ribes Mordprozeß geschrieben hat.«

»Über wessen Mordprozeß?«

»Victor Ribes. R-I-B-E. Ribe, Victor.«

»Was hat Victor Ribe, R-I-B-E, damit zu tun?«

Der Mann hatte abermals aufgelegt.

Faith schlug die schwere Bettdecke zurück, tastete in der Finsternis umher und zog an der Schnur der Nachttischlampe. Der aufleuchtende Glühfaden erhellte die Dunkelheit des frühen Morgens, so als hätte jemand nassen Gips über die Einrichtung verteilt. Ohne wirklich darüber nachzudenken, was sie tat, was sie tun würde, sobald sie dort wäre, begann sie im Durcheinander ihres kleinen Zimmers nach Büstenhalter und Schuhen zu suchen. Sie schlüpfte in einen Pullover und eine Wollhose, die sie auf einen mit Kleidern überhäuften Stuhl gelegt hatte, bürstete sich die schwarzen Locken, band sich die Schuhe zu, zog einen dicken Mantel an, setzte eine olivfarbene Filzmütze auf und schob sich auf dem Weg nach draußen eine Lucky zwischen die Lippen.

Normalerweise hätte sie auf einen solchen Hinweis nicht reagiert, es sei denn, er stammte von einem ihrer üblichen Informanten. Es machte ihr nichts aus, ihre Nase überall hineinzustecken. Sie schnüffelte gerne herum, sogar vorzugsweise an Orten, an denen sie eigentlich nichts verloren hatte. Früh schon hatte sie damit angefangen und sich deswegen immerzu Ärger mit Marty Volman eingehandelt, ihrem Chefredakteur, der seit Sams Tod die Rolle des väterlichen Beschützers eingenommen hatte. Faith war im zarten Alter von fünfzehn Jahren von der Schule abgegangen und zu Volmans Schützling geworden. Vom ersten Augenblick an hatte sie sich als Tochter ihres Vaters erwiesen: Sie war ein Naturtalent, wenn es darum ging, sich in schmutzige Geschäfte einzumischen. Ihren ersten großen Durchbruch hatte sie mit siebzehn, als einer ihrer Artikel der Polizei dabei half, Gorgeous Ziggy Lipskin wegen Mordes hinter Schloß und Riegel zu bringen. Sie hatte sich als liebeskrankes Püppchen ausgegeben, das Gorgeous Zig auf sich aufmerksam machen wollte, und war ihm so von Tür zu Tür gefolgt, während er seine Runden durch das Erpresserrevier drehte. In der Bankhead Street Nummer 55, in einem Juweliergeschäft im Southend, feuerte Lipskin einige Ladungen Munition ab, und Faith sah, wohin er anschließend die Waffe warf. Dafür bekam sie die Titelseite – und wurde zu sechs Monaten Schreibtischarbeit und Korrekturlesen verdonnert. Wegen Leichtsinnigkeit.

Über einem nächtlichen Ausflug zu Murray Crowns Lagerhalle prangte Marty Volmans Mißbilligung so unübersehbar wie eine riesige Warntafel mit der Aufschrift: Vorsicht Hochspannung! Doch Faith ließ sich davon nicht abhalten, nicht, wenn es einen so dunklen, unentschlüsselten Teil ihres eigenen Lebens betraf. Von den Augenblicken abgesehen, in denen Leute sie als die Tochter ihres Vaters erkannten und sich voller Bewunderung daran erinnerten, was für ein beinharter Reporter Sam doch gewesen war, hatte in all den Jahren seit dem Selbstmord niemand seinen Tod zur Sprache gebracht. Der Fall ihres Vaters war abgeschlossen, und als er noch untersucht wurde, hatte kaum jemand die offizielle Version in Zweifel gezogen. Die Polizei kam und ging. Die Gerichtsmediziner holten den Leichnam ab. Man ging davon aus, daß Sam Rapaports Leben eine Wendung zum Schlechten genommen und er kurzen Prozeß gemacht hatte.

Faith wollte natürlich nicht wahrhaben, daß ihr Vater sie derart auf sich allein gestellt zurückgelassen hätte. Er war ein Trinker gewesen, laut, starrköpfig, launenhaft und voll störrischer Ansichten, aber auch ebenso sanft, zärtlich und voller Liebe für Faith. Insofern konnte sie an jenem Tag, als sie von der Schule nach Hause kam und ihn mit seiner Waffe in der Hand auffand, nicht glauben, daß ihn irgend etwas hatte freiwillig dazu bringen können, sie zu verlassen. Er hatte sie vollkommen allein zurückgelassen, ohne eine Familie – oder besser gesagt, ohne eine Familie, bis auf den Haufen tatteriger und versoffener Reporter des Globe. Ihre Mutter lebte ein kompromißloses Leben und war kurz nach Faiths Geburt davongelaufen. Faith war durch und durch die Tochter ihres Vaters. Sie war in verrauchten Räumen aufgewachsen, in Bars, in den Hinterzimmern der Flüsterkneipen, den Büros von Politikern und Ratsmitgliedern, den Hinterhöfen von Gewerkschaftsführern, Sozialisten, Gangstern, Mördern und Bürgermeistern. Aber dennoch war er da, der Abschiedsbrief im Stil ihres Vaters, in dem er sie um Vergebung bat und ihr schrieb, daß sie alles hätte, was sie im Leben bräuchte, und es, obschon ihre Mutter fortgelaufen war, mit ihrem Verstand und ihrem guten Aussehen auch ohne ihn schaffen würde; daß alles, was er ihr gegeben hätte – so schrieb er in seinem kurzen Brief –, wenn auch nicht schön, so doch von Nutzen für sie sein würde.

Faith nahm den Fahrstuhl in die schäbige Eingangshalle des Apartmentgebäudes und tauchte kurz darauf mit ihrem Hupmobil in das künstliche Dämmerleuchten des Central Boulevard ein. Sie fuhr vorbei an beleuchteten Schaufensterauslagen, an hell strahlenden Foyers und Mezzaninen; sie fuhr über rote Ampeln, rieb sich während der ganzen Zeit die Augen und wischte über die Eisblumen auf der Innenseite der Windschutzscheibe.

Als sie die abgelegenen Gebiete des South End erreicht hatte und über holpriges Kopfsteinpflaster fuhr, verblaßte mit einem Mal das trübe bläuliche Licht, das die Stadt erleuchtet hatte, und Faith konnte durch die geschlossenen Wagenfenster hindurch den Uferschlick und das Salzwasser des Ozeans riechen. Sie fuhr unter der parallel zu den Southside Docks verlaufenden Schnellstraße des West bend hindurch. Auf der anderen Seite der Unterführung fand sie sich vor der wuchtigen Backsteinfassade der Crown-Crackers-Fabrik wieder, die drei Stockwerke hoch mit einem Werbebild überzogen war, einem gemalten Bild von Murray Crown (»Der König der Cracker«), der lächelnd in eine Handvoll seines berühmten knusprigen Salzgebäcks biß. Die Kekskrümel explodierten um Crowns aufgestellten grauen Haarschopf herum, was seinen Kopf wie die Spitze einer brennenden Wunderkerze aussehen ließ.

Das einzige, was Faith über Murray Crown wußte, entsprach dem, was alle über Murray Crown wußten. Daß ihm Crown Crackers gehörte. Wie alle anderen auch, kannte sie sein Gesicht von den Bildern auf den Keksschachteln. Wie alle anderen auch, wußte sie, daß er mit einer wasserstoffblonden Sexbombe namens Genie verheiratet war, die unter dem Namen Bubbles bekannt war und Crown um einen ganzen Fuß überragte, wenn sie Stöckelschuhe trug. Sie wußte, daß Crown seit langem verdächtigt wurde, seine Lastwagenflotte für den Transport von illegaler Schmuggelware einzusetzen – um während der Prohibition illegale Nachtclubs mit Alkohol und später dann bestechliche Apotheker mit Rauschgift zu beliefern. Bislang war nur gegen Crowns Fahrer Anklage erhoben worden. Sie verbüßten routinemäßig milde Haftstrafen, wurden dann entlassen und gingen wieder zurück an die Arbeit. Sie wußte, daß Crown kein Geheimnis aus seiner Freundschaft mit Johnny Mann und Jerzy Roth gemacht hatte. Sie waren alle in derselben Mietskaserne in der Southside aufgewachsen. Obwohl man sie nie zusammen in der Öffentlichkeit sah, war es, wie auch Faith wußte, nur zu offensichtlich, daß Crown mit Elias Eliopoulos in Verbindung stand, mit dessen Fabrik American Allied er sich die Schiffsanlegestellen teilte. Sie wußte, daß sich Crown dazu bereit erklärt hatte, bei Herabsetzung des Strafmaßes gegen Mann, Roth und American Allied auszusagen. Faith sollte an diesem Morgen eigentlich über die Anhörung berichten, doch nun war ihr klar, daß die Geschichte eine Wendung nahm.

Faith parkte den Wagen unterhalb des Wandbilds von Murray Crowns explodierendem Kopf, nahm eine Taschenlampe zur Hand und ging den parallel zur Schnellstraße verlaufenden Kiesweg entlang. Zum Geräusch der nahegelegenen, in der Flußströmung knarrenden Landungsbrücken ließ sie den Lichtkegel ihrer Taschenlampe über die Mauerfugen des Gebäudes wandern, bis sie auf eine bemalte Metalltür stieß, die wie ein Teil der Backsteinfassade aussah. Wie der Mann am Telefon vorhergesagt hatte, war die Tür nur angelehnt. Faith zog sie zur Straße hin auf und entdeckte über sich ein baumelndes Metallkabel. Sie zog daran, woraufhin eine Garagenlampe aufleuchtete, die ein parabelförmiges Licht über das Dach einer schwarzen Limousine warf. Faith trat ein, schloß die Tür hinter sich und ging zu einer weiteren hinüber, die ins Gebäude führte. Die Garage bot gerade ausreichend Raum für den Wagen, so daß sich Faith an den Kotflügeln vorbeizwängen mußte. Als sie die Tür an der Frontseite erreichte und aufdrückte, entdeckte sie auf einer steil ansteigenden Treppe alle paar Stufen kleine Spritzer und Tropfen trocknenden Blutes. Vorsichtig stieg sie drei Stockwerke hinauf, den Weg mit der Taschenlampe beleuchtend, vorbei an unbeschrifteten Türen, die ausnahmslos mit Vorhängeschlössern zugesperrt waren. Als sie den obersten Treppenabsatz erreichte, stieß sie auf eine weitere Tür. Diese war aus Stahl und mit einem schweren Riegel versehen, der zugeschoben war. Sie legte ihr Ohr an den kalten Stahl, und als sie auf der anderen Seite nichts vernahm, entriegelte sie die Tür. Ein lauter Knall hallte durch die Dunkelheit des Treppenhauses, und Faith fand sich in einem Lagerraum wieder, der mit Aktenschränken und gestapelten Crown-Crackers-Kisten gefüllt war, auf denen das gleiche Bild prangte wie auf der Fassade. Egal wohin Faith den Lichtstrahl ihrer Taschenlampe richtete, er beleuchtete die Explosion von Kekskrümeln, Crowns aufgerissene Augen, die aufgerichteten Haare, das strahlende Weiß seiner Zähne. Faith schien es beinahe so, als könnte sie hören, wie all diese Cracker gleichzeitig zermalmt wurden.

Die Blutspur führte zu einer weiteren verriegelten Tür. Sie griff nach dem Riegel, schob ihn beiseite, und wieder hallte durch das Treppenhaus ein Knall. Als die Tür von selbst aufschwang, sah Faith vor sich ausgebreitet und teilweise durch eine Schreibtischlampe erhellt einen Mann, in der Hand eine Waffe, das Gesicht, die Hand, alles in eine Blutlache getaucht, die, so schien es ihr, immer noch aus dem Mund des Mannes und aus einem Loch in dessen Hinterkopf herausfloß. Sofort drängte sich ihr das Bild ihres Vaters auf, und sie konnte deutlich Sam vor sich sehen, von der Wucht des Schusses nach hinten auf den Boden geschleudert, die Augen weit aufgerissen, auf den mit Blut bespritzten weißen Deckenverputz starrend.

Zögerlich betrat Faith das Zimmer, ein Büro mit Glasfront, eine Aussichtsplattform, von der aus man die Fabrik überblicken konnte, ein offener Raum, der ihr sofort das Gefühl vermittelte, verwundbar zu sein. In Gedanken vernahm sie wieder diese seltsame, krank klingende Stimme des Mannes, der sie an diesem Morgen angerufen hatte. Die Stimme war derart real, daß sie die Gegenwart des Mannes spüren konnte, fast so, als würde er irgendwo neben ihr im Dunkeln stehen. Faith ging um die sich ausbreitende Blutlache herum und entdeckte auf einem Rollschreibtisch in der Ecke des Raumes einen beschriebenen Zettel:

Liebe Genie,
bitte denke nicht schlecht von mir, weil ich mich entschlossen habe, aus dieser Sache auszusteigen, aber ich ertrage den Druck nicht mehr. Ich halte es nicht länger aus, in dieser Angst zu leben. Ich kann Dir nicht sagen, wie leid es mir tut. Ich dachte, es wäre für alle Beteiligten das beste, außer für mich natürlich. Aber wem soll ich was vormachen? Es mußte ja so kommen.
Wir sehen uns auf der anderen Seite, Baby.
In ewiger Liebe,
Murray

Neben dem Zettel lag ein Schlüssel. Faith preßte ihren behandschuhten Zeigefinger auf den Schlüsselring und zog ihn über den Schreibtisch, bis er in ihre Hand fiel. ITB684 stand auf dem Ring. Als sie den Schlüssel eingesteckt hatte, registrierte auch ihr Magen den Geruch von frischem Blut, und erneut mußte sie daran denken, wie sie ihren Vater gefunden hatte, wie sie hatte würgen und sich in die Blutlache zu ihren Füßen erbrechen müssen. In dem plötzlichen Gefühl, sich wieder übergeben zu müssen, hielt sie sich Nase und Mund zu, ging um Murray Crowns entstellten Körper herum und machte sich auf den Weg zurück nach unten, wobei sie die Türen hinter sich verriegelte. Sie dachte an den Schlüssel, den sie vom Schreibtisch genommen hatte. Sie dachte an den blutigen Krater in Murray Crowns Hinterkopf. Und immer noch hatte sie das Bild ihres toten Vaters vor Augen. *Wir sehen uns auf der anderen Seite, Baby*, war alles, woran sie denken konnte. *Wir sehen uns auf der anderen Seite.*

Faith löschte das Licht in der Garage und stieß die Tür zur Straße auf. Als sie auf den Kies hinaustrat, sah sie jenseits der Schnellstraße die Sonne aufgehen, und unten an der Straße bemerkte sie aus den Augenwinkeln heraus einen Wagen, der zuvor noch nicht dort gestanden hatte. Sie tat so, als hätte sie ihn nicht gesehen. Sie versuchte sich so zu verhalten, als würde sie hier hergehören. Sie ging zu ihrem Wagen und stieg ein. Sie ließ den Motor an, wobei ihre Hände zum ersten Mal an diesem Morgen sichtlich zitterten. Als sie wegfuhr, sah sie im Rückspiegel einen Mann in dem Wagen sitzen, einen großen Mann mit glattem schwarzen Haar, der zu weit entfernt war, um ihn richtig erkennen zu können.

[20]

Harry Shortz war bereits wach, als sein Telefon morgens um Viertel vor fünf klingelte. Er saß im Dunkeln in einem Sessel neben dem Bett und beobachtete die schlafende Beverly, schaute auf ihren Arm, der ausgestreckt über dem Kopfkissen lag, auf ihre Hand, die in der Matratzenmulde ruhte, in der sonst zu dieser Nachtstunde Harrys Körper lag. Ihre Hand blieb regungslos, und es schien, als würde Beverly träumen, das Kissen, welches Harry an seine Stelle gelegt hatte, wäre noch immer er, als würde sie noch immer seinen großen stämmigen Körper halten. Als das Telefon in der Dunkelheit schrill zu klingeln begann, rührte sie sich nicht, ihr Atem blieb ruhig; nur ein Finger bewegte sich. Der Finger krümmte sich in die Faust, und Harry, der den Finger langsam über das Laken streichen sah, fühlte sich mit einem Mal an die Art erinnert, in der sich Sylvia Lowenstein nackt im Hotelbett liegend schlafend gestellt hatte, wenn Harry sie verließ, um sich nicht von ihm verabschieden zu müssen.

»Ja«, flüsterte Harry in den Telefonhörer.

»Nach dem heutigen Tag werden Sie nur noch ein Schatten Ihrer selbst sein.«

»Wer ist da?«

Der Mann antwortete nicht.

»Rudolph?« fuhr Harry vorsichtig und immer noch flüsternd fort. »Wenn Sie es sind, möchte ich mit Ihnen reden.«

Wieder setzte eine lange Stille ein.

Der Mann am anderen Ende der Leitung räusperte sich laut und gab ein schlimmes Husten von sich.

Harry sah zu Beverly hinüber. »Was wollen Sie von mir?«

»Fragen Sie Dubrov, was mit seiner Hand passiert ist.«

»Wie bitte?«

»Fragen Sie Sergeant Dubrov, was mit seiner Hand passiert ist.«

Nun war es Harry, der schwieg.

»Und fragen Sie sich, warum Sie es in all den Jahren nicht geschafft haben, das Syndikat zur Rechenschaft zu ziehen.«

Harry hörte weiter zu.

»Fragen Sie sich diese Dinge, dann können wir eventuell reden.«

»Was haben Sie mit dem Mädchen gemacht?«

Die Leitung war tot. Harry legte den Hörer auf und starrte weiter auf Beverlys dunkle Gestalt. Gerade, als er aufstehen und den Flur hinuntergehen wollte, um bei seinen Söhnen hineinzuschauen, klingelte das Telefon erneut.

»Ja?« sagte er wieder flüsternd, als er den Hörer abgenommen hatte.

»Es tut mir leid, Sie zu dieser Nachtzeit stören zu müssen, Sir ...« Es war einer seiner Leute, die Crown bewachten. Die Stimme klang zaghaft.

»Was gibt es?« fragte Harry, dessen Stimme ebenso zaghaft klang.

»Wie ich bereits sagte, es tut mir leid, Sie zu dieser Nachtzeit stören zu müssen, aber Crown ist verschwunden.«

»Was soll das heißen, Crown ist verschwunden?«

»Wir haben gerade nach ihm geschaut, vor etwa zwanzig Minuten. Das Fenster in seinem Zimmer stand offen, und er war nicht mehr da.«

»Aber ihr seid im dreizehnten Stock«, sagte Harry verärgert, und seine tiefe Stimme erfüllte nun das Schlafzimmer.

»Ich weiß, Sir.«

»Wo kann er hin sein?«

»Wir haben keine Ahnung.«

Harry stockte kurz. »Durchsucht alle Zimmer auf der Etage.«

»Wir haben die anderen Zimmer auf der Etage breits durchsucht, aber ergebnislos, Sir.«

»Dann durchsucht den Rest des Hotels.«

»Damit haben wir schon angefangen.«

»In Ordnung ...«, sagte Harry, der einen klaren Gedanken zu fassen versuchte. »Dann setzt euch ans Telefon und ruft Verstärkung«, befahl er ihm. »Schickt jemanden zu Crowns Haus und laßt die

Docks durchsuchen ... Und wenn ihr schon dabei seid, dann schickt auch jemanden bei Mann und Roth vorbei. Findet heraus, was sie zu sagen haben.«

»Jawohl, Sir.«

»Ich bin gleich da.«

»Jawohl, Sir.«

Harry legte auf. Er kochte innerlich vor Wut.

»Harry?« fragte Beverly noch völlig verschlafen. »Ist alles in Ordnung?«

Harry sah Beverly in die halbgeöffneten Augen und spürte, wie ihn eine tiefe Traurigkeit überkam. »Alles ist gut, mein Schatz. Schlaf weiter.« Harry erhob sich aus dem Sessel und zog sich an.

»Soll ich dir einen Kaffee machen?«

»Nein, Liebling. Bitte schlaf weiter. Ich ruf dich später an.«

Er gab Beverly einen langen Kuß auf die Stirn.

»Mmmm«, machte Beverly.

»Ich liebe dich.«

»Mmmm«, machte Beverly noch einmal und schlief wieder ein.

Als Harry im Hanover eintraf, wurde er am Eingang von einem müde aussehenden Polizisten mit Schnurrbart und zerknittertem Tweedmantel erwartet.

»Habt ihr ihn gefunden?« fragte Harry, während er auf ihn zueilte.

Der Mann schüttelte den Kopf. »Tut mir leid, Sir.«

»Habt ihr die Anrufe erledigt?«

»Alle sind unterwegs und suchen ihn.«

»Wart ihr beide wach?«

»Wach und haben neben der Tür gesessen. Ich schwöre bei Gott.«

»Und ihr habt rein gar nichts gehört?«

»Nichts. Es war vollkommen still.«

»Habt ihr das Zimmer kontrolliert, bevor er schlafen ging?«

»Wir haben es kontrolliert und noch einmal kontrolliert. Ich sag Ihnen, Sir, wir haben alles nach Anweisung gemacht. Alles. Er muß auf den Sims hinausgeklettert sein und irgendwo ein offenes Fenster gefunden haben.«

»Nun gut«, sagte Harry, als er mit dem Polizeibeamten im Schlepptau Crowns Zimmer betrat. Das Bett sah aus, als hätte jemand darin geschlafen. Auf dem Tisch lag eine unbeendete Patience neben einer halbleeren Flasche Bourbon und einem halbvollen Aschenbecher. Unter dem Tisch befand sich, einer auf dem anderen, ein Paar Pantoffeln. Im Wandschrank hingen Crowns Kleider, im Badezimmer standen seine Toilettenartikel, und auf der Couch lag sein Mantel. Das Fenster stand noch einen Spalt weit offen, so daß die eisigen Windböen gegen die Vorhänge wehten.

»Wenn er freiwillig raus ist, warum hat er dann den Mantel nicht angezogen?«

»Vielleicht aus Angst, der Wind würde ihn herunterwehen?« versuchte der Beamte eine Erklärung zu geben.

Harry schaute auf den Sims vor dem Fenster hinaus. Er war breit genug, um ohne große Schwierigkeiten darauf zu gehen. Als sich Harry vom Fenster abwandte, bemerkte er, wie sich etwas im Licht der Deckenlampe spiegelte. Er sah sich um, bis er etwas Metallisches auf dem Boden entdeckte, das unter der Tagesdecke hervorschaute. Harry beugte sich hinunter, griff danach und hob es vorsichtig hoch – ein Rasiermesser, leicht mit Blut beschmiert. »Hat er sich heute abend rasiert?« fragte Harry und hielt dem Polizeibeamten das Rasiermesser vors Gesicht.

»Das weiß ich nicht.«

Der Boden war mit einem tiefgrünen Teppich ausgelegt. Harry suchte ihn gründlich ab und bemerkte einige dunkle Flecken, die zum Fenster führten. Er zog ein Taschentuch heraus, nahm einen Zipfel davon in den Mund und rieb das feuchte Tuch über die verfärbten Teppichstellen. Als er das Taschentuch hob, klingelte das Telefon. Der Polizeibeamte ging zum Apparat und nahm ab. Harry blieb in der Hocke und blickte auf eine rosige Verfärbung des Taschentuchs. Er klappte das Rasiermesser zu, wickelte es ins Taschentuch ein und steckte es in die Manteltasche.

Der Polizeibeamte kam vom Telefon zurück. »Crowns Wagen ist nicht mehr unten in der Garage, wo er ihn geparkt hatte.«

Harry nickte und versuchte sich zu beruhigen. »Um wieviel Uhr sollten euch Ira und Pally ablösen?« fragte er mit beherrschter Stimme.

»Um halb sechs.«

»Sind sie hier gewesen?«

»Pally kam erst kurz vor Ihnen ... vor etwa zehn Minuten.«

»Was ist mit Ira?«

»Pally meinte, daß er wohl Streit mit seiner Frau gehabt hätte. Daß er mit der Faust ein Fenster eingeschlagen hätte. Sagte, er hätte ihn zum Nähen ins Krankenhaus gebracht.«

Harry fühlte, wie sich sein Magen zusammenzog, als er daran dachte, was der Mann am Telefon zu ihm gesagt hatte. »Wo ist Pally jetzt?«

»Er hat sich angeboten, zu Crowns Fabrik rüberzufahren.«

Harry nickte, ging noch einmal zum Fenster und untersuchte den Riegel. Der im Riegel steckende Bolzen war glatt durchgetrennt.

Harry hatte das Gefühl, als würde er ersticken und erblinden. *Nach dem heutigen Tag werden Sie nur noch ein Schatten Ihrer selbst sein*, war alles, woran er denken konnte. Er setzte sich an Murray Crowns unbeendete Patience und legte sie zu Ende.

»Was nun?« fragte der Polizeibeamte.

Harrys Kopf bewegte sich nicht, während er ihm langsam die Augen zuwandte.

»Ich gehe mal nachsehen, ob die Suche Fortschritte macht«, sagte der Beamte. Er wandte sich von Harry ab und ließ ihn mit Crowns Karten allein.

Harry hatte gerade Crowns Patience verloren, als das Telefon klingelte.

»Hallo«, sagte er, als er den Hörer abhob.

»Harry, bist du das?« Es war Pally.

»Ja, ich bin's.«

»Schlechte Neuigkeiten ... Er hat sich in seinem Büro in den Mund geschossen.«

»Sieht so aus, als hätte er am Ende ein Verliererblatt gehabt«, murmelte Harry.

»Wie bitte?«

»Nichts ... Sonst noch was?«

»Ja«, entgegnete Pally, als wäre Crowns Tod nicht die eigentliche schlechte Neuigkeit.

»Was denn?«

»Bloß, damit es dich nicht unvorbereitet trifft: Du solltest wissen, daß Tines gleichzeitig mit mir aufgekreuzt ist. Seine gesamte Truppe ist da und schaut sich um.«

Harry nahm die Neuigkeit schweigend zur Kenntnis und dachte an die Unterhaltung, die er am Abend zuvor mit Claude Fielding geführt hatte.

»Er sagte, er hätte einen Anruf erhalten«, fuhr Pally fort. »Er meinte, jemand hätte ihm einen Tip gegeben.«

»Und?«

»Er sagt, daß er den Fall übernehmen wird.«

Harry schob die Karten auf dem Tisch zusammen und stapelte sie übereinander.

»Hast du mich verstanden, Harry?«

»Ja, ich habe dich verstanden. Laß ihn nur machen.«

»Was?«

»Du hast mich gehört.«

»Aber Harry ...«

»Und du sprichst kein einziges Wort mit ihm, hast du mich verstanden?«

Jetzt blieb Pally stumm.

»Du hältst dich zurück und redest mit niemandem, bis ich dort bin. Verstanden?«

Harry konnte Pally auf und ab gehen hören. »Ja, natürlich«, sagte Pally.

Harry sah draußen vor dem Fenster die Backsteinmauern der benachbarten Gebäude im Morgenlicht heller werden. »Wo ist Ira?« fragte er, während er einzelne Karten umzudrehen begann.

»Wie bitte?«

»Ich habe gefragt, wo Ira ist. Mir wurde gesagt, daß er nicht bei dir ist. Wo ist er?«

»Claudia und er hatten heute nacht einen heftigen Streit.«

Harry schwieg wieder und konzentrierte sich auf Pallys Stimme.

»Du weißt, wie Ira manchmal wird«, sagte Pally, als würde auch er konzentriert der eigenen Stimme lauschen. »Er hat mit der Hand eine Fensterscheibe eingeschlagen. Ich hab ihn ins Krankenhaus gefahren, damit er sie nähen läßt. Es sah ziemlich übel aus.«

»Darauf wette ich.«

»Wie auch immer, Harry«, fuhr Pally unbeirrt fort, »du solltest so schnell wie möglich herkommen.«

»Ich bin gleich da.«

Harry legte auf und schob die Karten beiseite.

Nachdem Harry seinen Beamten die Neuigkeit mitgeteilt und sie beauftragt hatte, die Untersuchungsbehörde zu benachrichtigen, verließ er das Hanover. Er stieg in seinen Wagen und fuhr den Central Boulevard hinunter. Ein blaßgoldenes Licht bahnte sich seinen Weg ostwärts über die Straßen und flackerte in den dunklen Fond seiner Limousine. Als er die Southside Docks erreichte, bog er in den gefrorenen Kiesweg ein, der parallel zu den Lagerhallen verlief. Die Reifen machten dabei ein Geräusch wie Abertausende Zähne, die sich knirschend zu seinen blankliegenden Nerven vorarbeiteten. Harry fuhr an dem Werbebild des in eine Handvoll explodierenden Salzgebäck beißenden Murray Crown und an der Flotte der in den Ladezonen geparkten Crown-Crackers-Lastwagen vorbei zum Eingang der Fabrik. Ein paar Beamte der Untersuchungsbehörde hielten vor dem Eingang Wache. Neben ihnen stand Pally Collins.

»Laß uns einen kleinen Spaziergang machen«, sagte Pally, nachdem er Harry begrüßt hatte.

»Wohin?«

»Dorthin«, sagte er und zeigte auf die Zufahrtsstraße zur Fabrik von American Allied.

»Was gibt's?«

Pally schwieg.

»Mir gefällt nicht, wie du mich ansiehst, Pally.«

»Ich fürchte, dir wird auch nicht gefallen, was du gleich zu sehen bekommst.«

Soweit Harry es einschätzen konnte, verhielt sich Pally normal, doch irgend etwas an ihm stimmte nicht, etwas, das Harry nicht genauer fassen konnte. Er wirkte weder nervös noch unsicher, ganz im Gegenteil. Er war zu gefaßt für all das, was geschah.

»Wo ist Tines?« fragte Harry, während er neben Pally herging.

»Er ist gerade weggefahren. Sagte, er würde dich anrufen.«

Harry schüttelte den Kopf. Der Eindruck, daß es sich bei der ganzen Sache um ein abgekartetes Spiel handelte, war ähnlich subtil wie die Patrone, die in dieser Nacht Murray Crowns Schädel durchschlagen hatte.

»Was glaubst du, ist passiert, Pal?« fragte ihn Harry, während ihre Füße auf dem Kies knirschten.

»Nach Crowns Abschiedsnotiz zu urteilen, hat er dem Druck nicht standgehalten.«

»Also glaubst du, er hat es selber getan, ja?«

»Es gibt Leute, die haben sich aus weitaus geringeren Gründen umgebracht, als sie Crown gehabt hat.«

»Ja, aber warum mußte er dafür den ganzen Weg hierherkommen? Warum hat er sich nicht einfach im Hanover umgebracht?«

»Keine Ahnung.«

»Meinst du nicht auch, es wäre viel unkomplizierter gewesen? Er hätte sich einfach aus dem Fenster stürzen können. Hast du daran mal gedacht? Warum hat er sich die Mühe gemacht, zur Fabrik zu fahren?«

»Vielleicht hatte er noch was zu erledigen? Ich weiß es nicht, Harry«, sagte Pally seelenruhig. »Vielleicht hat ihn jemand aus dem Zimmer geholt.«

»Wer denn?«

»Mann und Roth zum Beispiel.«

»Schön, laß uns annehmen, es waren Mann und Roth.«

»Mal angenommen.«

»Wie haben sie rausgefunden, wo sich Crown befand?«

»Sie könnten einem von uns zum Hanover gefolgt sein.«

»Vielleicht.«

»Wenn sie es nicht waren«, sagte Pally, »wer glaubst du, könnte es sonst gewesen sein?«

Harry antwortete ihm nicht. Nach einigen schweigsamen Schritten durch den Kies fragte er ihn: »Hat Claudia heute morgen Ira ins Krankenhaus begleitet, um seine Hand zusammenflicken zu lassen?«

»Nein, ich hab ihn auf dem Weg ins Hanover dort vorbeigebracht. Eigentlich wollte er nicht, aber ich hab darauf bestanden. Er hat ziemlich stark geblutet.«

»Worüber haben sie sich gestritten, daß Ira so wütend wurde?«

»Das wollte er nicht sagen.«

»Das wollte er nicht sagen, he?«

»Es ging um Geld, glaube ich. Darum, daß Ira ein bißchen zu oft zur Rennbahn geht.«

Harry nickte. »Um wieviel Uhr hast du ihn abgeholt?«

»Gegen halb fünf.«

»Um wieviel Uhr hat er die Scheibe eingeschlagen?«

Pally blieb stehen und drehte sich zu Harry. »Was willst du eigentlich sagen, Harry?« fragte er und zeigte jetzt Nerven. Die Augen verrieten, wie sich seine Ruhe zu verflüchtigen begann. Er blinzelte, als wäre er soeben aus einem dunklen Kino ins Sonnenlicht getreten.

Harry blieb ebenfalls stehen und trat vor Pally. Eigentlich hatte er nicht vorgehabt, auf der Stelle reinen Tisch mit ihm zu machen, aber er konnte sich nicht mehr zurückhalten. »Seid wann stehen Ira und du schon auf der Gehaltsliste des Syndikats?«

Pally blinzelte ein paarmal unkontrolliert und trat lachend einen Schritt zurück. »Wovon zum Teufel redest du?«

»Weiß Claudia, daß sie für Ira wird aussagen müssen?«

»Weswegen?« Pally riß die Augen auf, als wollte er Harry jeden Augenblick schlagen.

Harry zog das Rasiermesser aus der Tasche und hielt es im Taschentuch hoch. »Ihr beiden hattet nicht damit gerechnet, daß Crown mit dem Ding hier unterm Kopfkissen schläft, nicht wahr?«

Pally schaute auf das Rasiermesser, dann sah er Harry an. Er wirkte verwirrt. Harry wußte nicht, ob er deshalb verwirrt wirkte, weil er keine Ahnung hatte, wovon die Rede war, oder weil er sich nicht erklären konnte, wie Harry das Rasiermesser hatte finden können.

»Was soll das alles?« fragte Pally. »Du verlierst den Verstand, Harry.«

»Ich habe mich gefragt, ob ihr beide wohl so leichtsinnig sein könntet, aber ... warum nicht? Es war dunkel. Ihr mußtet verschwunden sein, bevor die Jungs euch hören konnten. Vielleicht war es aus irgendeinem Grund das Risiko wert, das hier zurückzulassen.«

»Ich weiß nicht, wovon du redest, Harry.« Pally stand noch immer in einer Haltung da, als wollte er Harry einen Faustschlag versetzen, »aber wenn du das andeuten möchtest, was ich glaube, habe ich dir nichts mehr zu sagen, Harry. Nichts mehr. Zumindest nichts, was ich nicht später bereuen würde.«

Harry ungläubig anstarrend, wich Pally vor ihm zurück, zurück in Richtung von Crowns Fabrik.

»Wußtet ihr, daß Benny Rudolph in der Stadt ist?«

Einen Augenblick lang hielt Pally inne, dann machte er wieder kehrt. »Du weißt, daß du nicht ganz bei Verstand bist, nicht wahr, Harry?«

»Ira und du, was habt ihr mit ihm gemacht, daß er so wütend ist?«

Pally schüttelte den Kopf, als wollte er etwas Versöhnliches sagen, als stünde er kurz davor, etwas zu gestehen, doch er konnte sich nicht überwinden.

»Was habt ihr mit ihm gemacht?«

»Nichts. Absolut nichts, verflucht nochmal.«

»Na schön.« Harry blickte die Straße hinunter. »Ich gebe euch eine Stunde, um euch zu entscheiden. Entweder ihr kommt zu mir, um zu reden«, sagte er und schlug sich mit der Hand auf die Brust, »oder ihr werdet Tines erklären müssen, wie es sein kann, daß sich jemand an dem Fenster in Crowns Zimmer zu schaffen gemacht hat, wie es sein kann, daß ein Rasiermesser unter Crowns Bett gefunden wurde und Ira ins Krankenhaus mußte, um genäht zu werden. Du verstehst das nicht? ... Nein, ich weiß, du verstehst es. Darum bist du auch so verdammt ... Du bist Opfer deiner eigenen Dummheit.«

Pally stand da und hörte ihm mit versteinerter Miene zu.

»Und jetzt finde Ira und bring ihn zu mir.«

Pally schüttelte weiter den Kopf und biß die Zähne zusammen. »Du glaubst etwas gegen uns in der Hand zu haben, du versuchst damit durchzukommen.«

»Das werde ich auch.«

»Dann solltest du besser gleich damit anfangen.«

Pally wandte sich von Harry ab und machte sich auf den Weg zurück zu Crowns Lagerhalle. Harry sah ihm nach. Als Pally weit genug entfernt war, ging er weiter zur Vorderfront der Fabrik von American Allied. Er fragte sich, was Ira und Pally wohl zu diesem Schritt veranlaßt haben könnte. Er fragte sich, ob er Tines wohl in die Hände spielte, indem er sich gegen sie wandte. Als Harry auf den Parkplatz von American Allied einbog, blieb er wie vor den Kopf geschlagen stehen. »Wie zum Teufel hat er das geschafft?«

Harry Shortz stand auf einem leeren Parkplatz, neben leeren Anlegestellen. Keine Lastwagen. Keine Frachter. Keine Arbeiter. Die Tore und Lagerhallen standen allesamt offen, das Geräusch des Windes hallte schrill durch das leere Gebäude. Die gesamte Anlage war leergeräumt worden. American Allied Pharmaceuticals war nicht mehr da. Keine Maschinen. Keine Laborgeräte. Keine Möbel. Nicht ein Glaskolben oder Bunsenbrenner. Es war wie leergefegt. Alles war weg.

[21]

Victor erwachte früh an diesem Morgen. Während ein lavendelfarbenes Licht das verstaubte Kellerfenster erhellte, legte er den blutbeschmierten Anzug ab und zog die Kleider an, die Steve aus Mr. Tersis Schrank herausgesucht hatte. Seine eigenen Kleider ließ er sorgfältig gefaltet auf dem Klappbett liegen. Dann ging er ins Badezimmer hinauf. Er benutzte die Toilette, spritzte sich behutsam etwas Wasser ins Gesicht, tupfte vorsichtig die Wunden mit einem muffigen Handtuch ab. Sein Gesicht sah schlimmer aus als am Abend zuvor, doch in Mr. Tersis gutsitzenden Kleidern wirkte er alles in allem nicht ganz so furchterregend.

Victor fand Freddy schlafend vor, die Bourbonflasche auf dem Nachttisch war leer, der Aschenbecher gefüllt mit Zigarettenstummeln. Da er ihn nicht aufwecken wollte, schrieb Victor ihm eine Nachricht, die er auf den Küchentisch legte. Dann zog er Mr. Tersis pelzgefütterten Mantel an, setzte sich seinen neuen Hut auf und trat in die schneidende Kälte hinaus.

Auf dem Gehweg vor dem Haus standen zwei Männer, die Victor noch nie zuvor gesehen hatte. Einer von ihnen hielt ihm eine Polizeimarke vor die Nase. »Untersuchungsbehörde«, sagte der Mann. »Wir hätten da ein paar Fragen an Sie. Es geht um Ihren Vater.« Beide Männer waren Milchgesichter. Der eine versuchte, seine jungenhaften Züge durch einen dicken Desperadoschnurrbart zu kaschieren, doch es half nichts.

»Was ist mit ihm?« fragte Victor.

»Es geht um den Vorfall kürzlich in Long Meadow.«

»Ich weiß nicht, wie ich Ihnen behilflich sein könnte. Ich habe meinen Vater nicht mehr gesehen, seit ich vor fünfzehn Jahren ins Gefängnis gesteckt wurde.«

»Standen Sie in Kontakt miteinander?«

»Nein.«

»Sagen Ihnen die Namen Max Waters und Henry Capp etwas?«

»Ja, natürlich. Sie haben zusammen mit meinem Vater bei Barkley & Sons gearbeitet. Sie sind alle zusammen großgeworden. Ich bin mit ihren Kindern zur Schule gegangen.«

»Wußten Sie, daß Ihr Vater Beziehungen zur Kommunistischen Partei unterhielt?«

»Nicht wirklich.«

»Was meinen Sie damit, nicht wirklich?«

»Genau das. Als ich aufwuchs, war ich mit Shelly Prices Tochter Elaine befreundet. Shelly Price war damals –«

»– einer der Anführer der Brigade?«

»Genau, mein Vater und Mr. Price lernten sich mehr oder weniger gut kennen. Zumindest so gut, daß mein Vater ein paar Versammlungen besuchte. Soweit ich weiß, blieb es aber dabei.«

»Würde es Sie überraschen, wenn sie wüßten, daß Ihr Vater mehr als nur ein paar Versammlungen besuchte, wie Sie sagen? Daß er mehr als ein paar Dutzend besucht hat?«

»Ich kenne meinen Vater nicht gut genug, als daß es mich überraschen könnte, aber mein Vater war ein frei denkender Mann.«

»Würde es Sie überraschen, wenn Sie erfahren würden, daß Ihr Vater bis zu dem Tag, an dem er getötet wurde, ein aktives Mitglied der Kommunistischen Partei war?«

»Schauen Sie, ich habe mit dem Mann seit fünfzehn Jahren nicht gesprochen. Ich vermute, nichts von dem, was Sie mir über meinen Vater sagen, kann mich überraschen.«

»Dann überrascht es Sie auch nicht, wenn ich Ihnen erzähle, daß Ihr Vater die Waffenfabrik in Long Meadow vorsätzlich sabotiert hat? Um einen Konflikt zwischen der Arbeitergewerkschaft von Long Meadow und Julius Fief zu entfachen?«

»Warum hätte er das tun sollen?«

»Anscheinend war Ihr Vater ebenso verbittert wie frei denkend, Mr. Ribe. Ein Aufwiegler ...« Das Milchgesicht, das das Reden übernahm, beugte sich ins Auto, öffnete das Handschuhfach, zog ein paar Blätter heraus und begann vorzulesen. Seine Stimme, die zu seinem

Gesicht paßte, war erfüllt von pubertär klingender Abscheu. »Kameraden, erhebt euch! ... Die Produktionsmittel können UNSERE sein! ... Hört auf zu denken wie niedere Sklaven, wie besitzlose Arbeiter, wie Kanonenfutter, und HANDELT, wie Männer der TAT es tun würden.« Wütend schlug er mit dem Handrücken gegen das Blatt. »Wissen Sie, wer diese Zeilen geschrieben hat, Mr. Ribe?«

»Vielleicht mein Vater?«

»Ja, Ihr Vater, der eine Gruppe von Familienvätern in den Tod getrieben hat.«

»Wenn Sie meinen.«

Der Mann holte tief Luft. »Ich weiß, daß Sie in den letzten fünfzehn Jahren keinen Kontakt mehr zu Ihrem Vater hatten, aber glauben Sie, daß Sie seine Handschrift wiedererkennen würden, wenn Sie sie sähen?«

»Vermutlich.«

»Sieht das aus, als wäre es von Ihrem Vater geschrieben worden?«

Der Polizeibeamte reichte Victor einen Brief, der auf den Tag der Explosion datiert war.

Lieber Victor,
was ich heute tun werde, tue ich nicht allein für uns. Sollte aus irgendeinem Grund etwas schiefgehen, dann solltest Du wissen, daß es mir leid tut, an Dir gezweifelt zu haben, mein Sohn. Mir tut es außerdem leid, nicht so hart für Dich gekämpft zu haben, wie ich es in all den Jahren, die Du inhaftiert gewesen bist, für meine Leute getan habe. Ich weiß, Deine Mutter würde das, was ich vorhabe, nicht gutheißen, aber sie hätte zumindest die Starrköpfigkeit verstanden, die meinen Geist darin bestärkt, das zu tun, was ich glaube, tun zu müssen.
In Liebe,
Dad

»Die Handschrift sieht wie die meines Vaters aus, aber ich kann nicht gerade behaupten, daß es nach meinem Vater klingt.«

»Menschen verändern sich in fünfzehn Jahren.«

»Einige tun das.«

»Ich denke, Ihr Vater gehörte zu dieser Sorte.«

»Und?«

»Sie haben also zu der Tatsache, daß Ihr Vater es geschafft hat, sich selbst und fünf seiner Leute einem Prinzip zu opfern, nichts zu sagen?«

»Ich glaube kaum, daß er jemanden töten wollte. Ich bin mir nicht einmal sicher, ob ich glauben soll, daß er es war.«

»Sie werden es schon noch glauben.«

»Wenn Sie meinen.«

»Ja, das meine ich.« Der Mann stieg auf den Beifahrersitz, zog die Tür zu und kurbelte das Fenster runter. »Verlassen Sie nicht die Stadt«, sagte er. »Wir brauchen Ihre Zeugenaussage.«

Victor wandte sich von den Beamten ab und setzte sich in Bewegung. Kurz nachdem der Wagen der Beamten an ihm vorbeigefahren war, hielt ein anderes Auto neben Victor. Er erkannte die beiden Männer, die ihn am Vortag beschattet hatten.

»Wohin fahren wir?« fragte Victor, als er auf den Rücksitz stieg.

»Wohin würden Sie gerne fahren?«

»Zum Ansonia Hotel.«

»Wir werden Sie hinbringen.«

»Das habe ich mir schon fast gedacht.«

Der Fahrer lenkte den Wagen zur Straßenmitte.

»Sie haben um eins einen Termin«, sagte der Mann auf dem Beifahrersitz.

»In Ordnung.«

»Also, was auch immer Sie vorhaben, vergessen Sie nicht, daß Sie um halb eins eine kleine Spazierfahrt machen werden.«

»Soll mir recht sein.«

»Das haben wir uns schon fast gedacht.«

Die beiden Männer fuhren Victor zum Ansonia und parkten den Wagen. Sie stiegen gemeinsam aus. Victor ging ins Foyer und die beiden Männer in das Hotelrestaurant, wo sie einen Tisch besetzten, von dem aus sie Victor im Auge behalten konnten. Und wie am Tag zuvor saß Victor im Foyer des Ansonia und wartete darauf, daß Elaine und der Junge aus dem Fahrstuhl traten.

Etwa eine Stunde, nachdem Victor das Haus verlassen hatte, erwachte Freddy völlig verkatert. Vor dem Schlafzimmerfenster, über den Dächern der Stadt, bewegte sich eine schwere Sturmfront auf ihn zu. Er beobachtete eine Zeitlang, wie die Wolken weiterzogen, dann stieg er aus dem Bett und ging in die Küche, um Kaffee zu kochen. Auf dem Küchentisch fand er Victors Zettel. *Freddy*, stand darauf, *danke, daß Du Dich gestern um mich gekümmert hast. Ich wollte Dich nicht aufwecken. Mußte weg. Ich werde vorbeikommen, sobald ich kann. Victor.* Freddy setzte Wasser auf, zündete sich eine Zigarette an und ging ins Badezimmer, um die Toilette zu benutzen. Er wollte sich gerade setzen, als er ein leises Klopfen an der Tür hörte. In der Annahme, daß es entweder Aleksandr oder Nicol war, um ihm anzubieten, seinen Müll mitzunehmen, ging Freddy zur Tür und öffnete sie. Auf der Türschwelle stand ein großer Mann – größer noch als groß –, in einem Trenchcoat und mit dem abgehärteten Gesicht eines Boxers. Die übermächtige Gestalt drängte sich in Freddys Apartment und schloß die Tür. Bevor Freddy etwas sagen konnte, packte ihn der Mann am Nachthemd und schubste ihn aufs Sofa, wobei er ihm die Zigarette aus dem Mund schlug.

»Wo warst du?« fragte der Mann rüde.

»Wie bitte?« erwiderte Freddy. »Wer …«, sagte er und versuchte, seine Gedanken zu sammeln.

»Ich hab die ganze Nacht auf dich gewartet.«

»Wie bitte?« wiederholte Freddy. »Kennen wir …«

Der Mann trat einen kurzen Schritt auf Freddy zu und beugte sich zu ihm herunter, so daß sich ihre Gesichter beinahe berührten.

»Ich will die andere Hälfte meines Geldes. Mir wurde gesagt, daß du sie um Mitternacht im Club abliefern würdest.«

Freddy sah verdutzt aus. »Ich hätte gar nicht …«

»Ist es jetzt Mitternacht? Sind wir im Club? Oder sind wir gerade hier?«

»Bitte«, sagte Freddy. »Kommen Sie zur Sache, zur Sache.«

»Stell dich nicht dumm. Was hast du dir dabei gedacht, einfach nicht aufzukreuzen? Daß ich ohne einen Mucks verschwinden würde?«

Freddy konnte sehen, wie sich zwischen den wütenden Augen des Mannes ein Schweißtropfen bildete. Er stand kurz davor, von dessen Nasenspitze mitten in Freddys aufgerissenen Mund zu tropfen.

»Hören Sie«, sagte Freddy. »Sie verwechseln mich offensichtlich mit jemand anderem.«

»Freddy Stillman. Dreiundachtzigste Straße West, Nummer dreihundertneunzehn, Erdgeschoß. Zweihundert Dollar.«

»Das kann doch nicht Ihr Ernst sein. So viel Geld habe ich nicht.«

»Nein?« Der Mann richtete sich auf und zog ein Paar Lederhandschuhe aus der Tasche. »Warum erteilst du dann einen Auftrag, der dich so viel kostet?«

»Das kann ich Ihnen nicht sagen, weil ich den Auftrag gar nicht erteilt habe. Was für ein Auftrag ist das?«

»Ich finde das alles sehr einfach. Die eine Hälfte vorher, die andere, sobald der Auftrag erledigt ist, um Mitternacht im Triple Mark. So lautete die Vereinbarung. Könnte es noch einfacher sein?« Der Mann lächelte, als wäre er genervt. Mit seinen mittlerweile in den Handschuhen steckenden Klauen zog er Freddy vom Sofa und stellte ihn auf die Beine.

»War das Feldman? War das Feldman, der Sie dazu angestiftet hat?«

»Ich kenne keinen Feldman.«

»Hören Sie«, sagte Freddy ruhig, so ruhig, wie er konnte. Er versuchte, sich das Bild von Evelyn vor sein geistiges Auge zu rufen, doch es gelang ihm nicht. »Warten Sie«, sagte er. »Warten Sie einfach.«

»Nein, ich glaub, daß werd ich nicht tun.«

Dann war es da. Plötzlich konnte er sie in ihrem Morgenmantel am Küchentisch sitzen und Kaffee trinken sehen, ohne zu lächeln, ohne wütenden Gesichtsausdruck, einfach nur die aufwachende Evelyn, das Haar lag auf ihren Schultern, die Augen waren müde, das Morgenlicht fiel auf ihre Hände. »In Ordnung«, sagte Freddy.

Der Mann schüttelte den Kopf – er war sichtlich angewidert. Er holte mit der Faust aus, drehte Freddy so, daß er mit dem Rücken zum Flur stand, und plazierte einen Schlag auf sein Kinn. Der Kinnhaken ließ Freddy in die Küche taumeln, wo er gegen einen Schrank prallte, dessen Holz nachgab. Benommen saß Freddy im Schrank verkeilt da. Kurz davor, ohnmächtig zu werden, konnte er Evelyn nun deutlicher am Küchentisch sitzen sehen, bis der Mann ihn hochzog und mit einem weiteren Faustschlag, diesmal seitlich auf den Kopf, den Flur wieder hinunterschickte.

Freddy stürzte auf den Couchtisch im Wohnzimmer und rollte auf die Seite. Als er aufblickte, stand der Mann über ihm, den Fuß schwer auf Freddys Knie aufgestützt. Der Mann beugte sich hinunter, packte seinen Fußknöchel und fragte ihn noch einmal: »Hast du meine zweihundert Dollar?«

Freddy holte tief Luft und schloß die Augen, um es nicht mit ansehen zu müssen. »Nein.«

»Wie schade«, sagte der Mann nüchtern.

»Heißt das, daß Sie mir jetzt einfach mein Bein brechen wollen?« fragte Freddy, als ihm klar wurde, was der Mann vorhatte. Er spürte, wie dieser den Druck auf sein Knie erhöhte.

»Was denn? Ist dir ein Arm und ein Bein lieber?«

»Nein«, erwiderte Freddy, der sich nicht danach fühlte, dem Mann zu erklären, was ihm lieber war. »Aber nur damit ich Bescheid weiß«, fuhr er fort, »ist das alles, was Sie tun werden? Sie brechen mir nur mein Bein?«

»Was erwartest du? Soll ich dich umbringen? Wo zum Teufel bekomme ich dann mein Geld her, wenn ich dich umbringe?«

Freddy, der den Druck auf sein Knie gewaltig ansteigen fühlte, schüttelte den Kopf. »Ich habe fünfundzwanzig Dollar, fünfundzwanzig und ein bißchen Kleingeld.«

»Hast du es hier?« Der Mann drückte Freddys Knöchel nach oben, so daß die Gelenke in Knie und Knöchel anschwollen und sich dehnten.

»Ja«, ächzte Freddy. »In der Küche, in der Küche über dem Herd, in einer Kaffeedose.«

Der Mann ließ Freddys Knöchel los und nahm den Fuß von seinem Knie. Dann zog er ihn am Kragen des Nachthemds auf die Beine. »Zeig es mir.«

Freddy stolperte vor dem Mann den Flur hinunter in die Küche. »Verraten Sie mir nur«, sagte er, ohne sich umzusehen, »worum es eigentlich geht?«

»Verrat du es mir. Schließlich hast du mich beauftragt.«

»Womit?«

»Halt einfach dein Maul und hol das Geld. Zeig mir das Geld, bevor ich dich wieder auf den Boden werfe und dir dein Bein breche.« Der Mann stieß Freddy in den Rücken.

Freddy stürzte nach vorn und prallte gegen den Herd, wobei er den Topf mit dem kochenden Wasser zu Boden riß.

»Und wag es nicht, mal schnell irgendwo reinzugreifen.«

Freddy holte aus einem Hängeschrank über den Brennern eine Kaffeedose heraus und reichte sie dem Mann. Der Mann hob den Deckel ab und zog ein Bündel zerknitterter Geldscheine heraus, das er in eine seiner Manteltaschen stopfte. Dann griff er nach Freddys Kehle und hielt sie mit seiner großen Pranke gepackt. »Sag nichts«, knurrte er zwischen zusammengebissenen Zähnen hindurch. Freddy nickte kooperativ mit dem Kopf. »Sieh mich bloß an.« Freddy sah ihn an, in sein Gesicht, in seine Augen. »Heute abend, zehn Uhr, werd ich im Club auf dich warten. Hast du verstanden?« Wieder nickte Freddy. »Solltest du mit irgend jemandem darüber reden, werd ich dich fertig machen. Hast du verstanden?« Freddy nickte. »Also gut. Geh und treib mein Geld auf.«

»Und wenn nicht?«

»Dann werde ich dir jeden Tag einen anderen Knochen brechen, bis du's tust.«

»Großartig«, sagte Freddy.

Und damit ließ der Mann von Freddys Kehle ab, drehte sich um und verließ das Apartment. Als er fort war, sank Freddy zu Boden und versuchte sich mit in den Armen vergrabenem Gesicht zu erklären, was soeben geschehen war. Er erhob sich vom Fußboden und stolperte zum Badezimmerspiegel hinüber, wo er feststellte, daß er immer noch aus einem Stück bestand, auch wenn die Wange bereits von den Schlägen anschwoll. Behutsam wusch er sich, zog sich an, und, immer noch benommen, begann er den Tag, als wäre nichts Außergewöhnliches vorgefallen.

[22]

Faith Rapaport kam um kurz nach acht im Globe-Gebäude an, nach einem ausgedehnten Bad und mehreren Tassen Kaffee. Ein wenig hatte sie befürchtet, daß die Polizei bereits auf sie warten würde, doch es war ruhig in den Büros. Die Arbeit an der Vormittagsausgabe war abgeschlossen, und die meisten Reporter des Lokalressorts drehten draußen wieder ihre Runden. Die übrigen saßen herum, die Beine neben die Schreibmaschinen auf den Tisch gelegt, lasen die Zeitung und warteten darauf, daß der Zeiger auf neun vorrückte und sie mit ihren Anrufen loslegen konnten. Marty Volman war der einzige, der Faith erwartete. Er stand im Türrahmen seines Büros und blickte auf seine Mitarbeiter, als wären sie ein Haufen aufgeschlagener Bücher, die er regelmäßig durchblätterte. Obgleich er alt und zunehmend leberfleckig, rundlich und kahl wurde, wirkten seine jungenhaften Augen, als könnten sie sich in menschliches Fleisch hineinbrennen. Als Marty Faith zu ihrem Schreibtisch gehen sah, winkte er sie zu sich herüber. Äußerlich wirkte er gefaßt, doch während Faith auf ihn zuging, merkte sie an der Art, wie er seinen Hemdkragen betastete, daß ein Gewitter im Anzug war.

»Die Long-Meadow-Artikel sind gut, wirklich gut, Faith«, sagte Marty, als sie durch die Tür kam. »Das Interview hat wirklich Biß.«

»Wo hast du es untergebracht?«

»Auf Seite eins, wie versprochen.«

»Diesen Spruch habe ich schon mal von dir gehört, Marty.«

»Tja, aber diesmal ist es wirklich so.«

»Schön«, sagte Faith mit weniger Begeisterung, als sie eigentlich für angemessen hielt. Sie schaute über Martys Schulter hinweg durch das Fenster auf einen bläulichen Dunstschleier, der langsam durch die Flucht der Geschäftsstraßen trieb. Dahinter konnte sie einige Sturmwolken erkennen, die sich weit draußen über der anderen Flußseite auftürmten. »Was gibt's Neues?«

Obwohl sich Marty alle Mühe gab, gefaßt zu wirken, war seine Erregung offensichtlich. »Ich habe gerade einen heißen Tip bekommen, einen Leichnam betreffend.«

Faith spürte ein unwillkürliches Stechen in ihrem Bauch, als befände sich ein tretendes Baby darin. Obwohl sie die Antwort kannte, fragte sie: »Wessen Leichnam?«

»Murray Crowns.«

»Das ist heiß«, sagte Faith und verbarg mit zusammengebissenen Zähnen ihre Gefühle.

»Verdammt heiß«, sagte Marty, der auf Faiths scheinbares Desinteresse hin die Stirn in Falten legte.

Wieder spürte Faith das Stechen, nur heftiger als zuvor. »Wer hat dir den Tip gegeben?«

»Ein anonymer Anrufer.«

»Was hat Anonymus gesagt?«

»Er meinte: ›Murray Crown ist tot, erschossen, in seinem Fabrikbüro.‹ Er sagte noch: ›Es ist nicht so, wie es aussieht‹.«

»Was soll das bedeuten?«

»Es bedeutet: ›Es ist nicht so, wie es aussieht‹. Was weiß ich? Das ist ein Tip. Ein heißer Tip. Und er gehört dir, es ist deine Story.«

»Ich schätze, ich werde heute nicht zum Gericht gehen«, sagte sie, wobei sich ihre Stimme in ein kaum mehr wahrnehmbares Flüstern verlor.

»So kann man die Sache auch betrachten«, sagte Marty. Seine Verwirrung zeichnete sich auf der zerfurchten Stirn ab.

Faith starrte Marty lange an. Sie spürte, wie ihr linkes Ohr heiß wurde. Sie spürte, wie es dunkelrot anlief. Es brannte.

»Wenn ich nicht wüßte, daß du es bist, Zuckerschnecke, dann würde ich fast glauben, daß dich die Nachricht von Crowns Ableben umgehauen hat.«

Faith trat in Martys Büro und zog die Tür hinter sich zu. »Marty …«

»Was ist los, meine Süße?«

Faith setzte sich neben Martys Schreibtisch auf einen Stuhl. »Warst du selbst am Apparat, als er anrief?«

»Ja.«

»Hat sich der Typ angehört, als wäre bei ihm eine Dichtung geplatzt?«

»Jetzt, wo du es sagst, ja. Woher weißt du das?«

»Er hat zuerst mich angerufen«, sagte sie und griff nach einer Lucky in der Hüfttasche ihrer Hose.

»Und?«

Sie zündete sich die Zigarette an. »Ich bin schon dagewesen. Ich bin vor den Cops dagewesen.«

»Will ich das überhaupt wissen?«

»Keine Ahnung, willst du?«

Marty begann mit den Fingern auf die Schreibtischkante zu trommeln. »Also schieß los.«

»Schau mal, Marty, ich wußte nicht, daß er tot ist, als ich dort hinfuhr.«

»Warum bist du dann hingefahren?«

Faith zog den Schlüssel aus der Tasche, den sie von Crowns Schreibtisch genommen hatte. »Deswegen.« Sie deutete mit ihrer Nasenspitze auf den Schlüssel und reichte ihn Marty.

»Paßt zu einem Bankschließfach, würde ich tippen«, sagte Marty, der den Schlüssel anfaßte, als hielte er eine tote Maus am Schwanz.

»Das habe ich mir auch gedacht.«

Marty gab Faith den Schlüssel zurück. »Normalerweise wäre ich nicht hingefahren«, sagte Faith, während sie den Zeigefinger über den Schlüsselbart gleiten ließ. »Es ist nur …«

»Nur was?«

»Er hatte ein gutes Argument. Damit hat er mich gekriegt.«

»Womit?«

»Mit Paps.«

»Was hat dieser nichtsnutzige Hurensohn damit zu tun?«

»Er rief an und fragte nach Sammy Rapaports kleiner Tochter. Er sagte, daß Paps sich nicht erschossen hätte. Daß ich, wenn ich zu Crowns Fabrik fahren würde …« Die Worte sprudelten jetzt nur so aus ihr heraus. »Er meinte, wenn ich wissen wolle, warum Crown heute nicht vor Gericht aussagen könne, wenn ich verstehen wolle, warum Paps gestorben ist, wie er gestorben ist, dann solle ich zu Crowns Fabrik fahren, mich umsehen und den Schlüssel hier mitnehmen.«

»Ich kann dir nicht ganz folgen, Kleine. Wo soll es da einen Zusammenhang geben?«

»Ich weiß nur, daß es das gleiche Arrangement war, als ich in Crowns Büro kam und ihn dort liegen sah. Waffe in der Hand. Abschiedsbrief an eine nahestehende Person, der er alles Gute wünscht.«

Marty schürzte die Lippen und überlegte einen Moment. »Das ist ein ziemlich universelles Arrangement«, sagte er nachdenklich.

»Ja, das stimmt, aber warum? Warum will jemand, daß ich in dieses Zimmer gehe, zu diesem Toten?«

»Keine Ahnung. Es ist merkwürdig, da stimme ich dir zu.« Marty streckte seine Hand nach Faith aus. »Gib mir eine«, sagte er und zeigte auf ihre Hüfttasche.

Faith zog eine Zigarette heraus und reichte sie Marty.

»Von der Sache mit deinem Vater einmal abgesehen – obwohl ich es dem Bastard durchaus zugetraut hätte, sich eine Kugel durch den Kopf zu jagen –, würde mich interessieren, wie Crown überhaupt in die Fabrik gekommen ist. Die Rauschgiftbehörde hatte ihn doch am Wickel«, sagte er, während er sich die Zigarette ansteckte.

»Anscheinend war der Wickel nicht besonders fest.«

»Shortz wird über einiges Rechenschaft abzulegen haben. Ich freue mich schon auf sein Gesicht, wenn er zu erklären versucht, warum sein liebster Prügelknabe am Ende den Löffel abgegeben hat. Wenn du mich fragst, dann könnte ihm das endgültig das Genick brechen … Ich will, daß du sofort zur Stelle bist, wenn sie eine Pressekonferenz anberaumen.«

»In Ordnung, Marty, aber darum geht es im Augenblick nicht«, sagte sie und hielt den Schlüssel hoch, damit Marty ihn sehen konnte.

Beim Anblick des Schlüssels machte Marty einen Schmollmund. »Ich weiß immer noch nicht, ob ich davon etwas wissen will.«

»Genaugenommen stand die Tür offen, Marty. Ich bin einfach reingegangen.«

»Trotzdem, es sieht nicht gut aus.«

Marty warf Faith einen seiner besonderen Blicke zu.

»Schau mal, wenn du dich damit besser fühlst, dann hast du, zumindest was mich angeht, von der Sache nichts gewußt, einverstanden?«

»Versuchen wir, es so zu halten.«

Faith sah Marty untertänig an, dann blickte sie auf den Schlüssel.

»Ich werde dich gar nicht erst fragen, ob du ihn abliefern willst.«

»Ich habe mir gedacht, ich prüfe erst mal, was drinnen ist? Nur ein kurzer Blick? Ich kann ihn danach ja immer noch abgeben, nicht wahr?«

»Ich weiß nicht«, sagte Marty. »Es ist verlockend, das gebe ich zu.« Marty drückte die Zigarette aus. »Aber es gefällt mir einfach nicht. Mir gefällt die ganze Geschichte nicht.«

»Seit wann hast du Angst vor einer guten Story?« fragte Faith, um ihn doch noch für sich zu gewinnen.

»Seit es offensichtlich ist, daß du noch leichtsinniger wirst als dein alter Herr, und weil ich jetzt von diesem Ding in deiner Hand weiß und nicht hinter Gitter wandern will.«

»Aber was, wenn sich Paps nicht erschossen hat? Was, wenn derjenige, der Crown umgebracht hat, auch Paps auf dem Gewissen hat?«

»Was, wenn es Crown war, der Crown umgebracht hat? ... Wir wissen beide, daß dein Vater zu allem fähig war, auch dazu, sich eine Kugel durch den Kopf zu jagen.« Marty zeigte jetzt mit dem Finger auf Faith.

»Sollte nichts dabei herauskommen, lassen wir den beiden ihren Frieden.«

»Irgendwie kann ich mir kaum vorstellen, daß du oder einer von denen dazu in der Lage wäre. Eher macht ihr euch bis in alle Ewigkeit die Hölle heiß, da bin ich mir sicher.«

»Schau mal, Marty ...«

»Ich denke, du solltest dich nicht auf diese Geschichte einlassen,

Faith. Wirklich ...« Martys Augenbrauen zogen sich zusammen wie die aufeinanderprallenden Sturmwolken draußen in der Ferne. »Die Sache riecht nach der schlimmsten aller unerledigten Angelegenheiten deines Vaters.«

»Wo wir gerade von ihm sprechen, was weißt du über Sammys Recherchen zum Mordprozeß Victor Ribe?«

»Warum fragst du?«

»Anonymus. Er meinte, ich solle mich damit befassen.«

Marty wirkte wieder sehr beunruhigt. »Ich weiß nur, daß alle Beteiligten in etwa so heruntergekommen waren, wie man es von einer Story erwarten würde, hinter der dein Vater her war, und daß er für Ribe eine Menge riskiert hat.«

»Warum?«

Marty zog seine Unterlippe hoch und entspannte sie gleich wieder.

»Sind die Artikel unten?«

»Da bin ich überfragt.«

»Ich werde nachschauen gehen.« Faith erhob sich, sah Marty an und überlegte, ob sie ihm erzählen sollte, daß jemand sie aus Crowns Garage hatte herauskommen sehen, doch dann entschied sie sich dagegen.

Marty schüttelte den Kopf. »Ich sage es dir ungern, Zuckerschnecke, aber in dieser Angelegenheit bist du ganz auf dich allein gestellt.«

»Das nehme ich dir keine Sekunde lang ab.«

»Na ja, aber was auch immer du vorhast, ich will nicht, daß du Shortz' Pressekonferenz verpaßt.«

»Ich habe nicht die Absicht, sie zu verpassen.«

»Und sieh zu, daß du dich dort dumm stellst, hast du mich verstanden?«

»Keine Sorge, ich werde mich vorsehen«, sagte Faith auf dem Weg zur Tür. Sie sah, wie Marty wieder den Kopf schüttelte und zur Seltersflasche griff, die auf der Ecke seines Schreibtischs stand. »Wenn ich das noch miterleben darf«, hörte sie ihn auf dem Weg nach draußen sagen.

Faith trat in den Redaktionsbereich hinaus. Der Rhythmus der Schreibmaschinen nahm jetzt an Tempo zu, Büroangestellte verteilten Nachrichten und Protokollabschriften, die Telefongespräche wurden hektischer, Zigarettenqualm hing schwer in der Luft und machte Faith Lust auf eine weitere Zigarette. Sie zündete sich eine Lucky an, nahm den Fahrstuhl hinunter ins Archiv und ging zu den Aktenordnern von Samuel R. Rapaport. Ihr Vater hatte im Laufe der Jahre so viele Geschichten über Schwarzhändler und Buchmacher archiviert, über Flüsterkneipen, Opiumhöhlen, Zuhälter, Huren, über all die Dreckskerle, über die jeder gern etwas las, daß man zu seinem Gedenken einen Aktenschrank errichtet hatte, dessen oberste Schublade eine Urne mit seiner Asche enthielt. Der Schrank, an dem man ein billiges Messingschild mit Sammys Lebensdaten angebracht hatte, war Samuel R. Rapaports Mausoleum.

Unter R fand Faith, wonach sie suchte. RIBE, VICTOR. Abschriften, Notizen, Artikel, Zeugenaussagen, Protokolle ... Sie schnappte sich die Akte, nahm sie mit nach oben an ihren Platz und fing an zu lesen.

[23]

Freddy fühlte sich auf dem Weg zur Arbeit von den Schlägen noch immer wie betäubt. Die Sturmwolken hatten den Himmel in Grau gehüllt, der Wind, der schon seit Wochen kräftig geweht hatte, ließ unversehens nach, und Schneeflocken begannen herabzufallen. Während die Flocken an Freddys Mantel und Augenwimpern hängen blieben, schien sich die Zeit erheblich zu verlangsamen, und die Leute vor ihm gingen nun scheinbar weniger emsig dahin. Die Luft war dicker und dunstiger geworden; weißer Atem trat aus Mündern und Nasen und vermischte sich mit dem Dampf, der aus den Kanaldeckeln aufstieg. Auf beiden Seiten des Boulevards strömten Menschen aus den unterirdischen Bahnstationen, die Köpfe gesenkt, die Blicke auf ihre Füße gerichtet, auf die kristallinen Pfade der Gehwege, die wie Quarz glitzerten. Die anhaltende klamme Kälte fühlte sich gut an auf Freddys Gesicht, doch mit ihr kam ein beißendes Frösteln, das seinen Körper ergriff und so stark erbeben ließ, daß er seine Arme vor der Brust verschränken mußte, bis er endlich zu zittern aufhörte.

Als sich Freddy dem Fief-Gebäude näherte, traten die Polizeibeamten, die ihn tags zuvor in seinem Büro befragt hatten, unerwartet durch die Drehtür auf die Straße hinaus und nahmen ihn in Empfang. Der gröbere von ihnen mit der stacheligen Visage packte Freddy am Kinn, um sein geschwollenes Gesicht in Augenschein zu nehmen. »Sieh dir das an, Shaw«, sagte er und drehte seinem Partner Freddys Gesicht zu. »Sieht so aus, als hätte ihm jemand eine verpaßt, und zwar genau dorthin, wo er denkt.« Der Beamte drehte Freddys Gesicht wieder zu sich. »Sie denken doch, oder, Mr. Stillman?«

Freddy grinste einen Moment lang spöttisch in die dunklen Augen des Polizisten und versuchte sich dem Griff zu entziehen, doch die großen behandschuhten Finger des Mannes hielten ihn fest und quetschten seine Kinnspalte zusammen. Freddy fiel ein, wie Victor am Abend zuvor vor Miss Martin gestanden hatte. »Ich bin auf dem Weg hierher ausgerutscht«, brachte er nicht ohne Probleme heraus, da sein Kiefer in der Hand des Cops starr und unbeweglich war. »Auf einer vereisten Stelle.«

»Er sagt, er wäre ausgerutscht«, sagte der Polizist und ließ Freddys Kinn los.

»Mehr ist nicht passiert?« fragte Shaw. »Sie sind ausgerutscht?«

»Ja«, sagte Freddy, sich das Kinn massierend.

»Übler Sturz.«

»Es geht schon«, behauptete Freddy.

»Wissen Sie was? Reynolds wird Ihnen etwas Eis für den Kopf besorgen, sobald wir da sind.«

»Genau«, lachte Reynolds. »Dort, wo wir hinfahren, gibt es genügend Eis.«

»Wohin fahren wir?« fragte Freddy.

»Wir glauben, daß wir Ihre Nachbarin gefunden haben«, sagte Shaw freundlicher, während er sich von Freddy abwandte und zu dem Streifenwagen ging, der am Bordstein parkte.

»Wo haben Sie sie gefunden?« fragte er in Shaws Rücken hinein. Er versuchte nicht besorgt zu klingen, doch genau das war er. »Wo haben Sie sie gefunden?« fragte er diesmal an Reynolds gewandt, da Shaw ihm nicht antwortete.

»Alles in Ordnung mit Ihnen?« fragte Reynolds. »Sie wirken ein bißchen nervös.« Reynolds drehte sich zu Shaw um. »Findest du nicht auch, daß er ein bißchen nervös wirkt?«

»Wir würden Sie bitten, uns zu begleiten und ein paar Fragen zu beantworten«, sagte Shaw, die Fahrertür des Streifenwagens öffnend.

»Ich sollte hinaufgehen und meinem Abteilungsleiter Bescheid geben.«

»Er weiß bereits Bescheid«, sagte Reynolds und verstellte Freddy den Weg, als der sich zur Drehtür des Gebäudes aufmachen wollte. Freddy blieb abrupt stehen und sah zu Shaw hinüber.

»Was meinen Sie, Mr. Stillman?«

»Es sieht nicht so aus, als hätte ich die Wahl.«

»Das liegt daran, daß Sie keine haben.«

Reynolds zeigte auf den Streifenwagen. »Machen Sie schon und setzten Sie sich hinten rein.«

Freddy folgte der Aufforderung. Er setzte sich auf die Rückbank des Wagens und schloß die Tür. Reynolds nahm neben ihm Platz. Shaw machte eine Kehrtwendung und fuhr den Central Boulevard in Richtung Süden hinunter. Es schneite nun stärker, und auf den Straßen war weniger Verkehr als sonst. Leute mit wächsernen Blicken drängten sich in Hauseingängen und unter Vordächern aneinander, während sie auf die Straßenbahn warteten. Portiers streuten Salz auf den Gehwegen aus, als fütterten sie Tauben im Park. Alle paar Querstraßen betätigte Shaw den manuellen Scheibenwischer und kratzte mit seinem Handschuh die Eisblumen fort, die sich laufend auf dem Glas bildeten. Freddy hatte sein Gesicht dem Wagenfenster zugewandt und sah in das Schneetreiben hinaus, das sich in den vorbeiziehenden Bürofenstern spiegelte.

»Sieht ganz so aus, als stünde uns ein großer Eissturm bevor«, sagte Reynolds mit einem Blick auf Freddy. »Ich weiß nicht, wie es Ihnen geht, Mr. Stillman, aber mir gefällt es, wenn die Stadt ein wenig zufriert. Die Leute kämpfen weniger in der Kälte. Mir ist aufgefallen, daß die meisten Menschen an einem Tag wie heute, wenn es draußen grau und scheußlich ist, ihre Willenskraft verlieren; sie neigen dazu, sich ihre übermütigen Ideen, die ihnen eh nicht bekommen, abzuschminken. Es macht einen ziemlich schwach, so ein Wetter. Wenn man das Knirschen des Schnees unter den eigenen Füßen spürt, fällt einem erst auf, wie riskant doch jeder Schritt ist, nicht wahr?« Reynolds beugte sich zu Freddy hinüber, so daß Freddy dessen Gewicht neben sich spürte. »Mein Partner, zum Beispiel, neigt bei diesem Wetter dazu, dicht zu machen. Hab ich recht, Shaw?«

Shaw grunzte schwach.

»Er wird wie ein Bär. Hört auf, sich zu rasieren, bügelt seine Uniform nicht mehr und redet kaum noch. Es ist, als würde er Winterschlaf halten und auf wärmeres Wetter warten, das ihn wieder auftaut und ihm neues Leben einflößt ... Ich dagegen? Ich weiß auch nicht, woran es liegt, aber ich blühe bei diesem Wetter regelrecht auf. Es scheint mich nicht so zu paralysieren wie die anderen Leute. Auf mich hat es sogar den gegenteiligen Effekt – es belebt mich. Es steigert meine Aufmerksamkeit und mein Denkvermögen und verschafft mir einen, nun ja, tieferen Einblick in all diese Leute, die wie in Trance herumlaufen.«

Freddy drehte den Kopf und sah, daß Reynolds ihn prüfend anlächelte. Der schwere Cop verlagerte sein Gewicht wieder auf seine Wagenseite und schob sich eine Zigarette in das selbstgefällige Grinsen. Freddy musterte Reynolds mit einem Anflug von Boshaftigkeit in den Augen, dann drehte er sich wieder zum Fenster. Nun, da er den Ton für ihren Ausflug vorgegeben hatte, hielt Reynolds die restliche Fahrt über den Mund und blies Rauch in die Luft. Schweigend fuhren die drei weiter, während die Maße der Gebäude und Stadtviertel zu beiden Seiten erst zu- und dann wieder abnahmen. Die Ansammlung von überladenen Architekturen gab der flachen Topographie der Insel die Gestalt eines künstlichen Gebirgspasses, den man allein mit purer Muskelkraft und Entschlossenheit durch den Fels gesprengt hatte.

Als sie die aus weißen Granitgebäuden bestehende Hufeisenanlage des städtischen Behördenkomplexes erreicht hatten, parkte Shaw den Wagen vor dem Polizeipräsidium. Gemeinsam stiegen sie aus, traten auf den frischgefallenen Schnee und gingen eine Treppe hinunter, die ins Untergeschoß führte, ins städtische Leichenschauhaus.

»Als Sie meinten, Sie hätten sie gefunden«, fragte Freddy nervös, »wo sagten Sie, war das?«

»Unten im Kesselraum vom Beekman Hotel«, antwortete Reynolds.

»Im Kesselraum?«

Reynolds öffnete die Tür zum Leichenschauhaus, und sofort stieg ihnen der süße Geruch von Formaldehyd in die Nasen.

»Und Sie haben sie bereits identifiziert?«

»Janice Gould ... Der Name kommt Ihnen immer noch nicht bekannt vor?«

»Nein«, sagte Freddy, der an seiner Geschichte festhielt, obwohl er fühlte, wie sie in sich zusammenbrach. »Nein, immer noch nicht.«

»Sie arbeitete als Hutgarderobiere im Triple Mark. Sehr hübsch. ›Schlanker Hals, schmale Taille‹, wie Sie sagten.« Reynolds grinste weiterhin, als würde ihm jemand in die Wangen kneifen.

»Wir sind gerade dabei, ihre Angehörigen zu ermitteln«, sagte Shaw.

Sie liefen einen langen Gang entlang, auf dem Männer in weißen Laborkitteln im Zickzack von einer Milchglastür zur anderen eilten.

»Sie war fest eingewickelt in diesen taubenblauen Morgenmantel, den Sie uns gestern beschrieben haben«, fuhr Reynolds fort, »und steckte im Kohlenkasten neben dem Heizofen. An allen vieren gefesselt. Nicht gerade der schönste Ort, um in Frieden zu ruhen, nicht wahr?«

»Schrecklich«, sagte Freddy und stellte sich ihre zarten, geschmeidigen Gesichtszüge mit einer Schicht Kohlenstaub überzogen vor.

»Nicht wahr?«

Der Gedanke, daß jemand ein so schönes Mädchen auf diese Weise hatte schänden können, der Gedanke an Reynolds, der von ihr redete, als handelte es sich um ein beschädigtes Gepäckstück, erhöhte den Druck in Freddys Brust und ließ seine Lungen anschwellen. Er fühlte sich wie ein Heizkessel, der kurz davor war zu explodieren.

»Wie es der Zufall wollte, machte der Kohlenmann gestern abend seine Lieferung. Amüsanterweise war es nicht die erste Leiche, die er im Kohlenkasten fand. Scheint so, als wäre das ein beliebter Ort, um Leichen loszuwerden, der Kohlenkasten. Schon irgendwie witzig, finden Sie nicht auch, Mr. Stillman?«

»Nein«, bellte Freddy heraus, als wäre in seiner Kehle ein Entlastungsventil aufgesprungen. »Und das ist auch nichts, worüber man sich lustig machen sollte.«

»Tatsächlich?« Reynolds begann zu lachen.

Freddy kochte jetzt vor Wut. Er blieb stehen und drehte sich zu Reynolds um. »Was gibt es da zu lachen?«

»Sie haben einfach so was an sich, so was Lustiges. Ich weiß nicht genau, wie ich es ausdrücken soll, Mr. Stillman, aber Sie sind zum totlachen komisch.« Reynolds machte jetzt keinen Spaß mehr. Er war wieder ernst und wirkte nun ebenfalls verärgert. Sein großer Körper richtete sich auf, und die massige Brust trat bedrohlich weit aus dem Mantel hervor.

Doch Freddy wich Reynolds Blick nicht aus.

»Genug jetzt«, sagte Shaw. »Kommen Sie schon, Mr. Stillman.«

»Beweg dich, du Wurm«, zischte Reynolds.

Freddy wandte sich von ihm ab und ging weiter. Er spürte, wie Reynolds Worte in der beunruhigenden Stille des weißgekachelten Leichenschauhauses in sein Bewußtsein drangen. Er stellte sich vor, wie er im Gefängnis saß, hinter Gittern, und sich so elend fühlte wie früher schon einmal, und er konnte den Gedanken daran nicht ertragen, keine Sekunde lang. Als sie etwa die Hälfte des Gangs hinter sich gelassen hatten und um eine Ecke gebogen waren, befahl Shaw Freddy, stehenzubleiben und sich nicht vom Fleck zu rühren. Die beiden Polizisten gingen zu einer offenen Tür hinüber, die mit »Gerichtsmedizin« beschriftet war, blieben im Türrahmen stehen und unterhielten sich mit jemandem, den Freddy nicht sehen konnte. Hin und wieder sahen sie über die Schultern zu Freddy hinüber, entweder, um ihn im Auge zu behalten, oder weil sie über ihn sprachen. Er konnte nicht genau sagen, wieso, aber es machte ihn nur noch nervöser.

Freddy blieb neben dem Eingang zu einem kleinen Vorlesungssaal stehen. Der Raum war gefüllt mit ungewöhnlich ruhigen Studenten, die mit einer spürbaren Erwartung in den Augen dasaßen und in Freddys Richtung blickten. Dem Eingang direkt gegenüber befand sich ein langer schmaler Seziersaal, in dem acht Leichen auf Metalltischen lagen, die Köpfe mit Mulltüchern verhüllt. Drei Männer in Laborkitteln machten sich auf Hockern sitzend an unterschiedlichen Körperteilen der Leichen zu schaffen. Mit Hilfe ihres Präparierbestecks schnitten, zupften und schabten sie die Haut ab, wobei sie zwischendurch immer wieder an ihren Kaffeetassen nippten und Zimtkekse aßen. Freddy konnte vage hören, daß sie sich über einen der

Toten lustig machten, einen ehemaligen Profibaseballer, mit dessen Karriere es in den letzten Jahren rapide bergab gegangen war. »Wenn ihr mich fragt, sind unsere Chancen jetzt wieder gestiegen, wo er zu uns gewechselt ist«, sagte derjenige der Männer, der die Leiche des Sportlers bearbeitete. Er faßte zwischen die Beine des Baseballers, ergriff mit der bloßen Hand dessen Hoden und hob ihn hoch, damit die anderen ihn sehen konnten. »Ihr könnt euch gar nicht vorstellen, wie lange ich auf diesen Moment gewartet habe«, sagte der Mann lachend. Die beiden anderen stimmten in sein Lachen ein. Sie nippten an ihren Tassen, aßen Kekse und lachten weiter.

Ein Mann in einem Laborkittel und mit roter Fliege rollte eine der Leichen, eine große schlanke Frau mit sehr breiten Hüften, aus dem Seziersaal an Freddy vorbei in den Vorlesungssaal. Haut und Bindegewebe waren bereits entfernt worden, sie war bereit für die letzten Schnitte. Mit der freigelegten zopfartigen Muskulatur sah der Körper aus wie eine große biegsame Gummipuppe, die die Studenten sofort abzeichneten. Freddy konnte seinen Blick nicht von dem Leichnam nehmen. Er hatte in Stücke gesprengte Leichen gesehen, zerschmetterte Knochen, aufgeplatzte Schädel, abgetrennte, noch in Stiefeln steckende Füße, aber noch nie hatte er eine so gewissenhaft konservierte und präparierte Leiche zu Gesicht bekommen, eine Leiche, die derart unpersönlich und unmenschlich aussah.

Gerade als der Professor seine Demonstration begann, kehrten Shaw und Reynolds, gefolgt von einem kleinen kahlköpfigen Mann, zu Freddy zurück.

»Hier entlang«, sagte Shaw.

Freddy zögerte, da er wissen wollte, was der Professor mit der Leiche anstellen würde.

»Kommen Sie schon«, sagte Shaw. Freddy folgte ihnen. Sie gingen zurück auf den Hauptgang, den der Mann aus dem Labor weiter hinunterlief, während Freddy und die Beamten einen kleinen dunklen Raum betraten, in dem sich ein großes Flachglasfenster befand. Hinter der Scheibe lag ein leeres Untersuchungszimmer, das von einer einzigen, über der Tür angebrachte Glühbirne erhellt wurde. »Wir wollen nur sichergehen, daß es sich um dieselbe Frau handelt, die sie gestern gesehen haben«, sagte Shaw.

»Muß das sein?« fragte Freddy.

»Ja, das muß sein«, entgegnete Reynolds scharf. Reynolds Augen hatten seit ihrem Wortgefecht nicht zu blinzeln aufgehört. Einige unangenehme Augenblicke verstrichen, dann schob der Mann, mit dem sie gerade erst zusammen den Gang entlanggegangen waren, eine Rollbahre ins Untersuchungszimmer. Auf der Bahre lag ein Körper – Zehen, Brüste, Nase, Kopf zeichneten sich unter einem weißen Laken ab. Der Mann rollte die Bahre in die Mitte des Raumes und schaltete über sich zwei Strahler an. Die Lampen waren auf das weiße Laken gerichtet, von dem aus das grelle Licht in den Beobachtungsraum und in die Gesichter der drei Männer geworfen wurde. Als der Mann mit spitzen Fingern nach dem Saum des Lakens griff, fühlte sich Freddy plötzlich gleichermaßen erregt wie angeekelt. Er spürte seine Handflächen feucht werden, als der Mann das Laken langsam vom Kopf der Frau zog. Er zog es weiter herunter, und Janice Goulds Gesicht, Hals und Brustansatz traten zum Vorschein. Ihr dichtes rotbraunes Haar, das Freddy so oft um seine Fingerknöchel gewickelt hatte, war ordentlich hinter Kopf und Nacken zusammengesteckt. Ihr leicht zur Decke erhobenes Kinn war Freddy und den Beamten zugewandt. Selbst in diesem gleißenden Licht konnte man die bläuliche Verfärbung ihrer Haut erkennen, und trotz dieser Verfärbung sah Freddy auf ihrem Hals deutlich die Fingerabdrücke des Mörders.

»Ist sie das?« fragte Reynolds.

Freddy nahm sich einen Moment Zeit, bevor er antwortete. Er war wie gebannt von ihrem Gesicht, davon, daß sie selbst als Tote noch eine solche Ausstrahlung besaß, daß sie auch jetzt noch so lebendig wirkte. Plötzlich trat ihm wieder ihr Bild vor Augen, das Hirngespinst, das sich ihm erst am Tag zuvor aufgedrängt hatte, und er konnte nicht fassen, daß es wahr war, was er Reynolds und Shaw nun bestätigen würde.

»Ja, das ist sie«, sagte er und versuchte die Fassung zu bewahren.

Shaw beugte sich zu einer kleinen Öffnung in der Scheibe vor. »Ich danke Ihnen. Das genügt.«

Langsam zog der Mann das Laken wieder über das Gesicht der Frau und rollte sie aus dem Zimmer. Dann schaltete Shaw eine Lampe im Beobachtungsraum ein. »Setzen Sie sich, Mr. Stillman«, sagte er zu Freddy. In dem Raum gab es einen kleinen Tisch und zwei Holzstühle. Freddy setzte sich auf die Kante des einen, Shaw machte es sich in dem anderen bequem. Reynolds blieb stehen und beugte sich gelegentlich über Freddys Schulter. »Also gut, Mr. Stillman«, begann Shaw, »mein Partner und ich haben hier ein merkwürdiges Problem.«

»Und das wäre?« fragte Freddy.

»Nun ja, nachdem uns gestern der Hausmeister des Beekman Hotels wegen der Leiche anrief, sind wir noch einmal zu Janice Goulds Apartment gefahren. Als wir uns dort genauer umsahen, fanden wir dieses Stück Papier unter einem der Vorhänge.« Shaw zog einen kleinen, an einer Seite abgerissenen Papierfetzen aus der Hemdtasche und legte ihn auf den Tisch. Darauf stand:

319 West
Triple Ma
Midn

Freddy war sich nicht sicher, was er dazu sagen sollte, also schaute er einfach auf das Papier und schob es schließlich wieder zu Shaw hinüber.

»Mir ist klar, daß sich daraus nicht viel ableiten läßt«, sagte Shaw, »aber … Mr. Stillman, wären Sie so freundlich, mir Ihre Wohnadresse zu nennen?«

»Dreihundertneunzehn West Dreiundachtzigste Straße«, antwortete Freddy.

»Verstehen Sie, weshalb das für uns von Interesse ist?«

Freddy verlor allmählich die Beherrschung. »Wollen Sie mir unterstellen, ich hätte was damit zu tun?«

»Möglicherweise schon, Mr. Stillman«, fuhr Shaw fort. »Es gibt viele Häuser mit einer Dreihundertneunzehn-West-Nummer in dieser Stadt. Vielleicht kannte sie jemanden unter einer solchen Adresse. Vielleicht lag der Papierfetzen auch schon dort, bevor sie eingezogen ist. Es gibt eine ganze Reihe möglicher Erklärungen für einen derartigen Zufall. Aber Sie müssen verstehen – in unserem Berufszweig kommen derartige Zufälle höchst selten vor. Für gewöhnlich sind die Dinge am Ende tatsächlich so, wie sie anfangs erscheinen.«

»Ich weiß nicht, was ich Ihnen erzählen soll«, meinte Freddy. Er wußte wirklich nicht, was er erzählen sollte, und daher hielt er es für das beste, weiterhin so wenig wie möglich zu sagen.

»Nun gut, mein Partner und ich, wir sind gestern nacht ins Triple Mark gegangen, nur für den höchst unwahrscheinlichen Fall, daß uns dort irgend etwas einen Hinweis auf den anderen Teil des Papierfetzens geben könnte. Und um Mitternacht wurden wir schon wieder durch eine kleine Merkwürdigkeit überrascht ... Betritt doch um Mitternacht niemand anderes als Stu Zawolsky das Triple Mark. Sagt Ihnen der Name etwas, Mr. Stillman?«

»Nein, tut er nicht.«

»Stu Zawolsky ist ein Auftragskiller. Stu Zawolsky kam gestern nacht allein ins Triple Mark und trank an der Bar Wodka. Er sah aus, als würde er auf jemanden warten, wenn Sie wissen, was ich meine. Drehte ständig den Kopf zur Tür, sobald jemand den Laden betrat. Verstehen Sie, worauf ich hinauswill?«

»Ich verstehe, worauf Sie hinauswollen, ja. Aber ich verstehe nicht, wie Sie das aus der Tatsache ableiten wollen, daß dieser Stu Zawolsky im Triple Mark war. Der Laden ist nicht gerade bekannt für ein erlesenes Publikum.«

»Sehr wahr«, stimmte ihm Shaw zu. »Nur, wir beide sind ziemlich lange wach geblieben und haben ihn im Auge behalten. Als wir müde wurden, haben wir Verstärkung angefordert. Tja, und heute morgen, als wir zur Arbeit kamen, was haben wir da vorgefunden?«

Freddy spürte, wie seine Augen größer wurden. Er mußte mit sich kämpfen, um nicht vom Stuhl aufzuspringen.

»Wir haben einen Bericht vorgefunden, in dem stand, daß Stu Zawolsky heute morgen als erstes zur Nummer Dreihundertneunzehn West Dreiundachtzigste Straße gefahren ist. Mr. Stillman, lassen Sie mich nun die Frage noch einmal stellen: Kennen Sie Stu Zawolsky?«

»Nein, ich kenne keinen Stu Zawolsky.«

»Dann hat Stu Zawolsky Sie heute morgen nicht bei Ihnen zu Hause besucht?«

»Nein, ich kenne niemanden namens Stu Zawolsky.«

»Hatten Sie heute morgen Besuch, Mr. Stillman?«

Freddy schüttelte den Kopf. »Nein«, sagte er leise.

»Nun ... würden Sie mir noch einmal erzählen, was mit Ihrem Gesicht passiert ist?«

»Das habe ich Ihnen schon erzählt«, sagte Freddy, dessen Gedanken ein paar Minuten zurückschweiften, zu dem Anblick von Janice' Hals. Er spürte, wie ihm wieder stickige Luft im Brustkorb emporstieg. »Ich bin ausgerutscht«, stieß er hervor. »Jetzt erzählen Sie mir mal eins: Wollen Sie beide mich wegen Tolpatschigkeit verhaften?« Er sah zu Reynolds auf.

Reynolds hatte sein dummes Grinsen aufgesetzt. »Noch nicht, Stillman. Denn wenn du tatsächlich so in der Klemme sitzt, wie wir vermuten«, sagte Reynolds vielsagend, »dann wollen wir erst noch abwarten, was dabei herauskommt.«

»Also schön«, sagte Freddy, der erleichtert war und sich dachte, wenn das alles war, was dabei herauskam, sollte es ihm recht sein. »Ich glaube, ich sollte jetzt gehen.«

Freddy erhob sich vom Stuhl und schob sich vorsichtig an Shaw und Reynolds vorbei. Er trat auf den Gang hinaus. Der Geruch nach Formaldehyd war betäubend, und seine Nerven waren so gespannt und überdreht, daß er das Gefühl hatte, sich übergeben zu müssen. Er ging am Seziersaal vorbei und sah, wie der Professor im Vorlesungsraum den Unterleib der Frau mit den Händen auseinanderzog und hineingriff. Freddys Schritte beschleunigten sich. Er rannte vorbei an den Laboranten und hinaus auf die Straße, wo er auf der dünnen Schneeschicht ausglitt. Er fiel mit dem Gesicht voran.

Als Freddys dicker Bekannter Feldman ihn vor dem Leichenschauhaus hinfallen sah, kam er lässig hinter einem geparkten Streifenwagen hervor und eilte auf ihn zu. Er lief schnell, die Schritte im Gleichtakt mit Freddys krampfartigen Atemzügen, und paßte seine Ankunft so gut ab, daß er Freddy just in dem Moment am Kragen packte und vom Boden hochhievte, als der sich gerade den Schnee aus dem Gesicht gewischt hatte.

»Nicht reden«, sagte Feldman. »Nur gehen.«

»Was soll das?« fragte Freddy mit erstickter Stimme, da ihm der Mantelkragen die Luft abschnürte.

»Wie ich gesagt habe, nicht reden.« Feldman stieß Freddy einen stumpfen Gegenstand in den Rücken.

Freddy fuhr herum und starrte ihn an.

»Kanone«, sagte Feldman. »Geh«, sagte Feldman. »Wir müssen reden«, sagte Feldman. »Dringend«, sagte Feldman. »Sehr dringend.«

Während sich Freddy und Feldman vom Behördenkomplex wegbewegten, nahm der Wind, der zu Beginn des Schneetreibens abgeflaut war, wieder an Stärke zu, so daß sich die Schneeflocken mehr und mehr wie Eisklumpen anfühlten. Die Wagen schienen nun schwerfälliger voranzukommen. Die in den arktischen Sturmböen umherlaufenden Passanten schirmten ihre Augen mit den Händen ab.

»In die Gasse rein«, befahl Feldman, als sie die kurze Strecke zur Bowdler Lane im South End zurückgelegt hatten. Er stieß Freddy in den Rücken, so daß dieser in eine schmale Gasse stolperte, über welcher sich himmelwärts ragende Feuerleiterkonstruktionen erhoben. Über den Hauseingängen stand in Stein gemeißelt: »Bromberg Strumpfwaren«, »Ritter des Kolumbus«, »Shineburgs koscherer Wein«, »Max Fishburgs Feinkostrestaurant«.

»Da rein«, sagte Feldman und zeigte auf Fishburgs Feinkostrestaurant. Freddy ging durch einen Hauseingang, dessen Tür von einem Stuhl aufgehalten wurde. Sofort stieg ihm der Geruch von Pastrami und Corned Beef in die Nase. Er ging einen schmalen Flur entlang und durch die Küche hindurch, vorbei an einem mit Blut gefüllten Spülbecken und einem Hackklotz, auf dem Rinderzungen lagen. Er betrat ein mit rotem Samt ausgekleidetes Hinterzimmer, in dem drei Tische mit karierten Decken standen. Das Zimmer war leer. Ein Tisch war gedeckt. »Setz dich«, sagte Feldman.

Freddy konnte keine Waffe sehen, doch Feldman griff fortwährend in seine Tasche, um dort irgend etwas herumzubewegen. »Was zum Teufel soll das?« fragte Freddy.

»Dazu komme ich gleich«, erwiderte Feldman. »Heshey! Wo bist du?«

»Woher wußtest du, daß ich im Leichenschauhaus war?«

Feldman sah Freddy an wie einen Idioten. »Deine Arroganz verblüfft mich, Freddy. Aber noch mehr verblüfft mich dein Mangel an Urteilskraft ... Heshey!!!«

Ein Kellner in einem gestärkten weißen Hemd und einem roten Samtjackett kam um die Ecke. Er sagte etwas zu Feldman, das sich für Freddy wie Deutsch anhörte. Während sie redeten, notierte sich der Kellner eine Reihe von Dingen auf einem Bestellblock. Sie redeten weiter, wobei der Kellner zu schreiben aufgehört hatte, als wäre ihr Gespräch abgeschweift. Immer wieder zeigte er auf eine an der Wand hängende Sammlung von Fotografien, signierte Fotografien von kostümierten Schauspielern, die sich mitten in einer Szene, auf einer Bühne, in einem Theaterstück befanden. Als der Kellner mit dem Bestellblock wiederholt auf die Fotos wies, bemerkte Freddy, daß auf jedem der Bilder derselbe korpulente Schauspieler zu sehen war, immer in ein anderes Kostüm gekleidet, immer eine andere Rolle spielend. Je länger Freddy die Bilder betrachtete, um so sicherer war er sich, daß der Mann auf den Fotos derselbe war, den er als Feldman kannte. Freddy wollte aufstehen, um sich die Fotografien genauer anzusehen.

»Hab ich gesagt, du sollst aufstehen?« fragte Feldman, während er den Kellner fortwinkte.

Der Kellner verschwand wieder in die Küche.

»Das bist du«, sagte Freddy. Er las die Bildunterschrift. *Shlomo Feldman.* »Das bist du, nicht wahr?«

»Ja.«

»Shlomo Feldman.«

»So ist es.«

»Du bist Schauspieler?«

»Eine Art Nebenbeschäftigung. Um mich von Schmocks wie dir abzulenken.« Feldman griff sich an sein fettes Gesicht, ließ seine Hand von der Stirn zum Kinn hinabgleiten und hielt sich den Unterkiefer fest.

Heshey, der Kellner, kehrte mit einer Schüssel Hühnerbrühe sowie einem Teller zurück, auf dem dicke, in Bratensoße getränkte Rinderbruststücke lagen. Ihm folgte einer der Köche, der zwei Schüsseln, zwei leere Teller und eine Suppenkelle brachte. Feldman winkte die beiden hinaus und tat Freddy und sich auf. »Iß«, sagte Feldman zu Freddy. »Du brauchst Kraft für das, was ich dir zu sagen habe.«

»Was ist mit Janice passiert?« fragte Freddy.

»Dazu kommen wir noch. Bis dahin beschäftige deine Klappe mit dem Brustfleisch.«

»Es ist ein bißchen früh für Brust.«

»Halt den Mund und iß.«

»Was ist mit Janice passiert?« fragte Freddy wieder, ohne das Fleisch anzurühren.

»Wie ich gehört habe, hast du dafür gesorgt, daß sie abgemurkst wurde.«

Freddy wurde schlagartig bewußt, was er mit dieser dummdreisten Bemerkung meinte. »Du weißt, daß ich nichts damit zu tun habe.«

»Die Cops sind da anderer Meinung, hab ich recht?« Feldman starrte Freddy einen Augenblick lang an und nahm dann einen herzhaften Bissen vom Fleisch.

»Das hat sie nicht verdient«, sagte Freddy. »Was ist passiert?«

»Was denkst du denn, was passiert ist?« fragte Feldman mit vollem Mund. Er schluckte. »Hättest du gemacht, was von dir erwartet wurde, dann wäre sie jetzt noch am Leben. Aber nein, du mußtest schwach sein und zweifeln ...«, Feldman schüttelte den Kopf.

»Warst du es, der ...« Zwischen Freddys Augen setzte ein schmerzhaftes Stechen ein.

»War ich es, der was?« Feldman kniff die Augen zusammen. »Ich? War ich derjenige, der nicht Wort gehalten hat? Du, Freddy Stillman, du solltest gestern ein paar Formulare ausfüllen und hast es nicht gemacht. Was hab ich dir gestern gesagt?« Feldman wischte sich wieder übers Gesicht. »Was hab ich gesagt, Freddy? Ich hab gesagt, daß das überhaupt nicht klug von dir ist, was du da tust. Gott hätte es nicht klarer ausdrücken können. Ich hab gesagt, daß es Folgen haben wird. Das sind die Folgen.« Feldman stopfte sich ein weiteres üppiges Fleischstück in den Mund und spülte es mit einigen großen Löffeln Suppe hinunter.

»Du willst mir wirklich erzählen, daß Janice noch am leben wäre, wenn ich bis gestern nachmittag die Formulare ausgefüllt hätte?«

Feldman nickte. Sein Mund war zu voll zum Sprechen.

»Und jetzt hängt man mir den Mord an ihr an?«

Feldman nickte wieder, schluckend. »Man hängt ihn dir nicht nur an, Freddy«, sagte er ein wenig außer Atem. »Für die Cops bist du so gut wie verurteilt. Aber darum geht es hier eigentlich nicht. Schau mal, für den Mord an Janice wirst du deine Zeit absitzen. Das ist bereits beschlossene Sache. Das ist dafür, daß du uns verscheißert hast. Weil du dachtest, du könntest dich aus der Sache herauslavieren. Aber wie gesagt, darum geht es hier eigentlich nicht.«

»Worum geht es dann?«

»Es geht darum, daß wir in die Gänge kommen, verstehst du? Es geht darum, daß du dich in der gleichen Sekunde, in der ich dich hier rausgehen lasse, ohne dir deine beschissenen Eier abgeschnitten zu haben, wieder auf den Weg in dein Büro machst und die Formulare ausfüllst. Und falls das noch nicht klar genug für dich ist, falls das immer noch nicht bis in dein Affenhirn gedrungen ist, dann werde ich dir jetzt noch einmal sagen, wie ernst es uns damit ist, daß du in dein Büro zurückgehst und die Formulare ausfüllst.«

Feldman hob die Serviette vom Schoß und wischte sich das soßenbeschmierte Kinn ab.

»Nur damit du verstehst, wie weit wir gehen werden, Freddy, merk dir, wenn du und ich uns beim nächsten Mal treffen, dann nur, um deine Exfrau an einem beschissenen Fleischerhaken zu besichtigen, verstanden?«

Ohne darüber nachzudenken erhob sich Freddy vom Stuhl und ging um den Tisch herum auf Feldman zu. Feldman hatte mit erstaunlicher, beinahe nicht wahrnehmbarer Flinkheit die Serviette auf den Tisch zurückgelegt, mit einer Hand in seine Tasche gegriffen und einen Revolver auf Freddy gerichtet, noch bevor dieser mehr als zwei Schritte in seine Richtung geschafft hatte.

»Nein, nein, nein. Setz dich.« Die Waffe zappelte in Feldmans Hand wie ein nasser Fisch. »Runter, hab ich gesagt!«

Freddy plumpste zurück auf seinen Stuhl.

»Iß dein Fleisch«, sagte Feldman, die Waffe weiterhin in Freddys Richtung schwenkend.

Ohne sich zu rühren, starrte Freddy ihn an.

»Wenn du dir was Gutes tun willst, dann iß dein verdammtes Fleisch auf!« sagte Feldman verärgert.

Freddy saß trotzig da.

»Wie du willst. Du weißt nicht, was dir entgeht.« Feldman steckte die Waffe wieder in die Tasche. »Alles, was du jetzt zu tun hast, ist, wieder auf diese Gasse rauszugehen, in dein Büro zurückzukehren, die Papiere auszufüllen, dann diese Nummer anzurufen und ihnen zu sagen, daß es erledigt ist.« Feldman griff in die Tasche, in dieselbe, aus der er auch die Waffe gezogen hatte, und holte einen Zettel mit einer Telefonnummer heraus. »Du sagst ihnen, daß die Bestellung aufgegeben ist.«

»Was ist mit dem Geld?«

»Du hast Nerven.« Wieder schüttelte Feldman den Kopf. »Ich fürchte, dafür ist es zu spät, Kumpel. Und abgesehen davon, was zum Teufel meinst du dir in Farnsworth schon davon kaufen zu können?« Er machte eine Handbewegung in Freddys Richtung, als wollte er eine Fliege verscheuchen. »Und jetzt geh mir aus den Augen. Weg. Ich will nichts mehr mit dir zu tun haben … Heshey!!!«

Der Kellner trat mit einer Platte voll Heringen und Putenbeinen ein. »Räum seinen Platz ab«, wies Feldman ihn an, »und SCHAFF

IHN RAUS!« Heshey stellte die Platte vor Freddy hin und räumte dessen Schüssel und Teller ab. Er reichte die Schüssel und den Teller an einen Hilfskellner weiter, der hinter ihm stand.

»Ach ja, eine letzte Sache noch, Freddy«, sagte Feldman mit einem Grinsen, bei dem zwischen den Zähnen hängende Fleischfasern zum Vorschein kamen. »Nur für den Fall, daß du nicht im Rollstuhl in Farnsworth ankommen willst, solltest du einen Weg finden, Zawolsky sein restliches Geld zu zahlen. Er läßt nicht gerne mit sich spaßen.« Feldmans Dreifachkinn begann zu wackeln, während er Heshey mit einem Wink bedeutete, Freddy hinauszubringen.

Heshey führte Freddy durch die Küche, wieder an dem mit Rinderzungen bedeckten Hackklotz und der mit Blut gefüllten Spüle vorbei durch die Tür hinaus auf die Gasse. Freddy konnte an nichts anderes mehr denken, als daß er Evelyn beschützen mußte.

Er ging durch den Schnee zur Straße, wo er auf zwei große Männer traf. Freddy hatte sie noch nie zuvor gesehen, doch die Männer schauten ihn an, als würden sie ihn kennen. Während er sich unwillkürlich auf weitere Schläge gefaßt machte, musterte Freddy ihre Gesichter: Beide waren gleichermaßen angegraut, doch einer wirkte deutlich fröhlicher, der andere eher trübsinnig. Der mit dem sonnigen Gemüt sah Freddy an und tippte sich im Vorbeigehen etwas Schnee vom Hut. Der andere fixierte ihn mit kaltem, hartem Blick. Dann bogen sie in die Gasse mit den Feuerleitern ein, und Freddy sah sie den Hauseingang betreten, aus dem er gerade erst herausgekommen war. Er wußte nicht, was es zu bedeuten hatte. Aber es war ihm auch gleich, ob es etwas zu bedeuten hatte.

[24]

Nachdem die beiden grauhaarigen Männer die offene Eingangstür von Max Fishburgs Feinkostrestaurant erreicht hatten, betraten sie die Küche, in der die Köche und der Kellner eine Platte mit Kohlrouladen und Kishka vorbereiteten. Als sie die beiden grauhaarigen Männer erblickten, mit gezückten Waffen und den Zeigefingern auf den Lippen, um ihnen zu bedeuten, still zu sein, ließen die Restaurantmitarbeiter ihre Arbeit liegen und bewegten sich langsam und verängstigt auf die Tür zur Gasse zu. »Raus«, sagte der strengere von beiden. Der Kellner und die Angestellten wandten sich leise ab und liefen zügig durch den kurzen Flur auf die Gasse hinaus. Nun, da die Belegschaft fort war, entspannten sich die beiden bewaffneten Männer sichtlich. Sie betraten das Speisezimmer, in dem sie Feldman mit einem Hering in der einen Hand und einem Putenbein in der anderen antrafen. Er hatte den Mund voll und aß wie ein wiederkäuender Ochse. Als er die beiden Männer erblickte, hörte er zu kauen auf; er erstarrte am ganzen Körper – er blinzelte nicht einmal mehr. Der grauhaarige Mann mit den harten Gesichtszügen trat hinter ihn, zog ihm die Waffe aus der Tasche und bohrte sie ihm in den Rücken. »Hör nicht auf zu kauen«, sagte der Sonnenschein. »Ich will nicht, daß du erstickst. Zumindest noch nicht.«

Feldman begann wieder zu kauen. Den Hering und das Putenbein immer noch über den Teller haltend, kaute er langsam, bis er imstande war zu schlucken. Dann blinzelte er, erzitterte leicht, ließ den Fisch und das Geflügel auf den Teller fallen und wischte sich die Hände ab. »Ich dachte, Benny wollte vorbeikommen?« Der pralle Ballon seiner Tiraden, mit denen er Freddy eingeschüchtert hatte, zerplatzte jäh in einer Wolke von Unterwürfigkeit. »Warum seid ihr hier?«

»Mit Stillman hat alles geklappt?« fragte der Sonnenschein.

»Ja.«

»Hat er uns abgekauft, daß das Mädchen tot war?«

»Ja.«

»Glaubst du, er wird tun, was von ihm erwartet wird?«

»Er scheißt sich vor Angst in die Hosen. Er hat noch immer eine große Schwäche für seine Exfrau.«

»Gut«, sagte der Sonnenschein lächelnd. Er blickte zur Wand hinüber, zu den Fotos von Feldman, und lächelte weiter. »Du hättest Schauspieler bleiben sollen, Feldman.«

»Das reichte nicht …«

»Ja, ja«, sagte der grauhaarige Mann, »als Schauspieler hat man's nicht leicht, ich weiß, Feldman. Die Rede hast du uns erst letztens gehalten. Verdammt hartes Geschäft, Bohnenstange. Und wenn du weg bist, wenn du deine letzte Vorstellung gegeben hast, dann stehen schon Tausende andere Fettsäcke bereit, um deinen Platz einzunehmen.«

»Wo ist Benny?«

»Er ist im Club und wartet auf uns, also zieh dir den Mantel an.«

»Was macht er im Club?«

»Zieh dir den Mantel an, Feldman, bevor ich dich von diesem Penner hier in die Küche bringen lasse, damit er dir zeigt, was man alles mit einem Tranchiermesser anstellen kann.«

»Kein Grund, morbide zu werden.«

»Tut mir leid, Feldman«, sagte der Sonnenschein, Feldman nachäffend. »Es war einfach ein morbider Tag … Wirst du dir jetzt endlich deinen beschissenen Mantel anziehen!«

Ein kleines Stück westlich des Central Boulevard, an der Ecke siebenundvierzigste Straße und Lemark Avenue, stand die schneebestäubte Chromfassade des Triple Mark. Das elegante Hotel- und Restauranttheater wirkte in der heruntergekommenen Nachbarschaft der mit Brettern zugenagelten Theater, Tanzlokale, Freudenhäuser und kleinen Schaubuden auf seltsame Weise fehl am Platz; es sah aus, als hätte es eigentlich fünf Blöcke weiter östlich auf dem

Central Boulevard stehen müssen, direkt unter den grellen Leuchtreklamen des Theaterdistrikts.

»Gehen wir«, sagte der Sonnenschein zu Feldman, als der Wagen hielt.

»Wollt ihr mir nicht verraten, was los ist, bevor ihr mich da rein schickt?«

»Warum? Du wirst doch sowieso reingehen.«

»Beweg deinen fetten Arsch, Feldman«, sagte der Griesgram und stieß die Mündung seiner Waffe gegen Feldmans Hinterkopf.

Die drei Männer stiegen aus und betraten das Gebäude durch den Bühneneingang auf der Lemark Avenue. Sie gingen um die aquamarinblauen, mit glitzernden Violinschlüsseln verzierten Garderoben der Musiker herum, durchquerten eine künstliche Oase mit Palmen und stiegen eine schmale Wendeltreppe hinauf, an der ein großes Schild mit der Aufschrift PRIVAT angebracht war. Als sie den Treppenabsatz erreichten, von dem aus man das leere Restauranttheater überblicken konnte, klopfte der Griesgram an eine Tür. Der Türöffner summte, und die grauhaarigen Männer schoben sich in Johnny Manns Büro. Ein Kaminfeuer, Wandleuchter und eine auf dem Schreibtisch stehende grüne Glaslampe tauchten das Büro in ein gedämpftes Licht, das den Tapetenmustern an Wänden und Decke die Lebendigkeit von auf dem Meeresgrund wogendem Seegras verlieh. Johnny Mann und Jerzy Roth, die beide die Nacht im Keller verbracht hatten, waren ins Büro hochgeschafft worden. Mann, eine schmächtige Gestalt in einem dunklen Zweireiher, aus dessen Brusttasche ein graublaues Taschentuch hervorlugte, saß in einem Lederstuhl mit hoher Rückenlehne am Schreibtisch, auf dem ein Hauptbuch lag. Er hatte kurzes, geschniegeltes, schwarzes Haar, karamelfarbene Augen und konnte dringend eine Rasur gebrauchen. Seine Hände waren auf den Rücken gefesselt, in seinem Mund steckte ein Knebel. Er sah nicht glücklich aus. Hätten seine Augen sprechen können, dann hätten sie Feldman mit einem Schwall von Beschimpfungen übergossen.

Jerzy Roth, ein großer, muskulöser Mann mit breitem Gesicht

war in einen für die Jahreszeit ungewöhnlich farbenfrohen und leichten Anzug gekleidet und saß Johnny Mann gegenüber auf einer Couch neben dem Kamin. Auch er war gefesselt und geknebelt. Auch er sah nicht glücklich aus. Auch er wirkte, als wollte er Feldman am liebsten zu Hackfleisch verarbeiten. Benny Rudolph saß neben Jerzy auf der Couch und sah einem bärtigen Mann, der eine Baskenmütze, ein rotes Halstuch und schwarze Lederhandschuhe trug, dabei zu, wie er an einer auf einem Stativ befestigten Kamera herumhantierte.

»Haltet mir den Dicken noch einen Moment aus dem Bild«, sagte der Fotograf zu Benny.

Benny erhob sich, nahm Feldman an den Schultern und zog ihn hinter den Fotografen.

»Benny«, sagte Feldman, während er erst Johnny, dann Jerzy und schließlich Benny ansah, »was soll das?«

»Ich habe noch eine kleine Rolle für dich.« Benny drehte sich mit nach oben gekehrten Handflächen zum Fotografen um.

»Du hast gesagt, du willst Qualität«, jammerte der Fotograf, »und jetzt hetzt du mich. Du hast gesagt, es soll echt und überzeugend aussehen ... glaubst du, das läßt sich so einfach machen, Ru, echt und überzeugend? Dazu braucht es Finesse.«

»Manchmal sorgen die Erfordernisse des Lebens dafür, daß der Zweck die Form bestimmt. Laß es also peppig aussehen.«

»Was ist los, bist du plötzlich zum Philosophen geworden?« fragte der Fotograf mit einem konzentrierten Blick auf das kopfstehende Bild von Johnny Mann im Sucher. Er trat hinter der Kamera hervor und drehte Mann ein wenig auf dem Stuhl herum, so daß er im Halbprofil zur Kamera saß. »In Ordnung, peppig. Aber denk dran, du bekommst nur raus, was du reinsteckst. Für das hier übernehme ich keine Verantwortung.«

Benny schüttelte den Kopf und sah Feldman an. »Scheiß Künstler, alles kleine Diktatoren.«

»Na, dann mach schon«, sagte der Fotograf. »Schieb den Dicken ins Bild.«

»Stell dich hier hin«, wies Benny Feldman an. Er zog ihn hinüber, so daß er genau im Zentrum des Kameraausschnitts stand. Benny schaute zum Fotografen.

Der verzog das Gesicht und winkte Feldman ein paar Schritte zurück.

Benny schob Feldman ein kleines Stück nach links und schaute wieder zum Fotografen.

»Er ist so verdammt dick, das macht eh keinen Unterschied.«

»Okay, nicht bewegen«, sagte Benny zu Feldman.

Feldman stand jetzt nur etwa einen Meter von Johnny Mann und Jerzy Roth entfernt, die in diesem Moment beide durch die Knebel hindurch zu schreien begannen. »Was soll das?« fragte Feldman erneut.

»Nun denn, John, Jerzy«, sagte Benny, Feldman ignorierend, »darauf ist es also zwischen uns hinausgelaufen. Meine Gesundheit und zehn Jahre meines Lebens habt ihr mir genommen. Jetzt werdet ihr dafür bezahlen.«

Johnny und Jerzy grummelten immer noch durch die Knebel hindurch.

»Benny?« fragte Feldman. »Benny?«

Benny Rudolph drehte sich zum Fotografen um. Der Fotograf hob den Blitz über den Kopf.

Ohne zu zögern reichte Benny Feldman eine geladene Maschinenpistole, die bislang auf Johnny Manns Schreibtisch gelegen hatte. Feldman nahm sie widerwillig. »Richte die Waffe auf Johnny«, wies Benny ihn an.

Feldman nahm eine Pose ein und zielte mit der Waffe auf Manns Brust. »So?«

»Leg dein ganzes Gewicht rein!« rief der Fotograf.

Feldman lehnte sich ein wenig auf den linken Fuß vor und blickte abwartend zurück.

»Wisch dir diese Trauermiene aus dem Gesicht!« rief der Fotograf. »Schau so, als würdest du es ernst meinen, Herrgott nochmal.«

Feldman blähte die Nasenflügel auf und blickte so finster drein, wie er mit seinen dicken Backen konnte. »Wozu mach ich das eigentlich?« fragte er mit bösem Blick.

»Guter Junge«, lobte der Fotograf.

Feldman behielt die Pose und den Gesichtsausdruck bei.

»Jetzt schieß«, sagte Benny kalt.

»Was?«

»Drück ab.«

»Du machst Witze, nicht wahr?«

»Drück verdammt nochmal ab, Feldman!« schrie Benny wütend.

»Laß ihn nicht diesen Ausdruck verlieren, Ru«, rief der Fotograf dazwischen.

Benny zog einen Revolver aus seinem Schulterhalfter und hielt ihn Feldman an die Schläfe.

»Komm schon, Benny, ich flehe dich an. Hab ich nicht alles getan, worum du mich gebeten hast? Alles ...«

»Feuer sie ab, Feldman«, sagte Benny, während er den Hahn der eigenen Waffe spannte und ein paar Schritte zurücktrat.

»Zwing mich nicht dazu, Benny. Bitte zwing mich nicht dazu.«

»Feuer die verdammte Pistole ab!« schrie Benny. »Feuer die verdammte Pistole ab, Feldman, oder ich werde dich hier und jetzt umlegen.«

Die Maschinenpistole zitterte in Feldmans fetten Händen. Er drehte seinen Kopf zu Benny, und als er sah, daß dieser einen Schritt nach vorn machen wollte, um für den Rückstoß der Waffe gewappnet zu sein, blickte er in Johnny Manns vor Verzweiflung tränende Augen und drückte ab. Er stemmte sich in den Rückstoß, feuerte fast die gesamte Ladung ab und durchsiebte Manns Oberkörper. Irgendwann, inmitten des Kugelhagels, inmitten der Schreie Feldmans, betätigte der Fotograf das Blitzlicht und machte ein Bild, auf welchem er den aus der Pistolenmündung sprühenden Funkenregen festhielt. Der Anblick von Johnny Manns zur Seite kippendem Kopf brachte Feldman derart aus der Fassung, daß er die Waffe in Panik zu Boden schleuderte; er sah, wie Rauch aus dem Lauf aufstieg, und als es im Zimmer so leise geworden war, daß Feldman das Gluckern des aus Johnny Manns Wunden strömenden Blutes hören konnte, begann er Benny zu beschimpfen. »Du dummes Arschloch!«

»Wundervoll!« rief der Fotograf aus. »Sorg dafür, daß er so wütend bleibt, Ru! So wütend wie die Sünde!«

»Heb sie auf, Feldman!« Benny schlug seine Waffe gerade so hart gegen Feldmans Kopf, daß dieser ihm wieder seine Aufmerksamkeit zuwandte. Der Fotograf setzte eine neue Birne in den Blitz ein und schwenkte die Kamera in Jerzys Richtung. »Zwing mich nicht dazu, sie für dich aufzuheben«, drohte Benny.

Unter dem hilflosen und vom Knebel erstickten Geschrei Jerzy Roths hob Feldman schwerfällig die Waffe vom Boden auf. Benny packte ihn am Genick und stieß ihn so gut es ging in Jerzys Richtung. »Wohin?« fragte Benny den Fotografen.

»Mit diesem Ausdruck im Gesicht? Direkt zu mir. Bring ihn in Position und dreh Jerzy zu ihm hin.«

Benny folgte den Anweisungen. Er brachte Feldman in eine Position, in der Benny ihn leicht erwischen konnte, sollte Feldman auf die Idee kommen, die Waffe auf den Fotografen zu richten. Dann drehte er Jerzy so herum, daß er mit dem Profil zur Kamera saß. »Gut so?«

Der Fotograf spielte ein wenig an der Ausrüstung herum. »Mmmm ...«

»In Ordnung«, fuhr Benny fort, »diesmal will ich nicht ein beschissenes Wörtchen sagen müssen, Feldman. Wenn ich diesmal nur ein Wort sagen muß, nachdem ich diesen Satz beend–« Feldman, der Lust hatte, alle im Raum Anwesenden mit Ausnahme von Jerzy umzubringen, hob die Waffe, drückte wieder ab und feuerte einen Schuß nach dem anderen auf Jerzys Brust und Hals ab. Der Blitz des Fotografen erhellte das Zimmer und wieder warf Feldman die Waffe zu Boden. Diesmal folgte er ihr nach und sank vor Jerzy Roths bluttränkten Schuhen auf die Knie.

»Also das ... das war genial«, schwärmte der Fotograf. »Das ...«, sagte er mit ausgebreiteten Armen.

»Warum hast du mich dazu gezwungen, Benny?« schluchzte Feldman. »Warum hast du mich dazu gezwungen?«

Benny legte ihm die Hand auf die Schulter und streichelte sie, als wollte er ihn trösten. »Komm schon, Feldman, steh auf.«

»Warum hast du mich dazu gezwungen?« fragte Feldman noch einmal.

»Feldman … steh auf.«

Die beiden grauhaarigen Männer traten heran und stellten Feldman mit aller Kraft auf die Beine.

»Schafft ihn hier raus«, befahl Benny ihnen.

Die grauhaarigen Männer packten Feldman und schleiften ihn mit vorgehaltener Waffe aus dem Zimmer.

»Wofür brauchst du die?« fragte der Fotograf, als die Tür sich schloß.

»Andenken. Schmeiß die Abzüge in eine Tüte und bring sie hier vorbei. Pack deinen Kram zusammen.«

»Ich werd es peppig aussehen lassen«, lachte der Fotograf. »Mach dir darum keine Sorgen.«

Während der Fotograf seine Sachen zusammenpackte, zündete sich Benny Rudolph eine Zigarette an und starrte schweigend auf die Leichen hinunter. Als der Fotograf soweit war, sagte Benny ihm, er solle unten beim Wagen auf ihn warten. Benny nahm den Telefonhörer von der Gabel.

»Vermittlung.«

»Midtown sechs neun fünf.«

»Einen Moment, bitte.«

»Untersuchungsbehörde, das Büro von Chefermittler Tines.«

»Chefermittler Tines, bitte.«

[25]

Faith Rapaport hatte die Akte ihres Vaters über Victor Ribe etwa zur Hälfte durchgesehen, als ein postwagenschiebender Bürogehilfe an ihrem Schreibtisch vorbeikam. »Miss Rapaport, Mr. Volman bat mich, ihnen auszurichten: ›Zehn Uhr im Regierungspräsidium‹. Er meinte, sie wüßten Bescheid.«

»Danke«, sagte Faith mit einem Blick auf die Armbanduhr. Es war kurz nach neun.

Faith packte sich warm ein, steckte das Ribe-Dossier in ihre Tasche aus Krokodilsleder und ging zum Fahrstuhl. Als sie die Eingangshalle des Globe-Gebäudes erreicht hatte, nahm sie die Rolltreppe neben den Fahrstühlen zur Untergrundbahn hinunter. Sie steckte ein Fünfcentstück in das Drehkreuz und ging, während die Signalglocken durch die abschüssigen Gänge schrillten und die Schritte dumpf über den Holzboden polterten, zum Bahnsteig der blauen Linie. Kaugummipapier und eine Staubwolke waren durch den Luftstoß der gerade in die Station eingefahrenen Bahn aufgewirbelt worden. Faith zwängte ihren schlanken Körper durch die aussteigende Menschenmenge hindurch in einen Waggon und setzte sich auf einen freien Platz. Während die Bahn die Gleise entlangratterte, in die geräumigen Stationen der blauen Linie hinein- und wieder aus ihnen herausfuhr, ging sie die Ribe-Akte weiter durch. Sie überflog Interviews mit Ribe und mit Zeugen, Notizen aus dem Verfahren, verschiedene Artikelversionen, doch keines der Papiere gab ihr einen Anhaltspunkt, wonach sie eigentlich suchen sollte. Als der Zug in die Station Commerce Street einfuhr und sie die Mappe in ihre Tasche zurückstecken wollte, fiel ein Zettel heraus. Sie hob ihn vom Boden auf und las ihn auf dem Weg zur Straße hinauf mehrere Male durch. Sie wußte nicht genau, was er zu bedeuten hatte, was sie davon halten sollte, doch ihr Gefühl sagte ihr, daß es sich um etwas Wichtiges handelte.

BR zufolge bleibt Lardner für Beweise gegen Syndikat Knast wegen H-Handels erspart. Lardners Apotheke – 122 Hatherton Street. Montag mittags beliefert von Eliopoulos; Zustellung über Crown Crackers; Mann und Roth 20%-Anteil am 3. Mittw./ Monat. Vermutet, daß ARB 5% von 20 nimmt. Klempt, Dubrov, Collins auf der Bestechungsliste? Shortz demgegenüber blind?

In den engen schneeverwehten Gassen um die Commerce Street herum herrschte ein reges Treiben von Büroangestellten, die fettige braune Papiertüten trugen, von Wertpapierhändlern, Bankiers und Stenografen in dicken schwarzen, mit großen Schneeflocken überzogenen Wollmänteln. Faith beschloß, auf dem Weg zur Pressekonferenz bei der International Trust Bank vorbeizuschauen, um herauszufinden, ob sie von dem Schlüssel Gebrauch machen konnte, den sie am Morgen auf Murray Crowns Schreibtisch gefunden hatte.

Die Bank lag auf der Commerce Street, zwischen Shrine und Grand Avenue, im Schatten der Börse. Faith betrat durch eine Gruppe korinthischer Säulen hindurch die Eingangshalle der Bank. Ein Kuppeldach, das mit einem kunstvollen Fresko geflügelter, zum Firmament aufsteigender Cherubim verziert war, thronte über geordneten Reihen von Kunden und Pilastern. Faith folgte den Schildern zu den Schließfächern im Untergeschoß und legte einer Frau mit abwesendem Blick und blasser Hautfarbe den Schlüssel vor.

»Name?«, fragte die Frau.

Faith zögerte und entschloß sich dann, ihr Glück zu versuchen. »Faith Rapaport.«

Die Bankangestellte erhob sich träge vom Stuhl und ging zu einem in die Wand eingelassenen Aktenschrank hinüber. Sie zog eine Schublade heraus, blätterte einige Papiere durch und kehrte mit einem Formular in der Hand zu Faith zurück. Nach einem Blick auf das Formular wandte sich die Frau zu Faiths Überraschung an einen alten, stämmigen Wachmann, der am Schalter lehnte. »Sechs vierundachtzig«, sagte sie zu ihm. Sie gab Faith den Schlüssel und deutete mit dem Kinn auf den Wachmann. »Er wird Sie begleiten.«

Mit langsamen und bedächtigen Schritten führte der Wachmann Faith in einen offenen Tresorraum hinter dem Schalter der Angestellten. Sie fanden das Schließfach Nummer 684. Faith führte ihren Schlüssel ein; dann führte der Wachmann mit leicht unruhiger Hand den Generalschlüssel ein, zog die Kassette heraus und überreichte sie Faith. Faith wartete, bis der Wächter den Tresorraum verlassen hatte, bevor sie sich hinsetzte und den Deckel der Kassette öffnete. In der Kassette lag ein Manilaumschlag, an den ein in säuberlicher Handschrift geschriebener Zettel geheftet war. Darauf stand:

Miss Rapaport,
dieselben Leute, die Boris Lardner auf dem Gewissen haben, haben auch Murray Crown und Ihren Vater umgebracht. Es gibt noch weitere Fotografien wie diese hier. Falls Sie Interesse haben, sie zu sehen, dann seien Sie um ein Uhr in der Schusterwerkstatt des Prescot-Gebäudes.
B. Rudolph

Faith konnte mit dem Namen Rudolph nichts anfangen, doch sie fragte sich, ob er wohl der BR war, der auf dem Zettel erwähnt wurde, welchen sie eben erst in der Ribe-Akte gefunden hatte. Sie legte den Zettel zur Seite und öffnete den Umschlag, in dem sich zwei Fotografien befanden; auf der einen war ein Mann zu sehen, der mit rudernden Armen von einer Plattform der Hochbahn herabstürzte. Das Bild schien von der Straße aus aufgenommen worden zu sein und hielt den Mann irgendwo in der Mitte seiner Flugbahn fest. Ein mit frischer, leicht verwischter Tinte eingezeichneter Pfeil wies auf den Mann, neben dem Pfeil stand »Boris Lardner« geschrieben. Das andere Foto, ebenfalls von der Straße aus aufgenommen, allerdings aus einem anderen Blickwinkel und größerer Entfernung, zeigte Boris, kurz bevor er in die Schaufensterscheibe von Schweitzers Klaviergeschäft einschlug. Etwas weiter entfernt am Bildrand stand ein anderer Mann, der über seine Schulter blickte und dem sich kurz vor dem Einschlag befindenden Boris nachblickte. »Victor

Ribe« stand neben dessen Schulter in der gleichen verschmierten Tinte geschrieben.

Faith steckte die Fotos zusammen mit dem Zettel eilig zurück in den Umschlag und ließ diesen in ihre Tasche gleiten. Zumindest wußte sie nun, daß die Intuition ihres Vaters bezüglich Ribe richtig gewesen war. Wenn diese Fotos irgend etwas zu bedeuten hatten, dann, daß Ribe an der Ermordung Lardners unschuldig war. Aber es blieben noch Fragen offen: Was hatte ihr Vater sonst noch gewußt? Was war es, weswegen er getötet wurde? In welcher Beziehung stand dieser B. Rudolph zu ihrem Vater? Die Kassette auf dem Tisch zurücklassend, verließ Faith den auf einmal beklemmend engen Tresorraum. Der Wachmann erwartete sie, als sie hinaustrat. Er begleitete sie zurück zu der am Schalter sitzenden Bankangestellten. »Dürfte ich wohl einen Blick auf dieses Formular dort werfen?« fragte Faith und zeigte auf das Blatt Papier, das die Frau aus dem Aktenschrank gezogen hatte.

»Aber selbstverständlich«, antwortete die Frau, während sie Faith das Formular überreichte. Zum ersten Mal richtete sie ihren abwesenden Blick auf Faith.

Das Formular belegte, daß Samuel Rapaport und Benjamin Rudolph das Schließfach bereits einige Jahre vor Sams Tod gemeinsam angemietet hatten, und daß erst kürzlich »Faith Rapaport« als eine der Verfügungsberechtigten eingetragen worden war – in derselben Handschrift wie die Nachricht aus dem Schließfach.

»Wissen Sie zufällig etwas über diese Person, Benjamin Rudolph?« fragte Faith die Bankangestellte und wies auf dessen Namen auf dem Formular.

Die Frau sah auf das Blatt und neigte den Kopf. »Nein. Aber hier steht«, sagte sie und zeigte auf einen Absatz im Formular, »daß er derjenige ist, der die Zahlungen für das Schließfach leistet.«

Faith blickte zum Wachmann hinüber, der sie ansah und sich am Bart kratzte, als wollte er ihr etwas sagen. Faith beugte sich ein wenig zu ihm hinüber, um ihn zum Reden zu ermuntern.

»Er war erst gestern hier, Miss«, sagte der alte Wachmann. »Vor einigen Jahren kam er sehr häufig vorbei. Hin und wieder ist er auch gemeinsam mit diesem Mr. Rapaport – dem Zeitungsmann – hergekommen. Wenn mich mein Gedächtnis nicht täuscht«, sagte der Wachmann leise, »war er Privatdetektiv.«

Faith rückte ein wenig näher zu dem Wachmann. »Wie kommen Sie darauf?«

»Ich versuche an und für sich zu ignorieren, was sich die Leute dort hinten erzählen, aber wenn sie gemeinsam herkamen, habe ich ihn mit Mr. Rapaport reden hören, und manchmal habe ich mitbekommen, wie sie sich über den einen oder anderen Fall unterhielten. Erst dachte ich, er wäre Polizist, aber dann hörte ich ihn von Klienten und allem möglichen reden und habe mir gedacht, daß er ein Schnüffler sein muß. Mein Schwager kommt aus der gleichen Branche, und, na ja, ich weiß Bescheid, wenn ich so was höre.«

Faith schenkte dem Wachmann ein freundliches Lächeln und ein Augenzwinkern. »Vielen Dank für den Tip.«

[26]

Als Faith im Regierungspräsidium ankam, schien es, als würde der Schnee zwischen den beiden Bunkertürmen des Gebäudes hängen. Sie eilte durch das verlassene Eingangsportal des Südflügels und betrat den Pressesaal, in dem Harry Shortz bereits Fragen entgegennahm. Faith erblickte Owen James, einen Fotografen des Globe, mit dem sie regelmäßig zusammenarbeitete, ein angriffslustig wirkender Mann in einem Wollanzug, der dringend hätte gebügelt werden müssen; er stand an der Seite und machte sich auf einem Stenoblock Notizen. Als Faith sich zu ihm durchgearbeitet hatte, zwinkerte Owen ihr zu und übergab ihr, glücklich, beides loszuwerden, Notizblock und Bleistift. »Ich schulde dir einen Gefallen«, flüsterte Faith, während sie sein Gekritzel überflog.

»Ich werde ihn auf die Liste der anderen setzten, die du mir bereits schuldest.«

»Sei so gut und gib mir eine Kurzzusammenfassung, ja?«

»Steht alles da. Sie haben was Verdächtiges in Crowns Zimmer entdeckt – kaputtes Fenster, blutiges, aufgeklapptes Rasiermesser ... Tines übernimmt die Ermittlungen.«

»Was ist das hier mit Eliopoulos?« fragte Faith, eine Seite des Stenoblocks umblätternd.

»Er ist gestern nacht aus der Stadt verschwunden, und auch Mann und Roth sind nirgends aufzufinden.«

Faith nickte, während sie die Informationen aus den Notizen und von den Lippen ihres Kollegen aufnahm und gleichzeitig mit einem Ohr Shortz zuhörte, der gerade darüber spekulierte, wie Crown aus einem Fenster im vierzehnten Stock entführt worden sein könnte.

»Glauben Sie nicht, daß das irgend jemand hätte sehen müssen?« fragte ein Reporter vom Herald.

»Wie ich bereits sagte, bislang haben sich keine Zeugen gemeldet«, erwiderte Harry.

»Werden die wachhabenden Beamten verdächtigt?«

»Nein.«

»Wurden Sie selbst schon von Ermittler Tines befragt?«

»Nein, aber ich bin sicher, daß auch ich an die Reihe komme.«

»Gehören Sie zu den Verdächtigten?«

»Soweit ich weiß, nicht.«

»Mr. Commissioner!« rief jemand. »Der Abschiedsbrief. Würden Sie uns sagen, was darin steht?«

»Der Abschiedsbrief«, sagte Harry und zog ein Blatt aus der Tasche seines Jacketts. Er las ihn langsam und emotionslos vor, während die Reporter Wort für Wort in ihre Notizblöcke kritzelten.

In Faith zog sich etwas zusammen, als sie die Worte hörte ... *aber ich ertrage den Druck nicht mehr. Ich halte es nicht länger aus, in dieser Angst zu leben* ... In Gedanken sah sie den Brief unter der Lampe in Crowns Büro liegen; sie sah ihren Vater mit erloschenen, leblosen Augen zur Decke ihres Apartments hinaufstarren; ihr fiel ein, was Shortz anderntags auf der Fähre, auf dem Weg nach Long Meadow zu ihr gesagt hatte: *Er wußte immer sehr genau, wo er zustechen mußte, wenn er einen vor den Augen der ganzen Welt festgenagelt hatte. Er konnte einem gehörig wehtun, wenn er die richtige Stelle traf.* Sie fragte sich, ob Sam wohl einer faulen Sache in der Behörde auf der Spur gewesen war. Sobald Harry zu Ende gelesen hatte, stellte Faith ihre erste Frage: »Vor wem genau hatte er Angst, Mr. Commissioner?«

»Ich vermute, er bezog sich auf Mann und Roth.«

»Glauben Sie, daß Mann und Roth zusammen mit Eliopoulos die Stadt verlassen haben?« rief ein anderer Reporter aus.

Bevor Harry auf die Frage antworten konnte, ging Faith den Mittelgang zur Vorderseite des Saals hinunter, so daß sie besser zu sehen war. »In Anbetracht der hohen Summen, die Mann und Roth in dieser Stadt investiert haben«, sagte Harry mit einem Blick auf die näherkommende Faith, »halte ich das für höchst unwahrscheinlich. Aber ich fürchte, daß ich zu diesem Zeitpunkt noch nichts Definitives sagen kann.«

»Mr. Commissioner, wenn ich anschließen dürfte ...«, rief Faith.

»Miss Rapaport.«

»Können meine Kollegen und ich im Hinblick auf die Tatsache, daß Murray Crown ermordet wurde, während er unter Ihrer Bewachung stand, wirklich sicher sein, daß er nicht vor Ihnen und den Beamten der Behörde Angst hatte?«

Alle Augen im Raum, einschließlich einer Wochenschaukamera, richteten sich auf Faith.

»Was wollen Sie damit sagen?« fragte Harry, wobei das Timbre seiner Stimme tiefer wurde.

Faith kreuzte die Arme, und da sie nun die Aufmerksamkeit des ganzen Saals auf sich ruhen fühlte, ließ sie sich Zeit. »Ohne Ihnen nahe treten zu wollen, Mr. Commissioner, aber mir scheint, als wäre das einzige andere Mal, als Sie jemanden soweit hatten, gegen Mann und Roth auszusagen, diese Person ebenfalls getötet worden.«

Ein Raunen lief durch den Saal.

»Ich fürchte, ich weiß nicht, von wem Sie sprechen, Miss Rapaport.«

»Ich spreche von Boris Lardner, Mr. Commissioner.«

Harry Shortz wirkte verwirrt. »Was ist mit Boris Lardner?«

»Als ich heute morgen die Sache mit Murray Crown erfuhr«, sagte sie, »habe ich angefangen, ein wenig in den Archiven des Globe nachzulesen. Aus den Notizen von Sam Rapaport, der damals über den Fall berichtet hat, geht hervor, daß Boris Lardner, bevor er umgebracht wurde, in Ihrem Auftrag Informationen über das Syndikat gesammelt hatte. Stimmt das?«

Harry brauchte lange für seine Antwort. Sein Zögern war derart offensichtlich, daß es von allen Presseleuten registriert wurde. Auf dem Podium stehend, wendete er Crowns Abschiedsbrief ein ums andere Mal, während er sich die Antwort überlegte. »Ja«, sagte er dann.

Erneut lief ein Raunen durch den Saal.

»Die Konstellation scheint ganz ähnlich zu sein, würden Sie mir da zustimmen?«

Während das Gemurmel im Saal anhielt, starrte Harry lange auf Faith hinunter. »Lassen Sie mich es deutlich ausdrücken, Miss Rapaport«, überdröhnte er dann den Lärm im Raum. »Mr. Lardner wurde aus keinem anderen Grund getötet, als dem, daß er Drogenabhängige belieferte, wie diesen Victor Ribe, der ihn auch umgebracht hat. Zu einem Zeitpunkt, so möchte ich hinzufügen, als Mr. Lardner nicht mehr für uns als Informant gearbeitet hat.«

»Lassen Sie es *mich* ebenfalls deutlich ausdrücken, Mr. Commissioner«, sagte Faith und zog den Zettel, der aus Ribes Akte gefallen war, aus ihrer Hosentasche. »Sie streiten nicht ab, daß Mr. Lardner für Sie als Spitzel tätig war.«

»Er war ein Informant.«

»Wie ist er zu dieser Rolle gekommen?«

»Ich erinnere mich nicht an die Einzelheiten.«

»Kann es sein«, sagte Faith mit einem Blick auf den Zettel, »daß Mr. Lardner in seiner Apotheke auf der Hatherton Street unter dem Ladentisch Heroin verkaufte? Heroin, das von American Allied bereitgestellt, von Murray Crown angeliefert und dessen Verteilung von Johnny Mann und Jerzy Roth überwacht wurde?«

Harry gab sich alle Mühe, nicht aufgebracht zu wirken, doch seine Miene verzog sich leicht.

»Das klingt in etwa richtig. Aber wie ich bereits sagte, ich erinnere mich nicht an die Einzelheiten. Es ist sehr lange her.«

»Vielleicht können sich Mr. Dubrov und Mr. Collins an die Einzelheiten erinnern?«

Harry sah sich nach einer anderen Frage im Saal um, doch die Pressemeute blieb still. »Ich kann da keinen Zusammenhang erkennen«, sagte Harry, dessen Blick immer noch unruhig auf der Suche nach jemandem umherirrte, der ihn erlösen würde.

»Sie sagten, Mr. Lardner wurde von seinen Pflichten entbunden?«

»Ja.«

»Durch wen?«

Erneut zögerte Harry. »Durch mich. Er hatte seine Schuldigkeit getan.«

»Wenn er seine Schuldigkeit getan hatte, warum sind dann weder Mann noch Roth noch Eliopoulos jemals vor Gericht gestellt worden?«

»Weil wir nicht genügend Beweise hatten, um Anklage gegen sie zu erheben.«

»So wie ich das verstehe, Mr. Commissioner«, sagte Faith, »belieferte Mr. Crown jeden Montagmittag Mr. Lardners Apotheke in der Hatherton Street Nummer einhundertzweiundzwanzig. An jedem dritten Mittwoch eines Monats kassierten Mr. Mann und Mr. Roth zwanzig Prozent von Mr. Lardners Erlös. Und an jedem Montag um eins«, sagte Faith, die ein leichtes Beben in ihrer Stimme registrierte, »nahmen sich die Beamten Dubrov, Collins und Klempt fünf Prozent von den zwanzig. Streiten Sie das ab?«

Harry kniff die Augen zusammen und packte das Rednerpult, als wollte er es hochstemmen. »Miss Rapaport«, begann er streng und leise, »ich habe meine gesamte Karriere der Ergreifung dieser Kerle gewidmet. Sobald sich mir eine Gelegenheit bietet, stürze ich mich darauf. Soweit ich mich erinnere, glaubten wir, Mr. Lardner würde über brauchbare Informationen verfügen, aber es stellte sich heraus, daß dies nicht der Fall war. Boris Lardner wurde von einem Heroinsüchtigen getötet, während er illegale Drogen verkaufte. Und derselbe Süchtige, so möchte ich noch hinzufügen, brachte anschließend einen meiner Beamten um. Victor Ribe wurde vor Gericht gestellt und verurteilt. Mir zu unterstellen, daß ich etwas damit zu tun gehabt haben könnte, ist unverschämt und empörend – ganz zu schweigen davon, daß dieser Fall nichts mit den heutigen Ereignissen zu tun hat.«

»Ich kann mich nicht erinnern, Sie mit einem Wort erwähnt zu haben, Mr. Commissioner«, versuchte Faith fortzufahren. Doch Harry wandte sich von ihr ab zur anderen Seite des Saals hin, wo er Ralph Smith von der Times entdeckte, einen seiner langjährigen Fürsprecher. Faith begab sich wieder zurück zu ihrem Kollegen; was sie vom Gesicht des Behördenleiters hatte ablesen können, bestätigte ihr, auf der richtigen Fährte zu sein.

»Harry«, sagte Smith, als begrüßte er einen alten Freund.

»Smitty«, erwiderte Harry, den Krawattenknoten zurechtrückend.

»Was halten Sie davon, daß Chefermittler Tines die Drogenbehörde einer Untersuchung unterziehen will? Sie beide sind ja nicht gerade dafür bekannt, ein Herz und eine Seele zu sein.«

»Sollte ein Vergehen vorliegen, kann ich es nur begrüßen, wenn Mr. Tines uns hilft, es aufzudecken.«

»Macht es Sie nervös, daß seine Ermittlungen negative Auswirkungen auf Ihren Wahlkampf haben könnten?«

»Im Augenblick ist das meine geringste Sorge. Die Menschen kennen meine Vergangenheit, sie kennen mich und wissen, was ich geleistet habe, wofür ich stehe.« Während dieser Antwort warf er Faith einen wütenden Blick zu.

»Wie wird sich das auf den Prozeß gegen das Syndikat auswirken?«

»Um ganz ehrlich zu sein, ich habe keine Ahnung. Nun, da Mr. Crown tot und American Allied nicht mehr im Geschäft ist, weiß ich nicht, ob ein Prozeß überhaupt noch notwendig ist.«

»Aber wenn, wie Sie sagen, Mann und Roth tatsächlich in diese Verbrechen verwickelt waren, dann werden sie sich doch mit Sicherheit einen neuen Lieferanten besorgen.«

»Daran hege ich keine Zweifel.«

»Dann ist es also noch nicht vorbei.«

»Nein. Noch ist nichts vorbei.« Die Presseleute erwachten zu neuem Leben. »Lang.«

»Mr. Commissioner, mir ist heute morgen das Gerücht zu Ohren gekommen, daß Mr. Eliopoulos die Southside-Docks an Noel Tersi verkauft habe. Können Sie das bestätigen?«

»Nein, davon höre ich zum ersten Mal, aber ich werde es selbstverständlich überprüfen lassen. Falls Mr. Tersi über Anhaltspunkte hinsichtlich Eliopoulos' Verbleib verfügt, wird er sie uns mitteilen, davon bin ich überzeugt.«

Wieder redeten alle durcheinander, und ein paar Reporter erhoben sich hastig und verließen den Saal.

»Mr. Commissioner.«

»Ted.«

»Wenn Sie erlauben, würde ich Ihnen gerne – mit Blick auf Ihr reges Engagement in dieser Angelegenheit – eine Frage bezüglich der bevorstehenden Arbeitsniederlegung bei Fief Munitions stellen.«

Harry nickte ein wenig widerwillig.

»Denken Sie, die Arbeiter der Fabrik sollten durch andere ersetzt werden, falls sie ihren für Montag angesetzten Streik tatsächlich aufnehmen?«

»Nein, dieser Ansicht bin ich nicht. Ich denke …«

»Denken Sie, Mr. Fief sollte angesichts der Feindseligkeiten, denen seine Firma derzeit ausgesetzt ist, von seinen vertraglichen Pflichten gegenüber der Stadt Long Meadow entbunden werden?«

»Ich werde mich zu solchen Spekulationen nicht äußern.«

»Aber die Arbeiter haben für Montag einen Streik ausgerufen, Mr. Commissioner.«

»Was ihr gutes Recht ist.«

»Aber Mr. Commissioner, es ist doch wahrscheinlich, daß wir in den Krieg ziehen werden, und wenn wir das tun, sollten wir dann nicht so gut wie eben möglich vorbereitet sein? Ist der reibungslose Betrieb eines Unternehmens wie dem von Fief nicht von größter nationaler Bedeutung?«

»Harte Arbeit, für wen auch immer sie geleistet wird und unabhängig unter welchen Bedingungen, sollte stets gerecht entlohnt werden. Das ist von größter nationaler Bedeutung.«

»Vom Aufstieg des Faschismus und der konkreten Möglichkeit eines Krieges einmal abgesehen, Mr. Commissioner, nach eigenem Eingeständnis waren Waters und Capp Mitglieder der Kommunistischen Partei und haben für ein trotzkistisches Organ Artikel verfaßt.«

»Was ebenfalls ihr gutes Recht ist.«

»Wollen Sie damit sagen, daß Sie den kommunistischen Apparat nicht für eine ernstzunehmende Bedrohung halten?«

»Nein, das will ich nicht.«

»Aber, Mr. Commissioner, ich bitte Sie, halten Sie die Streikwelle der Stahlhütten, die kürzlich unser ganzes Land erfaßt hat, unter ganz pragmatischen Gesichtspunkten nicht für einen ausreichenden Beleg dafür, daß unsere nationale Sicherheit bedroht wäre, sollten wir in einen Krieg mit Nazi-Deutschland gezogen werden? Wenn man der Gewerkschaft von Fief Munitions zugesteht, diesen Präzedenzfall ...«

»So, wie die Dinge im Moment stehen«, fiel Harry ihm ins Wort, »und ich es auch immer wieder betont habe, sind mir keine Beweise bekannt, die mich davon überzeugen könnten, daß eine innerhalb der Arbeiterbewegung operierende Gruppe sogenannter kommunistischer Untergrundaktivisten existiert, deren Ziel es ist, unser Land in die Knie zu zwingen. Schauen Sie, meine Aufgabe besteht nicht darin, gegen Bewegungen oder Anschauungen zu kämpfen, meine Aufgabe ist es, für die gesetzestreuen Bürger zu kämpfen, für Anstand, für die hartarbeitenden Männer und Frauen, die es verdient haben, daß ihre Stimme bei den Gehaltsverhandlungen Gehör findet. Wenn sie hart arbeiten, dann sollten sie auch bekommen, was ihnen zusteht. Wozu die Gewerkschaft von Long Meadow kein Recht hat, ist, ihre Fabrik zu sabotieren, Arbeiter zu gefährden oder ein Komplott zu schmieden, der darauf abzielt, die Gesundheit des Unternehmens zu untergraben. Ein Streik für die Gewährleistung fairer Vertragsverhandlungen könnte Julius Fief dazu zwingen, den eigenen Gürtel etwas enger zu schnallen, aber er wird auch der Gewerkschaft abverlangen, den ihrigen enger zu schnallen. Was mich betrifft, so denke ich, bevor Julius Fief von seinem Vertrag mit der Gewerkschaft und den Bürgern von Long Meadow entbunden wird, haben diese Menschen jedes nur erdenkliche Recht, von der Untersuchungsbehörde unwiderlegbare Beweise für die Anschuldigung einzufordern, daß die Gewerkschaftsführer von Long Meadow tatsächlich für die Explosion in der Fabrik *verantwortlich* waren und an einem Komplott *beteiligt* sind, der Fief Munitions zu schädigen beabsichtigt. Die Ansicht von Chefermittler Tines, daß eine sozialistische Arbeiterbewegung amerikanische Geschäftsinteressen gefährdet – dies sowie die wenigen Indizienbeweise, die er gegen Mr. Waters und Mr. Capp vorzubringen hat – liefern ihm meines Erachtens keinen ausreichenden Grund, einen Prozeß anzustrengen, der möglicherweise die Existenzgrundlage einer ganzen Stadt gefährden könnte, einer Stadt, so sollte ich hinzufügen, die erhebliche Gelder investiert hat, um Fief die Fabrikanlagen bereitzustellen.«

»Mr. Commissioner …«

Ein mit grauem, enggegürtetem Mantel und schwarzem Filzhut bekleideter Mann betrat den Saal und näherte sich, ohne auf die Reporter zu achten, dem Podium. Harry entschuldigte sich und ließ sich von dem Mann ins Ohr flüstern. Der Mann lehnte sich zurück, stand dann neben Harry und blickte auf die Menge hinab.

»Nun …«, sagte Harry mit schwacher Stimme. »Ich kann nicht gerade behaupten, schlau daraus zu werden, doch es scheint, als wären Johnny Mann und Jerzy Roth tot.« Seine Stimme übertönte jetzt sämtliche Reporter, die ihn sofort mit Fragen überhäuften. »Sie wurden erschossen in Johnny Manns Büro im Triple Mark aufgefunden. Tines' Leute sind am Tatort und … Es tut mir leid, aber ich fürchte, an dieser Stelle abbrechen zu müssen.« Harry machte eine halbherzige Abschiedsgeste. »Bitte entschuldigen Sie mich.« Von dem Drogenfahnder flankiert, trat Harry inmitten von Blitzlichtern und Rufen in die Menge der Reporter und begab sich zum Fahrstuhl. Die Reporter strömten aus dem Saal auf die Straße vor dem Regierungspräsidium, wobei sie einander beinahe niedertrampelten. Diejenigen, die mit dem Wagen da waren, stiegen in ihren eigenen, diejenigen ohne Wagen stiegen in die ihrer Kollegen und machten sich auf zum Triple Mark, Faith und ihr Fotograf eingeschlossen.

Vor Harrys Büro stand ein junger, adrett gekleideter Beamter der Untersuchungsbehörde mit einem Umschlag in der Hand. Die Tür zu Harrys Büro stand offen, die Telefone läuteten und Zelda lehnte im Türrahmen. Sie sah empört mehreren Ermittlungsbeamten zu, wie sie Harrys Schreibtisch und Akten durchstöberten.

»Was hat das zu bedeuten?« fragte Harry den jungen Polizeibeamten, als er von der Pressekonferenz zurückkam.

»Ich habe versucht, sie aufzuhalten, Sir«, sagte Zelda. »Ich habe ihnen gesagt, sie sollen warten, bis Sie zurück seien, aber sie haben sich einfach reingedrängelt.«

»Schon gut, Zelda«, sagte Harry, auf die Tür zum Gang deutend. »Machen Sie doch eine Pause.«

Zelda schnappte sich ihre Handtasche vom Schreibtisch und ging sichtlich aufgewühlt davon.

Der junge Polizeibeamte reichte Harry ein gefaltetes Blatt Papier. »Wir haben einen Durchsuchungsbefehl.«

»Weshalb?«

»Korruption. Mord. Verschleierung von Tatbeständen. Suchen Sie es sich aus.«

Harry warf einen Blick auf den Durchsuchungsbefehl. »Aufgrund welcher Beweise?«

»Chefermittler Tines hat mir das hier für Sie gegeben. Eine kleine Aufmerksamkeit.« Der Beamte lächelte scheinheilig und überreichte Harry den Umschlag.

Harry öffnete ihn und zog ein halbes Dutzend blutbespritzter Fotografien heraus.

»Wir haben sie im Triple Mark gefunden, in Manns Büro. Mann hat sie für uns warm gehalten, bis wir dort ankamen.«

»Wer ist das?«

»Das da? Mir wurde gesagt, das sei Boris Lardner.«

Die oberste Fotografie war eine von jenen, die Faith im Schließfach der International Trust Bank gefunden hatte: Boris Lardner, der von der Hochbahn auf die Straße hinabstürzte. Das Bild dahinter war jenes, auf dem Boris kurz davor war, die Scheibe von Schweitzers Klaviergeschäft zu durchschlagen. »Ich vermute, das hier ist …« Harry zeigte auf den vor dem Geschäft stehenden Mann.

»Das dürfte Victor Ribe sein«, sagte der Beamte, ohne das Gesicht zu verziehen.

Harry schien es, als hätte sein Herz ein paar Schläge übersprungen. Grimmig blätterte er zum nächsten Bild weiter.

»Mir wurde gesagt, daß Ihnen diese großen Kerle bekannt sind.«

Harry erkannte deutlich Ira und Pally, die auf dem Bahnsteig der Hochbahn standen und Boris am Kragen seines Apothekerkittels gepackt hielten. Boris sah aus, als wäre ihm so sehr zugesetzt worden, daß er sich kaum mehr allein auf den Beinen halten konnte. Am Bildrand war Maurice Klempt zu sehen. Harrys Herz übersprang einige weitere Schläge, während er zum nächsten Bild blätterte, auf dem seine drei Leute Boris an Armen und Beinen hochhoben. Auf dem folgenden Foto schleuderten sie ihn mit aller Kraft über das Geländer auf die Straße hinunter.

Harry mußte plötzlich daran denken, wie nur wenige Minuten zuvor die Wochenschaukamera zu Faith Rapaport herumgeschwenkt war, als diese Boris Lardners Tod zur Sprache brachte.

»Da ist noch ein weiteres, das sie interessieren dürfte«, sagte der Beamte, abermals von seinem scheinheiligen Lächeln Gebrauch machend.

Harry blätterte zum nächsten Foto weiter. Es war dunkel, in einer schwach beleuchteten Garage aufgenommen, dennoch konnte Harry unschwer Ira und Pally erkennen, die den in einen Pyjama gekleideten Crown in den Kofferraum seines Wagens hievten.

»Wir haben ihre Männer bereits aufgegriffen.«

Harry war sprachlos. Obwohl ihm klar gewesen war, daß Crown von Ira und Pally umgebracht worden war, löste der Anblick des unwiderlegbaren Beweismaterials ein Gefühl in ihm aus, als stürze er aus sehr großer Höhe der Erde entgegen.

»Sagen Sie, Mr. Commissioner«, meinte einer der Beamten aus Harrys Büro heraus, »wollen Sie uns die Kombination für den Safe hier geben oder möchten Sie, daß wir ihn aufstemmen?«

Als ihm einfiel, daß er den Erpresserbrief zusammen mit der Übertragungsurkunde des Grundstücks in Ten Lakes in den Safe gelegt hatte, ließ sich Harry auf einen der Stühle vor Zeldas Schreibtisch fallen. Er fühlte sich nun endgültig besiegt. Kaum daß er sich hingesetzt hatte, stand er auch schon wieder auf und ging zu Zeldas Schreibtisch hinüber. Er schrieb die Kombination auf einen Zettel und reichte ihn dem Beamten.

»Ich möchte nicht dabei sein, wenn Sie nichts dagegen haben.«

»Ganz wie Sie wollen«, erwiderte der junge Polizeibeamte trocken. »Tines will mit Ihnen reden.«

»Offensichtlich weiß er ja, wie er mich kriegen kann.« Harry ging in sein verwüstetes Büro, nahm Hut und Mantel, packte sich sorgfältig ein und machte sich auf den Weg nach draußen.

[27]

Arthur Brilovsky – nunmehr zweiundvierzig Jahre alt, um die Schläfen herum ergraut, mit gekrümmten Schultern und runden Wangen – stand am Fenster einer Suite im zweiten Stock des Ansonia Hotels, von wo aus er Elaine und ihren neunzehnjährigen Sohn Joshua in das heftige Schneetreiben hinausgehen sah. Joshua nahm seine Mutter am Arm und trat vorsichtig auf die spiegelglatte Fahrbahn. Sie überquerten die Straße und schlugen dann den Weg nach Norden ein. Als sie aus dem Blickfeld verschwunden waren, stieg ein bärtiger, in einen schwarzen Überzieher gekleideter Mann mit Pelzmütze aus einer Straßenbahn; er blickte auf einen Zettel und sah dann zu den Hausnummern. Der Mann steckte den Zettel in seine Manteltasche und überquerte die Straße. Er schritt durch die Abgaswolke eines stehenden Wagens hindurch und verschwand unter der gestreiften Markise des Hotels.

Der Anblick dieses Mannes ließ Arthur aktiv werden. Er zog die Vorhänge sämtlicher Fenster zu und schaltete die Lampen ein. Er ging zu einem Schränkchen hinüber, holte eine Flasche Wodka heraus und stellte sie neben zwei zugedeckte Servierteller, einen mit Schwarzbrot gefüllten Korb und eine kleine Schüssel saurer Gurken auf den Tisch. Anschließend öffnete er die Zimmertür und wartete im Türrahmen stehend auf den bärtigen Mann, der den Gang entlang auf ihn zukam, vorbei an den dramatisch beleuchteten Büsten von Männern in Roben und blumenbekränzten Frauen, die auf Sockeln in die orientalisch gemusterten Wände eingelassen waren.

»Hallo, Mitya«, sagte Arthur behutsam, als Professor Tarkhov ohne zu grüßen an ihm vorbei in die Suite trat. Arthur nahm das Gespräch in Russisch auf. »Hast du dich ohne Probleme absetzen können?«

»Ja.«

Arthur schloß die Tür. Der Professor trat an eines der Fenster und sah vom Vorhangrand aus in den fallenden Schnee hinaus, hinunter zu den Menschen, die die Straße entlanggingen, hinüber zu den grauen Fenstern des gegenüberliegenden Gebäudes. »Sie sind froh, mich beherbergen zu dürfen.«

»Gut.«

»Ja, gut.« Der Professor wandte sich vom Fenster ab und sah Arthur mit zusammengekniffenen Augen an, das breite Kinn erhoben, die Haut gerötet.

»Ich nehme an, alles verläuft nach Plan?«

»Alles läuft so, wie es mir deine Leute angekündigt haben.«

Arthur trat, seine Gleichgültigkeit beibehaltend, auf Professor Tarkhov zu und bot ihm den Arm für Mantel und Mütze an. »Du solltest vom Fenster weggehen, Mitya«, sagte er sanft, während er auf ihn zuging. »Bitte. Da draußen sind Leute, die uns beobachten.«

Leicht irritiert blickte der Professor erneut aus dem Fenster, und gleichwohl er niemanden entdecken konnte, der sie zu beobachten schien, folgte er Arthurs Aufforderung. Fortwährend dessen Gesicht musternd, legte er langsam seine nasse Kleidung ab. Arthur wirkte entschlossener auf ihn als in der Zeit nach seiner Ankunft in Petrograd, als der Professor seine Studien an der Universität unterbrach, um für Arthur und Elaine zu dolmetschen. Der Mann, den er damals kennengelernt hatte, war verängstigt und naiv gewesen, seine Augen voller Mitgefühl und leicht zu durchschauen; es waren die Augen eines Arztes gewesen, die Augen des Wohlstands, der Privilegien, nicht zu vergleichen mit denen jener Revolutionäre, die Tarkhov gekannt hatte. Arthurs Augen hatte der Ausdruck eines eigenen ausgeprägten Willens gefehlt, jeglicher Schleier eines rigorosen Selbstbetrugs. Nun hingegen besaß Arthur das von der Zeit gezeichnete Gesicht eines Mannes, dem sämtliche Feinheiten des Betrugs wohlvertraut waren; die Augen waren unergründlich, die Gesichtszüge auf hartnäckige Weise unverbindlich.

»Hast du das Päckchen?« fragte Arthur, der immer noch den Arm nach den Kleidern des Professors ausgestreckt hielt.

Der Professor nickte, reichte Arthur Mantel und Mütze und legte ihm sein Halstuch über den Arm. Arthur hängte die nassen Kleider in einen Wandschrank und setzte sich zum Professor an den Tisch. Der Professor nahm einen Umschlag aus seiner Jackettasche und schob ihn Arthur über die Tischdecke zu. Arthur öffnete ihn und zog einen kleinen Handspiegel heraus.

»Wird er dir dabei helfen, dich selbst klarer zu sehen?«

Arthur lächelte den Professor höflich an, dann untersuchte er die Klammern, die den Spiegelrücken hielten. Mühelos bog er eine dieser Klammern um, bog sie wieder gerade und steckte den Spiegel zurück in den Umschlag.

»Wozu brauchst du ihn?« fragte Tarkhov, während Arthur die Wodkaflasche öffnete. »Daß ich ihn den ganzen Weg von Moskau herbringen mußte?«

»Es ist besser, du erfährst es nicht.«

»Gibt es bei der ganzen Angelegenheit auch irgendeine erfreuliche Nachricht für mich?«

»Nein«, entgegnete Arthur, »ich fürchte nicht.« Er deckte die beiden mit Steak und Kartoffeln angerichteten Teller auf, schenkte dem Professor und sich Wodka ein und erhob mit einer förmlichen Geste sein Glas. »Auf deine sichere Überfahrt«, sagte er wohlwollend.

Professor Tarkhov schwieg. Er hob den Wodka und trank ihn zusammen mit Arthur aus, nahm anschließend eine Gurke aus der Schüssel, preßte sie der Länge nach gegen seinen Schnauzbart und atmete tief durch die Nase ein. Er legte die Gurke auf seinen Teller und starrte Arthur an, ungeduldig die nächste Formalität abwartend.

»Bitte, bedien dich«, forderte ihn Arthur auf. »Iß und erzähl mir, was dir durch den Kopf geht.«

Tarkhov sah auf seinen Teller, griff beim Anblick des dicken Fleischstücks nach Messer und Gabel und schnitt hinein. Doch anstatt die Gabel zum Mund zu führen und ins Fleisch zu beißen, schüttelte er den Kopf und legte das Besteck wieder auf den Tisch. »Ich will das vorher loswerden, Arthur. Wärst du zu mir gekommen, hättest du mir einen Brief geschrieben und mich vor dem, was passieren sollte, gewarnt, dann hätte ich es vielleicht, *vielleicht* verstanden. Aber so, wie es gelaufen ist ... so, wie das alles gelaufen ist? Das war inakzeptabel!« Der Professor hob die Hand und schlug mit der Innenfläche auf den Tisch. Das Silberbesteck klirrte, die Flasche wackelte, und der Professor erhob sich entgegen seiner zurückhaltenden Natur, als wollte er auf Arthur losgehen. »Kannst du dir das vorstellen?« fragte er über den Tisch, über Arthur gebeugt. »Ich glaube kaum, daß du das kannst, selbst wenn du es behaupten würdest. Sie kamen mitten in der Nacht. Mitten in der Nacht. Irina und ich lagen im Bett. Die Kinder schliefen. Mitten in der Nacht hören wir es an der Tür klopfen. Die Polizei, die an die Tür klopft. Irina fing sofort zu weinen an und klammerte sich an mich und sagte mir, wie sehr sie mich liebe und daß sie gewußt habe, es würde irgendwann einmal passieren, und was sie jetzt machen solle, und würden sie wohl auch sie mitnehmen, und was solle aus den Kindern werden ... sollten wir uns verstecken? ... sollte ich weglaufen? Nein, du kannst es dir nicht vorstellen. Du kannst es dir nicht vorstellen.«

»Gott sei dank war es etwas anderes, als ihr befürchtet hattet«, sagte Arthur, der den Blick vom Professor abgewandt und auf einen Riß in der Tischkante gerichtet hatte. Er ließ seine Finger über die kleine Kerbe gleiten und spürte sie in seine weiche Haut schneiden.

»Nein, es gibt nichts, wofür ich dankbar wäre, Arthur. Bis ich in Moskau ankam, hat mir niemand etwas erklärt. Bis dahin hat mir niemand erzählt, warum man mich von zu Hause fortbrachte – und auch danach waren es nur Details, Nebensächlichkeiten, noch mehr Details, was von mir erwartet wurde, und dann die Drohungen, sie sagten mir, daß die Sicherheit meiner Familie bedroht wäre, falls ich mich weigern würde. Dafür soll ich dankbar sein? ... Und davor? Die Demütigungen? ›Professor Mikhail Tarkhov‹, verkündete dieser junge Pimpf vor meiner Wohnungstür, ›Sie müssen mit uns kommen. Bitte packen Sie einen Koffer mit Ihren Kleidern.‹ Das war alles. Und Irina? Sie war vollkommen aufgelöst. Sie dachte, ich würde verhaftet werden. Ich dachte auch, ich würde verhaftet werden. Ich konnte die Nachbarn hinter den Wänden hören, während ich packte. Sie dachten auch, ich würde verhaftet werden. Irina fiel auf die Knie und flehte die Polizisten an, wegzugehen, uns in Ruhe zu lassen. Ich mußte meiner schluchzende Frau vom Boden aufhelfen und sie ins Kinderzimmer sperren, während ich mich anzog und packte. Und dann, als ich sie verließ, dachte ich, ich würde sie niemals wiedersehen.« Immer noch stützte sich Tarkhov auf den Tisch, beugte sich vornüber und näherte sich mit seiner Nase langsam Arthurs Kopf. »Erst als ich in *Moskau* angekommen war, nach *zehn* Stunden Zugfahrt, erfuhr ich von diesem ganzen Unsinn und durfte meiner Frau telegrafieren und ihr sagen, daß ich einen *Sonderauftrag* für den Staat zu erfüllen hätte.«

»Ich entschuldige mich«, sagte Arthur, unfähig, sein Bedauern überzeugend zum Ausdruck zu bringen.

»Nein, nein, das tust du nicht. Du schaffst es ja nicht einmal, mich anzuschauen.«

»Ich entschuldige mich aufrichtig, Mitya«, sagte Arthur, während er seinen Fingern weiterhin dabei zusah, wie sie über die Tischkante glitten. »Bitte«, sagte er und blickte schließlich auf. Er hob eine Hand und schwenkte sie sacht in Tarkhovs Richtung, als streichelte er den Kopf eines verängstigten Tieres. »Bitte, setz dich und hör mir zu.«

»Wie hast du das nur tun können?« fuhr der Professor aufgebracht fort und schaute Arthur nun direkt in die Augen.

»Ich bitte dich, Mitya.«

Zögernd wich Professor Tarkhov zurück und nahm wieder Platz. »Ich hatte wirklich geglaubt, wir wären Freunde, Arthur.«

»Wir sind Freunde, Mitya. Und du mußt mir glauben, wenn ich dir sage, daß es ein Akt der Freundschaft war, der dich hierher gebracht hat.«

»Mich mit Gewalt von zu Hause wegzuschaffen, aus meinem Heimatland, unter Bedrohung meiner Familie?« Tarkhov gab ein sarkastisches Lachen von sich. »Das soll ein Freundschaftsakt gewesen sein? Bitte, verzeih mir, aber ich muß wohl etwas schwer von Begriff sein.«

»Hätte ich nicht gehandelt, wie ich gehandelt habe, Mitya«, sagte

Arthur ruhig, »hätte ich nicht alles so arrangiert, wie es arrangiert war, dann wäre dieses Klopfen an der Tür, von dem du glaubtest, es sei die Polizei, die dich verhaften will, tatsächlich das Klopfen der Polizei gewesen.«

Der Professor hob das Kinn und kniff die Augen zusammen, wie er es getan hatte, als er Arthurs Gesicht beim Betreten der Suite gemustert hatte. »Was willst du damit sagen?«

»Ich will damit folgendes sagen, Mitya: Eine Woche nachdem dich meine Leute aus deiner Wohnung geholt haben, fand in mehreren Instituten der Universität eine Säuberung statt, deines eingeschlossen.«

»Wie ist das möglich?«

»Wie kann auch nur irgend etwas, das dieser Tage in Rußland passiert, *möglich* sein?«

Tarkhovs Augen blinzelten schnell hinter seinen randlosen Brillengläsern, als versuchte er, sich sämtlicher Worte zu erinnern, die er in den letzten zehn Jahren geschrieben hatte. »Aber was können sie schon von mir wollen? Ich führe ein bescheidenes Leben. Ich schreibe. Ich schreibe langweilige Artikel und Bücher über klassische Maler, die niemanden interessieren, mich eingeschlossen. Und ich tue das diskret. Äußerst diskret. Seit ich in Ungnade gefallen bin, habe ich mir alle erdenkliche Mühe gegeben, mich diskret zu verhalten und keine Aufmerksamkeit auf mich zu lenken. Wieso sollte ich dem also Glauben schenken?«

»Wieso, fragst du?« Arthur stand auf und ging ins Schlafzimmer. Er kam mit einer Aktenmappe zurück, die er dem Professor überreichte. »Die Antwort liegt in deinen Händen«, sagte er. »Wer auch immer das verfaßt hat, er ist der Ansicht, daß du in deinen harmlosen Schriften nach wie vor einen aufrührerischen Ton an den Tag legst. Ich behaupte nicht, mir einen Reim darauf machen zu können.«

Professor Tarkhov öffnete die Mappe und überflog einige der Seiten. »Ich verstehe das nicht.« Die Verwirrung zügelte nun seine Wut, er griff sich an den Bart und strich darüber, während er die Dokumente studierte und in sich hineinmurmelte. Kopfschüttelnd ging er die Seiten durch. »Woher weiß ich, daß nicht du das angefertigt hast?«

»Was würde mir das bringen? Ginge es mir nur um Selbstbereicherung, hätte ich genau das getan, was du angenommen hast, und dich anschließend wieder nach Hause geschickt. Warum hätte ich mir wohl die Mühe machen sollen, an diese Akte zu kommen, wenn nicht aus Besorgnis?« Arthur stützte die Ellbogen auf den Tisch und lehnte sich dem Professor entgegen. »Sieh mal, Mitya, laß mich erst einmal anfangen, damit du dir ein Bild machen kannst, in Ordnung? ... Ob du es glaubst oder nicht, die Angst, die du empfunden hast, als sie kamen, um dich nach Moskau zu bringen – ich kenne sie. Ich kenne sie nur zu gut. Ich selbst habe viele Jahre lang mit dieser Angst gelebt. Viele Jahre lang. Und nicht so ruhig.«

»Komm schon, Arthur. Du und ich, wir wissen beide, daß du zu jenen ›sie‹ gehörst, die wir meinen, wenn wir sagen, daß ›sie‹ mitten in der Nacht kommen.«

»Das stimmt doch nicht.«

»Noch vor kurzem habe ich dich so gesehen«, sagte Tarkhov, der klang, als wäre er nicht mehr so sicher, woran er glauben sollte. »Ich habe dich zusammen mit Parteifunktionären auf einem Zeitungsfoto gesehen. Du bist ein Held der Revolution.«

Arthur lachte. »Ausgerechnet du glaubst an das, was in diesen Zeitungen steht?«

»Natürlich nicht. Aber falls du dich erinnerst, ich habe für dich übersetzt, als du damals ankamst. Ich habe mitbekommen, wie du dich bei diesen Leuten eingeschmeichelt und für sie gearbeitet hast.«

»Das ist lange her, Mitya. Sehr lange.«

Eine Stille legte sich zwischen die beiden Männer, während sie versonnen an die frühen Tage der Revolution zurückdachten.

»Ich habe sie enttäuscht«, sagte Arthur und beugte den Kopf ein Stück nach vorn, so daß Tarkhov deutlich sein Gesicht sehen konnte; und mit einem Mal schienen seine Augen einen etwas weicheren Ausdruck anzunehmen. »Ja, ich war ein *großer* Held der Revolution. Ich habe aus aller Welt Geld beschafft, habe Rußlands Handel im Ausland wie im Inland angekurbelt. Und jawohl, es stimmt, es gab mal eine Zeit, da habe ich geglaubt, dabei behilflich sein zu können, die Sowjets gerecht und stark zu machen. Aber aus Gründen, die viel zu kompliziert sind, um sie hier auch nur ansatzweise darlegen zu können, ist jede Unternehmung, die ich im Namen der Partei eingefädelt habe, kläglich gescheitert, Mitya. Kläglich. Und bei jedem kläglichen Scheitern war ich es, der die immensen Verluste der Partei zu verantworten hatte. Verstehst du, was das für mich bedeutete?«

»Ich weiß nicht, ob es mich interessiert, was das für dich bedeutete.«

»Es bedeutete, daß ich langsam aber sicher zu einem Kandidaten der ›Feinde des Volkes‹, der ›Feinde Stalins‹ wurde. Es ist ein Wunder, daß ich die Säuberungen überlebt habe. Aber ich kann dir sagen, wäre ich eines Tages plötzlich verschwunden, hätte es intern niemanden überrascht oder auch nur interessiert. Das einzige, was sie interessierte, war, selber nicht erwischt zu werden.«

»Wenn das wahr sein sollte, wie ist es dir dann gelungen zu entkommen?«

»Ich bin davongelaufen. Und ich werde weiter davonlaufen, sobald diese Bilder verkauft sind. Schau mal, Mitya, du solltest folgendes wissen: Als mir klar wurde, daß ich in diese Stadt zurückkehren würde, war es Teil meines Plans, meine Gemäldesammlung zu verkaufen. Ich wußte, ich würde Geld brauchen, und ich habe mir gedacht, daß die Rodhinskys höchstwahrscheinlich mehr Geld einbrächten, wenn man sie der Welt durch einen Experten präsentieren würde, durch einen Mann wie dich, der Rodhinskys Werk gut kennt, seine Schriften, die Welt, in der er wirkte. Ich dachte mir, wenn ich dir einen Anteil des Auktionsgewinns anbiete und dir und deiner Familie Asyl in den Staaten besorge – damit du in Freiheit leben kannst, Mitya, ungestört schreiben kannst, dich als derjenige in der Öffentlichkeit zeigen kannst, der du in Wahrheit bist –, dann wärst du möglicherweise interessiert ... Auf jeden Fall habe ich einen Mann angerufen, den ich geschäftlich aus der Tscheka kenne, um herauszufinden, was erforderlich ist, um dich und deine Familie außer Landes zu holen, falls du tatsächlich interessiert sein solltest. Und da erfuhr ich, daß man dich verhaften wollte.«

»Warum hätte dir dieser Beamte eine solche Information geben sollen?«

»Warum? Weil er wußte, daß ich dich brauche. Er wußte, daß seine Taschen schon bald mit Rubeln gefüllt sein würden, wenn er mir hilft. Darum. Und wie sich die Dinge in einer korrupten Welt zuweilen entwickeln – unsere Gier und Habsucht mündeten in einer guten Tat.«

»Wenn du es so nennen willst.«

»Jawohl, so will ich es nennen. Ich habe ihm das Schmiergeld gezahlt. Er hat alles arrangiert, damit du Rußland verlassen konntest, und dabei praktischerweise deinen Haftbefehl verschwinden lassen. Eine gute Tat.«

»Wenn das wahr ist«, sagte Tarkhov in einem noch immer skeptisch klingenden Tonfall, »was soll dann aus mir werden?«

»Das hängt ganz allein von dir ab.«

»Und was wird aus Irina und den Kindern?«

»Auch das hängt ganz von dir ab. Ich habe Vorkehrungen getroffen, sie herkommen zu lassen, falls du das wünschst. Aber ich wollte nichts entscheiden, ohne zuvor mit dir geredet zu haben, schließlich warst du es, der sich in unmittelbarer Gefahr befand. Aber wenn du dich dafür entscheidest, ist alles vorbereitet. Ich brauche bloß die entsprechende Anweisung zu geben.«

»Und wenn ich nach Hause zurückkehren möchte?«

»Wenn du zurückkehrst, kann ich für nichts garantieren. Dieser Mann in der Tscheka könnte einen Grund finden, den Haftbefehl wieder auftauchen zu lassen. Aber er könnte sich auch genausogut seines Lebens freuen, ohne jemals auch nur wieder einen Gedanken an dich zu verlieren. Das kann ich nicht einschätzen.«

»Und wenn ich bleibe?«

»Dann bleibst du. Führst ein normales Leben. Lernst Baseball zu lieben.«

»Ich weiß nicht, was ich dazu sagen soll. Ich weiß es nicht, Arthur. Ich weiß es einfach nicht ...«

»Sag erst einmal gar nichts, wenn dir das lieber ist. Laß dir etwas Zeit, um darüber nachzudenken.«

Tarkhovs Blick wanderte von Arthur zu der Wodkaflasche auf dem Tisch hinüber. An Irina und seine Kinder denkend, griff er danach und füllte sein Glas. Ohne die Flasche abzustellen, stürzte er mit dem Bild seiner Frau vor Augen den Wodka hinunter und füllte das Glas erneut. Mit dem Bild seiner beiden Kinder vor Augen, leerte er auch dieses Glas, füllte es wieder auf und saß dann schweigend mit Arthur am Tisch. Während der Wodka wärmend seinen Rachen betäubte, stellte sich der Professor vor, wie Rodhinsky auf die zwischen die Dielenbretter seiner Wohnung geklemmte Spitzhacke zustürzt, und trank noch ein Glas.

Diesmal füllte Arthur das Glas des Professors auf und schenkte anschließend sich selbst nach. Und dann leerten sie Glas für Glas die Flasche. Schließlich fing Tarkhov an zu weinen. Er beweinte sein Unglück, er beweinte das Unglück Rußlands, er beweinte Gott, der ihm das Leben so sehr erschwerte, er beweinte das Elend, in das er seine Frau und seine Kinder gestoßen hatte, dann hörte er auf zu weinen und rauchte mit Arthur eine Zigarre.

Wie bist du da herangekommen?« fragte Tarkhov, und sein Körper schwankte, während ihm Arthur mit unsicherer Hand ein Streichholz an die Zigarre hielt.

»Das habe ich dir bereits erzählt.«

»Nein, nein, nicht die Akte. Das Gemälde. Der Rodhinsky. Wie in aller Welt bist du da herangekommen?«

Ein unterdrücktes Lächeln trat auf Arthurs Gesicht, und die ernste Stimmung, die noch wenige Augenblicke zuvor im Zimmer geherrscht hatte, begann sich zu heben. »Wenn ich dir das erzähle, mußt du mir versprechen, mein Geheimnis für dich zu behalten.«

»Solche Versprechen gebe ich nicht!« sagte der Professor mit Inbrunst. »Sollte ich allerdings den Eindruck haben, das Geheimnis verdiene meine Diskretion, werde ich schweigen wie ein Grab.«

»Es ist auch nicht wirklich wichtig«, sagte Arthur. »Nach alledem hast du es verdient, die Geschichte zu hören. Von mir aus kannst du es aller Welt erzählen.«

»Dann rede schon.«

»Ich habe es gestohlen«, verkündete Arthur stolz. Seine Augen waren von dem Licht erfüllt, das von der Hängelampe über dem Tisch ausstrahlte.

»Woher?«

»Das wirst du mir niemals glauben.«

»Du magst ein Schuft sein, aber du würdest mich nie in einer Angelegenheit belügen, die für uns beide von so großer Bedeutung ist, da bin ich mir sicher.«

»Na gut, ich werde es dir erzählen. Ich habe es aus Rodhinskys Wohnung gestohlen.«

»Wann?«

»In der Nacht, in der er sich umgebracht hat.«

»Wie in aller Welt …? Du? In Rodhinskys Wohnung? Als er sich umgebracht hat?«

»Wenn es so etwas wie Schicksal überhaupt gibt, Mitya, dann war das auf jeden Fall vorherbestimmt.«

»In allen Einzelheiten bitte.«

»Es gibt nicht viel zu erzählen, wirklich nicht. Ich war an diesem Abend im Kulturministerium, wo ich mitbekam, was Rodhinsky zum Minister sagte. Ich wollte mit ihm reden. Ich wollte verstehen, warum er sich einer solchen Gefahr aussetzte … Nun ja, ich kannte ihn nicht besonders gut und wußte vielleicht nicht genau, was er vorhatte, aber ich kannte ihn gut genug, um zu wissen, daß er irgendwas im Schilde führte. Also bin ich ihm von dem Empfang aus zu seiner Wohnung gefolgt.«

»Willst du mir etwa erzählen, du hast ihn sterben sehen?«

»Nein, nein, natürlich nicht. Als ich sah, daß er nach Hause ging, wußte ich mit einem Mal nicht mehr, was ich davon halten sollte. Ich dachte, vielleicht war es nichts weiter als ein Wutausbruch. Aber dann, während ich draußen wartete und hin- und herüberlegte, ob ich ihn in einer seiner berüchtigten Launen aufsuchen sollte, entschied ich mich schließlich, zu ihm zu gehen. *Kchyortu!* habe ich mir gesagt. Also stieg ich die Treppe hinauf, klopfte an seine Tür, und als diese auf mein Klopfen hin aufschwang, sah ich ihn dort in dem Zimmer, das er als Atelier benutzte, auf dem Fußboden liegen, aufgespießt auf diese Spitzhacke.«

Der Professor hatte die Augen derart weit aufgerissen, daß sie groß wie Hühnereier schienen. »Also stimmt es, daß er sich so umgebracht hat, wie es auf dem Bild dargestellt ist?«

»Ja.« Arthur schüttelte leicht den Kopf. »Es war sehr schaurig.«

»Lebte er noch, als du reinkamst?«

»Nein. Ich habe meine Hand über seinen Mund gehalten und keinen Atem gespürt. Dann sah ich das Bild, und nun war *ich* es, dem die Luft wegblieb. Ich konnte es nicht fassen. Ich fiel rücklings auf meinen Hintern, so überrascht war ich. Das einzige Detail, das in diesem Augenblick in dem gemalten Zimmer fehlte, war ich selbst, ausgestreckt neben Rodhinsky auf dem Boden liegend.«

»Und dann hast du das Bild mitgenommen?«

»Ja, denn als ich dort stand und es ansah und mir klar wurde, was es war, was es aussagte, wie schön und bedeutend es war, fragte ich mich, was wohl damit geschehen würde, und das einzige, was mir in den Sinn kam, war irgendein Ignorant, der es in Brand setzen würde. Ich konnte die Vorstellung nicht ertragen. Also nahm ich eine Decke, schlug es darin ein und überließ Rodhinsky leise seiner Unsterblichkeit.«

»Aber wie kommt es dann, daß alle von dem Bild wußten?«

»Weil …«

»Weil …« Der Professor schwenkte seinen Zeigefinger in Arthurs Richtung. »Du warst es, der die Pamphlete geschrieben hat, habe ich recht?«

Arthur nickte bestätigend mit dem Kopf.

Tarkhovs Stimme klang plötzlich freudig erregt. »Im Namen eines Polizisten!«

Arthur nickte erneut.

»Du warst der anonyme Polizist. Ich glaub es einfach nicht«, sagte Tarkhov und kratzte sich am Kopf. »Ich glaub es einfach nicht.«

Arthur lächelte, lachte beinahe impulsiv auf.

»Ich glaub es einfach nicht«, sagte Professor Tarkhov wieder und wieder. »Ich glaub es einfach nicht. Ich glaub es einfach nicht ...«

»Mitya?«

»Ich glaub es einfach nicht ...« Mikhail Alekseyevich Tarkhov nahm einen Zug von der Zigarre und weinte wieder.

»Mieeee-tya«, sagte Arthur in einem onkelhaften Ton. Er erhob sich vom Stuhl. »Komm«, sagte er zärtlich. Er ging um Professor Tarkhov herum und nahm ihn bei den Schultern. »Komm, komm, komm, ich werde dich nach unten bringen und dir ein Taxi besorgen.«

»Arthur«, schluchzte Tarkhov, »Irina und den Kindern wird nichts zustoßen, nicht wahr?«

»Wenn ich heute nacht meinen Freunden telegrafiere, werden sie noch am Wochenende in Helsinki sein«, sagte Arthur ernst. »Ihnen wird nichts geschehen. Vertrau mir. Vertrau mir, mein Freund. Ich bitte dich.«

»Ja, in Ordnung. In Ordnung. Bitte telegrafiere deinen Freunden und sag ihnen, daß sie meine Familie zu mir bringen sollen.«

»Was immer du willst.«

»Ich weiß jetzt, was ich zu tun habe.«

»Ich werde meinen Freunden vom Foyer aus Bescheid geben, sobald ich dir ein Taxi besorgt habe.«

»Es tut mir leid, daß ich so unfreundlich zu dir war, Arthur. Ich bin sicher, daß du das unter den gegebenen Umständen verstehst.«

»Wenn sich jemand entschuldigen muß ...«

»Nein, nein, nein ... es ist richtig so. Es muß sein.«

Arthur führte Professor Tarkhov zum Wandschrank und zog ihm Mantel, Halstuch und Mütze an. Einen Arm um seine Schulter gelegt, führte er ihn anschließend den Gang entlang zum Fahrstuhl, und, nachdem sie ins Foyer hinuntergefahren waren, weiter hinaus auf den Gehweg, wo er den Professor in ein Taxi setzte und zum

Landsitz der Martins zurückschickte. Sobald das Taxi von der Shrine Avenue in die sechsunddreißigste Straße eingebogen war, schlenderte er lässig in das Restaurant des Ansonia, nahm an der Bar Platz und bestellte einen Whiskey. Während ihm der Barkeeper den Drink einschenkte, zog er den Umschlag heraus, den Professor Tarkhov ihm gegeben hatte, und legte ihn auf die Theke. Im Spiegel der Bar sah er einen Mann mit einer Aktentasche in der Hand auf ihn zukommen. Der Mann setzte sich neben Arthur und legte die Tasche auf den Umschlag.

»Spielt er mit?« fragte der Mann.

»Ja.«

»Sind Sie sicher?«

»Ja, ich bin mir sicher.«

»Gut.«

Ohne ein weiteres Wort zu verlieren, zog der Mann die Aktentasche von der Theke und mit ihr auch den Umschlag. Arthur blieb noch eine Weile sitzen, nippte an seinem Drink und betrachtete sich im Spiegel der Bar. Er versuchte sich zu erinnern, wann er das letzte Mal etwas Anständiges getan hatte, doch es wollte ihm einfach nichts einfallen. Und dann dachte er an Joshua, doch auch dieser Gedanke brachte ihm keinen Frieden.

[28]

In der Zeit, in der sich Arthur Brilovsky und Professor Tarkhov zusammen betranken, beobachtete Victor Ribe aus geringer Entfernung Elaine und Joshua Brilovsky. Er verfolgte sie und hörte ihnen zu, während sie durch die abgedunkelten, menschenleeren Gänge des Naturkundemuseums schlenderten, vorbei an Dioramen mit frühzeitlichen Menschen, vorbei an präparierten Affen und Löwen, Schlangen, Gazellen und Wildvögeln. Joshua, ein großer, schlaksiger junger Mann mit tiefer Stimme und weltentrückten Augen, den Augen eines jungen Weisen, hielt seine Mutter an der Hand, während sie über den glänzenden Granitboden liefen. Er sprach Englisch mit russischem Akzent. »Was werden wir tun, wenn Vater fort ist?« fragte er seine Mutter.

»Es ist eine Schande, wie sie diese armen Geschöpfe präsentieren. Das kann einen jungen Menschen wie dich leicht zur Verzweiflung bringen. Sie sehen so armselig und hungrig und müde und verängstigt aus … Entspannt sich in der Wildnis denn nie jemand? Gibt es da niemanden, der sich einfach mal auf einem Moosbett niederlegt oder mit einem Stock zwischen den Zähnen herumstochert? Sie sehen alle so ernst aus.«

»Wenn er morgen abfährt«, beharrte Joshua, seine Mutter ebenso ignorierend wie sie zuvor ihn, »wird er durchs ganze Land reisen. Möchtest du nicht wenigstens in seiner Nähe sein?«

»Ich möchte nirgends in seiner Nähe sein.«

»Wirst du ihm jemals vergeben?«

Elaine schüttelte den Kopf. »Wenn du bei ihm sein willst, Joshua, werde ich dich nicht zurückhalten. Du bist jetzt erwachsen. Du kannst tun und lassen, was du willst.«

»Mutter, ich vergebe ihm das, was er getan hat, auch nicht, aber ich fände es schön, wenn wir beide in seiner Nähe wären … Vielleicht werden wir ihm eines Tages doch verzeihen können.«

»Du hast ein gutes Herz, mein Liebling, aber es gibt vieles, was du an deinem Vater nicht verstehst.«

»Erklär es mir.«

Elaine schüttelte erneut den Kopf, als sie zwei ausgestopfte Bonoboaffen erblickte, die Auge in Auge und mit umschlungenen Beinen von einem Ast herabhingen. »Hier, so sollte die Wildnis aussehen.« Joshua ließ die Hand seiner Mutter los, doch sofort ergriff sie seine.

Joshua betrachtete mit ernster Miene die beiden Affen und las sich die Tafel durch. »Hier steht, daß sie häufig den Partner wechseln, daß sie die einzigen wilden Tiere sind, die sich während der Fortpflanzung ins Gesicht schauen.«

»Das bringt uns viel, dem anderen ins Gesicht zu schauen, wenn wir nicht wissen, was dahinter vor sich geht.«

»Ist er wirklich so schlimm, Mama?«

»Sicher, manchmal kann er auch nett und bezaubernd sein«, räumte sie in einem Tonfall ein, der deutlich machte, daß sie selbst nicht daran glaubte. »Nein«, berichtigte sie sich. »Er kann den Anschein erwecken, als wäre er nett und bezaubernd und liebenswürdig, Joshua, aber wenn es drauf ankommt, ist dein Vater ein Betrüger. Er ist auf eine unverfrorene Art selbstsüchtig und ehrgeizig und hat in diesem Leben Dinge getan, von denen du hoffentlich niemals erfahren wirst.« Elaine strich ihrem Sohn mit einem gequälten Gesichtsausdruck eine dunkle Haarsträhne hinters Ohr. »Als dein Vater und ich uns kennenlernten, war er sehr lieb zu mir, und ich brauchte damals einen anständigen, liebevollen Mann. Aber mit den Jahren wurde mir bewußt, daß er zu mir wie zu allen anderen nur dann lieb war, wenn er seine wahren Absichten verschleiern wollte.«

»Welche da wären?«

»Ich weiß es wirklich nicht ... Aber eines kann ich dir sagen: Der Ehrgeiz deines Vaters kennt keine Skrupel. Hat sie auch nie gekannt. Arthur ist der Sohn seines Vaters, und mehr gibt es dazu nicht zu sagen. Anders als mein Vater – der an seinen törichten Prinzipien zugrunde gegangen ist und daran, daß er sich von deinem anderen Großvater hat täuschen lassen – ist Arthur Brilovsky ein schamloser

Mensch ohne Überzeugung. Er ist ein Witz von einem Mann und steht für keine andere Anschauung außer seinem Narzißmus ein. Und ich habe miterlebt, wie er mit zunehmendem Alter immer rücksichtsloser wurde.«

»Du verachtest ihn wirklich, nicht wahr?«

Elaine küßte Joshua auf die Schläfe. »Es tut mir leid, mein Liebling. Es tut mir leid, daß ich überhaupt davon angefangen habe.«

Joshua nickte. »Sag mal, Mutter ... wenn ich doch sein Blut in meinen Adern habe, werde ich dann irgendwann so wie er? Zu einem solchen Menschen, wie du ihn beschreibst? Wirst du mich irgendwann genauso verachten wie ihn?«

Elaine blieb unvermittelt stehen. Sie packte Joshua an den Schultern. »Niemals«, sagte sie harsch. »Vergiß diese fixe Idee schnell wieder! Du bist ein eigenständiger Mensch. Du besitzt die Kraft, deine Zukunft selbst zu gestalten. Dein Charakter ist nicht die Spur verdorben. Wenn ich von etwas überzeugt bin, dann von deiner Aufrichtigkeit, Joshua, von deiner Rechtschaffenheit. Dein gutes Gewissen wird dich immer schützen, das verspreche ich dir.«

»Meine Mutter kann in die Zukunft sehen?« Joshuas Stimmung schien sich ein wenig aufzuhellen.

»Sie kann noch mehr als nur die Zukunft sehen.« Elaine drückte Joshuas Arm. »Sie kann direkt durch das Fenster deiner Seele schauen.«

Elaine und Joshua hielten sich eng umschlungen, während sie weiter durch die prähistorische Abteilung des Museums schlenderten. Sie blieben stehen, um das Skelett eines Pterodaktylus zu betrachten.

»Mutter«, sagte Joshua leise und wandte sich zu Elaine, so daß sie einander gegenüberstanden, »bitte schau dich nicht um, wenn ich dir jetzt etwas sage ...«

»Was ist denn?«

Joshua blickte über die Schulter seiner Mutter und sah Victor neben dem riesigen Sockel eines Brontosaurus stehen. »Ich glaube, wir werden von einem Mann verfolgt.«

»Wo?« fragte Elaine. Als ihr klar wurde, daß Joshua den Mann über ihre Schulter hinweg ansah, wollte sie sich umdrehen.

»Mutter, laß das«, sagte er.

Elaine drehte sich um, erblickte Victor und wußte sofort, daß er es war. Ihr Vater hatte sie gestern nachmittag angerufen und ihr mitgeteilt, daß Victor in der Stadt war und sie suchte. Während des gesamten vorigen Tages war sie auf diesen Moment vorbereitet gewesen, hatte sich gefragt, was sie wohl empfinden würde, wenn sie ihn sah. Und nun, da er in ihrer Nähe war, verspürte sie eine große Sehnsucht nach einer Zeit in ihrem Leben, die so viel einfacher gewesen war; die Ungewißheit darüber, wen sie und Joshua antreffen würden, hatte sie neugierig gemacht, ihr aber auch Angst eingejagt.

Elaine wandte sich wieder zu Joshua um. »Warum glaubst du, daß er uns verfolgt?«

»Ich habe ihn zum ersten Mal gestern im Hotelfoyer bemerkt. Obwohl sein Gesicht da noch nicht so blau und schwarz war ... Und jetzt ist er hier. Die ganze Zeit schon, seit wir im Museum sind, läuft er uns hinterher.«

»Es könnte ja auch sein, daß er uns beschützt«, flüsterte Elaine.

»Wir müssen Vater davon erzählen.«

»Ja, du hast recht, erzähl es ihm gleich, wenn wir nach Hause kommen, Liebling.«

Victor folgte Elaine und Joshua durch das Museum und ging anschließend mit ihnen über die frischgefallene Schneedecke im Park. Er lief mit ihnen die Straßen entlang, bis sie das Ansonia Hotel erreichten, wo Victor ihnen zuschaute, wie sie durch die Drehtür schlüpften. Als er sah, daß sie den Fahrstuhl betraten, als er sah, daß sich die Fahrstuhltüren schlossen, ging er hinein und bat den Portier um Stift und Papier. Er schrieb Elaine eine kurze Nachricht und ließ sie sofort zustellen. Als der Portier die Nachricht von Victor entgegennahm, teilte er ihm mit, daß er von zwei Männern an der Eingangstür erwartet werde. Victor drehte sich um und erblickte die beiden grauhaarigen Männer. Wortlos ging er zu ihnen hinüber und zusammen mit ihnen aus dem Hotel und zu ihrem Wagen.

[29]

Vermittlung.«

»South End drei neun acht.«

»Einen Augenblick, bitte.«

Das Telefon läutete einmal, zweimal.

»Hallo.«

»Evelyn.«

»Was gibt es, Freddy?«

»Wir müssen reden.«

»Das ist nicht der richtige Zeitpunkt dafür.«

»Nein, du verstehst nicht. Wir müssen reden.«

»Tut mir leid, aber ich kann nicht, Freddy. Wirklich, du solltest mich nicht mehr anrufen.«

Freddy spürte, wie sich der Telefonhörer von ihrem Ohr entfernte. »Ich stecke in Schwierigkeiten, Evelyn, in ernsten Schwierigkeiten ... Könnten wir uns bitte nur für eine Minute treffen? Wir müssen dringend reden.«

Am anderen Ende der Leitung war es still.

»Was hast du angestellt?«

»Könnten wir uns bitte treffen? Laß uns dieses eine Mal treffen, und ich schwöre bei Gott, du wirst nie wieder von mir hören.«

Wieder herrschte Stille.

»Wo bist du?«

»Auf der anderen Straßenseite. In der Bäckerei gegenüber.«

»Wenn du vorbeikommen willst, dann beeil dich. William kommt zum Mittagessen nach Hause.«

Freddy hängte den Hörer ein und verließ Cuccios Bäckerei. Er hatte bereits eine mit Gebäck gefüllte rosa Schachtel gekauft und sie von Mrs. Cuccio mit einer weißen Schleife zubinden lassen.

Evelyn stand in einen dicken Mantel gehüllt in der Haustür, als Freddy auf sie zukam. Sie stand auf dem Treppenabsatz, einen kühlen

Blick auf Freddys lädiertes Gesicht gerichtet, die Wellen ihres kastanienbraunen Haars geisterhaft ruhig im Wind. Für einen Moment kniff sie Augen und Mund besorgt zusammen, dann nahm ihr Gesicht einen gleichgültigen Ausdruck an. Was auch immer Freddy ihr einmal bedeutet hatte, es war vorbei. Und als Freddy ihre Gleichgültigkeit bemerkte, spürte er, wie er sich in Luft aufzulösen begann. Er spürte, wie er sich in etwas Verschwommenes und Geisterhaftes verwandelte. Er war unsichtbar für sie. Er konnte nur daran denken, wieviel lieber es ihm gewesen wäre, zu Staub zu zerfallen, als aussprechen zu müssen, weshalb er gekommen war.

»Was hast du angestellt?« fragte Evelyn ihn, als er die Mitte des Treppenaufgangs erreicht hatte.

»Was ich angestellt habe, spielt keine Rolle.« Freddy versuchte, Evelyn die Schachtel zu überreichen, doch sie wehrte ab. »Was eine Rolle spielt, ist, daß das, was ich getan habe ...«

»Was ist los, Freddy?«

»Ich werde alles wieder gutmachen, Evelyn«, brachte er heraus. »Ich habe alles falsch gemacht mit dir, ich weiß das.«

Evelyn nickte und schaute an ihm vorbei ins Schneetreiben. »Ich denke, ich sollte reingehen«, sagte sie. Sie wandte sich von ihm ab.

»Warte«, rief Freddy ihr hinterher. »Warte eine Sekunde.« Er stieg die Treppe ein paar Stufen weiter hinauf.

»Willst du mir endlich sagen, was das soll?«

»Du, das Baby und William, ihr müßt für ein paar Tage zu deiner Mutter fahren«, sagte er mit fester Stimme.

»Was?«

»Wie ich schon sagte, Evey, du, das Baby und William, ihr müßt für ein paar Tage bei deiner Mutter bleiben.«

»Warum?«

Freddy schüttelte den Kopf. »Bitte frag mich nicht, warum. Tu einfach, was ich dir sage. Ruf jetzt gleich William an, nimm direkt danach das Baby und fahr zu deiner Mutter. Wenn es sein muß, dann erzähl William, daß in eurer Wohnung irgendwas mit der Heizung nicht stimmt, erzähl ihm, was immer er dir abnimmt, aber bitte, fahr einfach. Nächste Woche wird alles wieder gut sein. Ich schwör's dir.«

Evelyn wirkte so verängstigt, als wagte sie es nicht, sich vom Fleck zu rühren. »Was hast du angestellt, Freddy?«

Freddy stieg noch eine Treppenstufe höher. »Das kann ich dir nicht sagen. Dir und dem Baby zuliebe, Evelyn, bitte tu, was ich von dir verlange.«

»Du hast Nerven, Freddy. Hierher zu kommen und mir eine solche Angst einzujagen. Bist du mir so böse, daß du hier vorbeikommen und mir eine solche Angst einjagen mußt?«

Freddy fing an zu zittern, und seine Stimme erbebte. »Bei mir ist etwas schiefgelaufen«, sagte er verzweifelt. »Bei mir ist etwas vollkommen schiefgelaufen. Wenn dir was zustoßen sollte ...«

»Ich rufe die Polizei, Freddy. Ich rufe auf der Stelle die Polizei. Dazu hast du kein Recht, absolut kein Recht!«

»Ja«, sagte Freddy, der merkte, wie ihre Stimme seine Brust zusammenpreßte. »Ja, tu das. Ruf die Polizei. Sag ihnen, du hast Angst, daß ich dir etwas antun könnte. Sag ihnen, daß ich hinter dir her bin, daß du um dein Leben fürchtest.«

Evelyn wirkte nun eingeschüchtert und verwirrt. »Geht es wirklich darum?«

»Sag ihnen, sie sollen mit Mrs. Cuccio reden«, sagte Freddy, hinter sich zeigend. »Frag sie, wie oft ich bei ihr vorbeigekommen bin und dir Gebäck habe bringen lassen, damit ich dich im Eingang stehen sehen konnte.«

Evelyn sah auf die rosa Schachtel in Freddys Hand, blickte zur gegenüberliegenden Straßenseite hinüber, dann wieder zu Freddy. »Willst du mir unbedingt wehtun, Freddy? Ist es das, was du willst? ... Du hast den Verstand verloren. Du hast wirklich endgültig den Verstand verloren.«

Freddy nickte zufrieden, stellte die Schachtel auf dem Treppenabsatz ab und streckte seine Hand aus. »Ich verspreche dir, Evelyn, ich werde alles wiedergutmachen.«

Evelyn wich hastig einen Schritt zurück und schlug Freddy die Tür vor der Nase zu. Freddy starrte auf die Tür und spürte, daß sein Zwerchfell sich zusammenzog, als wollte es ihn zum Weinen bringen. Er stieg die Treppe hinunter und begann sich krampfhaft zu schütteln, wie jemand, der nicht zu weinen vermag, der so lange nicht geweint hat, daß sein Körper vergessen hat, wie es geht. Sich selber in den Magen boxend und sein Gesicht ohrfeigend, lief er schnell in Richtung Untergrundbahn; ohne sich um die Leute zu kümmern, die ihn anstarrten, warf er sich gegen die Steinmauer eines Innenhofs und versuchte verzweifelt, das Gefühl aus seiner Brusthöhle zu verjagen, ein Gefühl, das sein Herz und seine Lunge ergriff und zu zerquetschen drohte, sollte er es nicht unterdrücken können. Als Freddy den Eingang der Untergrundbahn erreichte, fühlte er endlich, kurz vor der ersten Treppenstufe, daß der Druck nachließ; er spürte, wie seine Augäpfel anschwollen, wie die Tränendrüsen sich mit Wasser füllten, wie sich eine Kraft, so stark wie entzündetes Schießpulver in einer Metallummantelung, in seiner Kehle ausdehnte, und dann, urplötzlich, packten ihn zwei Männer in schweren Mänteln und grauen Filzhüten an den Handgelenken, drehten ihm die Arme auf den Rücken und warfen ihn auf die Rückbank eines Wagens. Statt zu weinen, stieß Freddy ein Stöhnen und Ächzen aus, das sofort in Gelächter überging.

»Zeit, wieder ins Büro zu gehen, Mr. Stillman«, hatte einer der Männer streng gesagt, als er vor Freddy getreten war. »Sie stellen unsere Geduld wirklich auf eine harte Probe.«

Freddy konnte darauf nichts erwidern. Er konnte nicht aufhören zu lachen. Sein Lachen hatte sich mittlerweile ins Hysterische gesteigert. Es hörte nicht auf, bis ihn der Mann neben ihm an der Schulter packte und mittels eines Schlagrings und eines Aufwärtshakens der Rechten kraftvoll in den Solar Plexus schlug, woraufhin Freddy auf den Wagenboden rollte. Er keuchte sein letztes bißchen Luft aus, dann hustete er unkontrolliert und rang nach Atem.

»Wagt es nicht, sie anzurühren«, wiederholte er fortwährend, sobald er wieder sprechen konnte. »Wagt es nicht, sie anzurühren«, sagte er zu dem nassen Schuh des Mannes.

»Sie haben es in der Hand, Mr. Stillman«, erwiderte der Mann. »Sie hatten es von Anfang an in der Hand.«

Freddy griff nach oben an den Sitz und versuchte sich hochzuziehen. Doch als er auf die Knie kam, packte ihn der Mann wieder an der Schulter und schlug ihm abermals mit dem Schlagring in den Bauch, so daß Freddy erneut zu Boden ging.

Als der Wagen anhielt, griff der Mann über Freddy hinweg zur Tür, öffnete sie und schubste ihn hinaus auf den Gehweg vor dem Fief-Gebäude, wo sich seine Kollegen aus der Vertriebsabteilung gerade in die Mittagspause aufmachten. Sie sahen, wie der Wagen über den verschneiten Boulevard davonbrauste; sie sahen, wie sich Freddy langsam vom Boden aufraffte und sich den Schnee von den Kleidern und aus seinem zerschundenen Gesicht wischte. Schweigend standen sie im starken Schneetreiben da und sahen zu, wie Freddy gekrümmt und immer noch schwer atmend vorbeihumpelte und die Eingangshalle betrat. Mit gesenktem Kopf drängte sich Freddy durch eine aus dem Fahrstuhl strömende Menschentraube und fuhr hinauf. Als sich die Türen zum achten Stock öffneten, ging er unter dem schneebedeckten Glasdach der Rotunde hindurch zu seinem Büro und schloß sich ein. Der Schnee rieselte zwischen seinem Bürofenster und dem Fenster des leerstehenden Apartments auf der gegenüberliegenden Seite des Luftschachts, während Freddy die Liste aus der Manteltasche zog, die Feldman ihm tags zuvor um die gleiche Zeit gegeben hatte, die Schubladen des Aktenschranks öffnete, einen dicken Stapel Versandformulare herausholte und die nächste halbe Stunde damit verbrachte, sie auszufüllen. Die regungslos in der Haustür stehende Evelyn vor Augen, die zarten, weichen Gesichtszüge von Janice Gould – ihre von den Fesseln blau angelaufe Haut, der eingedrückte Kehlkopf, die zuvor durch ein großes Paar Hände, Stu Zawolskys grausame Hände, ausgelöschte Stimme –, füllte er die Formulare aus, wie er es tags zuvor hätte tun sollen. Er betete für Evelyns Unversehrtheit; er betete, daß sie niemals erfahren möge, was er getan hatte. Als Freddy fertig war, rollte er die Formulare in einen Behälter, steckte diesen in die pneumatische Röhre neben dem Schreibtisch und schob ihn in den saugenden Luftstrom. Während der Behälter von seinen Fingerspitzen hin zum Büro des Abteilungsleiters schoß, betete er nochmals, daß Evelyn nichts zustoßen möge. Er wußte nicht, zu wem oder was er betete, aber er betete. Es war das einzige, was ihm wichtig war. Es war das einzige, das seinem Leben jetzt noch Sinn gab, Evelyns Bild zu bewahren, das Bild von ihr dort oben auf der Treppe, ernst und distanziert, voller Angst vor ihm und mit einem Blick, als würde sie jeden Moment seine kleine rosa Schachtel zertreten.

Sobald Freddy die Versandformulare ausgefüllt hatte, wählte er die Nummer, die Feldman ihm gegeben hatte. Der Mann am anderen Ende der Leitung antwortete in Benny Rudolphs unverkennbarer Stimme: »Wer ist da?«

»Stillman.«

»Ist es erledigt?«

»Ja, es ist erledigt.«

»Haben Sie die Durchschläge, so wie wir es wollten?«

»Ja.«

»Gut. Und jetzt machen Sie sich vom Acker.«

»Wie bitte?«

»Verschwinden Sie aus dem Gebäude. Gehen Sie nach Hause. Und nehmen Sie die Durchschläge mit.«

»Warum?«

»Gehen Sie nach Hause und nehmen Sie die Durchschläge mit.«

»Ich dachte, das wäre alles? Ich dachte, wir wären fertig miteinander?«

»Gehen Sie nach Hause, Mr. Stillman. Sie wissen, was es für Konsequenzen hat, wenn Sie nicht tun, was man von Ihnen verlangt.«

Der Mann legte unvermittelt auf.

Nervös sammelte Freddy die Durchschläge der Versandformulare ein, die er normalerweise der Prüfstelle geschickt hätte, faltete sie ordentlich zusammen und steckte sie in einen Umschlag. Er zog sich

Mantel, Schal und Handschuhe an, und begab sich mit dem Umschlag in der Hand zu den Fahrstühlen.

Auf dem Weg nach Hause hatte Freddy den Eindruck, als würden ihm paarweise Männer durch den Sturm folgen; er sah ihr Spiegelbild in den Fenstern der Untergrundbahn, er sah sie auf der Plattform der Station an der fünfundachtzigsten Straße, als er ausstieg. Doch jetzt war er, soweit er das beurteilen konnte, allein, und er hatte sich noch nie zuvor dermaßen allein gefühlt, nun, da er wußte, daß er Evelyn nach dem heutigen Tag, nach dem Vorfall auf dem Treppenabsatz, nie mehr wiedersehen würde.

Der Sturm war inzwischen noch stärker geworden. Der Schnee wurde in dichten Wolken von den reißenden Windböen umhergewirbelt. Wie geballte Fäuste schlug er Freddy kalt ins Gesicht. Den Hut in der Hand, lief er mit erhobenem Kinn und geradeaus gerichtetem Blick durch den Wind und den eisigen Schnee. Als er in der dreiundachtzigsten Straße an den Fassaden von Celeste Martins Gebäuden emporschaute, bemerkte er, daß sich an den Wangen und Fingern der gefährlich weit über den Gehweg gelehnten Wasserspeier Eiszapfen gebildet hatten. Die Statuen waren mit einer dicken Schneeschicht bedeckt, das nasse Gewicht lastete schwer auf ihren schmalen Schultern und großen Köpfen, in den tiefen Höhlen ihrer eingesunkenen Augen; die Hände waren ausgestreckt, als wollten sie das unschuldige Gesicht eines Kindes berühren, als wollten sie nach einem unsichtbaren und unerreichbaren Gegenstand greifen. Sie waren ausgestreckt, als wollten die Statuen einen Kopfsprung machen und jene wenigen Augenblicke, die es dauerte, bis sie auf dem Erdboden aufschlügen, durch den Wind gleiten.

Als sich Freddy seinem Apartment näherte, konnte er in der Flußströmung treibende Eisschollen erkennen; er sah, wie Frachter das Eis ans Ufer drängten; ihm fiel auf, daß das Eis, wenn es zerbarst, nicht wie Glas splitterte, sondern eher wie Knochen brach, langsam, als wäre die kristallene Struktur von Sehnen durchzogen. Einen Moment lang überlegte Freddy, zum Kai zu gehen und sich den Fluß genauer anzuschauen. Er fragte sich, wie lange es wohl dauerte, bis ein

Körper in diesem eisigen Wasser gefror, und ob dessen Knochen, wenn er gefroren war und von einem Schiff getroffen wurde, wohl mit derselben Konsistenz wie Eis zerbersten würde. Als kleiner Junge hatte er einmal in einem Roman von einem Seemann gelesen, dessen Boot in nördlichen Gewässern kenterte; der Autor hatte den Zustand der Unterkühlung und den Tod des Seemanns als ein glückseliges Ende dargestellt. Ein Teil von Freddy wollte instinktiv auf den Kai hinausgehen, wollte ohne anzuhalten weitergehen, bis die Flußströmung ihn mit sich gerissen hätte, sein Körper langsam taub und gefühllos geworden wäre und seine Gedanken mit dem Eis davontreiben würden. Doch dann dachte er wieder an Evelyn und den Brief, den er ihr in der Nacht geschrieben hatte, und ihm fiel plötzlich ein, wie all seine Wünsche in Erfüllung gehen könnten.

Freddy überquerte die Straße zu Celeste Martins Wohnhaus und klopfte an die Tür. Als niemand öffnete, klopfte er erneut. Dann noch einmal. Nach dem dritten Klopfen trat Freddy einen Schritt vom Fenster zurück und stieg, den Blick noch immer auf das Haus gerichtet, ein paar Treppenstufen hinunter. Er schaute hinauf und konnte in einem der Mansardenfenster Richard Martin erkennen. Richard sah hinunter, allerdings nicht zu Freddy. Er schaute zur gegenüberliegenden Straßenseite.

Freddy wandte sich um und bemerkte zwei Männer in dunklen Trenchcoats und Filzhüten, die das Haus betraten, in dem er wohnte.

»Was ist?« fragte der Koch, als er endlich die Tür öffnete. Seine langen Backen hingen herab, die kleinen Augen waren zu Boden gerichtet.

Freddy drehte sich verstört zu Steven um. »Ich muß mit Miss Martin sprechen.«

»Sie nicht können jetzt.«

»Ich muß sie sehen«, sagte Freddy. »Es ist dringend.«

»Ihr geht nicht gut, gar nicht gut.«

»Bitte, frag sie einfach, ob sie mich kurz empfangen kann.«

»Nein«, sagte Steven bestimmt und schüttelte seine Backen.

Steven versuchte, die Tür vor Freddy zuzuschlagen, doch der stellte einen Fuß dazwischen, bevor der Koch sie schließen konnte. Er drängte sich hinein und schob Stevens dünnen zerbrechlichen Körper beiseite, als wäre er ein Teil der Tür.

»Nein«, sagte Steven, »du nicht dürfen.« Aufgebracht griff er nach Freddys Arm und versuchte, ihn wieder nach draußen zu ziehen, doch Freddy schüttelte ihn mühelos ab.

»Ich muß unbedingt mit ihr sprechen«, erklärte er ruhig.

Steven warf seine Hände in die Höhe. »Ist egal«, murrte er kopfschüttelnd. »Ist egal. Du sprechen sie, aber sie nicht sprechen dich.«

»Wo ist sie?«

»Dort«, sagte Steven, auf eine Schiebetür deutend, die in Benjamin Martins Arbeitszimmer führte. »Mach, wie du willst. Geh. Du wirst schämen. Nichts Gutes wird rauskommen dabei.« Steven ging wieder in die Küche zurück. Er knallte die Tür hinter sich zu und schrie etwas unfreundlich Klingendes auf chinesisch.

Freddy stand im Foyer, starrte gebannt auf die geschlossene Tür zum Arbeitszimmer und fragte sich, ob er wirklich hineingehen sollte. Er wußte, um wessen Zimmer es sich handelte und was es Celeste bedeutete. Es war das Zimmer, in das ihr Vater gegangen war, um nachzudenken, zu malen, zu sterben. Solange Freddy gegenüber auf der anderen Straßenseite wohnte, war kein Sonnenstrahl in das Zimmer gedrungen, und seit er in Miss Martins Wohnhaus zu Besuch kam, hatte das Zimmer im gesamten Erdgeschoß einen muffigen, stickigen und penetranten Geruch verbreitet, als hätte sich sämtlicher Mief der vergangenen zwanzig Jahre darin gesammelt und wäre dort gegoren.

Freddy konnte auf der anderen Seite der Tür nichts hören. Das einzige, was er vernahm, war wütendes Topfgeklapper, das aus der Küche drang. Er ergriff den Messingknauf und drückte ihn beiseite. Er schob die Tür bis ganz in die Wandvertiefung hinein. Ein intensiver Duft, überraschend süß und ganz anders als er es erwartet hatte, strömte zusammen mit Rauchschwaden aus dem Zimmer.

Freddy entdeckte Celeste Martin in der Mitte des Raumes in einem vergilbten und zerknitterten Seidenkleid auf einem purpurnen Diwan ausgestreckt, ihre graue Perücke hing über einem Schminkkopf. Neben dem Diwan stand eine Pfeife, die einer großen, dünnen Vase mit Silberkrone auf der Spitze ähnelte. Die Pfeife stand frei im Raum; ein langer Schlauch verlief vom unteren Teil der Krone zu einem von Celestes Fingern und war dort mit einem Silberring an einem ihrer buckligen Knöchel befestigt. Regungslos. Celeste war regungslos. Ihr Haar, ihr echtes Haar, war kurzgeschoren, grau wie die Perücke und grau wie ihr Gesicht. Wäre sie nicht so ausgezehrt gewesen, hätte ihre Körperhaltung in dem trüben Licht, die Art, wie das Kleid über ihre Oberschenkel gerutscht war, erotisch erscheinen mögen. Doch sie *war* ausgezehrt und alt, und die Möbel waren alt und verstaubt, und die Blumengemälde an den Wänden waren staubig und mit Spinnweben überzogen; über dem Schreibtisch an der gegenüberliegenden Wand hingen schwermütige Porträts von Celeste und Richard als Jugendliche, doch ihre Körper wirkten so zierlich, daß sie eher kleinen Kindern als jungen Erwachsenen glichen.

»Sie wird dir im Moment nicht behilflich sein können, Freddy«, sagte Richard von der Treppe aus.

Freddy fuhr herum und blickte zur Treppe hinauf. »Tut mir leid«, stammelte er. »Ich wußte nicht ...« Er sah wieder zu Celeste.

»Schon gut«, sagte Richard gelassen. Er ging ins Erdgeschoß hinunter, griff nach dem Knauf und schob die Tür zu, als würde er Celeste in ein Mausoleum einschließen. Dann nahm er Freddy am Arm und führte ihn in einen Salon gegenüber dem Arbeitszimmer. »Was wolltest du mit Celeste besprechen?«

»Geld«, sagte Freddy. Er trat näher an Richard Martins freundliches, würdevolles Gesicht heran. »Tut mir leid, daß ich so direkt bin, aber ...«

»Ja?«

»Es ist nur, daß ich Miss Martin fragen wollte, ob sie mir etwas

Geld leihen könnte, um mir aus der Klemme zu helfen, verstehen Sie?«

»Ich verstehe.«

»Es ist nur, daß sie immer so freundlich zu mir war, und ich möchte ihre Großzügigkeit auch nicht ausnutzen, aber ich befinde mich in einer sehr unangenehmen Lage, in einer sehr schlimmen Situation, und ich …«

»Wieviel brauchst du?«

»Ziemlich viel, fürchte ich. Ich hätte mir niemals vorstellen können, daß ich jemals in meinem Leben jemanden um so viel bitten würde.«

»Freddy«, sagte Richard sanft, »du mußt dich beruhigen.« Er legte eine Hand auf Freddys Schulter. »Bitte.«

»Fünfhundert«, sagte Freddy. »Ich brauche fünfhundert, um aus diesem Schlamassel zu kommen. Mir ist klar, daß das ein Vermögen ist, aber, wenn ich es nicht bekomme … wenn ich es nicht bekomme, dann weiß ich nicht, was passieren wird.«

»Wann brauchst du es?«

»Jetzt gleich.«

»Ich weiß nicht, ob wir soviel Geld hier im Safe haben, Freddy.« Als Richard Martin das sagte und mit dem Kopf nickte, fiel Freddy plötzlich auf, daß er fast genauso wirkte wie auf dem Porträt im Arbeitszimmer. Er sah noch immer unschuldig aus. Am Ende seines Lebens wirkte er noch immer genauso unschuldig wie auf dem Gemälde, für das er in seiner Jugend Modell gestanden hatte. Richard neigte den Kopf. »Aber wenn wir soviel hier haben, dann gehört es dir.«

»Ich weiß nicht, wie ich Ihnen danken soll.« Freddy umfaßte Richards Schulter und hielt sie fest gedrückt. Als er dessen Knochen spürte, hatte er das Gefühl, er hielte ein in ein Jackett gekleidetes Skelett fest. »Ich werde es Ihnen so schnell ich kann zurückzahlen, Richard. Ich verspreche es.«

»Nein«, erwiderte Richard lächelnd. »Das glaube ich kaum.«

»Aber das werde ich. Ich verspreche es.«

»Schon in Ordnung, Freddy. Das ist vollkommen unerheblich.«

»Wie meinen Sie das?«

Richard klopfte Freddy sanft auf die Hand, ließ sie von seinem Arm gleiten und ging unsicheren Schrittes davon. Freddy sah ihm nach. Er sah ihm nach, wie er aus dem Salon heraus und wieder zurück zum Arbeitszimmer ging. Richard öffnete die Tür und schloß sie. Nach ein paar Minuten kehrte er mit einer handvoll säuberlich gestapelter Geldscheine in den Salon zurück.

»Ich habe hier sechshundert«, sagte er und reichte Freddy das Geld. »Das ist alles, was im Safe war.«

Freddy nahm das Geld und hielt es in der Hand. Noch nie zuvor hatte er sechshundert Dollar auf einmal in den Händen gehalten. »Ich glaube wirklich, daß ich nicht mehr als fünfhundert brauche.«

»Manchmal ist es besser, mehr Geld zu haben, als man gerade zu brauchen meint.«

Durch dessen großzügige Geste verwirrt, starrte Freddy Richard an. Er hatte plötzlich das Gefühl, ihn falsch eingeschätzt zu haben. Seinem Gesichtsausdruck nach zu schließen, schien er genau zu wissen, was Freddy vorhatte. »Warum tun Sie das?«

»Weil du in Schwierigkeiten steckst, und ich für mich festgestellt habe, daß die beste Verwendung für Geld, sei es nun deines oder meines, darin liegt, Schwierigkeiten aus der Welt zu räumen. Und soweit ich das beurteilen kann, sind deine Schwierigkeiten vielleicht drängender, als du denkst.«

»Wie meinen Sie das?«

Richard sah über seine Schulter hinweg zum Fenster hinüber, von dem aus man einen Blick auf Freddys Apartment hatte, dann wieder zu Freddy. »Ich habe sie hineingehen sehen«, sagte Richard und wirkte mit einem Mal nicht mehr so unschuldig.

»Ja, das habe ich mitbekommen.«

»Möchtest du, daß ich die Polizei rufe?«

»Nein. Das würde nichts helfen.«

»Wie du meinst.«

An die Männer in seinem Apartment denkend, wollte Freddy

schon sagen, daß er das Geld vielleicht doch nicht bräuchte. Aber er entschied sich anders und ließ statt dessen Richard weiterreden.

»Was auch immer du getan hast, was auch immer geschehen ist, was auch immer geschehen mag, Freddy«, sagte Richard mit fester Überzeugung, »Gott wird dir vergeben.«

»Sie sind sehr freundlich«, sagte Freddy, während er seinen Mantel öffnete und das Bündel Geldscheine neben den Umschlag mit den Versandformularen in die Tasche steckte.

»Celeste würde ebenfalls wollen, daß du das Geld nimmst. Sie erträgt es nicht, einen ihrer Bekannten leiden zu sehen.«

»Ich danke Ihnen für Ihre Hilfe.«

»Behüte dich Gott«, sagte Richard und wischte sich mit einem Taschentuch über die Stirn.

Freddy schüttelte ihm die Hand und wandte sich von ihm ab. »Ich finde allein raus.«

Freddy verließ das Stadthaus der Martins und stand wieder auf dem Treppenabsatz. Lange blieb er dort stehen, blickte zu den Fenstern seines Erdgeschoßapartments hinüber und versuchte etwas zu erspähen. Aber das einzige, was er erkennen konnte, waren Schnee und Eis, die sich um die phantasievollen schmiedeeisernen Verzierungen der Eingangspforte gelegt hatten. Während er die Treppe hinunterstieg, mußte er immer wieder an den Höhenunterschied denken, der zwischen dem Fenster im achten Stock des Fief-Gebäudes und dem Boden jenes Luftschachtes lag, der sein ehemaliges Büro von Janice Goulds Fenster trennte. Er sah sich fallen. Er sah sich einen Schritt nach vorn machen, um keine Zeit mehr zu verlieren, bis er bei ihr wäre. Er fragte sich, was der Ursprung dieser Sehnsucht sein mochte. Er wünschte sich, er hätte sich erklären können, warum er das brauchte, warum er von ihr benutzt werden wollte. Sein Schicksal schien fortwährend von diesen geheimen Sehnsüchten bestimmt zu sein; er verlor sich in ihnen, in ihren Verwicklungen, als wäre es ein unwirkliches Leben aus dem Jenseits, in dem er den elementaren Impuls zu finden hoffte, der es ihm ermöglichte, die Wirklichkeit zu ertragen. Als er die Straße überquerte, erinnerte er sich an den Moment, in dem ihm bewußt geworden war, daß er jenen Mann töten würde, der damals in Frankreich die Frau und das kleine Kind ermordet hatte. Daß er den Mann töten oder selbst bei dem Versuch, es zu tun, ums Leben kommen würde. Und er begriff, daß es der Tod gewesen war, nach dem er sich in diesem Moment gesehnt hatte; daß es nicht Rache, sondern der Tod gewesen war, den er gesucht hatte, und daß er sich insgeheim gewünscht hatte, der Mann hätte zuerst auf ihn geschossen.

[30]

Nachdem Faith einen flüchtigen Blick auf Johnny Manns und Jerzy Roths Leichname geworfen hatte, als diese von den Gerichtsmedizinern aus dem Triple Mark herausgeschafft wurden, teilte sie sich mit ihrem Fotografen eine kurze Taxifahrt durch die Stadt. In der Nachrichtenredaktion fanden sie die Springrollos von Marty Volmans glasverkleidetem Büro heruntergezogen vor. Das Büro war hell erleuchtet, und alle in der Redaktion Anwesenden sahen zu, wie Martys Schatten auf dem Musselinstoff der Rollos hin und her wanderte. Marty hatte die Rollos seines Büros in den letzten fünf Jahren nur ein einziges Mal heruntergezogen; als er erfahren hatte, daß seine Frau ums Leben gekommen war, nachdem ein Auto sie vor ihrem Wohnhaus im West End erfaßt hatte. Das Mal davor lag bereits fünfzehn Jahre zurück, damals hatte Marty erfahren, daß Sam Rapaport sich erschossen hatte.

»Ist jemand gestorben?« fragte Faith Jonesy, Martys alten Kumpan, einen kleinen glatzköpfigen Mann mit Bierbauch und großer Fliege. Sie klang besorgt.

»Abgesehen von den Pennern, hinter denen ihr den ganzen Tag herwart?« flachste er in dem Versuch, die Sache herunterzuspielen. »Ich glaube nicht.«

Faith warf Jonesy einen skeptischen Blick zu.

»Ich weiß es nicht«, sagte er ernsthafter. »Ich habe versucht, mit ihm zu reden, aber er wollte in Ruhe gelassen werden.«

»Wie lange ist er schon da drin?«

»Ein paar Stunden, seit du weggegangen bist … Was hast du zu ihm gesagt?«

»Eigentlich nichts, was ihn so hätte aufbringen können.«

»Na ja, kümmre dich jetzt nicht darum und mach dich an die Arbeit«, sagte Jonesy im Weggehen. »Ich will die Abendausgabe früh raushaben.«

»Klar, in Ordnung«, sagte Faith und ging in die entgegengesetzte Richtung zu ihrem Schreibtisch.

Faith setzte sich an den Artikel über das plötzliche Ableben von Crown, Mann und Roth, über das Verschwinden von Elias Eliopoulos und den angeblichen Verkauf der Southside Docks an Noel Tersi. Sie machte daraus eine schnörkellose und nüchterne Reportage, schrieb die reinen Fakten nieder, wie sie auf der Pressekonferenz bekannt gegeben worden waren. Die Tatsache, daß jemand vor all den Jahren Boris Lardner von der Hochbahn geworfen hatte und daß es mit ziemlicher Sicherheit nicht Victor Ribe gewesen war, verschwieg sie. Während sie schrieb, warf sie von Zeit zu Zeit einen kurzen Blick über die Schulter zu Marty Volmans Büro. Einige Male konnte sie dabei an seiner Silhouette erkennen, daß er sich ein Getränk eingoß, und zwar nicht aus der Seltersflasche, die stets auf seinem Schreibtisch stand.

Faith schrieb den Artikel in rund einer halben Stunde fertig, tippte die Seiten herunter und lieferte sie bei Jonesy ab. Jonesy schenkte ihr ein Lächeln und ein Augenzwinkern, schnappte sich den hinter sein Ohr geklemmten Bleistift und begann den Artikel zu redigieren. Den Blick auf die heruntergezogenen Rollos von Martys Bürotür gerichtet, wandte sich Faith von Jonesy ab. Es war ein viel zu wichtiger Tag, als daß Marty abtauchen durfte, entschied sie. Sie mußte erfahren, was er über Benny Rudolph wußte, mußte erfahren, was er über die Fotos dachte, die Notizen, über Shortz, Dubrov, Collins ... sie brauchte seinen Rat. Sie kehrte zu ihrem Schreibtisch zurück, nahm die Aktentasche und ging zu Martys Büro.

Das laute Klopfen an die Glastür brachte das geschäftige Treiben um sie herum zum Erliegen, alle sahen herüber und warteten gespannt darauf, was passieren würde. »Marty«, rief Faith zur Tür, »ich komme jetzt rein.«

»Nein! Untersteh dich!« schrie Marty.

»Sonst was?« schrie Faith zurück, wobei sie ihn ein wenig nachäffte. Faith zuckte für ihre zuschauenden Kollegen mit den Schultern, öffnete die Tür, ging hinein und zog sie hinter sich wieder zu. Ohne eine Aufforderung von Marty abzuwarten, setzte sie sich auf den Stuhl, auf dem sie schon am Morgen gesessen hatte, bevor sie zur Bank aufgebrochen war. Marty saß mit gekrümmtem Oberkörper am Schreibtisch, eine abgebrannte Zigarette zwischen den Fingern, eine leere Seltersflasche und eine halbgeleerte Flasche Bourbon neben sich.

»Nimm Platz«, forderte er Faith auf.

»Ich sitze bereits, Marty.«

»Ja, das sehe ich.« Marty klang nüchterner, als sein Erscheinungsbild vermuten ließ. Faith beugte sich über den Schreibtisch und ersetzte die abgebrannte Zigarette in seinen Fingern durch eine neue.

»So«, sagte sie, während sie ihm Feuer gab, »was hat das hier zu bedeuten?« Faith ertrug es nicht, ihn so aufgebracht zu erleben, doch sie wollte sich nicht anmerken lassen, daß es sie beunruhigte. Sie brachte ihr Mitgefühl zum Ausdruck wie eine verschrobene alte Dame mit einer Schwäche für warme, kuschelige Tiere.

»Das würdest du nicht verstehen«, antwortete Marty.

»Versuch's doch mal.«

»Nein«, erwiderte Marty kopfschüttelnd.

»Komm schon, Marty, warum bist du schon mittags betrunken? Es ist ein wichtiger Tag da draußen. Du solltest dich zusammenreißen.«

»Der Tag kann mir gestohlen bleiben.«

»Warum?«

»Weil ich unter Schmerzen leide, Zuckerschnecke, unter tragischen Shakespeareschen Schmerzen, mörderischen Schmerzen, und sie werden erst verschwinden, wenn ich tot bin.«

»Marty ...«

»Wir werden uns später damit befassen. Was hältst du davon? Später, wenn du bereit bist, den Finger auf meine Wunde zu legen.«

»Du redest Unsinn.«

»Und, ist es nicht wundervoll, hin und wieder Unsinn zu reden?« Es klang wie eine Anschuldigung. »Warum bist du überhaupt reingekommen?«

»Ich bin gerade mit dem Artikel über Shortz und die Morde fertig geworden, und ...«

»Gib ihn Jonesy. Ich bin auf Urlaub.«

»Ich habe ihn bereits Jonesy gegeben.«

»Was willst du dann von mir?«

»Ich habe ein paar Fragen.«

Marty schüttelte den Kopf, die schweren Lider halb geschlossen. »Nein, dieser Raum ist bis heute abend meine ganz persönliche einsame Insel. Der Schnee da draußen ist nichts anderes als weißer Wüstensand, und die Flasche Bourbon hier ist nichts anderes als meine Kokosnuß, in der ein Strohhalm steckt. Und du, mein liebes Kind, bist nichts weiter als eine grandiose Fata Morgana, die im Begriff ist, durch diese magische Tür da zu verschwinden«, sagte er, mit dem Ellbogen auf die Bürotür deutend.

»Schätze, wir werden uns später darüber unterhalten, wenn die Rettungsmannschaft mit dem Riechsalz da ist.«

»Ja, sicher. Komm wieder, wenn sie meinen Schädel ausgeweidet haben.«

»Wie du willst.«

Faith war schon an der Tür, als Marty hinzufügte: »Ich hab's dir gesagt, Faith ...«

Faith wandte sich noch einmal zu ihm um. »Was hast du mir gesagt, Marty?«

»Ich habe dir gesagt, daß du in dieser Sache ganz auf dich allein gestellt sein würdest. Das war ernst gemeint«, sagte Marty mit einer Traurigkeit in der Stimme, die Faith noch nie an ihm gehört hatte.

»Gut, in Ordnung«, gab Faith gereizt zurück. »Das kratzt mich nicht. Ich werde mich da schon allein durchboxen, Marty.«

»Ich wünschte, du würdest recht behalten, Liebes.«

Verwirrt schüttelte Faith den Kopf und überließ Marty seinem Rausch. Sie ging hinaus in die Nachrichtenredaktion und weiter in Richtung Fahrstuhl und fragte sich, was Marty wohl derart mitgenommen haben könnte. Zum zweiten Mal an diesem Tag fuhr sie hinab ins Untergeschoß und begab sich in die dunkle Ecke mit dem

Archiv ihres Vaters. Zum zweiten Mal an diesem Tag machte sie sich an den Buchstaben R, für den unwahrscheinlichen Fall, daß es eine Akte über Rudolph gab. Sie zog die Schublade auf, und tatsächlich, ein paar Karteireiter hinter RIBE fand sie eine dicke Mappe mit der Aufschrift RUDOLPH, PRIVATDETEKTIV. Sie begann den Papierstapel durchzusehen – Kurzporträts von Personen aus dem Gangstermilieu, von Polizisten, Politikern, einfachen Leuten aus dem Volk, Betrügern, Schlägern – und erkannte sofort, daß Rudolph einer der wichtigsten Informanten ihres Vaters gewesen war. Es gab Dutzende von Zetteln in Sams Handschrift, wie jenen, den sie auf dem Weg zur Bank in der Ribe-Akte gefunden hatte: *BR behauptet, Zeuge wurde beeinflußt; 789 47th Street, Mordwaffe liegt unterm Bett* ... Erst am Ende der Akte fand Faith, wonach sie suchte. Zwischen einigen flüchtig auf Cocktailservietten des Triple Mark gekritzelten Notizen fand sie eine von Rudolphs Visitenkarten. Auf der Rückseite stand mit Bleistift ITB684 geschrieben. Es war die Nummer des Schließfachs, das sich Sam und Rudolph geteilt hatten. Und mit einem Mal besserte sich ihre Stimmung. Sie steckte sich eine Lucky zwischen die Lippen und nahm sich die Artikel vor, die Sam über Rudolphs Verhaftung wegen verbrecherischer Erpressung und angeblicher Verbindungen zum Syndikat verfaßt hatte. Den letzten Artikel hatte ihr Vater einen Tag vor seinem Tod geschrieben; darin zweifelte er die Glaubwürdigkeit der Polizeibeamten Dubrov und Collins an, die die Festnahme durchgeführt und Rudolph mit ihren Aussagen hinter Gitter gebracht hatten. Faith bemerkte, daß Rudolph genau an dem Tag verurteilt worden war, an dem sich ihr Vater angeblich die Kugel durch den Kopf gejagt hatte.

Faith packte die Rudolph-Akte in ihre Tasche und fuhr wieder hinauf in die Nachrichtenredaktion. Ein junger Bürogehilfe mit einem unbeschrifteten Päckchen in den Händen erwartete sie bereits an ihrem Schreibtisch.

»Miss Rapaport?«

»Ist alles in Ordnung mit dir?« fragte Faith. Der Junge war leichenblaß und zitterte am ganzen Körper.

»Ein großer Kerl in der Eingangshalle hat mir gesagt, daß ich Ihnen das hier überbringen soll.«

»In Ordnung.«

»Er hat mir gesagt, Sie sollen diese Nummer anrufen und der Person am anderen Ende der Leitung bestätigen, daß Sie es erhalten haben.«

»In Ordnung«, wiederholte Faith und wunderte sich, warum der Junge derart verstört war.

»Er hat gesagt, daß ich neben Ihrem Schreibtisch stehen bleiben soll, bis Sie den Anruf gemacht haben.«

»Warum?«

»Für meinen Seelenfrieden. Er hat gesagt, wenn er herausfindet, daß Sie den Anruf nicht gemacht haben, würde er nach der Arbeit auf mich warten. Er sagte, ich würde sicherlich nicht wollen, daß das passiert.«

»Ich verstehe«, sagte Faith und nahm dem Jungen den Zettel ab. »Ich werde sofort anrufen. Du kannst dich jetzt beruhigen.«

»Danke, Miss Rapaport. Ich werd's versuchen. Aber ich bin einfach noch nie ... Ich habe einfach noch nie so einen Mann ... Er hat mir ganz schön Angst eingejagt, Miss Rapaport.«

Faith nickte, griff nach dem Telefon und wählte die Nummer, die auf dem Zettel stand. Es klingelte einige Male, dann meldete sich derselbe Mann mit der leckgeschlagenen Stimme, der sie auch schon am frühen Morgen angerufen hatte. »Ja.«

»Ich habe gerade Ihr Päckchen erhalten«, sagte Faith.

»Gut, schicken Sie den Jungen weg.«

Faith legte eine Hand über die Sprechmuschel. »Es ist alles in Ordnung.«

»Sind Sie sicher?«

Faith ging wieder ans Telefon. »Sagen Sie dem Jungen, daß alles in Ordnung ist. Sie haben ihn fast zu Tode erschreckt.« Faith reichte den Hörer an den Jungen weiter. »Hier, er wird es dir selber sagen.«

Der Junge nahm den Hörer. »Sir? ... Ja, Sir ... Danke, Mister.« Er gab Faith den Hörer zurück. »Vielen Dank, Miss Rapaport.«

Faith wartete, bis der Junge auf dem Weg zur Toilette war, bevor sie fragte: »Was soll das alles, Mr. Rudolph?«

»Ich wußte doch, daß Sie's rauskriegen würden, Kleine. In Ihren Adern fließt das Blut Ihres Vaters, soviel steht fest.«

»Wie ich sehe, kannten Sie meinen Vater gut.«

»Gut genug, um zu wissen, daß er Sie mehr als sich selbst geliebt hat, und daß er eher ein Leben lang unter Schmerzen gelitten hätte, als sich zu erschießen. Außer, natürlich, Sie wären in Gefahr gewesen.«

Faith schwieg. Traurigkeit stieg in ihr auf, während sie darüber nachdachte, was Rudolph soeben zu ihr gesagt hatte. »Soweit ich weiß, haben Sie ihm ziemlich oft Tips gegeben.«

»Sie kennen das Spiel mittlerweile, Schwester. Er benutzte mich. Ich benutzte ihn. Sam Rapaport mußte sich überall einmischen, er konnte nicht anders. Das ist ja der Grund, warum er so gut war. Aber Ihnen brauche ich das nicht zu erzählen. Sie saßen ja währenddessen auf seinem Schoß.«

»Stimmt«, sagte Faith, die nicht weiter auf diese Weise über Sam reden wollte, »also, was ist das für ein Paket hier?«

»Das? Das habe ich Ihrem Vater am Tag vor seiner Ermordung geschickt. Es hat ihn das Leben gekostet.«

»Hatte er es in dem Schließfach deponiert, zu dem sie mich gelotst haben?«

»Ganz richtig.«

»Was ist es?«

»Einige Aufzeichnungen, die ich im Auftrag eines Klienten angefertigt habe.«

»Dieser Klient war nicht zufällig Boris Lardner, oder?«

»So ist es.«

»Also, wer auch immer Dad ermordet hat, hat es getan, um das hier zurückzubekommen?«

»Um es zurückzubekommen und weil er zuviel wußte.«

»Von wem reden wir hier?«

»Das ist die große Frage, nicht wahr?«

»Sie wissen es nicht?«

»Natürlich weiß ich es. Dieselben Leute, die mich gelinkt und für zehn Jahre hinter Gitter gebracht haben. Dieselben Leute, die auch Boris Lardner umgebracht haben.«

»Wer?«

»Ich könnte mir vorstellen, daß Sie bereits eine Ahnung haben.«

»Die beiden Cops von der Rauschgiftbehörde?«

»So ist es. Aber die Frage ist doch, wer da noch mit drinsteckt?«

»Also gut, wer sonst noch?«

»Schauen Sie in die Akte und bringen Sie sie mit ins Prescot. Wir sehen uns gleich dort.«

Faith legte auf. Sie schwang auf ihrem Stuhl herum und sah quer durch den Raum zu Marty Volmans Büro hinüber. Sein Schatten war in der Tür zu sehen; er blieb dort stehen, während sich Faith warm einpackte und zum Fahrstuhl marschierte. Sie fuhr in die Eingangshalle hinunter, ging hinüber zum Eckcafé, setzte sich an einen der hinteren Tische und öffnete das Päckchen.

Als Faith das Gebäude verlassen hatte, klingelte Marty Volmans Telefon. Er ließ es klingeln, während er sich noch einen Bourbon einschenkte. Langsam leerte er das Whiskeyglas, dann nahm er den Hörer ab und hörte wortlos der heiseren, keuchenden Stimme am anderen Ende der Leitung zu.

»Hast du schon angefangen, deine Sachen zusammenzupacken, Volman?«

»Noch nicht«, sagte Marty. »Ich warte damit, bis sie wieder da ist.«

»Bis dahin wird sie alles wissen. Bist du sicher, daß du solange warten willst?«

»Ich werde auf sie warten und dann bekommst du, was du haben willst.«

»Wie ich dir gesagt habe, Marty, wenn du das Extrablatt nicht selber bringst, werden es andere tun.«

»Es wird rauskommen, mach dir keine Sorgen.«

»Ich will die Ausgabe vor fünf raushaben.«

»Du wirst deinen Willen bekommen.«

»Kannst du jetzt ein wenig nachempfinden, wie es ist, sich eine Pistole an den Kopf zu halten, Marty?«

»Keine Sorge, diesen Gefallen werde ich dir nicht tun.«

»Versteh mich nicht falsch, Marty, ich habe kein Interesse an dieser Art von Genugtuung. Das ginge mir viel zu schnell. Ich will, daß du es spürst, daß du es tief in deinen Eingeweiden spürst, bis ins Knochenmark. Ich will, daß du es von den Gesichtern all derer ablesen kannst, die jemals einen Funken Respekt vor dir hatten. Verstehst du, das ist Genugtuung, Marty. Das ist Genugtuung.«

»Ja, ich vermute, das ist es wohl«, sagte Marty wie im Delirium. Er bewegte den Hörer vom Ohr weg und sah ihn an, während Benny Rudolph weitersprach. »Ich bleibe hier sitzen und schmore vor mich hin«, sagte er zum Telefonhörer.

Während die Stimme verklang wie das laute Motorengeräusch eines Bootes, legte Marty den Hörer zurück auf die Gabel, schenkte sich nach und stürzte den Bourbon die Kehle hinunter.

[31]

Nachdem Harry Shortz Tines' Leuten am Mittag sein Büro überlassen mußte, beschloß er, nicht dabei zu sein, wenn sie alles auf den Kopf stellten. Um den in der Eingangshalle herumlungernden Reportern aus dem Weg zu gehen, nahm er den Hinterausgang im Südturm des Regierungspräsidiums. Er ging die Straße hinauf zum Polizeipräsidium, wo er die Treppe hinunter zum Büro der Gerichtsmedizin und zum städtischen Leichenschauhaus nahm. Der Seziersaal war geschlossen. Ein paar Gerichtsmediziner lehnten in weißen Laborkitteln an den Wänden und rauchten. Der Arzt, der bei Freddys Ankunft Dienst hatte, war nicht mehr anwesend; auf dem Stuhl des diensthabenden Gerichtsmediziners saß nun Dr. Ned Bromberg, der mit den Mordfällen betraut war, die in den Zuständigkeitsbereich der Rauschgiftbehörde fielen. Er sprach durch die Nase, hatte eine rosige Gesichtsfarbe, und unterhalb seines Kinns sprossen dicke graue Stoppeln hervor.

»Tag, Harry.«

»Ned.«

»Was führt dich in die Gruft?«

»Ein totes Mädchen.«

»Weißt du den Namen?«

»Gould. Janice Gould. Sie wurde gestern im Beekman Hotel gefunden und hier eingeliefert.«

»Gould ...«, wiederholte Dr. Bromberg, während er sich die Brille aufsetzte. Er öffnete die mit G gekennzeichnete Schublade des Aktenschranks und ging das Hängeregister durch. »Es gibt Goulds, aber keine Janice.« Dr. Bromberg trat wieder zum Schreibtisch, schob einen halbvollen Suppenteller beiseite und sah einige auf dem Tisch liegende Akten durch. »Bist du dir mit dem Namen sicher?«

»Was ist mit Lowenstein, Katrina?«

»Dasselbe Mädchen?«

»Ja.«

Bromberg ging zurück zum Aktenschrank und suchte unter L. »Nichts«, sagte er. »Bist du sicher, daß sie überhaupt hier ist?«

»Ist niemand aus dem Beekman eingeliefert worden?«

»Ich war heute den ganzen Tag hier und habe von niemandem gehört. Wer ermittelt in dem Fall?«

»Zwei Männer vom Dritten. Die Namen weiß ich nicht.«

Dr. Bromberg verzog das Gesicht und kratzte sich am Kinn. »Tut mir leid, Harry. Ich hoffe, es war nichts wirklich Dringendes.«

»Es war heute auch niemand Außergewöhnliches hier?«

»Niemand, außer dir«, erwiderte Bromberg mit einem Augenzwinkern.

Harry lächelte gelassen. Er wandte sich zum Gehen, machte dann jedoch noch einmal kehrt. »Dürfte ich mal dein Telefon benutzen?«

»Kein Problem. Bedien dich, ich werde dich allein lassen. Ich muß noch was erledigen.«

Harry sah Dr. Bromberg nach, wie er den Gang hinunterging und um die Ecke bog. Als er um die Ecke verschwunden war, nahm Harry den Hörer ab.

»Vermittlung.«

»Das Beekman Hotel, bitte.«

»Einen Moment, bitte.«

Das Telefon läutete.

»Beekman Frauenhotel.«

»Die Empfangsdame, bitte.«

»Am Apparat.«

»Äh, hallo«, stammelte Harry. »Sind Sie die Empfangsdame, die gestern nachmittag Dienst hatte?«

»Ja, das bin ich.«

»Hier spricht Harry Shortz.«

»Oh, hallo, Mr. Commissioner. Sie sind gestern sehr überstürzt aufgebrochen. Ich hoffe, es geht Ihnen gut.«

»Ich wollte nur wissen, ob Sie den Namen der Umzugsfirma für mich herausfinden konnten.«

»Bleiben Sie einen Augenblick dran, Mr. Commissioner.«

Harry wartete und sah sich die an einer Tafel hängenden Fotos von Leichen in verschiedenen Stadien der Verwesung und Obduktion an. Die Augen einiger Leichen waren geöffnet und starrten Harry an.

»Mr. Commissioner?«

»Ja, ich bin noch dran.«

»Also, das Umzugsunternehmen heißt Santini. U. Santini, Umzug und Lagerung. South End acht null acht.«

»Vielen Dank, Sie haben mir sehr geholfen.«

»Nicht der Rede wert.«

Harry legte auf und hob erneut den Hörer ab.

»Vermittlung.«

»South End acht null acht.«

»Einen Moment, bitte.«

Das Telefon läutete.

»U. Santini«, meldete sich ein Mann. Es war die selbstsichere Stimme eines Mannes, der es gewohnt war, schwere Dinge zu heben.

»Ist dort die Firma U. Santini, Umzug und Lagerung?«

»Ganz richtig.«

»Sagen Sie, waren Sie es, der gestern einen Umzug im Beekman Frauenhotel für eine gewisse …«

»Wer möchte das wissen?«

»Hier spricht der Hausmeister vom Beekman. Ich habe noch ein paar Sachen der Bewohnerin im Keller und frage mich, wie ich sie Ihnen wohl zukommen lassen könnte. Könnten Sie sie abholen?«

»Nein. Die junge Frau war vor knapp einer halben Stunde hier und hat ihre Sachen abgeholt«, sagte der Mann und kam ins Plaudern. »Sie hat alles bezahlt.«

Harry verfiel in ein längeres Schweigen.

»Sind Sie noch dran?«

»Ja, ich bin noch dran. Nur, um sicherzugehen … nur, um sicherzugehen, daß wir dieselbe Person meinen, wir sprechen über eine rothaarige, gutaussehende junge Frau – etwa zwanzig?«

»Das ist sie.«

»Ihr Name ist Gould?«

»Nein, ich hab hier den Namen Lowenstein.«

»Katrina Lowenstein?«

»Das ist richtig.«

»Das ist sie. Ich habe unter der falschen Zimmernummer nachgesehen ... Hat sie eine Nachsendeadresse hinterlassen?«

»Nein. Sie kam mit einem Transporter vorbei. Und mit ihrem Verlobten. Er hat mir seinen Namen genannt, wenn ich mich nur erinnern könnte. Hat gesagt, er wäre Schriftsteller.«

Harry griff in die Jackettasche und zog das kleine Notizbuch heraus. Es war immer noch auf derselben Seite aufgeschlagen. »Greely?«

»Ganz genau, Greely. Sagte, er habe Kinofilme gemacht, aber ich hab noch nie von ihm gehört.«

»Und sie haben nicht erwähnt, wohin sie wollten?«

»Sie wollten nach Westen, haben sie gesagt. Das Mädchen wollte in einem Kinofilm mitspielen. Aber ich kann Ihnen sagen, sie hatten ein Bündel Bargeld, so groß wie meine Faust. Damit hätten sie überall hinfahren können.«

»Was Sie nicht sagen.«

»Sie hat mir ein hübsches Trinkgeld gegeben. Nettes Mädchen. Aber auch irgendwie komisch.«

»Warum?«

»So komisch, wie junge Frauen nun mal sind. Sie hat ein Paket für jemanden zur Abholung hiergelassen, meinte aber, daß ich es haben könnte, falls er nicht auftaucht. Ich hab sie gefragt, ob er denn wüßte, daß das Paket hier ist. Sie hat gesagt, nein. Woher soll diese Person dann wissen, daß es hier ist, hab ich sie gefragt? Und sie meinte, sie habe da so ein Gefühl, daß er es rauskriegen würde.«

»Hat sie gesagt, für wen es ist?«

»Der Name steht auf dem Paket.«

»Würde es Ihnen etwas ausmachen, ihn mir zu nennen? Es war nämlich kürzlich jemand für sie hier und hat nach einem Paket gefragt.«

»Nein, kein Problem. Eine Sekunde.«

Harry wartete. Sein Herz pochte. Er spürte, wie sein Körper sich ausdehnte, wie Sorge und Angst ihn aufblähten. Am anderen Ende der Leitung hörte er den Mann am Hörer hantieren. »Shortz«, sagte der Mann, als er wieder dran war. »Genau wie der Behördenleiter.«

»Was Sie nicht sagen«, erwiderte Harry, als hätte er einen nervösen Tick.

»Ist das der Name des Mannes, der bei Ihnen war und nach dem Paket gefragt hat?«

»Ja, genau, das ist er. Ich werde ihn sofort benachrichtigen und bei Ihnen vorbeischicken. Sie haben mir sehr geholfen.«

Harry notierte sich U. Santinis Adresse und legte auf.

Draußen vor dem Leichenschauhaus hielt Harry ein Taxi an und ließ sich zu dem Lagerhausdistrikt im South End fahren. Während sie langsam über die höher werdende Schneeschicht dahinrollten, fragte sich Harry, wann wohl die Leute, die hinter der ganzen Sache steckten, der Presse den Hinweis auf seine Affäre zuspielen würden, auf das Rauschgift, das man früher oder später im Keller des Hauses in Ten Lakes finden würde, auf den wahren Grund, weshalb er in jenem Frühjahr Boris Lardner aus der Haft entlassen hatte.

Die Firma U. Santini lag zwei Häuserblöcke vom Fluß entfernt im Schattennetz der Eastbend-Brücke. Harry bat den Taxifahrer, auf ihn zu warten, und ging hinein. Hinter einer mit Papierstapeln vollgestellten Ladentheke stand ein kleiner, stämmiger Mann in einem Arbeitsanzug, dem eine dicke feuchte Zigarre zwischen den senfgelben Zähnen klemmte. An die Ladentheke gelehnt stand ein großes, schmales, rechteckiges Paket, das in braunes Packpapier eingeschlagen und mit »Shortz« beschriftet war. Als der Mann Harry erblickte, nahm er die Zigarre in die Hand und zeigte mit dem Stummel auf ihn.

»Hey, ich hab gerade erst mit dem Hausmeister vom Beekman gescherzt, daß das Ihr Name ist, der auf dem Paket steht.« Er deutete mit der Zigarre auf das Paket. »Wie hoch ist schon die Wahrscheinlichkeit, daß tatsächlich Sie damit gemeint sind?«

Da er nicht wollte, daß der Mann seine Stimme erkannte, erwiderte Harry nichts; er warf ihm ein süffisantes Grinsen zu, zeichnete die Empfangsbestätigung gegen und ging zurück zum Taxi. Das Paket auf die Schuhspitzen gestellt, nannte er dem Fahrer die Adresse seines Hauses im East End.

Beverly saß gegenüber der Haustür im Wohnzimmer, las die Nachmittagsausgabe des Herald und hörte Radio, als Harry eintrat. Die Jungen saßen zu ihren Füßen auf dem Boden und spielten still eine Partie Dame. Als Beverly Harry erblickte, erhob sie sich aus dem Sessel und schloß die Wohnzimmertür hinter sich. »Die Nachrichten«, sagte sie leise und umarmte Harry, »das ist nicht mehr zu ertragen.«

»Ja«, sagte Harry teilnahmslos. Die Art, wie ihre Arme ihn unter dem Mantel umschlangen, erschien ihm mit einem Mal erdrückender als alles andere, was er an diesem Vormittag erlebt hatte.

»Vater hat fast eine Stunde lang versucht, dich im Büro zu erreichen. Er meinte, er wäre nicht durchgekommen.«

»Ich bin sicher, da war er nicht der einzige.«

»Solltest du nicht lieber dort sein?« Beverly ließ Harry los.

Harry zog den Mantel aus und hängte ihn an den Kleiderständer neben der Tür. »Komm mit«, sagte er. Er nahm das Paket und faßte Beverly bei der Hand.

»Was hast du da?«

Harry führte Beverly in sein Arbeitszimmer hinauf, ließ sie auf seinem Schreibtischstuhl Platz nehmen, lehnte das Paket an die Wand und schloß die Tür.

»Was ist mit dir, Harry? Du wirkst so gequält.«

Harry kniete sich vor Beverly auf den Boden, nahm ihre Hände und betrachtete die feinen Falten, die sich in den letzten zweiundzwanzig Jahren, die sie sich kannten, in ihr Gesicht eingegraben hatten.

»Es gibt da etwas, das ich dir sagen muß. Etwas, von dem ich mir gewünscht hätte, es dir niemals sagen zu müssen.«

Beverly umfaßte Harrys Kinn. »Was es auch ist, von mir hast du nichts zu befürchten, Harry. Du schaust, als wärst du gestorben und hättest mich als Witwe zurückgelassen.«

Als Beverly das sagte, riß sich Harry von ihr los und stand auf.

»Oh, Harry, komm schon«, sagte Beverly in einem Ton, der ihn offensichtlich aufmuntern sollte. Sie stand auf und umfaßte wieder seine Taille, schaute ihm in die Augen. »Ich muß dir sagen, ich war immer so glücklich darüber, einen Mann aus einfachen Verhältnissen geheiratet zu haben, aber manchmal trägst du dein Leben mit dir herum, als wäre es eine Tonne Kohlen auf deinem Rücken. Hättest du dich nicht für die Laufbahn eines Gesetzeshüters entschieden, wäre dir zweifellos das Priestergewand vorherbestimmt gewesen. So ernst, wie du bist.«

»Ich hoffe, du wirst auch in einer Minute noch darüber lachen können, was du gerade gesagt hast.«

»Ich lache jetzt schon«, sagte Beverly, streckte ihren Hals vor und lachte Harry an, als würde sie sich auf einer Cocktailparty höflich über einen schlechten Witz amüsieren.

»Versuch nur einen Moment lang ernst zu bleiben.«

»Ich bitte dich, Harry, wären wir beide auf ernsthafte Gespräche aus, hätte es niemals eine Heirat gegeben«, scherzte sie. »Du hast mich geheiratet, weil du wußtest, daß ich frivol bin, und versuche nicht zu leugnen.«

Harry spürte, wie sich seine Stimmung aufhellte. Er spürte, wie ihn der Schwung ihrer Keckheit ergriff, und er kämpfte dagegen an, weil er wußte, daß sie nicht wirklich meinte, was sie sagte. »Bitte, Beverly, laß mich nur einen Moment lang ernst und mürrisch sein, in Ordnung?«

»In Ordnung«, lenkte sie ein. »Sei ein Langeweiler. Mach weiter.«

Ohne weiteres Zögern platzte Harry damit heraus: »Ich bin dir untreu gewesen, Beverly.«

Beverlys Gesichtsausdruck verwandelte sich schlagartig. Das Lachen, das eben noch ihr Gesicht erhellt hatte, das Funkeln ihrer Augen, erstarb augenblicklich, und sie ließ Harry los. »Wann?«

»Vor langer Zeit«, sagte Harry, während sich Beverly wieder auf den Schreibtischstuhl setzte.

»Wann?«

»Kurz nachdem wir geheiratet haben.«

Beverly nahm sich einen Augenblick Zeit für das Geständnis und schaute auf ihre im Schoß liegenden Hände hinunter. »Gab es noch andere Male?«

»Nein«, sagte Harry. »Ich schwöre. Aber ...«

»Ich will keine Einzelheiten hören«, schnitt sie ihm das Wort ab.

Harry spürte, wie Beverly für einen Moment auf Distanz ging.

»Hattest du diese Affäre mit einer Frau namens Lowenstein?« fragte sie.

Harrys Magengrube fühlte sich an wie ein zerspringender Eisblock.

Berverly erhob sich vom Stuhl und starrte aus dem Fenster, hinaus auf die verschneite Straße. »Warum in aller Welt fängst du jetzt nach all den Jahren damit an?«

»Woher weißt du davon?«

»Sei nicht albern, Harry«, fuhr sie ihn an. »*Woher ich davon weiß?* Glaubst du wirklich, daß dich eine so abgebrühte Frau, eine Frau, die wie verrückt in dich verliebt war, so einfach davonkommen läßt, ohne vorher zu versuchen, dein Leben zu ruinieren? Ich bitte dich. Bist du wirklich so ein Einfaltspinsel? Ich dachte, du wärst ein Mann von Welt. Von dir wird erwartet, daß du den Verstand eines Detektivs besitzt, Herrgott nochmal.«

»Was weißt du?«

»Alles.«

»Alles?«

»Al-les.«

»Seit wann weißt du es?«

Beverly drehte sich zu Harry um. »Ich habe dieser Frau fast zwanzig Jahre lang jeden Monat Geld geschickt.«

»Du hast was?«

»Warum in aller Welt glaubst du wohl, hast du in all den Jahren nichts mehr von ihr gehört? Glaubst du wirklich, eine Frau, die noch recht bei Verstand ist, würde dich nach allem, was du getan hast, ungestraft davonkommen lassen ... ohne dir wenigstens wehtun zu wollen? Gerade dich, einen Mann mit Verantwortung, mit Ansehen?«

Harry ließ sich auf den Stuhl sinken, den Beverly freigegeben hatte, und sah sie mit einem stumpfsinnigen Ausdruck auf seinem großen, männlichen Gesicht an.

»Werd jetzt bloß nicht stumm, Harry. Ich will wissen, warum jetzt. Warum erzählst du mir das ausgerechnet jetzt?«

»Weil ...«, begann Harry vorsichtig.

»Heraus damit.«

»Weil es schon sehr bald alle wissen werden.«

»Oh ...«, machte Beverly, als hätte es ihr den Atem verschlagen. Sie scheuchte Harry mit einer Hand fort, bedeutete ihm, den Stuhl freizumachen. Harry erhob sich und ließ Beverly Platz nehmen. Sie wirkte gedemütigt, als sie saß.

Harry bewahrte sein respektvolles Schweigen.

»Erklär es mir«, sagte Beverly streng.

»Ich weiß nicht, ob ich das kann«, erwiderte Harry mit gebührendem Ernst.

»Dann erzähl, was du weißt.«

Und genau das tat Harry. Er erzählte ihr alles, was er wußte.

Mein Gott«, sagte Beverly, als Harry fertig war. »Du bist so gut wie erledigt«, fuhr sie fort, und die Tragweite all dessen wurde ihr noch deutlicher bewußt.

Harry nickte zustimmend. Es wurde still im Zimmer.

»Bin ich für dich auch erledigt?« flüsterte Harry etwas wehleidig, als die Stille andauerte.

Beverly antwortete zunächst nicht, dann schüttelte sie den Kopf.

»Meinst du das ehrlich?«

»Ich glaube schon.«

»Bist du sicher?«

»Ziemlich sicher.«

Wieder sank Harry langsam auf die Knie. »Bev, warum hast du mir nie erzählt, daß du Bescheid wußtest?«

Beverly streckte die Hand aus und berührte sein Gesicht. »Ich wollte es einfach dabei belassen.«

»Glaubst du, du kannst das noch einmal tun?«

»Ich denke schon.«

»Bist du sicher?«

»Ziemlich sicher.«

Harry machte eine Pause. »Uns stehen harte Zeiten bevor.«

»Dir stehen harte Zeiten bevor, Harry. Ich kann damit leben.«

»Das hoffe ich auch, denn anders könnte ich es nicht ertragen.«

»Dann sieht es wohl so aus, als würden wir nicht voneinander loskommen.« Beverly beugte sich vor und legte ihre Hände auf Harrys breite Schultern. »Solange du mich hast, bist du ein Felsen, Harry, und ich werde nicht zulassen, daß sich irgend jemand mit einem Vorschlaghammer an dir zu schaffen macht.«

»Was ist mit deinem Vater?«

»Was soll mit ihm sein?«

»Wie soll ich ihm das alles beibringen? Wie kann ich ihm in die Augen sehen und erzählen, daß ...«

»Von der Affäre?«

»Ja.«

»Na ja, davon weiß er bereits.«

Harry stieß sich von Beverlys Armen nach hinten auf die Fersen ab.

»Woher glaubst du, habe ich das Geld genommen, um Miss Lowenstein auszuzahlen, Harry?«

»Er weiß davon?«

»Er wußte es von Anfang an.«

Harry schüttelte den Kopf. »Nun gut, aber wie soll ich ihm den Rest beibringen. Es wird ihn verletzen.«

»Es wird ihn eher enttäuschen als verletzen«, sagte Beverly, Harry in die Augen schauend. Sie nahm eine Schere von Harrys Schreibtisch und griff nach dem Paket. »Wenn du willst, kann ich ihm die Nachricht überbringen, um den Schlag ein wenig abzumildern.«

»Nein«, sagte Harry.

Beverly durchtrennte die Paketschnur, entfernte das Packpapier und brachte einen prächtigen barocken Blattgoldrahmen zum Vorschein, in den das Gemälde eines jungen Mannes mit kalten Augen, einem schmalen Lächeln und einer krummen Nase eingefaßt war. In einer Ecke des Bilderrahmens klemmte ein Zettel.

»Es ähnelt dir«, meinte Beverly mit Blick auf das Gemälde und zog den Zettel heraus. »Obwohl ...« Sie sah zu dem Gemälde, zu Harry, dann wieder zu dem Bild, und ihr Ton war ein wenig fröhlicher als zuvor. »Du schaust etwas finster drein.« Sie reichte Harry den Zettel. Er war von Katrina.

»*Lieber Harry*«, las Harry laut vor. »*Mom hat das vor langer Zeit gemalt. Ich habe es zur Erinnerung an den Saukerl aufgehoben, der ihr das Herz gebrochen hat. Ich dachte mir, du solltest es haben, damit Du Dir den Kopf darüber zerbrechen kannst. Ich habe lange genug damit gelebt. Du hast jetzt alles zurückbekommen, was du ihr gegeben hast – den Ring, das Haus – alles, nur mich nicht. Ich nehme an, auf dich werden schon bald eine Menge Probleme und viel Ärger zukommen. Ich hoffe, man wird dir dasselbe antun, was Du Mutter angetan hast. Du kannst mir gestohlen bleiben, Katrina.*«

»Starkes Mädchen«, sagte Beverly.

»Ja«, erwiderte Harry. Er hob das Bild vom Boden auf und ging zum Wandschrank. Er öffnete die Schranktür, stellte das Bild neben seine Schuhe auf den Boden und schloß die Tür wieder.

Dann ging Beverly zum Wandschrank und holte das Bild wieder heraus.

»Was tust du da?« fragte Harry.

»Nur zur Erinnerung«, antwortete sie. Sie stellte das Gemälde auf den Kaminsims. »Ich hänge es später auf, eigenhändig.«

»Du hast schon eine merkwürdige Art an dir, mein Liebling.«

Beverly zuckte mit den Schultern. »Warum fahren wir nicht mit den Kindern zu meinen Eltern? Dann kannst du mit Vater alles besprechen und dich für einen Anwalt entscheiden, der dich vertreten wird.«

Harry nickte.

»Morgen wirst du eine Pressekonferenz abhalten und von der Kandidatur zurücktreten. So jemanden wie dich haben sie eh nicht verdient.«

Harry nickte weiter.

»Und dann ... wirst du dir frei nehmen, und wir verreisen für ein paar Monate nach Europa.«

Harry nickte immer noch.

»Bis sich alles beruhigt hat, fälle ich die Entscheidungen.«

Harry folgte seiner Ehefrau aus dem Arbeitszimmer ins Wohnzimmer, setzte sich zu seinen beiden Söhnen und hörte zu, wie Louis Armstrong im Radio »West Side Blues« spielte. Beverly ging in den Flur und rief ihren Vater an, um ihm mitzuteilen, daß sie, Harry und die Kinder zum Abendessen vorbeikommen würden.

[32]

Nachdem Victor die Nachricht für Elaine beim Portier des Ansonia hinterlassen hatte, schloß er sich den beiden grauhaarigen Männern am Hoteleingang an und folgte ihnen zu ihrem Wagen. Schnee und Eis überzogen die Windschutzscheibe, so daß es, als sie es sich bequem gemacht hatten – Victor auf der Rückbank, Sonnenschein und Griesgram vorne –, fast wirkte, als hockten die drei Männer in einem Iglu. »Wie ich sehe, haben sie es dir ordentlich besorgt«, meinte der Sonnenschein zu Victor.

»Warum war niemand da, der sich um die beiden gekümmert hat?« fragte Victor.

»Der Boß wollte, daß du die Männer siehst, die Lardner umgebracht haben.«

Victor machte ein verwirrtes Gesicht.

»Schau ihn dir an«, sagte der Griesgram. »Er sieht aus wie eine dieser Zeichentrickfiguren, die eins mit der Bratpfanne übergezogen bekommen haben.«

»Aber waren das nicht die beiden Cops, die mich in Boris' Wohnung festgenommen haben, nachdem ich Klempt getötet hatte?«

»Du kannst dich also an sie erinnern. Der Boß dachte, so vollgedröhnt wie du warst, könntest du es vielleicht vergessen haben. Er wollte dein Gedächtnis ein bißchen auffrischen, deshalb hat er sie an dich rangelassen.«

»Ja, ich kann mich einigermaßen an sie erinnern. Nur nicht an ihre Namen.«

»Dubrov und Collins. Klempt war ihr dritter Mann.«

»Woher wißt ihr, daß sie es waren?«

»Wir haben Fotos.«

»Was?«

»Ja, wir haben Fotos.«

»Von wem?«

»Von Mann und Roth.«

»Sie hatten sie in diesem riesigen Tresorraum im Keller des Clubs aufbewahrt«, sagte der Griesgram. »Schöner Tresorraum war das«, fügte er an Sonnenschein gewandt hinzu.

Der Sonnenschein nickte. »Stimmt. Schöner Tresorraum.«

Victor sah die beiden mit hochgezogenen Augenbrauen an. »Warum sollten sie euch die Fotos geben?«

»Sie brauchen sie nicht mehr«, entgegnete der Griesgram.

»Was soll das heißen?«

»Das heißt, daß sie sie nicht mehr brauchen«, wiederholte der Griesgram in einem ungezwungenen Tonfall. Fast hätte er gelacht.

»Ich sehe, dir ist 'ne kleine Veränderung an meiner besseren Hälfte hier aufgefallen«, sagte der Sonnenschein, als er sah, daß Victor den Griesgram befremdet anstarrte.

»Nichts Außergewöhnliches.«

»Er hatte heute Glück mit den Karten.«

Der Griesgram grinste über beide Ohren und strahlte Victor an.

»Er hat eine Runde gewonnen«, fuhr der Sonnenschein fort. »Er wird immer so, wenn er eine Runde gewinnt. Plötzlich wird er wie ein kleines Mäuschen, das wie wild im Hamsterrad läuft.«

»Was für ein herrliches Spiel, Vic. Du hättest es sehen sollen. Einfach herrlich.«

Victor nickte mit leicht geöffnetem Mund. »Ja …«, setzte er an und hielt kurz inne, um Griesgrams Enthusiasmus Zeit zu lassen. »Waren dann Mann und Roth, waren sie diejenigen, die den Mord an Boris angeordnet haben?«

»Das spielt keine Rolle.«

»Du meinst, du weißt es nicht, oder was?«

»Genau«, erwiderte der Griesgram. »Ganz genau.«

»Und ihr, welche Rolle spielt ihr überhaupt bei der ganzen Sache?«

»Wir?« Die beiden grauhaarigen Männer sahen sich an. »Wir sind nur die Penner, die die Drecksarbeit erledigen«, antwortete der Sonnenschein.

»Geschäftsleute«, fügte der Griesgram hinzu und zupfte sich den Kragen seines Mantels zurecht.

»Und für wen macht ihr Geschäfte?«

»Glaubst du, wir wären in diesem Geschäft, wenn du das wissen dürftest, Victor?« fragte der Griesgram, als hätte Victor gerade in Anwesenheit einer Nonne geflucht.

»Ich schätze nicht.«

»Sehr scharfsinnig.«

»Also gut, in Ordnung … Ihr behauptet, daß diese beiden Cops …«

»So ist es«, sagte der Griesgram. »Das wissen wir. Diese beiden, plus der eine, den du um die Ecke gebracht hast.«

»Warte, ich zeig's dir«, sagte der Sonnenschein.

»Wenn du erlaubst, würde ich das gern machen«, bot sich der Griesgram an.

»Nur zu, amüsier dich, solange du noch kannst.«

Der Griesgram drehte sich zu Victor um. »Ich liebe es, zu gewinnen, dafür lebe ich.« Auf seinem Schoß hatte er einen schwarzen Aktenkoffer liegen. Er öffnete den Verschluß, zog eine Reihe von Fotos heraus und reichte sie Victor nacheinander nach hinten.

»Wißt ihr wenigstens, warum sie es getan haben?« fragte Victor, während er die Fotos betrachtete, auf denen Dubrov, Collins und Klempt Boris Lardner in den Tod schicken.

Die beiden Männer schüttelten wieder die Köpfe. »Alles zu seiner Zeit, Victor«, sagte der Sonnenschein mit einem Blick auf seine Armbanduhr.

»Und wann ist das?«

»Jetzt gleich, um genau zu sein.«

»Wo?«

»Im Prescot-Gebäude, in der Schusterwerkstatt.«

Der Griesgram stieg aus dem Wagen und wischte mit dem Mantelärmel den Schnee von der Windschutzscheibe. Als er fertig war und wieder auf dem Beifahrersitz saß, startete der Sonnenschein den Motor und fuhr den Central Boulevard hinunter.

Im selben Augenblick, in dem der Sonnenschein den Motor startete, betrat Benny Rudolph Sidney Lardners Schusterwerkstatt in der schäbigen Eingangshalle des Prescot-Gebäudes. Es war Viertel vor eins. Sidney stand hinter einer verdreckten, mit Galoschen gefüllten Glasvitrine. Die Wände waren bedeckt mit Slippern, Oxfords mit breiten Kappen und einer Auswahl an Budapestern. Der Laden roch nach Leder und Schuhcreme. Zwei junge Männer, die Stoffschürzen und gestrickte schwarze Scheitelkäppchen trugen, flickten im Hinterzimmer Schuhe, während sich Sidney und Benny an der Ladentheke gegenüberstanden.

»Also dann, schießen Sie los«, sagte Sid leise.

»Nicht so schnell.« Benny legte die schwarze Aktentasche, die er bei sich trug, auf die Vitrine mit den Galoschen, zog den nassen Mantel aus und legte den Hut ab. Er warf einen Blick auf seine Armbanduhr. »Wir erwarten noch Gäste.«

»Was für Gäste?«

»Ein paar Leute, deren Leben du für immer versaut hast.«

»Was meinen Sie damit?«

Benny wischte sich mit dem Handrücken grünen Rotz von der Oberlippe. »Du spielst gern den Aufrichtigen, nicht wahr, Sid?«

»Ich hab mir nichts zuschulden kommen lassen.«

»Warum stehen wir dann heute hier und unterhalten uns? Kannst du mir das verraten?«

»Ich dachte, das wäre klar. Sie wollten mir doch helfen, Shortz für den Mord an Boris dranzukriegen.«

»Hast du das wirklich geglaubt?«

»Das war es doch, worüber wir uns gestern unterhalten haben, oder etwa nicht?«

»Du glaubst, das ist der Grund, warum ich heute hierherkommen und mit dir sprechen wollte? Du glaubst, das ist der Grund, warum du den ganzen Tag über diesem Treffen entgegengezittert hast? Warum du dich gefragt hast, ob du dich nicht doch besser irgendwo verkriechen solltest? Hast du deswegen gestern deine Freundin Victor Ribe durch die Stadt folgen lassen?«

»Ich weiß nicht, wovon Sie reden.«

»Natürlich tust du das, Sid. Du weißt ganz genau, wovon ich rede.« Wieder sah Benny auf seine Armbanduhr.

»Wen erwarten Sie denn noch?«

Benny Rudolph nahm einen tiefen Atemzug, den ein Keuchen begleitete. Er atmete ein, als könnte die in den Brustkorb strömende Luft das raspelnde Geräusch in seiner Stimme beseitigen und ihn unbeschwerter atmen lassen. Benny Rudolph wußte es zwar nicht mit medizinischer Gewißheit, doch ihm war klar, daß er bald sterben würde. Langsam aber sicher und eher früher als später. Er wußte, daß dort irgend etwas in seinem Hals und in seinen Lungen heranwuchs, das ihm das Atmen und Reden schwer machte, etwas, das sich anfühlte wie ein kleines Tier, das sich in seiner Luftröhre eingenistet hatte und ihm die Luft stahl, ein Tierchen, das sich seiner Atemzüge bediente, um selbst frei und unbeschwert Luft zu holen. Hin und wieder ließ es ihn nach Atem ringend zurück.

»Sag mir eins, Sidney«, brachte Benny mühsam heraus. »Warum kannst du nach all den Jahren die Vergangenheit nicht ruhen lassen? Warum interessiert dich, was Victor Ribe mit seinem Leben macht?«

»Was wollen Sie damit sagen? Soweit ich weiß, wurde Boris von Ribe ermordet. Erst Sie haben mich gestern auf die Idee gebracht, daß es anders gewesen sein könnte.«

»Du machst das wirklich gut, Sid, weißt du das? Du kannst das wirklich gut, solche Sachen sagen und mir dabei direkt in die Augen schauen.«

»Sie sind verrückt.«

»Vielleicht.« Benny lachte schwach.

»Wer sind Sie?«

»Ich? Ich bin der Weihnachtsmann.«

»Sie sind verrückt.«

»Hat dir dein Bruder damals erzählt, daß er sich, nachdem er von Shortz eingebuchtet worden war, einen Schnüffler zugelegt hatte, der sich ein bißchen umsehen sollte?«

»Nein, davon wußte ich nichts.«

»Weil ich ihm geraten habe, dir nichts davon zu erzählen.«

»Wieso nicht?«

»Weil ich dieser Schnüffler war, der sich für deinen Bruder umgesehen hat, und weil ich ihm geraten habe, dir nichts von mir zu erzählen.«

»Aus welchem Grund?«

»Jetzt guckst du langsam so, wie ich es mir vorgestellt habe.«

»Sie haben sich also für Boris ein bißchen umgehört. Und, was ist dabei herausgekommen?«

»Nervös, Sid? Du wirkst plötzlich so nervös, genau, wie ich es erwartet habe.«

»Sie sind nicht besonders gut darin, die Sachen auf den Punkt zu bringen, wissen Sie das?«

Benny sah wieder auf seine Uhr, stützte sich dann mit dem Ellbogen auf die Aktentasche und lehnte sich vor, das Gesicht so dicht vor Sids, daß der unangenehm berührt zurückwich. »Ich weiß, daß du und Boris über Jahre zerstritten wart. Habt nicht miteinander geredet, habt euch nicht geschrieben, habt euch nicht mal besonders gemocht. Habe ich recht?«

Sichtlich verärgert preßte Sidney seine schlaffe Wampe gegen die Ladentheke und machte ein Gesicht, als hätte er soeben ein verdorbenes Stück Fleisch hinuntergeschluckt. »Was wissen Sie schon, was mir mein Bruder bedeutet hat?« Er stieß sich von der Theke ab, weg von Benny, und zeigte auf die Tür. »Ich will, daß Sie verschwinden.«

»Das wird nicht passieren, und das weißt du auch.«

»Dann ruf ich die Polizei.«

»Mach nur. Ich habe der Polizei eine Menge zu berichten.«

»Was denn, zum Beispiel?«

»Boris hat mir erzählt, daß du nicht mehr mit ihm geredet hast, als er dich nicht an seinem Geschäft beteiligen wollte.«

»Ich wollte bei seinen Drogengeschäften nie mitmachen. Ich hätte mich niemals in einen solchen Unsinn reinziehen lassen.«

Benny ließ die Verschlüsse der Aktentasche aufschnappen, als hätte er soeben einen Safe geknackt. Er zog einen alten Briefumschlag heraus und aus diesem einen alten Brief. »Das hier ist ein ziemlich wütender Brief, den du deinem Bruder geschrieben hast. Hier heißt es, du würdest ihn bei der Behörde verpfeifen, falls er dich nicht an seinem Geschäft beteiligt. Daß du persönlich zu Shortz gehen und ihm alles erzählen würdest. Hast du das hier etwa nicht geschrieben?« Benny hielt ihm den Brief vor die Nase. »Weißt du nicht, Sid, daß man solche Sachen nie schriftlich machen sollte?«

»Woher haben Sie den?«

»Von Boris, von wem sonst?« Benny Rudolph verzog keine Miene. Er starrte Sidney an, bis Sidney es nicht länger ertrug. Er wandte den Blick in Richtung Hinterzimmer, in dem die Jungen arbeiteten. »Moishe, Aaron!« rief er nach hinten. Die beiden Jungen unterbrachen ihre Arbeit und sahen zu Sid herüber. »Das war's für heute, ihr habt Feierabend.« Er ging in die Werkstatt. »Kommt schon, zieht eure Mäntel an und macht, daß ihr rauskommt. Ich mache heute früher zu.« Die Jungen sahen ihn verduzt an und beäugten dann leicht verlegen Benny. »Ich hab gesagt, ich mache zu. Raus mit euch beiden, aber schleunigst!« Hastig legten die Jungen die Schürzen ab, nahmen ihre Mäntel und Hüte vom Wandhaken und eilten hinaus. Als sie fort waren, schloß Sidney hinter ihnen die Tür ab und nahm anschließend wieder seinen Platz an der Ladentheke ein. »Wie ich gestern schon meinte, wenn Sie Geld wollen, sind Sie hier an der falschen Adresse.«

»Ich habe es dir schon mal gesagt, Sidney, Geld interessiert mich nicht.«

»Was wollen Sie dann?« fragte Sidney, mit der Nasenspitze auf die Aktentasche deutend, in die Benny den Brief zurücksteckt hatte.

»Ich habe es dir gesagt, Sid, ich möchte ein paar Dinge ins Lot bringen. Ich versuche, alles wieder zurechtzurücken.«

»Was wollen Sie von mir hören? Ja, ich habe diesen Brief geschrieben. Ja, ich war wütend auf Boris, weil er mich nicht an seinen Geschäften beteiligt hat. Ja ...«

»Ja«, sagte Benny, »und dann hast du deinen eigenen Bruder an Shortz verraten, oder etwa nicht?«

»Ja, ich hab Boris verpfiffen, okay? Er war ein undankbarer Hurensohn, mein Bruder. Gar nicht nett. Überhaupt nicht nett.«

»Und bevor du dich versiehst, hast du seinen Tod auf dem Gewissen. Habe ich recht?«

Sidney starrte Benny mit großen Augen an. Fast sah es so aus, als wollte er ihm ins Gesicht spucken. »Ich hab den Jungen ganz allein und ohne Hilfe großgezogen. Von klein auf hab ich ihn großgezogen, und wie hat er es mir gedankt? Ich hätte ein wenig mehr Respekt verdient, eine kleine Wiedergutmachung.«

»Du hast ihn umbringen lassen, Sidney.«

»Ja, ja, in Ordnung, ich hab ihn umbringen lassen. Aber ich hab es nicht gewollt. Seinen Tod hab ich nicht gewollt. Ich wollte, daß er ... ich wollte, daß er hinter Schloß und Riegel kommt und dort ein paar Jahre lang bleibt. Das war alles. Sonst nichts. Um ihm eine Lektion zu erteilen. Ich hätte nie damit gerechnet, daß er dabei draufgehen würde.«

Wieder lachte Benny ihn aus. »Du bist ein guter Lügner, Sidney. Wirklich gut. Schau dich an. Kannst du dich sehen?« Er wies auf einen Spiegel hinter der Ladentheke. »Schau hin. Nicht die Spur eines schlechten Gewissens auf deinem Gesicht. Jede Menge Selbstmitleid, aber nicht die Spur eines schlechten Gewissens.«

Sidney drehte sich nicht um. »Was wollen Sie von mir?«

»Was ich von dir will? Ich will dein Geständnis. Ich will dein Bild in den Zeitungen sehen, damit jeder weiß, daß du den Mord an deinem eigenen Bruder eingefädelt hast, das will ich.«

»Nur, weil Sie den wütenden Brief an einen Bruder in den Händen haben? Weil ich meinen Bruder an die Cops verraten habe?« Nun lachte Sidney Benny aus. »Ich glaube kaum, daß das reichen wird.«

Benny richtete sich auf und hob die Augenbrauen. »Du glaubst, das ist alles, was ich habe?« fragte er, mühsam atmend. Er öffnete erneut die Aktentasche und zog ein paar Fotografien heraus. »Du weißt, wer diese Clowns sind, nicht wahr?« Er zeigte Sidney einige Fotos, auf denen Ira Dubrov, Pally Collins und Maurice Klempt mit Sid zusammen am Fenster eines Feinkostrestaurants saßen.

»Wer hat die gemacht?«

»Von wem ich sie habe, spielt keine Rolle. Ich habe sie.«

»Und? Ich hab Ihnen bereits erzählt, daß ich meinen Bruder verpfiffen habe. Also hab ich mit diesen Cops geredet.«

»Wer, glaubst du, hat deinen Bruder umgebracht, Sid?«

»Ich hab keine Ahnung. Diese Cops vielleicht? Diese Cops haben mich zur Rede gestellt und nach Boris' Geschäften ausgefragt. Wie sie abgewickelt wurden. Ich hab ihnen erzählt, was ich wußte.«

»Das glaubst du, he?«

»Das weiß ich sogar genau. Wir haben dagesessen und über Boris gesprochen. Ich hab sie über seine Machenschaften und über die ganzen Abläufe aufgeklärt, alles, was er mir darüber verraten hat.« Sidney wirkte sehr nervös. Fast verzweifelt.

Sidney spielte mit einem abgerissenen Schnürsenkel, als Victor Ribe und Faith Rapaport gleichzeitig an die Tür seiner Schusterwerkstatt klopften. »Was hat der hier verloren?«

»Ich habe ihn hergebeten.«

»Und wer ist die andere?«

»Sie ist gekommen, um dir die Beichte abzunehmen.«

»Sie sieht nicht gerade wie eine Priesterin aus.«

»Ich dachte, du wärst Jude?«

»Bin ich auch. Wir legen keine Beichte ab.«

»Heute werden wir eine Ausnahme machen.«

Benny Rudolph schob sein Jackett zurück und zeigte Sidney seine Waffe. »Sei ein guter Junge und lauf nicht davon.« Er deutete mit dem Kopf zur Tür. »Geh, öffne ihnen und laß die Rolläden runter.«

Sidney folgte Bennys Anweisungen. Das Gesicht zu einer Grimasse verzerrt, ging er zur Tür und ließ die beiden herein. Victor und Faith blickten einander an, als sie sich in den kleinen Laden zwängten; sie sahen Sidney an, sahen sich in der schäbigen Schusterwerkstatt um, sahen Benny an. Sidney ließ die Rolläden vor den Fenstern zur Halle herunter.

»Benny Rudolph?« fragte Faith an Benny gewandt.

»So ist es, Schwester.«

»Benny?« fragte Victor leise und trat auf Benny zu. Er legte eine Hand auf seine Schulter. »Wie kommt es, daß du ...?«

Benny neigte sich zu Victor hinüber. »Laß uns das für später aufheben, in Ordnung?« flüsterte er ihm ins Ohr.

»Wie du meinst«, sagte Victor und zog den Mantel aus. »Was ist mit deiner Stimme passiert?«

»Später.«

»Sicher, in Ordnung«, sagte Victor und setzte sich auf einen Schemel vor der Regalwand.

»Wer ist das?« fragte Faith, mit dem Finger auf Sid deutend.

»Das hier ist Boris Lardners Bruder Sidney.« Benny wandte sich zu Sid um. »Ich glaube, Victor kennst du ja, Sid. Das hier ist Faith Rapaport, deine Beichtmutter.«

»Was soll das heißen?« fragte Faith.

»Das heißt, daß Sid hier mindestens ein paar Absätze in Ihrem Beitrag für die Spätausgabe füllen wird.«

»Soll mir recht sein. Ich nehme, was ich kriegen kann.«

»Eigentlich können wir sofort anfangen. Sidney?« Benny winkte Sid zurück an den Platz hinter der Ladentheke. »Stell dich wieder dahin, wo du gestanden hast, damit ich dich schön im Auge behalten kann.«

»Mr. Gernegroß«, murrte Sid leise vor sich hin. »Glaubst wohl, alles unter Kontrolle zu haben, was?« Er trat wieder hinter die Theke und stellte sich mit einem Gesicht vor Benny, als würde es jeden Augenblick auf der Vitrine mit den Galoschen zerfließen.

»Es scheint«, begann Benny, »als wäre Sid mit diesen drei Armleuchtern hier befreundet gewesen, bevor es seinen Bruder erwischt hat.« Er reichte Faith die Fotografie, die er kurz zuvor Sidney gezeigt hatte.

»Sind das die Männer von der Behörde?«

Benny wies mit dem Finger auf das Foto. »Collins, Dubrov, Klempt.«

»Was Sie nicht sagen.«

»Doch, das sage ich.«

»Warum hast du das getan?« fragte Victor Sid.

»Wollen Sie mir vielleicht mal verraten, was ich Ihrer Meinung nach alles wissen soll?« maulte Sid Benny an.

»Victor«, erwiderte Benny nur knapp.

Mit sichtlicher Genugtuung holte Victor die Bilder aus dem Umschlag, den ihm die beiden grauhaarigen Männer gegeben hatten. Er trat an die Ladentheke und breitete sie darauf aus. Faith betrachtete Victors müdes und zerschundenes Gesicht, während dieser Sidney musterte. »Du hast deinen eigenen Bruder ans Messer geliefert?« fragte er Sid. »Und dann meinen Kopf gefordert?« Mit zerfurchter Stirn und knirschenden Zähnen baute er sich vor Sid auf.

»So war das nicht«, wehrte sich Sid, während er die Fotos anschaute. »So war das nicht, ich schwöre bei Gott. Ehrlich, ich hatte keine Ahnung, daß sie es waren.«

»Wer, dachtest du, war es dann?« fragte Benny ihn.

»Ich dachte, es war dieser Penner hier. Es spielte auch keine Rolle, wer es war. Passiert ist passiert.«

»Heb dir das fürs Jenseits auf, Sid.«

»Wo ich herkomme, gibt's kein Jenseits.«

»Ein Grund mehr, dich hier und jetzt zur Verantwortung zu ziehen.«

»Worum geht es eigentlich?« fragte Faith.

»Er hat seinen Bruder an Shortz verraten, darum geht es«, antwortete Benny ihr. »Ich habe all die Jahre darüber nachgedacht – mit ihm hat alles angefangen, mit Sid Lardners hinterhältigem, boshaften Ehrgeiz. Im Innern dieses kleinen Manns, in Sid Lardners winzigem Herzen und Verstand«, fuhr er fort, die Finger seiner rechten Hand fest zusammengeballt, »hat all das seinen Anfang genommen. Boris mußte dran glauben. Victor kam für den Mord an ihm hinter Gitter, ich wegen Erpressung. Und du, meine Liebe, hast deinen Dad verloren. Und das alles nur, weil dieser Schmock hier an den Drogengeschäften seines Bruders mitverdienen wollte.« Er lachte. »Und seht her, was es ihm eingebracht hat.« Er hob die Arme und schwenkte sie umher. »Schuhe. Stinkende, kaputte Schuhe.«

»Ich kann davon leben«, sagte Sid.

Benny öffnete erneut die Aktentasche und reichte Faith den Brief, den Sid vor Jahren an Boris geschrieben hatte. »Vergessen Sie nicht, das hier zusammen mit all den anderen Leckerbissen rauszubringen.« Faith nahm den Brief und steckte ihn in ihre Tasche.

»Mein Bruder war kein Engel«, sagte Sid, während er zusehen mußte, wie Benny ihr den Brief übergab.

»Nein, das war er nicht. Er hatte einen schlechten Charakter und vermutlich nichts Besseres verdient. Deshalb hat es dich wahrscheinlich auch so befriedigt, ihn fallen zu sehen.«

»Wovon reden Sie jetzt schon wieder?«

»Ist es nicht großartig, wie hartnäckig dieser Kerl ist?« fragte Benny an Victor und Faith gewandt, während er abermals in die Aktentasche griff.

»Nicht schon wieder«, sagte Sid.

Auf Bennys Gesicht zeigte sich ein breites Lächeln, als er ein Foto hervorholte, auf dem Sid in einer Menschenmenge auf der Plattform der Hochbahn zu erkennen war, während im Vordergrund Maurice Klempt Victor mit seiner Waffe bedrohte. »Was ist hiermit, Sid?« Benny zeigte erst Victor das Foto, dann Sid.

»Gut, in Ordnung«, sagte Sidney kapitulierend. »Sie haben gewonnen. Sie haben mich.« Er warf die Hände in die Luft und ließ sich auf einen Schemel sinken. »Ich gebe auf.«

»Fein.«

»Was haben Sie mit mir vor?«

»Ich werde darüber nachdenken. Aber jetzt verschwinde erst einmal.«

»Verschwinden, wohin?«

»Dahinten rein. Verschwinde.« Benny trat um die Ladentheke herum und folgte Sid ins Hinterzimmer. »Du bleibst da drin, bis ich was anderes sage.«

Benny zog die Tür zum Hinterzimmer zu und schloß sie ab. Dann reichte er Faith das Foto von Sid auf dem Bahnsteig. »Nun zu Ihnen, Kleine, durchschauen Sie, was da gespielt wurde?« fragte er Faith, während sie das Foto betrachtete.

»Ich denke schon.«

»Wollen Sie Victor nicht einweihen?«

»Aber sicher.« Sie blickte zu Victor hinüber, der wieder auf dem Schemel an der Wand saß. »Ich finde, er hat es verdient.«

Victor beugte sich gespannt vor, während Faith den Blick zwischen ihm und Benny hin- und herwandern ließ.

»Sid hier«, begann sie zögernd, während sie Notizblock und Stift aus der Tasche holte und zu schreiben anfing, »hat seinen Bruder an Shortz verpfiffen.«

»Soviel haben wir schon mal rausgefunden«, sagte Benny zu Victor.

»Shortz wiederum«, fuhr Faith fort und sah Benny Bestätigung suchend an, »hat Boris wegen Drogenhandel hinter Schloß und Riegel gebracht.«

»So ist es.«

»Dann hat Shortz Boris so lange bearbeitet«, sagte Faith zu Victor, »bis dieser sich bereit erklärte, für ihn als Informant zu arbeiten. Shortz witterte nämlich zum ersten Mal in seiner Laufbahn eine reelle Chance, dem Syndikat den Prozeß zu machen. Aber bevor Boris irgendwas ausplauderte«, sagte sie, den Blick auf Benny gerichtet, »beauftragte er Mr. Rudolph, Shortz und seine Leute unter die Lupe zu nehmen, in der Hoffnung, er könnte sich mit einem kleinen Skandal aus dieser Zwickmühle befreien.«

Diesmal grunzte Benny seine Bekräftigung heraus.

»Und wie es der Zufall wollte, hatte Benny Glück. Er fand heraus, daß die Rauschgiftfahnder, die aufs Triple Mark angesetzt waren – Dubrov, Collins und Klempt –, Bestechungsgelder kassierten und im Gegenzug dafür sorgten, daß das Syndikat im Geschäft blieb. Dann, zur Krönung des ganzen, erfuhr er – von irgendeiner Dirne aus dem South End –, daß Shortz vor langer Zeit ein Techtelmechtel mit einer ungarischen Prostituierten gehabt hatte. Bevor die Affäre beendet war, hatte Shortz sie geschwängert, und statt sich wie ein Gentleman zu verhalten, statt seine stinkreiche Frau zu verlassen, hat er der Dirne und dem Baby ein Haus auf dem Land gekauft, sich verabschiedet und den beiden viel Glück gewünscht.«

»Und auf Nimmerwiedersehen«, fügte Benny hinzu.

»Richtig«, sagte Faith. »Es stellte sich heraus, daß die Frau mit der Abmachung alles andere als einverstanden war und daß Shortz sie dazu genötigt hatte. Sie war durch die ganze Geschichte derart verärgert und verbittert, daß sie Benny alles erzählte, was er hören wollte, nachdem er sie ausfindig gemacht hatte. Benny wiederum weihte Boris ein, woraufhin Boris zu Shortz ging und ihm zu erkennen gab, daß er Bescheid wußte. Um Boris zum Schweigen zu bringen, ließ Shortz ihn ohne Auflagen laufen. Die Anklage wurde fallengelassen und Boris freigesprochen. Aber …«

»Auftritt Mann und Roth«, sagte Benny zu Victor. »Du hast von Mann und Roth gehört?«

Victor nickte.

»Mann und Roth haben ihm das nicht abgekauft«, fuhr Faith fort. »Sie haben Boris nicht eine Sekunde lang geglaubt, daß er wirklich so einfach davongekommen war. Sie dachten, es wäre ein Trick. Sie dachten, Shortz habe ihn laufenlassen, damit er für ihn spioniert. Also haben Mann und Roth die Jungs von der Behörde mit Fotografien erpreßt, die bewiesen, daß sie geschmiert waren, Bilder, auf denen sie sich ein bißchen mit den Mädchen vom Triple Mark amüsieren. In der Befürchtung, das gute Leben könnte vorbei sein und sie müßten in den Knast wandern, haben Collins, Dubrov und Klempt …« Faith hielt kurz inne und drehte sich zu Benny um. »Es waren doch Mann und Roth, die an diesem Tag die Fotos machen ließen, auf denen Boris von der Hochbahn geworfen wird, oder? Damit Dubrov, Collins und Klempt auch in Zukunft nicht aus der Reihe tanzen würden.«

Benny nickte. »Sie haben es erfaßt.«

Faith wandte sich wieder Victor zu. »Auf jeden Fall haben Collins,

Dubrov und Klempt Boris von der Hochbahn geworfen. Aber etwas lief schief an diesem Tag. Bevor Boris den Abgang machte, griff er noch in Klempts Tasche und zog dessen Brieftasche heraus. Klempt muß gemerkt haben, was passiert ist, und ging runter auf die Straße … vermutlich, um sich die Brieftasche von Boris zurückzuholen. Als er aber sah, daß Victor Boris vor den Augen dieser Frauen durchsuchte, entschloß er sich, abzuwarten. Als Victor aus dem Geschäft wegrannte, folgte er ihm zur Hochbahn und versuchte ihm die Brieftasche abzunehmen, wurde dabei aber letzten Endes auf die Gleise gestoßen.«

»So war das also«, sagte Victor und sah Benny an.

»So war das«, bestätigte Benny.

»Jetzt, wo Klempt tot war«, fuhr Faith fort, »haben sich Dubrov und Collins überlegt, daß es ein leichtes wäre, den Mord einem Drogensüchtigen anzuhängen. Sie haben sich einen Augenzeugen beschafft und dafür gesorgt, daß du verurteilt und für ihr Verbrechen nach Farnsworth geschickt wurdest.«

Victor saß auf dem Schemel und rieb sich die Wange.

»Sie sind wahrhaftig Sam Rapaports kleine Tochter«, sagte Benny voller Begeisterung zu Faith.

»Nun gut, dann lassen Sie mich sehen, ob ich auch diesen Teil richtig verstanden habe«, entgegnete sie. »Noch am gleichen Tag, am Tag, an dem Boris dran glauben mußte und Dubrov und Collins in dessen Wohnung gingen, um Victor festzunehmen, fanden sie einige Papiere, die Boris mit Ihnen in Verbindung brachten, Aufzeichnungen, die Sie angefertigt hatten und aus denen die Beziehung zwischen Dubrov und Collins und Mann und Roth hervorging.«

»Das ist richtig.«

»Als sie Mann und Roth davon erzählten, haben die beiden einige Geschäftsbücher gefälscht, um es so aussehen zu lassen, als würden Sie die Apotheker in deren Auftrag erpressen, beim Drogenhandel mitzumachen?«

Benny nickte.

»Und auf der Grundlage dieses fingierten Beweismaterials besorgten sich Dubrov und Collins bei einem Richter einen Durchsuchungsbefehl und stellten auf der Suche nach weiteren Aufzeichnungen Ihr Büro und Ihre Wohnung auf den Kopf. Aber Sie hatten diese schon an einem sicheren Ort deponiert.«

»So ist es.«

»In der International Trust Bank.«

»Ganz genau.«

»Wo Sie und Sam sich ein Schließfach teilten.«

»Vollkommen richtig.«

»Und als Sie von ihnen zur Rede gestellt wurden?«

»Habe ich ihnen erzählt, daß ich nicht wüßte, wovon sie reden. Sie haben einmal laut gelacht und mir dann Handschellen angelegt.«

»Und der einzige, der zu diesem Zeitpunkt die Wahrheit wußte, war Sam?«

Benny wandte sich Victor zu. »Du erinnerst dich an Sam Rapaport, nicht wahr, Victor?«

»Ja, sicher«, sagte Victor zu Faith. »Er war ja der einzige, der sich die Mühe gemacht hat, meine Version der Geschichte abzudrucken.«

»Was ich nicht verstehe«, sagte Faith zu Benny, während sie gleichzeitig Victor zunickte, »woher haben sie gewußt, daß mein Vater im Besitz Ihrer Aufzeichnungen war.«

Benny unterbrach die Unterhaltung für einen kurzen Augenblick, um sich zu räuspern. »Ich bin mir nicht sicher«, sagte er dann, »ob Sie das wirklich wissen wollen.«

»Warum nicht?«

»Weil es Sie zutiefst verbittern könnte.«

»Vielen Dank für die Fürsorge«, entgegnete Faith, »aber ich würde es dennoch gerne erfahren, wenn Sie nichts dagegen haben.«

»Wie gesagt, es wird Ihnen nicht gefallen, mein Kind.«

»Ich bin ganz Ohr.«

»Also gut.« Benny legte eine weitere Kunstpause ein. »Dubrov und Collins wußten, daß Ihr Dad und ich zusammenarbeiteten. Sie wußten, daß ich Ihren Vater für ein bißchen Kleingeld mit Geschichten versorgte.«

»Woher?«

»Dinge, von denen nur ich wissen konnte, wußte plötzlich auch er.« Benny zupfte sich am Ohr. »Sam gab mir Decknamen: Bald Archibald, Billy Runyon ... Immer, wenn ich die Jungs von der Behörde in der Stadt traf, zogen sie mich wegen der Namen auf, die Sam mir verpaßt hatte. Wie dem auch sei, Dubrov und Collins vermuteten, daß die Geschichte auch durch Volmans Hände laufen würde, wenn ich mit Sam geredet hatte. Womit sie recht hatten.«

»Marty?«

»Marty Volman.«

Das verschlug Faith die Sprache. Mit einem Mal machte Martys Theater vom Nachmittag Sinn. Das, was er mit dem Finger gemeint hatte, den sie auf seine Wunde legen würde, machte nun Sinn. Sie ließ es einen Moment sacken, konnte es aber auch danach noch immer nicht fassen. »Sie sind sich dessen aber nicht ganz sicher, oder?«

Benny schaute Faith in die Augen und nickte langsam mit dem Kopf. Wieder öffnete er die Aktentasche und griff hinein.

»Warum?«

»Weil ich weiß, daß Ihr Dad den Artikel bei Volman abgeliefert hat. Er hat mir darüber eine Nachricht zukommen lassen.«

Faith zögerte kurz, bevor sie ihn fragte: »Haben Sie diese Nachricht bei sich?«

»Nein, aber ich habe etwas Besseres.« Benny zog eine handgeschriebene Abschrift des Artikels hervor, an die ein Zettel geheftet war. Er reichte Faith den Zettel, auf dem sie die Handschrift ihres Vaters wiedererkannte. *Marty, bring das in der Morgenausgabe. Wenn du mich brauchst, ich werde mich zu Hause verkriechen. SR.* Und dann fand sie fast alles, was sie soeben erst Benny und Victor vorgetragen hatte, in dem Artikel wieder.

»Tut mir leid, Kleine.«

»Warum haben Sie das nie jemandem gezeigt?«

»Ich habe es selbst erst kürzlich gefunden.«

»Und woher haben Sie es?«

»Von dort, wo ich auch alles andere herhabe.«

»Woher?«

»Aus dem Tresorraum von Mann und Roth im Keller des Triple Mark.«

»Wie haben Sie das geschafft?«

Benny lächelte nur.

»Wissen Sie nicht, daß die beiden heute morgen erschossen wurden?«

»Ja, habe ich gehört«, erwiderte Benny und schüttelte den Kopf. »Wie schade.«

»Sie scheinen nicht gerade am Boden zerstört zu sein.«

»Vielleicht, weil ich davon ausgehe, daß solchen Leuten irgendwann heimgezahlt wird, was sie selbst ausgeteilt haben.«

»Ich verstehe ...« Faith wirkte mit einem Mal ein wenig beunruhigt, doch sie tat das Gefühl mit einem Achselzucken ab. »Also, Sie sagen, daß Marty Volman ...«

»Was ich sage, ist folgendes: Als Marty Volman klar wurde, daß es ihm wie Boris Lardner ergehen könnte, war die Geschichte für ihn gestorben. Er hat sämtliche Beweise verschwinden lassen, mit denen man diese ganzen Bastarde hätte erledigen können – Mann, Roth, Eliopoulos, Dubrov, Collins und Shortz.«

Faith rührte sich nicht. »Wer hat es getan? Wer hat Sam umgebracht?«

»Mann und Roth haben Dubrov und Collins die Drecksarbeit erledigen lassen.«

»Und die haben meinen Vater dazu gezwungen, sich selbst in den Kopf zu schießen, indem sie ihm androhten, andernfalls mich zu töten?«

»Ziemlich üble Sache, nicht wahr, Victor?«

»Tut mir leid, das zu hören«, sagte Victor zu Faith.

Faith ignorierte ihn. »Und heute morgen haben sie dasselbe mit Crown gemacht. Deshalb haben Sie mich dort hinfahren lassen.«

»So ist es.«

»Und Sie waren dabei, als es passierte, nicht wahr?«

Benny zuckte mit den Schultern. »Ich war in der Nähe. Ich habe die beiden im Auge behalten.«

»Ja«, sagte Faith entnervt. Sie wußte nicht, was sie sonst hätte sagen sollen. Sie wandte sich Victor zu und starrte ihn an.

»Was ist?« fragte Victor nach einer Weile.

»Was hältst du von der ganzen Sache?«

»Ich?« Victor schüttelte den Kopf. »Ich finde, es stinkt zum Himmel, das halte ich davon.«

Faith lächelte ihn geistesabwesend an. »Wann haben sie dich entlassen?«

Victor schaute zu Benny hinüber.

»Sag's ihr«, forderte Benny ihn auf.

»Gestern.«

»Gestern.«

Victor nickte.

»Schon komisch, daß das alles auf einmal passiert ist, findest du nicht? Du kommst aus dem Knast, dann erwischt es Crown ... Mann ... Roth ... Eliopoulos verschwindet ... Shortz wird bloßgestellt ...«

»Irgendwie schon«, stimmte ihr Victor zu.

Faith wandte sich wieder Benny Rudolph zu und schaute ihm in die Augen. »Die Explosion in Long Meadow?«

Benny sah sie ausdruckslos an, so als könne er ihr nicht folgen.

»Und dann wird auch noch Victors Vater bei dieser Explosion getötet.« Faith sah wieder zu Victor.

Benny schaute Faith immer noch mit dem gleichen Ausdruck an, mit dem ihn kurz zuvor Sid Lardner angestarrt hatte, so als würde er sich fragen, worauf sie hinauswollte.

Faith starrte Benny an und wartete darauf, daß er irgend etwas sagte, doch es war, als schaute sie gegen eine Backsteinmauer. »Wie auch immer ...«, seufzte sie schließlich. »Was, wenn ich Marty dazu bringen kann, den Artikel zu veröffentlichen?«

»Er wird ihn auf jeden Fall veröffentlichen.«

»Warum?«

»Es wurde ihm nahegelegt.«

»Wer hat ihm das nahegelegt?«

Benny zuckte mit den Schultern.

»Er weiß bereits, daß sein Kopf rollen wird?«

»Ja.«

»Seit wann?«

»Seit heute mittag, als ich es ihm gesagt habe.«

Faith dachte einen Moment darüber nach, dachte an den armen alten Marty, an sein Magengeschwür und an die Seltersflasche auf dem Schreibtisch.

»Sobald Sie fertig sind, wird er ein Extrablatt rausbringen. Er sitzt jetzt dort und wartet auf Sie.«

Faith schwieg. In Gedanken bereits bei dem bevorstehenden Gespräch mit Marty, zog sie Mantel und Mütze an. Sie spürte, wie sie von einer tiefen Melancholie erfaßt wurde.

»Gehen Sie und schreiben Sie Ihren Artikel, Herzchen«, sagte Benny. »Und ein Letztes noch …«

»Was denn?« fragte Faith nur mit mäßigem Interesse.

»Vertrauen Sie keinen Männern, Miss Rapaport. Vertrauen Sie nicht einem einzigen. Es wird Ihnen jedesmal das Herz brechen, immer und immer wieder.«

»Vielen Dank, Schätzchen.« Sie wandte den beiden den Rücken zu, trat in die Eingangshalle hinaus und ging.

Als Benny und Victor Faith nicht mehr sehen konnten, fragte Victor leise: »Warum hast du mir in all den Jahren, die wir zusammen eingesperrt waren, nichts davon erzählt?«

Benny zog sich ein Taschentuch aus der Jackettasche und preßte es gegen seinen Mund. Ein heftiger Hustenanfall schüttelte seine Brust. Als er das Taschentuch wieder fortnahm, hatten sich einige frische Blutflecken in dem bereits blutverschmierten Tuch gesammelt. Neugierig betrachtete er, was er heraufbefördert hatte. »Ich habe keinen Sinn darin gesehen, dir Hoffnungen zu machen«, antwortete er schließlich und versuchte erst gar nicht, das Taschentuch vor Victor zu verbergen. »Oder selber Hoffnung zu schöpfen. Ich hatte keine Beweise, nichts, wo ich hätte ansetzen können. Eine so lange Zeit absitzen und sich dabei auch noch Hoffnungen machen? Das wäre nichts für mich gewesen.«

»Vielleicht hast du recht.« Victor dachte daran, wie schwer die Zeit in der Zelle auf ihm gelastet hatte.

»Abgesehen davon«, fuhr Benny fort, »wußte ich, als ich vor fünf Jahren rauskam, daß ich einen Weg finden würde, um bei dieser Sache mitzumischen.«

»Und heute ist es soweit, nehme ich an?«

»Richtig. Ich wollte meine Chance nutzen, bevor es zu spät sein würde.« Während er das sagte, runzelte Benny die Stirn und kniff die Augen zusammen. Er faltete das Taschentuch und schob es ins Jackett zurück. »Falls du es noch nicht bemerkt haben solltest, ich höre mich nicht besonders gut an.«

»Du siehst auch nicht besonders gut aus.«

»Ja, danke ... Schon merkwürdig, wie Rache einen Menschen zerfressen kann, wenn er spürt, daß seine Zeit abgelaufen ist. Es gibt nichts Schlimmeres als die Vorstellung, daß diese Menschen, die viel schlechter sind als du selbst, auch noch weiterleben dürfen, nachdem sie dir deine Zeit gestohlen haben.«

»Ist das der Grund, warum du das tust?«

»Unter anderem.« Benny sah zur Tür des Hinterzimmers, hinter der sich Sid die ganze Zeit über still verhielt.

»Erzählst du mir, wie du meinen Vater in die Geschichte reingezogen hast?«

Benny zog sich ein paarmal am Ohr und kratzte sich kurz am Kopf. »Im Gegensatz zu uns beiden, war dein Vater ein Mann mit Prinzipien.«

»Und wie kam es, daß er ein paar Tage, bevor ich aus Farnsworth entlassen wurde, in dieser Maschinenhalle ums Leben gekommen ist, Benny?«

»Ich habe ihn davon überzeugen können, daß die Zeit reif war, nach seinen Prinzipien zu handeln.«

»Was da heißt?«

»Was da heißt, daß ich einen Klienten hatte, dem das, was dein Vater vorhatte, zugute kam.«

»Hör auf, in Rätseln zu sprechen, Benny. Ich habe jetzt keine Zeit für deine Spielchen.«

Benny kniff sich in die Nase, schüttelte den Kopf und murmelte spöttisch: »Du hast keine Zeit …«

»Wer war dieser Klient?« drängte Victor.

»Wenn ich dir das erzähle …«

»Wenn du mir das erzählst, Benny, dann könnte ich zum ersten Mal seit langer Zeit ein wenig Ruhe finden.«

Benny sah Victor durchdringend an. »Wenn ich es dir erzähle, dann wird dein Frieden nur so lange andauern, wie du deine Klappe hältst, hast du mich verstanden?«

»Ich werde nichts weitererzählen. Das weißt du.«

»Also gut.« Benny hielt inne, zögerte abermals und nahm dann einen sachlichen Tonfall an. »Dein Vater hat wirklich geglaubt, einen Aufstand anzetteln zu können. Er dachte, seine Aktionen würden Fief aus Long Meadow vertreiben, woraufhin die Gewerkschaft die Fabrik hätte übernehmen können.«

»Warum sollte er so etwas für möglich gehalten haben?«

»Er hat daran geglaubt. Was weiß ich?«

»Warum, Benny? Warum hat er daran geglaubt?« wollte Victor wissen.

»Um allen zu beweisen, wie kampflustig die Gewerkschaft ist, darum.«

»Da steckt mehr dahinter, Benny, und das weißt du auch. Sei offen zu mir.«

Benny schaute Victor in die Augen. »Ich habe ihm erzählt, ich könnte dich aus dem Gefängnis rausholen, wenn er es tut. Irgendwie hat ihm das gefallen – in beiden Fällen seinen Willen zu bekommen. Wie gesagt, er war ein Mann mit Prinzipien. Ich habe ihm nur den letzten Anstoß gegeben, den er brauchte, um zu tun, wovon er ohnehin schon lange geträumt hatte.«

Damit hatte Victor nicht gerechnet. Er liebte seinen Vater dafür, daß er es für ihn getan hatte, verlor jedoch allen Respekt vor jenem »Mann mit Prinzipien«, den Benny beschrieben hatte.

»Als er die Wahrheit über dich erfuhr, führte er sich die fünfzehn Jahre deines Lebens vor Augen, die du in dieser Zelle ausharren mußtest. Er konnte es nicht ertragen, dir nicht geglaubt zu haben, als du ihm deine Unschuld beteuert hast. Er konnte es nicht ertragen, dich fallengelassen zu haben.«

Victor preßte die Kiefer zusammen und knirschte mit den Zähnen.

»Er sollte dabei nicht umkommen, Victor. Aber ohne kaltherzig klingen zu wollen, es war nicht der mieseste Auftrag, den ich für diesen Klienten erledigt habe. Ich bin weder ein Naivling wie du noch ein Mann mit Prinzipien wie dein Vater. War ich auch nie.«

»Du hast gerade noch behauptet, das hier wäre anders, daß du die Dinge zurechtrücken willst, und jetzt erzählst du mir, daß du in so einer dreckigen Sache drinhängst? Ich kapier das nicht.«

»Um ehrlich zu sein, ich habe es anfangs auch nicht kapiert.«

»Wofür tust du das alles dann? Es kann doch nicht nur Fief sein, der hinter alledem steckt.« Victor gestikulierte wild im Raum umher, bis ihm plötzlich klar wurde, daß sie sich bloß in einem kleinen, mit alten Schuhen vollgestopften Raum befanden. Er ließ die Arme sinken und schaute Benny an, der vom Boden aufsah und seinen Blick erwiderte.

»Was soll ich sagen?« Benny zupfte sich erneut am Ohr. »Es war ein Tauschhandel. Ich habe bekommen, was ich wollte, sie haben bekommen, was sie wollten – ein faires Geschäft. Ich hätte sonst keinen Frieden gefunden, verstehst du? Es war das einzige, das mir die Kraft geben konnte, damit zu leben ...« Er schlug sich leicht auf die Brust.

»Es war nicht richtig, Benny.«

»Ich weiß.« Benny begann zu lachen und mußte dann husten. Diesmal spritzte das Blut auf Sidneys Glasvitrine, bevor er das Taschentuch zücken konnte. Gedankenverloren starrte er auf sein Blut.

»Was ist mit den anderen Männern aus der Fabrik?« fragte Victor. »Was passiert mit ihnen?«

»Das weiß ich genausowenig wie du«, erwiderte Benny, während er sich erhob. »Kauf dir morgen nachmittag die Zeitung.«

Victor stand ebenfalls auf und zog seinen Mantel an. »War es das, Benny? Sind wir beide jetzt miteinander fertig?«

»Ich habe dich eigentlich nie wirklich gebraucht, Victor.« Benny lächelte wieder. »Ich wollte dich da einfach rausholen.«

»Ja, nun, ich weiß es zu schätzen«, sagte Victor mit weicher Stimme. »Ich weiß es zu schätzen.«

»Ich habe noch etwas Geld auf dein Konto eingezahlt.«

Victor schwieg.

»Und du solltest auch wissen, daß dir dein Vater sein Haus in Long Meadow vermacht hat. Er hat mir das hier für den Fall gegeben, daß ihm etwas zustoßen sollte.« Benny zog einen Umschlag aus der Aktentasche und hielt ihn Victor hin. »Das ist sein Testament und die Übertragungsurkunde für das Haus.«

Victor steckte den Umschlag in eine seiner Manteltaschen und sah zur Werkstatt hinüber. »Was wirst du mit ihm anstellen?«

»Ich denke, ich werde ihn da drin ein Weilchen schmoren lassen.« Benny trat hinter die Ladentheke und entriegelte lautlos die Tür. »Er wird bekommen, was er verdient.«

»Wir sehen uns, Benny.« Victor machte sich auf den Weg nach draußen.

»Wahrscheinlich nicht.«

»Wie du meinst«, erwiderte Victor und trat in die Eingangshalle des Prescot-Gebäudes. Sobald er die Straße erreicht hatte, machte er sich in Richtung Norden auf.

[33]

Als Freddy sein Apartment betrat, standen die beiden Männer, die er vom Treppenaufgang der Martins aus in sein Haus hatte gehen sehen, in seinem Wohnzimmer. Für Gangster machten sie einen zu gepflegten Eindruck; sie waren von einem völlig anderen Schlag als Stu Zawolsky oder Feldman. Ihre Anzüge waren konservativ geschnitten; sie trugen einfarbige Krawatten, schwarze Schuhe und weiße Hemden; einer der beiden hielt einen Aktenkoffer in der Hand und trug eine Brille auf der Nase, wie sie ein Bibliothekar hätte tragen können; dem anderen baumelte eine Kamera von der Schulter herab. Sie stellten sich Freddy nicht vor, sondern betrachteten bloß seine heimelige, großmütterliche Wohnungseinrichtung.

»Was kann ich für Sie tun?« fragte Freddy und bemerkte die Nervosität in seiner Stimme, während er die beiden nacheinander ansah. So harmlos sie ihm auch erschienen, noch hatte er keine Ahnung, was sie mit ihm vorhatten.

»Haben Sie die Durchschläge?« fragte der Mann mit Brille.

»Ja.« Freddy zog die Kopien der Versandformulare aus der Jackettasche und überreichte sie dem Mann. Der sah sie kurz durch, verstaute sie anschließend im Aktenkoffer und nickte dem Mann mit der Kamera zu. »Also dann, machen wir uns auf den Weg, Mr. Stillman.«

»Wohin?« fragte Freddy.

»Auf eine kleine Spritztour.«

»Wohin?« fragte Freddy noch einmal.

Die beiden Männer antworteten nicht. Sie drehten Freddy herum, führten ihn nach draußen zu einer schwarzen Limousine und setzten ihn auf die Rückbank.

Gemeinsam rutschten und schlitterten sie über die frischgefallene, gut knöcheltiefe Schneedecke nach Norden. Sie fuhren zur fünfundneunzigsten Straße, wo sie sich an Bord einer Fähre nach Long Meadow begaben. Die Männer verhielten sich Freddy gegenüber weiterhin geschäftsmäßig und sprachen ihn nur an, um Anweisungen zu erteilen. Die langsam auf der Wasseroberfläche dahintreibenden Eisschollen erweckten den Eindruck, als wäre die Flußströmung eher schwach, doch als sie den Fluß der Breite nach in Richtung Westen überquerten, konnte Freddy deren Kraft steuerbords am Schiffsrumpf spüren. Während der Bug der Fähre schaukelnd über das Kielwasser der Frachtkähne hinwegglitt, blieb Freddy im Fond des Wagens sitzen und versuchte, einen Blick auf das Steilufer von Long Meadow zu werfen, doch das starke Schneetreiben verschleierte die Sicht auf die gegenüberliegende Flußseite; bis sie sich dem Ufer auf wenige hundert Fuß genähert hatten, konnte Freddy nichts als die blendenden Scheinwerfer der Schleppkähne ausmachen, die durch das trübe graue Tageslicht drangen.

Als die Fähre anlegte, zeichnete sich die Landschaft des Steilufers deutlich ab. Während die Fährarbeiter die Absperrgitter öffneten und die Landungsbrücke herunterließen, brachte der Mann mit der Kamera den Motor auf Touren. Die wenigen Wagen, die mit der Fähre übergesetzt waren, rumpelten nun die kurvenreiche Straße hinauf, die von der Anlegestelle wegführte. Freddy und die beiden Männer folgten ihnen. Als sie den Scheitelpunkt der Straße am Stadtrand von Long Meadow erreicht hatten, bogen sie rechts in den Palisades Parkway ein. Der Mann hinter dem Steuer preßte seine Nase nah an die Windschutzscheibe und fuhr langsam ins dichter werdende Schneegestöber hinein. Jede halbe Meile wiesen ihm die mit Schnee und Eis überzogenen Vogelschautafeln den Weg. Als sie den gut ausgeschilderten Promontory Peak hinter sich gelassen hatten, fuhren sie an weitläufigen Beständen von Birken und Ahornbäumen, Eichen und Kiefern entlang und vorbei an Straßen, die im Nichts zu enden schienen. Nach einigen Meilen bogen sie in einen schmalen Seitenweg ein, der ein Waldstück durchschnitt und sie wieder dem Fluß näherbrachte; der Fahrer mußte wuchtige Baumwurzeln und tiefe Schlaglöcher umfahren, die unter der weichen Schneeschicht verborgen lagen. Schließlich gelangten sie am Ende des Weges zu einer nah am Flußufer stehenden Hütte. Vor der Hütte parkte ein Wagen, im Fenster brannte eine Laterne.

»Also dann, lassen Sie uns gehen, Mr. Stillman«, sagte der Brillenträger zu Freddy, als der Fahrer den Wagen geparkt hatte.

»Was machen wir hier?« wollte Freddy wissen. Ein korpulenter Mann in einem schweren roten Jagdmantel öffnete die Hüttentür und blieb im gelben Schein der Laterne stehen.

»Wir brauchen ein paar Schnappschüsse für unser Fotoalbum«, sagte der Fahrer, während er die Kamera und ein Blitzgerät vom Sitz nahm. Die beiden Männer stießen die Vordertüren auf und stiegen in den Schnee hinaus. Freddy öffnete langsam die Hintertür, stieg ebenfalls aus und stapfte hinter ihnen auf den im Türrahmen stehenden Mann zu.

Als der Mann mit Brille die Hütte erreicht hatte, griff er in seinen Aktenkoffer und zog einen kleinen Handspiegel heraus. Während er die Klemmen des Spiegels löste und ein Stück Papier hinter dessen Rückverkleidung hervorzog, konnte Freddy ihn leise sagen hören: »In Ordnung, Mr. Sendak, hier sind die Koordinaten. Wie vereinbart, wird das Schiff um Mitternacht anlegen. Sie kontrollieren die Fabrik, versichern sich, daß niemand in der Nähe ist. Um Viertel vor zwölf öffnen Sie das Arsenal, begeben sich zur Anlegestelle hinunter und warten außer Sichtweite. Verstanden?«

Der korpulente Mann nickte und sah zu Freddy hinüber. »Was soll ich mit dem da?«

»Ich möchte nur, daß Sie sich hier hinstellen, damit wir die Übergabe dieses Formulars festhalten können ... Mr. Stillman«, wandte sich der Brillenträger an Freddy, »Sie stellen sich hierhin.« Er nahm Freddy bei den Schultern und plazierte ihn so vor der Eingangstür, daß sein Körper dem Mann mit der Kamera zugewandt war. Dann gab der Brillenträger Freddy die Liste. »Sie bleiben einfach nur da stehen und halten das hier mit der Schrift nach vorn in die Kamera.«

Freddy hielt die Liste vor Sendaks Gesicht.

»Ein bißchen tiefer ... genau so. Perfekt. Nicht bewegen.« Der Brillenträger wich ein paar Schritte hinter den Fotografen zurück.

Während Freddy mit ausgestrecktem Arm dastand und Mr. Sendak das Formular präsentierte, schlug ihm das Blitzlicht entgegen und verwandelte den fallenden Schnee in funkelndes Glitzern. Danach trat der Mann mit Brille wieder auf Freddy zu, nahm ihm das Blatt aus der Hand und reichte es seinem Partner, der umgehend damit begann, die Liste in einen Notizblock zu übertragen. »Nun, sind Sie sicher, daß die Lieferung noch vor Mitternacht verpackt sein wird?« fragte der Brillenträger Mr. Sendak.

»Ganz bestimmt«, antwortete Sendak nervös. »Es ist zwar eine ziemlich große Ladung, aber ich werde Verstärkung hier haben, die pünktlich wieder verschwindet. Meine Leute haben schon größere Lieferungen in kürzerer Zeit gepackt.«

»Gut. Wir bleiben in Kontakt.«

»Ich hoffe, Sie halten mir den Rücken frei.«

»Sie brauchen sich keine Sorgen zu machen, Mr. Sendak.«

»Erfüllen Sie einfach Ihren Teil der Abmachung. Richten Sie das auch Rudolph aus. Ich bin nicht so dumm, wie er mich gerne sähe.«

Der Brillenträger ignorierte Sendak und stapfte mit Freddy im Schlepptau zum Wagen zurück.

»Rudolph?« fragte Freddy.

Der Brillenträger ignorierte Freddy ebenfalls, während er ihn wieder auf die Rückbank bugsierte. »Konzentrieren Sie sich lieber auf das Wesentliche, Mr. Stillman«, warnte er ihn, als er die Tür zuschlug. »Laß uns fahren«, rief er dem Mann mit der Kamera zu.

Der Fotograf beendete seine Abschrift, händigte Sendak das Blatt aus und ging zum Wagen. Er ließ den Motor an und fuhr den Weg zurück in Richtung Fähre.

[34]

Als Faith in die Redaktion des Globe zurückkehrte, waren die Rollos von Marty Volmans Büro noch immer heruntergelassen. Sie wußte, daß er dort drinnen auf sie wartete, völlig betrunken; wahrscheinlich hatte er nicht zu trinken aufgehört, seit sie zu dem Termin aufgebrochen war, und die Flasche Bourbon mittlerweile ganz geleert. Sie beschloß, ihn warten zu lassen. Sie wußte, wenn sie sich nicht auf der Stelle hinsetzte und den Artikel schrieb, wenn sie statt dessen dort hineinginge und mit Marty redete, wenn sie seine Augen sähe und sich daran erinnert fühlte, was er ihr bedeutet hatte, dann würde sie den Artikel möglicherweise nicht mehr zustande bringen. Sie trug die Notizen auf ihrem Schreibtisch zusammen, die Akten über Ribe und Rudolph, die Versatzstücke der Geschichte, die sie eben erst in Sids Schusterwerkstatt entgegengenommen hatte, und stapelte sie neben ihrer Schreibmaschine. Dann zog sie den Artikel heraus, den ihr Vater viele Jahre zuvor geschrieben hatte, den Artikel, der auf Marty Volmans Veranlassung hin nie in Druck gegangen war, und schrieb ihn beinahe wortwörtlich ab. Anschließend brachte sie den Artikel auf den neuesten Stand, indem sie ihn um diejenigen Teile der Geschichte ergänzte, die den Mord an ihrem Vater betrafen, den Mord an Crown, die Rolle, die Sid Lardner beim Tod seines Bruders spielte, und die Justizirrtümer, denen Benny Rudolph und Victor Ribe zum Opfer gefallen waren; schließlich führte sie aus, wie es dazu gekommen war, daß der engste Freund ihres Vaters, der Mensch, der für sie immer wie ein Vater gewesen war, Sam Rapaports Artikel unterschlagen hatte, um seine eigene Haut zu retten.

In weniger als einer Stunde – Faith hatte bereits eine halbe Packung Luckys aufgeraucht – waren alle relevanten Stränge der Geschichte verknüpft; die Fotos, die Briefe, die Aufzeichnungen Rudolphs waren in die richtige Reihenfolge gebracht; sie hatte sämtliche Fragen gestellt, die Harry Shortz' Verstrickung in den Fall betrafen, und einige wohldurchdachte Spekulationen hinzugefügt; sie hatte bis ins Detail beschrieben, wie sie den frühmorgendlichen Anruf bekommen und anschließend Murray Crowns Leichnam entdeckt hatte. Sie hatte geschildert, wie sie ihren Vater fünfzehn Jahre zuvor auf ähnliche Weise zugerichtet aufgefunden hatte. Sie hatte Mutmaßungen darüber angestellt, worauf all das hinauslaufen, wie all das zusammenhängen könnte, und die Frage aufgeworfen, ob Benny Rudolph vielleicht doch nur der Vergangenheit Gerechtigkeit widerfahren lassen wollte.

Dann sammelte Faith alles ein und ging zu Martys Büro hinüber. Ohne ihre Kollegen zu beachten, ohne anzuklopfen, trat sie ein und zog die Tür hinter sich zu. Sie fand Marty schlafend vor, er schnarchte und sein Kopf lag gefährlich nah an der Tischkante. Sie versuchte, ihn wachzurütteln. Sie versuchte, ihm die aufgeblähten Nasenflügel zusammenzuhalten. Als sie merkte, daß nichts anderes helfen würde, langte sie über seinen Schreibtisch, nahm die Seltersflasche und spritzte ihm solange Wasser ins Gesicht, bis die Lider zu flackern begannen und er zu husten anfing. Als er seine Sinne wieder so weit beisammen hatte, daß er begriff, was vor sich ging, rollte er mit seinem Stuhl zurück und wischte sich mit dem Jackettärmel übers Gesicht. »Faith«, sagte er mit schwacher Stimme. »Du bist zurück.«

»Ich bin zurück.«

»Ich muß wohl eingenickt sein.«

»Verstehe«, sagte Faith und blickte zur leeren Bourbonflasche im Mülleimer und einer angebrochenen Viertelliterflasche auf dem Schreibtisch.

»Du hast deinen Artikel dabei«, fuhr Marty fort, immer noch darum bemüht, wach zu werden.

»Ja.«

»Ja«, wiederholte Marty. Er zeigte auf die Hüfttasche an Faiths Hose und machte ein krummes V mit den Fingern. Faith fischte eine Zigarette heraus, zündete sie für ihn an und klemmte sie zwischen seine Finger. »Danke.«

Sie nahm auf demselben Stuhl Platz, auf dem sie schon am Morgen gesessen hatte, und steckte sich ebenfalls eine Zigarette an.

»Tja …«, sagte Marty und betrachtete den Qualm, der sich um Faiths Kopf sammelte.

»Es ist schon in Ordnung, Marty. Du kannst mich ruhig anschauen.«

»Ich kann es wirklich nicht, Faith. Ich fürchte, ich sehe alles doppelt.«

»Schau mich an, Marty.«

Marty versuchte, seine Augen auf Faith zu fokussieren. Sie strahlten nicht mehr so wie am Morgen, als er ihr seine Scharade vorgespielt hatte. Sie waren jetzt blutunterlaufen, alkoholvernebelt und voller Scham. »Ich weiß nicht, was ich sagen soll.«

»Sag gar nichts. Lies einfach den Artikel und schick ihn dem Setzer.«

»Gib ihn Jonesy.«

»Ich werde ihn Jonesy nicht geben. Um den hier kümmerst du dich, Marty.«

»Zwing mich nicht dazu, Faith.«

»Wenn ich ihn Jonesy gebe, wird er ihn so bringen, wie er ist. Wenn ich ihn dir gebe, kannst du die Stellen rausstreichen, die dich betreffen. Mir ist es nicht wichtig, daß du darin vorkommst, Marty.«

Marty schüttelte den Kopf. »Das kann ich nicht tun, Zuckerschnecke.«

»Doch, das kannst du. Du bist der Chefredakteur.«

»Nein. Du verstehst nicht. Es geht nicht.«

»Marty«, sagte Faith, »ich habe hier oben ein Gehirn, erinnerst du dich? Ich weiß, was sie mit dir gemacht hätten. Sie hätten dich ganz einfach umgelegt.«

»Du verstehst nicht.«

»Natürlich verstehe ich.«

»Wenn ich nur den Hörer abgenommen und die Polizei angerufen hätte …«

»Dann hätten sie dich garantiert umgebracht.«

»Aber Sam wäre noch da, und alles wäre ans Licht gekommen.«

»Das glaube ich kaum, Marty.«

»Das spielt keine Rolle mehr, Liebes. Es ist alles angeleiert.«

»Dann stopp es.«

»Das kann ich nicht.«

»Warum nicht?«

»Weil der Artikel morgen oder in ein paar Tagen in der Tribune oder dem Herald oder der Times oder im Observer erscheinen wird, wenn wir ihn nicht haargenau so rausbringen. So einfach ist das.«

»Hat Rudolph das gesagt?«

Marty nickte. »Wie du siehst, ist es gekommen, wie er vorhergesagt hat. Zumindest kann ich jetzt ein wenig nachempfinden, was es bedeutet, selbst abzudrücken. Und weißt du was, Süße? Er hat recht damit, daß ich den Artikel selbst rausbringen soll.«

»Du wirst deine Rente verlieren.«

»Mach dir darum keine Sorgen. Ich werde schon klarkommen.«

»Falls du es noch nicht bemerkt haben solltest, Marty, da draußen weht ein rauher Wind.«

Martys Augen verschleierten sich. »Aber was auch immer hier steht, Faith, du mußt mir glauben, daß ich dich liebe wie meine eigene Tochter. Ich habe deinen Vater geliebt wie einen Bruder. Verstehst du das? Verstehst du, warum ich mich in all den Jahren um dich gekümmert habe? Warum ich es nicht übers Herz gebracht habe, dir etwas davon zu erzählen?«

Faith nickte.

»Ich wollte nicht, daß du dein Vertrauen in diese durch und durch korrupte Welt vollends verlierst.«

»Ich verstehe, Marty.«

»Und wenn du mich für das haßt, was ich getan habe …«

»Ich wüßte nicht, warum.«

»Das solltest du aber, Faith. Wegen mir wurde dir alles genommen, was dir geblieben war. Wegen mir …«

Faith spürte den Gedanken zum ersten Mal an ihr nagen. Sie spürte, wie ihr die Tragweite seines Verrats in die Glieder fuhr. Bis zu diesem Augenblick war ihr nicht in den Sinn gekommen, daß Marty gewußt haben mußte, was Sam zustoßen würde. Ihr Körper fühlte sich plötzlich an, als hätten sich ihre Knochen auf dem Weg vom Prescot-Gebäude hierher in der klirrenden Kälte verzogen. »Irgendwann hätten sie sich ihn geschnappt«, versuchte sie sich einzureden. »Du kanntest ihn am besten. Du wußtest, daß er ihnen so lange zugesetzt hätte, bis es zu spät gewesen wäre.«

»Du hast ein gutes Herz, mein Kind. Aber hör zu, wenn du morgen früh aufwachst und mich haßt, dann ist das in Ordnung. Okay?«

»Wie du meinst, Marty.«

»Aber wenn du mich hassen solltest, dann vergiß nicht, daß ich dich bis zu meinem letzten Atemzug lieben werde.«

Nun war es Faith, die feuchte Augen bekam.

»Nur damit das klar ist zwischen uns.«

»Glasklar, Marty.«

»Gut. Und jetzt schwirr ab. Ich werde das hier nach unten schicken und die Druckerpresse anschmeißen.«

»Ich gehe nach Hause, wenn das für dich in Ordnung ist.«

»Was immer du tust, ist für mich in Ordnung, Faith.«

»Wir sehen uns, Marty.«

»Ja, Faith, wir sehen uns.«

Als sie an der Tür angelangt war und den Knauf schon in der Hand hatte, hielt sie noch einmal inne. »Marty?«

»Was ist?«

»Kannst du mir noch einmal kurz zuhören, der Sache zuliebe?«

»Natürlich, immer.«

Faith drehte wieder um und setzte sich Martys Schreibtisch gegenüber auf die Stuhlkante. »Hier ist was Größeres im Gange. Und du weißt das, habe ich recht?«

»Wovon redest du?«

»Komm schon, Marty, ich weiß, es war ein harter Tag, aber streng deinen Kopf an. Denk mal daran, was in den letzten Tagen alles passiert ist. Überleg doch mal.«

Marty schüttelte betrunken den Kopf. »Wenn ich das durchschauen soll«, sagte er und klopfte auf Faiths Artikel, »dann mußt du mir schon ein wenig auf die Sprünge helfen.«

»Schau es dir doch an«, sagte Faith. »Innerhalb weniger Tage, was haben wir da alles? Wir haben die Explosion in einer Maschinenhalle in Long Meadow. Sechs Männer kommen dabei ums Leben. Ungefähr zur gleichen Zeit wird Victor Ribe aus dem Gefängnis entlassen. Und wie es der Zufall will, war einer der Maschinisten, die bei der Explosion getötet wurden, sein Vater. Crown wird tot aufgefunden, dann Mann und Roth, American Allied wird aufgelöst und Eliopoulos verschwindet, alles am selben Tag. Wie hängt das zusammen, Marty?«

Wieder schüttelte Marty betrunken den Kopf.

»Es muß direkt vor unserer Nase liegen, Herrgott nochmal.«

»Ich wünschte, ich könnte es dir sagen, Faith.«

»Das würde ich mir auch wünschen, Marty. Ich habe da nämlich so ein Gefühl im Bauch.«

Marty starrte mit einem Gesichtsausdruck auf den Schreibtisch, daß Faith zunächst dachte, er müsse sich übergeben, doch dann sah sie, daß er in ihrem Artikel für die Nachmittagsausgabe las.

»Die Southside Docks«, zitierte er langsam aus einem Abschnitt in der Mitte des Artikels. »Tersi hat Eliopoulos die Southside Docks abgekauft. Warum?«

»Keine Ahnung.«

»Wenn du mich fragst, solltest du es herausfinden.«

»Warum?«

»Nur so eine Vermutung.«

Faith sah ihn liebevoll an. »Willst du es dir nicht noch einmal überlegen?« fragte sie ihn und deutete mit der Nasenspitze auf den Artikel, den sie gerade erst geschrieben hatte.

Marty schüttelte den Kopf.

Faith stand auf und trat um den Schreibtisch herum. Sie beugte sich hinunter und gab ihm einen Kuß auf die Halbglatze. »Weißt du, Marty, das war eine sehr schöne Aufführung heute morgen. Wirklich gut.«

»Danke, mein Herzblatt.«

»Du warst gut zu mir, all die Jahre.«

»Ich hab's versucht. Ich hab's wirklich versucht.«

Faith gab ihm noch einen Kuß. »Wir sehen uns.«

»Das will ich doch hoffen, Zuckerschnecke.«

Faith löste sich von Marty und verließ sein Büro. Sie sammelte ihre Sachen vom Schreibtisch zusammen, zog den Mantel an, setzte sich die Mütze auf und nahm den Fahrstuhl hinunter zur Eingangshalle.

[35]

Nachdem Victor Benny Rudolph im Prescot-Gebäude zurückgelassen hatte, nahm er die Untergrundbahn in Richtung Stadtmitte und setzte sich in dem Café gegenüber vom Ansonia Hotel an einen Tisch. Fast eine Stunde lang trank er Kaffee und starrte durch ein kleines Loch, das er sich auf der beschlagenen Glasscheibe freigewischt hatte, hinaus auf die Straße. Als die Stunde beinahe vorüber war, sah er Elaine Brilovsky inmitten des Schneetreibens über die Fahrbahn auf sich zukommen. Er sah, wie sie den Gehweg erreichte und die Tür aufzog. Als sie das Café betrat, erhob sich Victor langsam und wartete darauf, daß sie ihn erkannte. Zu seiner Überraschung entdeckte sie ihn sofort und ging ohne zu zögern auf seinen Tisch zu. Während sie näherkam, merkte Victor, wie sich seine Augen öffneten und schlossen, als wäre jeder Moment zwischen zwei Lidschlägen ein Einzelbild aus einem Kinofilm. Als sie vor ihm stand und vorsichtig sein zerschundenes Gesicht betrachtete, sah er, daß sie nicht mehr dieselbe Frau war, die er sich im Gedächtnis bewahrt hatte. Um ihre Augen und den Mund herum hatten sich Falten gebildet; ihr Gesicht war voller geworden; widerspenstige silbergraue Haarsträhnen standen wie elektrisch aufgeladen von ihrem Kopf ab, als wären sie dem Inneren ihres jugendlichen Temperaments entsprossen. Sie schien ruhiger geworden zu sein – und resignierter – und machte insgesamt einen sanfteren Eindruck. »Geht es dir gut, Victor?« fragte sie ihn. Die Hintergrundgeräusche des Cafés traten zurück, während sie sprach, und es wurde ihm bewußt, daß er vergessen hatte, wie ihre Stimme klang; er hatte vergessen, wie tröstlich es für ihn immer gewesen war, seinen Namen aus ihrem Mund zu hören. »Victor?« fragte Elaine. »Hast du gar nichts zu sagen?«

»Doch, natürlich«, erwiderte Victor. »Tut mir leid. Ich weiß einfach nicht …«

»Ja?«

»Ich finde einfach nicht die richtigen Worte.«

Elaine neigte ihren Kopf leicht zur Seite. »Dein Gesicht, Victor. Ich wollte wissen, was mit deinem Gesicht passiert ist.«

Victor befühlte sein Gesicht. »Meine Vergangenheit hat mich eingeholt«, erwiderte er unverblümt.

»Scheint in letzter Zeit häufiger zu passieren.« Victor sah Elaine an, während sie ihre Handschuhe in der selbstbeherrschten Art abstreifte, die er all die Jahre in Erinnerung behalten hatte. Als sie die Handschuhe ausgezogen hatte, hob sie die rechte Hand und hielt sie sanft an sein Gesicht. Dann zog sie ihn zu sich herunter, so daß sie ihm einen Kuß auf die Wange geben konnte. »Warum setzen wir uns nicht«, schlug sie vor, als sie ihn wieder losließ.

»Bitte«, sagte Victor.

Elaine legte Hut und Mantel ab und hängte sie an den Haken neben der Sitznische. Die Kellnerin kam herüber. Während sich Elaine einen Kaffee bestellte, griff Victor in die Tasche seines Jacketts und zog die Fotografie heraus, die er seit so vielen Jahren bei sich trug. Als die Kellnerin davonging, legte er das Foto auf den Tisch und schob es auf Elaines Seite hinüber. Ebenso zärtlich, wie sie ihn begrüßt hatte, berührte sie eine Ecke des Bildes und zog es näher zu sich heran. »Ich habe es immer bei mir getragen«, sagte Victor leise.

Elaine strich mit den Fingern über die abgeriebenen Stellen des Papiers. Sie konnte sich gut an den Tag erinnern. Sie erinnerte sich, wie Victor sie sacht von der Strandpromenade in das Fotostudio gedrängt hatte. Sie erinnerte sich an die unbeschwerte Zeit, die sie als Kinder gemeinsam in den Feldern am Steilufer von Long Meadow verbracht hatten. Sie erinnerte sich, wie sie durch das hohe Frühlingsgras und die Wildblumen gelaufen waren und er seine langen Finger gedankenverloren und in aller Arglosigkeit über die frischen, im Wind schwankenden Blüten hatte streifen lassen. Sie erinnerte sich, daß sie, als sie ihn kennenlernte, geglaubt hatte, sie würde ihn ihr ganzes Leben lang bedingungslos lieben. Ihr fiel ein, wie ihr Vater Victor wegen seines fehlenden Ehrgeizes verachtet hatte. »Jetzt weiß ich nicht, was ich sagen soll«, gestand sie.

»Du brauchst nichts zu sagen.« Victor schüttelte den Kopf. »Ich weiß, es mag merkwürdig klingen, aber ich wollte dir einfach dafür danken, daß du mir die ganze Zeit über Gesellschaft geleistet hast.«

Elaine betrachtete immer noch das Foto, die Flaggen auf dem Karussell, Victors Hand, die so perfekt auf der Rundung ihrer Taille lag.

»Ich mußte mir immer wieder ins Gedächtnis rufen, daß das alles einmal Wirklichkeit war.«

Elaine war überrascht, wie sehr Victor auf diesem Bild ihrem Sohn ähnelte, und wie außerordentlich sich beide von ihrem Temperament her glichen, und sie fragte sich, wie ihr Leben wohl verlaufen wäre, wenn ihr dieser Teil gefehlt hätte. »Für mich hat es nie aufgehört, wirklich zu sein«, sagte sie, während sie ihre Finger über Victors Gesicht auf dem Foto gleiten ließ.

Die Kellnerin kam zurück an den Tisch und brachte Elaine den Kaffee. Elaine nahm einen Schluck, drehte sich dem beschlagenen Fenster zu und sah zum Hotel hinüber. »Wußtest du, daß Joshua dich bemerkt hat, als du uns in den letzten Tagen gefolgt bist?« fragte sie einige Augenblicke später.

»Ich kann das erklären.«

»Nein«, sagte sie mit einem freundlichen Lächeln. »Das brauchst du nicht. Vater hat mir erzählt, daß du hier bist und ...« Sie lächelte weiter. »Ich weiß, es mag sich grausam anhören, aber als ich dich heute mittag im Museum sah, war ich erleichtert darüber, daß man dein Gesicht so übel zugerichtet hat.«

»Warum?«

»Weil ich befürchtet hatte, Joshua würde sich in dir wiedererkennen, wenn er dich sieht. Ich dachte, es könnte ihn vielleicht verstören.«

»Dann weiß er also nichts von mir.«

»Nein.«

Victor öffnete den Mund, als wollte er etwas sagen, doch es kam nichts heraus. Die dunklen Furchen, die sein Gesicht durchzogen, glätteten sich mit einem Mal, spannten sich zu einer Karte aus gestrafften Falten auf, an der Elaine die langen, stillen, qualvollen Jahre ablesen konnte, die Victor durchgestanden haben mußte.

»Ich habe versucht, dich zu finden«, sagte sie. »Wußtest du das?«

»Nein.«

»Es überrascht mich nicht, daß Vater dir nichts davon erzählt hat.«

»Nein. Mich auch nicht.«

»Nun ja, als ich herausfand, daß du nicht mehr da warst, daß man dich nach Übersee geschickt hatte, war ich völlig verzweifelt. Ich ...«

Victor streckte seine Hand aus und legte sie auf Elaines, so daß sie verstummte, dann zog er die Hand wieder zurück. »Ich bin froh, daß du jemanden gefunden hast, der sich um dich kümmert.«

»Arthur war sehr lieb zu mir.«

Victor schwieg. »Als ich aus dem Krieg heimkehrte«, brachte er dann heraus, »nachdem mir dein Vater erzählt hat, was passiert war, hatte ich mir überlegt, nach Rußland zu reisen, um euch zu suchen.«

»Warum hast du es nicht getan?«

»Meine Nerven. Ich war ziemlich am Ende. Ich hatte immer vor, zu euch zu kommen, aber je mehr Zeit verging, desto mehr redete ich mir ein, daß uns das Schicksal, wenn wir uns denn wiedersehen würden, wenn ich jemals meinen Sohn – Joshua – treffen würde, früher oder später wieder zusammenbringen würde.«

»Das Schicksal.«

Victor nickte.

Elaine lächelte. »Hast du das wirklich geglaubt?«

»Ich weiß nicht.« Victor lächelte nun ebenfalls. »Du mußt verstehen, Elaine, was mir die Zeit mit dir bedeutet hat, als ich aus dem Krieg zurückkehrte, nach allem, was ich gesehen und getan hatte, um am Leben zu bleiben. Es war einfach wie ein wundervoller, herrlicher Traum. Ich hätte es niemals ertragen, wenn die Erinnerung daran irgendwie zunichte gemacht worden wäre.«

»Aber ich habe dich doch so schlecht behandelt.«

»Du warst das beste, was mir in meinem ganzen Leben passiert ist.« Victor fuhr mit dem Finger über die Schneide des auf dem Tisch liegenden Messers. »Als ich im Gefängnis war, habe ich jeden Morgen, wenn ich in meiner Zelle aufwachte, von dir geträumt, von uns.« Ihn überkam plötzlich das Gefühl, als hätte er sich an dem Messer, an dem er herumhantierte, eine Ader aufgeschlitzt.

»Victor, bitte sprich weiter.«

Victor schwieg.

»Bitte, Victor.«

»Es waren bloß Träume.«

»Erzähl mir von ihnen.«

Victor schob das Messer beiseite und ergriff seine leere Kaffeetasse. »Ich wußte nicht, wie es in Rußland aussieht«, begann er, und während er sprach, wirkte er auf Elaine wie neu belebt, wie ein vollkommen anderer Mensch. »Ich wußte nicht, wie dein Ehemann aussieht, oder Joshua, aber ich habe von euch geträumt, wie ihr alle in einem gemütlichen Eßzimmer neben einer kleinen Küche sitzt, frühstückt und Kaffee trinkt. Nach dem Morgenappell, wenn ich zum Arbeiten in den Steinbruch mußte, habe ich von Bauern geträumt, die sich auf den Feldern abplagen, und ich habe mir vorgestellt, wie du und Joshua in warmen Mänteln vorbeigelaufen kommt und Taschen mit Brot und Käse bei euch tragt. Wenn ich im Gefängnishof endlos im Kreis laufen mußte, immer hinter den anderen Insassen her, dann habe ich geträumt, daß du und der Junge durch einen schönen Park spazieren würdet, mit großen Eichen und kleinen Seen, auf denen Ruderboote übers Wasser treiben. Und wenn abends die Lichter in meiner Zelle ausgingen, dann war ich mit dir zusammen am Bett des Jungen, wir haben einfach dagesessen und ihm beim Schlafen zugeschaut.«

Elaine beugte sich über den Tisch und ergriff Victors Hand.

»Versprichst du mir etwas, Victor?«

»Ja.«

»Im Frühling, wenn der Schnee geschmolzen ist und die Bäume ausschlagen, wirst du dann mit mir und Joshua einen Ausflug an die Klippen von Long Meadow machen?«

Victor versagte wieder die Stimme.

»Wir werden ein Picknick machen, nur wir drei.«

Seine Lippen begannen zu beben.

»Und wir werden unter den Kirschblüten herumspazieren, dort, wo wir uns immer getroffen haben?«

In seiner Erinnerung konnte Victor Elaines Hand in der seinen spüren, während sie am Bach neben dem Kirschbaumgarten entlangliefen.

»Und wir werden auf die Dunkelheit warten und Joshua erzählen, wie wir immer am Bach gesessen und darauf gewartet haben, daß sich die Vögel wieder auf den Ästen der Bäume niederlassen?«

Victor nickte. Er nickte heftig. Ein unglaublicher Druck baute sich in seiner Brusthöhle auf und stieg nun auch in seinen Kopf. »Ich muß jetzt gehen, Elaine«, sagte er und ließ ihre Hand los.

»Aber wir haben doch gerade erst angefangen zu reden.«

»Ich weiß«, sagte er. »Ich rufe dich morgen an, wenn du nichts dagegen hast, aber jetzt muß ich gehen. Ich muß wirklich gehen.«

»Am Vormittag. Arthur wird morgen früh abreisen. Komm danach vorbei.«

»Ich komme, so früh ich kann.«

Victor ließ Elaine am Tisch zurück und hastete in den Schnee hinaus, wobei er gegen Tabletts rempelte und Kaffeetassen umstieß. Als er draußen angelangt war, lief er blindlings durch den Schnee, ohne daß ihm jemand besondere Beachtung schenkte. Er lief und spürte den Schmerz der Schläge vom Vorabend; er lief und fühlte den Verlust seines Vaters und die Zeit, die man ihm von seiner Jugend geraubt hatte, und die Tränen, die er am Tisch bei Elaine und in den fünfzehn Jahren seiner Haft zurückgehalten hatte, schossen heraus wie ein Sturzbach, der durch die Risse eines Staudamms bricht. Während die Tränen durch die tiefen Furchen seines Gesichts rannen, stieß er einen schrecklichen Schrei aus, der durch den Sturm und die Häuserschluchten schallte. Er lief weiter und während er sich an das warme Gefühl erinnerte, das Elaines Lippen an seiner Wange hinterlassen hatten, nahm sein Schrei eine tiefere Tonlage an, und dann setzte sich Victor Ribe ruhig auf die Bank einer Bushaltestelle und schluchzte leise vor sich hin.

[36]

Um kurz vor fünf an diesem verschneiten Freitagnachmittag erschien das Extrablatt des Globe. Die Zeitungsjungen verließen die von den Abgaswolken der Lieferwagen verhangenen Laderampen, schlurften mit schweren Segeltuchtaschen bepackt aus der Auslieferung des Globe und riefen: »*Globe Extrablatt, Sonderausgabe! Rauschgiftbehörde in Korruptionsskandal verwickelt! Lesen Sie alles in der neusten Ausgabe! Commissioner Shortz unter Mordverdacht! Alles in der neusten Ausgabe!*« Auf der Titelseite prangte das Foto von Dubrov, Collins und Klempt, auf dem sie gerade Boris Lardner von den Gleisen der Hochbahn werfen. Eingefügt war das Foto, auf dem Klempt Victor mit seiner Waffe angreift und Sidney Lardner im Hintergrund zu erkennen ist. Im Innenteil befanden sich Fotografien von Sids Erpresserbrief an Boris sowie ein Auszug aus der Akte, die Benny Rudolph über Harry Shortz' Affäre angelegt hatte. Außerdem war noch der Originalartikel von Sam Rapaport abgedruckt, in dem er darlegte, was er in den Tagen vor seiner Ermordung herausgefunden hatte; sein Artikel war neben den aktuellen Bericht von Faith gesetzt. Dazu gab es noch einen formellen Brief von Marty Volman, in dem er seinen Rücktritt bekanntgab.

Bevor das Extrablatt in Druck gegangen war, hatte Marty Volman trotz seines betrunkenen Zustands die Geistesgegenwart besessen, ein ehrliches und würdevolles, von mitleidigen oder rechtfertigenden Tönen freies *mea culpa* an seine Leser und Kollegen zu verfassen. Als er den Brief beendet hatte, fuhr er zum ersten Mal seit Sams Tod ins Untergeschoß zu dessen berühmten Aktenschrank hinunter und zog ein Foto von ihm heraus, das draußen im Freien bei der feierlichen Amtseinführung eines Bürgermeisters aufgenommen worden war. Sam trug seinen unverwechselbaren Überzieher und einen schiefsitzenden Zylinderhut, während er dem designierten Bürgermeister Zigarrenrauch ins Gesicht blies. Marty fuhr wieder in die Nachrichtenredaktion hoch und lieferte das Foto bei Jonesy ab. Er sagte ihm, daß es in jedem Falle neben Sams Artikel zu stehen kommen müsse. *Dachte mir, dieses Bild von deinem Vater würde Dir gefallen*, schrieb er in einer kurzen Nachricht an Faith, als die ersten Exemplare aus der Druckerpresse rauschten. *Ich mag es wahnsinnig gern.* Er heftete den Zettel mit einer Büroklammer an die Seite mit dem Foto und verließ anschließend das Globe-Gebäude. Er lief durch den Sturm zu Faiths Wohnhaus und gab die Zeitung bei ihrem Portier ab, in der Gewißheit, daß sie sich darüber freuen würde.

Während die Zeitungsjungen seinen Namen auf den Gehwegen herausschrieen, saß Harry Shortz im Arbeitszimmer seines Schwiegervaters und legte ihm das volle Ausmaß seiner Verwicklung in den Skandal dar. Von Mann zu Mann besprachen die beiden alles, was in den letzten Tagen vorgefallen war, und irgendwann kamen sie auch darauf zu sprechen, daß Harry Edward Kellys Tochter offensichtlich falsch eingeschätzt hatte. Harry beteuerte seinem Schwiegervater, in den Jahren ihrer Ehe nur dieses eine Mal fremdgegangen zu sein. Er versicherte ihm, Boris Lardner zwar widerrechtlich entlastet, allerdings nie an einem Plan für dessen Ermordung teilgehabt zu haben. Er versicherte ihm, die Zusage, welche er Boris Lardner gegeben hatte, eingehalten und nichts von den Machenschaften seiner Leute gewußt zu haben.

»Ich hätte es kommen sehen müssen«, sagte Edward Kelly mit einem gewissen Bedauern in der Stimme. »Ich kann mir nicht helfen, aber ich fühle mich ein wenig mitverantwortlich.«

»Warum?« fragte Harry.

»Warum?« fragte Edward Kelly zurück, die Ellbogen auf dem Schreibtisch, den Kopf in die Handflächen gestützt. Er saß vor einer Wand, an der Fotografien von Harry, Beverly und seinen Enkelkindern hingen. Er war ein betagter Mann, hatte volles graubraunes Haar, war bei guter Gesundheit und in bester geistiger Verfassung – eine in jeder Hinsicht distinguierte Person. »Man hat mich gewarnt.«

»Ich verstehe nicht.«

»Bevor deine Nominierung bekannt gegeben wurde«, fuhr Kelly fort und lehnte sich in seinen Schreibtischsessel zurück, »hat mir Tines einen Besuch abgestattet, um mir zu verstehen zu geben, daß wir uns aus dem Wahlkampf zurückziehen sollten.«

»Wie das?«

»Er ist nicht deutlicher geworden. Er hat bloß gemeint, daß es seiner Ansicht nach deine Karriere gefährden könnte, und meinen Ruf ... Er deutete an, daß es ein schwerer Irrtum der Partei wäre, dich bis zum Herbst durchschleppen zu wollen. Ich hielt das alles ehrlich gesagt für großen Unsinn und faßte es als leere Drohung und einen Angriff auf unser Vertrauen in dich auf.«

»Warum hast du mir nie etwas davon erzählt?«

»Ich habe ihn nicht ernst genommen. Ja, ich wußte von der Affäre und dem Mädchen, Harry – und bin diesbezüglich auch immer noch von dir enttäuscht –, aber davon einmal abgesehen, hätte ich niemals damit gerechnet, daß es auf etwas derartiges hinauslaufen könnte«, sagte Kelly, seine klaren blauen Augen auf Harry gerichtet. »Ich hätte es wirklich nicht für möglich gehalten, daß Tines gerissen genug ist, ein solches Komplott zu schmieden.«

Harry erwiderte den Blick seines Schwiegervaters. »Es war nicht nur Tines.«

»Hast du etwas ausgelassen?«

»Claude Fielding hat mir gestern abend einen Besuch abgestattet.«

»Was hatte er zu berichten?«

»Etwas, das unter uns bleiben sollte.«

»In Ordnung.«

»Das Außenministerium steht hinter Tines. Sie haben ihm alle Vollmachten erteilt, um mich loszuwerden.«

»Seit wann interessiert sich das Außenministerium für dich?«

»Sie haben aufgrund meiner politischen Überzeugungen die Befürchtung, daß ich mich Fiefs Bemühungen, seine Fabrik umzusiedeln, in den Weg stellen würde, sollte ich die Wahl gewinnen und

Wind davon bekommen, daß die Regierung versucht, die Gewerkschaft von Long Meadow zu diskreditieren.«

»Das ist doch absurd.«

»Vielleicht, aber nicht absurd genug, um Tines nicht auf mich loszuhetzen.«

»Wäre Claude bereit, aus der Deckung zu kommen und auszusagen? Gibt es einen Weg, um gegen das Außenministerium und gegen Tines vor Gericht zu ziehen?«

»Den gäbe es, wenn ich Beweise hätte. Aber so, wie die Dinge stehen, würde Claude alles abstreiten, wenn ich damit an die Öffentlichkeit ginge.«

»Fällt dir noch irgend etwas ein, das man unternehmen könnte, bevor wir uns zu dem Schritt entschliessen, deine Kandidatur zurückzuziehen?«

»Ich fürchte nein, Ed. Ich bezweifle, daß es unter diesen Bedingungen – meine Leute, die hinter den Morden an Lardner und Crown stecken, ich mit einem möglichen Motiv, die Morde angeordnet zu haben … das Rauschgift in dem Haus in Ten Lakes, das mich mit dem Syndikat in Verbindung bringt – überhaupt zu so etwas wie einem Wahlkampf kommt.«

»Meinst du, Tines beabsichtigt, das alles gegen dich zu verwenden, oder könnte es auch sein, daß er das eine oder andere zurückhalten will, um dich damit zu erpressen?«

»Ich glaube, ich bin so gut wie erledigt, Ed, wenn nicht noch schlimmer.«

Edward Kelly holte tief und umständlich Luft. »Ich denke, es ist an der Zeit, dir einen Anwalt zu besorgen.«

»Ja«, stimmte ihm Harry zu, »das ist vermutlich eine gute Idee.«

Edward Kelly griff nach dem Telefon auf seinem Schreibtisch und ließ sich verbinden. »Laß uns für morgen früh eine Pressekonferenz anberaumen, um deine Kandidatur zurückzuziehen«, sagte er, während er auf die Verbindung wartete.

»Einverstanden«, sagte Harry.

Während der Schnee weiter fiel und die Straßen mit einer rund ein Fuß hohen Schicht überzog, während gegenüber von ihrem Apartment indigoblaue Schatten die nach Westen hinausliegenden Fenster verdunkelten, schluckte Faith Rapaport drei Schlaftabletten, gefolgt von einem großen Glas Whiskey. Sie sperrte das Telefon in eine der Schubladen ihrer Kommode und legte zur Sicherheit noch ein Kissen darauf. Als ihr der Portier die Zeitung von Marty brachte, sah sie sie kurz durch und stellte dann das Foto ihres Vaters auf dem Nachttisch auf. Als sie die Augen schloß, wollte ihr das Bild des Zigarrenrauchs, der aus dem Mund ihres Vaters trat, nicht aus dem Kopf gehen; die Rauchschwaden zogen in das Loch, das sie an diesem Morgen in Crowns Hinterkopf gesehen hatte; sie zogen um das dunkle, zähflüssige Blut herum, das sich unter seinem Körper gesammelt hatte; der Rauch zog durch den Mund ihres toten Vaters in ihren eigenen, und als die Wirkung der Schlaftabletten eingesetzt hatte, träumte sie, daß der Rauch aus sämtlichen Poren ihres Körpers drang, bis sie selbst nur noch Dunst und Stille war.

Victor Ribe hatte sich beinahe Erfrierungen zugezogen, als er ins Fuller House zurückkehrte. Mehr als zwei Stunden lang war er durch die Straßen gelaufen. Zum ersten Mal seit seiner Verhaftung vermochte er seine Verzweifelung nicht unter Kontrolle zu halten, und er wünschte sich, daß nicht Benny Rudolph, sondern er selbst es wäre, der sich an den Drahtziehern rächte, die ihn für all die langen Jahre hinter Gitter gebracht hatten. Er wünschte sich jetzt, er hätte sich gewehrt, als Ira und Pally ihn am Tag zuvor auf die Straße geschleift hatten, er wünschte sich, er hätte sie niedergeprügelt und für das, was sie ihm angetan hatten, büßen lassen. In der kurzen Zeit, die er Elaine im Café gegenübergesessen hatte, war ihm am Klang ihrer Stimme klargeworden, daß die Liebe, die sie in ihrer Jugend füreinander empfunden hatten, tief und aufrichtig gewesen war, und daß er diese Liebe an jenem Tag, als er sie zur Praxis des Abtreibungsarztes begleitet hatte und dann überstürzt davongelaufen war, ebenso leichtfertig aufgegeben hatte wie Elaine. Wäre er nur dortgeblieben und hätte Elaine und ihren Vater zur Rede gestellt, wäre er nur so stark gewesen wie die beiden zusammen, hätte er doch nur in diesem einen Augenblick die Starrköpfigkeit seines eigenen Vaters besessen, er hätte sein Leben in die eigenen Hände nehmen können. Statt dessen war er glücklos ins Mannesalter gestolpert und hatte einen unentrinnbaren Pakt mit den schlimmsten Greueln der menschlichen Natur geschlossen. Das war es, wofür er sich am meisten haßte. Er haßte die Teilnahmslosigkeit seines Wesens. Er haßte den Menschen, zu dem ihn diese hatte werden lassen.

Zum ersten Mal seit sehr langer Zeit wurde Victor von einer so großen Sehnsucht nach einem selbstbestimmten Leben ergriffen, daß er sich nichts sehnlicher wünschte, als ein wenig Heroin.

Gegen fünf Uhr wurde Freddy Stillman von einer tiefen Ruhe erfüllt. Der Fluß der Zeit verlangsamte sich bis zu einem Punkt, an dem er ihn kaum noch wahrzunehmen vermochte. Fast eine Stunde verbrachte er in der dampfenden Badewanne. Er rieb sich mit verschiedenen Badeölen ein. Er schamponierte sich das Haar, bis es quietschte. Er schnitt sich seine Fingernägel und Nasenhaare und stutzte sich das Schamhaar. Er rasierte sein Gesicht, den schiefen Haaransatz im Nacken sowie das Brusthaar, das wie Rebengewächs zum Hals hochrankte. Er zupfte sich mit einer Pinzette die alten Haarwurzeln von den Spitzen seiner Ohrläppchen, drückte die Nagelhaut mit einem Buttermesser zurück und strich sich die Haare mit den Fingern zurecht. Er bügelte seinen besten Anzug, das schönste Hemd und die schönste Krawatte, bürstete die Flusen von Hut und Mantel, polierte seine Schuhe und die Manschettenknöpfe, faltete ein Taschentuch zusammen, und als er fertig angekleidet war, sah Freddy Stillman, obschon um die Augen herum ein wenig verunstaltet und geschwollen, so gut aus, wie Freddy Stillman aussehen konnte. Sechshundert Dollar polsterten seine Innentasche aus wie ein weicher Ziegelstein.

Freddy sperrte sein Apartment zu und wagte sich erneut in den Sturm hinaus. Er nahm die Bahn zu dem Café neben dem Castaway-Filmtheater, in dem ihn Gloria Lime bereits erwartete, so elegant gekleidet, wie Freddy es sich erhofft hatte, die zarte Haut ihres Brustansatzes dem grellen Licht des Restaurants ausgesetzt. Freddy klopfte leicht ans Fenster, lächelte Gloria an und sah in ihren tiefen Ausschnitt, auf die Wölbung ihres Busens, als wäre dieser ein dritter Gast am Tisch, der ihn wissend anlächelte. Und Freddy seufzte. Er seufzte und seufzte noch einmal.

»Freddy«, sagte Gloria besorgt, als er auf ihren Tisch zukam, »was ist mit deinem Gesicht passiert?«

»Nicht der Rede wert, Glory.«

»Wenn dein Gesicht nicht so übel zugerichtet wäre … ich meine, du siehst gut aus in diesem Anzug, Freddy.« Sie nahm seine Hand und zog ihn zu sich herunter. »Du siehst zu gut aus, um in einem Laden wie diesem hier Essen zu gehen.«

»Was meinst du, sollen wir dann nicht woanders hingehen. Rüber ins Biloxi?«

»Du machst Witze, Freddy. Seit wann schwimmst du im Geld?«

Freddy stand auf und reichte Gloria die Hand. »Ich habe für einen besonderen Anlaß gespart.«

»Meinst du das ernst?«

»Ja, das meine ich ernst. Ich mußte heute viel an dich denken, Glory, verdammt viel. Wie es wohl kam, daß wir beide uns genau zur richtigen Zeit gefunden haben.«

Gloria erhob sich von ihrem Stuhl und streckte die Hand aus, um Freddys Stirn zu berühren. »Bist du sicher, daß es dir gut geht? Bist du sicher, daß dir niemand den Verstand rausgeprügelt hat?«

»Wenn mich jemand verprügelt hat, dann nur, um mich zur Vernunft zu bringen.« Freddy langte zu einem Wandhaken neben dem Tisch und nahm Glorias Mantel. Er legte ihn ihr um die Schultern, knöpfte ihn für sie zu und sah ihr dabei fortwährend in die Augen, in ihr geschminktes Gesicht. Er hatte das Gefühl, als könnte er jedes Detail wahrnehmen, das sie ausmachte, und er mußte unablässig daran denken, wie gern er sie noch genauer untersuchen wollte. Wenn er schon aus der Gemeinschaft der Lebenden ausgeschlossen werden sollte, dann wollte er zumindest ein letztes Mal tun, worauf er wirklich Lust hatte.

Freddy hielt Gloria an der Hüfte, während sie sich Hut, Schal und Handschuhe anzog, und dann traten sie Arm in Arm in die stürmische Nacht hinaus. Mit dem Wind und dem Schnee im Rücken, gingen sie drei Straßen weiter ins Biloxi Hotel hinüber, wo sie sich, statt in das Restaurant zu gehen, ein Zimmer nahmen und nach dem Kellner klingelten.

Sidney Lardner war kein starker Trinker, doch nachdem ihm Benny Rudolph an diesem Nachmittag so übel mitgespielt hatte, überkam ihn, sobald die ungebetenen Gäste seine Schusterwerkstatt verlassen hatten, ein unbändiger Durst nach Alkohol. Seine letzten Stunden in der Anonymität verbrachte er an der Bar im Prescot-Gebäude, umgeben von Sachbearbeitern einer Lebensversicherung, die über versicherungsstatistische Zahlen sprachen. Während sich die Sachbearbeiter aufgeregt Zahlen an den Kopf warfen, trank Sid schweigend und ohne die Männer zu beachten einen Drink nach dem anderen; was ihn beschäftigte, war weniger, was er seinem Bruder angetan hatte, oder die Aussicht, wegen Beihilfe zum Mord angeklagt zu werden, sondern vielmehr die Tatsache, daß Gloria Lime, die einzige Person, die ihm auf dieser Welt wirklich etwas bedeutete, die Frau, die er abgöttisch liebte, bald erfahren würde, was er getan hatte. Sie betrogen zu haben, löste mehr Schuldgefühle in ihm aus als die Tatsache, daß er den Drogenfahndern an jenem Tag, an dem sie seinen Bruder umbrachten, verraten hatte, wo sie ihn finden konnten. In Wirklichkeit haßte Sidney seinen Bruder nur noch mehr dafür, daß er sich wieder einmal in sein Leben einmischte, und er hätte sich gewünscht, noch einmal mitansehen zu dürfen, wie er ermordet wurde. So einer war Sid Lardner, dachte sich Sid – einsam, selbstmitleidig, verbittert und voller Wut auf die Welt. Das war auch der

Grund, warum sich sein ganzes Leben lang niemand für ihn interessiert hatte.

Sidney betrank sich an diesem Nachmittag so sehr, daß er es nicht mehr alleine bis zur Tür schaffte. Die Sachbearbeiter – allesamt seine Kunden – mußten ihn aufrecht halten und zu seiner Werkstatt zurückbegleiten. Als sie sahen, daß im Laden niemand war, der sich um ihn kümmern konnte, hielten sie ihn über die verdreckte Toilettenschüssel hinter dem Werkstattraum und versuchten ihn dazu zu bringen, sich des Alkohols zu entledigen. Sid beschimpfte sie mit unverständlichen Flüchen, bis er seine trägen Augen verdrehte und die Besinnung verlor. Zu diesem Zeitpunkt fand einer der Männer einen Schuhlöffel, den er Sid mit hochgekrempelten Hemdsärmeln heldenhaft in den Rachen steckte, bis dieser zu würgen begann und den Inhalt einer ganzen Flasche Whiskey in die Toilettenschüssel erbrach. Mit dem Gefühl, genug Mitmenschlichkeit bewiesen zu haben, ließen die Männer Sid, der nun bei Bewußtsein war, auf dem Fußboden liegend und die Toilette umarmend zurück. Fast eine Stunde lang verharrte Sidney dort zusammengekrümmt, sich abwechselnd übergebend und wieder einschlafend.

Als sein Kopf aufklarte und die Krämpfe in seinem Körper nachließen, wankte Sid, nach Erbrochenem und Schweiß stinkend, auf die Straße hinaus. Es war bereits dunkel, und in der Ferne konnte er das Geschrei der Zeitungsjungen hören, das durch die Häuserschluchten des Finanzdistrikts zu ihm herüberschallte: »*Globe Extrablatt, Sonderausgabe!*« Sidney verspürte keine Lust, sein Bild in der Zeitung zu sehen, und noch weniger wollte er, daß ihn diejenigen, die das Extrablatt lasen, so durchnäßt und zerzaust, wie er war, durch die verschneiten Straßen laufen sahen. Als er auf dem Weg nach Norden ins Feierabendgedränge geriet, hatte er das Gefühl, als würden ihn die Männer und Frauen als denjenigen erkennen, der er war. Seiner stinkenden Existenz zum Trotz lief er stur weiter und starrte jedem in die Augen, der ihm Beachtung schenkte. Er stieg in eine überfüllte Untergrundbahn und spürte eine Woge der Feindseligkeit, als die Leute von ihm abrückten, ihre Nasen im Schal vergruben und seinem

Körper Platz zum Atmen gaben. Er fuhr die ganze Strecke zu Glorias Apartment, in der Hoffnung, ihr mit eigenen Worten erklären zu können, was ihm an diesem Nachmittag widerfahren war, und hoffte, sie würde nicht ein einziges Wort von dem glauben, was in dem Extrablatt stand. Er dachte sich, wenn er nur ein paar Minuten mit ihr reden könnte, dann würde er sie davon überzeugen können, daß alle Artikel und Bilder fingiert worden waren, um ihn in Verruf zu bringen – denn schließlich hatte er zuerst die Regierung beschuldigt, Boris umgebracht zu haben.

Seine Verzweiflung steigerte sich ins Unerträgliche, als er feststellen mußte, daß Gloria nicht zu Hause war. Dann fiel ihm ein, daß sie sich mit Freddy Stillman im Castaway verabredet hatte. Sid stolperte in ein Spirituosengeschäft, kaufte sich eine Halbliterflasche Scotch und machte sich mit offenstehendem Mantel und Jackett, mit über den Gürtel hängendem Bauch und seinem auf den Hinterkopf gerutschten Hut durch das Schneetreiben zum Kino auf, wobei er sich selbst verfluchte: »*Du beschissener Idiot*«, zischte er, »*du beschissener Idiot.*« Er *schiß* auf Freddy Stillman, ebenso, wie er auf sich selbst *schiß*. Er brabbelte in den Sturm und blieb gelegentlich stehen, um seinen Kopf gefährlich weit in den Nacken zu legen und einen Schluck aus der Flasche zu nehmen. Als er schließlich die Kälte auf seiner betäubten Haut spürte, stieg er in die Untergrundbahn hinunter, fand nun, da sich das Feierabendgedränge langsam auflöste, im hinteren Wagenteil einen freien Sitzplatz und fuhr weitgehend unbemerkt zum Kino.

Das Castaway war derart hell erleuchtet, daß sich Sidney von dem Vordach abwenden mußte. »Die Geschichte einer Hochzeit« wurde gezeigt, mit Carl Gantry, Kate Horn und Jimmy Swain. Sid versteckte die Flasche unter seinem Mantel, rückte sich den Hut und die kaffeebefleckte Krawatte zurecht und kaufte eine Eintrittskarte. Er ging hoch auf den leeren Balkon und stieg gegen Ende in den Film ein, als Jimmy Swain und Kate Horn betrunken schwimmen gehen. Sidney lehnte sich über die Balustrade und versuchte Gloria und Freddy in der Zuschauermenge auszumachen; als ein über einer

Gartenlaube stehender Mond den Saal erhellte, stellte er fest, daß sie nicht da waren. Er ließ sich in den Sitz zurückfallen und nahm einen großen Schluck, einen sehr großen Schluck, der, als er die Flasche wieder absetzte, in seinem Hals das Gefühl hinterließ, als hätte jemand eine ganze Schachtel brennender Zigaretten in seinem Körper ausgedrückt. Er *schiß* noch einmal gehörig auf sich selbst und ebensosehr auf Freddy Stillman. Als zwischen den Vorführungen die Lichter im Saal angingen, hatten sich Sids erbärmliche Augen abermals verdreht, und die Flasche war auf den klebrigen Kinoboden gefallen.

Gegen neun Uhr erwachte Freddy aus einem tiefen Schlaf. Er erwachte und schrie aus vollem Halse. Als er seine Augen öffnete, erblickte er Gloria, die ihn schüttelte, ihre schönen Brüste, die sich im Takt mit seinem eigenen Körper bewegten. Freddys erster Gedanke war, diese Brüste zu besänftigen. Sie waren außer sich, bewegten sich in einer Weise, in der sich schöne Brüste nicht bewegen sollten; es waren plötzlich keine wohlgeformten, begehrenswerten Objekte mehr, sondern zwei trostlose Waffen. Freddy bedeckte Glorias Brüste mit den Händen und entschärfte sie so. Gloria versuchte ihn wegzustoßen und schrie ihn an, sofort damit aufzuhören. Er rang mit ihr, drehte sie herum, so daß er auf ihr zu liegen kam, so daß ihre Brüste an den Seiten ihres Oberkörpers ruhten wie zwei aufgeschlagene Eier.

»Schon gut«, beruhigte Freddy sie. Er spürte Schweiß von seinem Gesicht tropfen, und obwohl Gloria ihn nicht mehr schüttelte, fühlte er seinen Körper immer noch zittern wie bei einem Nachbeben. Er konnte sich beim besten Willen nicht erinnern, was ihn so aufgebracht hatte.

»Was ist los, Freddy?« Gloria klang alarmiert. »Die Sachen, die du gebrüllt hast ... Ich hab dich im Schlaf schon schreckliche Sachen schreien gehört, aber noch nie sowas.« Als sie das Wort »sowas« aussprach, nahm ihr Gesicht einen verängstigten Ausdruck an.

»Was habe ich gesagt?«

»Bitte laß mich los, Freddy.«

»Was habe ich gesagt?«

»Wer ist Janice? Was hast du mit Janice gemacht?«

»Was meinst du damit?« Er spürte, wie ihn die Angst überkam.

»Du hast irgendwas gestanden. Du hast die ganze Zeit geschworen, daß du Janice nicht umgebracht hättest.«

»Was habe ich gesagt?« beharrte Freddy, und seine Stimmung schlug um. »Was?« Er begann Gloria zu schütteln.

»Hör auf damit!« rief sie.

»Was?« schrie Freddy sie wieder an. »Was habe ich gesagt?«

Glorias Gesicht verzog sich, ihr ganzer Körper versteifte sich. »Du tust mir weh, Freddy.«

»Nein«, sagte Freddy und ließ sie los, »das würde ich niemals tun.« Er rollte von Gloria herunter. Er rutschte zum anderen Ende des Bettes und hob seine Hände, damit Gloria sie sehen konnte. »Nein«, sagte er noch einmal, »das würde ich niemals tun.«

»Wer ist Janice?« fragte Gloria, noch weiter von ihm abrückend. Sie stieg aus dem Bett, öffnete eine Kommodenschublade und zog einen weißen Hotelbademantel heraus. Sie streifte sich den Bademantel über und steckte sich eine Zigarette an.

Freddy sah traurig zu, wie sich Gloria zurückzog und aus dem Fenster der De-Luxe-Suite heraussah, die sie sich geleistet hatten. Er konnte nur daran denken, daß ihre Brüste, die Oberschenkel, ihr appetitliches Hinterteil nun von dem Bademantel bedeckt waren. Er war noch nicht fertig mit ihr. Er hatte ein unwiderstehliches, irrationales Verlangen nach ihr.

»Du machst mir wirklich Angst, Freddy«, sagte sie mit zitternder Stimme und blickte ihn über ihre Schulter an. Die Hand, in der sie die Zigarette hielt, wirkte, als hätte sie einen Krampf.

»Es ist nicht so, wie du denkst«, sagte Freddy ruhig. »Es war nur ein Traum.«

»Nein. Du hättest dich hören sollen. Du hast vollkommen klar geredet.«

»Es war nur ein Traum, Glory. Ich schwör es dir.«

»Sag mir, was mit dir los ist, Freddy, oder ich werde auf der Stelle verschwinden.«

»Nein«, hielt Freddy verzweifelt dagegen, »das darfst du nicht.« Er stieg aus dem Bett und stellte sich mit erigiertem, auf sie zeigenden Penis neben sie. »Du verstehst es nicht«, sagte er. Er griff nach dem Gürtel ihres Bademantels. »Du kannst jetzt nicht gehen. Nicht heute nacht. Ich brauche dich hier bei mir.«

»Laß mich!« rief Gloria und stieß sich von ihm ab.

Freddy blickte auf seine Hand hinunter, als wäre sie ein fremder Gegenstand. In der Hand befand sich der Gürtel des Bademantels. »Bitte, Glory.« Den Gürtel nachschleifend, ging er auf sie zu.

»Komm mir nicht zu nahe, Freddy«, warnte Gloria ihn, während sie an der Wand entlang vor ihm zurückwich. Ihr Bademantel war aufgegangen. Ihre Brüste waren entblößt, ihr Bauchnabel starrte ihn an wie ein drittes Auge, und er konnte an nichts anderes denken, als sie zu berühren.

»Versuch doch, zu verstehen«, stammelte Freddy wie im Fieber, während er auf sie zuging. »Ich ... Ich ... Nur dieses letzte Mal ... nur noch dieses eine Mal, damit ich weiß, daß es sich gelohnt ...« Er konnte den Gedanken nicht zu Ende bringen. Er fühlte nur, daß in ihm etwas zerbrochen war. Dieses nicht zu identifizierende Etwas. Dieses Etwas, von dem er, soweit er auch zurückdachte, noch nie hatte sagen können, wo es sich in ihm befand. Er spürte, wie dieser Teil in ihm fehlte, der ihm eigentlich hätte sagen müssen, daß das, was er vorhatte, unrecht war. Aber das einzige, was ihn in diesem Moment antrieb, war seine Wollust. Er packte Gloria an den Schultern und warf sie aufs Bett. Er griff an ihre Kehle, preßte seine Daumen auf ihre Luftröhre; sein Oberkörper lastete schwer auf ihrer Brust, sein hartes Glied rieb sich an der Innenseite ihres Oberschenkels. Gloria wand und krümmte sich, wälzte ihren Kopf von einer Seite auf die andere und fügte sich, als sie bemerkte, daß die Zigarette, die sie geraucht hatte, neben ihr auf dem Bettlaken schwelte. Als Freddy ihre Kehle losließ und sich auf sie legte, schnappte sie sich die Zigarette und drückte sie mit aller Kraft gegen seine Wange.

»Du verfluchter Bastard!« schrie sie ihn an, als er von ihr herunterrollte. Sie schlug ihm ins Gesicht, dorthin, wo sie ihn mit der Zigarette verbrannt hatte. Sie kratzte ihn mit den Fingernägeln, schlug ihn wieder und wieder mit der flachen Hand, und Freddy ließ sie mit einer grenzenlosen Leere in den Augen gewähren. Er rührte sich nicht.

»Es tut mir leid, Glory«, sagte er bei jedem ihrer Schläge. »Ich weiß nicht, was über mich gekommen ist. Ich weiß es wirklich nicht«, sagte er, als Gloria erschöpft von seinem geröteten und verschrammten Gesicht abließ.

»Womit habe ich das verdient?« schrie sie, während Tränen an ihren Wangen herunterliefen. »Alles, was ich Idiotin dir jemals angetan habe, ist, dich zu lieben.«

Freddy flüchtete in die Zimmerecke und spürte in der Dunkelheit die Hitze, die von seinem Gesicht ausstrahlte. Er betastete die Brandwunde an seiner Wange. Gloria schluchzte nur. »Warum konntest du mich nicht genauso lieben? Warum hast du das nie geschafft? Ich hätte dich hundertmal mehr geliebt, als Evelyn es je getan hat.«

Freddy schüttelte den Kopf. »Ich weiß nicht, ich ... fühle nichts«, versuchte er zu erklären. »Ich fühle einfach nichts mehr. Ich habe einen Panzer um mich herum, Glory.«

»Du mußt deinen Kopf untersuchen lassen.«

»Ich glaube kaum, daß eine Untersuchung helfen würde. Ich glaube, das würde nicht reichen.« Er hievte seinen nackten Körper aus der Ecke und schaltete das Licht ein. Er ging wieder zum Bett und ließ sich vorsichtig neben ihr nieder. Sie rückte von ihm ab, hielt dann inne, als sie seinen gequälten Gesichtsausdruck und die Verletzungen sah, die sie ihm zugefügt hatte. Freddy bemerkte, daß seine Finger schmale blaue Spuren auf der zarten Haut ihres Halses hinterlassen hatten. Der Anblick erschreckte ihn so sehr, daß er sich am liebsten aus dem Fenster gestürzt hätte. Er berührte ihre nasse Wange und wischte einige Tränen fort. »Es tut mir so leid. Es tut mir wirklich leid.«

»Ich denke, du solltest jetzt gehen«, sagte Gloria mit Bestimmtheit in der Stimme. Sie schüttelte den Kopf und sah ihn zornig an. »Niemand springt so mit mir um, nicht einmal du.«

Freddy stand auf und begann sich anzuziehen.

»Ich will dich nicht mehr sehen. Nie wieder.«

»Das dürfte kein Problem sein.«

Gloria schluchzte.

Als Freddy Mantel und Hut anhatte, zog er eine Hundertdollarnote aus der Tasche und legte sie auf die Hotelkommode.

»Ich will dein verfluchtes Geld nicht«, sagte Gloria. »Ich bin nicht deine gottverdammte Hure.«

»So ist das nicht gemeint«, entgegnete Freddy. »Kauf … kauf dir einfach was Nettes, irgendwas, das dich an mich erinnert.«

»Was denn, einen Schlagring vielleicht?«

»Irgend sowas, klar«, sagte Freddy. »Irgendwas Nettes, das dich an die schönen Zeiten vor heute nacht erinnert.«

Freddy sah sie nicht noch einmal an, auch Gloria entgegnete nichts mehr. Er verließ das Zimmer und ging zum Fahrstuhl. Als er im Hotelfoyer angekommen war, zog er sich den Schal übers Gesicht und trat auf die Straße hinaus, als ginge er dem Galgen entgegen.

Der bullige ungepflegte Stu Zawolsky stand draußen vor der verschlossenen Eingangstür des Triple Mark, als Freddy dort um zehn ankam. Freddy konnte Stus Alkoholfahne bereits aus zwanzig Fuß Entfernung riechen. Es hatte aufgehört zu schneien, und als Freddy in Stu Zawolskys rosiges Pfannkuchengesicht hinaufblickte, konnte er jenseits der hellen Lichter erkennen, daß die Wolkendecke an einigen dunklen Stellen aufgebrochen war. »Mir nach«, lallte Stu. Einen gewissen Abstand zu dem torkelnden und schlingernden Körper des wuchtigen Mannes einhaltend, folgte Freddy dem betrunkenen Stu Zawolsky über die ausgetretenen Gehwege zum Theaterdistrikt. Dem Sturm zum Trotz waren die Varietés und Nachtclubs gedrängt voll; Menschentrauben standen auf der Straße hinter roten Samtseilen und warteten darauf, eingelassen zu werden. Freddy folgte Zawolsky zwei Häuserblöcke weit zum Eingang des Revolvers, einem Nachtclub, der mit einer Bühnenschau warb. Unter den Flüchen der Wartenden bahnte sich Stu mit aller Kraft einen Weg durch die Menschenmenge. Freddy folgte in dessen Kielwasser zum Vordereingang, wo der Türsteher nervös die Absperrung für Stu öffnete und zur Seite trat. »Er ist mit mir da«, sagte Zawolsky, ohne sich umzudrehen, und gemeinsam betraten sie den Club. Das Tiny-Braggs-Orchester spielte schwungvollen Jazz im Dschungel-Stil, als eine Animierdame Stu und Freddy zu einem der reservierten Tische vor der Bühne führte. Auf der Bühne ging gerade die Stomptanzaufführung einer in drei Reihen aufgestellten Ballettgruppe schwarzer Tänzerinnen in gefiederten Bikinis zu Ende. Als die Nummer ausklang und die Trompetenspieler ihre goldglänzenden Homburgs für das letzte Wa-wa von den Trichtern zogen, liefen die Frauen von der Bühne, um sogleich von einer in ein rosa Negligé gekleideten Zwergin ersetzt zu werden: Binky die Ballerina, die mit den Schleiern einer Bauchtänzerin einen Striptease in Spitzenschuhen vorführte. Sie war an den richtigen Stellen schlank und drall an den übrigen, groß genug, sich zu strecken, die Beine hochzuwerfen und graziös zu springen, ohne sich dabei lächerlich zu machen – obwohl sie das höchstwahrscheinlich dennoch tat. Stu Zawolsky war schwer beeindruckt. Er war dermaßen beeindruckt, daß er in schallendes Gelächter ausbrach und der Zwergin mit ein paar Dollarnoten winkte, damit sie sich auf seinen Schoß setzte. Wie Freddy feststellte, war Stu Zawolsky nicht nur betrunken, sondern stockbesoffen. Als die Zwergin auf seinem Schoß saß, begann Zawolsky, mit der einen Hand ihre Brüste zu kneten und mit der anderen an ihrer Nase herumzuzupfen. Binky ihrerseits packte Stu Zawolskys Glied durch die Hose hindurch, und je fester sie drückte, um so lauter lachte Stu Zawolsky auf. Hinten im Saal sah Freddy, wie der in einen Smoking gekleidete Nachtclubbetreiber dem Orchester signalisierte, aufzuspielen. Das Orchester drehte sich Stu zu und ließ zu einer dröhnenden Baßlinie und dem Scheppern der Becken die Trompeten aufjaulen. Sogleich wurde die Zwergin von den im Etablissement anwesenden Männern, Freddy ausgenommen, auf Händen weitergereicht; jeder, der sie zu fassen bekam, stopfte ihr Geldscheine ins Negligé, bis sie aussah wie eine zu klein geratene Vogelscheuche.

»Ist das ein ungünstiger Zeitpunkt?« fragte Freddy, nachdem Stu Binky freigegeben hatte. Stu erhob sich und baute sich über Freddy auf; Freddy konnte nicht umhin zu bemerken, daß Stus Glied immer noch steif war. Beide Männer sahen nach unten, dann trafen sich ihre Blicke wieder. Stu zuckte mit den Schultern, als wollte er »Tja« sagen, zog sich mit einem betrunkenen Grinsen auf seiner Boxervisage die Hose hoch und ließ sich kichernd wieder auf den Stuhl fallen.

Freddy, der den geeigneten Moment zum Handeln gekommen sah, griff in seine Jackettasche und holte das Geld heraus, das er Zawolsky schuldete. Er beugte sich über den Tisch und drückte Stu die Scheine in die Hand. Der Anblick des Bargelds schien Stu für einen kurzen Augenblick zu ernüchtern. Er lehnte sich ein wenig zur Seite, leckte seine übergroßen Finger an und begann zu zählen. Als er fertig war, faltete er – ein betrunkenes Auge auf Freddy gerichtet – die Scheine und steckte sie in einen prallgefüllten Geldclip. »Schön, mit dir Geschäfte zu machen«, lallte er, den Tumult im Saal übertönend. »Und jetzt zieh Leine.«

Freddy beugte sich über den Tisch und legte eine Hand auf Stus bowlingkugelgroße Schulter. »Ich habe noch einen Auftrag für Sie«, schrie er ihm ins Ohr.

»Ich hoffe, du zahlst gut«, nuschelte Stu und die Bartstoppeln auf seiner Backe kratzten auf Freddys frischrasiertem Gesicht. »Das Geschäft boomt nämlich, seit Mann und Roth die Lichter ausgeblasen wurden.«

»Morgen um elf Uhr vormittags, in der dreiundachtzigsten Straße West, Nummer dreihundertneunzehn, Erdgeschoß ... Ich will, daß Sie den Typen umlegen, der da wohnt.«

Stu zog seinen Kopf von Freddy weg. Er warf ihm ein schiefes Grinsen zu. »Die Adresse kenn ich«, rief er, und sein Kopf schwang jetzt von einer Seite zur anderen. »Was für ein Spiel spielst du hier?«

»Niemand außer mir wird in der Wohnung sein.«

Stu blies die Backen auf und schnaubte seinen süßen Whiskeyatem in Freddys Gesicht.

»Ich will, daß Sie eine Pistole benutzen«, fuhr Freddy fort.

»Du willst mir erzählen, daß du *dich selbst* umlegen lassen willst?«

»Wenn Sie mich mit in den Keller runternehmen, wird niemand etwas mitbekommen.«

»Und weiter?« lachte Stu mit einem Achselzucken.

»Ich will, daß Sie sechs Schuß in mein Gesicht abfeuern.«

Stu verzog das Gesicht. »Wieso?«

»Ich habe meine Gründe«, erwiderte Freddy.

Stu hielt einen Moment inne. »Wie du willst.« Er ließ seine Augen eine Weile in ihren Höhlen herumrollen. »Dreihundert«, sagte er, als sie wieder einrasteten und sich auf Freddy richteten.

»Abgemacht«, sagte Freddy.

»Diesmal das ganze Geld im Voraus.«

»Ja, natürlich«, sagte Freddy und ließ seine Hand erneut in der Jackettasche verschwinden.

Freddy hatte seine Hand noch in der Tasche, da packte ihn Stu am Nacken und zog ihn zu sich heran. »Hör zu. In der Sekunde, in der du mir das Geld übergibst, ist die Sache besiegelt und es gibt kein Zurück mehr. Du bist ein toter Mann. Verstanden?«

»Verstanden«, sagte Freddy nervös.

»Es wird keine letzten Worte geben. Letzte Worte gehen mir schrecklich auf den Keks. Wenn du noch was zu sagen hast, dann schreib es auf.«

»Ja, natürlich.«

Genau wie am Morgen, als er ihn am Kragen gepackt hatte, sah Stu Freddy ins Gesicht, in die Augen, und ließ einen Moment verstreichen. »Du bist ein unglückliches armes Schwein, hab ich recht?«

Freddy spürte, wie ihm die Tränen kamen, während um ihn herum der Saal in einen Höllenlärm ausbrach. »Ja«, sagte er tränenerstickt. »Ich bin einfach am Ende.«

Stu nickte ernst.

Freddy fühlte sich durch Stus Bemerkung auf sonderbare Weise beruhigt. Er griff in die Tasche und drückte Stu den Rest des Bargelds in die überdimensionale Pranke. »Du bist ein toter Mann«, sagte Stu kühl. »Gehe hin und finde Frieden.« Stu Zawolsky erhob sich vom Stuhl und stolperte quer durch den Saal zu Binky der Ballerina, die auf einem Cocktailtisch eine Ballettpose eingenommen hatte.

Freddy blieb sitzen, wo er war. Er dachte daran, wie er noch kurz zuvor die Tränen aus Glorias Gesicht gewischt hatte. Er sah ihre weinenden Augen vor sich und konnte bei diesem Gedanken plötzlich in seinen eigenen Augen Tränen aufsteigen fühlen. Und dann spürte er sie an seinen Wangen herunterlaufen. In dem Moment wurde ihm klar, wie sehr er die Frauen liebte, wie glühend er sie liebte, aber auch, daß er nicht wußte, wie er es anstellen sollte, daß sie seine Liebe erwiderten. Er fühlte sich kalt und leer. Er wußte, ohne dieses Wissen war er nichts, war er weniger wert als heiße Luft.

Ein Platzanweiser weckte Sidney auf, nachdem die Saallichter angegangen waren. Sidney konnte sich nur noch dunkel daran erinnern, wie es ihn dorthin verschlagen hatte. Er ging auf die Toilette und wusch sich so gut es ging. Es war kurz vor Mitternacht. Er hatte zwei Filmvorstellungen durchgeschlafen. Immer noch an Gloria denkend, die ihm einfach nicht aus dem Kopf, aus seinem hämmernden Kopf gehen wollte, nahm er die Untergrundbahn zurück zu ihrem Apartment. Glorias Fenster war hell erleuchtet, und als er bei ihr klingeln wollte, entdeckte Sid zu seiner Überraschung, daß die Haustür einen Spalt weit offenstand. Leise stieg er die Treppe hoch, legte ein Ohr an das Holz und lauschte. Zuerst vernahm er nur seinen eigenen Atem, doch dann konnte er drinnen Gloria schluchzen hören, als weinte sie in ein Kopfkissen hinein. Er hörte ein langgezogenes, gequältes Schluchzen und Stöhnen, das klang, als würde sich ihr gesamter Körper verkrampfen, als würde sie unter großen Schmerzen leiden, die Zähne zusammenbeißen und ihre Hand haltsuchend ausstrecken. Ihr lautes, ungehemmtes Stöhnen jagte Sid eine solche

Angst ein, daß er sich nicht zu rühren wagte. Er fürchtete, sie könnte ihn dort draußen hören und sich durch seine Aufdringlichkeit gestört fühlen. Während er den gedämpften Geräuschen lauschte, schwoll etwas in seiner Brust an und stieg ihm hinauf bis in den Hals. Und dann schrie Gloria plötzlich auf. Die Beklemmung in seinem Hals verwandelte sich in Panik. Er wich von der Tür zurück, trat wieder vor und klopfte laut.

»Glory?« Er klopfte erneut. »Gloria? Ich bin's, Sidney. Mach auf.«

Das Schreien brach abrupt ab. »Sid?« fragte sie mit zitternder Stimme. Fast schien es, als wäre sie erfreut über seine Anwesenheit. Doch dann schlug ihre Stimmung um. »Geh weg«, rief sie. »Nicht heute nacht, Sid.«

»Bitte, Glory.« Sid ließ nicht locker. »Ich habe dich da drinnen gehört.«

Gloria schwieg. Sidney konnte nicht hören, ob sie atmete oder sich bewegte. Er wollte gerade etwas sagen, da rief sie: »Es ist offen.«

Langsam öffnete er die Tür und steckte seinen Kopf ins Zimmer. Gloria hatte ihren Kimono an und hielt den aufgestellten Kragen so fest umklammert, als wollte sie etwas verbergen. Ihre Augen waren gerötet und verquollen, und die Hand, in der sie die Zigarette hielt, zitterte. An der Art, wie sie ihn ansah, erkannte er, daß sie das Extrablatt noch nicht gelesen hatte. »Glory«, fragte Sid vorsichtig, »warum läßt du die Tür offenstehen?« Er trat ein, zog die Tür hinter sich zu und verriegelte sie. Auf dem Couchtisch, auf dem Gloria üblicherweise bei seinen Besuchen die schokoladenüberzogenen Kirschen für ihn bereitstellte, lag nun ein Revolver neben einer Schachtel Patronen. Gloria sah Sidney einfach nur an, und nachdem sie ihn eine Weile mit ihren rotverquollenen Augen, ihren herzzerreißenden Augen angestarrt hatte, ließ sie schließlich die Hand vom Kragen fallen und ging zu ihm hinüber, um ihn zu umarmen. Sobald sie die Arme um ihn geschlungen hatte, fing sie erneut an zu weinen. Sidney konnte die Wärme ihrer nassen Wange an seinem Ohr spüren und glaubte Druckspuren an ihrem Hals gesehen zu haben. Er führte Gloria zum Sofa und ließ sie Platz nehmen, und dann, obwohl er sie nicht loslassen wollte, obwohl er sie niemals wieder loslassen wollte, schob er sie sanft von sich und besah sich die blauroten Fingerabdrücke an ihrem Hals und ihrer Kehle.

Gloria hörte zu weinen auf und starrte auf die Waffe. »Ich hatte gehofft, er würde noch einmal vorbeikommen, um zu reden.«

»Deshalb hast du die Tür offengelassen.« Sid spürte, wie sich sein Mitleid in Wut verwandelte. Sie brauchte ihm nicht zu erklären, was Freddy ihr angetan hatte, es war offensichtlich. Dennoch erzählte sie ihm die ganze Geschichte. Nachdem er sich alles angehört hatte, ging Sid zum Eisschrank hinüber, holte aus dem obersten Fach die Ginflasche heraus und begann wieder zu trinken.

»Warum siehst du so mitgenommen aus?« fragte sie ihn.

»Das ist doch jetzt egal.«

Sid goß ihnen einen Drink ein. Sie tranken ein Glas, dann brachte Sid sie zu Bett. Er blieb neben ihr sitzen, bis sie eingeschlafen war. Als sie endlich schlief, holte er sich den Gin in ihr Schlafzimmer und verbrachte den Rest der Nacht im Sessel, an der Flasche nippend, bis auch er eingeschlafen war.

Kurz vor elf Uhr nachts saß Benny Rudolph in seiner schwarzen Limousine vor der Anlegestelle der Barkley-Fähren auf der fünfundneunzigsten Straße. Am Schutzgeländer hing ein Schild: »Wegen schlechten Wetters geschlossen«. Eine schneeüberzogene Fähre trieb dennoch tuckernd und dampfend in Richtung Hafen. Während Benny dort wartete, kamen ein paar Wagen heran, die Fahrer lasen das Schild und machten wieder kehrt. Auf dem Sitz neben ihm lag das Extrablatt des Globe. Er konnte die Augen nicht davon abwenden, so groß war seine Genugtuung, die Fotografien von Dubrov, Collins, Klempt und Sid Lardner veröffentlicht zu sehen, allesamt entlarvt als die Schuldigen an Boris Lardners Tod; ihm gefiel, daß Victor entlastet wurde, daß Sam Rapaport Gerechtigkeit widerfuhr und Shortz in den Verdacht der Mittäterschaft geriet; besonders gefiel es ihm, sich selbst in der Rolle des heimlichen Helden zu sehen, eines zu Unrecht verurteilten Mannes, der mit denjenigen abrechnete, die ihm dieses Unrecht zugefügt hatten.

Dennoch, während er dasaß und darauf wartete, seinen letzten Auftrag zu erledigen, merkte er, wie sein Gewissen sich meldete. Der Gedanke an Victors Vater und die anderen Männer, die in Long Meadow ums Leben gekommen waren, der Gedanke an Waters und Capp, die eines Verbrechens beschuldigt wurden, das sie nicht begangen hatten, ließen ihn nicht mehr los. Er hatte sich so sehr nach Rache gesehnt, daß er den Plan, Katrina Lowenstein und Shlomo Feldman auf Freddy Stillman anzusetzen, Paulie Sendak und Walter Ribe gegen ihre Gewerkschaft aufzubringen und das Dynamit in der Hütte von Waters und Capp zu deponieren, als vertretbaren Preis für seine Vergeltung in Kauf genommen hatte. Erst jetzt, da er alles bekommen hatte, was er wollte, hätte er den Lauf der Dinge gerne korrigiert; er hätte gerne die Chancen derjenigen erhöht, deren Leben nicht verdient hatte, zerstört zu werden. Die Schwierigkeit lag darin, daß er selbst, wie so viele dieser Leute, an einem Komplott beteiligt war, das er nicht wirklich durchschaute.

Als Benny ein Taxi auf die Anlegestelle zufahren sah, griff er nach seinem Revolver, stieg aus dem Wagen und winkte dem Fahrer mit der freien Hand. Im blendenden Licht der Scheinwerfer stiefelte er durch den Schnee und ging um den Wagen herum zur hinteren Tür. Er wischte etwas Eis vom Fenster und lugte in den dunklen Innenraum. Der Fahrgast schrie den Taxifahrer mit wildfuchtelnden Armen an. Benny zog die Tür auf und richtete seine Waffe auf den Mann im Fond. »Folgen Sie mir, Mr. Brilovsky.«

»Wer sind Sie?« fuhr ihn Arthur Brilovsky an und wandte sich wieder an den Fahrer. »Was hat das zu bedeuten?«

»Ich übernehme jetzt«, sagte Benny zu dem Taxifahrer.

Dieser schwieg. Sein Gesicht lag im Dunkeln, seine kalten Augen starrten ausdruckslos in den Rückspiegel.

»Auf geht's, Mr. Brilovsky«, sagte Benny und langte in den Wagen. Er packte Brilovsky am Arm und zog ihn samt einem schwarzen Aktenkoffer in den Schnee hinaus.

»Wer sind Sie?« fragte Brilovsky erneut, während das Taxi wendete und sich vom Kai entfernte.

»Keine Sorge, dazu kommen wir noch«, entgegnete Benny und stieß ihn in den Rücken. »Gehen Sie einfach und machen Sie an dem Wagen da eine kleine Verschnaufpause.« Als Brilovsky an Bennys Wagen lehnte, tastete Benny dessen Mantel ab und griff anschließend darunter, um Brilovsky dann erneut von oben bis unten abzutasten. Er öffnete den Aktenkoffer und fand darin dicke Bündel mit Einhundertdollarnoten. »Setzen Sie sich hinters Steuer«, befahl Benny barsch.

Benny beobachtete Brilovsky, wie er in den Wagen stieg, und hob dann mit dem Aktenkoffer die Absperrung der Fährstelle an. Anschließend stapfte er zurück zum Wagen und setzte sich auf den Beifahrersitz, die Waffe auf Brilovskys Kopf gerichtet. »Fahren Sie los«, sagte er und reichte Brilovsky die Schlüssel.

In Anbetracht der Umstände und seines vorangegangenen Wutausbruchs wirkte Arthur Brilovsky nun erstaunlich gefaßt. Mit ruhiger Hand startete er den Motor und fuhr den Wagen auf die Fähre. Seine Emotionslosigkeit, seine kühle Gleichgültigkeit machten Benny neugierig.

Als Brilovsky den Wagen geparkt hatte, griff Benny hinüber und zog den Schlüssel aus dem Zündschloß. Der Fährmann tauchte auf dem Treppenabgang auf, schloß die Absperrung und ging zurück zum Ruderhaus.

»Was soll das alles?« fragte Brilovsky in beherrschtem Ton.

»Das würde ich gerne von Ihnen wissen.«

Brilovsky drehte sich im Sitz herum und sah Benny an. »Ich verstehe nicht.«

»Sehen Sie, Mr. Brilovsky, ich habe im Auftrag einiger Leute einige blutige Angelegenheiten in dieser Stadt erledigt, und ich würde gerne wissen, warum.«

»Wer sind Sie?«

»Mein Name ist Rudolph. Benny Rudolph.«

Brilovsky schüttelte den Kopf, als wüßte er nicht mehr weiter.

»Ich habe nicht erwartet, daß Sie mich kennen.« Benny preßte seine Lippen zusammen und strich sich über die hohe Stirn, so daß sich die Haut um die Nasenwurzel herum in Falten legte. Er hielt Brilovsky das Extrablatt des Globe hin und schlug die Seite mit dem Artikel über ihn auf.

Brilovsky nahm die Zeitung und begann in dem schwachen Licht zu lesen. »Was wollen Sie von mir?« fragte er, den Blick auf die Zeitung gerichtet.

»Ich will wissen, was Sie wissen. Alles, was Sie wissen. Alles über Sie, was von Bedeutung ist. Sehen Sie, über einen Teil der Geschichte bin ich mir im klaren, über die Zerschlagung einer Gewerkschaft, tote Gangster, in Unehre gefallene Politiker … aber ich wüßte gerne auch den Rest, und zwar schnell.«

»Darf ich fragen, warum?«

»Nein.« Die Fähre legte ab, und Benny zeigte zum Wasser hinaus, in Richtung Long Meadow. »Ich weiß zum Beispiel, daß auf der anderen Flußseite irgend etwas passieren wird, aber ich weiß nicht genau, was. Irgendwie habe ich das Gefühl, als könnten Sie mir da weiterhelfen, Mr. Brilovsky«, sagte Benny und klopfte auf den Aktenkoffer auf seinem Schoß. »Irgendwie glaube ich, das, was dort drüben vor sich geht, ist der eigentliche Grund für alles, was ich getan habe. Verstehen Sie?«

Brilovsky wandte den Blick von Benny ab und sah hinauf zu dem aufklarenden Nachthimmel.

»Offensichtlich verstehen Sie mich«, fuhr Benny fort, als Brilovsky nichts erwiderte. »Warum verrate ich Ihnen nicht erst einmal, was ich so angestellt habe. Schließlich ist es nur fair, Ihnen einen kleinen Eindruck davon zu geben, bevor Sie mir verraten, was Sie wissen.« Benny beugte sich ein wenig zu Brilovsky hinüber, so daß der den fauligen Atem aus Bennys sterbenden Lungen riechen konnte. »Vielleicht folgendes zur Einstimmung«, fuhr Benny beiläufig fort, »heute morgen habe ich Johnny Mann und Jerzy Roth mit einer Maschinenpistole erschießen lassen. Sie wissen, von wem ich rede, nicht wahr?«

»Ja«, gab Brilovsky zögernd zurück.

»Sie haben von den Morden gehört?«

Brilovsky nickte.

»Gestern Nacht haben zwei Leute, die ihre Anweisungen von mir erhalten, Mann und Roth dazu gezwungen, den Mord an Murray Crown anzuordnen. Der Name ist Ihnen ebenfalls bekannt, nicht wahr?«

»Ich habe ihn schon mal gehört«, preßte Brilovsky zwischen zusammengebissenen Zähnen hervor.

»Heute nachmittag, Mr. Brilovsky, habe ich einen Mann namens Shlomo Feldman beseitigen lassen. Ich glaube kaum, daß Ihnen dieser Name etwas sagt.«

Einen Moment lang rührte sich Brilovsky nicht, dann schüttelte er den Kopf. Obwohl sich in seinen Augen keine Unruhe zeigte, konnte Benny sehen, daß Brilovsky angestrengt darüber nachdachte, worauf diese Unterhaltung wohl hinauslaufen würde.

»Feldman arbeitete für das Syndikat und hat meinen Boß und mich aufs Kreuz gelegt. Sie wissen vom Syndikat?« fragte Benny, während er sich mit der Revolvermündung die Wange kratzte.

Brilovsky nickte.

»Sie haben von Crown gehört, Sie haben von Mann und Roth gehört ... Auch von dem Verschwinden von Elias Eliopoulos und American Allied Pharmaceuticals?«

»Ja.«

»Darum habe ich mich ebenfalls gekümmert«, sagte Benny, die Waffe erneut auf Brilovskys Kopf richtend.

Brilovsky Augen drehten sich jetzt zu Benny hin.

»Im letzten Monat«, fuhr Benny fort, »habe ich dabei geholfen, eine Gruppe von Kommunisten innerhalb der Arbeitergewerkschaft von Long Meadow dazu zu bringen, die Fabrik zu sabotieren. Ich habe die Tat ein paar Gewerkschaftsführern angehängt und einen Angestellten von Fief Munitions dazu gezwungen, die Verschiffung einer Waffenladung in die Wege zu leiten.« Benny deutete noch einmal aufs Wasser hinaus, in Richtung Long Meadow. »Geht Ihnen jetzt hinter Ihrer steinernen Miene ein Licht auf, Mr. Brilovsky?«

Brilovsky antwortete nicht.

»Würde es Sie überraschen, wenn Sie erführen, daß ich, um die ganze Sache abzuschließen, nun Sie beseitigen soll?«

Obwohl Brilovsky immer noch keine Miene verzog, ließ sich an dem Blinzeln seiner Augen und der beschleunigten Atmung ablesen, daß er sich seiner Zwangslage bewußt war.

»So sieht es aus«, sagte Benny nickend, und seine kaputte Stimme versuchte, mit den Gedanken Schritt zu halten. »Da draußen auf dem Friedhof am Steilufer warten zwei kaltblütige Männer auf Sie.«

»Hat Tines Sie beauftragt, mich umzubringen?« fragte Brilovsky, als hätte er soeben die Geduld verloren.

»Habe ich irgendwas von Tines gesagt?«

»Ich hätte es wissen müssen«, knurrte Brilovsky.

»Was für eine Abmachung haben Sie mit Tines?«

Brilovsky schwieg.

»Nun, irgendeine Abmachung müssen Sie mit ihm getroffen haben, schließlich hat er Sie zu mir kommen lassen, damit ich Sie zu zweien seiner brutalsten Schläger bringe ... und wenn diese Jungs auch wie Hohlköpfe aussehen mögen, so sind sie dennoch, wie Sie selber merken werden, sehr kluge und fleißige Leute. Möchten Sie wissen, womit die beiden da oben gerade beschäftigt sind?«

Benny ließ einen Augenblick verstreichen, bevor er fortfuhr.

»Sie heben das Grab von einem der toten Gewerkschaftler aus und planen, Sie auf dem Grund dieses Lochs zu verscharren. Danach wollen sie den Sarg, der sich vor Ihrer Ankunft in dem Erdloch befand, auf Sie drauflegen.«

Brilovsky zupfte nervös an einem losen Faden seines Ärmelaufschlags. »Was kann ich tun, damit Sie mich nicht dorthin bringen?«

»Sie erzählen mir alles, was ich wissen will. Sie werden nichts auslassen. Nicht das geringste. Sollte ich nur den kleinsten Schwindel wittern, wird mich nichts davon abhalten können, Sie nach dort draußen zu schaffen«, sagte Benny und deutete mit der Waffe nach Long Meadow. »Verstanden?«

»Was wollen Sie wissen?«

»Sie haben mich verstanden, ja?«

»Ja«, sagte Brilovsky klar und deutlich, »ich habe verstanden.«

»Gut.« Benny machte eine Pause. »Warum fangen Sie nicht damit an, wieso Tines Sie töten lassen will ... und wenn Sie schon dabei sind, können Sie mir auch gleich erzählen, was Sie mit alledem zu tun haben.«

Brilovsky schien sich zu sträuben.

»Nur keine falsche Bescheidenheit«, sagte Benny ungerührt.

Für einen Moment war allein das Motorengeräusch der Fähre im Innern des Wagens zu hören.

»Er will mich töten lassen, weil er mich nicht ins Gefängnis stecken kann«, sagte Brilovsky schließlich und drehte sich Benny zu, damit der sein Gesicht deutlich sehen konnte.

»Warum nicht?«

»Ich genieße Immunität.«

»Immunität für was?«

»Für Betrug, Geldwäsche ... eine lange Liste.«

»Und wer hat Ihnen diese Immunität verliehen?«

»Das Außenministerium.«

»Wie wäre es, wenn Sie sich etwas präziser ausdrücken würden?«

»Es ist kompliziert.«

»Dann eben kurz und bündig.«

Brilovskys Augen wanderten zu der auf ihn gerichteten Waffe.

»Und wie ich schon sagte, lassen Sie nichts aus.«

»Es ist in etwa folgendermaßen«, begann Brilovsky nach einem kurzen Moment. »Ich habe die letzten zwanzig Jahre damit zugebracht, eine Vielzahl amerikanischer Firmen zugunsten der Sowjetunion zu betrügen. Tines' Wut gegen mich und meine Familie reicht allerdings noch viel weiter zurück.«

»Bis wann?«

»Bis in die Zeit, als ich noch mit meinem Vater zusammengearbeitet habe und er Anführer der Brigade war. Sie haben von der Brigade gehört?«

»Ja, was ist damit?«

»Der Brigade hat damals, bevor das Unternehmen von Eliopoulos übernommen wurde, American Allied in den Southside Docks gehört. Noch bevor das Syndikat, von dem Sie gesprochen haben, als solches bekannt wurde, war American Allied – unter der Leitung der Brigade – dessen Zulieferer.«

»Vor Eliopoulos haben Sie das Syndikat beliefert?«

Brilovsky nickte. »Den Gewinn schickten wir ins Ausland, um die Russische Revolution mitzufinanzieren. Tines wußte davon. Und wie Sie mittlerweile sicherlich wissen dürften, hat er ein ziemlich wachsames Auge auf Kommunisten. Besonders auf diejenigen, die sich seinem Einflußbereich entziehen.«

»Was meinen Sie damit?«

»Er konnte uns weder unserer politischen Aktivitäten noch des Rauschgifts wegen etwas nachweisen. Allerdings hat er es geschafft, meinen Vater für eine andere Sache ins Gefängnis werfen zu lassen, und sobald mein Vater aus dem Weg geräumt war, hat er die Brigade zerschlagen. Als das passierte, hat sich mein Vater für Eliopoulos als Geschäftsnachfolger entschieden.«

»Wieso gerade für ihn?«

»Weil es auf der Hand lag. Eliopoulos hatte American Allied mit Opium aus Fernost beliefert. Mein Vater und Eliopoulos waren gute Freunde geworden – sie waren aus dem gleichen Holz geschnitzt und beide auf ihre Art radikal. Als mein Vater damals die Southside Docks aufkaufte, hatte sich Eliopoulos bereiterklärt, die Besitzurkunde auf seinen Namen laufenzulassen.«

»Warum hat Ihr Vater das getan?«

»Zur Absicherung. Um zu verhindern, daß die Regierung einen Grund findet, das Eigentum zu beschlagnahmen. Eliopoulos hatte damals noch eine weiße Weste.«

»Und Ihr Vater hat diesem Eliopoulos vertraut?«

»Ja. Er war zwar etwas sonderbar, sicher, aber wie gesagt, die beiden haben sich verstanden. Als mein Vater ins Gefängnis kam, bin ich nach Rußland gegangen, um für Lenin zu arbeiten, und Eliopoulos hat die Firma übernommen. Das war zugleich die Geburtsstunde des REM-Syndikats.«

»Was hatten Sie und Ihr Vater davon?«

»Eli schickte meinem Vater Geld, um die Familie über Wasser zu halten, und ließ mir einen gewissen Anteil an den Einnahmen zukommen, um ihn in der Sowjetunion anzulegen. Sie müssen wissen, Eliopoulos ging es nie um Geld. Er war bereits sehr vermögend. Für ihn war es ein Intrigenspiel. Er liebte die gefährlichen Seiten des Lebens. Er fand die Unterwelt glamourös.«

»Er ist andersrum, wußten Sie das?«

»Natürlich, jeder weiß das.«

Benny verzog das Gesicht zu einem Ausdruck des Ekels. »Also, wenn Ihr Vater der wahre Eigentümer der Southside Docks ist, was ist dann an den Gerüchten dran, daß Noel Tersi sie übernimmt?«

»Eliopoulos hat Tersi die Immobilien verkauft. Nicht wirklich verkauft. Geschenkt.«

»Eliopoulos hat Tersi die Immobilien *geschenkt*?«

»So ist es. Auf Wunsch meines Vaters.«

»Wie bitte?«

»Es war Teil der Abmachung«, erklärte Brilovsky.

»Mit Tines?«

»Mit dem Außenministerium.«

»Kapier ich nicht.«

»Tines arbeitet mit dem Außenministerium zusammen.«

»Kapier ich immer noch nicht.«

»Er arbeitet mit dem Außenministerium zusammen, um die Arbeiterbewegung in Long Meadow zu zerstören und Fief Zugang zu den Southside Docks zu verschaffen. Warum glauben Sie wohl, hat Tines einen Gauner wie Sie angeheuert, der behilflich sein sollte, das Syndikat zu zerschlagen und die Gewerkschaft zu diskreditieren, Mr. Rudolph?«

»Um Shortz in Verruf zu bringen. Damit er Fief keinen Ärger machen kann.«

»Sicher, okay. Aber von ebenso großer Bedeutung ist, daß die Regierung die Southside Docks für Fief öffnen will. Um ihm behilflich zu sein, ein für allemal aus Long Meadow rauszukommen. Falls wir in den Krieg ziehen, würden die gesamten Southside Docks ihm gehören. Kein Syndikat, keine Vergeltung. Keine Gewerkschaft, keine Besitzansprüche oder Streiks. Keine Regierungsleute mehr, keine Gewerkschaftsmärtyrer. Aber worum es sich am Ende dreht, ist schlicht und ergreifend der Diebstahl von kostbarem Land.«

»Aber die Docks sind doch im Besitz von Tersi.«

»Nur zum Schein. Sie haben das aus dem gleichen Grund getan, aus dem Tines Sie als Sündenbock benutzt hat – damit es so aussieht, als hätten Fief und die Regierung nichts mit der Besitznahme der Immobilien zu tun gehabt. Tersi ist Immobilienmakler. Sie haben ihn zum Strohmann der Transaktion gemacht.«

»Was wollen Sie damit sagen, Tines hat mich als Sündenbock benutzt?«

»Warum in aller Welt sollte Tines Sie wohl mit etwas beauftragen, das er ebensogut selbst erledigen könnte?« fragte Brilovsky mit einer leichten Schadenfreude in der Stimme.

Benny ignorierte ihn. Er hatte selber schon daran gedacht, doch ihm gefiel nicht, daß Brilovsky den Gedanken als erster aussprach. »Und Tersi? Was bringt ihm der Handel ein?«

»Keinen Anteil an Immobilien, soweit ich weiß. Aber er wird auf andere Weise entlohnt.«

»Und die wäre?«

»Als ich Moskau verließ, hatte ich eine Kunstsammlung bei mir, die ein kleines Vermögen wert war. Das Außenministerium hat mir sehr freundlich nahegelegt, die Sammlung als Gegenleistung dafür anzubieten, daß man mich wieder ins Land einreisen läßt. Die Abmachung lautete, daß ich ein Viertel des Nennwertes bekäme. Tersi hat die Kunstwerke gestern schätzen lassen und mir das hier überreicht, kurz bevor der Taxifahrer diesen Umweg zu Ihnen nahm.« Brilovsky deutete auf den Aktenkoffer auf Bennys Schoß. »Morgen wird Tersi eine Auktion veranstalten und das Fünffache mit der Sammlung verdienen.«

»Wie können Sie sich da so sicher sein?«

»Die Schätzung war nicht gerade angemessen, aber ich konnte mir keine Diskussionen erlauben.«

»Also schön, jetzt weiß ich, wie Tersi seinen Anteil bekommt, aber wie will Fief es schaffen, aus den Verträgen mit Long Meadow herauszukommen und in die Southside Docks umzuziehen?«

»Wie ich bereits angedeutet habe – mit Hilfe dieser sogenannten Kommunistenrevolte, die Sie in Long Meadow mitangezettelt haben, als Sie die Männer dazu brachten, die Maschinenhalle in die Luft zu sprengen.«

Benny schaute in Richtung von Long Meadow. »Ja, aber an wen geht diese Waffenlieferung? Was genau haben Sie für das Außenministerium getan, daß man Ihnen Immunität verliehen hat?«

Brilovsky griff in die Innentasche seines Jacketts und zog ein Zigarettenetui und ein Feuerzeug heraus. »Ich habe einigen Sowjetfunktionären eine Schiffsladung amerikanischer Waffen und Munition versprochen«, sagte er, während er sich eine Zigarette herausnahm und sie anzündete. »Geliefert von einem russischen Schmuggler, dem beide Seiten vertrauen.«

»Sie wollen mir erzählen, daß die Ladung ins kommunistische Rußland geht?«

Brilovsky zog einen Mundwinkel leicht nach oben.

»Sie wollen mir erzählen, daß Tines an einem Plan beteiligt ist, der vorsieht, den Kommunisten eine Ladung amerikanischer Waffen in die Hände zu spielen?«

»Wer wäre besser geeignet, Fiefs Waffen zu stehlen, wenn man beweisen möchte, daß es eine kommunistische Untergrundorganisation gibt, die die amerikanische Arbeiterbewegung infiltriert?«

Benny ächzte und hustete den süßlichen Geschmack von Blut in seinen Mund.

»Aber noch interessanter ist«, fuhr Brilovsky bereitwillig fort, »wie das Außenministerium die Sache angegangen ist. Als ich noch in Moskau war, haben sie mir die Koordinaten eines ausgemusterten amerikanischen Handelsschiffes zukommen lassen. Der Schmuggler, von dem ich sprach, holte das Schiff vor ein paar Monaten ab … und während wir miteinander reden«, sagte Brilovsky mit einem Blick auf seine Armbanduhr, »dürfte er auf dem Weg hierher sein.«

»Kapier ich nicht.«

»Es ist ein abgekartetes Spiel, Mr. Rudolph. Die Lieferung wird niemals ankommen. Tines wird den Schmuggler fassen und als Held aus der Geschichte hervorgehen, verstehen Sie?«

»Was soll diesen Schmuggler aufhalten, wenn er die Waffen erst einmal hat?«

»Eigentlich soll er ein sowjetisches Transportschiff treffen, das in internationalen Gewässern auf ihn wartet. Ich habe allerdings die Koordinaten herausgefunden und sie an Tines weitergeleitet. Kurz bevor das Schiff also den Treffpunkt erreicht, wird es von der US-Marine aufgebracht werden.«

Benny schwieg und ließ sich alles durch den Kopf gehen.

»Und was passiert mit Ihnen, falls ich Sie am Leben lassen sollte?«

»Ich? Ich genieße Immunität. Ich werde die Stadt verlassen. Werde für eine Weile untertauchen.«

»Vor wem wollen Sie sich verstecken?«

»Warum, glauben Sie wohl, habe ich Moskau verlassen, Mr. Rudolph?«

»Um nicht in eine Situation wie diese zu geraten?«

»Ganz genau.«

In dem Moment stieß das Schiff gegen den Kai. Während die Fähre anlegte, drehte sich Benny zu Brilovsky um und sah ihn lange an.

»Was ist?« fragte Brilovsky nach einer Weile.

»Wie sehr hängen Sie an Ihrem Leben?«

Benny Rudolph und Arthur Brilovsky stiegen aus Bennys Wagen, gingen hoch zur Aussichtsplattform und sahen zu, wie das amerikanische Handelsschiff, von dem Brilovsky gesprochen hatte, auf eine vereiste Anlegestelle am Kai von Fief Munitions zutrieb. Wie geplant, war Paulie Sendak bereits dort. Er fing die Taue des Schiffes auf und legte sie um die Poller. Als das große Schiff vertäut war, ging der Kapitän von Bord. Ein Mann mit Klumpfuß hinkte ihm hinterher. Dann folgte ein Haufen skrupellos aussehender, mit Karabinern bewaffneter Matrosen. Paulie Sendak führte die mit abgetragenen Kapuzenmänteln und dunklen Strickmützen bekleideten Männer zur Hütte des Hafenmeisters am unteren Ende des Kais. Dort angekommen, zwängten sich Paulie, der Kapitän, zwei bewaffnete Männer und der Mann mit dem Klumpfuß in die Hütte, während die übrigen Matrosen draußen im Schnee warteten.

Kapitän Chubayev, ein untersetzter Mann mit markantem Kinn und verschlossenen Gesichtszügen, sprach zuerst. »Wo sind die Waffen?« fragte er in einer behäbigen Baritonstimme, die schnurrte wie ein schlafender Löwe.

Sendak drehte sich um, das pockennarbige Gesicht dem hinteren Fenster zugewandt, und deutete auf die Zufahrtsstraße, die zum

Waffenarsenal führte. »Schicken Sie ein paar Männer diese Straße hinauf. Leise.«

»Sie werden leise sein«, sagte Chubayev, in jedes Wort beißend, als wäre es das Mundstück einer Zigarre. »Was ist mit Wachleuten?«

»Da oben gibt es keine.«

»Gut«, sagte Chubayev.

»Die Waffen sind in Kisten verpackt, die Lieferwagen bereits beladen. Sie brauchen sie nur noch herzuholen und an Bord zu schaffen. Als würden Sie ein Baby in die Wiege legen.«

»Keine Sorge. Wir alle sind Familienväter«, lachte Chubayev.

Sendak sah sich in der Hütte um, blickte in die vollbärtigen Gesichter. »Also dann.«

»Was ist mit Ihren Leuten?«

»Ich bin allein.«

Mit dem männlichsten Gesichtsausdruck, den Paulie Sendak je gesehen hatte, zog der Russe den linken Mundwinkel hoch, den rechten nach unten, und zwinkerte dem Mann mit dem Klumpfuß zu. Dieser zog daraufhin eine Wodkaflasche aus dem Mantel und reichte sie Chubayev. Chubayev stellte die Flasche auf den Tisch und brummte dem Lahmen einige russische Wörter zu. Als er fertig war, deutete er mit dem Kinn zur Tür. Der Lahme leitete die Befehle an die draußen wartenden Seemänner weiter, von denen zwei vor der Hütte Posten bezogen.

Chubayev öffnete die Flasche und reichte sie Sendak. Sendak nickte Chubayev zu und nahm einen großen Schluck von dem Hochprozentigen. Während die beiden Männer tranken, stiefelten die mit Karabinern bewaffneten Russen jeweils in Sechsergruppen die Zufahrtsstraße hinauf. Sie marschierten durch die Außenbezirke von Long Meadow und am Steilufer entlang zu den wuchtigen Stahltoren und Eingangspforten der Fabrik, wo ein Dutzend großer Laster stand, vollbeladen mit Minenwerfern und Bomben, Geschossen und Granaten. Sendak und Chubayev sahen den bulligen Umrissen der Seemänner nach, bis deren schwarze Mäntel von der Dunkelheit verschluckt wurden.

»Darf ich fragen«, begann Chubayev, »warum Sie das für die Sowjetunion tun?«

»Ich tue das nicht für die Sowjetunion«, antwortete Paulie Sendak. »Ich tue das für mich.«

Chubayev runzelte die Stirn, nahm einen Schluck aus der Flasche und reichte sie an Sendak weiter.

»Die Leute, mit denen ich zusammenarbeite, sind Dummköpfe.« Sendak nahm einen langen Schluck, wischte sich mit dem Mantelärmel den Mund ab, dann gab er Chubayev die Flasche wieder zurück. »Sie wissen nicht, wie man bekommt, was man haben will.«

»Manchmal muß sich ein Mann erst einmal selbst erheben, bevor sich sein Volk für ihn erhebt, nicht wahr?« sagte Chubayev.

Paulie entgegnete darauf nichts.

»Ich bleibe lieber auf dem Meer«, fuhr Chubayev mit der Flasche an den Lippen fort. »Ich lasse mich lieber vom Rücken des Ozeans erheben. Es ist rauh und unberechenbar dort, aber immer noch viel sicherer als an Land. Denn wenn ich auf dem Meer bin, dann bin ich das Gesetz.« Chubayev nahm noch einen Schluck. »Waren Sie schon einmal auf einem Schiff draußen auf dem Meer?« fragte Chubayev Sendak beiläufig.

Paulie schüttelte den Kopf.

»Ist nicht für jeden was«, schien ihm Chubayev recht geben zu wollen.

Paulie nahm die Flasche von Chubayev entgegen und trank.

Ein paar stille Minuten später befand sich die Karawane der Lastwagen auf dem Weg zum Fluß hinunter. Die Männer fuhren die Laster auf den Kai, und Chubayevs Mannschaft bildete eine Kette vom Landungssteg bis zum Frachtraum und begann mit der Verladung.

Als die letzten Waffenkisten eingeladen wurden, ging Benny Rudolph, die Waffe auf Arthur Brilovsky gerichtet, von Bord der Fähre. Die beiden Männer liefen am Kai entlang auf die Hütte zu, in die sich Chubayev und Paulie Sendak zurückgezogen hatten.

»Spricht er Englisch?« fragte Benny Brilovsky.

»Ja.«

»Reden Sie Englisch, damit ich verstehe, was gesagt wird.«

Brilovsky nickte. »Die Männer mit den Gewehren werden mich allerdings nur verstehen, wenn ich Russisch mit ihnen rede.«

»Vergessen Sie nicht, daß dieser Revolver genau auf Ihren Rücken zielt.«

»Verstanden.«

Als die beiden bewaffneten Männer, die vor der Hütte postiert waren, Benny und Brilovsky auf sie zukommen sahen, klopfte einer von ihnen an die Tür, um Chubayev zu warnen, während der andere einen Schritt vortrat. Brilovsky hob seine Hände. »Wir kommen, um Chubayev zu sehen. Sagt ihm, Brilovsky ist da.«

Der Mann an der Tür steckte für einen Moment seinen Kopf in die Hütte. Als er ihn wieder herauszog, forderte er den anderen Mann auf, Platz zu machen, und beide traten beiseite. Benny und Brilovsky gingen in die Hütte hinein, gefolgt von den bewaffneten Männern.

»Arthur, mit dir habe ich nicht gerechnet«, sagte Chubayev auf russisch.

»Was geht hier vor sich?« fragte Paulie Sendak. Er wirkte beunruhigt und verärgert. Sein pockennarbiges Gesicht lief rot an.

Benny beugte sich zu ihm hinüber. »Halt die Klappe, wenn du nicht abgeknallt werden willst«, flüsterte er und drehte sich dann Chubayevs wettergegerbtem Gesicht zu. »Es ist etwas dazwischen gekommen.«

Chubayev musterte Benny kurz, und ohne ihn weiter zu beachten, wandte er sich an Brilovsky. »Was ist passiert?«

»Auf englisch«, sagte Benny mit einem schmalen Lächeln zu Chubayev. »Damit ich Sie verstehe.«

Chubayev hielt seinen Blick auf Brilovsky gerichtet.

»Sie wissen, wo das Transportschiff liegt«, antwortete Arthur auf englisch. »Ihr dürft euch ihm nicht nähern.«

»Sie wissen, daß ich hier bin?«

Arthur nickte.

»Woher wissen sie das, Arthur?«

»Ich weiß es nicht. Wir sind gekommen, um euch zu warnen.«

Chubayev fuhr sich mit der Zunge über die Zähne. »Wer ist dieser Mann neben dir?« fragte er Brilovsky auf russisch.

»Ein alter Kontaktmann von mir«, antwortete Arthur auf englisch. »Er ist in Ordnung. Er hat mir die Information gegeben.«

»Und wie ist er da rangekommen?«

Arthur sah zu Benny hinüber, als wollte er ihn um Erlaubnis bitten. Benny, der begriff, daß er mitspielen sollte, nickte unmerklich.

»Er ist von der Regierung«, sagte Brilovsky.

»Wenn sie wissen, daß ich hier bin«, fuhr Chubayev auf russisch fort, »dann werden sie da draußen auf mich warten.«

»Was hat er gesagt?« fragte Benny.

Arthur ignorierte Benny und entgegnete Chubayev auf russisch: »Ich weiß nicht genau, ob sie auf dich warten, aber es ist sehr wahrscheinlich.«

»Auf englisch«, sagte Benny zu Brilovsky.

»Warum will dieser Mann unbedingt alles verstehen, was ich sage?« fragte Chubayev Arthur auf russisch. »Vertraut er dir nicht?«

Arthur sah Benny an, dann wieder Chubayev. »Wenn er hier gesehen wird, könnte es ihn das Leben kosten«, antwortete Arthur auf englisch. »Er ist nervös.«

Chubayev sah Benny an und lachte. »Aber ich stecke auch in Schwierigkeiten. Wenn du nervös bist, dann geh«, sagte er und zeigte auf die Tür. »Du sagst, was du zu sagen hast, und dann gehst du.«

Benny rührte sich nicht.

»Was wirst du tun?« fragte Arthur Chubayev, um ihn von Benny abzulenken.

»Wir werden ablegen«, antwortete Chubayev nun auf englisch. »Wir werden ablegen. Wenn es sein muß«, sagte er zu Benny, »werden wir kämpfen. Wir haben genug zum Kämpfen dabei, oder etwa nicht?« Er kicherte seinen Leuten zu und kaute einen Moment auf seiner Zunge herum. Obwohl sie nicht verstanden, worum es ging, stimmten die Seemänner in das Lachen ihres Kapitäns ein.

»*Nu, davai, tovarishchi*«, sagte Chubayev zu seinen Leuten und ging auf die Hüttentür zu.

»Viel Glück, Grigori«, sagte Arthur zu Chubayev.

»Dir auch, Arthur.« Nicht ohne auf dem Weg zur Tür Bennys Schulter zu streifen, trat Chubayev mit seinen Männern im Gefolge ins Freie hinaus. Die Fracht war mittlerweile verstaut und das Schiff klar zum Ablegen.

Benny, Arthur Brilovsky und Paulie Sendak sahen zu, wie die Männer an Bord gingen. Als Chubayev und seine Leute weit genug entfernt waren, zog Benny seine Waffe hervor und richtete sie auf Paulie. »Los, beweg dich«, sagte er. »Zur Fähre.«

»Was soll das alles?«

»Beweg dich«, wiederholte Benny. »Du auch«, sagte er zu Arthur, den Revolver in seine Richtung schwenkend. »Ein Regierungsbeamter?« fragte er Brilovsky.

»Er hat es uns abgekauft, oder etwa nicht?«

»Gütiger Himmel.«

»Heißt das, Sie sind nicht von der Regierung?« fragte Sendak.

»Vorwärts«, sagte Benny.

Brilovsky und Sendak gingen schweigend ein paar Schritte vor Benny her. Als sie zur Fähre kamen, stand der Fährmann kaffeetrinkend neben dem Schiff. Benny wies ihn an, sie wieder zur Stadt hinüberzubringen. Dann führte er Brilovsky und Sendak zum Wagen, ließ sie vorn einsteigen und setzte sich auf die Rückbank.

»Was jetzt?« fragte Arthur teilnahmslos, während er Benny im Rückspiegel ansah.

»Darüber denke ich gerade nach«, antwortete Benny.

»Würde mir jemand von Ihnen verraten, was hier vor sich geht?« fragte Paulie noch einmal.

Benny drehte den Revolver in seiner Hand und schlug Paulie mit dem Griff auf den Hinterkopf.

»Halt einfach dein beschissenes Maul«, sagte er nachdenklich. »Halt einfach dein beschissenes Maul. Beide haltet ihr eure Schnauze, bis wir da sind, wo wir hinwollen.«

Als Rudolph, Brilovsky und Sendak die Stadt erreichten, befahl Benny Brilovsky, den Weg durch den Park zu nehmen. Brilovsky fuhr sie über eine bruchsteingesäumte Straße, die sich durch das obere Waldstück des Parks schlängelte und sie zur Grand Avenue im East End führte. Sie fuhren weiter zur Shrine Avenue, dann die Halifax hinunter bis zur achtundsiebzigsten Straße. Benny ließ Brilovsky an der Ecke parken, dann befahl er den beiden Männern auszusteigen.

»Was tun wir hier?« fragte Brilovsky.

Benny antwortete ihm nicht. Er öffnete die Hintertür und stieg mit gezückter Waffe aus. Die Straße war menschenleer. Er zog die Fahrertür auf und stieß Brilovsky den Revolver in die Rippen. »Los jetzt.« Er packte ihn am Mantelkragen und hielt ihn fest, während Brilovsky langsam aus dem Wagen stieg. Er stieß beide Türen mit dem Fuß zu und ging auf die andere Seite des Wagens. »Mach auf«, forderte er Sendak auf.

Paulie Sendak stieß die Tür auf und blickte verängstigt zu Benny hoch. »Jetzt komm endlich«, sagte Benny, als sich Paulie nicht rührte. Er schwenkte die Waffe von Brilovsky auf Sendak. Mit geröteten, pockennarbigen Wangen, die sich vom Gesicht abzulösen drohten, hievte Sendak seinen plumpen Körper aus dem Wagen und trat in einen kleinen Schneehaufen, den jemand auf dem Gehweg zusammengeschoben hatte. Benny ließ Brilovsky los und stellte ihn neben Sendak. »Durch die Tür da.«

Im Foyer des Apartmentgebäudes, das sie betraten, saß ein älterer Portier schlafend auf einem Stuhl. Als Benny sein Bein mit dem Schuh anstieß, kam er in einer schläfrigen Benommenheit zu sich. »Kommen Sie mit«, sagte er zu ihm und fuchtelte mit dem Revolver vor seinem Gesicht herum. Die Augen des Portiers waren schlagartig wach, als er die Waffe erblickte.

»Wohin, Mister?«

»Zu Miss Rapaports Apartment.«

»In welcher Angelegenheit möchten Sie sie sprechen?« fragte der Portier den Revolver.

»Holen Sie die Schlüssel.«

Brilovsky drehte seinen Kopf leicht zur Seite. »Rapaport?«

Benny schwieg.

»Die Reporterin, die diesen Artikel über Sie in der Nachmittagsausgabe geschrieben hat?«

»Ich dachte schon, Sie hätten nicht aufgepaßt.«

»Von mir wird sie nichts erfahren«, sagte Brilovsky.

»Sie werden reden.«

»Wenn ich rede, bin ich so gut wie tot.«

»Wenn Sie nicht reden, sind Sie auch so gut wie tot.«

»Und wenn *Sie* reden«, entgegnete Brilovsky, »sind *Sie* so gut wie tot.«

»Ich bin schon tot, falls Ihnen das noch nicht aufgefallen sein sollte, Mr. Brilovsky.«

»Von mir wird sie auch nichts erfahren«, warf ihm Paulie Sendak über die Schulter zu. »Sie haben kein Recht dazu. Ich will einen Anwalt.«

»Hier hast du deinen Anwalt.« Benny fuhr herum und verpaßte Sendak einen weiteren wütenden Schlag mit dem Revolvergriff. Zu Bennys Überraschung gaben Sendaks Beine nach, und sein Körper sackte zu Boden. »Oh, scheiße«, sagte Benny in dem Augenblick, als der Portier mit einem klirrenden Schlüsselbund an Sendaks Kopf herantrat. Der Portier sah mit trägen, blutunterlaufenen Augen zu Benny hinauf. »In Ordnung«, blaffte Benny, »ihr beiden schafft ihn in den Fahrstuhl.«

Brilovsky bückte sich und packte Sendak unter den Achseln, der Portier nahm dessen Beine, und zusammen schleiften sie ihn in einen offenstehenden Fahrstuhl. Benny schloß das Gitter und die Tür, und der Portier drückte auf die Nummer 6. Sendak stöhnte leicht, als sich der Fahrstuhl in Bewegung setzte, und hielt sich bereits den Hinterkopf, als sie im sechsten Stock ankamen. Brilovsky und der Portier hievten den beleibten Mann mühsam auf die Beine und legten sich dessen dicke Arme um die Schultern.

»Welche Tür?« fragte Benny.

»Direkt da, sechshundertdrei.«

Benny pochte an die Tür. »Faith!« Er wartete einen Moment und klopfte erneut. Er ging den Schlüsselbund durch, fand den Schlüssel zu ihrer Wohnung und steckte ihn ins Schloß. »Machen Sie das Licht an«, sagte er zum Portier, als er die Tür aufstieß. Benny trat zur Seite, der Portier und Brilovsky wuchteten Sendak herum, und der Portier knipste einen Schalter an, woraufhin in der hinteren Ecke eine Stehlampe anging und die schlichte Einrichtung eines Wohnzimmers beleuchtete – verschlissenes Sofa, abgewetzter Ohrensessel, Lampe, Bücherschrank und ein Couchtisch, mit nichts als Aschenbechern und einem Stoß Zeitungen darauf. Benny führte die Männer durch das kleine Apartment zum Schlafzimmer, wo der Portier das Licht einschaltete und die drei Männer sich um das Bett drängten, in dem Faith fest wie ein Stein schlief. Benny sah das halbvolle Whiskeyglas und das Fläschchen mit den Schlaftabletten. Er beugte sich hinunter und tätschelte Faiths Gesicht. »Hey, Kleine«, sagte er, »wach auf. Faith, wach auf. Komm schon, Mädchen, ich habe hier einen echten Knüller für dich. Das wird dich umhauen.«

[38]

Noch bevor es hell wurde, hängten Nicol und Byron Sands eine Egge an den Traktor und harkten den Privatweg, der zum Landhaus der Martins führte. Danach harkten sie auch den zwei Meilen langen ebenen Weg, der zum Bahnhof führte. Celeste, Richard, Noel und Steven nahmen den ersten Morgenzug und wurden von Byron in einem Schulbus abgeholt, den sein Vater von einem nahegelegenen Internat gemietet hatte. Mit demselben Zug traf ein Auktionator von Leslie's ein, und mit ihm vier Träger, ebenfalls von Leslie's angeheuert; in deren Waggon reisten auch die Musiker an, ein Streichquartett, sowie das Gastronomiepersonal des Tea Room, das insgesamt siebzehn Leute zählte – acht Kellner, drei Barmixer, zwei Köche, drei Küchenbedienstete und ein Florist. Sie führten kistenweise Austern und Käse von den erlesensten Märkten der Stadt mit sich, geräuchertes Fleisch, Wein und Schnaps, sowie massenweise Gewächshauslilien und Orchideen. Als alle gemeinsam am Landhaus eintrafen, waren Dr. Gamburg und Professor Tarkhov schon aufgestanden und angekleidet; sie gingen die Eröffnungsrede von Dr. Gamburg durch. Die Gemälde hingen bereits in der Galerie und wurden von Aleksandr und seinem Sohn Slava bewacht. Am Kopf der Trennwand hatte man ein Podium und Stühle aufgestellt, auf dem Podium stand ein Rednerpult für den Gelehrten und den Auktionator. Hinter dem Rednerpult befand sich eine handgeschnitzte Rokokostaffelei, auf welcher die Träger jedes einzelne Bild zur Schau stellen würden. Vor den Fenstern zum Skulpturgarten hatten Nicols und Alexandrs Ehefrauen bereits die große, aus Mahagonitischen zusammengesetzte Bankettafel mit dem Silberbesteck, den Kristallgläsern, dem Porzellangeschirr sowie den Serviertabletts gedeckt. Bei öffentlichen Anlässen wie diesem hatte Steven nicht mehr die Funktion des Kochs inne, sondern fungierte als Celestes Kammerdiener. Entsprechend trug er einen vornehmen maßgeschneiderten Anzug, eine

Ansteckblume, ein Monokel und über der Schulter eine schwarze Ledertasche, die Celestes Pfeife, ihr Rauchopium sowie verschiedene Massageöle enthielt. Am Abend, wenn alles vorüber war, würde sich Celeste zusammen mit Steven in ihr Zimmer zurückziehen, wo Steven sie entkleiden, einreiben und ihr ein Bad bereiten würde. Während Celeste ihr Bad nehmen und eine Pfeife rauchen würde, säße Steven an ihrer Seite, um ihr mit seinem breiten Akzent kurze Passagen aus Prousts »Auf der Suche nach der verlorenen Zeit« vorzulesen, bis sie in der Wanne eingenickt wäre und Steven sie zum Bett tragen würde, wo er sie mit einem rosa Handtuch trockenreiben und ihr das Nachthemd überstreifen würde. Anschließend würde er sie umständlich auf die Couch vor dem Fenster zum Skulpturengarten betten und an ihrer Seite sitzen bleiben. Bis tief in die Nacht hinein würden die beiden dort gemeinsam vorsichhindämmern. Gegen eins würde er sie dann in ihr Bett tragen, um sich anschließend auf sein Zimmer zurückzuziehen.

Niemand, der Celeste gut kannte, erwartete angesichts ihres hohen Alters noch Großes von ihr. In ihren Kreisen war sie berüchtigt dafür, ihr Vermögen sowie die daraus resultierenden Freiheiten zu vergeuden. Viele hielten Richard und sie für viel zu unbedarft, um sich verantwortungsvoll um das geerbte Vermögen zu kümmern. Viele vermuteten, daß Noel Tersi schon vor etlichen Jahren die Kontrolle über ihr Geld übernommen hatte, und daß Celeste und ihr Bruder ohne ihn wahrscheinlich mittellos aus dem Börsenkrach hervorgegangen wären. Andere, die Celeste nicht kannten, mutmaßten hingegen, daß sie viel gewitzter sei, als man ihr gemeinhin zutraute, und daß Noel Tersi, der erst durch ihren Großmut und Einfluß eine solche Position erlangt hatte, für sie nur ein Werkzeug in der Welt der Finanzen war. In Wahrheit scherte sich Celeste herzlich wenig um Geld und Macht. Sie war einzig daran interessiert, ihr Leben so zu führen, wie es ihr beliebte. Solange sie sich so impulsiv benehmen konnte, wie sie wollte, kümmerte es sie nicht, wer ihr Vermögen verwaltete. Die Ausübung von Macht stellte in ihren wie auch in Richards Augen nicht mehr als eine Frivolität dar, solange sie sich kurzweiligeren und sinnlicheren Beschäftigungen hingeben konnten. Um seinen Gedanken und Launen nachhängen und sich in seine Bücher vertiefen zu können, übertrug Richard die Verantwortung, die seine Stellung mit sich brachte, nur zu gern einer anderen Person, der diese Verantwortung auch etwas bedeutete. Ihm war es lieber, wenn sich jemand anderes von derartigem Machtgebaren korrumpieren ließ. Er selbst war immer zu empfindsam gewesen, um sich die Hände an den schroffen Paradoxien des Geschäftslebens schmutzig zu machen. Schon auf seinen Reisen von einer Kultur zur anderen hatte er die Ruhe der Natur gesucht, fernab der Menschen, Basare und Kriege, fernab von jeglichem Spektakel oder Aufruhr, die ihn möglicherweise zum Handeln genötigt hätten. Wenn er sein Leben noch einmal hätte leben müssen, dann hätte er es in einem Kloster verbracht, in einer stillen Gruft.

Die Gäste schienen alle zugleich mit dem Mittagszug einzutreffen. Byron machte insgesamt vier Fahrten mit dem Bus zum Bahnhof. Diejenigen, die warten mußten, wurden mit heißem Apfelmost und Krabbenkuchen versorgt. Als alle im Haus angekommen waren, wurde etwa eine Stunde lang gegessen, getrunken und geplaudert. Jeder schien jeden zu kennen. Die Besuchermenge setzte sich aus den Vermögenden zusammen, die gekommen waren, um mitzubieten, aus deren Anhängseln, die gekommen waren, um zu gaffen und dabei zu sein, und aus den Künstlern, Schriftstellern, politischen Sektierern und Intellektuellen, die vornehmlich gekommen waren, um einen Blick auf Rodhinskys lange verschollen geglaubtes Meisterwerk werfen zu können. Ein Dutzend Journalisten, darunter auch ein Fotograf, waren ebenfalls anwesend. Zu Professor Tarkhovs großer Überraschung fehlte jedoch Arthur Brilovsky. Der Professor wartete besorgt auf Neuigkeiten von seiner Frau und den Kindern. Den ganzen Vormittag über hatte er Arthur im Ansonia zu erreichen versucht, bis ihm die Hotelvermittlung mitteilte, daß Mr. Brilovsky seine Suite frühmorgens mit sämtlichem Gepäck verlassen habe und seine Frau und sein Sohn bereits zum Frühstück aufgebrochen seien. Auch Dr. Gamburg wußte nichts über Arthur Brilovskys Verbleib, als ihn der Professor beiläufig fragte, ob er der Veranstaltung ebenfalls beiwohnen würde; und Noel Tersi, der sich in Professor Tarkhovs Gesellschaft außerordentlich unbehaglich zu fühlen schien, antwortete auf die Frage nach Arthurs Verbleib, daß er sich womöglich verspätet habe, woraufhin er sich höflich entschuldigte, um sich um seine Gäste kümmern zu können. Dem Professor brach kalter Schweiß aus, und er mußte an die letzten Stunden denken, die er mit seiner Familie verbracht hatte; anschließend quälte er sich mit der Vorstellung, wie seine Frau und die Kinder heimlich, in Decken gewickelt und mit nichts weiter als ein paar Habseligkeiten im eiskalten Laderaum eines Lastwagens die Grenze nach Finnland überquerten. Während sich die weitläufige Galerie allmählich füllte, steigerten sich bei dem Professor die Angst und das Gefühl von Einsamkeit ins Unermeßliche. Er mußte sich einem älteren russischen Exilantenpaar gegenüber zur Freundlichkeit zwingen. Das Ehepaar stammte aus adligen Verhältnissen und war kurz nach der Revolution über Paris hierher in die Stadt gekommen. Trotz ihrer Liebenswürdigkeit und obwohl sie voller Spannung Tarkhovs Vortrag erwarteten, spürte er die tiefe Kluft, die zwischen ihm und ihrer einstigen Noblesse lag. Sie fragten ihn nach dem Leben in Leningrad aus und schwelgten gleich darauf schamlos in Erinnerungen an das frühere St. Petersburg, in ihrer Sehnsucht nach dessen Schönheit und Grandeur, nach dessen Kanälen und Kathedralen, den Konzerthallen und Palastgärten und natürlich nach ihrem früheren Zuhause. Sie beneideten den Professor, jeden Morgen auf dem Weg zur Universität über den Nevsky Prospekt gehen zu können, über die Neva und zur Admiralität. Am Ende ihrer Unterhaltung empfand der Professor ihnen gegenüber eine erstaunlich große Verachtung und Abscheu; so liebenswürdig sie auch waren, er hätte sich gewünscht, den beiden wäre ihre Flucht mißlungen und man hätte sie dazu gezwungen, der Übernahme ihres Zuhause und Aneignung ihres Besitzes beizuwohnen und ihr restliches Leben unter Bauern zu verbringen. Hier trugen sie Edelsteine und prachtvolle Kleider und besuchten vornehme Empfänge auf Landgütern, wenngleich auch deren Prunk nicht dem entsprach, was sie gewohnt waren, hier konnten sie sich auch ohne ihre Reichtümer vormachen, daß ihr Status ein ähnlicher geblieben war, als hätten sie es allein durch die Tatsache, im Exil vor sich hinzubrüten, verdient, bewundert und gefeiert zu werden. In Leningrad, so dachte sich der Professor, wären sie Relikte, verabscheuungswürdige Anachronismen, die man an die Propagandamaschine weitergereicht und den Schulkindern vorgeführt hätte.

Um ein Uhr wurden die Gäste gebeten, ihre Plätze einzunehmen. Dies war auch der Moment, in dem Professor Tarkhov und Dr. Gamburg das Podium betraten und sich neben die verhüllte Staffelei setzten, auf der Evgeny Rodhinskys »Körperfluchten« bereitstand. Als alle saßen, trat Dr. Gamburg ans Rednerpult und begrüßte die Gäste im Namen der Martins und Noel Tersis. »Heute nachmittag«, sagte Dr. Gamburg zum Publikum, »habe ich die große Ehre, Ihnen einen der führenden Experten für moderne Kunst aus der Sowjetunion vorzustellen, einen Mann, der in den letzten zwanzig Jahren die Geschichte der Malerei nicht nur dokumentiert, sondern auch persönlich deren Blütezeit miterlebt hat. Professor Mikhail Tarkhov ist vergangene Woche aus Leningrad zu uns gereist, um Ihnen ein ganz besonderes Gemälde mitzubringen, das noch niemals zuvor, weder im Westen noch im Osten, in der Öffentlichkeit zu sehen war – Evgeny Rodhinskys ›Körperfluchten‹.« Dr. Gamburg trat vom Rednerpult zurück und enthüllte das Gemälde. »›Körperfluchten‹«, fuhr er fort, während die Besucher ihre Hälse reckten, um einen Blick auf das Gemälde zu werfen, »befand sich im Besitz eines anonymen Privatsammlers, der Professor Tarkhov dieses Bild aus uns nicht bekannten Gründen zum Verkauf auf der heutigen Auktion anvertraut hat. Wie Ihnen Professor Tarkhov erläutern wird, ist es angesichts der umstrittenen Person seines Schöpfers sowie der Brisanz des Dargestellten ein kleines Wunder, daß dieses Gemälde Rodhinskys erhalten geblieben ist. Daß wir heute die außerordentliche Ehre haben, dieses Gemälde betrachten und etwas von dessen Entstehungsgeschichte erfahren zu dürfen, macht aus dieser Veranstaltung ein wahrhaft historisches Ereignis. Zweifellos wird, wer auch immer am heutigen Tag dieses Gemälde ersteht, nichts Geringeres erwerben als ein künstlerisches wie historisches Juwel.«

Während Dr. Gamburg fortfuhr, Professor Tarkhovs Verdienste aufzuzählen und eine Liste seiner Veröffentlichungen vorlas, hielt Professor Tarkhov erneut in der Menge Ausschau nach Arthur Brilovsky, doch es war keine Spur von ihm zu entdecken. Panik erfaßte ihn und benebelte seinen Verstand, als er jedoch von Dr. Gamburg und dem Applaus des Publikums ans Rednerpult gerufen wurde, riß er sich so weit zusammen, daß er seinen Vortrag beginnen konnte. Vorsichtig tippte er auf einige vor ihm liegende Blätter, rang sich ein Lächeln ab und musterte unterdessen die distinguierten Gesichter im Publikum. »Evgeny Nikolayevich Rodhinsky«, begann er, »wurde 1888 in der Stadt Tsarskoye Selo, unweit des Sommerpalastes, in eine bourgeoise Familie hineingeboren. Seine Mutter war eine unbedeutende Dichterin, sein Vater ein politischer Philosoph und Schullehrer.« Professor Tarkhov fuhr fort, eine Chronik der eher unspektakulären Kindheit Evgeny Rodhinskys vorzutragen und das angespannte Verhältnis zu seinem konservativen Vater zu beschreiben, der in seiner Philosophie die Herrschaft des Zaren befürwortete. »Rodhinsky, der in seiner Jugend große Strapazen auf sich nahm, um die ländlichen Gebiete zu bereisen und das wirkliche Rußland kennenzulernen, verachtete seinen Vater für dessen mangelnde Einsicht und dessen beschränktes Philosophieverständnis, das nicht über seine unmittelbare Umgebung und die von ihm gelesenen Bücher und Artikel hinausreichte. In seinem Streben nach Wahrheit und Erkenntnis, in seinem Wunsch, das Leben des einfachen Volkes kennenzulernen«, fuhr Professor Tarkhov fort, »brach Rodhinsky, der auf dem Gymnasium ein begabter Schüler der Wissenschaften gewesen war, sein Studium ab und begann mit der Malerei. Er bereiste auch weiterhin das Land und zeichnete auf seinen Reisen die arbeitende Landbevölkerung. Einige Skizzen aus dieser frühen Periode sind hier ausgestellt«, erklärte der Professor. »Aus diesen Skizzen können Sie ersehen, daß Rodhinsky ein Naturtalent war. Seine Linienführung ist klar, sein Auge fürs Detail das eines Genies. Rodhinsky zeichnete und malte, was er sah«, fuhr der Professor fort, »und das im Stile der Renaissancemeister. Hauptsächlich beschäftigten ihn die Körperformen der arbeitenden Menschen, die er auf den Feldern beobachtete. In diesen frühen Zeichnungen und später in den Gemälden, die aus diesen Studien hervorgegangen sind, werden Sie immer auf gebückte und gekrümmte Männer und Frauen bei der Feldarbeit oder während einer Ruhepause treffen. Ihre Haut ist stets sonnenverbrannt, die Jungen sehen beinahe so alt aus wie die Alten. Die Landschaften sind lyrisch in ihrer Gesamtkomposition, doch wenn Sie genauer hinschauen, werden Sie bemerken, daß die Form der in ihren Erdfarben eher freundlich wirkenden Ackerflächen gebrochen ist, fast so, als würde man auf ein Feld aus zersplittertem Glas schauen. Ich bin der Ansicht, daß wir in diesen Formen des geernteten Weizens, der gekrümmten und gebeugten Gestalten auf den Feldern, erstmals einen Rodhinsky vor uns haben, der sich auf eine sehr naive und unschuldige Weise von der realistischen Darstellung der Figuren und Landschaften entfernt und abstrakteren geometrischen Formen zuwendet. Doch erst im Krieg, als Rodhinsky als Soldat an die Front kommt, erleben wir den hochdramatischen Wandel in seiner Maltechnik. Auf den weiten Schlachtfeldern der verschneiten Tundra entlang der Westgrenze Rußlands wurde Rodhinsky überwältigt von dem, was er dort sah: die zerschmetterten, zerfetzten, verstümmelten Körper seiner Kameraden, die mit Gliedmaßen gefüllten Tonnen in den Feldlazaretten, die fleischlosen Knochen und herausgequollenen menschlichen Gedärme – überall verstreut auf Schnee und Eis. Den Aussagen einiger Kameraden zufolge, setzte sich Rodhinsky bisweilen gleichermaßen verstört wie fasziniert von dem Grauen mitten in einem schweren Gefecht ab, um sich auf die Suche nach dem furchtbarsten Blutbad des Schlachtfeldes zu begeben und dann unter Beschuß stehend zu zeichnen. In diesen Skizzen, von denen einige ebenfalls erhalten und hier zu sehen sind, zeigt sich der radikale Bruch, den Rodhinsky mit dem strikten Realismus seines frühen

Schaffens vollzieht, zugunsten einer entschieden abstrakteren Form der Darstellung. Wir sehen schneeweiße Hintergründe und verstümmelte menschliche Gestalten, die strengen geometrischen Formen ähneln. Später sollte er diesen Gemälden höchst profane Titel geben, wie etwa ›Granatenexplosion‹, ›Heckenschützenfeuer‹ oder ›Landmine‹. Während Rodhinsky diese Themen entwickelte, wurde sein frühes Werk von den neuen Staatskünstlern des revolutionären Rußland entdeckt. Als er aus dem Krieg in ein völlig verwandeltes St. Petersburg zurückkehrte, war er mit seinen Bauerngemälden in den Städten bereits berühmt und zum Symbol für den Befreiungskampf geworden. Rodhinsky selbst war sein Leben lang ebensowenig politisch wie reaktionär. Er war ein Revolutionär im wahrsten Sinne des Wortes, indem er an das glaubte, was er sah. Und wenn er andere mit dem, was er sah, bewegen konnte, dann konnte er zwangsläufig auch den Lauf der Geschichte verändern. Als die Kommunistische Partei anfing, seine Gemälde und deren Stil für Propagandazwecke einzusetzen, war er zunächst hocherfreut, die eigenen Bilder, deren Erschaffung ihn so große Mühen gekostet hatte, umjubelt zu sehen. Schon bald erlangte er Ruhm und Ehre, und eine Zeitlang zählte er zu den großen Männern der Revolution. Sein Name war in aller Munde, und er wurde zu einem Volkshelden, blühte in dieser Stellung als Persönlichkeit auf und war in der Gesellschaft führender Sowjetfunktionäre unangreifbar. Doch getreu seines Strebens nach Wahrheit in der Kunst, wurde Rodhinsky schon bald der ›Revolution‹ als Agitprop überdrüssig, und im Laufe der Jahre, die auf die Bürgerkriege und die Kollektivierung folgten, mußte er feststellen, daß er abermals auf die Unzulänglichkeiten reagierte, die er an den Menschen beobachtete. Er sehnte sich nach einem alles umfassenden Gefühl der Spiritualität. Er begann, archaische Formen der Mystik zu ergründen, und, inspiriert durch religiöse und philosophische, von der Regierung verbotene Schriften, wurde seine Malerei abstrakter denn je und verließ sich nur noch auf Linie und Form, Farbe und Struktur. Sein ganzes Schaffen widmete er nun dem Kosmos und dessen endloser Weite. Dies lief natürlich den Erwartungen der

Staatsfunktionäre zuwider. Der Sozialistische Realismus hatte bereits die Führungsrolle in der Kunst der Sowjetunion eingenommen. Indem Rodhinsky diese Werke ausführte und öffentlich ausstellte, indem er fortwährend gegen die offizielle ästhetische Position seiner Zeit anrannte, mehr noch aber seiner maßlosen Arroganz wegen, stand er in der Folgezeit mehrmals kurz davor, verhaftet zu werden. Rodhinsky wußte das. Er wußte es, und für ihn war es sogar der Kern seiner Arbeit. Seine Absicht bestand darin, ein Kunstwerk zu erschaffen, das derart autonom war, daß es unmöglich von der Propaganda vereinnahmt werden konnte. Ein sehr gerissener Mann an der Spitze des Kulturministeriums, Sergei Varvarin, fand dennoch einen Weg, Rodhinskys Malerei in einer Weise zu mißbrauchen, die dessen neuen Stil diffamierte. Er brandmarkte sie auf Schulplakaten, prangerte Rodhinskys Freidenkerei als gesellschaftliches Übel an, dessen unmittelbare Folge die Erstarkung des bourgeoisen Individualismus wäre. Die Plakate waren in ihrer Komposition, der Farbgebung und den Strukturen Rodhinskys Gemälden nachempfunden, stellten allerdings Zellgeschwüre dar, die das Innere gesunder Körper zersetzen. Dieser Angriff auf seine Feinfühligkeit versetzte Rodhinsky in eine verhängnisvolle Wut und führte meiner Einschätzung nach dazu, daß er dem Wahnsinn verfiel. Was genau in Rodhinskys Kopf vorging, läßt sich nicht sagen, denn niemand, den ich kenne, hätte zu diesem Zeitpunkt gewagt, ihn anzusprechen, doch an diesem Bild, das heute vor Ihnen steht, läßt sich ablesen, was als nächstes geschah. Wir können davon ausgehen, daß sein Mut gebrochen war, daß sein Glaube an eine gerechte Gesellschaft, seine Hoffnung, Revolution und Radikalismus könnten die Welt in einen aufgeklärteren und besseren Ort verwandeln, zunichte gemacht waren. In den folgenden Monaten schloß sich Rodhinsky mit dem unbedingten Vorsatz in sein Atelier ein, ein letztes Werk zu erschaffen, das in jedem, der es betrachtete, eine Reaktion hervorrufen müßte. Als er sich einmal während einer seiner frühen Reisen eine Weile an der Küste Dalmatiens aufgehalten hatte, war er kurzzeitig in einer kleinen Kathedrale bei einem Baumeister in die Lehre gegangen, um etwas über das

Mauerhandwerk zu lernen. Als seine kurze Lehrzeit vorüber war, schenkte ihm der Baumeister eine Spitzhacke wie jene, die Sie auf dem Bild sehen. Den Aussagen eines Mannes zufolge, der behauptet, Rodhinsky eines nachmittags besucht zu haben, um ihm einige Bücher vorbeizubringen, hatte Rodhinsky die Spitzhacke genommen und zwischen zwei Dielenbretter geklemmt, um fortan, während er sein Atelier malte, immerzu vor ihr zu stehen. Monatelang grübelte er über diese Hacke nach, deren aufgerichtete Spitze beharrlich auf ihn wartete. Wie Sie hier sehen können, malte sich Rodhinsky in diesem Bild selbst, und wie Sie bemerken werden, hat er wieder auf seine frühe Maltechnik im Stil der Renaissancemeister zurückgegriffen, die von einer derart realistischen und präzisen Detailtreue durchdrungen ist, daß man annehmen könnte, er wäre diesem Stil sein Leben lang treu geblieben. Und dennoch, wenn Sie die Fenster genau betrachten, die Schatten der Fenster, werden Sie bemerken, daß dort, im verdunkelten Buntglas der Fenster, Anleihen an seine gesamte Karriere zu finden sind, überschattet durch den Realismus, durch die Konzentration auf die gegenständliche Form, auf die reine Darstellung, zu der er selbst ja jene Maler inspiriert hatte, welche die Bewegung des Sozialistischen Realismus ins Leben gerufen hatten. Und in diesen Schatten können Sie, wiederum in abstrakter Form, die Polizei sehen, die draußen vor den geöffneten Fenstern herannaht, um ihn abzuholen. An dem Abend, an dem Evgeny Rodhinsky Selbstmord beging, hatte er ungeladen eine Feier im Kulturministerium besucht. Bekanntlich war er dort an Sergei Varvarin herangetreten und hatte ihm zugeschrien: »Form ohne Bedeutung ist keine Hand, sondern ein mit Luft gefüllter Handschuh!« Er beschimpfte Varvarin als Idioten und Hohlkopf und verfluchte ihn sowie Stalin ihrer tyrannischen Methoden wegen, die sie anwendeten, um die Gedankenfreiheit der Menschen zu unterdrücken. Anschließend stürmte er blitzartig davon. Er kehrte nach Hause zurück und schloß sich mit dem fertiggestellten Gemälde ein, um sich dann, wie Sie auf diesem Bild sehen können, mit aller Kraft auf die Spitzhacke zu werfen. Evgeny Nikolayevich Rodhinsky wurde vierundvierzig Jahre alt. Sein Leichnam wurde von der Geheimpolizei entdeckt, die angerückt war, um ihn festzunehmen. Einigen Berichten zufolge war das Bild bereits verschwunden, als die Polizei eintraf; gemäß anderen Berichten befand sich das Gemälde noch dort und beeindruckte einen der Polizeibeamten derart, daß er es versteckte und später die Gerüchte über Rodhinskys Todesumstände in Umlauf brachte. Bis zum heutigen Tag waren das Gemälde sowie Evgeny Rodhinskys Selbstmord der Stoff für Legenden, aber nun, und ich fühle mich zutiefst bewegt, wenn ich das sage, ist diese Legende wieder zum Leben erwacht, um uns erneut zu verfolgen.«

Als Professor Tarkhov dem Publikum für dessen Aufmerksamkeit gedankt hatte, trat er unter großem Applaus vom Podium herunter. Dr. Gamburg nahm wieder den Platz am Rednerpult ein, dankte dem Professor für den wortgewandten Vortrag und ging anschließend dazu über, den Auktionator von Leslie's Auktionshaus vorzustellen. »Körperfluchten«, das Gemälde, welches an diesem Nachmittag als letztes versteigert werden sollte, wurde von zwei Trägern von der Staffelei genommen und durch ein weniger bedeutendes Werk ersetzt. Von Professor Tarkhovs Notizen ablesend, begann der Auktionator, eine kurze, auch im Katalog enthaltene Einführung zu dem Bild zu geben. Professor Tarkhov suchte abermals im Publikum nach Arthur Brilovsky, der noch immer nirgends zu sehen war. In diesem Moment, während sein Blick durch den Raum schweifte, entdeckte der Professor an den hinteren Türen der Galerie eine Gruppe von Männern in schwarzen Anzügen. Die Männer betraten den Saal und gingen weiter in Richtung Podium. Sie waren zu sechst. Einer von ihnen verkündete: »Meine Damen und Herren, Untersuchungsbehörde. Bitte bleiben Sie ruhig. Bitte bleiben Sie sitzen und behindern Sie uns nicht bei der Arbeit.« Zwei der Beamten gingen an der Trennwand entlang, vorbei an den Gemälden und auf das Podium zu. Professor Tarkhov blieb sitzen. Er war außerstande, sich zu bewegen; sein Herz schlug derart schnell und sein Kopf fühlte sich dermaßen leer an, daß er sich unmöglich von seinem Stuhl hätte erheben können.

»Professor Michael Tarkhov«, sprach einer der Beamten den Professor an.

»Ja«, erwiderte der Professor schwach.

»Sie sind verhaftet wegen Spionageverdachts.«

Der Professor wirkte verwirrt. Er konnte nichts darauf erwidern. Die Auktionsgäste gaben ein kollektives Raunen von sich, und einige fragten, was das zu bedeuten habe und wie man es wagen könne, einen solch ehrenwerten Mann derart zu behandeln.

»Ich verstehe nicht«, sagte der Professor.

»Bitte kommen Sie mit. Man wird Ihnen alles erklären.«

Der Professor leistete keinen Widerstand. Er stand auf und streckte seine Hände vor. Während der Saal in aufgeregte Diskussionen ausbrach, nahmen die Beamten ihn am Arm und führten ihn aus der Galerie heraus. Auf dem Weg zum Polizeiwagen konnte der Professor nur an seine Frau und seine Kinder denken. Er fragte sich, ob seine Frau wohl jemals das Telegramm erhalten hatte, das er ihr von Moskau aus geschickt hatte. Er fragte sich, ob man ihr nicht statt dessen gesagt habe, er sei verhaftet worden, wie sie anfangs befürchtet hatten. Er stellte sich vor, daß seine Frau ihr restliches Leben lang glauben würde, ihr Mann befände sich irgendwo in einem Gulag. Er haßte sich dafür, Arthur Brilovsky am Abend zuvor umarmt zu haben. Er konnte beim besten Willen nicht begreifen, womit er ein solches Schicksal verdient hatte. Er war ein guter Mensch. Er war ein freundlicher, liebevoller, sanftmütiger Mensch. Allein dieser Gedanke, daß ihm etwas derartiges zustoßen konnte, verursachte ihm unerträglichen Schmerz.

[39]

Nachdem Benny Rudolph Arthur Brilovsky und Paulie Sendak am Samstagmorgen gezwungen hatte, Faith ihre Geschichten zu erzählen, überließ er sie an der Ecke achtundsiebzigste Straße und Halifax ihrem Schicksal. Er wußte, daß es niemanden gab, dem er sie hätte übergeben können, ohne daß sie am Ende nicht doch in Tines' Händen gelandet wären, und so ließ er sie einfach laufen. Die Sonne ging auf, während er nach Belvedere Arms fuhr, um bei sich zu Hause die Aufzeichnungen zu holen, die er über seine Beziehung zu Tines angefertigt hatte. Er wollte die Papiere aus seinem Apartment schaffen und in das Schließfach bei der International Trust Bank bringen. Da er nicht geschlafen hatte, fühlten sich seine Lungenflügel müde und schwer an, und als er in seinem Apartment ankam, hustete er dicke Blutklumpen. Zügig sammelte er die überall im Zimmer verstreuten Blätter ein. Er faltete sie fein säuberlich zu einem kleinen Packen zusammen, schrieb schnell eine kurze Notiz an Faith, in der er ihr mitteilte, wo sie ihn finden konnte, falls sie ihn bräuchte, und stopfte alles zusammen in einen Umschlag. Er steckte den dicken Umschlag in die Innentasche seines Mantels und machte sich, alles andere zurücklassend, auf den Weg nach draußen. Als er aus der Eingangshalle seines Apartmentgebäudes trat, war er kaum überrascht, als von rechts und links die beiden grauhaarigen Männer auf ihn zukamen und ihn an den Armen ergriffen, noch bevor er sie überhaupt richtig wahrgenommen hatte.

In vielerlei Hinsicht fühlte sich Benny erleichtert, als ihn seine beiden Kollegen packten. Ihr Griff war beruhigend. »Entspann dich«, forderte ihn der Sonnenschein in einem vertraulichen Ton auf. Benny folgte seinem Ratschlag und entspannte sich. Und solchermaßen entspannt begaben sich die drei Männer Arm in Arm auf einen angenehmen Spaziergang. Der Himmel war klar und die Luft frisch, und Benny hatte schon immer im Freien sterben wollen. Im sicheren Griff der grauhaarigen Männer dachte er sich, daß die Leben der Gewerkschaftler in Long Meadow, daß die Wahrheit, daß die Prinzipien von Gerechtigkeit und Ungerechtigkeit nur sehr wenig zählten. Er war nicht so anmaßend zu glauben, das Wissen um seine Taten würde irgendeinen Einfluß auf den Lauf der Dinge oder den Zustand seiner Seele nehmen. Er hatte Frieden mit sich geschlossen und verstand nun, daß er dem Tod niemals mit einer solchen Gelassenheit hätte entgegensehen können, wenn er nicht um jeden Preis Rache geübt hätte. Er hatte sich erfolgreich von seiner Wut befreit, und das war sämtliche Verbrechen wert gewesen. Ob zum Guten oder zum Schlechten, seine Seele war gereinigt.

Die beiden Jungs waren so freundlich, Benny zu fragen, wohin er gehen wolle. Benny wollte am Fluß sitzen und zusehen, wie das Wasser an ihm vorbeizog. Er wollte die Schiffe aufs offene Meer zutreiben sehen. Er wollte die Weite vor sich spüren und der Stadt den Rücken zukehren. Er haßte die Vorstellung, in der Stadt sterben zu müssen. Er haßte das Gitternetz der Straßen und die Art, wie die Hochhäuser das Sonnenlicht abfingen; er haßte die Art, wie der Wind durch die Häuserschluchten zog. Er haßte die Enge der Stadt. Hätte er die Wahl gehabt, dann hätte er sich ein Boot gemietet, wäre durch die Meerenge hinausgesegelt und hätte abgewartet, bis nur noch Wasser um ihn herum gewesen wäre.

Doch Benny Rudolph mußte sich mit dem Flußufer zufrieden geben, mit einem Blick auf den Fluß durch einen Maschendrahtzaun hindurch, der hinter dem Taubenschlag einiger Kinder stand. Die beiden grauhaarigen Männer setzten ihn auf eine schneebedeckte Kiste, so daß er die Aussicht auf die vorbeiziehenden Schlepper und Frachter genießen konnte. Der Sonnenschein fragte Benny, ob er sich zur Wehr setzen würde, und Benny verneinte. Und so trat Sonnenschein mit dem Messer in der Hand, das er stets um sein Bein geschnallt trug, hinter Benny, legte ihm die andere Hand auf die Stirn, drückte das fettige pomadisierte Haar von Bennys Hinterkopf gegen seinen Mantel und schlitzte ihm mit einem präzisen Schnitt die Halsschlagader auf.

Während die schwarze Flüssigkeit an Bennys Brust hinablief und auf seine Füße und in den Schnee spritzte, hielt der Sonnenschein seinen Kopf, wie eine Mutter den Kopf ihres neugeborenen Babys hält. Benny und die beiden grauhaarigen Männer sahen zu den Booten hinaus. Sie sahen zu den Booten hinaus, und sie sahen den über den Fluß treibenden Eisschollen zu. Benny sah auf den zugefrorenen Fluß hinaus, und er träumte vom Meer. Er träumte vom Meer und der wogenden See, dann war er tot. Und als er tot war, gab ihm jeder der beiden grauhaarigen Männer einen wohlwollenden Klaps auf die Wange. Dann öffneten sie den Taubenschlag und warfen Benny hinein.

[40]

In der Nacht zuvor lief Freddy lange durch den Park, nachdem er Stu Zawolsky im Revolver zurücklassen hatte. Er ging am Ufer des Sees entlang und über die bewaldeten Hügel. Während der Sturm auf den Ozean hinausjagte, wurden Schneekristalle von den Ästen der Bäume geweht. Sie schwebten durch die Luft und leuchteten wie Glühwürmchen auf, wenn sie unter den Parklampen vorbeizogen. Freddy überquerte die große Wiese, spürte deren unsichtbares Profil unter seinen Füßen. Er versuchte sich vorzustellen, wie der Park im Frühling aussah, wenn die Osterglocken und Tulpen, die Kirschbäume, Hornsträucher und Magnolien blühten, wenn die Knospen der ausschlagenden Bäume sprießenden Kohlköpfen glichen. Doch während er daran dachte, tauchten auch die Schützengräben und Schlachtfelder wieder auf, die bis zum Horizont verstreuten Leichen, die Arme und Köpfe und Beine und Oberkörper, die in Bergen aus Fleisch und Knochen verwesten, in Schlamm und Geröll, zwischen Schaufeln und Stacheldraht und den nicht explodierten Minen und stummen Schreien der leblosen Gesichter. Wieviel Zeit auch verginge, in Freddys Kopf würden die Leichen immerzu ihre Schatten auf die schönen Dinge werfen. Sie würden immerzu die angenehmsten Gedanken verdunkeln und mit Angst und Schrecken erfüllen; sie würden sich in seine Liebe einnisten und sie mit Mißtrauen durchtränken.

Als die Zeit langsamer verstrich, langsamer als Freddys Herzschlag, langsamer als der plötzlichste Geistesblitz, spürte er, wie sein Inneres, einer Turbine gleich, die durch nichts mehr angetrieben wird, zum Stillstand kam. Es war früh am Morgen, als Freddy nach Hause zurückkehrte. Der dunkle Himmel über dem Fluß wurde bereits von den ersten Sonnenstrahlen vertrieben. Oben auf dem Treppenabsatz angelangt, zog er den Umschlag mit dem Brief an Evelyn und der Versicherungspolice aus der Manteltasche und warf ihn in den Briefkasten. Dann ging Freddy hinein. Er hängte den Mantel an den Kleiderständer neben der Tür, begab sich ins Badezimmer und wusch sich so gut es ging die Blutkrusten aus dem Gesicht, welche Glorias Nägel hinterlassen hatten. Dann setzte er sich an den Küchentisch und versuchte an Evelyn zu denken. Er versuchte sich vorzustellen, wie Evelyn und ihr Kind im Frühling gemeinsam durch den Park spazierten.

Freddy starb um halb neun morgens und nicht um elf, wie er es geplant hatte. Einige Stunden lang blieb er am Tisch sitzen, starrte auf seine Hände hinunter, betrachtete die Konturen seiner Daumen, die Härchen auf den Fingerknöcheln, die Wölbungen seiner Handflächen. Er hatte keine Ahnung von der Kunst des Handlesens, doch er fragte sich, ob jemand, der ihm aus der Hand läse, erkennen könnte, daß das, was er für sich vorgesehen hatte, eintreffen würde. Er glaubte nicht gerade an Gott, doch als er dort am Küchentisch saß, wünschte er sich, er hätte in irgendeiner Art von Glauben Trost finden können. Doch ihm fiel nur Evelyn ein, sie und ihr Junge, die Hand in Hand durch den Park liefen.

Freddy taumelte am Rand des Abgrunds, der sich in ihm auftat. Die Gewalt, die ihm, wie er wußte, bald zugefügt werden würde, nahm seine Gedanken allmählich völlig in Beschlag. Alles, woran er denken konnte, war jener namenlose deutsche Soldat, den er vor all den Jahren getötet hatte, war jenes Hochgefühl, das ihn ergriffen hatte, als er seine Waffe in dessen Gesicht abfeuerte. Es hatte ihm gefallen, einen Schuß nach dem anderen in das Gesicht des Mannes abzufeuern, es hatte ihn in einen ekstatischen Zustand versetzt, der so vollkommen gewesen war, daß er von diesem Moment an sein Selbstverständnis für immer beherrscht hatte. Während Freddy dort saß und über seinen Tod nachdachte, spürte er, daß Gott an jenem Tag in Frankreich anwesend gewesen war, seine Liebe, Gottes Liebe, sie war dort gewesen, in der Patronenkammer seiner Waffe, in jedem Körnchen Schießpulver, das seinen Zorn entfacht hatte.

Freddy Stillman, dieser träge Schatten eines Mannes, dieses Vakuum von einem Menschen, dieses traurige Gefühlschaos, war sich nun so sicher wie nie zuvor, daß er sterben wollte, und zwar so dringend, daß er nicht bis elf Uhr warten wollte. Und so erhob er sich vom Stuhl und ging ins Schlafzimmer, um sich aus Bettlaken einen Strick zu knüpfen.

Bevor Freddy seinen Strick allerdings fertigstellen konnte, klopfte es um halb neun morgens leise an seiner Tür. Freddy lauschte dem Klopfen. Er lauschte dem Klopfen und versuchte sich zu entscheiden, ob er die Tür öffnen sollte oder nicht. Die Bettlaken hinter sich herschleifend wie ein Kind, das seine Lieblingsdecke mit sich zieht, bewegte er sich langsam auf das Klopfen zu, näher und näher, bis sein Ohr an die Tür gepreßt war. »Ich kann dich da drinnen hören«, sagte eine ruhige Stimme. »Ich kann dich da drinnen klar und deutlich hören.« Als Freddy die Stimme vernahm, öffnete er, als wäre es die Stimme Gottes, langsam das Schloß und zog die Tür auf, um dahinter einen zerzausten Sidney Lardner zu erblicken, der eine Waffe auf seine Brust richtete. Mit einem fragenden Ausdruck auf dem Gesicht stand Freddy da und sah mit Erstaunen zu, wie Sidney voller Wut und Lust einen Schuß auf seinen Magen abfeuerte. Freddy fühlte die Kugel in seinen Körper dringen wie eine glühende Stahlfaust. Zuerst war der Schmerz unvorstellbar, doch dann klang er langsam ab, und Freddy bemerkte, daß ihn die Wucht der Kugel auf den Fußboden geschleudert hatte. Ohne wirklich zu wissen, warum, versuchte er wieder auf die Beine zu kommen. Sidneys Gesicht hatte sich mit dem ersten Schuß verkrampft, und wieder feuerte er auf Freddy. In seiner blinden Wut erwischte er Freddy diesmal jedoch nur mit einem Streifschuß an der Schulter. Freddy breitete die Arme aus und taumelte auf Sid zu, als der dritte Schuß ertönte. Diese Kugel bohrte sich in Freddys Brust; sie prallte an den Rippen ab und pflanzte sich mitten in sein Herz. Freddy fand sich nun auf der Seite liegend wieder, eines der schmutzigen, pastellfarbenen Aquarelle von

Celeste Martins Landgut anstarrend. Er konnte fühlen, wie sein Herz zu schlagen versuchte, wie es das Blut um den Metallkeil herumzupumpen versuchte. Aber sein Atem setzte aus. Sein Körper kämpfte, doch sein Geist war auf das Bild konzentriert, auf die im Sonnenlicht aufquellenden pastellfarbenen Wolken.

Die absurde Realität des Mordes betäubte Sidneys Sinne, als Freddy nach dem Schuß in die Brust vornüber stürzte und für einen Augenblick Sidneys Körper in eine innige Umklammerung nahm. Die beiden Männer machten einige linkische Tanzschritte ins Wohnzimmer hinein. Als Freddy auf den Boden fiel, als Sidney klar wurde, daß seine Kleider von dessen dunkelroter Schmiere naß und klebrig waren, feuerte er, während Panik in ihm hochstieg, zwei weitere Schüsse auf Freddy ab, einen ins Bein, den anderen in dessen Hals. Der Schock über seine Tat kam ihm langsam zu Bewußtsein. In seinem berauschten Zorn konnte er für einen kurzen Moment mit den Augen Victor Ribes den zerschnittenen Leichnam seines Bruders sehen, und mit diesem Bild im Kopf schnappte sich der blutüberströmte Sidney Freddys Mantel und stürzte Hals über Kopf aus dem Apartment und die dreiundachtzigste Straße hinunter zum Ufer, wo er sich die blutgetränkten Kleider vom Leib riß und sie in den Fluß warf.

Als Stu Zawolsky um elf Uhr im Apartment eintraf, war er ein wenig irritiert. Er wußte nicht genau, was er tun sollte. Aber dann nahm in ihm das Gefühl überhand, Freddy etwas schuldig zu sein. So stellte er sich Freddys Wunsch entsprechend über dessen totes Gesicht und feuerte sechs Schuß darauf ab. Anschließend trat Stu Zawolsky lässig auf die Straße hinaus und machte sich auf in Richtung Park.

Kurz bevor Chefermittler Tines den Pressesaal im Regierungspräsidium betrat, um eine Erklärung abzugeben, wurde Freddys Leichnam von den beiden grauhaarigen Männern entdeckt, die nach dem Mord an Benny Rudolph in Freddys Apartment gekommen waren, um auch ihn zu töten. Von Freddys Küche aus riefen sie ihren Chef an, und Lawrence Tines schickte auf die Nachricht hin zwei Beamte los, die Freddy festnehmen sollten. Die beiden Beamten fanden Freddy natürlich tot auf und benachrichtigten das Büro der Gerichtsmedizin. Als die Mediziner eintrafen, streckten sie Freddy auf einer Tragbahre aus, fuhren ihn ins Leichenschauhaus und legten ihn in ein Kühlfach, das sich direkt neben dem mit Benny Rudolphs Leichnam befand, der von einem zwölfjährigen Jungen in dem Taubenschlag entdeckt worden war. Der Junge, dessen Familie mittellos und dessen Armut so groß war, daß er keine Angst vor der Leiche hatte, plünderte Benny vollkommen aus. Von seinem Handgelenk nahm er die Uhr, aus seiner Hose ein kleines Geldscheinbündel sowie den Geldclip aus Sterlingsilber und aus dem Jackett den Umschlag mit den Notizen, die Benny Faith Rapaport zukommen lassen wollte. Dann benachrichtigte der Junge die Polizei.

[41]

Als sie jemanden zärtlich ihr Gesicht tätscheln spürte und ihren Namen rufen hörte, erwachte Faith Rapaport aus einem tiefen Schlaf. Sie öffnete die Augen und erblickte über sich Marty Volman. Sie war in dem Büro, das nun nicht mehr Marty gehörte, auf der Couch eingeschlafen, nachdem sie die ganze Nacht damit zugebracht hatte, Brilovskys, Sendaks und Rudolphs Geschichten niederzuschreiben.

»Müde?« fragte Marty.

»Ich hatte ein paar späte Gäste. Sie haben sich um mein Bett gedrängt wie Kinder, die sich verirrt haben.«

»Jonesy hat mich angerufen und mir alles erzählt.«

»Die ganze Nacht sind sie bei mir geblieben. Haben mir mit Rudolphs Revolver am Kopf ihre Geheimnisse verraten.«

»Das hast du in deinem Artikel nicht erwähnt.«

»Nein.«

»Warum nicht?«

»Weil ich glaube, daß Rudolph auf der richtigen Seite steht, und weil ich nicht gerne manipuliert werde. Erst recht nicht von Leuten wie Tines … Ist die Zeitung schon draußen?«

»Sie wird gerade ausgeliefert.«

»Gut. Wie spät ist es?«

»Kurz nach zwölf.«

»Warum hat mich Jonesy nicht geweckt?« fragte sie, während sie sich von der Couch erhob.

Marty faßte sie an den Schultern und setzte sie wieder hin. »Er hat es versucht. Er hat dich nicht wach bekommen.«

»Ich habe Tines' Pressekonferenz verpaßt.«

»Keine Sorge, ich bin für dich dort gewesen.«

»Im Ernst? Du bist da ganz allein hingegangen?«

»Es gab ein paar Leute, die mir die kalte Schulter gezeigt und ein paar böse Blicke zugeworfen haben …« Marty verzog das Gesicht und sah kurz weg.

»Was hast du erfahren?«

»Die Waffenlieferung ist außer Landes.«

»Sicher?«

»Tines zufolge schon.«

»Und wem wird die Schuld in die Schuhe geschoben?«

»Waters und Capp und ein paar Gewerkschaftlern. Etwa zwölf von ihnen wurden heute morgen festgenommen, weil sie gestern nacht, als das Waffenlager leergeräumt wurde, zusammen mit Paulie Sendak in den Docks gewesen sein sollen. Waters und Capp, die auch dabei waren, hatten angeblich ein kleines Vermögen bei sich, als sie verhaftet wurden.«

»Und wo ist Sendak?«

»In Schutzhaft.«

»Mich wundert, daß Rudolph ihn laufengelassen und nicht der Polizei übergeben hat.«

»Sendak ist ein regelrechter Held, weil er sich gestellt und bereiterklärt hat, die Namen seiner Komplizen preiszugeben, meinte Tines … Wem hätte Rudolph Sendak und Brilovsky schon übergeben sollen, wenn er die Möglichkeit dazu gehabt hätte? Warum glaubst du wohl, ist er zu dir gekommen?«

Faith nickte leicht.

Marty holte einen Notizblock aus seiner Jackettasche und schlug ihn auf. »Freddy Stillman, Expedient bei Fief Munitions und zuständig für die Abfertigung der Lieferung, wurde in seinem Apartment von, ich zitiere, ›kommunistischen Agenten‹ hingerichtet; als Tines' Leute eintrafen, um ihn zu verhaften, fanden sie seine Leiche von Kugeln durchsiebt vor. Ein Professor Mikhail Tarkhov, der angeblich als Kunsthistoriker getarnt ins Land kam, um Tersi bei dem Verkauf einer wertvollen Sammlung sowjetischer Gemälde behilflich zu sein, wurde wegen Spionage verhaftet und als hauptverantwortlicher Sowjetagent hinter der Verschwörung entlarvt.«

»Sonst noch was?«

»Tines zufolge fühlt sich Noel Tersi mitverantwortlich für das, was passiert ist, da er Tarkhov das Einreisevisum besorgt hat. Aus diesem Grund will er Fief zur Wiedergutmachung seine kürzlich erworbenen Southside Docks als Produktionsstandort anbieten.«

»Genau, wie Brilovsky vorhergesagt hat.« Faith tastete nach einer Zigarettenschachtel auf der Couchlehne, klopfte eine Zigarette heraus und steckte sie an. »Tines wird noch bereuen, damit an die Öffentlichkeit gegangen zu sein«, sagte sie, mit der brennenden Zigarette auf Martys Notizblock deutend.

»Da wäre ich mir nicht so sicher, Faith.«

»Warum?«

»Weil Tines uns nicht nur über die Vorkommnisse in Long Meadow informiert hat, sondern auch über die Fortschritte seiner von Shortz übernommenen Ermittlungen in Sachen Syndikat.«

»Ja, und ...«

»Nicht, daß ich einschätzen könnte, was für Auswirkungen das auf deinen Artikel haben wird, Zuckerschnecke, aber ...«

»Was denn, Marty?«

»Benny Rudolph liegt tot im Leichenschauhaus.«

»Wann ist das passiert?«

»Heute morgen.«

»Heute morgen hat er meine Wohnung verlassen.«

»Tines zufolge war es ein Vergeltungsakt unter Gangstern, dafür, daß Rudolph die Morde an Mann und Roth angeordnet hat.«

»Wo hat man ihn gefunden?«

»In einem Taubenschlag unten bei den Docks, mit durchschnittener Kehle. Ein Kind hat ihn entdeckt.«

»Wenigstens hat er es geschafft, Fief eins auszuwischen, bevor er dran glauben mußte.« Faith schwieg einen Moment. »Was ist mit Brilovsky?«

»Er wurde nicht erwähnt.«

»Hast du nachgefragt?«

»Er hat keine Fragen zugelassen.«

»Dann hat er sich also gegen alles abgesichert.«

»Nicht gegen alles. Es gibt noch dich, deinen Artikel. Eine Menge Leute werden dir glauben, Faith.«

»Schon, aber ohne die entsprechenden Zeugen wird das nicht viel bringen, oder was meinst du?«

Marty zuckte mit den Schultern. »Vielleicht wird vorerst nichts zu machen sein, aber du und ich, wir wissen, daß man seine Spuren nicht für immer verwischen kann.«

Faith sah Marty tief in die eingefallenen Augen. »Ich hoffe, es wird noch dazu kommen, bevor wir ins Gras beißen.«

»Have a little faith«, sagte Marty mit einem Grinsen.

Faith grinste kurz zurück und ging dann hinaus.

Auf dem Weg durch die Eingangshalle des Globe-Gebäudes schnappte sich Faith ein Exemplar der Nachmittagsausgabe vom Zeitungsstand und steuerte auf die Untergrundbahn zu. Sie nahm die Linie ins East End und ging zu dem Wohnhaus von Harry Shortz. Lange stand sie davor und fragte sich, was sie dort eigentlich verloren hatte. Sie holte einen Stift aus ihrer Handtasche und schrieb über die Kopfzeile der Zeitung: *Ziehen Sie Ihre Kandidatur nicht zurück. Ich werde Ihre Version der Geschichte bringen. Auf der Titelseite. Lassen Sie uns reden. Faith Rapaport.* Sie stieg zur Veranda hinauf, schob die Zeitung durch den Briefschlitz in der Haustür und machte sich im Schatten der Gebäude auf in Richtung Park.

[42]

Als Victor Ribe an diesem Samstagmorgen im Fuller House erwachte, hatte sich die finstere Stimmung, die am Abend zuvor an ihm gezehrt hatte, verflüchtigt. Die Strahlen der Morgensonne brachen durch die schmutzigen schmalen Fenster seines Zimmers und besprenkelten seinen Körper mit warmem gelben Licht. Die Blutergüsse in seinem Gesicht begannen zu verblassen und die Schwellung an seiner Nase war kaum noch zu erkennen. Er lag im Bett, sah zu, wie seine Arme und Beine von Dunst und Staub umhüllt wurden, und erblickte draußen vor dem Fenster auf dem alten Seemannsfriedhof eine graue Möwe, die sich auf dem efeuberankten Kreuz der Steinkapelle niedergelassen hatte. Er sah, wie der Vogel die Flügel in den Wind öffnete. Ohne den geringsten Kraftaufwand erhob sich die Möwe von ihrem Hochsitz und schwebte dann regungslos in der Luft, wobei es so aussah, als starrte sie auf Victor hinunter. Nach einer kurzen Drehung ihres Halses stieg sie in den Himmel auf und kreiste über dem Dach der Kapelle. Victor setzte sich auf die Bettkante und sah zu, wie die Möwe elegant und mit der Sonne im Rücken auf ihn zusegelte; ihr weißer Bauch drehte in einem steilen Winkel nach oben ab und verschwand aus seinem Blickfeld.

Auch die Stadt erwachte, als Victor das Fuller House zum letzten Mal verließ. Der Wind war eisig kalt, aber bis zum Mittag sollte sich die Luft dennoch so weit erwärmen, daß der Schnee schmelzen würde. Die Kaufleute schaufelten die Gehwege vor den Schaufenstern ihrer Läden frei und schafften Platz für Kunden und Handkarren. Lieferwagen brummten leise vorbei, wobei ihre schweren Reifen tiefe Furchen in die glatte weiße Schneedecke pflügten. Kleine Kinder, die schon mit dem ersten Licht nach draußen gelaufen waren, errichteten Festungen in den Gassen, indem sie große Schneebälle aufeinanderstapelten. Während Victor durch den schienbeintiefen Schnee stapfte, konnte er aus den Schornsteinen das Feuer der

Öfen riechen. In der kühlen Luft verursachte der Geruch nach brennender Kohle ein Beißen in seiner Nase. Er trug die Besitzurkunde vom Haus seines Vaters bei sich, einen Schlüsselbund sowie ein Sparbuch, in das eintausend Dollar eingetragen waren. Mit den Händen in den Taschen ging er zum Fluß und folgte der Kette aus Frachtern und Schleppern nach Norden. Er sah zu, wie die großen Schiffe die schneebedeckten Eisschollen beiseite schoben, und eine Weile lang beobachtete er das Spektakel einer Schiffstaufe in der Marinewerft von Conscript Island. Er kam gerade rechtzeitig, um mitzuerleben, wie das riesige Schlachtschiff vom Stapel lief und mit dem Bug voran in den Fluß stieß. Er konnte den Jubel der versammelten Menschenmenge hören, erahnte den Stolz und das Hochgefühl, mit denen das Ereignis sie erfüllte.

Als er die Stadtmitte erreichte, begab er sich wieder zurück in den Schatten der Straßen und Boulevards und setzte sich, wie er es seit seiner Entlassung jeden Tag getan hatte, ins Foyer des Ansonia Hotels, wo er die Menschen aus sicherer Distanz kommen und gehen sah. Irgendwann zwischen halb neun und neun traten Joshua und jemand, bei dem es sich nach Victors Vermutung nur um Arthur Brilovsky handeln konnte, zusammen mit einem Pagen aus dem Fahrstuhl. Joshua ging mit tränenverhangenen Augen neben Arthur her zum Hoteleingang, wo er seinen Vater umarmte. Es schien ihn große Überwindung zu kosten, wieder loszulassen. Victor sah, wie der Hotelpage Arthurs Taschen in eine Limousine verstaute, in der eine blonde Frau mit einem teuren blauen Hut saß. Arthur küßte seinen Sohn auf die Wange, schaute ihm für einen Moment tief in die Augen, stieg dann in den Wagen ein und gab der Frau einen langen Kuß auf den Mund. Joshua kehrte, den Kopf gesenkt, die Augen nunmehr tränenüberströmt, ins Foyer zurück und fuhr wieder nach oben.

Victor wollte Joshua in den Fahrstuhl folgen; statt dessen ging er zum Schalter des Portiers und rief Elaine an. Als Elaine abnahm, konnte Victor hören, daß auch sie geweint hatte.

»Soll ich ein andermal wiederkommen?« fragte Victor.

»Nein«, sagte Elaine. »Ich glaube Joshua und ich können heute morgen Gesellschaft brauchen. Wir sind gleich unten«, sagte sie. »Bitte warte auf uns.«

Victor wollte ihr sagen, daß er fast sein halbes Leben lang auf diesen Augenblick gewartet hatte. »Ich werde hier sein.«

Eine Stunde später trat Elaine am Arm von Joshua aus dem Fahrstuhl. Nun, da er seine Mutter am Arm hielt, wirkte Joshua nicht mehr so zerbrechlich wie noch kurz zuvor. Er schien nun gefaßt und hatten einen selbstbewußten Gesichtsausdruck, den Victor von sich selbst nicht kannte. Abgesehen von seinen dunklen Augen, die er von Elaine hatte, war er zweifelsohne das Abbild Victors in jungen Jahren; doch Joshuas Selbstvertrauen und seine offensichtliche Intelligenz verunsicherten Victor, und er fragte sich, wie er sich wohl am besten seinem Sohn gegenüber verhalten sollte. Auf ihrem kurzen Weg vom Fahrstuhl bis zu ihm hinüber, wünschte er sich mehr als alles andere, Joshua beweisen zu können, daß er dessen Respekt verdient hatte und seiner Mutter würdig war.

»Das ist Victor Ribe«, sagte Elaine zu Joshua.

Victor hielt sich so aufrecht wie möglich, streckte seine Hand aus und suchte in Joshuas Gesicht nach einem Zeichen dafür, daß er ihn wiedererkannte.

Joshua ergriff Victors Hand und musterte sein lädiertes Gesicht. »Mutter hat mir viel von Ihnen erzählt.«

»Wir haben gestern abend von dir in der Zeitung gelesen«, fügte Elaine hinzu, während sie ihm einen herzlichen Begrüßungskuß auf die Wange gab.

Victor wußte nicht, was er sagen sollte. Er konnte sich auch nicht vorstellen, was Elaine zu ihm hätte sagen können.

»Ich habe mir gedacht«, sagte Elaine und nahm nun Victors Arm, »daß wir die Fähre nach Long Meadow nehmen könnten. Um Joshua zu zeigen, wo wir aufgewachsen sind.«

»Ich fürchte, Long Meadow hat sich sehr verändert, seit du das letzte Mal dort warst.«

»Ich habe mir gedacht, wir könnten uns etwas Proviant mitnehmen und einen Schneespaziergang am Steilufer machen. Soweit ich gehört habe, sind die Klippen verschont geblieben.«

»Sie sind so schön wie eh und je«, sagte Victor.

»Gut. Dann wäre das also geklärt.«

»Wir haben unten an der Ecke einen Wagen in der Garage stehen«, sagte Joshua.

»Ich bin schon lange kein Auto mehr gefahren«, erwiderte Victor. »Ich weiß nicht, ob ich es an einem Tag wie diesem probieren sollte.«

»Das können wir Joshua überlassen. Er ist ein vorzüglicher Fahrer.«

»Ich bin schon durch viel schneereichere und rauhere Gegenden gefahren«, sagte Joshua. »Ich werde uns heil ans Ziel bringen.«

Victor spürte, wie er strahlte. Er spürte, wie ihm die Freundlichkeit und das Wohlwollen seines Sohns die Brust erwärmten. Er spürte, wie alle Wunden in ihm auf den Klang von Joshuas Stimme hin zu heilen begannen. »Wo besorgen wir uns was zu essen?«

»Darum habe ich mich bereits gekümmert«, sagte Elaine und wandte sich ihrem Sohn zu. »Joshua, lauf doch bitte ins Restaurant und hol es ab.«

»Ich bin gleich zurück.«

Als Joshua sie allein ließ, sagte Victor zu Elaine: »Er ist ein großartiger junger Mann. Er ist alles ...«

»Er ist sehr stark«, sagte Elaine und sah ihrem Sohn nach, der nun an der Bar des Restaurants stand und darauf wartete, vom Kellner den Proviant gebracht zu bekommen. Victor sah ihm ebenfalls nach, allerdings mit einem sichtlich besorgten Gesichtsausdruck.

Elaine streichelte Victor lächelnd über die Hand. »Du bist ein guter Mensch, Victor. Joshua wird das merken. Es wird ihm sehr viel besser gehen, wenn er diese Seite von sich kennengelernt hat.«

Victor wußte nicht, was er sagen sollte.

»Ganz bestimmt«, sagte Elaine. »Du wirst sehen.«

Am späten Vormittag nahmen Victor, Elaine und Joshua die Fähre nach Long Meadow hinüber. In den Fahrrinnen des Flusses herrschte bereits reger Betrieb, und auf dem Kai von Long Meadow wimmelte es von Beamten der Untersuchungsbehörde, des Außenministeriums und der örtlichen Polizei. Nachdem die Fähre angelegt hatte, bogen Victor, Elaine und Joshua in die verschneite Straße ein, die sich zum Palisades Parkway hinaufwand. Sie fuhren langsam, schlitterten gelegentlich ein wenig über die glatte Fahrbahn. Aber wie Joshua von sich behauptet hatte, war er ein guter Fahrer. Er hielt sie auf der Straße und brachte sie sicher zum Promontory Peak hinauf. Dort parkte er den Wagen unter einer alten Eiche, und gemeinsam traten Victor, Elaine und Joshua auf die Aussichtsplattform hinaus. Die Luft war bereits so warm und die Sonne so stark, daß sie ihre Schals und Handschuhe ablegten und die Mäntel öffneten, während sie über den vereisten Fluß hinaus auf die schneebedeckte Stadt blickten – zu deren Ufer, zu den Docks, zu den Betontürmen. In diesem kurzen Moment wirkte all das so freundlich auf Victor. In diesem Augenblick erschien die Inselstadt mit all ihrem Schnee und Eis und ihren rauchenden Schornsteinen wie eine gigantische Sturmwolke, die sich vor seinen Augen auflöste.